MISTBORN

MISTBORN

O IMPÉRIO FINAL

BRANDON SANDERSON

TRADUÇÃO
Marcia Blasques

TRAMA

Editora Nova Fronteira Participações S.A.
Av. Rio Branco, 115 — Salas 1201 a 1205 — Centro — 20040-004
Rio de Janeiro — RJ — Brasil
Tel.: (21) 3882-8200

Mapas e símbolos por Isaac Stewart
Símbolo dō ferro e adagas de cristal por Ben McSweene

Nossos agradecimentos à Editora Leya Brasil pela gentileza da cessão não onerosa da tradução ora publicada nesta edição.

Dados Internacionais de Catalogação na Publicação (CIP)

S216m Sanderson, Brandon
Mistborn / Brandon Sanderson; traduzido por Marcia Blasques. – 3.ed. – Rio de Janeiro: Trama, 2025.
720 p.; 15,5 x 23 cm

Título original: *Mistborn: The Final Empire*
ISBN: 978-65-81339-18-0

1. Literatura americana. I. Blasques, Marcia. II. Título.

CDD: 810
CDU: 821.111(73)

André Felipe de Moraes Queiroz – Bibliotecário – CRB-4/2242

Visite nossa loja virtual em:

www.editoratrama.com.br
/ editoratrama

PARA BETH SANDERSON,

que vem lendo fantasia

há mais tempo do que eu tenho estado vivo

e merece plenamente

ter um neto tão doido quanto ela.

SUMÁRIO

AGRADECIMENTOS

MAIS UMA VEZ, ME VEJO obrigado a agradecer ao meu maravilhoso agente, Joshua Bilmes, e ao igualmente incrível editor, Moshe Feder. Eles fizeram um trabalho fenomenal com este livro, e estou orgulhoso de ter a oportunidade de trabalhar com eles.

Como sempre, meus incansáveis grupos de escrita proporcionaram feedbacks e encorajamento constantes: Alan Layton, Janette Layton, Kaylynne ZoBell, Nate Hatfield, Bryce Cundick, Kimball Larsen e Emily Scorup. Agradeço também aos leitores críticos, que viram uma versão muito mais primitiva deste livro e me ajudaram a dar a forma que ele tem agora, incluindo Krista Olson, Benjamin R. Olson, Micah Demoux, Eric Ehlers, Izzy Whiting, Stacy Whitman, Kristina Kugler, Megan Kauffman, Sarah Bylund, C. Lee Player, Ethan Skarstedt, Jillena O'Brien, Ryan Jurado e o grande Peter Ahlstrom.

Há também algumas pessoas em particular às quais eu gostaria de agradecer. Isaac Stewart, que fez o mapa para este romance, um recurso inestimável tanto no departamento de ideias quanto com dicas visuais. Heather Kirby tinha excelentes conselhos a oferecer para ajudar com o misterioso funcionamento interno da mente de uma jovem mulher. A revisão feita por Chersti Stapely e Kayleena Richins foi muito satisfatória.

Além disso, gostaria de agradecer a algumas pessoas muito importantes que trabalharam nos bastidores dos livros que você compra. Irene Gallo, diretora de arte da Tor, fez um trabalho brilhante — é por causa dela que tanto este livro quanto *Elantris* têm capas maravilhosas. E David Moench, do departamento de publicidade da Tor, que foi muito além do dever para fazer de *Elantris* um sucesso. Aos dois, os meus agradecimentos.

Finalmente, como sempre, sou grato à minha família pelo seu constante apoio e entusiasmo.

Gostaria de agradecer, particularmente, ao meu irmão, Jordan, por seu entusiasmo, apoio e lealdade. Confira o trabalho dele em meu site: www.brandonsanderson.com

PREFÁCIO

"SEJA FORTE, FILHO."

Escrevi estas palavras por volta de 2001 — as primeiras palavras de uma história que eu eventualmente chamaria de *Mistborn*. O livro era muito diferente nessa época, envolvendo um grupo de alomantes que decidiram derrubar o reino e se tornarem os novos governantes. O protagonista era um garoto jovem que testemunhou o assassinato da família e então foi criado pelo inimigo deles como um filho e aprendiz.

Acabei descartando o livro, mas adorava a magia e muitos aspectos da ambientação. Quando finalmente vendi um livro para um editora (*Elantris*) em 2003, estava pronto para outra investida na história — e apresentei a versão, agora familiar, ao meu editor. Uma gangue de ladrões, um imperador imortal e segredos se estendendo há milhares de anos.

Embora *Elantris* fosse meu cartão de visitas na comunidade da fantasia, foi *Mistborn* que de fato me estabeleceu como escritor. Até hoje, sua abordagem modernista de tropos de fantasia, misturada com a "*hard magic*" [1] que veio a definir minha era da fantasia épica, são marcas da minha carreira.

Meu editor me perguntou, ao escrever essa introdução, se eu sabia por que *Mistborn* se mantivera relevante por tanto tempo. Obviamente, não há um único fator influenciando sua longevidade. Na verdade, até mesmo abordar uma discussão como essa corre o risco de parecer autocongratulação. Estou bem ciente de que o sucesso ou fracasso de um escritor depende de coisas completamente fora de seu controle. Boca a boca, exposição

---

1 *Hard magic*: qualquer sistema mágico da literatura de fantasia que tenha regras bem definidas sobre o que pode ou não pode ser feito com aquele tipo de magia.

acertada nas livrarias, chegar no momento exato com algo que entre em perfeita ressonância com o público. Livros melhores do que os meus não conseguiram achar uma audiência, embora não por culpa de sua escrita. Então a primeira resposta à essa pergunta provavelmente é "pura sorte".

Dito isso, tenho a alma de um acadêmico, e não posso deixar de analisar o que faz *Mistborn* funcionar, por assim dizer. Então, aqui estão algumas coisas em que pensei.

A primeira é a combinação que mencionei acima. A julgar pela evidência circunstancial (na maior parte minha opinião, as dos meus amigos e das pessoas com quem conversei nas convenções naquela época), havia certa fadiga em relação à fantasia épica no final dos anos 1990 e início dos anos 2000.

Para aquele pessoal (e empoleirado bem alto nos ombros de gigantes), fui capaz de fornecer uma fantasia que brincava com expectativas anteriores do gênero e as recompensava. O herói profetizado. O senhor das trevas. A natureza da magia e do heroísmo. *Mistborn* captura parte do sentimento clássico da fantasia, mas recompensa leitores estabelecidos no gênero virando tropos de ponta-cabeça.

Ele foi extremamente bem-sucedido, contudo, com novos leitores do gênero. Para eles ainda há uma magia inovadora e uma clássica história de tornar-se adulto conforme do aprendizado de Vin. Essa combinação — o cinismo de Kelsier em relação ao mundo, e até mesmo (obliquamente) ao gênero, misturada com o olhar maravilhado de Vin para o novo mundo que havia descoberto — pode ter sido a chave mais importante para o sucesso do livro.

Ainda acho que lançar uma história completa em um único volume foi um alívio para aqueles de nós que, apesar do nosso amor por séries longas, sentíamos o peso de todos aqueles longos épicos de fantasia que estavam no mercado na época. Um dos comentários que recebo com mais frequência é a apreciação ao fato de que *Mistborn* funciona tão bem como livro único, e que a trilogia, por sua vez, é completa, coesa e poderosa. Há algo de bom em uma obra de arte que está acabada.

Por fim, o motivo da longevidade de *Mistborn* é... bem, os leitores. Pessoas pegaram essa série e realmente investiram nela. Ainda me lembro da primeira vez que vi uma capa de bruma em uma sessão de autógrafos. Vocês todos se agarraram a esse livro com um entusiasmo que, até hoje, me deixa chocado e emocionado.

Obrigado pelos dez anos de dedicação. Dez anos de segredos e de *Puxar* e *Empurrar*. Dez anos de *Mistborn*.

Domínio de Terris
Domínio Longínquo
Domínio Ocidental
Domínio Setentrional
Domínio Central
Domínio Crescente
Domínio Meridional
Domínio Oriental
Ilhas Meridionais
Domínio Distante
16. Lago Tryrian
17. Lago Luthadel
18. Lago Negro
19. Rio Seran
20. Seran do Norte
21. Seran do Sul
22. Rio Channerel
O Império Final
1. Luthadel
2. Fossos de Hathsin
3. Urteau 4. Cidade de Fadrex
5. Tremredare 6. Tathingdwen
7. Conventículo de Seran
8. Monte Darytatith, local histórico do Poço da Ascensão
As Montanhas de Cinzas
9. Tyrian 10. Zerinah 11. Faleast 12. Doriel
13. Morag 14. Kalling 15. Torinost
2016

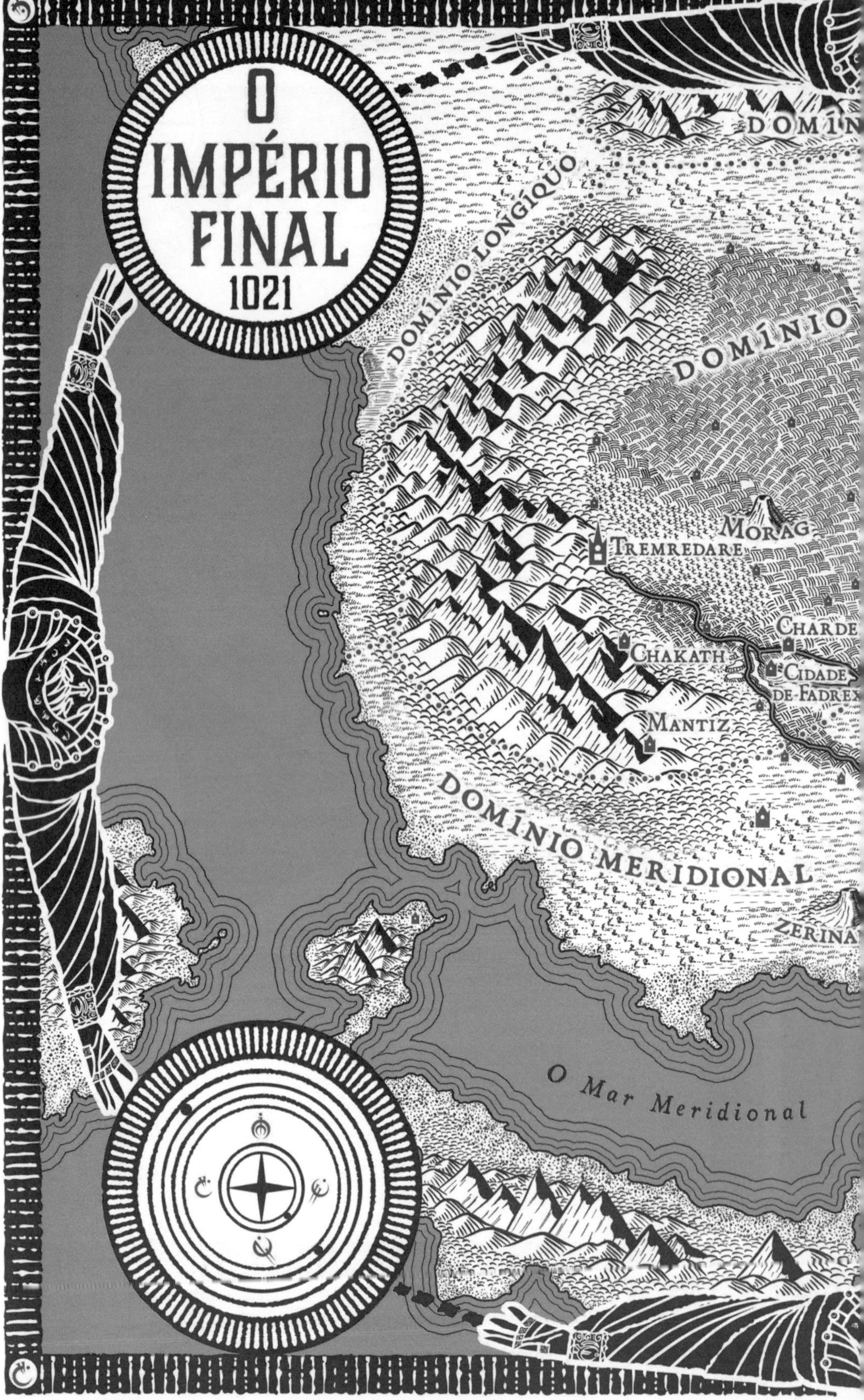
O IMPÉRIO FINAL
1021
DOMÍNIO LONGÍQUO
DOMÍNIO
MORAG
TREMREDARE
CHAKATH
CIDADE DE FADREX
MANTIZ
DOMÍNIO MERIDIONAL
O Mar Meridional

DE TERRIS
TATHINGDWEN
CIDENTAL
DOMÍNIO CRESCENTE
FORINOST
DOMÍNIO SETENTRIONAL
KALLING
ARGUOIS
FOSSOS DE HATHSIN
URTEAU
HAVERFREX
TRESTING
HOLSTEP
VALTROUX
Lago de Luthadel
R. Channerel
TYRIAN
Lago Tyrian
LUTHADEL
FELLISE
SUISNA
CANALONGO
R. Channerel
DOMÍNIO CENTRAL
O Lago Negro
AUSTREX
CIDADE DE LEKAL
VETITIAN
BOSQUE DE GARTH
FALEAST
ERLAC
DOMÍNIO ORIENTAL
Seran do Norte
DORIEL
URBENE
CONVENTÍCULO DE SERAN
R. SERAN
DOMÍNIO CRESCENTE
2016

LUTHADEL
Portão de Aço
Guarnição de Luthadel
Rua Kenton
Labirinto de Cinzas
Fileira Aspen
As Torções
Esconderijo de Camom
Praça do Sobrevivente
Canal Feder
Distrito de Hotéis
Loja de Trevo
Portão de Ferro
Rua do Canal
Fortaleza Hasting
Portão Velho
Sede do Cantão das Finanças
Encruzilhada Quinze
Distrito Comercial
Portão de Bronze

PORTÃO DE ESTANHO
LABIRINTOS DE FULIGEM
PORTÃO DE PELTRE
NTE DA MURALHA ANTIGA
PRAÇA AHLSTROM
FORTALEZA VENTURE
FORTALEZA LEKAL
RIO
RUA DA MURALHA ANTIGA
RUA BLOQUEADA
SEDE DO CANTÃO DA ORTODOXIA
PORTÃO DE ZINCO
KEDRICK SHAW
SEDE DO CANTÃO DA INQUISIÇÃO
SEDE DO CANTÃO DE RECURSOS
DISTRITO INDUSTRIAL
NNEREL
FORTALEZA ERIKELLER
PONTE SUL
OS FISSÕES
PORTÃO DE LATÃO
PORTÃO DE LATÃO
PORTÃO DE COBRE
2016

MISTBORN

Às vezes me preocupo que não seja o herói que todos acham que sou.

Os filósofos me asseguram que este é o momento, que os sinais foram cumpridos. Mas ainda me pergunto se não pegaram o homem errado. Tantas pessoas dependem de mim. Dizem que tenho o futuro do mundo inteiro nos braços.

O que pensariam se soubessem que seu campeão — o Herói das Eras, seu salvador — duvida de si mesmo? Talvez não ficassem nem um pouco surpresos. De certo modo, é isso o que mais me preocupa. Talvez em seus corações eles duvidem — assim como eu.

Quando me olham, veem um mentiroso?

PRÓLOGO

CINZAS CAÍAM DO CÉU.

Lorde Tresting franziu o cenho, contemplando o céu avermelhado do meio-dia, enquanto os criados se adiantavam, abrindo o guarda-sol sobre ele e seu distinto convidado. As chuvas de cinzas não eram incomuns no Império Final, mas Tresting esperava evitar manchas de fuligem em seu elegante casaco e túnica vermelha novos, recém-chegados de barco pelo canal, vindos de Luthadel. Felizmente, não havia muito vento; o guarda-sol seria eficaz.

Tresting estava parado ao lado de seu convidado em um pequeno pátio na colina, com vista para os campos. Centenas de pessoas em batas marrons trabalhavam sob as cinzas que caíam, cuidando das plantações. Havia lentidão em seus esforços — mas, é claro, os skaas eram assim mesmo. Os camponeses eram um grupo indolente e improdutivo. Eles não reclamavam, é claro; sabiam qual era seu lugar. Em vez disso, simplesmente trabalhavam de cabeça baixa, cumprindo suas obrigações com apatia silenciosa. O chicotear breve de um capataz os obrigava a acelerar por alguns momentos, mas assim que o capataz seguia em frente, voltavam ao seu langor.

Tresting voltou-se para o homem ao seu lado na colina.

— Seria de se esperar que mil anos trabalhando nos campos os teriam deixado um pouco mais eficientes na coisa — comentou.

O obrigador se virou, erguendo uma sobrancelha — um movimento calculado para realçar seu traço mais característico, as tatuagens intrincadas que marcavam a pele que rodeava seus olhos. As tatuagens eram enormes, perpassando sua sobrancelha até alcançar as laterais de seu nariz. Um perfeito prelado — um obrigador muito importante, na verdade. Tresting tinha seus obrigadores pessoais na mansão, mas estes eram servidores menores, com poucas marcas ao redor dos olhos. Este homem havia chegado de Luthadel no mesmo barco que trouxera os novos trajes de Tresting.

— Você devia ver os skaas da cidade, Tresting — disse o obrigador, voltando-se para observar os trabalhadores. — Os daqui são, na verdade, bem aplicados comparados aos de Luthadel. Vocês têm mais... controle direto aqui sobre seus skaas. Quantos você diria que perde por mês?

— Ah, meia dúzia, mais ou menos — respondeu Tresting. — Alguns por espancamento, outros de exaustão.

— E fugitivos?

— Nunca! — garantiu Tresting. — Quando herdei esta terra do meu pai, havia alguns fugitivos... mas executei suas famílias. Os restantes perderam o ímpeto rapidamente. Nunca entendi os homens que têm problemas com seus skaas; acho essas criaturas fáceis de controlar, desde que se tenha a mão adequadamente firme.

O obrigador assentiu, parado silenciosamente em sua túnica cinza. Parecia satisfeito — o que era uma coisa boa. Os skaas não eram propriedade de Tresting, na verdade. Como todos os skaas, eles pertenciam ao Senhor Soberano; Tresting apenas arrendava os trabalhadores de seu Deus, assim como pagava pelos serviços de seus obrigadores.

O obrigador baixou os olhos, checando o relógio de bolso, e então ergueu o olhar para o céu. Apesar da chuva de cinzas, o sol estava brilhante, reluzindo um cintilante vermelho-carmesim por trás da escuridão esfumaçada das alturas. Tresting pegou um lenço e secou a testa, grato pela sombra do guarda-sol que o protegia do calor do meio-dia.

— Muito bem, Tresting — disse o obrigador. — Transmitirei sua proposta ao Lorde Venture, como solicitado. Ele receberá um relato favorável de minha parte sobre suas operações aqui.

Tresting conteve um suspiro de alívio. Era dever do obrigador testemunhar qualquer contrato ou acordo comercial entre nobres. Na verdade, até mesmo um obrigador menor, como os que Tresting contratava, podia servir como testemunha — mas era muito mais significativo impressionar o obrigador do próprio Straff Venture.

O obrigador se voltou para ele.

— Partirei pelo canal esta tarde.

— Tão cedo? — perguntou Tresting. — Não gostaria de ficar para jantar?

— Não — respondeu o obrigador. — Embora eu tenha outro assunto que desejo discutir com você. Não vim apenas por ordem do Lorde Venture, mas para investigar alguns assuntos para o Cantão da Inquisição. Há rumores de que você gosta de se divertir com suas mulheres skaas.

Tresting sentiu um calafrio.

O obrigador sorriu; provavelmente pretendia parecer tranquilizador, mas Tresting só conseguiu achá-lo sinistro.

— Não se preocupe, Tresting — disse o obrigador. — Se houvesse uma preocupação *real* quanto a suas ações, um Inquisidor de Aço teria sido enviado no meu lugar.

Tresting assentiu lentamente. Inquisidor. Ele nunca tinha visto uma dessas criaturas não humanas, mas tinha ouvido histórias.

— Estou satisfeito com relação às suas ações com as mulheres skaas — prosseguiu o obrigador, observando os campos. — O que vi e ouvi aqui indica que você sempre limpa sua sujeira. Um homem como você, eficiente, produtivo, iria longe em Luthadel. Mais alguns anos de trabalho, alguns acordos comerciais inspirados, e quem sabe?

O obrigador se virou, e Tresting se pegou sorrindo. Não era uma promessa, nem mesmo um endosso — os obrigadores eram, em sua grande maioria, mais burocratas e testemunhas do que sacerdotes —, mas ouvir tal elogio de um dos servos do próprio Senhor Soberano... Ele sabia que alguns nobres consideravam os obrigadores perturbadores — alguns até os consideravam um incômodo — mas, naquele momento, Tresting teria beijado seu distinto convidado.

Tresting se voltou para os skaas, que trabalhavam silenciosamente sob o sol sangrento e os lentos flocos de cinzas. Tresting sempre fora um nobre do campo, vivendo de sua plantação, sonhando em talvez se mudar para

Luthadel. Ouvira falar dos bailes e das festas, do glamour e da intriga, e isso o entusiasmava.

Tenho que comemorar esta noite, pensou. Havia aquela garota na décima quarta choupana que ele vinha observando há algum tempo...

Sorriu novamente. Mais alguns anos de trabalho, dissera o obrigador. Mas será que Tresting poderia apressar isso, se trabalhasse um pouco mais duro? Sua população skaa vinha crescendo ultimamente. Se os pressionasse um pouco mais, talvez pudesse produzir uma colheita extra neste verão e cumprir seu contrato com Lorde Venture com folga.

Tresting assentiu enquanto observava a multidão de preguiçosos skaas, alguns trabalhando com suas enxadas, outros de joelhos, separando as cinzas da colheita. Não reclamavam. Não tinham esperança. Mal ousavam pensar. Era assim que devia ser, pois eram skaas. Eram...

Tresting congelou quando um dos skaas levantou a cabeça. O homem encontrou seus olhos, havia uma faísca — não, uma chama — de desafio em sua expressão. Tresting nunca vira algo assim, não no rosto de um skaa. Deu um passo para trás instintivamente, um calafrio percorreu sua espinha enquanto o estranho e altivo skaa sustentava seu olhar.

E sorria.

Tresting afastou o olhar.

— Kurdon! — exclamou.

O corpulento capataz subiu correndo a encosta.

— Sim, meu senhor?

Tresting se virou, apontando para...

Franziu o cenho. Onde aquele skaa estava? Trabalhando de cabeças baixas, com seus corpos manchados de fuligem e suor, era difícil distingui-los. Tresting se deteve, procurando. Achou que sabia qual era o lugar; um ponto vazio onde agora não havia ninguém.

Mas não. Não podia ser. O homem não podia ter desaparecido no grupo tão rapidamente. Para onde teria ido? Devia estar lá, em algum lugar, trabalhando com a cabeça agora devidamente baixa. Mesmo assim, aquele momento de aparente provocação era imperdoável.

— Meu senhor? — perguntou Kurdon novamente.

O obrigador estava parado ao seu lado, observando-o curiosamente. Não era aconselhável deixar o homem saber que um dos skaas agira de modo tão ousado.

— Faça os skaas da ala sul trabalharem um pouco mais duro — ordenou Tresting, apontando. — Vejo que estão morosos, mesmo para skaas. Bata em alguns deles.

Kurdon deu de ombros, mas assentiu. Não havia exatamente uma razão para o açoite — mas ele não precisava de uma para dar chicotadas nos trabalhadores.

Eles eram, afinal de contas, apenas skaas.

KELSIER HAVIA ESCUTADO HISTÓRIAS.

Ouvira sussurros de épocas, há muito tempo, em que o sol não era vermelho. Épocas em que o céu não era tomado por fumaça e cinzas, quando as plantas não lutavam para crescer e quando os skaas não eram escravos. Um tempo anterior ao Senhor Soberano. Esses dias, no entanto, estavam quase esquecidos. Até as lendas ficavam cada vez mais vagas.

Kelsier observou o sol, seus olhos seguiam o gigante disco vermelho que se arrastava na direção do horizonte ocidental. Ficou em pé, em silêncio, por muito tempo, sozinho nos campos vazios. O trabalho do dia terminara; os skaas haviam sido conduzidos de volta para suas choupanas. Logo chegariam as brumas.

Finalmente Kelsier suspirou e se virou para seguir seu caminho através dos sulcos e trilhas tecidas em meio aos grandes montes de cinzas. Ele evitava pisar nas plantas — embora não soubesse ao certo por que se dava a esse trabalho. As lavouras mal pareciam valer o esforço. Descoradas, com folhas marrons murchas, as plantas pareciam tão deprimidas quanto o povo que cuidava delas.

As choupanas dos skaas surgiram sob a luz escassa. Kelsier já podia ver as brumas começando a se formar, nublando o ar e dando às construções montanhosas uma aparência surreal e intangível. As choupanas permaneciam desprotegidas; guardas não eram necessários, pois nenhum skaa se aventurava a sair depois que a noite chegava. O medo que tinham das brumas era muito grande.

Terei de curá-los disso algum dia, pensou Kelsier enquanto se aproximava de uma das construções maiores. *Mas cada coisa tem seu tempo.* Abriu a porta e se esgueirou para dentro.

A conversa parou imediatamente. Kelsier fechou a porta e se voltou com um sorriso para confrontar uma sala com cerca de trinta skaas. Uma fogueira queimava debilmente ao centro, e o grande caldeirão ao lado estava cheio de água salpicada de vegetais — os primórdios de uma refeição noturna. A sopa estaria insípida, é claro. Ainda assim, o cheiro era sedutor.

— Boa noite para todos — disse Kelsier, sorrindo, colocando a bolsa no chão, aos seus pés, e se apoiando na porta. — Como foi o dia de vocês?

Suas palavras quebraram o silêncio, e as mulheres retomaram os preparativos para o jantar. Um grupo de homens sentado em uma mesa rústica continuou observando Kelsier com expressões descontentes.

— Nosso dia foi cheio de trabalho, viajante — disse Tepper, um dos membros do conselho skaa. — Algo que você conseguiu evitar.

— O trabalho no campo nunca me agradou, realmente — disse Kelsier. — É duro demais para a minha pele delicada. — Ele sorriu, erguendo as mãos e os braços cheios de camadas e mais camadas de finas cicatrizes. Elas cobriam sua pele, correndo pela extensão dos braços como se alguma besta tivesse raspado as garras repetidamente pelos seus braços.

Tepper bufou. Era jovem para ser membro do conselho, provavelmente mal chegara aos quarenta anos — no máximo era cinco anos mais velho do que Kelsier. No entanto, o homem esquelético sustentava um ar de quem gostava de estar no comando.

— Isso não é hora para leviandades — disse Tepper com severidade. — Quando acolhemos um viajante, esperamos que ele se comporte e evite suspeitas. Quando você se afastou dos campos nesta manhã, podia ter valido uma surra para os homens ao seu redor.

— É verdade — concordou Kelsier. — Mas esses homens também poderiam ter sido surrados por estar no lugar errado, por parar tempo demais ou por tossir enquanto um capataz está passando. Uma vez vi um homem ser espancado porque seu amo afirmou que ele havia piscado de maneira imprópria.

Tepper estreitou os olhos e enrijeceu a postura, o braço apoiado na mesa. Sua expressão era inflexível.

Kelsier suspirou, revirando os olhos.

— Tudo bem. Se quiser que eu vá embora, eu vou.

Colocou a bolsa no ombro e abriu a porta, despreocupado.

Uma densa bruma imediatamente começou a entrar pela porta, passando preguiçosamente pelo corpo de Kelsier, se acumulando e se arrastando pelo chão como um animal hesitante. Várias pessoas arquejaram horrorizadas, ainda que a maioria estivesse aturdida demais para emitir qualquer som. Kelsier ficou parado por um momento, contemplando as brumas densas, com suas correntes inconstantes iluminadas fracamente pelas brasas da fogueira.

— Feche a porta. — As palavras de Tepper eram uma súplica, não uma ordem.

Kelsier fez como lhe pediram, fechando a porta e interrompendo o fluxo de bruma branca.

— A bruma não é o que vocês pensam. Vocês a temem demais.

— Homens que se aventuram pela bruma perdem suas almas — sussurrou uma mulher. Suas palavras levantavam uma questão. Teria Kelsier caminhado pelas brumas? O que, então, teria acontecido com sua alma?

Se vocês soubessem, pensou Kelsier.

— Bem, acho que isso significa que eu vou ficar. — Ele fez sinal para que um menino lhe trouxesse um banco. — Isso é bom, porque... teria sido uma pena partir antes de partilhar minhas novidades.

Mais de uma pessoa se animou com o comentário. Aquela era a verdadeira razão pela qual o toleravam — a razão pela qual aqueles tímidos camponeses acolhiam um homem como Kelsier, um skaa que desafiava a vontade do Senhor Soberano viajando de plantação em plantação. Ele podia ser um renegado — um perigo para toda a comunidade —, mas trazia notícias do mundo lá fora.

— Venho do norte — disse Kelsier. — De terras onde o toque do Senhor Soberano é menos notado — falou com voz clara, e as pessoas se inclinaram inconscientemente em sua direção enquanto trabalhavam. No dia seguinte, as palavras de Kelsier seriam repetidas para as várias centenas de pessoas que viviam nas outras choupanas. Os skaas podiam ser subservientes, mas eram fofoqueiros incuráveis.

— Senhores locais governam no oeste — disse Kelsier —, e estão longe dos punhos de ferro do Senhor Soberano e seus obrigadores. Alguns desses nobres distantes estão descobrindo que skaas felizes trabalham melhor do que skaas maltratados. Um homem, Lorde Renoux, chegou a ordenar que seus capatazes parassem com os espancamentos não autorizados. Sussurra-se por aí que ele está pensando em pagar salário para os skaas de sua plantação, como os que os artesãos da cidade podem ganhar.

— Bobagem — comentou Tepper.

— Minhas desculpas — disse Kelsier. — Não sabia que o bom Tepper tinha estado na propriedade de Lorde Renoux recentemente. Quando você jantou com ele pela última vez, ele lhe contou algo que não me disse?

O rosto de Tepper ficou vermelho: os skaas não viajavam e certamente não jantavam com lordes.

— Você me toma por um tolo, viajante — retrucou Tepper —, mas sei o que está fazendo. Você é aquele a que chamam de Sobrevivente; essas cicatrizes em seus braços o denunciam. É um encrenqueiro, viaja pelas plantações semeando o descontentamento. Come nossa comida, nos conta suas grandes histórias e mentiras e então desaparece, deixando que pessoas como eu lidem com as falsas esperanças que você dá aos nossos filhos.

Kelsier ergueu uma sobrancelha.

— Vamos lá, bom Tepper — disse. — Suas preocupações são completamente infundadas. Veja, não tenho intenção de comer sua comida. Trouxe a minha. — Com isso, Kelsier jogou a bolsa no chão, diante da mesa de Tepper. A sacola de tecido mole caiu de lado, despejando uma variedade de alimentos no solo. Pães finos, frutas e até mesmo alguns embutidos grossos ficaram à vista.

Uma fruta vermelha rolou pelo chão de terra batida e se chocou suavemente contra o pé de Tepper. O skaa de meia-idade a observou aturdido.

— Isso é comida de nobre!

Kelsier deu de ombros.

— Até parece. Sabe, para um homem de renomado prestígio e reputação, seu Lorde Tresting tem um incrível mau gosto. Sua despensa é uma vergonha para um nobre em sua posição.

Tepper empalideceu.

— Foi onde você esteve esta tarde — sussurrou. — Você foi até a mansão. Você... *roubou do amo!*

— De fato — confirmou Kelsier. — E devo acrescentar que, embora o gosto de seu senhor para comida seja deplorável, seu olho para soldados é muito mais impressionante. Entrar furtivamente na mansão durante o dia foi um belo desafio.

Tepper ainda encarava a bolsa de comida.

— Se os capatazes encontrarem isso aqui...

— Bem, sugiro que façam isso desaparecer, então — disse Kelsier. — Eu apostaria que tem um gosto um pouco melhor do que essa sopa aguada.

Duas dezenas de pares de olhos famintos estudavam a comida. Se Tepper pretendia prosseguir com a discussão, não foi rápido o suficiente, pois seu silêncio foi interpretado como consentimento. Em poucos minutos, o conteúdo da bolsa tinha sido inspecionado e distribuído, e a panela de sopa seguiu borbulhando, ignorada, enquanto os skaas se banqueteavam com uma refeição muito mais exótica.

Kelsier se acomodou, recostando-se na parede de madeira da choupana e observando as pessoas devorarem a comida. Ele tinha dito a verdade: o conteúdo da despensa era deprimentemente mundano. No entanto, esse era um povo que se alimentava com nada mais do que sopa e mingau desde a infância. Para eles, pães e frutas eram iguarias raras — comidas apenas quando ficavam velhas e eram então trazidas pelos criados da mansão.

— Sua história foi interrompida, jovem — um skaa mais velho observou, cambaleando para se sentar em um banco ao lado de Kelsier.

— Ah, suspeito que haverá tempo para contar mais tarde — disse Kelsier. — Depois que todas as evidências do meu furto tenham sido propriamente devoradas. Não quer nada?

— Não, obrigado — disse o velho. — Da última vez que experimentei comida de senhores, tive dores no estômago por três dias. Novos sabores são como novas ideias, jovem: quanto mais velho você fica, mais indigestos são para seu estômago.

Kelsier fez uma pausa. O velho não tinha um aspecto imponente. Sua pele curtida e a cabeça careca faziam-no parecer mais frágil do que sábio. Mesmo assim, ele tinha que ser mais forte do que parecia; poucos skaas rurais chegavam a essa idade. Muitos senhores não permitiam que os idosos ficassem em casa durante a jornada de trabalho, e os açoites frequentes, que faziam parte da vida de um skaa, cobravam um preço terrível dos anciãos.

— Qual é mesmo seu nome? — perguntou Kelsier.

— Mennis.

Kelsier se voltou para Tepper.

— Então, bom Mennis, me diga uma coisa. Por que deixa que ele lidere?

Mennis deu de ombros.

— Quando se chega à minha idade, é preciso ter muito cuidado com o que se gasta sua energia. Algumas batalhas simplesmente não valem a pena. — Havia uma insinuação nos olhos de Mennis; ele estava se referindo a algo maior do que sua própria disputa com Tepper.

— Está satisfeito com isso, então? — perguntou Kelsier, apontando com a cabeça na direção da choupana e de seus ocupantes meio famintos e desgastados pelo trabalho excessivo. — Está satisfeito com esta vida cheia de açoites e trabalho sem fim?

— Ao menos é uma vida — disse Mennis. — Sei o que o descontentamento, o trabalho mal pago e as rebeliões trazem. A atenção do Senhor Soberano e a ira do Ministério de Aço podem ser bem mais terríveis do que algumas chibatadas. Homens como você pregam a mudança, mas me pergunto: essa é uma batalha que realmente podemos lutar?

— Você já está lutando, meu bom Mennis. Só está perdendo de um jeito terrível. — Kelsier deu de ombros. — Mas o que eu sei? Não sou mais do que um viajante miserável, que veio comer sua comida e impressionar seus jovens.

Mennis balançou a cabeça.

— Você zomba, mas Tepper pode estar certo. Temo que sua visita nos traga sofrimento.

Kelsier sorriu.

— Por isso não o contradisse... ao menos não quanto a ser encrenqueiro. — Ele fez uma pausa, então abriu mais o sorriso. — De fato, diria que me chamar de encrenqueiro é provavelmente a única coisa certa que Tepper disse desde que eu cheguei aqui.

— Como faz isso? — perguntou Mennis, franzindo o cenho.

— O quê?

— Sorrir tanto.

— Ah, sou só uma pessoa feliz.

Mennis olhou para as mãos de Kelsier.

— Sabe, só vi cicatrizes como essas em uma única pessoa... e ela estava morta. Seu corpo foi entregue ao Lorde Tresting como prova de que sua punição havia sido cumprida. — Mennis olhou para Kelsier. — Ele foi pego falando de rebelião. Tresting o enviou para os Fossos de Hathsin, onde trabalhou até morrer. O rapaz durou menos de um mês.

Kelsier olhou para suas mãos e antebraços. Ainda ardiam às vezes, embora ele soubesse que a dor estava apenas em sua mente. Olhou para Mennis e sorriu.

— Você pergunta por que sorrio, bom Mennis? Bem, o Senhor Soberano acha que reivindicou o riso e a alegria apenas para si. Estou pouco disposto a deixar que seja assim. Essa é uma batalha que não requer muito esforço.

Mennis encarou Kelsier e, por um momento, este pensou que o velho sorriria de volta. Mas, depois de um tempo, Mennis sacudiu a cabeça.

— Sei lá. Eu só não...

Um grito o interrompeu. Veio de fora, talvez da direção norte, embora as brumas distorcessem o som. As pessoas na choupana ficaram em silêncio, ouvindo os fracos gritos agudos. Apesar da distância e da bruma, Kelsier podia ouvir a dor contida naquele som.

Kelsier queimou estanho.

Era simples para ele, agora, depois de anos de prática. O estanho estava com outros metais alomânticos engolidos anteriormente dentro de seu estômago, esperando que ele os invocasse. Buscou dentro de si com sua mente e tocou o estanho, recorrendo a poderes que mal compreendia. O estanho se acendeu dentro dele, queimando seu estômago como uma bebida quente engolida com muita rapidez.

O poder alomântico percorreu seu corpo, melhorando seus sentidos. A sala ao seu redor se tornou viva, a fogueira embotada adquiriu um brilho ofuscante. Ele podia sentir a textura da madeira do banco embaixo de si. Podia sentir o sabor dos restos de pão que comera mais cedo. E, mais importante, podia escutar os gritos com audição sobrenatural. Havia duas pessoas gritando. Uma era uma mulher mais velha, a outra, uma mulher mais jovem — talvez uma criança. Os gritos da mais jovem estavam ficando cada vez mais distantes.

— Pobre Jess — disse uma mulher que estava perto dele, a voz ressoando na audição ampliada de Kelsier. — Aquela criança dela era uma maldição. É melhor para um skaa não ter filhas bonitas.

Tepper assentiu.

— Lorde Tresting mandaria buscar a garota cedo ou tarde. Todos sabíamos disso. Jess sabia disso.

— Ainda assim, é uma pena — disse outra mulher.

Os gritos continuaram ao longe. Queimando estanho, Kelsier conseguiu calcular a distância com precisão. A voz dela se movia na direção da mansão do lorde. Os sons liberaram algo dentro dele, e ele sentiu seu rosto queimar de raiva.

Kelsier se virou.

— Alguma vez Lorde Tresting devolve as garotas depois que termina com elas?

O velho Mennis negou com a cabeça.

— Lorde Tresting é um nobre cumpridor das leis... ele manda matá-las depois de algumas semanas. Não quer chamar a atenção dos Inquisidores.

Essa era a ordem do Senhor Soberano. Ele não podia permitir crianças mestiças correndo por aí — crianças que pudessem ter poderes que os skaas não deveriam imaginar que existiam.

Os gritos se esvaneceram, mas a fúria de Kelsier aumentou. Os berros o fizeram lembrar de outros gritos. Os gritos de uma mulher do passado. Ele se levantou abruptamente, e o banco caiu no chão atrás dele.

— Cuidado, rapaz — disse Mennis, apreensivo. — Lembre-se do que eu disse sobre desperdiçar energia. Você nunca conseguirá organizar essa sua rebelião se for morto esta noite.

Kelsier olhou para o velho. Então, em meio aos gritos e à dor, se forçou a sorrir.

— Não estou aqui para liderar uma rebelião entre vocês, meu bom Mennis. Só quero causar alguns problemas.

— E que bem isso faria?

O sorriso de Kelsier aumentou.

— Novos tempos estão chegando. Sobreviva um pouco mais e poderá ver grandes acontecimentos no Império Final. Agradeço a todos pela hospitalidade.

Com isso, abriu a porta e caminhou a passos largos em meio à bruma.

MENNIS ESTAVA DEITADO, ACORDADO NAS primeiras horas da manhã. Parecia que quanto mais velho ficava, mais difícil era dormir. O que era particularmente o caso quando estava preocupado com alguma coisa, como o fato de que o viajante não retornara à choupana.

Mennis esperava que Kelsier tivesse recuperado o juízo e decidido seguir seu caminho. Mas essa expectativa parecia improvável; ele tinha visto o fogo nos olhos de Kelsier. Era uma pena que um sobrevivente dos Fossos encontrasse a morte aqui, em uma plantação qualquer, tentando proteger uma garota que todo mundo já havia dado como morta.

Como Lorde Tresting reagiria? Dizia-se que ele era bastante severo com quem interrompesse suas diversões noturnas. Se Kelsier tivesse conseguido perturbar os prazeres do amo, Tresting poderia facilmente resolver punir o restante dos skaas por associação.

Depois de um tempo, os outros skaas começaram a acordar. Mennis permaneceu deitado no chão duro — os ossos doíam, as costas reclamavam, os músculos estavam exauridos —, tentando decidir se valia a pena se levantar. Ele quase desistia todo dia. Todo dia era um pouco mais difícil. Um dia simplesmente ficaria na choupana, esperando que os capatazes viessem matar aqueles que estavam muito doentes ou muito velhos para trabalhar.

Mas não, hoje não. Ele podia ver o medo nos olhos dos skaas — eles sabiam que as atividades noturnas de Kelsier trariam problemas. Precisavam de Mennis; olhavam para ele. Ele tinha que se levantar.

E, então, ele se levantou. Assim que começou a se mover, as dores da idade diminuíram levemente, e ele pôde sair da choupana e caminhar na direção dos campos, apoiando-se em um homem mais jovem.

Foi quando notou um cheiro no ar.

— O que é isso? — perguntou ele. — Você está sentindo cheiro de fumaça?

Shum — o rapaz em quem Mennis se apoiava — inspirou o ar à sua volta. Os vestígios da bruma noturna tinham se desvanecido, e o sol vermelho se erguia atrás da habitual cortina de nuvens escuras.

— Estou sempre sentindo cheiro de fumaça ultimamente — respondeu Shum. — As Montanhas de Cinzas estão violentas este ano.

— Não — disse Mennis, ficando cada vez mais apreensivo. — Isso é diferente. — Ele se voltou para o norte, onde um grupo de skaas se reunia. Deixou Shum para se aproximar da aglomeração, seus pés levantando poeira e cinzas enquanto se movia.

No meio das pessoas, encontrou Jess. Sua filha, aquela que todos acreditavam ter sido levada por Lorde Tresting, estava ao seu lado. Os olhos da jovem estavam vermelhos pela falta de sono, mas parecia ilesa.

— Ela voltou pouco depois que a levaram — explicava a mulher. — Ela voltou e bateu na porta, chorando na bruma. Flen tinha certeza de que era um espectro das brumas a imitando, mas eu tinha que deixá-la entrar! Não me importa o que ele diz, não vou abandoná-la. Eu a expus à luz do sol e ela não desapareceu. Isso prova que ela não é um espectro das brumas!

Mennis se afastou da multidão crescente, cambaleando. Ninguém percebia? Nenhum capataz veio separar o grupo. Nenhum soldado viera fazer a contagem matutina. Algo estava muito errado. Mennis continuou indo para o norte, caminhando rapidamente em direção à mansão.

Quando chegou, outros já haviam notado a coluna de fumaça retorcida pouco visível à luz da manhã. Mennis não tinha sido o primeiro a chegar na beira do pequeno platô da colina, mas o grupo abriu caminho quando ele se aproximou.

A mansão havia desaparecido. Só restava uma mancha enegrecida, que ardia já sem chamas.

— Pelo Senhor Soberano! — sussurrou Mennis. — O que aconteceu aqui?

— Ele matou todos eles.

Mennis se virou. Quem falava era a filha de Jess. Ela tinha o olhar fixo na casa destruída e uma expressão de satisfação no rosto.

— Estavam mortos quando ele me tirou de lá — continuou ela. — Todos eles... os soldados, os capatazes, os lordes... mortos. Até mesmo Lorde Tresting e seus obrigadores. O amo me deixou sozinha e foi investigar quando os barulhos começaram. Quando saí, eu o vi deitado em seu próprio sangue, com feridas de punhal no peito. O homem que me salvou atirou uma tocha na construção quando saímos.

— Este homem — perguntou Mennis— tinha cicatrizes nas mãos e nos braços que subiam até os cotovelos?

A garota assentiu em silêncio.

— Que tipo de demônio era ele? — murmurou um dos skaas, parecendo desconfortável.

— Um espectro das brumas — sussurrou outro, aparentemente esquecendo que Kelsier tinha saído à luz do dia.

Mas ele entrou na bruma, pensou Mennis. *E como conseguiu uma façanha dessas? Lorde Tresting tinha mais de duas dúzias de soldados! Será que Kelsier tinha um bando de rebeldes escondido?*

As palavras de Kelsier na noite anterior ressoaram em seus ouvidos. *Novos tempos estão chegando...*

— E quanto a nós? — perguntou Tepper, aterrorizado. — O que vai acontecer quando o Senhor Soberano souber disso? Ele vai pensar que fomos nós! Vai nos mandar para os Fossos ou talvez ordenar que seus koloss nos matem imediatamente! Por que aquele encrenqueiro faria algo assim? Será que ele não entende o dano que causou?

— Ele entende — disse Mennis. — Ele nos avisou, Tepper. Ele veio causar problemas.

— Mas por quê?

— Porque ele sabia que jamais nos rebelaríamos por conta própria, então não nos deu escolha.

Tepper empalideceu.

Senhor Soberano, pensou Mennis. *Não posso fazer isso. Mal consigo me levantar de manhã — não posso salvar essas pessoas.*

Mas que outra escolha havia?

Mennis se virou.

— Reúna todo mundo, Tepper. Temos que fugir antes que a notícia deste desastre chegue aos ouvidos do Senhor Soberano.

— Para onde iremos?

— Para as cavernas a leste — respondeu Mennis. — Os viajantes dizem que há skaas rebeldes se escondendo lá. Talvez nos aceitem.

Tepper empalideceu ainda mais.

— Mas... vamos ter que viajar por dias. Passar as noites *na bruma*.

— Podemos fazer isso — ponderou Mennis — ou ficar aqui e morrer.

Tepper ficou paralisado por um momento, e Mennis pensou que a comoção de tudo aquilo tinha sido demais para ele. Depois de um tempo, no entanto, o homem mais jovem saiu correndo para reunir os demais, como lhe fora ordenado.

Mennis suspirou, olhando para a coluna de fumaça e amaldiçoando Kelsier silenciosamente em sua mente.

Novos tempos, realmente.

PRIMEIRA PARTE

O SOBREVIVENTE DE HATHSIN

Eu me considero um homem de princípios. Mas que homem não se considera assim? Até o assassino, eu notei, acredita que suas ações são morais de certo modo.

Outra pessoa, ao ler minha história, talvez me considere um tirano religioso. Poderia me chamar de arrogante. O que faz com que a opinião desse homem seja menos válida do que a minha?

Acho que tudo se resume a um fato: no final, eu sou aquele que tem os exércitos.

1

CINZAS CAÍAM DO CÉU.

Vin observou os flocos aveludados flutuarem no ar. Vagarosamente. Despreocupados. Livres. As nuvens de fuligem caíam como flocos de neve negra, descendo sobre a escura cidade de Luthadel. À deriva, nas esquinas, sendo sopradas e enroladas pela brisa, formando pequenos redemoinhos sobre os paralelepípedos. Pareciam tão indiferentes. Como seria ser assim?

Vin estava sentada quieta em um dos mirantes da horda — uma alcova oculta, construída entre os tijolos de um dos lados da guarita. De dentro dela, um membro da horda podia observar a rua buscando sinais de perigo. Vin não estava de serviço; o mirante era simplesmente um dos poucos lugares onde conseguia ficar sozinha.

E Vin gostava da solidão. *Quando se está sozinho, ninguém pode te trair.* Palavras de Reen. Seu irmão lhe ensinara tantas coisas, e então reforçara seus ensinamentos fazendo o que sempre prometera que faria — traindo-a ele mesmo. *É a única maneira de você aprender. Qualquer um pode te trair, Vin. Qualquer um.*

As cinzas continuavam a cair. Às vezes Vin imaginava que era como uma delas, ou o vento, ou a bruma. Algo sem consciência, capaz de simplesmente *ser*, sem pensar, se importar ou se magoar. Então ela poderia ser... livre.

Ela ouviu um barulho a uma curta distância, e o alçapão ao fundo da pequena câmara se abriu.

— Vin! — disse Ulef, enfiando a cabeça dentro do aposento. — Aí está você! Faz meia hora que Camon está à sua procura.

Foi por isso que me escondi.

— Devia se preparar — disse Ulef. — O golpe está prestes a começar.

Ulef era um garoto desengonçado. Gentil, à sua maneira; ingênuo, se é que alguém que crescera no submundo poderia ser realmente chamado de ingênuo. É claro que isso não significava que ele não pudesse traí-la. Traição não tinha nada a ver com amizade; era um simples ato de sobrevivência. A vida era dura nas ruas, e se um skaa ladrão quisesse evitar ser capturado e executado, precisava ser prático.

E a crueldade era a mais prática das emoções. Outro dos ditos de Reen.

— E então? — perguntou Ulef. — Você devia vir logo. Camon está furioso.

E quando ele não está? No entanto, Vin assentiu, se contorcendo para sair do espaço apertado — embora reconfortante — do mirante. Ela esbarrou em Ulef e pulou para fora do alçapão, entrando em um corredor e, em seguida, em uma despensa precária. O aposento era um dos muitos do fundo da loja que servia de fachada para o esconderijo. O covil da horda estava escondido em um túnel escavado em uma pedra sob a construção.

Ela deixou o edifício pela porta dos fundos, com Ulef logo atrás de si. O golpe aconteceria a algumas quadras dali, em uma área mais rica da cidade. Era uma ação intrincada — uma das mais complexas que Vin tinha visto. Presumindo que Camon não fosse preso, a recompensa seria realmente grande. Se fosse capturado... bem, dar golpes em nobres e em obrigadores era uma profissão muito arriscada — ainda que certamente melhor do que trabalhar nas forjas ou nas tecelagens.

Vin saiu do beco, entrando em uma rua escura e repleta de casebres de um dos muitos cortiços skaas da cidade. Skaas doentes demais para trabalhar se esgueiravam nas esquinas e sarjetas, com as cinzas espalhando-se ao seu redor. Vin manteve a cabeça baixa e ergueu o capuz da capa para se proteger dos flocos que ainda caíam.

Livre. Não, nunca serei livre. Reen se assegurou disso quando partiu.

— AÍ ESTÁ VOCÊ! — Camon apontou um dedo gordo e quadrado para o rosto dela. — Onde você estava?

Vin não deixou que o ódio ou a revolta transparecessem em seus olhos. Simplesmente olhou para baixo, dando a Camon o que ele esperava ver. Havia outras maneiras de ser forte. Essa lição ela tinha aprendido por conta própria.

Camon resmungou um pouco, então levantou a mão e lhe deu um tapa na cara. A força do golpe jogou Vin contra a parede, e sua bochecha ardeu de dor. Ela caiu contra a madeira, mas suportou o castigo em silêncio. Era só outro hematoma. Ela era forte o bastante para lidar com isso. Já tinha aguentado antes.

— Ouça — sibilou Camon. — Este é um golpe importante. Vale milhares de boxes: vale cem vezes mais do que você. Não vou admitir que estrague tudo. Entendeu?

Vin assentiu.

Camon observou-a por um momento, com o rosto rechonchudo vermelho de raiva. Finalmente afastou o olhar, murmurando consigo mesmo.

Ele estava aborrecido com alguma coisa — algo mais do que simplesmente Vin. Talvez tivesse ouvido falar da rebelião skaa que ocorrera no norte há vários dias. Um dos lordes das províncias, Themos Tresting, aparentemente fora assassinado, e sua mansão completamente queimada. Tais perturbações eram ruins para os negócios; deixavam a aristocracia mais alerta e menos ingênua. Isso, por sua vez, podia reduzir seriamente os ganhos de Camon.

Está procurando alguém para castigar, Vin pensou. *Ele sempre fica nervoso antes de um golpe*. Ela olhou para Camon, sentindo gosto de sangue em seu lábio. Deve ter transparecido alguma confiança, pois ele a olhou de canto de olho e sua expressão ficou sombria. Levantou a mão, como se fosse bater nela novamente.

Vin usou um pouquinho de sua Sorte.

Gastou apenas um pouco; precisaria do restante para o golpe. Direcionou a Sorte para Camon, acalmando o nervosismo dele. O líder da horda fez uma pausa — alheio ao toque de Vin, mas ainda assim sentindo seu efeito. Permaneceu imóvel por um instante; e então suspirou, virando-se e abaixando a mão.

Vin limpou o lábio enquanto Camon se afastava. O ladrão parecia bastante convincente em seus trajes de nobre. Era uma roupa elegante como

Vin jamais vira — ele usava uma camisa branca com um colete verde-escuro com botões de ouro esculpido por cima. O casaco preto era comprido, seguindo a moda da época, e ele usava um chapéu preto combinando. Os anéis em seus dedos reluziam, e ele carregava um belo bastão de duelo. De fato, Camon era muito bom em imitar um nobre; quando se tratava de desempenhar um papel, poucos ladrões eram mais competentes do que ele. Presumindo-se que conseguisse controlar seu temperamento.

O aposento no qual estavam, por outro lado, não era tão impressionante. Vin ficou em pé enquanto Camon gritava com os outros membros da horda. Eles tinham alugado uma das suítes no último andar do hotel local. Não era muito luxuoso — mas essa era a ideia. Camon interpretaria o papel de "Lorde Jedue", um nobre do campo que se deparara com problemas financeiros e fora a Luthadel para conseguir alguns contratos finais e desesperados.

O aposento principal havia sido transformado em um tipo de sala de audiências, com uma grande mesa, atrás da qual Camon estava sentado, e paredes decoradas com obras de arte baratas. Dois homens estavam em pé ao lado da mesa, vestidos formalmente como mordomos; eles interpretariam os criados de Camon.

— Que balbúrdia é essa? — perguntou um homem, entrando no aposento. Era alto e vestia uma camisa cinza simples e calça, com uma espada fina presa na cintura. Theron, outro líder de bando. Este golpe em particular tinha sido, na verdade, ideia dele. Havia procurado Camon para ser seu parceiro; precisava de alguém para interpretar Lorde Jedue, e todos sabiam que Camon era um dos melhores.

Camon levantou os olhos.

— Hein? Balbúrdia? Ah, não é nada além um pequeno problema de disciplina. Não se preocupe, Theron. — Camon pontuou suas palavras com um aceno displicente; havia uma razão para ele interpretar tão bem um aristocrata. Era tão arrogante que poderia ter pertencido a uma das Grandes Casas.

Theron estreitou o olhar. Vin sabia o que o homem provavelmente estaria pensando: estava decidindo o quão arriscado seria enfiar uma faca nas costas gordas de Camon depois que o golpe estivesse acabado. Finalmente o líder mais alto da gangue afastou o olhar de Camon para mirar Vin.

— Quem é essa? — perguntou.

— Só um membro da minha horda — disse Camon.

— Pensei que não precisaríamos de mais ninguém.

— Bem, precisamos dela — disse Camon. — Ignore-a. A minha parte da operação não compete a você.

Theron encarou Vin, obviamente notando seu lábio ensanguentado. Ela afastou o olhar. Mas os olhos de Theron permaneceram nela, percorrendo todo seu corpo. Ela usava uma simples camisa branca com botões e um macacão. Na verdade, ela não era muito atraente; era magricela e tinha um rosto juvenil, nem mesmo aparentava seus 16 anos. Embora alguns homens preferiam esse tipo de mulher.

Vin pensou em usar um pouco de sua Sorte nele, mas Theron enfim, se afastou.

— O obrigador está quase aqui — disse Theron. — Está pronto?

Camon revirou os olhos, ajeitando o corpanzil na cadeira atrás da mesa.

— Está tudo perfeito. Deixe comigo, Theron! Volte para seu aposento e espere.

Theron franziu o cenho, deu meia-volta e saiu do quarto, murmurando consigo mesmo.

Vin perscrutou o aposento, observando a decoração, os criados, a atmosfera. Finalmente, aproximou-se da mesa de Camon. O chefe da gangue estava sentado, folheando uma pilha de papéis, aparentemente tentando decidir quais colocar sobre a mesa.

— Camon — disse ela em voz baixa —, os criados estão elegantes demais.

Camon franziu o cenho, levantando a cabeça.

— O que é que você está balbuciando?

— Os criados — Vin repetiu, ainda falando em voz bem baixa. — Lorde Jedue deve parecer desesperado. Ele teria algumas roupas elegantes dos bons tempos, mas não seria capaz de manter tais criados opulentos. Ele usaria skaas.

Camon olhou fixamente para ela e então deu uma olhada para os "servos". Havia pouca diferença física entre nobres e skaas. Os criados que Camon empregara, no entanto, estavam vestidos como nobres menores — aqueles com permissão para usar coletes coloridos, e ficavam parados de modo confiante.

— O obrigador tem que pensar que você está quase na miséria — disse Vin. — Encha o aposento com um bando de skaas no lugar desses.

— O que você sabe? — perguntou Camon, observando-a com desdém.

— O suficiente. — Ela imediatamente lamentou o que disse; tinha soado rebelde demais. Camon ergueu a mão adornada com joias, e Vin se preparou para outro tapa. Não podia se dar ao luxo de usar mais Sorte. Havia restado muito pouco.

Mas Camon não bateu nela. Em vez disso suspirou e pousou a mão gorducha em seu ombro.

— Por que insiste em me provocar, Vin? Você conhece as dívidas que seu irmão deixou quando fugiu. Percebe que um homem menos misericordioso do que eu teria te vendido para os cafetões há muito tempo? O que acharia de servir na cama de algum nobre até que ele se cansasse de você e mandasse executá-la?

Vin baixou os olhos para os pés.

O aperto de Camon aumentou, seus dedos machucavam sua pele entre o pescoço e o ombro, ela gemeu de dor contra sua vontade. E ele sorriu com a reação.

— Honestamente, não sei por que te mantenho na gangue, Vin — disse, aumentando a pressão dos dedos. — Devia ter me livrado de você há meses, quando seu irmão me traiu. Imagino que eu tenha um coração muito generoso.

Ele finalmente a soltou e fez um sinal para que ela ficasse em um dos cantos do aposento, junto a uma planta alta. Ela fez como ordenado, acomodando-se de modo a ter uma boa visão de todo o quarto. Assim que Camon afastou o olhar, ela esfregou o ombro. *É só outra dor. Posso lidar com a dor.*

Camon ficou sentado por alguns momentos. E então, como era de se esperar, fez sinal para os dois "criados" ao seu lado.

— Vocês dois! — disse. — Estão bem-vestidos demais. Vistam algo que os faça parecer criados skaas. E tragam mais seis homens com vocês quando voltarem.

Em pouco tempo o aposento estava arranjado como Vin tinha sugerido. O obrigador chegou pouco depois.

Vin observou o Prelado Laird entrar arrogantemente no aposento. Ele tinha a cabeça raspada, como todos os obrigadores, e usava uma túnica cinza-escura. As tatuagens ao redor de seus olhos o identificavam como prelado, um burocrata sênior do Cantão das Finanças do Ministério. Um grupo de obrigadores menores vinha atrás dele, as tatuagens de seus olhos eram muito menos intrincadas.

Camon se levantou quando o prelado entrou, um sinal de respeito — algo que até o mais alto dos nobres das Grandes Casas devia demonstrar para um obrigador da posição de Laird. O prelado não fez qualquer reverência ou cumprimento, apenas avançou e sentou-se à mesa diante de Camon. Um dos membros da horda caracterizado de criado se apressou em oferecer vinho gelado e frutas para o obrigador.

Laird pegou uma fruta, e o criado permaneceu obedientemente parado, segurando a travessa como se fosse uma peça da mobília.

— Lorde Jedue — disse Laird por fim —, fico feliz que, finalmente, tenhamos a oportunidade de nos conhecer.

— Eu digo o mesmo, Vossa Graça — disse Camon.

— Por que, mais uma vez, não pôde ir à sede do Cantão e, em vez disso, pediu que eu o visitasse aqui?

— Meus joelhos, Vossa Graça — explicou Camon. — Meus médicos recomendaram que eu viajasse o mínimo possível.

E porque você estava apreensivo — e com razão — sobre entrar em uma fortaleza do Ministério, pensou Vin.

— Entendo — falou Laird —, joelhos fracos. Um atributo infeliz em um homem que lida com transporte.

— Não preciso acompanhar as viagens, Vossa Graça — disse Camon, inclinando a cabeça. — Apenas organizá-las.

Bom, pensou Vin. *Assegure-se de permanecer subserviente, Camon. Você precisa parecer desesperado.*

Vin precisava que aquele golpe fosse bem-sucedido. Camon a ameaçava e a espancava, a considerava seu amuleto da sorte. Ela não tinha certeza se ele sabia o porquê de seus planos funcionarem tão bem quando ela estava por perto, mas ele aparentemente fazia a conexão. Isso a tornava valiosa — e Reen sempre dizia que a maneira mais segura de se manter vivo no submundo era se tornando indispensável.

— Entendo — repetiu Laird. — Bem, temo que nosso encontro tenha acontecido tarde demais para seus propósitos. O Cantão das Finanças já votou sua proposta.

— Tão rápido? — perguntou Camon, com surpresa genuína.

— Sim — respondeu Laird, tomando um gole do vinho, ainda sem dispensar o criado. — Decidimos não aceitar seu contrato.

Camon ficou aturdido um momento.

— Sinto ouvir isso, Vossa Graça.

Laird veio encontrá-lo, Vin pensou. *Isso significa que ele ainda está em posição de negociar.*

— Na verdade — prosseguiu Camon, percebendo o mesmo que Vin —, o que torna a circunstância particularmente infeliz, uma vez que eu estava disposto a fazer ao Ministério uma oferta ainda melhor.

Laird ergueu uma das sobrancelhas tatuadas.

— Duvido que isso importe. Há um membro do Conselho que crê que o Cantão receberia um serviço melhor se encontrássemos uma casa mais estável para transportar nosso povo.

— Esse seria um erro grave — disse Camon calmamente. — Sejamos francos, Vossa Graça. Ambos sabemos que este contrato é a última chance da Casa Jedue. Agora que perdemos o contrato com Farwan, não podemos nos dar ao luxo de trazer nossos barcos para Luthadel. Sem o auxílio do Ministério, minha casa está economicamente condenada.

— Isso é pouco para me persuadir, Vossa Senhoria — disse o obrigador.

— Mesmo? — perguntou Camon. — Pergunte a si mesmo, Vossa Graça: quem o serviria melhor? A casa com dezenas de contratos para dividir sua atenção ou a casa que vê seu contrato como a última esperança? O Cantão das Finanças não encontrará parceiro mais obsequioso do que aquele que está desesperado. Deixe que meus barcos sejam os que transportarão seus acólitos do norte, deixe que meus soldados os escoltem, e você não se decepcionará.

Bom, pensou Vin.

— Eu... entendo — disse o obrigador, agora preocupado.

— Eu estaria disposto a assinar um contrato estendido com vocês, com um preço fixo de cinquenta boxes por cabeça a viagem, Vossa Graça. Os seus acólitos poderiam viajar em nossos barcos quando quisessem, e teriam as escoltas necessárias à sua disposição.

Dessa vez a sobrancelha do obrigador se ergueu ainda mais.

— Isso é metade da tarifa anterior.

— Eu lhe falei — disse Camon. — Estamos desesperados. Minha casa *precisa* manter seus barcos em funcionamento. Cinquenta boxes não nos darão lucro, mas não importa. Uma vez que tenhamos o contrato do Ministério nos dando estabilidade, poderemos assinar outros contratos para encher nossos cofres.

Laird ficou pensativo. Era um acordo fabuloso — do tipo que normalmente teria levantado suspeitas. Contudo, a apresentação de Camon criara a imagem de uma casa à beira do colapso financeiro. O outro líder da horda, Theron, passara cinco anos construindo, enganando e falseando para criar aquele momento. O Ministério seria negligente em não considerar a oportunidade.

Era exatamente isso que Laird estava percebendo. O Ministério do Aço não era apenas a força da burocracia e da autoridade legal no Império Final — era como uma casa nobre em si. Quanto mais riqueza tivesse, quanto melhores fossem seus contratos mercantis, mais influência os vários Cantões do Ministério teriam entre si — e com as outras casas nobres.

No entanto, Laird ainda estava obviamente hesitante. Vin podia ver a expressão em seus olhos, a suspeita que ela conhecia tão bem. Ele não aceitaria o contrato.

Agora, Vin pensou. *É a minha vez.*

Vin usou sua Sorte em Laird. Ela a alcançou hesitantemente — sem ter certeza do que estava fazendo ou de por que conseguia fazer aquilo. Mesmo assim, seu toque era instintivo, treinado por anos de prática sutil. Vin tinha dez anos quando percebeu que as outras pessoas não podiam fazer o que ela fazia.

Voltou a pressionar as emoções de Laird, atenuando-as. Ele ficou menos desconfiado, menos temeroso. Dócil. Suas preocupações se desfizeram, e Vin pôde ver uma calma sensação de controle começando a se firmar nos olhos dele.

Mesmo assim, Laird ainda parecia indeciso. Vin usou um pouco mais de força. Ele inclinou a cabeça, parecendo pensativo. Abriu a boca para falar, mas ela pressionou ainda mais, usando desesperadamente seu último bocado de Sorte.

Ele hesitou de novo.

— Muito bem — disse o prelado finalmente. — Levarei essa nova proposta ao Conselho. Talvez possamos chegar a um acordo.

Se alguém estiver lendo estas palavras, saiba que o poder é um fardo pesado. Tente não ficar preso em suas correntes. As profecias de Terris preveem que eu terei o poder de salvar o mundo.

Elas sugerem, no entanto, que terei poder para destruí-lo também.

2

NA OPINIÃO DE KELSIER, a cidade de Luthadel — trono do Senhor Soberano — era uma visão deprimente. A maioria dos edifícios tinha sido construída com blocos de pedra, com telhados de telha para os ricos e simples telhados pontiagudos de madeira para os demais. As estruturas ficavam próximas umas das outras, fazendo com que parecessem atarracadas, apesar de em geral terem três andares.

As construções residenciais e comerciais eram uniformes na aparência; esse não era um lugar em que alguém gostaria de chamar a atenção para si mesmo. A menos, é claro, que se fosse membro da alta nobreza.

Intercaladas por toda a cidade, havia cerca de uma dúzia de fortalezas monolíticas. Intrincadas, com fileiras de torres em formato de lanças pontiagudas ou arcadas profundas, essas eram as casas da alta nobreza. De fato, essa era considerada a *marca* de uma família da alta nobreza: qualquer família que pudesse se dar ao luxo de construir uma fortaleza e manter uma presença de alto nível em Luthadel era considerada pertencente a uma Grande Casa.

A maior parte dos espaços abertos da cidade estava situada ao redor delas. Essas manchas de espaço entre as residências eram como clareiras em uma floresta, e as fortalezas eram como montanhas que se erguiam sobre a paisagem. Montanhas negras. Como o resto da cidade, as fortalezas eram manchadas por incontáveis anos de chuvas de cinzas.

Todas as estruturas em Luthadel — praticamente todas as que Kelsier já vira — eram enegrecidas em algum grau. Até mesmo a muralha da cidade, sobre a qual Kelsier se encontrava agora, estava enegrecida por uma pátina de fuligem. As construções eram, em geral, mais escuras na parte superior, onde as cinzas se acumulavam, mas a água das chuvas e a bruma noturna arrastavam as manchas para os parapeitos, fazendo-as escorrerem pelas paredes. Como tinta escorrendo sobre uma tela, a escuridão parecia rastejar pelas laterais dos edifícios em uma gradação irregular.

As ruas, é claro, eram completamente negras. Kelsier permaneceu esperando, analisando a cidade enquanto um grupo de skaas operários trabalhava nas ruas abaixo, limpando os últimos montes de cinzas. Eles os conduziriam até o rio Channerel, que cortava o centro da cidade, jogando as pilhas de cinzas na correnteza para que não se acumulassem e enterrassem a cidade. Kelsier às vezes se perguntava por que todo o império não era um grande monte de cinzas. Supunha que, eventualmente, as cinzas acabavam se transformando em terra com o tempo. Mesmo assim, uma quantidade absurda de trabalho era necessária para manter as cidades e os campos limpos o bastante para serem usados.

Felizmente, sempre havia skaas suficientes para fazer o trabalho. Os operários vestiam casacos e calças simples, manchados de cinzas e surrados. Assim como os trabalhadores das plantações que ele deixara para trás há várias semanas, eles trabalhavam com movimentos submissos e controlados. Outros grupos de skaas passaram pelos operários, respondendo ao toque distante dos sinos que marcavam a hora, chamando-os para os trabalhos matutinos nas forjas ou moinhos. O principal produto de exportação de Luthadel era o metal; a cidade era a sede de centenas de forjas e refinarias. No entanto, a correnteza do rio proporcionava locais excelentes para a instalação de moinhos, tanto para moer grãos quanto para fazer tecidos.

Os skaas continuavam trabalhando. Kelsier se afastou, olhando ao longe, na direção do centro da cidade, onde o palácio do Senhor Soberano pairava como algum tipo de inseto imenso e cheio de espinhos. Kredik

Shaw, a Colina das Mil Torres. O palácio tinha várias vezes o tamanho da fortaleza de um nobre e era, notavelmente, o maior edifício da cidade.

Outra chuva de cinzas começou enquanto Kelsier contemplava a cidade, os flocos caindo suavemente nas ruas e construções. *Tem havido muita chuva de cinzas ultimamente*, ele pensou, contente por ter uma desculpa para erguer o capuz de sua capa. *As Montanhas de Cinzas devem estar ativas*.

Era improvável que alguém em Luthadel o reconhecesse — três anos tinham se passado desde sua captura. Mesmo assim, o capuz lhe dava segurança. Se tudo desse certo, chegaria um momento em que Kelsier iria querer ser visto e reconhecido. Por enquanto, o anonimato era, provavelmente, melhor.

Depois de um tempo, uma figura se aproximou pela muralha. O homem, Dockson, era mais baixo do que Kelsier, e tinha um rosto quadrado que parecia combinar com sua constituição moderadamente atarracada. O capuz da capa, de um marrom indefinível, cobria seus cabelos pretos, e ele usava a mesma barba curta que mantinha desde que o seu rosto começara a ter pelos, vinte anos atrás.

Ele, assim como Kelsier, usava trajes nobres: colete colorido, casaco escuro e calça, e uma capa fina para se proteger das cinzas. A roupa não era luxuosa, mas era aristocrática — indicativo da classe média de Luthadel. A maioria dos homens nascidos nobres não era rica o suficiente para ser considerada parte das Grandes Casas — mas nobreza, no Império Final, não se tratava apenas de dinheiro. Tinha a ver com linhagem e história; o Senhor Soberano era imortal e, aparentemente, ainda se lembrava dos homens que o apoiaram durante os primeiros anos de seu reinado. Os descendentes desses homens, não importava o quão pobres tivessem se tornado, sempre seriam favorecidos.

A roupa impedia que os patrulheiros fizessem muitas perguntas. No caso de Kelsier e Dockson, os trajes eram uma mentira. Nenhum deles era realmente nobre — embora, tecnicamente, Kelsier fosse mestiço. De muitas maneiras isso era pior do que ser um simples skaa.

Dockson se aproximou de Kelsier e se inclinou sobre as ameias, apoiando os braços fortes sobre a pedra.

— Está alguns dias atrasado, Kell.

— Decidi fazer umas paradas a mais nas plantações ao norte.

— Ah — disse Dockson. — Então você *tem* algo a ver com a morte de Lorde Tresting.

Kelsier sorriu.

— Pode-se dizer que sim.

— O assassinato dele causou bastante comoção entre a nobreza local.

— Essa era a intenção — respondeu Kelsier. — Ainda que, para ser honesto, eu não estivesse planejando nada tão dramático. Foi mais um acidente do que qualquer outra coisa.

Dockson ergueu uma sobrancelha.

— E como é que se mata "acidentalmente" um nobre em sua mansão?

— Com uma faca no peito — disse Kelsier despreocupadamente. — Ou melhor, um par de facas no peito. É sempre bom se precaver.

Dockson revirou os olhos.

— A morte dele não é exatamente uma perda, Dox — prosseguiu Kelsier. — Mesmo entre a nobreza, Tresting tinha reputação de ser cruel.

— Não me importo com Tresting — respondeu Dockson. — Só estou pensando no grau de insanidade que me levou a planejar outro trabalho com você. Atacar um lorde provinciano em sua mansão, cercada por guardas... Honestamente, Kell, eu quase tinha me esquecido do quão imprudente você pode ser.

— Imprudente? — perguntou Kelsier com uma gargalhada. — Aquilo não foi imprudência... foi só uma pequena distração. Você devia ver o que estou *planejando* fazer!

Dockson parou por um momento e então riu também.

— Pelo Senhor Soberano, é bom ter você de volta, Kell! Receio que tenha me tornado particularmente entediante nesses últimos anos.

— Vamos consertar isso — prometeu Kelsier.

Ele respirou fundo, as cinzas caíam levemente ao seu redor. As equipes de limpeza já estavam de volta ao trabalho nas ruas abaixo, varrendo as cinzas negras. Uma patrulha de guardas passou atrás de Kelsier e Dockson, cumprimentando-os. Ambos esperaram, em silêncio, até que os homens se afastassem.

— É bom estar de volta — disse Kelsier finalmente. — Há algo familiar em Luthadel... ainda que seja um deprimente poço de austeridade. Já organizou a reunião?

Dockson assentiu.

— Não podemos começar até esta noite, no entanto. E como você conseguiu entrar, afinal? Eu tinha homens vigiando os portões.

— Humm? Ah, eu entrei sorrateiramente na noite passada.

— Mas, como... — Dockson parou. — Ah, certo. Vai custar para eu me acostumar com isso.

Kelsier deu de ombros.

— Não vejo por quê. Você trabalha com Brumosos o tempo todo.

— Sim, mas isso é diferente — disse Dockson. Ele fez um aceno para impedir outro argumento. — Não é necessário, Kell. Só disse que vai custar para eu me acostumar.

— Tudo bem. Quem vem esta noite?

— Bem, Brisa e Ham estarão lá, é claro. Eles estão bastante curiosos sobre esse seu trabalho misterioso. Sem mencionar que estão incomodados por eu não ter contado a eles sobre o que você andou fazendo nos últimos anos.

— Bom — disse Kelsier, com um sorriso. — Deixe-os imaginar. E quanto ao Arapuca?

Dockson negou com a cabeça.

— O Arapuca está morto. O Ministério finalmente o capturou há alguns meses. Nem se incomodaram em mandá-lo para os Fossos: ele foi decapitado no mesmo instante.

Kelsier fechou os olhos, suspirando profundamente. Parecia que o Ministério do Aço acabava capturando todo mundo com o tempo. Kelsier às vezes achava que a vida de um skaa Brumoso não era tanto sobre sobreviver, mas sobre escolher o momento adequado para morrer.

— Isso nos deixa sem um Esfumaçador — disse Kelsier, finalmente, abrindo os olhos. — Alguma sugestão?

— Ruddy — respondeu Dockson.

Kelsier negou com a cabeça.

— Não. Ele é um bom Esfumaçador, mas não é um homem bom o suficiente.

Dockson sorriu.

— Não é um homem bom o suficiente para estar em uma gangue de ladrões... Kell, eu *realmente* senti falta de trabalhar com você. Tudo bem. Quem, então?

Kelsier pensou por um momento.

— O Trevo continua com aquela loja?

— Pelo que sei, sim — disse Dockson lentamente.

— Ele provavelmente é um dos melhores Esfumaçadores da cidade.

— Imagino que sim — concordou Dockson. — Mas não é difícil trabalhar com ele?

— Trevo não é tão ruim — argumentou Kelsier. — Não depois que se acostuma com ele. Além disso, acho que ele pode ser... propício para esse trabalho em particular.

— Está bem — disse Dockson, dando de ombros. — Vou convidá-lo. Acho que um de seus parentes é um Olho de Estanho. Quer que o convide também?

— Parece bom — Kelsier concordou.

— Certo — disse Dockson. — Bom, além desses, temos apenas Yeden. Presumindo que ainda esteja interessado.

— Ele estará lá — afirmou Kelsier.

— É melhor que esteja — insistiu Dockson. — Será ele quem irá nos pagar, afinal.

Kelsier concordou e, em seguida, franziu o cenho.

— Você não mencionou Marsh.

Dockson deu de ombros.

— Eu te avisei. Seu irmão nunca aprovou nossos métodos, e agora... bem, você conhece Marsh. Ele não vai querer ter mais nada com Yeden e a rebelião, muito menos com um bando de criminosos como nós. Acho que teremos que encontrar outra pessoa para se infiltrar entre os obrigadores.

— Não — retrucou Kelsier. — Ele fará isso. É só eu dar uma passada por lá para persuadi-lo.

— Se você diz. — Dockson ficou em silêncio, e os dois ficaram parados por um momento, inclinados sobre as ameias, observando a cidade suja de cinzas.

Dockson finalmente suspirou.

— Isso é insano, não?

Kelsier sorriu.

— Parece bom, não é?

Dockson assentiu.

— Fantástico.

— Será um trabalho como nenhum outro — comentou Kelsier, olhando para o norte, na direção do edifício retorcido no centro da cidade.

Dockson se afastou da muralha.

— Temos poucas horas antes da reunião. Há algo que quero mostrar a você. Acho que ainda dá tempo... se nos apressarmos.

Kelsier se voltou, curioso.

— Bem, eu *ia* dar uma bronca no meu irmão puritano. Mas...

— Isso vai valer a pena — prometeu Dockson.

VIN ESTAVA SENTADA NO CANTO do covil principal do esconderijo. Mantinha-se nas sombras, como sempre; quanto mais ficasse fora da vista, mais os outros a ignorariam. Não podia se dar ao luxo de gastar a sua Sorte mantendo as mãos dos homens longe dela. Mal tivera tempo de regenerar o que usara alguns dias antes, durante o encontro com o obrigador.

A turba habitual ocupava as mesas da sala, jogando dados ou discutindo golpes menores. A fumaça de uma dezena de cachimbos se acumulava no teto do aposento, e as paredes tinham manchas escuras de incontáveis anos do mesmo tratamento. O chão também. Como a maior parte das gangues de ladrões, o grupo de Camon não era conhecido por seu asseio.

Havia uma porta no fundo da habitação e, atrás dela, uma escada de pedra em caracol que dava em um bueiro falso em um beco. Essa sala, assim como muitos outros esconderijos na capital imperial de Luthadel, supostamente não existia.

Gargalhadas ásperas vinham da parte da frente do aposento, onde Camon estava sentado com meia dezena de comparsas, desfrutando de uma tarde típica com cerveja e piadas grosseiras. A mesa de Camon ficava ao lado do bar, cujas bebidas superfaturadas eram simplesmente uma outra forma de o líder explorar aqueles que trabalhavam para ele. Os criminosos de Luthadel haviam aprendido muito bem as lições da nobreza.

Vin tentou o seu melhor para ficar invisível. Seis meses antes não teria acreditado que sua vida podia realmente ficar pior sem Reen. Mesmo assim, apesar da ira agressiva de seu irmão, ele impedia que outros membros da gangue cruzassem o caminho de Vin. Havia um número relativamente pequeno de mulheres nas gangues de ladrões; as que se envolviam com o submundo acabavam, em geral, como prostitutas. Reen sempre dizia que uma garota tinha que ser durona — mais durona até do que um homem — se quisesse sobreviver.

Você acha que algum líder de gangue vai querer um peso como você no grupo?, ele dizia. *Nem eu quero trabalhar com você, e sou seu irmão.*

Suas costas ainda latejavam; Camon a chicoteara no dia anterior. O sangue estragaria sua camisa, e ela não tinha como comprar outra. Camon já vinha ficando com o seu pagamento para quitar as dívidas que Reen deixara para trás.

Mas eu sou forte, pensou.

Essa era a ironia. Os espancamentos já quase não doíam mais, pois as agressões frequentes de Reen fizeram com que Vin se tornasse resiliente e, ao mesmo tempo, ensinaram-na como parecer patética e arrasada. Os espancamentos eram, de certo modo, autodestrutivos. Os hematomas e vergões se curavam, mas cada nova chibatada a tornava mais dura. Mais forte.

Camon se levantou. Buscou algo no bolso do colete e tirou seu relógio de ouro. Acenou para um de seus companheiros e, então, examinou o aposento, procurando por... ela.

Seus olhos se fixaram em Vin.

— Está na hora.

Vin franziu o cenho. *Hora de quê?*

O CANTÃO DAS FINANÇAS DO Ministério era uma estrutura imponente — mas, para falar a verdade, *tudo* relacionado ao Ministério do Aço tendia a ser imponente.

Alto e quadrado, o edifício tinha uma imensa janela circular na frente, embora os vidros estivessem escuros do lado de fora. Havia dois grandes estandartes pendurados nas laterais da janela, o tecido vermelho manchado de fuligem proclamava louvores ao Senhor Soberano.

Camon estudou o prédio com um olhar crítico. Vin podia sentir a apreensão dele. O Cantão das Finanças dificilmente era o gabinete mais ameaçador do Ministério — o Cantão da Inquisição, ou mesmo o Cantão da Ortodoxia, tinha reputação muito mais sinistra. Contudo, entrar voluntariamente em qualquer gabinete do Ministério... colocar-se nas mãos dos obrigadores... bem, era algo que alguém só fazia depois de pensar seriamente no assunto.

Camon respirou profundamente e deu um passo adiante, batendo seu bastão de duelo contra as pedras enquanto caminhava. Vestia seu elegante traje de nobre e estava acompanhado por meia dúzia de membros da gangue — incluindo Vin — atuando como "criados".

Vin seguiu Camon degraus acima, então parou quando um dos membros da gangue se adiantou para abrir a porta para seu "amo". Dos seis criados, apenas Vin parecia não saber nada sobre o plano de Camon. Estranhamente, Theron — o suposto parceiro de Camon no golpe ao Ministério — não estava em parte alguma.

Vin entrou no edifício do Cantão. Uma vibrante luz vermelha com centelhas azuladas entrava pela janela circular. Um único obrigador, com tatuagens de nível médio ao redor dos olhos, sentava-se atrás de uma mesa ao fundo do comprido vestíbulo.

Camon se aproximou, batendo o bastão contra o carpete enquanto andava.

— Sou Lorde Jedue — disse.

O que está fazendo, Camon? pensou Vin. *Você insistiu com Theron que não se reuniria com o Prelado Laird no gabinete do Cantão. E agora aqui está você.*

O obrigador assentiu, fazendo uma anotação em seu livro de registro. Em seguida, apontou para o lado.

— Pode levar um criado com você para a sala de espera. Os outros devem permanecer aqui.

O bufar de desprezo de Camon indicava o que pensava da proibição. Mas o obrigador não tirou os olhos de seu livro. Camon ficou parado por um momento, e Vin não conseguiu perceber se ele estava genuinamente zangado ou apenas interpretando o papel de um nobre arrogante. Finalmente, apontou para Vin.

— Venha — disse, virando-se e caminhando em direção à porta indicada.

A sala, do lado de dentro, era luxuosa e cômoda. Havia vários nobres descansando enquanto esperavam. Camon escolheu uma cadeira e se acomodou, apontando para uma mesa com vinho e bolos de frutas. Vin serviu-lhe obedientemente uma taça de vinho e um prato de comida, ignorando a própria fome.

Camon começou a comer o bolo, saboreando-o em silêncio.

Ele está nervoso. Ainda mais nervoso do que antes.

— Assim que entrarmos, não diga nada — murmurou Camon.

— Você vai trair Theron — sussurrou Vin.

Camon assentiu.

— Mas como? Por quê?

O plano de Theron era complexo na execução, mas simples no conceito. Todo ano, o Ministério transferia seus novos obrigadores acólitos das instalações de treinamento do norte para o sul, em Luthadel, para a instrução final. Theron descobrira que esses acólitos e seus supervisores traziam consigo grandes quantidades de fundos do Ministério — disfarçados de bagagem — para serem guardados em Luthadel.

O banditismo era bastante difícil no Império Final, graças às constantes patrulhas ao longo das rotas do canal. No entanto, se alguém estivesse administrando os barcos que os acólitos usavam, um roubo seria possível. Se arranjado no momento certo... com os guardas distraídos com os passageiros... um homem poderia conseguir um bom lucro e então culpar toda a bandidagem.

— A gangue de Theron está fraca — disse Camon. — Ele investiu muitos recursos neste golpe.

— Mas o retorno que terá... — Vin lembrou.

— Nunca virá se eu pegar o que puder agora e fugir — comentou Camon, sorrindo. — Convencerei os obrigadores a me darem um montante para manter minha frota funcionando, então desaparecerei e deixarei que Theron lide com o desastre quando o Ministério perceber que foi enganado.

Vin deu um passo para trás, levemente surpresa. Preparar um embuste como esse deveria ter custado a Theron milhares e milhares de boxes — se o acordo falhasse agora, ele estaria arruinado. E, com o Ministério em seu encalço, ele não teria tempo de buscar vingança. Camon teria um lucro rápido, ao mesmo tempo em que se veria livre de um de seus mais poderosos rivais.

Theron foi um tolo em meter Camon nisso, pensou. Mas, claro, o montante que Theron prometera pagar a Camon era alto; ele provavelmente presumira que a ganância de Camon garantiria sua honestidade até que o próprio Theron pudesse dar um golpe nele. Camon tinha simplesmente agido mais rápido do que qualquer um, até mesmo Vin, poderia esperar. Como Theron poderia saber que Camon minaria o golpe, em vez de esperar e tentar roubar toda a bolada dos barcos?

O estômago de Vin revirou. *É só mais uma traição*, ela pensou, enjoada. *Por que isso ainda me incomoda tanto? Todo mundo trai todo mundo. A vida é assim.*

Ela queria encontrar um canto em algum lugar apertado e isolado para se esconder. Sozinha.

Todo mundo vai trair você. Todo mundo.

Mas não havia para onde ir. Finalmente, um obrigador menor entrou e chamou Lorde Jedue. Vin seguiu Camon enquanto eles eram conduzidos à sala de audiências.

O homem que os esperava lá dentro, sentado atrás da mesa de audiências, não era o Prelado Laird.

Camon se deteve à porta. A sala era austera, mobiliada apenas com a mesa e um carpete cinza simples. As paredes de pedra não tinham adornos, e a única janela tinha pouco mais que um palmo de largura. O obrigador que esperava por eles tinha uma das tatuagens ao redor dos olhos mais intrincadas que Vin já vira. Ela não sabia ao certo a posição que os desenhos indicavam, mas eles se estendiam por trás das orelhas e até a testa do obrigador.

— Lorde Jedue — disse o estranho obrigador. Como Laird, usava túnica cinza, mas era muito diferente dos severos e burocráticos homens com quem Camon já havia tratado. Este homem era esguio e musculoso, e sua cabeça raspada e triangular lhe dava um ar quase predatório.

— Pensei que me encontraria com o Prelado Laird — disse Camon, ainda sem entrar na sala.

— O Prelado Laird foi chamado para resolver outros assuntos. Eu sou o Sumo Prelado Arriev, líder do conselho que está revendo sua proposta. Você está tendo a rara oportunidade de se dirigir diretamente a mim. Normalmente não atendo os casos pessoalmente, mas a ausência de Laird fez necessário que eu me ocupasse de algumas de suas tarefas.

Os instintos de Vin deixaram-na tensa. *Devíamos ir. Agora.*

Camon ficou parado por um longo momento, e Vin percebeu que ele estava refletindo sobre as possibilidades. Fugir agora ou assumir o risco por um prêmio maior? Vin não queria saber de prêmios; só queria viver. Mas Camon não havia se tornado líder de gangue sem correr um risco ocasional. Ele entrou lentamente no aposento, com os olhos cautelosos enquanto se sentava diante do obrigador.

— Bem, Sumo Prelado Arriev — falou, com voz cuidadosa. — Presumo que, uma vez que eu tenha sido chamado para outra reunião, o conselho está considerando minha oferta?

— Estamos, de fato — confirmou o obrigador. — Embora eu deva admitir que alguns membros do conselho estejam apreensivos quanto a tratar com uma família tão próxima do desastre econômico. O Ministério, em geral, prefere ser conservador em suas operações financeiras.

— Entendo.

— Mas — Arriev prosseguiu — há outros no conselho que estão bastante ansiosos em tirar proveito das vantagens que você nos ofereceu.

— E com que grupo o senhor se identifica, Vossa Graça?

— Eu, até o momento, não me decidi. — O obrigador se inclinou para a frente. — Por isso apontei que você tem uma oportunidade rara. Convença-me, Lorde Jedue, e você terá seu contrato.

— Certamente o Prelado Laird esboçou os detalhes de nossa oferta — disse Camon.

— Sim, mas gostaria de ouvir seus argumentos pessoalmente. Atenda-me.

Vin franziu o cenho. Ela permanecera no fundo do aposento, parada perto da porta, ainda meio convencida de que devia fugir.

— Então? — perguntou Arriev.

— Precisamos deste contrato, Vossa Graça — começou Camon. — Sem ele, não seremos capazes de continuar nossas operações pelo canal. Seu contrato nos dará um período de estabilidade muito necessário... uma chance para manter nossas embarcações por um tempo, enquanto procuramos outros contratos.

Arriev estudou Camon por um momento.

— Você certamente consegue fazer melhor do que isso, Lorde Jedue. Laird disse que você foi bastante persuasivo... Deixe-me ouvi-lo *provar* que merece nosso patrocínio.

Vin preparou sua Sorte. Podia fazer com que Arriev ficasse mais inclinado a acreditar... mas algo a conteve. A situação parecia errada.

— Somos sua melhor escolha, Vossa Graça — insistiu Camon. — Os senhores temem que minha casa venha a sofrer um colapso econômico? Bem, nesse caso, o que vocês têm a perder? Na pior das hipóteses, meus barcos deixarão de navegar, e vocês terão de encontrar outro mercador com quem lidar. No entanto, se seu patrocínio for suficiente para manter minha casa, então vocês encontraram um contrato de longo prazo invejável.

— Entendo — disse Arriev, despreocupado. — E por que o Ministério? Por que não fazer contrato com outro? Certamente há outras opções para seus barcos... outros grupos que agarrariam tais tarifas.

Camon franziu o cenho.

— Não se trata de dinheiro, Vossa Graça, mas de vitória... de demonstrar confiança... o que ganharíamos ao assinar um contrato com o Ministério. Se confiarem em nós, outros também o farão. Eu *preciso* do seu apoio. — Camon suava agora. Provavelmente estava começando a se arrepender deste golpe. Teria sido traído? Estaria Theron por trás desta estranha reunião?

O obrigador esperou em silêncio. Ele podia destruí-los, Vin sabia. Se suspeitasse que estavam tentando enganá-lo, podia entregá-los ao Cantão da Inquisição. Mais de um nobre entrara em um edifício do Cantão e jamais retornara.

Trincando os dentes, Vin alcançou e usou sua Sorte no obrigador, tornando-o menos desconfiado.

Arriev sorriu.

— Bem, você me convenceu — declarou, de repente.

Camon suspirou de alívio.

Arriev prosseguiu:

— A sua última carta sugeria que precisava de três mil boxes como adiantamento para renovar seus equipamentos e retomar as operações fluviais. Procure o escriba, no salão principal, para finalizar a papelada e requisitar os fundos necessários.

O obrigador pegou uma folha grossa de papel burocrático de uma pilha e estampou um selo na parte de baixo. Ofereceu-a a Camon.

— Seu contrato.

Camon abriu um sorriso.

— Sabia que vir ao Ministério seria uma escolha sábia — disse, aceitando o contrato. Ficou parado, saudando respeitosamente o obrigador, então fez sinal para que Vin abrisse a porta para ele.

Ela assim o fez. *Algo está errado. Algo está muito errado.* Ela ficou parada à porta, enquanto Camon saía, olhando para o obrigador, que ainda estava sorrindo.

Um obrigador feliz era sempre um mau sinal.

Contudo, ninguém os deteve enquanto passavam pela sala de espera com seus ocupantes nobres. Camon selou e entregou o contrato para o escriba indicado, e nenhum soldado apareceu para prendê-los. O escriba puxou um pequeno baú cheio de moedas e entregou-o a Camon com um gesto indiferente.

Então simplesmente saíram do edifício do Cantão, e Camon se reuniu com os outros criados com evidente alívio. Nenhum grito de alarme. Nenhum soldado correndo. Estavam livres. Camon conseguira enganar tanto o Ministério quanto outro líder de gangue.

Aparentemente.

KELSIER ENFIOU OUTRO DOS BOLINHOS com cobertura de frutas vermelhas na boca, mastigando com satisfação. O ladrão gordo e sua criada magricela passaram pela sala de espera, a caminho da saída. O obrigador que os recebera permaneceu em sua sala, aparentemente aguardando a próxima reunião.

— E então? — Dockson perguntou. — O que você acha?

Kelsier olhou para os bolinhos.

— São bem gostosos — disse, pegando mais um. — O Ministério sempre teve um gosto excelente. Faz sentido que ofereçam petiscos de primeira.

Dockson revirou os olhos.

— Da garota, Kell.

Kelsier sorriu enquanto empilhava quatro bolinhos nas mãos e acenou com a cabeça na direção da porta. A sala de espera do Cantão estava ficando cheia demais para discutir assuntos delicados. A caminho da saída, ele parou e disse ao obrigador secretário no canto que eles precisavam reagendar a reunião.

Então os dois atravessaram a câmara de entrada, passando pelo líder de gangue gordo, que estava falando com um escriba. Kelsier saiu, levantou o capuz para se proteger das cinzas e abriu caminho pela rua. Parou diante de um beco, posicionando-se onde ele e Dockson pudessem observar as portas do edifício do Cantão.

Kelsier mastigou seus bolinhos com satisfação.

— Como você a descobriu? — perguntou, entre uma mordida e outra.

— Seu irmão — respondeu Dockson. — Camon tentou enganar Marsh há uns meses e levou a garota com ele também. Na verdade, o pequeno amuleto da sorte de Camon está ficando consideravelmente famoso nos círculos certos. Ainda não sei ao certo se ele sabe o que ela é ou não. Você sabe como os ladrões podem ser supersticiosos.

Kelsier assentiu, limpando as mãos.

— Como você sabia que ela estaria aqui hoje?

Dockson deu de ombros.

— Alguns subornos nos lugares certos. Venho observando a garota desde que Marsh a mostrou para mim. Queria que você tivesse a oportunidade de vê-la atuar com seus próprios olhos.

Do outro lado da rua, a porta do edifício do Cantão finalmente se abriu, e Camon desceu os degraus cercado por um grupo de "criados". A garota, pequena e de cabelos curtos, estava com ele. Kelsier franziu o cenho ao vê-la. Ela demonstrava ansiedade em seus passos e se sobressaltava sempre que alguém fazia um movimento rápido. A lateral direita de seu rosto ainda estava levemente descolorida por causa de um hematoma parcialmente curado.

Kelsier observou o arrogante Camon. *Tenho que inventar algo particularmente adequado para me aproximar deste homem.*

— Coitadinha — murmurou Dockson.

Kelsier assentiu.

— Logo ela estará livre dele. É incrível que ninguém a tenha descoberto antes.

— Seu irmão estava certo, então?

Kelsier assentiu.

— Ela é, no mínimo, uma Brumosa, e se Marsh diz que ela é mais do que isso, estou inclinado a acreditar nele. Estou um pouco surpreso em vê-la usar a Alomancia em um membro do Ministério, especialmente dentro de um edifício do Cantão. Eu apostaria que ela nem ao menos sabe que está usando suas habilidades.

— Isso é possível? — perguntou Dockson.

Kelsier assentiu.

— Alguns minerais encontrados na água podem ser queimados, mas dão apenas um pouco de poder. Essa é uma das razões pela qual o Senhor Soberano construiu sua cidade aqui... há muitos metais no solo. Eu diria que...

Kelsier se calou, franzindo o cenho levemente. Algo estava errado. Ele olhou na direção de Camon e sua gangue. Eles ainda podiam ser vistos à distância, cruzando a rua em direção ao sul.

Uma figura apareceu à porta do edifício do Cantão. Esguia, com um ar confiante, tinha as tatuagens de um Sumo Prelado do Cantão das Finanças ao redor dos olhos. Provavelmente o mesmo homem com quem Camon havia se reunido há pouco. O obrigador caminhou para fora do edifício, e um segundo homem saiu atrás dele.

Ao lado de Kelsier, Dockson repentinamente se enrijeceu.

O segundo homem era alto, de constituição robusta. Quando se virou, Kelsier pôde ver que um pino grosso de metal havia sido martelado em cada um de seus olhos. Os eixos eram tão largos quanto os do globo ocular e compridos o suficiente para que suas pontas afiadas se projetassem quase dois centímetros para fora da parte de trás do crânio raspado do homem. As cabeças dos pregos brilhavam como dois discos prateados, saindo dos espaços onde os olhos deveriam estar.

Um Inquisidor de Aço.

— O que *aquilo* está fazendo aqui? — perguntou Dockson.

— Fique calmo — disse Kelsier, tentando forçar-se a fazer o mesmo. O Inquisidor olhou na direção deles, seus olhos cravados observaram Kelsier antes de se voltarem na direção que Camon e a garota tinham tomado. Como todos os Inquisidores, ele tinha tatuagens intrincadas — a maioria delas negras, com uma austera linha vermelha — que o identificavam como um membro de alta patente do Cantão da Inquisição.

— Ele não está aqui por nossa causa — disse Kelsier. — Não estou queimando nada. Ele acha que somos meros nobres comuns.

— A garota — disse Dockson.

Kelsier assentiu.

— Você disse que Camon vem trabalhando nesse golpe contra o Ministério há algum tempo. Bem, a garota deve ter sido detectada por um dos obrigadores. Eles são treinados para reconhecer quando um alomântico altera as suas emoções.

Dockson franziu o cenho, pensativo. Do outro lado da rua, o Inquisidor falou algo com o outro obrigador, e os dois homens se viraram e começaram a seguir o caminho tomado por Camon. Não havia pressa no caminhar deles.

— Devem ter mandado que alguém os seguisse — disse Dockson.

— Este é o Ministério — lembrou Kelsier. — Devem ter mandado pelo menos dois.

Dockson assentiu.

— Camon os conduzirá diretamente ao seu esconderijo. Dezenas de homens morrerão. Não são as pessoas mais admiráveis, mas...

— Combatem o Império Final, do seu jeito — completou Kelsier. — Além disso, não estou disposto a deixar que uma possível Nascida da Bruma escape de nós. Quero falar com aquela garota. Você consegue dar um jeito naqueles batedores?

— Eu disse que tinha ficado entediado, Kell — disse Dockson. — Não desleixado. Posso lidar com um par de lacaios do Ministério.

— Muito bem — disse Kelsier, enfiando a mão no bolso da capa e tirando um pequeno frasco. Uma coleção de flocos de metal boiava em uma solução de álcool dentro dele. Ferro, aço, estanho, peltre, cobre, bronze, zinco e latão — os oito metais alomânticos básicos. Kelsier tirou a tampa e engoliu o conteúdo em um único gole.

Guardou o frasco, agora vazio, limpando a boca.

— Vou dar um jeito naquele Inquisidor.

Dockson pareceu apreensivo.

— Vai tentar enfrentá-lo?

Kelsier meneou a cabeça negativamente.

— É perigoso demais. Só vou distraí-lo. Agora vamos... não queremos que os batedores encontrem o esconderijo.

Dockson assentiu.

— A gente se vê na Encruzilhada Quinze — disse antes de seguir pelo beco e desaparecer, dobrando uma esquina.

Kelsier deu dez segundos de vantagem para seu amigo antes de alcançar os metais em seu interior e queimá-los. Seu corpo se encheu de força, clareza e poder.

Kelsier sorriu; e então, queimando zinco, aumentou seu poder e se apoderou com firmeza das emoções do Inquisidor. A criatura se deteve imediatamente, deu meia-volta e olhou na direção do edifício do Cantão.

Vamos fazer uma perseguição agora, você e eu, Kelsier pensou.

Chegamos a Terris no começo desta semana e tenho que dizer que achei a zona rural linda. As grandes montanhas ao norte — com seus cumes repletos de neve e mantas florestais — se erguem como deuses guardiões sobre esta terra de verde fertilidade. Minhas próprias terras ao sul são, em geral, planas; acho que pareceriam menos lúgubres se tivessem algumas montanhas para modificar o terreno.

O povo aqui é formado principalmente por pastores — embora madeireiros e lavradores não sejam incomuns. É uma terra pastoral, com certeza. Parece estranho que um lugar tão marcadamente agrícola tenha produzido as profecias e teologias nas quais o mundo inteiro se baseia atualmente.

3

CAMON CONTOU AS MOEDAS, COLOCANDO os boxes de ouro um por um no pequeno baú em sua mesa. Ele ainda parecia um pouco atordoado, e tinha motivos para isso. Três mil boxes eram uma soma fabulosa de dinheiro — muito mais do que Camon ganharia, mesmo em um ano muito bom. Seus comparsas mais próximos estavam sentados à mesa com ele, a cerveja e as risadas corriam soltas.

Vin sentou-se no canto, tentando entender seu sentimento de pavor. Três mil boxes. O Ministério jamais teria liberado tal soma tão rapidamente. O Prelado Arriev parecia astuto demais para ser enganado com facilidade.

Camon jogou outra moeda no cofre. Vin não sabia se ele estava sendo tolo ou esperto com tal demonstração de riqueza. As gangues do submundo operavam sob um acordo estrito: todos recebiam uma parte dos ganhos de acordo com a sua posição no grupo. Ainda que algumas vezes fosse tentador matar o líder da gangue e pegar todo o seu dinheiro, um líder bem-sucedido gerava mais riquezas para todos. Matá-lo prematuramente significaria cortar ganhos futuros — sem mencionar atrair a ira dos outros membros da gangue.

Mesmo assim, três mil boxes... era o suficiente para tentar até mesmo o mais sensato dos ladrões. Estava tudo errado.

Tenho que dar o fora daqui, decidiu Vin. *Sair de perto de Camon e do covil, caso alguma coisa aconteça.*

Mas... partir? Por conta própria? Nunca estivera sozinha antes; sempre tivera Reen. Fora ele quem a levara de cidade em cidade, unindo-se a diferentes gangues de ladrões. Ela adorava a solidão. Mas a ideia de estar por conta própria, lá fora, na cidade, a horrorizava. Por isso jamais fugira de Reen; por isso ficara com Camon.

Não podia ir. Mas precisava. Levantou a cabeça em seu canto, examinando a sala. Não havia muitas pessoas na gangue pelas quais sentisse algum tipo de ligação. Mas havia alguns que lamentaria ver feridos, se os obrigadores realmente atacassem o grupo. Alguns homens que não tinham tentado abusar dela ou — em casos muito raros — que a tinham tratado com certa gentileza.

Ulef estava no topo da lista. Ele não era um amigo, mas era o mais próximo disso que ela tinha agora que Reen se fora. Se ele fosse com ela, então, ao menos, ela não estaria sozinha. Cautelosamente, Vin se levantou e caminhou pela lateral da sala até onde Ulef estava sentado, bebendo com alguns dos outros membros mais jovens da gangue.

Puxou a manga de Ulef. Ele se virou na direção dela, levemente bêbado.

— Vin?

— Ulef — sussurrou ela. — Precisamos ir.

Ele franziu o cenho.

— Ir? Ir para onde?

— Embora — sussurrou de novo. — Para fora daqui.

— Agora?

Vin assentiu, impaciente.

Ulef olhou para seus amigos, que estavam rindo entre si e lançando olhares sugestivos para Vin e Ulef.

Ulef corou.

— Você quer ir para algum lugar, só você e eu?

— Não para isso — disse Vin. — Eu só... tenho que deixar o covil. E não quero fazer isso sozinha.

Ulef franziu o cenho e se inclinou para perto dela. Tinha um leve odor de cerveja no hálito.

— O que está acontecendo, Vin? — perguntou ele em voz baixa.

Vin hesitou.

— Eu... acho que algo vai acontecer, Ulef — sussurrou ela outra vez. — Algo com os obrigadores. Eu só não quero estar no covil neste momento.

Ulef ficou em silêncio por um momento.

— Tudo bem — disse finalmente. — Quanto tempo isso vai levar?

— Não sei — Vin falou. — Até o anoitecer, pelo menos. Mas temos que ir. *Agora*.

Ele assentiu lentamente.

— Espere aqui um instante — Vin sussurrou, virando-se. Ela deu uma olhada em Camon, que estava rindo de uma de suas próprias piadas. Então, caminhou discretamente pelo aposento manchado de cinzas e fumaça até o fundo do covil.

Os alojamentos da gangue em geral consistiam de um corredor simples e comprido, forrado com sacos de dormir enfileirados. Era abarrotado e desconfortável, mas era muito melhor que os becos frios nos quais ela dormira durante seus anos viajando com Reen.

Becos com os quais eu talvez tenha de me acostumar novamente, pensou. Sobrevivera a eles antes. Podia fazer isso de novo.

Aproximou-se de seu colchão de palha, ouvindo apenas com metade da atenção os sons abafados dos homens rindo e bebendo no outro aposento. Vin se ajoelhou, recolhendo suas poucas posses. Se algo acontecesse com a gangue, não poderia voltar ao covil. Jamais. Mas não podia levar o saco de dormir agora — seria óbvio demais. Sendo assim, restava apenas a pequena caixa com seus objetos pessoais: um seixo de cada cidade que visitara, o brinco que Reen dizia terem sido dados a Vin pela mãe deles e um pedaço de obsidiana do tamanho de uma moeda grande. Estava quebrado em um padrão irregular — Reen o carregava consigo como um tipo de amuleto da sorte. Era a única coisa que tinha deixado para trás quando fugiu da gangue seis meses antes. Abandonando-a.

Exatamente como sempre disse que faria, disse Vin para si mesma, severa. *Nunca pensei que ele realmente fugiria — e foi por isso que ele teve que partir.*

Ela segurou a obsidiana na mão e guardou os seixos nos bolsos. Colocou o brinco na orelha esquerda — era muito simples, pouco mais que um rebite. Não valia a pena ser roubado, e era por isso que ela não tinha receio de deixá-lo no quarto. Além disso, Vin raramente o usava, por medo que o enfeite a deixasse mais feminina.

Ela não tinha dinheiro, mas Reen tinha lhe ensinado como furtar e mendigar. Ambos eram difíceis no Império Final, especialmente em Luthadel, mas ela encontraria um jeito, tinha que encontrar.

Vin deixou a caixa e o saco de dormir e voltou para o aposento comum. Talvez estivesse exagerando, talvez nada acontecesse com a gangue. Mas, se acontecesse... bem, se havia uma coisa que Reen lhe ensinara, era como salvar o próprio pescoço. Levar Ulef era uma boa ideia. Ele tinha contatos em Luthadel. Se algo acontecesse com a gangue de Camon, Ulef provavelmente conseguiria trabalho para ambos em...

Vin congelou assim que entrou na sala principal. Ulef não estava na mesa onde o tinha deixado. Em vez disso, estava parado furtivamente próximo à entrada da sala. Perto do bar. Perto de... Camon.

— O que é isso? — Camon se levantou, o rosto vermelho como a luz do sol. Ele empurrou o banco para longe, então cambaleou em sua direção, embriagado. — Está fugindo? Vai me trair com o Ministério, é?

Vin correu para a saída, desviando desesperadamente de mesas e de outros membros da gangue.

Camon arremessou o banco de madeira, atingindo-a nas costas e lançando-a ao chão. A dor irrompeu entre seus ombros. Vários membros da gangue gritaram quando o banco ricocheteou nela e bateu no assoalho.

Vin entrou em transe. Então algo dentro dela — algo que conhecia, mas não entendia — lhe deu forças. Sua cabeça parou de girar, sua dor se converteu em concentração. Ela se levantou desajeitadamente.

Camon estava lá. Deu-lhe uma bofetada no rosto assim que ela ficou em pé. Sua cabeça virou com o golpe, torcendo o pescoço tão dolorosamente que ela mal sentiu quando caiu no chão mais uma vez.

Camon se inclinou, agarrando-a pela frente da camisa e erguendo-a, ao mesmo tempo em que levantava o punho. Vin não parou para pensar ou falar. Só havia uma coisa a fazer. Usou toda a sua Sorte em um único e furioso golpe, empurrando-a contra Camon, acalmando a fúria dele.

Camon oscilou. Por um momento, seus olhos se suavizaram. Ele a abaixou ligeiramente.

Então a raiva retornou aos seus olhos. Dura. Aterrorizante.

— Puta maldita — Camon murmurou, agarrando-a pelos ombros e sacudindo-a. — Aquele seu irmão traidor nunca me respeitou, e você é igual. Fui bondoso demais com vocês dois. Eu devia ter...

Vin tentou se libertar, mas o aperto de Camon era firme. Buscou desesperadamente a ajuda de outros membros da gangue — mas sabia o que encontraria. Indiferença. Eles se viraram, os rostos envergonhados, mas não solidários. Ulef ainda estava parado perto da mesa de Camon, olhando para baixo, culpado.

Em sua mente, Vin imaginou ter ouvido uma voz sussurrando para ela. A voz de Reen. *Tola! A impiedade é a mais lógica das emoções. Você não tem amigos no submundo. Nunca terá nenhum amigo no submundo!*

Ela tentou escapar mais uma vez, mas Camon a acertou novamente, jogando-a no chão. O golpe a aturdiu, e ela engasgou, o ar escapando de seus pulmões.

Aguente, ela disse a si mesma, com a mente confusa. *Ele não me matará. Precisa de mim.*

No entanto, enquanto se virava, sem forças, viu Camon inclinando-se sobre ela na penumbra, o rosto dominado por uma fúria embriagada. Ela sabia que desta vez seria diferente; não seria uma simples surra. Ele pensava que ela pretendia entregá-lo ao Ministério. Estava fora de si.

Havia uma expressão assassina em seus olhos.

Por favor! Vin pensou, com desespero, buscando sua Sorte, tentando fazê-la funcionar. Não houve resposta. A Sorte, tal como era, falhara.

Camon se abaixou, murmurando para si mesmo enquanto a agarrava pelos ombros. Ele levantou um braço — a mão carnuda se fechou em punho, os músculos ficaram tensos, uma raivosa gota de suor escorreu por seu queixo e pingou na bochecha de Vin.

A poucos metros, o alçapão da escada sacudiu e se abriu violentamente. Camon hesitou, o braço ainda erguido enquanto olhava para a porta e para quem quer que fosse o infeliz membro da gangue que escolhera momento tão inoportuno para retornar ao covil.

Vin aproveitou a distração. Ignorando o recém-chegado, tentou se libertar do controle de Camon, mas estava fraca demais. Seu rosto ardia onde ele lhe batera, e sentia gosto de sangue nos lábios. Seu ombro tinha sido estranhamente torcido, e a lateral de seu corpo doía por causa da queda. Ela arranhou a mão de Camon, mas sentiu-se subitamente fraca, sua força interior falhara como sua Sorte. Suas dores de repente pareciam maiores, mais insuportáveis, mais exigentes.

Virou-se em direção à porta em desespero. Estava perto — dolorosamente perto. Quase escapara. Só mais um pouco...

Então viu o homem parado, em silêncio, na entrada. Era desconhecido para ela. Alto e de rosto aquilino, tinha cabelos loiro-claros e vestia trajes de um nobre descontraído, com a capa pendurada. Tinha talvez uns trinta e cinco anos. Não usava chapéu nem carregava um bastão de duelo.

E parecia muito, muito furioso.

— O que é isso? — Camon exigiu saber. — Quem é você?

Como ele passou pelos vigias? pensou Vin, lutando para recuperar o juízo. Dor. Podia lidar com a dor. *Os obrigadores... eles o enviaram?*

O recém-chegado olhou para Vin, e sua expressão se suavizou ligeiramente. Então olhou para Camon, e seus olhos ficaram sombrios.

As demandas furiosas de Camon foram interrompidas quando ele foi jogado para trás como se tivesse sido golpeado por uma força poderosa. Seu braço foi arrancado do ombro de Vin, e ele despencou no chão, fazendo o assoalho sacudir.

A sala ficou em silêncio.

Tenho que fugir, Vin pensou, forçando-se a ficar de joelhos. Camon gemeu de dor a alguns metros de distância. Vin rastejou para longe dele, escondendo-se embaixo de uma mesa desocupada. O covil tinha uma saída secreta, um alçapão ao lado da parede ao fundo. Se pudesse rastejar até lá...

De repente, Vin sentiu uma paz arrebatadora. A emoção invadiu-a como um peso repentino, suas emoções silenciaram, como se esmagadas por uma poderosa mão. Seu medo desapareceu como uma vela que se apaga, e até mesmo a dor pareceu perder importância.

Ela se acalmou, perguntando-se por que estivera tão preocupada. Levantou-se e parou diante do alçapão. Respirava pesadamente, ainda um pouco aturdida.

Camon acabou de tentar me matar!, a parte lógica de sua mente a alertou. *E algo mais está atacando o covil. Tenho que fugir!* Mas suas emoções não correspondiam à sua lógica. Sentia-se... serena. Despreocupada. E mais do que um pouco curiosa.

Outra pessoa usara a Sorte *nela*.

Vin a reconheceu de certa forma, embora nunca tivesse sentido a Sorte sobre si antes. Parou ao lado da mesa, apoiando-se na madeira, e se virou lentamente. O intruso ainda estava parado à porta de entrada. Observando-a com olhar crítico, então sorriu de um modo que a desarmou.

O que está acontecendo?

O recém-chegado finalmente entrou na sala. O restante da gangue de Camon permaneceu sentado nas mesas. Pareciam surpresos, mas estranhamente despreocupados.

Ele está usando a Sorte em todos eles. Mas... como consegue fazer isso com tantas pessoas ao mesmo tempo? Vin nunca fora capaz de acumular Sorte suficiente para fazer mais que dar empurrões breves e ocasionais.

Assim que o intruso entrou na sala, Vin pôde ver, finalmente, que uma segunda pessoa estava parada na escada atrás dele. Este segundo homem era menos imponente. Era mais baixo, com uma barba escura por fazer e cabelo liso e curto. Também vestia trajes de nobre, embora o seu tivesse um corte menos elegante.

No outro lado da sala, Camon gemeu e se sentou, segurando a cabeça. Olhava para os recém-chegados.

— Mestre Dockson! O que... Ah, bem, isso é uma surpresa!

— De fato — disse o homem mais baixo, Dockson.

Vin franziu o cenho ao perceber que sentia uma leve familiaridade nesses homens. Reconhecia-os de algum lugar.

O Cantão das Finanças. Estavam sentados na sala de espera quando Camon e eu partimos.

Camon ficou em pé, cambaleante, estudando o loiro recém-chegado. Olhou para as mãos do homem, ambas cobertas de estranhas cicatrizes sobrepostas.

— Pelo Senhor Soberano... — sussurrou ele. — O Sobrevivente de Hathsin!

Vin franziu o cenho. O título era estranho para ela. Deveria saber quem era este homem? Seus ferimentos ainda doíam, apesar da paz que sentia, e sua cabeça estava atordoada. Ela se inclinou sobre a mesa para se apoiar, mas não se sentou.

Quem quer que o recém-chegado fosse, Camon obviamente o achava importante.

— Ora, mestre Kelsier! — exclamou. — Essa é uma honra rara!

O recém-chegado — Kelsier — balançou a cabeça.

— Sabe, não estou realmente interessado em ouvir você.

Camon deixou escapar um "*ai*" de dor ao ser atirado para trás novamente. Kelsier não fez nenhum gesto perceptível para executar o golpe. Mesmo assim, Camon despencou no chão, como se jogado por uma força invisível.

Camon ficou em silêncio enquanto Kelsier perscrutava a sala.

— O restante de vocês sabe quem eu sou?

Muitos dos membros da gangue assentiram.

— Bom. Vim até este covil porque vocês, meus amigos, estão em débito comigo.

A sala estava em silêncio, exceto pelos gemidos de Camon. Finalmente, um dos homens falou:

— Nós... estamos, mestre Kelsier?

— De fato, estão. Vejam, mestre Dockson e eu acabamos de salvar suas vidas. Seu líder incompetente deixou o Ministério das Finanças cerca de uma hora atrás, retornando diretamente para este esconderijo. Foi seguido por dois batedores do Ministério, por um prelado de alta patente... e por um único Inquisidor de Aço.

Ninguém falou.

Ah, Senhor... Vin pensou. Ela estava certa — mas não tinha sido rápida o bastante. Se havia um Inquisidor...

— Eu me encarreguei do Inquisidor — disse Kelsier. Fez uma pausa, deixando que a reação ecoasse no ar. Que tipo de pessoa podia afirmar tão despreocupadamente que se "encarregara" de um Inquisidor? Os rumores diziam que esses seres eram imortais, que podiam ver a alma de um homem e que eram guerreiros imbatíveis.

— Exijo pagamento pelos serviços prestados — disse Kelsier.

Camon não se levantou desta vez; caíra com força e estava obviamente desorientado. A sala permaneceu em silêncio. Finalmente, Milev — o homem de pele escura que era o segundo no comando depois de Camon — pegou o cofre com os boxes do Ministério e se adiantou, oferecendo-o a Kelsier.

— O dinheiro que Camon pegou do Ministério — explicou. — Três mil boxes.

Milev está muito ansioso em agradá-lo, pensou Vin. *Isso é mais do que só Sorte — ou isso, ou algum tipo de Sorte que nunca fui capaz de usar.*

Kelsier fez uma pausa por um instante, então aceitou o cofre de moedas.

— E você é?

— Milev, mestre Kelsier.

— Bem, Milev, líder da gangue considerarei este pagamento satisfatório... se você fizer outra coisa por mim.

Milev assentiu.

— E o que seria?

Kelsier meneou a cabeça na direção de um Camon quase inconsciente.

— Dê um jeito nele.

— Vou cuidar disso — respondeu Milev.

— Quero-o vivo, Milev — disse Kelsier, levantando um dedo. — Mas não quero que ele aprecie isso.

Milev assentiu.

— Nós o faremos mendigar. O Senhor Soberano desaprova a profissão... Camon não terá tempo bom aqui em Luthadel.

E Milev vai se livrar dele de qualquer modo, assim que vir que esse tal de Kelsier não está prestando atenção.

— Bom — disse Kelsier. E abriu o cofre, contando alguns boxes de ouro. — Você é um homem perspicaz, Milev. Rápido nos reflexos e não se deixa intimidar facilmente como os outros.

— Já lidei com Brumosos antes, mestre Kelsier — explicou Milev.

Kelsier assentiu.

— Dox — disse, dirigindo-se a seu companheiro —, onde faremos a nossa reunião desta noite?

— Estava pensando que podíamos usar a loja do Trevo — disse o segundo homem.

— Dificilmente um local neutro — Kelsier comentou. — Especialmente se ele decidir não se juntar a nós.

— É verdade.

Kelsier olhou para Milev.

— Estou planejando um trabalho nesta área. Seria vantajoso ter o apoio de alguns moradores. — Ele segurou uma pilha que parecia ser de uma centena de boxes. — Precisamos usar seu esconderijo esta noite. Isso pode ser arranjado?

— É claro — disse Milev, pegando as moedas ansiosamente.

— Ótimo — concordou Kelsier. — Agora, saiam.

— Sair? — perguntou Milev, hesitante.

— Sim — disse Kelsier. — Leve seus homens, incluindo seu antigo líder, e saia. Quero ter uma conversa em particular com a Senhora Vin.

A sala ficou em silêncio novamente, e Vin sabia que não era a única a se perguntar como Kelsier sabia seu nome.

— Bem, vocês ouviram! — exclamou Milev. Fez um aceno para que um grupo de bandidos pegasse Camon, então mandou o resto da gangue escada acima. Vin os viu partir, ficando mais apreensiva. Esse Kelsier era um homem poderoso, e seu instinto lhe dizia que homens poderosos eram perigosos. Ele sabia da Sorte dela? Obviamente. Que outra razão teria para querer falar em particular com ela?

Como esse Kelsier vai tentar me usar?, pensou, esfregando o braço que batera no assoalho.

— A propósito, Milev — acrescentou Kelsier, tranquilamente. — Quando digo "em particular", quero dizer que não quero ser espiado pelos quatro homens que estão nos observando pelos mirantes na parede do fundo. Faça a gentileza de levá-los com você até o beco.

Milev empalideceu.

— Sim, mestre Kelsier.

— Ótimo. E no beco você encontrará os corpos dos dois espiões do Ministério. Faça a gentileza de se encarregar dos cadáveres por nós.

Milev assentiu, dando meia-volta.

— E... Milev — continuou Kelsier.

Milev se virou novamente.

— Assegure-se de que nenhum de seus homens nos traia — disse Kelsier calmamente. E Vin sentiu de novo uma compressão renovada em suas emoções. — Esta gangue já tem a atenção do Ministério do Aço. Não faça de mim outro inimigo.

Milev assentiu bruscamente e desapareceu escada acima, fechando a porta atrás de si. Momentos mais tarde, Vin ouviu passos vindos do mirante; então, tudo ficou em silêncio. Ela estava sozinha com um homem que era — por algum motivo — tão singularmente impressionante que podia intimidar uma sala inteira de degoladores e ladrões.

Ela lançou um olhar para a porta fechada. Kelsier a observava. O que ele faria se Vin corresse?

Ele afirma ter matado um Inquisidor, Vin pensou. *E... usou a Sorte. Tenho que ficar só o tempo suficiente para descobrir o que ele sabe.*

O sorriso de Kelsier aumentou até que, finalmente, ele começou a rir.

— Isso foi *muito* divertido, Dox.

O outro homem, a quem Camon chamara de Dockson, bufou e caminhou na direção da entrada. Vin ficou tensa, mas ele não se aproximou dela. Em vez disso, caminhou até o bar.

— Você era insuportável o suficiente antes, Kell — disse Dockson. — Não sei como vou lidar com essa sua nova reputação. Pelo menos, não sei como vou lidar com isso e manter o rosto sério.

— Você está com inveja.

— É, estou — disse Dockson. — Estou com uma inveja tremenda dessa sua habilidade de intimidar criminosos sem importância. E, se for útil pra você, acho que foi muito duro com Camon.

Kelsier se aproximou de uma das mesas e se sentou. Sua alegria diminuiu levemente quando falou:

— Você viu o que ele estava fazendo com a garota.

— Na verdade, não vi — disse Dockson, secamente, remexendo nas mercadorias do bar. — Alguém estava bloqueando a porta.

Kelsier deu de ombros.

— Olhe para ela, Dox. A coitadinha foi espancada até quase perder os sentidos. Não tenho nenhuma simpatia pelo homem.

Vin permaneceu onde estava, atenta aos dois homens. Conforme a tensão do momento diminuía, seus ferimentos começavam a latejar de novo. A ferida entre seus ombros latejava — aquele seria um grande hematoma — e a bofetada em seu rosto também queimava. Ela ainda estava um pouco tonta.

Kelsier a observava. Vin cerrou os dentes. Dor. Ela podia lidar com a dor.

— Precisa de alguma coisa, criança? — perguntou Dockson. — Um lenço úmido para esse rosto, talvez?

Ela não respondeu e, em vez disso, continuou olhando para Kelsier. *Vamos. Diga o que quer comigo. Faça sua jogada.*

Dockson finalmente deu de ombros e se enfiou embaixo do bar por um momento, emergindo por fim com um par de garrafas.

— Algo bom? — perguntou Kelsier, virando-se.

— O que você acha? — retrucou Dockson. — Mesmo entre ladrões, Camon não era exatamente conhecido por seu refinamento. Tenho meias que valem mais do que este vinho.

Kelsier suspirou.

— Dê-me uma taça mesmo assim. — E olhou novamente para Vin. — Quer alguma coisa?

Vin não respondeu.

Kelsier sorriu.

— Não se preocupe. Somos muito menos assustadores do que seus amigos acham.

— Não acho que fossem amigos dela, Kell — disse Dockson, atrás do bar.

— Boa observação — concordou Kelsier. — De qualquer modo, criança, você não precisa ter medo de nós. Só do bafo do Dox.

Dockson revirou os olhos.

— Ou das piadas do Kell.

Vin permaneceu em silêncio. Podia se fazer de fraca, como fizera com Camon, mas seus instintos lhe diziam que esses homens não responderiam bem a essa tática. Então permaneceu onde estava, avaliando a situação.

A serenidade caiu sobre ela outra vez. Encorajando-a a ficar calma, confiante, a fazer simplesmente o que os homens sugeriam...

Não! Permaneceu onde estava.

Kelsier ergueu uma sobrancelha.

— Isso é inesperado.

— O quê? — perguntou Dockson enquanto servia uma taça de vinho.

— Nada — disse Kelsier, estudando Vin.

— Quer uma bebida ou não, moça? — perguntou Dockson.

Vin não disse nada. Toda sua vida, desde que podia se lembrar, tivera sua Sorte. Isso a tornava forte e lhe dava uma vantagem sobre os outros ladrões. Era provavelmente o motivo pelo qual ainda estava viva. Mesmo assim, todo esse tempo, ela nunca soubera realmente o que aquilo era ou por que podia usá-lo. Sua lógica e instinto lhe diziam a mesma coisa agora — que precisava descobrir o que aquele homem sabia.

Quaisquer que fossem os planos dele, de como pretendia usá-la, ela precisava suportar. Tinha que descobrir como ele ficara tão poderoso.

— Cerveja — disse, finalmente.

— Cerveja? — perguntou Kelsier. — Só isso?

Vin assentiu, observando-o cuidadosamente.

— Eu gosto.

Kelsier coçou o queixo.

— Teremos que trabalhar nisso — disse. — Enfim, sente-se.

Hesitante, Vin se aproximou e se sentou do lado oposto de Kelsier na pequena mesa. Seus ferimentos latejavam, mas não podia se dar ao luxo de demonstrar fraqueza. A fraqueza matava. Tinha que fingir ignorar a dor. Pelo menos, sentada como estava, sua mente se reorientara.

Dockson se juntou a eles logo depois, dando a Kelsier uma taça de vinho e a Vin uma caneca de cerveja. Ela não bebeu.

— Quem é você? — perguntou, em voz baixa.

Kelsier ergueu a sobrancelha de novo.

— Você é direta, hein?

Vin não respondeu.

Kelsier suspirou.

— Lá se vai o meu ar de mistério intrigante.

Dockson bufou baixinho.

Kelsier sorriu.

— Meu nome é Kelsier. Sou o que você chamaria de um líder de gangue... mas comando uma gangue que não é como qualquer outra que você provavelmente tenha conhecido. Homens como Camon, assim como sua gangue, gostam de se considerar predadores, alimentando-se da nobreza e das várias organizações do Ministério.

Vin negou com a cabeça.

— Predadores, não. Coletores.

Alguém poderia pensar que, talvez, tão perto do Senhor Soberano, coisas como gangues de ladrões não poderiam existir. Mas Reen lhe mostrara que o contrário era verdade: a poderosa e rica nobreza se reunia em torno do Senhor Soberano. E onde existisse poder e riqueza, também existiria corrupção — especialmente porque o Senhor Soberano tendia a policiar a nobreza muito menos do que fazia com os skaas. Isso tinha alguma coisa a ver com seu apreço pelos antepassados.

De qualquer modo, gangues de ladrões como a de Camon eram os ratos que se alimentavam da corrupção da cidade. E, como ratos, eram impossíveis de serem completamente exterminados — especialmente em uma cidade com a população de Luthadel.

— Coletores — disse Kelsier, sorrindo. Pelo que parecia ele sorria muito. — Essa é uma descrição apropriada, Vin. Bem, Dox e eu somos coletores também, só que de melhor qualidade. Somos mais bem educados, pode-se dizer... ou, talvez, só mais ambiciosos.

Ela franziu o cenho.

— Vocês são nobres?

— Ah, Senhor, não — disse Dockson.

— Ou pelo menos — disse Kelsier— não puros-sangues.

— Os mestiços supostamente não existem — disse Vin cuidadosamente. — O Ministério os caça.

— Mestiços como você? — perguntou Kelsier.

Vin sentiu um choque. *Como...?*

— O Ministério do Aço não é infalível, Vin — disse Kelsier. — Se não notaram você, podem não ter notado outros.

Vin ficou pensativa.

— Milev. Ele os chamou de Brumosos. Esses são um tipo de alomântico, certo?

Dockson olhou para Kelsier.

— Ela é observadora — comentou o homem mais baixo, com um aceno apreciativo.

— De fato — Kelsier concordou. — O homem nos chamou de Brumosos, Vin, embora a denominação tenha sido um pouco apressada, uma vez que nem Dox, nem eu somos, tecnicamente, Brumosos. Temos, no entanto, nos associado um bocado com eles.

Vin permaneceu em silêncio por um momento, sob escrutínio dos dois homens. Alomancia. O poder místico da nobreza, garantido a eles pelo Senhor Soberano há alguns milhares de anos como recompensa por sua lealdade. Era a doutrina básica do Ministério; até mesmo uma skaa como Vin sabia disso. A nobreza tinha a Alomancia e privilégios por causa de seus ancestrais; os skaas eram punidos pela mesma razão.

Mas a verdade era que Vin não sabia exatamente o que era a Alomancia. Ela sempre deduziu que tivesse algo a ver com combate. Dizia-se que um "Brumoso", como eram chamados, era perigoso o suficiente para matar um grupo inteiro de ladrões. Mas os skaas que ela conhecia falavam do poder em vozes sussurradas, incertas. Antes desse momento, ela nunca parara para pensar na possibilidade de ser simplesmente o mesmo que sua Sorte.

— Diga-me, Vin — começou Kelsier, inclinando-se na direção dela com interesse. — Você percebe o que fez com aquele obrigador no Cantão das Finanças?

— Usei minha Sorte — respondeu Vin em voz baixa. — Eu a uso para deixar as pessoas menos zangadas.

— Ou menos desconfiadas — disse Kelsier. — Mais fáceis de se enganar.

Vin assentiu. Kelsier ergueu um dedo em riste.

— Você tem muito o que aprender. Técnicas, regras e exercícios. Mas uma lição não pode esperar: *nunca* use a Alomancia emocional em um obrigador. Todos eles são treinados para reconhecer quando suas emoções estão sendo manipuladas. Mesmo a alta nobreza é proibida de *puxar* ou *empurrar* as emoções de um obrigador. Você foi a razão pela qual aquele intendente chamou o Inquisidor.

— Reze para que a criatura nunca encontre seu rastro novamente, moça — disse Dockson em voz baixa, bebendo seu vinho.

Vin empalideceu.

— Você não matou o Inquisidor?

Kelsier negou com a cabeça.

— Eu só o distraí um pouco, o que já foi perigoso o bastante, devo acrescentar. Não se preocupe, muitos dos rumores sobre eles não são verdadeiros. Agora que ele perdeu seu rastro, não será capaz de encontrá-la outra vez.

— Muito provavelmente — comentou Dockson.

Vin olhou para o homem mais baixo com apreensão.

— Muito provavelmente — concordou Kelsier. — Há muitas coisas que não sabemos sobre os Inquisidores, eles não parecem seguir regras normais. Aqueles pregos em seus olhos, por exemplo, deveriam matá-los. Nada do que aprendi sobre Alomancia jamais me forneceu uma explicação sobre como essas criaturas continuam vivendo. Se fosse apenas um mero Caçador de Brumosos no seu encalço não precisaríamos nos preocupar. Um Inquisidor... bem, é bom manter os olhos abertos. É claro, você já parece bastante boa nisso.

Vin ficou apenas sentada desconfortável por um momento. Depois de um tempo, Kelsier acenou com a cabeça para a sua caneca de cerveja.

— Você não está bebendo.

— Vocês podem ter colocado alguma coisa aí — disse Vin.

— Ah, não há necessidade alguma de que eu coloque algo na sua bebida — disse Kelsier, sorrindo e tirando um objeto do bolso do casaco. — Afinal, você vai beber o líquido misterioso deste frasco voluntariamente.

Ele colocou o pequeno frasco sobre a mesa. Vin franziu o cenho, observando o líquido dentro dele. Havia um resíduo escuro no fundo.

— O que é isso? — ela perguntou.

— Se eu lhe dissesse, não seria misterioso — disse Kelsier.

Dockson revirou os olhos.

— O frasco está cheio de uma solução de álcool e alguns flocos de metal, Vin.

— Metal? — ela perguntou, franzindo a sobrancelha.

— Dois dos oito metais alomânticos básicos — confirmou Kelsier. — Precisamos fazer alguns testes.

Vin encarou o frasco.

Kelsier deu de ombros.

— Você precisa beber isso se quiser saber mais sobre essa sua tal Sorte.

— Você bebe metade primeiro — disparou Vin.

Kelsier ergueu uma sobrancelha.

— Um pouco paranoica, pelo que vejo.

Vin não respondeu.

Finalmente, ele suspirou, pegou o frasco e tirou a tampa.

— Agite primeiro — disse Vin. — Para pegar um pouco do sedimento.

Kelsier revirou os olhos, mas fez como lhe foi pedido, sacudindo o frasco e bebendo metade do conteúdo. Colocou-o de volta na mesa com um ruído seco.

Vin franziu o cenho. Olhou para Kelsier, que sorria. Ele sabia que a cativara. Mostrara seu poder, instigara-a com ele. *A única razão para se submeter àqueles com poder é ter a chance de aprender, para algum dia tomar o que eles têm.* Palavras de Reen.

Vin estendeu a mão, pegou o frasco e engoliu seu conteúdo. Ela se sentou, esperando alguma transformação mágica ou uma onda de poder — ou mesmo sinais de envenenamento. Não sentiu nada.

Que... decepcionante. Ela franziu o cenho de novo, recostando-se na cadeira. Só por curiosidade, buscou sua Sorte.

E sentiu seus olhos se arregalarem de surpresa.

Estava lá, como um enorme tesouro dourado. Um armazenamento de poder tão incrível que ia além de sua compreensão. Ela sempre precisara ser econômica com sua Sorte, mantendo uma reserva, usando pequenos bocados, sempre com parcimônia. Agora sentia-se como uma mulher faminta convidada para o banquete de um alto nobre. Ficou imóvel, aturdida, observando a imensa riqueza em seu interior.

— Então — instou Kelsier. — Experimente-a. Acalme a mim.

Vin tocou timidamente sua recém-encontrada massa de Sorte. Pegou um pouco e a dirigiu para Kelsier.

— Bom. — Kelsier se inclinou para a frente, ansioso. — Mas nós já sabíamos que podia fazer isso. Agora o teste de verdade, Vin. Você consegue fazer o inverso? Você pode aplacar minhas emoções, mas pode inflamá-las também?

Vin cerrou as sobrancelhas. Nunca usara sua Sorte desse jeito. Nem mesmo havia se dado conta que era possível. Por que ele estava tão ansioso?

Hesitante, Vin alcançou sua fonte de Sorte. Ao fazê-lo, notou algo interessante. O que interpretara inicialmente como uma fonte maciça de poder eram, na verdade, duas fontes de poder distintas. Havia tipos diferentes de Sorte.

Oito. Ele disse que havia oito deles. Mas o que os outros fazem?

Kelsier ainda estava esperando. Vin alcançou a segunda e desconhecida fonte de Sorte, fazendo como fizera antes e dirigindo-a para ele.

Kelsier sorriu mais amplamente e reclinou-se na cadeira, olhando para Dockson.

— Aí está. Ela fez.

Dockson sacudiu a cabeça.

— Para ser honesto, Kell, não sei bem o que pensar. Ter um de vocês por aí já é bastante inquietante. Mas dois...

Vin os observava com os olhos estreitos, desconfiada.

— Dois o quê?

— Mesmo entre a nobreza, Vin, a Alomancia é razoavelmente rara — Kelsier explicou. — É verdade que é uma habilidade hereditária, e a maior parte de sua linhagem de poder está entre a alta nobreza. No entanto, a casta, por si só, não garante força alomântica. Muitos altos nobres só têm acesso a uma única habilidade alomântica. Pessoas assim, que só podem empregar a Alomancia em um de seus oito aspectos básicos, são chamadas de Brumosas. Essas habilidades às vezes podem ser encontradas em um skaa, mas só se esse skaa tiver sangue nobre em seus antepassados próximos. Em geral, é possível encontrar um Brumoso entre... hmm, cerca de dez mil skaas mestiços. Quanto melhores, mais próximos e mais nobres forem os antepassados, mais provável que o skaa seja um Brumoso.

— Quem eram seus pais, Vin? — perguntou Dockson. — Você se lembra deles?

— Eu fui criada pelo meu meio-irmão, Reen — respondeu Vin em voz baixa, desconfortável. Isso não era algo que discutia com outras pessoas.

— Ele falava sobre sua mãe e seu pai? — insistiu Dockson.

— De vez em quando. Reen dizia que nossa mãe era uma puta. Não por escolha, mas o submundo... — Ficou em silêncio. Sua mãe tentara matá-la uma vez, quando Vin era muito jovem. Recordava-se vagamente do acontecimento. Reen a salvara.

— E quanto a seu pai, Vin? — perguntou Dockson novamente.

Vin levantou a cabeça.

— É um alto prelado do Ministério do Aço.

Kelsier assobiou suavemente.

— Agora, *isso* é que é uma levemente irônica violação de conduta.

Vin olhou para a mesa. Finalmente estendeu a mão e deu um bom gole da caneca de cerveja.

Kelsier sorriu.

— Muitos obrigadores com posição no Ministério são altos nobres. Seu pai lhe deu um dom raro nesse seu sangue.

— Então... sou uma dessas Brumosas que você mencionou?

Kelsier meneou a cabeça.

— Na verdade, não. Veja bem, é isso que a torna tão interessante, Vin. Brumosos só têm acesso a uma habilidade alomântica. Você acaba de provar que tem duas. E, se tem acesso a pelo menos duas das oito, então tem acesso às demais também. É assim que funciona... se você é uma alomântica, ou você tem uma só habilidade, ou tem todas elas.

Kelsier se inclinou para a frente.

— Você, Vin, é o que em geral se chama de Nascido da Bruma. Mesmo entre a nobreza, isso é incrivelmente raro. Entre os skaas... bem, digamos apenas que só conheci um outro skaa Nascido da Bruma em toda a minha vida.

De algum modo, a sala pareceu ficar mais silenciosa. Mais tranquila. Vin encarou sua caneca com olhos distraídos e desconfortáveis. *Nascida da Bruma*. Ela tinha ouvido as histórias, é claro. As lendas.

Kelsier e Dockson sentaram-se em silêncio, deixando-a pensar. Finalmente, ela falou:

— Então... o que tudo isso significa?

Kelsier sorriu.

— Significa que você, Vin, é uma pessoa muito especial. Você tem um poder que muitos altos nobres invejam. Um poder que, se você tivesse nascido aristocrata, a tornaria uma das pessoas mais letais e influentes do Império Final.

Kelsier se inclinou para a frente novamente.

— Mas você não nasceu aristocrata, Vin. Não é nobre. Não tem que jogar sob as regras deles... e isso a torna ainda *mais* poderosa.

Aparentemente, a próxima etapa da minha missão nos levará as terras altas de Terris. Diz-se que é um lugar frio e implacável — uma terra em que muitas montanhas são feitas de gelo.

Nossos criados comuns não conseguirão fazer essa viagem. Provavelmente teremos que contratar alguns carregadores de Terris para levar os nossos pertences.

4

— VOCÊ ESCUTOU O QUE ele disse! Ele está planejando um trabalho. — Os olhos de Ulef brilhavam de entusiasmo. — Fico me perguntando qual das Grandes Casas ele vai atacar.

— Será uma das mais poderosas — disse Disten, um dos principais rastreadores de Camon. Não tinha uma das mãos, mas sua visão e audição estavam entre as mais aguçadas da gangue. — Kelsier não perde tempo com servicinhos.

Vin estava sentada, em silêncio, sua caneca de cerveja — a mesma que Kelsier lhe dera — jazia quase cheia sobre a mesa repleta de gente. Kelsier deixara os ladrões voltarem para o esconderijo por um tempo antes que a reunião começasse. Vin teria preferido ficar sozinha. A vida com Reen a acostumara à solidão — deixar que alguém se aproxime demais é apenas dar melhores oportunidades para que essa pessoa a traia.

Mesmo depois do desaparecimento de Reen, Vin se manteve afastada. Não teve vontade de partir, mas também não sentiu necessidade de se aproximar dos outros membros da gangue. Eles, por sua vez, se mostraram perfeitamente dispostos a deixá-la em paz. A posição de Vin era precária, e tê-la por perto poderia manchar uma reputação. Só Ulef tentara alguma aproximação amigável.

Se deixar alguém se aproximar de você, isso só vai machucar mais quando esta pessoa a trair, Reen pareceu sussurrar em sua mente.

Ulef havia sido realmente seu amigo? Ele certamente a entregara com bastante rapidez. Além disso, os outros membros da gangue aceitaram a surra de Vin e seu súbito resgate sem problema algum, sem mencionar sua traição ou recusa em ajudá-la. Fizeram apenas o que era de se esperar.

— O Sobrevivente não tem se importado com *nenhum* trabalho ultimamente — comentou Harmon, um arrombador mais velho, de barba descuidada. — Mal foi visto em Luthadel durante os últimos anos. De fato, não tem dado nenhum golpe desde...

— Este é o primeiro? — perguntou Ulef ansiosamente. — O primeiro desde que escapou dos Fossos? Então deve ser algo espetacular!

— Ele falou alguma coisa sobre isso, Vin? — perguntou Disten. — Vin? — Gesticulou com o braço atarracado na direção dela para chamar sua atenção.

— O quê? — ela perguntou, erguendo a cabeça. Ela tinha se limpado um pouco desde o espancamento de Camon, depois de finalmente aceitar o lenço de Dockson para tirar o sangue do rosto. Não havia o que fazer quanto aos hematomas, no entanto. Ainda latejavam. Felizmente, nada estava quebrado.

— Kelsier — repetiu Disten. — Ele falou algo sobre o trabalho que está planejando?

Vin negou com a cabeça. Pousou o olhar sobre o lenço ensanguentado. Kelsier e Dockson tinham saído há pouco tempo, prometendo retornar depois que ela tivesse algum tempo para pensar sobre as coisas que haviam lhe contado. Havia uma insinuação em suas palavras, uma oferta. Qualquer que fosse o trabalho que estavam planejando, ela estava convidada a participar.

— Por que ele escolheu você para ser intermediária dele, Vin? — perguntou Ulef. — Ele falou algo a respeito disso?

Aquilo era o que a gangue tinha presumido — que Kelsier a escolhera para ser o contato dele com a gangue de Camon... de Milev.

Havia duas facções no submundo de Luthadel. Havia as gangues normais, como a de Camon, e havia as *especiais*. Grupos compostos por elementos extremamente habilidosos, extremamente audaciosos ou extremamente talentosos. Alomânticos.

As duas facções do submundo não se misturavam; os ladrões comuns deixavam seus superiores em paz. Contudo, algumas dessas gangues de Brumosos contratavam uma equipe de ladrões normais para fazer algum trabalho mundano e escolhiam um intermediário para trabalhar nas duas gangues. Daí a dedução de Ulef sobre Vin.

Os membros da gangue de Milev notaram a falta de resposta dela e se voltaram para outro assunto: os Brumosos. Eles falavam de Alomancia em um tom baixo e inseguro, e ela ouvia, desconfortável. Como podia estar associada a algo a que causava tal pavor? Sua Sorte... sua Alomancia... era algo pequeno, algo que usava para sobreviver, mas algo sem muita importância.

Mas tal poder... pensou, olhando para sua reserva de Sorte.

— Eu fico imaginando o que Kelsier tem feito nos últimos anos — comentou Ulef. Ele parecera um pouco desconfortável perto dela no começo da conversa, mas aquilo passara rapidamente. Ele a tinha traído, mas esse era o submundo. Não havia amigos.

Não parece ser assim entre Kelsier e Dockson. Eles parecem confiar um no outro. Uma fachada? Ou seriam eles simplesmente uma dessas raras equipes em que os membros não se preocupavam com traições?

O ponto mais inquietante a respeito de Kelsier e Dockson fora a franqueza com que falaram com ela. Pareciam dispostos a confiar em Vin, e até mesmo a aceitá-la, dentro de um espaço de tempo relativamente curto. Aquilo não podia ser genuíno — ninguém sobrevivia no submundo com tais táticas. Ainda assim, a atitude amistosa deles era desconcertante.

— Dois anos — disse Hrud, um bandido caladão e de rosto achatado. — Ele deve ter passado todo esse tempo planejando esse golpe.

— Deve ser um belo golpe, realmente... — comentou Ulef.

— Falem-me sobre ele — disse Vin, em voz baixa.

— Kelsier? — perguntou Disten.

Ela confirmou.

— Não se fala sobre Kelsier lá no sul?

Vin balançou a cabeça negativamente.

— Ele era o melhor líder de gangue de Luthadel — explicou Ulef. — Uma lenda, mesmo entre os Brumosos. Roubou algumas das Grandes Casas mais ricas da cidade.

— E? — Vin perguntou.

— Alguém o traiu — Harmon disse, em voz baixa.

É claro, pensou Vin.

— O próprio Senhor Soberano capturou Kelsier — continuou Ulef. — Mandou ele e sua esposa para os Fossos de Hathsin. Mas *ele escapou*. Ele escapou dos Fossos, Vin! É o único que já fez isso.

— E a esposa dele?

Ulef olhou para Harmon, que negou com a cabeça.

— Ela não conseguiu.

Então ele também perdeu alguém. Como consegue sorrir tanto? Tão honestamente?

— Foi lá que ele conseguiu aquelas cicatrizes, sabe — explicou Disten. — Aquelas nos braços. Ele as conseguiu nos Fossos, nas rochas de uma parede escarpada que teve que escalar para fugir.

Harmon bufou.

— Não foi assim. Ele matou um Inquisidor enquanto escapava... foi assim que conseguiu as cicatrizes.

— Ouvi dizer que foi lutando contra um dos monstros que guardam os Fossos — disse Ulef. — Ele enfiou a mão na boca do monstro e o estrangulou *pelo lado de dentro*. Os dentes rasgaram seus braços.

Disten franziu o cenho.

— Como é possível estrangular alguém pelo lado de dentro?

Ulef deu de ombros.

— Foi o que ouvi.

— Este homem não é normal — Hrud murmurou. — Algo aconteceu com ele nos Fossos, algo mau. Ele não era um alomântico antes. Entrou nos Fossos como um skaa normal, e agora... bem, é um Brumoso, com certeza... se é que ainda é humano. Tem estado tempo demais nas brumas, mais do que qualquer um. Alguns dizem que o Kelsier verdadeiro está morto, que aquilo usando seu rosto é... uma outra coisa.

Harmon balançou a cabeça negativamente mais uma vez.

— Isso não é mais do que tolice dos skaas rurais. Todos nós já estivemos nas brumas.

— Não nas brumas fora da cidade — insistiu Hrud. — Os espectros das brumas estão lá fora. Eles capturam um homem e pegam seu rosto, tão certo quanto o Senhor Soberano.

Harmon revirou os olhos.

— Hrud está certo sobre uma coisa — comentou Disten. — Esse homem não é humano. Pode não ser um espectro das brumas, mas tampouco é um skaa. Ouvi dizer que ele faz coisas, coisas que só *eles* podem fazer. Os que saem à noite. Vocês viram o que ele fez com Camon.

— Nascido da Bruma — murmurou Harmon.

Nascido da Bruma. Vin ouvira o termo antes que Kelsier o mencionasse, é claro. Quem não ouvira? Mas os rumores sobre os Nascidos da Bruma faziam as histórias sobre os Inquisidores e os Brumosos parecerem racionais. Dizia-se que os Nascidos da Bruma eram arautos das brumas, dotados de grandes poderes dados pelo Senhor Soberano. Só altos nobres podiam ser Nascidos da Bruma. Dizia-se que faziam parte de uma seita secreta de assassinos que serviam ao Senhor Soberano e que só saíam à noite. Reen sempre lhe ensinara que eles eram um mito, e Vin presumira que ele estava certo.

E Kelsier diz que eu — assim como ele — sou um deles. Como ela podia ser o que ele dizia? Filha de uma prostituta. Ela não era ninguém. Não era nada.

Nunca confie em um homem que lhe dá boas notícias, Reen sempre dizia. *É a forma mais antiga, porém a mais fácil, de enganar alguém*.

Contudo, ela tinha a sua Sorte. Sua Alomancia. Ainda podia sentir as reservas que o frasco de Kelsier lhe dera, e testara seus poderes nos membros da gangue. Sem se limitar a um pouco de Sorte por dia, ela descobriu que podia produzir efeitos muito mais surpreendentes.

Vin estava começando a perceber que seu antigo objetivo de vida — simplesmente sobreviver — era insípido. Havia muito mais que podia fazer. Ela tinha sido escrava de Reen, tinha sido escrava de Camon. Seria uma escrava desse tal Kelsier também se isso a conduzisse a uma eventual liberdade.

Em sua mesa, Milev olhou o relógio de bolso e se levantou.

— Tudo bem, todo mundo para fora.

A sala começou a se esvaziar para dar lugar à reunião de Kelsier. Vin ficou onde estava. Kelsier deixara bem claro para os demais que ela estava convidada. Ficou sentada em silêncio por um momento, a sala parecendo muito mais confortável agora que estava vazia. Os amigos de Kelsier começaram a chegar algum tempo depois.

O primeiro homem a descer as escadas tinha a constituição de um soldado. Usava uma camisa solta, sem mangas, que deixava exposto um par de braços bem esculpidos. Era impressionantemente musculoso, mas não maciço, e tinha o cabelo raspado, bem rente à pele.

O homem que o acompanhava estava bem-vestido, em trajes nobres — colete púrpura, botões dourados e casaco negro —, com um chapéu de abas curtas e bastão de duelo completando. Era mais velho do que o soldado e um pouco corpulento. Ele tirou o chapéu ao entrar na sala, revelando o cabelo negro e bem penteado. Os dois homens conversavam amigavelmente enquanto caminhavam, mas pararam quando a viram na sala vazia.

— Ah, essa deve ser a nossa intermediária — disse o homem bem-vestido. — Kelsier já chegou, minha querida? — Falava com ela com familiaridade, como se fossem amigos de longa data. De repente, sem querer, Vin descobriu que gostava deste homem bem-vestido e articulado.

— Não — disse, em voz baixa. Embora a jardineira e a camisa de trabalho lhe caíssem bem, ela repentinamente desejou ter algo mais bonito. O porte deste homem parecia exigir uma atmosfera mais formal.

— Devíamos saber que Kell chegaria atrasado à própria reunião — disse o soldado, sentando-se em uma das mesas no meio da sala.

— De fato — disse o homem bem-vestido. — Imagino que o atraso dele nos dê a chance de tomar alguma bebida...

— Deixe-me trazer algo — disse Vin rapidamente, ficando em pé.

— Muito gentil de sua parte — disse o homem elegante, escolhendo uma cadeira perto do soldado. Sentou-se de pernas cruzadas, com o bastão de duelo ao lado, a ponta contra o chão, uma das mãos apoiada na parte de cima.

Vin se aproximou do bar e começou a procurar pelas bebidas.

— Brisa... — disse o soldado em tom de advertência quando Vin escolheu uma das garrafas de vinho mais caras de Camon e começou a servir uma taça.

— Hum...? — murmurou o homem bem-vestido, erguendo uma sobrancelha.

O soldado acenou com a cabeça na direção de Vin.

— Ah, tudo bem — disse o homem bem-vestido, suspirando.

Vin parou, meia taça servida, e franziu o cenho levemente. *O que estou fazendo?*

— Juro, Ham — reclamou o homem bem-vestido —, você é terrivelmente rígido às vezes.

— Só porque você consegue *empurrar* alguém não significa que deva fazer isso, Brisa.

Vin ficou parada, desconcertada. *Ele... usou Sorte em mim.* Quando Kelsier tentou manipulá-la, ela sentira o toque dele e fora capaz de resistir. Desta vez, no entanto, não percebera o que estava fazendo.

Encarou o homem, estreitando os olhos.

— Nascido da Bruma.

O homem bem-vestido, Brisa, gargalhou.

— Nada disso. Kelsier é o único skaa Nascido da Bruma que você conhecerá, querida... e reze para nunca estar em uma situação em que encontre um Nascido nobre. Não sou nada além de um ordinário e humilde Brumoso.

— Humilde? — perguntou Ham.

Brisa deu de ombros.

Vin olhou a taça de vinho meio cheia.

— Você *puxou* minhas emoções. Com... Alomancia, quero dizer.

— Eu as *empurrei*, na verdade — Brisa explicou. — *Puxar* faz com que a pessoa fique menos confiante e mais determinada. *Empurrar* as emoções, suavizando-as, torna a pessoa mais confiante.

— Seja como for, você me controlou — retrucou Vin. — Você me fez pegar uma bebida para você.

— Ah, eu não diria que a *fiz* fazer isso — disse Brisa. — Só alterei suas emoções levemente, colocando-a em um estado mental em que estaria mais disposta a fazer o que eu queria.

Ham coçou o queixo.

— Não sei, Brisa. É uma questão interessante. Ao influenciar as emoções dela, você tirou sua capacidade de escolha? Se, por exemplo, ela matasse ou roubasse sob seu controle, o crime seria dela ou seu?

Brisa revirou os olhos.

— Na verdade, não há nenhuma questão aí. Você não devia se preocupar com essas coisas, Hammond, vai acabar comprometendo o seu cérebro. Eu a encorajei, só que por meios irregulares.

— Mas...

— Não vou discutir isso com você, Ham.

O homem corpulento suspirou, parecendo um pouco contrariado.

— Vai me trazer uma bebida? — Brisa perguntou esperançosamente, olhando para Vin. — Digo, você já está de pé e vai ter que vir nessa direção para se sentar, de qualquer maneira...

Vin examinou suas emoções. Sentia-se anormalmente impulsionada a fazer o que o homem pedia? Ele a estava manipulando outra vez? Por fim, simplesmente se afastou do bar, deixando a bebida onde estava.

Brisa suspirou. Mas não se levantou para pegar a taça.

Vin se aproximou da mesa de modo hesitante. Estava acostumada com sombras e cantos — perto o bastante para escutar, mas longe o suficiente para fugir. Porém, não podia se esconder desses homens — não enquanto a sala estivesse tão vazia. Então, ela escolheu uma cadeira na mesa ao lado da que os dois homens estavam e se sentou cautelosamente. Precisava de informação. Enquanto permanecesse ignorante, estaria em grande desvantagem neste novo mundo de gangues de Brumosos.

Brisa gargalhou.

— Nervosinha você, hein?

Vin ignorou o comentário.

— Você — disse Vin, acenando com a cabeça para Ham. — Você é um... um Brumoso também?

Ham assentiu.

— Sou um Brutamonte.

Vin franziu o cenho, confusa.

— Eu queimo peltre — explicou Ham.

Mais uma vez, Vin olhou para ele intrigada.

— Ele consegue ficar mais forte, minha querida — explicou Brisa. — Ele acerta coisas, especialmente pessoas, que tentam interferir no que o resto de nós está fazendo.

— É muito mais do que isso — contestou Ham. — Eu supervisiono a segurança geral dos trabalhos, fornecendo ao meu líder homens fortes e guerreiros quando necessário.

— E ele vai tentar te aborrecer com filosofia barata quando não estiver fazendo isso — acrescentou Brisa.

Ham suspirou.

— Brisa, honestamente, às vezes eu não sei por que eu... — Ele se calou quando a porta se abriu de novo e outro homem entrou.

O recém-chegado vestia um casaco marrom e sem graça, calça marrom e uma camisa branca simples. Mas seu rosto era muito mais distinto do que suas roupas. Era nodoso e distorcido, como um pedaço retorcido de madeira, e seus olhos brilhavam com o grau de insatisfação desaprovadora que só os velhos demonstram. Vin não conseguiu calcular sua idade — era jovem o bastante para não andar encurvado e velho o suficiente para fazer Brisa, de meia-idade, parecer juvenil.

O recém-chegado olhou para Vin e os outros bufando desdenhosamente, caminhou até uma mesa do outro lado da sala e se sentou. Seus passos eram marcados por um nítido coxear.

Brisa suspirou.

— Vou sentir falta do Arapuca.

— Todos nós vamos — disse Ham em voz baixa. — Mas Trevo é muito bom. Já trabalhei com ele antes.

Brisa observou o recém-chegado.

— Fico pensando se consigo que *ele* me traga uma bebida.

Ham deu uma gargalhada.

— Pagaria para ver você tentar.

— Tenho certeza que sim — disse Brisa.

Vin olhou o recém-chegado, que parecia perfeitamente satisfeito em ignorar ela e os outros dois homens.

— O que ele é?

— O Trevo? — perguntou Brisa. — Ele, minha querida, é um Esfumaçador. É ele quem impede que o resto de nós seja descoberto por um Inquisidor.

Vin mordeu o lábio, digerindo a nova informação enquanto observava Trevo. O homem a olhou com uma cara feia e ela desviou o olhar. Ao se virar, percebeu que Ham a observava.

— Gosto de você, criança — disse. — Os outros intermediários com quem trabalhei ou estavam intimidados demais para conversar conosco, ou com ciúmes por nos intrometermos em seu território.

— Verdade — concordou Brisa. — Você não é como a maioria das migalhas. É claro que eu teria gostado muito mais se você tivesse me trazido aquela taça de vinho...

Vin o ignorou, olhando para Ham.

— Migalha?

— É como alguns dos membros mais cheios de si de nossa sociedade chamam os ladrões menores — explicou Ham. — Chamam vocês de migalhas, já que tendem a se envolver em... projetos menos inspirados.

— Sem ofensa — assegurou Brisa.

— Ah, eu jamais me ofenderia... — Vin fez uma pausa, sentindo um desejo irregular de agradar o homem bem-vestido. Ela encarou Brisa. — Pare com isso!

— Viu só — comentou Brisa, olhando para Ham. — Ela ainda tem a capacidade de escolha.

— Você não tem jeito.

Eles presumem que sou uma intermediária, pensou Vin. *Então Kelsier não contou a eles o que sou. Por quê?* Falta de tempo? Ou o segredo era valioso demais para ser compartilhado? Quão confiáveis eram esses homens? E, se achavam que ela era uma simples "migalha", por que estavam sendo tão gentis com ela?

— Quem mais estamos esperando? — perguntou Brisa, olhando para a porta. — Além de Kell e Dox, quero dizer.

— Yeden — falou Ham.

Brisa franziu o cenho, com uma expressão azeda.

— Ah, sim.

— Concordo — comentou Ham. — Mas eu apostaria que ele sente o mesmo a nosso respeito.

— Não sei nem por que ele foi convidado — disse Brisa.

Ham deu de ombros.

— Tem algo a ver com o plano de Kell, é óbvio.

— Ah, o famoso "plano" — falou Brisa, pensativo. — Que trabalho será esse...?

Ham balançou a cabeça.

— Kell e sua maldita dramaticidade.

— De fato.

A porta se abriu alguns momentos depois, e o homem sobre quem falavam, Yeden, entrou. Era um tipo despretensioso, e Vin teve dificuldade em entender por que os outros dois estavam tão descontentes com a presença dele. Baixo, com cabelos castanhos encaracolados, Yeden estava vestido com o traje cinzento e simples de um skaa e um casaco marrom de operário, remendado e manchado de fuligem. Ele avaliou o ambiente com ar de desaprovação, mas não era nem de perto tão abertamente hostil quanto Trevo, que ainda estava sentado do outro lado da sala, fazendo cara feia para quem quer que olhasse em sua direção.

Não é uma gangue muito grande, Vin pensou. *Com Kelsier e Dockson, são apenas seis.* É claro, Ham tinha dito que liderava um grupo de Brutamontes. Seriam os homens nessa reunião apenas representantes? Líderes de grupos menores e mais especializados? Algumas gangues trabalhavam assim.

Brisa conferiu seu relógio de bolso mais três vezes antes que Kelsier finalmente chegasse. O líder de gangue e Nascido da Bruma irrompeu pela porta com seu alegre entusiasmo, seguido por Dockson. Ham ficou em pé imediatamente, sorrindo de orelha a orelha e apertando as mãos de Kelsier. Brisa ficou em pé também, e, ainda que seu cumprimento fosse um pouco mais reservado, Vin tinha que admitir que nunca tinha visto um líder de gangue ser recebido tão alegremente por seus homens.

— Ah — disse Kelsier, olhando para o outro lado da sala. — Trevo e Yeden também estão aqui. Então estamos todos. Bom... odeio que me façam esperar.

Brisa ergueu uma sobrancelha enquanto ele e Ham voltavam a se sentar em suas cadeiras. Dockson se sentou na mesma mesa.

— Será que vamos receber alguma explicação pelo seu atraso?

— Dockson e eu estávamos visitando meu irmão — explicou Kelsier, caminhando para a parte da frente do covil. Ele se virou e se apoiou contra o bar, perscrutando a sala. Quando seus olhos pousaram em Vin, ele piscou.

— Seu irmão? — perguntou Ham. — Marsh vem para a reunião?

Kelsier e Dockson trocaram um olhar.

— Não esta noite — disse Kelsier. — Mas se juntará à gangue em algum momento.

Vin observou os outros. Estavam céticos. *Tensão entre Kelsier e seu irmão, talvez?*

Brisa ergueu o bastão de duelo, apontando a ponta para Kelsier.

— Muito bem, Kelsier, você manteve esse plano em "segredo" por oito meses. Sabemos que a coisa é grande, sabemos que está animado e todos estamos adequadamente aborrecidos com você com tantos segredos. Então por que não vai logo em frente e nos conta o que é?

Kelsier sorriu. Endireitou o corpo, acenando com a mão na direção do sujo e simples Yeden.

— Cavaleiros, conheçam seu novo patrão.

Esta foi aparentemente uma declaração surpreendente.

— *Ele*? — perguntou Ham.

— Ele — disse Kelsier, assentindo.

— O quê? — perguntou Yeden, falando pela primeira vez. — Você tem algum problema em trabalhar com alguém que tem moral de verdade?

— Não é isso, meu caro — Brisa disse, colocando o bastão de duelo no colo. — É só que, bem, eu tinha a estranha impressão de que você não *gostava* muito de tipos como nós.

— Não gosto — respondeu Yeden terminantemente. — Vocês são egoístas indisciplinados e viraram as costas para o resto dos skaas. Se vestem bem, mas, por dentro, são tão sujos quanto as cinzas.

Ham bufou.

— Já posso ver que esse trabalho vai ser *ótimo* para os ânimos da gangue.

Vin observava em silêncio, mordendo o lábio. Yeden era obviamente um skaa trabalhador, provavelmente um membro de uma forja ou de uma fábrica têxtil. Que conexão ele teria com o submundo? E... como podia se dar ao luxo de contratar os serviços de uma gangue de ladrões, especialmente, ao que parece, uma tão especializada quanto a equipe de Kelsier?

Talvez Kelsier tenha notado que estava confusa, pois ela o pegou encarando-a enquanto os demais continuavam conversando.

— Ainda estou um pouco confuso — disse Ham. — Yeden, estamos bastante cientes do que pensa dos ladrões. Então... por que nos contratar?

Yeden se contorceu um pouco.

— Porque — disse finalmente — todos sabem que vocês são eficientes.

Brisa gargalhou.

— Desaprovar nossa moral não o impede de fazer uso de nossas habilidades, pelo que vejo. Então, que trabalho é esse? O que a rebelião skaa quer de nós?

Rebelião skaa? pensou Vin, uma parte da conversa estava fora de lugar. Havia duas facções no submundo. A maior parte era formada por ladrões, gangues, prostitutas e pedintes que tentavam sobreviver fora do padrão da cultura skaa.

E, então, havia os rebeldes. Pessoas que trabalhavam contra o Império Final. Reen sempre os chamara de tolos — um sentimento compartilhado pela maioria das pessoas que Vin conhecera, fossem skaas ou do submundo.

Todos os olhos se voltaram lentamente para Kelsier, que se inclinara contra o bar novamente.

— A rebelião skaa, cortesia de seu líder, Yeden, nos contratou para algo muito específico.

— O quê? — perguntou Ham. — Roubo? Assassinato?

— Um pouco dos dois — Kelsier disse. — E, ao mesmo tempo, nenhum deles. Cavalheiros, esse não será um trabalho normal. Será algo diferente de tudo o que qualquer gangue tenha tentado. Vamos ajudar Yeden a derrubar o Império Final.

Silêncio.

— Perdão? — perguntou Ham.

— Você me ouviu bem, Ham — disse Kelsier. — Esse é o trabalho que venho planejando... a destruição do Império Final. Ou pelo menos de seu governo central. Yeden nos contratou para lhe fornecermos um exército e proporcionarmos uma oportunidade favorável para ele tomar o controle da cidade.

Ham recostou-se no assento, trocando um olhar com Brisa. Ambos se voltaram para Dockson, que assentiu solenemente. Por um longo momento, a sala permaneceu em silêncio até Yeden começar a rir lugubremente consigo mesmo.

— Eu nunca devia ter concordado com isso — disse Yeden, balançando a cabeça. — Agora que você disse em voz alta, eu percebi o quão ridículo soa.

— Confie em mim, Yeden — falou Kelsier. — Estes homens têm o hábito de levar adiante planos que parecem ridículos à primeira vista.

— Isso pode ser verdade, Kell — comentou Brisa. — Mas neste caso estou de acordo com nosso amigo desaprovador. Derrubar o Império Final... é algo que os rebeldes skaas vêm tentando há mil anos! O que o faz pensar que podemos conseguir alguma coisa onde esses homens falharam?

Kelsier sorriu.

— Teremos êxito porque temos visão, Brisa. Isso é o que sempre faltou à rebelião skaa.

— Como é? — disse Yeden, indignado.

— É verdade, infelizmente — confirmou Kelsier. — A rebelião condena pessoas como nós por causa de nossa ganância, mas mesmo com toda sua elevada moral, a qual, a propósito, eu respeito, nunca conseguiu nada. Yeden, seus homens se escondem em florestas e montanhas, planejando como vão algum dia se erguer e liderar uma guerra gloriosa contra o Império Final. Mas não têm ideia de como desenvolver e executar um plano adequadamente.

A expressão de Yeden ficou sombria.

— E *você* não tem ideia do que está falando.

— Ah? — Kelsier disse, despreocupado. — Diga-me, o que sua rebelião alcançou em mil anos de luta? Onde estão seus êxitos e vitórias? No Massacre de Tougier, três séculos atrás, onde sete mil rebeldes skaas foram assassinados? No ataque ocasional a um barco no canal ou no sequestro de um oficial nobre menor?

Yeden corou.

— É o melhor que conseguimos com as pessoas que temos! Não culpe meus homens pelos fracassos deles, culpe o resto dos skaas. Nunca conseguimos que eles nos ajudassem. Há mil anos são explorados; não têm mais nenhuma força de vontade. Já é difícil o bastante conseguir que um em mil nos escute, ainda mais fazer com que se rebelem!

— Paz, Yeden — falou Kelsier, erguendo uma das mãos. — Não estou tentando insultar sua coragem. Estamos do mesmo lado, lembra? Você veio especificamente até mim porque estava tendo problemas em recrutar pessoas para seu exército.

— E estou lamentando cada vez mais esta decisão, ladrão — disse Yeden.

— Bem, você já nos pagou — lembrou-o Kelsier. — Então é um pouco tarde para voltar atrás agora. Mas nós lhe daremos esse exército, Yeden. Os homens nesta sala são os mais capazes, mais espertos e mais habilidosos alomânticos da cidade. Você verá.

A sala ficou em silêncio novamente. Vin permaneceu sentada a sua mesa, assistindo à interação com o cenho franzido. *Qual é seu jogo, Kelsier?* As palavras dele sobre derrubar o Império Final eram obviamente uma fachada. Parecia mais provável para ela que ele pretendesse enganar a rebelião skaa. Mas, se ele já tinha sido pago, por que continuar a farsa?

Kelsier se virou para Brisa e Ham.

— Tudo bem, cavalheiros. O que acham?

Os dois homens se entreolharam. Finalmente, Brisa falou:

— Pelo Senhor Soberano, nunca fui de recusar um desafio. Mas, Kell, eu questiono seu raciocínio. Você tem certeza de que podemos fazer isso?

— Tenho certeza — assegurou Kelsier. — As tentativas anteriores de derrubar o Senhor Soberano falharam por falta de organização e planejamento adequados. Nós somos ladrões, cavalheiros... e somos ladrões extraordinariamente bons. Podemos roubar o impossível e enganar o impassível. Sabemos como pegar uma tarefa colossal, dividi-la em pedaços administráveis e depois lidar com cada um desses pedaços. Sabemos como conseguir o que queremos. Essas habilidades nos tornam perfeitos para esta tarefa em particular.

Brisa franziu o cenho.

— E... quanto estão nos pagando para conseguir o impossível?

— Trinta mil boxes — falou Yeden. — Metade agora, metade quando entregarem o exército.

— Trinta mil? — questionou Ham. — Para uma operação tão grande? Isso mal vai cobrir nossas despesas. Precisaremos de um espião infiltrado na nobreza para ficar atento aos rumores, precisaremos de muitos esconderijos, sem mencionar um lugar grande o suficiente para esconder e treinar um exército inteiro...

— Não adianta barganhar agora, ladrão — replicou Yeden. — Trinta mil podem não parecer muito para tipos como *você*, mas é resultado de décadas de economias de nossa parte. Não podemos pagar mais porque não temos mais nada.

— É um bom trabalho, cavalheiros — observou Dockson, juntando-se à conversa pela primeira vez.

— Sim, bem, é tudo magnífico — comentou Brisa. — Eu me considero um camarada razoavelmente bom. Mas isso... isso parece um pouco altruísta demais. Para não dizer estúpido.

— Bem — disse Kelsier —, pode haver um pouco mais nisso para nós...

Vin levantou a cabeça, e Brisa sorriu.

— O tesouro do Senhor Soberano — explicou Kelsier. — O plano, até agora, é proporcionar a Yeden um exército e uma oportunidade para tomar a cidade. Assim que ele tomar o palácio, ficará com o tesouro e usará os fundos para assegurar seu poder. E o principal desse tesouro...

— É o atium do Senhor Soberano — completou Brisa.

Kelsier assentiu.

— Nosso acordo com Yeden nos garante metade das reservas de atium que encontrarmos no palácio, não importa o quão vastas sejam.

Atium. Vin ouvira falar do metal, mas nunca vira nenhum de verdade. Era incrivelmente raro e usado apenas pela nobreza, pelo que diziam.

Ham estava sorrindo.

— Bem, agora sim — disse lentamente. — Isso é quase um prêmio grande o bastante para ser tentador.

— Supõe-se que os estoques de atium sejam enormes — disse Kelsier. — O Senhor Soberano só vende o metal em pequenas porções, cobrando quantias exorbitantes da nobreza. Ele *precisa* manter uma reserva imensa para se assegurar do controle do mercado e para ter certeza de ter riqueza suficiente para emergências.

— É verdade — comentou Brisa. — Mas tem certeza de que quer tentar algo assim tão pouco tempo depois... do que aconteceu da última vez que tentamos entrar no palácio?

— Faremos diferente desta vez — Kelsier falou. — Cavalheiros, serei franco com vocês. Esse não será um trabalho fácil, mas *pode* dar certo. O plano é simples. Vamos encontrar um jeito de neutralizar a Guarnição de Luthadel, deixando a área sem força policial. Então, lançaremos a cidade ao caos.

— Temos muitas opções para fazer isso — disse Dockson. — Mas podemos falar sobre isso mais tarde.

Kelsier assentiu.

— Então, no meio do caos, Yeden marchará com seu exército para Luthadel e tomará o palácio, fazendo o Senhor Soberano prisioneiro. Enquanto Yeden lida com a cidade, nós pegamos o atium. Daremos metade a ele e desapareceremos com a outra metade. Depois disso, é trabalho dele conservar aquilo do que conseguiu se apoderar.

— Parece um pouco perigoso para você, Yeden — observou Ham, olhando para o líder rebelde.

Ele deu de ombros.

— Talvez. Mas se por algum milagre conseguirmos o controle do palácio, então teremos feito algo que nenhuma outra rebelião skaa alcançara antes. Para meus homens, não é só uma questão de riqueza nem mesmo de sobrevivência. Se trata de fazer algo grandioso, algo maravilhoso: dar esperança aos skaas. Mas não espero que entendam esse tipo de coisa.

Kelsier lançou um olhar tranquilizador para Yeden, que fungou e voltou a se sentar. *Será que ele usou Alomancia?* Vin se perguntou. Ela já tinha visto acordos entre gangues e empregadores antes, e parecia que Yeden estava muito mais nas mãos de Kelsier do que o contrário.

Kelsier se voltou para Ham e Brisa.

— Há muito mais nisso tudo do que uma simples demonstração de ousadia. Se conseguirmos roubar aquele atium, será um golpe poderoso na fundação financeira do Senhor Soberano. Ele depende do dinheiro que o atium proporciona. Sem isso, pode ficar sem meios para pagar seus exércitos. Mesmo que ele escape da nossa armadilha, ou se decidirmos tomar a cidade quando ele estiver fora, para evitar ter que lidar com ele, o Senhor Soberano estará financeiramente arruinado. Não conseguirá mandar seus soldados tomarem a cidade de Yeden. Se isso funcionar bem, a cidade estará um caos de qualquer maneira, e a nobreza estará fraca demais para reagir contra as forças rebeldes. O Senhor Soberano ficará confuso e incapaz de reunir um exército grande o bastante.

— E os koloss? — Ham perguntou, em voz baixa.

Kelsier meneou a cabeça.

— Se ele enviar essas criaturas contra sua própria capital, a destruição que isso causará será mais perigosa do que a instabilidade financeira. Em meio ao caos, os nobres das províncias vão se rebelar e se declarar reis, e o Senhor Soberano não terá tropas necessárias para colocá-los na linha. Os rebeldes de Yeden serão capazes de manter Luthadel, e nós, meus amigos, ficaremos ricos, muito ricos. Todo mundo consegue o que quer.

— Você está se esquecendo do Ministério do Aço — disse Trevo bruscamente, quase esquecido em um canto da sala. — Os Inquisidores não nos deixarão arremessar sua bela teocracia no caos.

Kelsier voltou-se para o homem encolhido.

— Teremos que encontrar um jeito de lidar com o Ministério. Tenho alguns planos a esse respeito. De qualquer modo, problemas como este são coisas com as quais nós, como gangue, teremos que lidar. Temos que nos livrar da Guarnição de Luthadel; não há como fazer qualquer coisa enquanto eles estiverem policiando as ruas. Temos que encontrar um jeito adequado de atirar a cidade ao caos e uma maneira de manter os obrigadores fora do nosso caminho. Mas, se planejarmos bem, conseguiremos persuadir o Senhor Soberano a enviar a guarda do palácio, talvez até os Inquisidores, para a cidade, a fim de restaurar a ordem. Isso deixará o palácio exposto, dando a Yeden a oportunidade perfeita para atacar. Depois disso, não importa o que aconteça com o Ministério ou com as guarnições: o Senhor Soberano não terá dinheiro suficiente para manter o controle de seu império.

— Não sei, Kell — falou Brisa, balançando a cabeça. Sua irreverência havia desaparecido; parecia estar honestamente considerando o plano. — O Senhor Soberano consegue aquele atium de algum lugar. E se ele simplesmente extrair mais?

Ham assentiu.

— E ninguém sabe onde está a mina de atium.

— Eu não diria *ninguém* — disse Kelsier com um sorriso.

Brisa e Ham trocaram um olhar.

— Você sabe? — perguntou Ham.

— Naturalmente — disse Kelsier. — Passei um ano da minha vida trabalhando lá.

— Os Fossos? — perguntou Ham, surpreso.

Kelsier assentiu.

— É por isso que o Senhor Soberano se assegura de que ninguém sobreviva ao trabalho lá; ele não pode permitir que seu segredo vaze. Não é só uma colônia penal, não é só um buraco do inferno para onde os skaas são mandados para morrer. É uma mineração.

— É claro... — comentou Brisa.

Kelsier endireitou o corpo, afastando-se do bar e caminhando na direção da mesa de Ham e Brisa.

— Temos uma chance aqui, cavalheiros. Uma chance de fazer algo grande, algo que nenhuma outra gangue de ladrões jamais fez. Roubar o próprio Senhor Soberano! E mais! Os Fossos quase me mataram, e eu tenho visto as coisas... de modo diferente desde que fugi. Eu vejo skaas trabalhando sem esperança. Vejo gangues de ladrões tentando sobreviver com as sobras da aristocracia, frequentemente morrendo no processo, assim como outros skaas. Vejo a rebelião skaa tentando resistir com tanto empenho ao Senhor Soberano sem nunca fazer qualquer progresso. A rebelião falha porque é desajeitada e dispersa. Toda vez que uma de suas peças consegue impulso, o Ministério do Aço a esmaga. Essa não é a maneira de derrotar o Império Final, cavalheiros. Mas com uma equipe pequena, especializada e altamente dotada, podemos ter uma esperança. Podemos atuar sem grande risco de nos expor. Sabemos como evitar os tentáculos do Ministério do Aço. Entendemos como a alta nobreza pensa e sabemos como explorar seus membros. Podemos fazer isso!

Ele parou diante da mesa de Brisa e Ham.

— Não sei, Kell — ponderou Ham. — Não é que eu esteja discordando dos seus motivos. Mas isso... bem, isso parece um pouco imprudente.

Kelsier sorriu.

— Sei que parece. Mas você está dentro mesmo assim, não está?

Ham fez uma pausa, então assentiu.

— Você sabe que eu me juntarei à sua gangue não importa qual seja o trabalho. Este parece maluco, assim com a maioria dos seus planos. Só... só me diga uma coisa. Você está falando sério sobre derrubar o Senhor Soberano?

Kelsier assentiu. Por alguma razão, Vin estava quase tentada a acreditar nele.

Ham assentiu firmemente.

— Tudo bem, então. Estou dentro.

— Brisa? — perguntou Kelsier.

O homem bem-vestido balançou a cabeça.

— Não tenho certeza, Kell. Isso é um pouco extremo, até mesmo para você.

— Precisamos de você, Brisa — disse Kell. — Ninguém pode *abrandar* uma multidão como você. Se vamos formar um exército, precisamos de seus alomânticos... e de seus poderes.

— Bem, isso é verdade — concordou Brisa. — Mesmo assim...

Kelsier sorriu e colocou algo sobre a mesa — a taça de vinho que Vin servira para Brisa. Ela não notara que Kelsier a pegara no bar.

— Pense no desafio, Brisa — disse Kelsier.

Brisa olhou para a taça e ergueu os olhos para Kelsier. Então ele finalmente gargalhou, pegando o vinho.

— Tudo bem. Estou dentro.

— É impossível — uma voz rouca disse ao fundo da sala. Trevo estava sentado de braços cruzados, olhando para Kelsier com expressão carrancuda. — O que você está realmente planejando, Kelsier?

— Estou sendo honesto — respondeu Kelsier. — Planejo tomar o atium do Senhor Soberano e derrubar seu império.

— Você não pode fazer isso — disse o homem. — É idiotice. Os Inquisidores vão nos pendurar com ganchos atravessados em nossas gargantas.

— Talvez — Kelsier admitiu. — Mas pense na recompensa se tivermos êxito. Riquezas, poder e terras nas quais os skaas possam viver como homens, não como escravos.

Trevo bufou ruidosamente. Então se levantou, derrubando a cadeira no chão.

— Nenhuma recompensa seria suficiente. O Senhor Soberano tentou matá-lo uma vez... Vejo que não ficará satisfeito até que ele consiga. — Com isso, o homem mais velho se virou e saiu mancando da sala, batendo a porta atrás de si.

O covil ficou em silêncio.

— Bem, acho que precisaremos de outro Esfumaçador — disse Dockson.

— Vamos deixá-lo sair assim? — Yeden exigiu saber. — Ele sabe de tudo!

Brisa começou a rir.

— Você não deveria ser o virtuoso deste pequeno grupo?

— Virtude não tem nada a ver com isso — disse Yeden. — Deixar alguém partir assim é tolice! Ele pode trazer os obrigadores até nós em minutos.

Vin assentiu, concordando, mas Kelsier negou com a cabeça.

— Eu não trabalho assim, Yeden. Convidei Trevo para uma reunião na qual tracei um plano perigoso, um que muitos chamariam de estúpido. Não vou mandar assassiná-lo porque ele decidiu que era perigoso demais. Se você faz as coisas assim, logo ninguém vai querer sequer ouvir seus planos.

— Além disso — disse Dockson —, não convidaríamos alguém para uma reunião a menos que confiássemos que a pessoa não nos trairia.

Impossível, Vin pensou, franzindo o cenho. Ele devia estar blefando para manter os ânimos da gangue em alta: ninguém era de tanta confiança. Afinal, os outros não tinham dito que o fracasso de Kelsier, alguns anos antes — o acontecimento que o mandara para os Fossos de Hathsin —, ocorrera por causa de uma traição? Ele provavelmente mandara assassinos seguir Trevo neste exato momento, vigiando-o para ter certeza de que ele não vá até as autoridades.

— Muito bem, Yeden — disse Kelsier, voltando aos negócios. — Eles aceitaram. O plano está de pé. Ainda está dentro?

— Você devolverá o dinheiro da rebelião se eu disser que não? — perguntou Yeden.

A única resposta foi uma risadinha de Ham. A expressão de Yeden ficou mais sombria, mas ele apenas balançou a cabeça.

— Se eu tivesse outra opção...

— Ah, pare de reclamar — falou Kelsier. — Você é oficialmente parte de uma gangue de ladrões agora, então bem que podia vir até aqui e se sentar conosco.

Yeden hesitou por um momento, então suspirou e foi para mesa ao lado da qual estava Vin, sentando-se com Brisa, Ham e Dockson. Kelsier continuava em pé próximo a eles.

Kelsier se virou, olhando na direção de Vin.

— E você, Vin?

Ela olhou para ele. *Por que está me perguntando? Ele já sabe que estou em suas mãos. O trabalho não importa, contanto que eu aprenda o que ele sabe.*

Kelsier esperava, na expectativa.

— Estou dentro — disse Vin, presumindo que era o que ele queria ouvir.

Deve ter presumido corretamente, pois Kelsier sorriu e acenou para a última cadeira na mesa.

Vin suspirou, mas fez o que ele indicava, levantando-se e ocupando o último assento.

— Quem é a criança? — perguntou Yeden.

— Uma intermediária — disse Brisa.

Kelsier ergueu uma sobrancelha.

— Na verdade, Vin é mais como uma nova recruta. Meu irmão a pegou abrandando suas emoções há alguns meses.

— Abrandadora, é? — perguntou Ham. — Acho que sempre temos espaço para mais um.

— Na verdade — observou Kelsier —, parece que ela pode *tumultuar* as emoções das pessoas também.

Brisa se surpreendeu.

— Sério? — perguntou Ham.

Kelsier assentiu.

— Dox e eu a testamos há algumas horas.

Brisa gargalhou.

— E eu aqui dizendo que ela provavelmente nunca conheceria outro Nascido da Bruma além de você.

— Um segundo Nascido da Bruma na equipe... — Ham disse, de forma apreciativa. — Bem, isso aumenta as nossas chances um pouco.

— O que está você dizendo? — balbuciou Yeden. — Skaas não podem ser Nascidos da Bruma. Nem tenho certeza se os Nascidos da Bruma existem! *Eu* certamente jamais encontrei algum.

Brisa ergueu uma sobrancelha e colocou a mão no ombro de Yeden.

— Você devia tentar não falar tanto, meu amigo — sugeriu. — Parecerá muito menos estúpido assim.

Yeden se livrou da mão de Brisa, e Ham gargalhou. Vin permaneceu calada, ponderando as implicações do que Kelsier dissera. A parte sobre roubar as reservas de atium era tentadora, mas tomar a cidade para fazer isso? Seriam esses homens assim tão ousados?

Kelsier pegou uma das cadeiras da mesa, sentando-se ao contrário nela e apoiando os braços no encosto.

— Certo — disse. — Temos uma gangue. Planejaremos os detalhes na próxima reunião, mas quero que todos pensem no trabalho. Tenho alguns planos, mas quero mentes frescas analisando nossa tarefa. Precisamos discutir meios de tirar a Guarnição de Luthadel da cidade e de criar caos suficiente para que as Grandes Casas não consigam mobilizar suas forças para deter o exército de Yeden, quando este atacar.

Os membros do grupo, exceto Yeden, assentiram.

— Antes de encerrarmos por hoje, no entanto — Kelsier prosseguiu —, há mais uma parte do plano sobre a qual quero informá-los.

— Mais? — perguntou Brisa com uma risadinha. — Roubar a fortuna do Senhor Soberano e derrubar seu império não é o suficiente?

— Não — respondeu Kelsier. — Se eu tiver a oportunidade, vou matá-lo.

Silêncio.

— Kelsier — disse Ham lentamente. — O Senhor Soberano é o Fragmento do Infinito. É um pedaço do próprio Deus. Você não pode matá-lo. Até mesmo *capturá-lo* deve ser impossível.

Kelsier não respondeu. Mas seus olhos transpareciam determinação.

É isso, Vin pensou. *Ele só pode estar louco*.

— O Senhor Soberano e eu — Kelsier falou — temos uma dívida para acertar. Ele tirou Mare de mim, assim como quase tirou a minha sanidade. Admito que parte dos meus motivos para levar este plano adiante é me vingar dele. Vamos tirar o governo, a casa e a fortuna dele. Para que isso funcione, temos que nos livrar dele. Talvez aprisioná-lo em seu próprio calabouço ou, pelo menos, tirá-lo da cidade. Mas posso pensar em algo muito melhor do que qualquer uma dessas opções. Lá no fundo daqueles fossos para onde ele me mandou, eu tive um Estalo que despertou meus poderes alomânticos. Agora eu tenho a intenção de usá-los para matá-lo.

Kelsier levou a mão ao bolso do casaco e pegou alguma coisa. Colocou-a sobre a mesa.

— No norte, eles têm uma lenda — continuou ele. — Diz-se que o Senhor Soberano não é imortal, não completamente. Diz-se que pode ser morto com o metal certo. O Décimo Primeiro Metal. Este metal.

Todos os olhos se voltaram para o objeto sobre a mesa. Era uma fina barra de metal, talvez tão longa e fina quanto o dedo mindinho de Vin, com lados retos. Era de um branco-prateado.

— O décimo primeiro metal? — Brisa perguntou, incerto. — Nunca ouvi falar dessa lenda.

— O Senhor Soberano a suprimiu — Kelsier explicou. — Mas ela ainda pode ser encontrada, se se souber onde procurar. A teoria alomântica fala sobre dez metais: os oito metais básicos e dois altos metais. Há mais um, no entanto, desconhecido da maioria. Muito mais poderoso do que os outros dez.

Brisa franziu o cenho, cético.

Yeden, contudo, parecia intrigado.

— E este metal pode, de algum modo, matar o Senhor Soberano?

Kelsier assentiu.

— Essa é a sua fraqueza. O Ministério do Aço quer que acreditemos que ele é imortal, mas ele *pode* ser morto... por um alomântico, ao queimar isso.

Ham estendeu a mão, pegando a fina barra de metal.

— Onde você conseguiu isso?

— Ao norte — respondeu Kelsier. — Em uma terra perto da Península Distante, uma terra onde as pessoas ainda se lembram de como seu antigo reino era chamado antes da Ascensão.

— Como funciona? — perguntou Brisa.

— Não tenho muita certeza — disse Kelsier francamente. — Mas pretendo descobrir.

Ham observou o metal com cor de porcelana, girando-o entre os dedos.

Matar o Senhor Soberano? Vin pensou. O Senhor Soberano era uma força, como os ventos ou as brumas. Não se podia matar essas coisas. Elas não estavam realmente vivas. Elas simplesmente *eram*.

— De qualquer forma — Kelsier prosseguiu, pegando o metal que Ham lhe devolvera —, vocês não precisam se preocupar com isso. Matar o Senhor Soberano é tarefa minha. Se isso se mostrar impossível, daremos um jeito de enganá-lo para que saia da cidade, e então vamos roubá-lo embaixo de seu nariz. Só achei que vocês deviam saber o que estou planejando.

Eu me associei a um louco, Vin pensou, resignada. Mas aquilo realmente não importava — não enquanto ele lhe ensinasse Alomancia.

Não entendo o que devo fazer. Os filósofos de Terris afirmam que saberei qual é o meu dever quando o momento chegar, mas este é um consolo pequeno demais.

As Profundezas devem ser destruídas, e, aparentemente, eu sou o único que pode fazer isso. Elas devastam o mundo, mesmo agora. Se não as deter logo, não sobrará nada além de ossos e pó.

5

— A-HÁ! — A FIGURA triunfante de Kelsier emergiu de trás do bar de Camon, com um ar de satisfação no rosto. Ele ergueu o braço e colocou uma garrafa de vinho empoeirada sobre o balcão.

Dockson olhou para ele com divertimento.

— Onde encontrou isso?

— Em um dos compartimentos secretos — disse Kelsier, limpando o pó da garrafa.

— Achei que eu tivesse encontrado todos — afirmou Dockson.

— E encontrou. Mas um deles tinha um fundo falso.

Dockson deu uma risada.

— Esperto.

Kelsier assentiu, abrindo a garrafa e servindo três taças.

— O truque é nunca parar de procurar. *Sempre* há outro segredo.

Ele pegou as três taças e foi se juntar a Vin e Dockson na mesa.

Vin aceitou a taça hesitantemente. A reunião terminara há algum tempo, e Brisa, Ham e Yeden tinham ido embora para ponderar sobre o que

Kelsier lhes dissera. Vin achava que também devia partir, mas não tinha para onde ir. Dockson e Kelsier pareciam dar por certo que ela permaneceria com eles.

Kelsier tomou um longo gole do vinho tinto e sorriu.

— Ah, assim é *muito* melhor.

Dockson assentiu, concordando, mas Vin não provou a bebida.

— Vamos precisar de outro Esfumaçador — observou Dockson.

Kelsier assentiu.

— Os demais parecem ter levado numa boa, no entanto.

— Brisa ainda está indeciso — comentou Dockson.

— Ele não dará para trás. Brisa gosta de um desafio, e nunca encontrará um maior do que esse. — Kelsier sorriu. — Além disso, saber que estamos fazendo um trabalho do qual não está participando o deixaria maluco.

— Mesmo assim, ele está certo em ficar apreensivo — disse Dockson. — Eu mesmo estou um pouco preocupado.

Kelsier assentiu, concordando, e Vin franziu o cenho. *Então, eles estão falando sério sobre o plano? Ou ainda é uma encenação, por que estou aqui?* Os dois homens pareciam bem competentes. Mas derrubar o Império Final? Era mais fácil impedir as brumas de fluir ou deter o nascer do sol.

— Quando o restante dos seus amigos vai chegar? — perguntou Dockson.

— Em alguns dias — respondeu Kelsier. — Temos que conseguir outro Esfumaçador até lá. Também vou precisar de mais um pouco de atium.

Dockson franziu o cenho.

— Já?

Kelsier assentiu.

— Gastei quase tudo comprando o Contrato de OreSeur, e usei o último bocado que me restou na plantação de Tresting.

Tresting. O nobre que fora morto em sua mansão há uma semana. *Como Kelsier estaria envolvido nisso? E o que ele tinha mesmo dito antes sobre o atium?* Ele tinha afirmado que o Senhor Soberano mantinha controle sobre a alta nobreza mantendo o monopólio do metal.

Dockson coçou a barba sob o queixo.

— Não é fácil conseguir atium, Kell. Levou quase oito meses para planejar o roubo daquele pouco que você tinha.

— Isso porque você teve que ser delicado — Kelsier disse, com um sorriso malicioso.

Dockson olhou para Kelsier com leve apreensão. Kelsier apenas alargou o sorriso, e Dockson finalmente revirou os olhos, suspirando. Ele, então, olhou para Vin.

— Você não tocou na sua bebida.

Vin negou com a cabeça.

Dockson esperou por uma explicação e, depois de um tempo, Vin foi forçada a responder.

— Não gosto de beber nada que eu mesma não tenha preparado.

Kelsier gargalhou.

— Ela me lembra Vent.

— Vent? — disse Dockson, fazendo uma careta. — A garota é um pouco paranoica, mas não *tanto* assim. Eu juro, aquele homem era tão assustado que até a batida de seu próprio coração o deixava sobressaltado.

Os dois homens gargalharam. Vin, no entanto, só se sentiu mais desconfortável com o ambiente amigável. *O que esperam de mim? Vou ser algum tipo de aprendiz?*

— Bem, então — disse Dockson —, vai me dizer agora como planeja conseguir um pouco de atium?

Kelsier abriu a boca para responder, mas as escadas rangeram com o som de alguém descendo. Ele e Dockson se viraram; Vin, é claro, havia se posicionado de modo a ver as duas entradas da sala sem ter que se mover.

Vin esperava que o recém-chegado fosse um dos membros da gangue de Camon, enviado para ver se Kelsier havia terminado a reunião no covil. E por isso ela ficou completamente surpresa quando a porta se abriu para revelar o rosto mal-humorado e retorcido do homem chamado Trevo.

Kelsier sorriu, seus olhos brilhavam.

Ele não está surpreso. Satisfeito, talvez, mas não surpreso.

— Trevo — Kelsier disse.

Trevo ficou parado na porta de entrada, encarando os três de modo impressionantemente desaprovador. Por fim, entrou na sala, mancando. Um adolescente magro e de aparência estranha o seguia.

O garoto pegou uma cadeira para Trevo e a colocou na mesa de Kelsier. Trevo se acomodou, resmungando baixinho consigo mesmo. Olhou para Kelsier com os olhos estrábicos e o nariz enrugado.

— O Abrandador foi embora?

— Brisa? — perguntou Kelsier. — Sim, ele se foi.

Trevo grunhiu. Então olhou para a garrafa de vinho.

— Sirva-se — ofereceu Kelsier.

Trevo fez sinal para que o garoto apanhasse uma taça para ele no bar, e voltou-se para Kelsier.

— Eu precisava ter certeza — disse. — Nunca confie em si mesmo quando um Abrandador estiver por perto... especialmente um como ele.

— Você é um Esfumaçador, Trevo — Kelsier lembrou. — Ele não pode fazer muito com você, não se não deixar.

Trevo deu de ombros.

— Não gosto de Abrandadores. Não é só Alomancia; homens assim... bem, não se pode confiar que não se está sendo manipulado quando eles estão por perto. Com ou sem cobre.

— Eu não recorreria a algo assim para arrebanhar a sua lealdade — assegurou Kelsier.

— Foi o que ouvi — disse Trevo, enquanto o garoto lhe servia uma taça de vinho. — Eu precisava ter certeza, no entanto. Precisava pensar nas coisas sem a presença de Brisa. — Ele fez uma careta, embora Vin tivesse dificuldade em determinar o porquê, então pegou a taça e tomou metade de um só gole.

— Bom vinho — disse, grunhindo. E olhou para Kelsier. — Então os Fossos realmente o deixaram louco, hein?

— Completamente — disse Kelsier, sério.

Trevo sorriu, embora em seu rosto a expressão tivesse um aspecto decididamente retorcido.

— Pretende seguir em frente com isso, então? Com esse tal trabalho?

Kelsier assentiu de modo solene.

Trevo tomou o resto do vinho.

— Então, já tem um Esfumaçador. Não pelo dinheiro, no entanto. Se você estiver realmente falando sério sobre derrubar este governo, então estou dentro.

Kelsier sorriu.

— E não sorria para mim — replicou Trevo. — Odeio isso.

— Eu não ousaria.

— Bem — disse Dockson, servindo-se de outra taça —, isso resolve o problema do Esfumaçador.

— O que não faz muita diferença — disse Trevo. — Vocês vão fracassar. Passei a vida inteira tentando esconder Brumosos do Senhor Soberano e de seus obrigadores. No fim, ele sempre os encontra.

— E por que se importa em nos ajudar, então? — Dockson perguntou.

— Porque — respondeu Trevo, levantando-se — o Senhor Soberano vai me pegar cedo ou tarde. Pelo menos, desse jeito, poderei cuspir na sua cara quando isso acontecer. Derrubar o Império Final... — O homem sorriu. — Tem estilo. Vamos, garoto. Temos que deixar a loja pronta para os visitantes.

Vin os viu partir, Trevo mancando porta afora, o garoto fechando-a atrás dos dois. Então olhou para Kelsier.

— Você sabia que ele ia voltar.

Ele deu de ombros, ficando em pé e se espreguiçando.

— Esperava que sim. As pessoas são atraídas pela visão. O trabalho que estou propondo... bem, não é o tipo de coisa que se deixa de lado; ao menos não se você é um velho entediado, que está sempre aborrecido com a vida. Agora, Vin, presumo que sua gangue seja dona de todo esse edifício, certo?

Vin assentiu.

— A loja no andar de cima é uma fachada.

— Ótimo — disse Kelsier, conferindo seu relógio de bolso e, em seguida, entregando-o para Dockson. — Diga aos seus amigos que eles podem voltar para o covil; as brumas já devem estar chegando.

— E nós? — perguntou Dockson.

Kelsier sorriu.

— Nós vamos para o telhado. Como disse, preciso conseguir um pouco de atium.

DURANTE O DIA, LUTHADEL ERA uma cidade enegrecida, manchada pela fuligem e pela luz vermelha do sol. Era dura, distinta e opressiva.

À noite, no entanto, as brumas a embaçavam e obscureciam. As fortalezas dos altos nobres transformavam-se em silhuetas fantasmagóricas ameaçadoras. As ruas pareciam mais estreitas com a névoa, cada uma delas se tornando um beco solitário e perigoso. Mesmo nobres e ladrões ficavam apreensivos ao sair à noite — era necessário um coração forte para encarar o silêncio agourento e nebuloso. A cidade escura era, à noite, um lugar para os desesperados e os destemidos; era uma terra de mistérios mutantes e criaturas estranhas.

Criaturas estranhas como eu, pensou Kelsier. Ele estava sentado no parapeito do telhado do covil. Os edifícios se erguiam nas sombras da noite ao redor dele, e as brumas faziam tudo parecer se mover e mudar na escuridão. Luzes fracas brilhavam em uma ou outra janela, mas os pequenos pontos de iluminação reunidos eram alarmantes.

Uma brisa fria varreu o telhado, movendo a bruma, fazendo-a roçar na bochecha úmida de Kelsier como uma respiração exalada. Em tempos passados — antes que tudo desse errado —, ele sempre procurava por um telhado na noite anterior a um trabalho, desejando contemplar a cidade. Não percebeu que estava seguindo o velho costume naquela noite, até que olhou para o lado, esperando que Mare estivesse ali, como sempre tinha estado.

Em vez disso, encontrou apenas o ar vazio. Sozinho. Silencioso. As brumas a haviam substituído. E faziam um péssimo trabalho.

Ele suspirou e se virou. Vin e Dockson estavam atrás dele. Ambos pareciam apreensivos por estarem expostos às brumas, mas estavam controlando o nervosismo. Não se conseguia chegar muito longe no submundo sem aprender a tolerar o medo das brumas.

Kelsier aprendera a fazer muito mais do que isso. Havia estado em meio a elas tantas vezes nos últimos anos que estava começando a se sentir mais confortável à noite, dentro do obscuro abraço da bruma, do que durante o dia.

— Kell — disse Dockson —, você *precisa mesmo* ficar na borda desse jeito? Nossos planos podem ser um pouco loucos, mas prefiro que não terminem com você estatelado nos paralelepípedos lá embaixo.

Kelsier sorriu. *Ele ainda não me vê como um Nascido da Bruma*, pensou. *Vai levar algum tempo para que todos se acostumem.*

Anos antes, ele tinha se tornado o mais famoso líder de gangue de Luthadel, e fizera isso sem ser um alomântico. Mare era uma Olho de Estanho, mas ele e Dockson... eram apenas homens normais. Um era um mestiço sem poderes e o outro, um skaa fugido das plantações. Juntos, haviam colocado as Grandes Casas de joelhos, roubando ousadamente dos homens mais poderosos do Império Final.

Agora Kelsier era mais, muito mais. Antigamente, sonhava com a Alomancia, desejando ter um poder como o de Mare. Ela morrera antes de seu Estalo, antes de seus poderes se apresentarem. Jamais veria o que Kelsier viria a fazer com eles.

Antes, a alta nobreza o temia. Fora necessária uma armadilha do Senhor Soberano em pessoa para capturar Kelsier. E agora o próprio Império Final tremeria antes que ele terminasse.

Estudou a cidade mais uma vez, inalando as brumas, e desceu do parapeito, aproximando-se de Dockson e Vin. Não carregavam luzes; a luz ambiente das estrelas, diluída pelas brumas, era suficiente na maioria das vezes.

Kelsier tirou o casaco e o colete, entregando-os a Dockson, depois tirou a camisa de dentro da calça, deixando que a longa peça caísse frouxamente. O tecido era escuro o suficiente para não denunciá-lo à noite.

— Muito bem — disse. — Quem eu deveria tentar?

Dockson franziu o cenho.

— Tem certeza de que quer fazer isso?

Kelsier sorriu.

Dockson suspirou.

— As Casas Urbain e Teniert foram atingidas recentemente, embora não tenham levado seu atium.

— Qual casa é a mais forte neste momento? — Kelsier perguntou, abaixando-se e desfazendo os nós de sua bolsa, que repousava aos pés de Dockson. — Quem ninguém pensaria em atacar?

Dockson refletiu.

— Os Venture — disse finalmente. — Eles têm estado no topo nos últimos anos. Mantêm uma força armada de várias centenas de homens, e a nobreza local da casa inclui umas boas duas dezenas de Brumosos.

Kelsier assentiu.

— Bem, é aonde irei, então. Eles certamente têm algum atium.

Ele abriu a bolsa e tirou uma capa cinza-escura. Grande e envolvente, a capa não era feita de uma única peça de tecido — em vez disso, era confeccionada com centenas de tiras compridas como fitas. Eram costuradas nos ombros e no peito, mas a maior parte ficava pendurada, separada uma da outra, como flâmulas sobrepostas.

Kelsier colocou a peça e as tiras de tecido se retorceram e se enroscaram, quase como as brumas.

Dockson inspirou suavemente.

— Nunca estive tão perto de alguém que vestisse uma dessas.

— O que é isso? — perguntou Vin, sua voz baixa parecia quase assombrada nas brumas da noite.

— Uma capa dos Nascidos da Bruma — Dockson disse. — Todos eles vestem essas coisas... é um tipo de... sinal de filiação ao clube deles.

— É confeccionada e colorida para esconder a pessoa na bruma — explicou Kelsier. — E alerta os guardas da cidade e os outros Nascidos da Bruma a não o incomodarem. — Ele deu meia-volta, deixando a capa se agitar dramaticamente. — Acho que cai bem em mim.

Dockson revirou os olhos.

— Muito bem — disse Kelsier, abaixando-se e pegando um cinto de tecido da bolsa. — Casa Venture. Há algo que eu precise saber?

— Parece que Lorde Venture tem um cofre em seu escritório — explicou Dockson. — É onde provavelmente mantém seu estoque de atium. Você encontrará o escritório no terceiro andar, a três salas da sacada da ala sul. Tome cuidado, pois a Casa Venture mantém cerca de uma dezena de matabrumas além das tropas normais e de Brumosos.

Kelsier assentiu, amarrando o cinto — não tinha fivela, mas duas pequenas bainhas. Tirou um par de adagas de cristal da bolsa, conferiu o corte e as guardou em uma das bainhas. Tirou os sapatos e as meias, ficando descalço nas pedras geladas. Com os sapatos, se foi também o último pedaço de metal que carregava consigo, exceto pela bolsa de moedas e pelos três frascos com metais em seu cinto. Ele selecionou o maior, engoliu o conteúdo e estendeu o frasco vazio para Dockson.

— Isso é tudo? — perguntou Kelsier.

Dockson assentiu.

— Boa sorte.

Ao lado dele, Vin observava os preparativos de Kelsier com intensa curiosidade. Ela era uma coisinha silenciosa e pequena, mas ocultava uma intensidade que ele achava impressionante. Era paranoica, é verdade, mas não tímida.

Você terá sua chance, criança, pensou. *Mas não esta noite.*

— Bem — começou, pegando uma moeda da bolsa e jogando-a do alto do edifício. — Acho que vou indo. Encontrarei vocês novamente na loja do Trevo daqui a pouco.

Dockson assentiu.

Kelsier deu meia-volta e se aproximou do parapeito. Então, saltou do edifício.

A bruma se encaracolou no ar que o cercava. Ele queimou aço, o segundo dos metais alomânticos básicos. Luzes azuis translúcidas ganharam vida ao seu redor, visíveis apenas aos seus olhos. Cada uma conduzia-se do centro de seu peito até uma fonte de metal próxima. As linhas eram todas relativamente fracas — um sinal de que indicavam fontes pequenas de metal: dobradiças de portas, pregos e outros objetos. O tipo de fonte de metal não importava. Queimar ferro ou aço apontaria linhas azuis para todos os tipos de metal, presumindo que estivessem próximos o suficiente e fossem grandes o bastante para serem notados.

Kelsier escolheu a linha que apontava diretamente para baixo, na direção de sua moeda. Queimando aço, ele *empurrou* a moeda.

Sua queda parou imediatamente, e ele foi atirado ao ar na direção contrária à linha azul. Virou-se de lado, escolhendo o fecho de uma janela, e *empurrou* contra ele, inclinando-se para o lado. O impulso cuidadoso o dirigiu para cima, sobre a borda do edifício diretamente do outro lado da rua do covil de Vin.

Ele aterrissou com um passo ágil, caindo agachado e correndo pelo teto pontiagudo do edifício. Deteve-se na escuridão, perscrutando o ar agitado. Queimou estanho e o sentiu ganhar vida em seu peito, amplificando seus sentidos. De repente, as brumas pareciam menos densas. Não era a noite ao redor dele que tinha ficado mais clara, mas sua percepção que simplesmente aumentara. Na distância, ao norte, ele distinguiu vagamente uma grande estrutura. A fortaleza Venture.

Kelsier deixou seu estanho aceso — este queimava devagar, e ele provavelmente não teria que se preocupar que acabasse. Ao se levantar, as brumas se enroscaram levemente em seu corpo. Girando e se retorcendo, formando uma correnteza leve e escassamente perceptível em torno dele. As brumas o conheciam; o reivindicavam. Podiam sentir a Alomancia.

Ele saltou, *empurrando* contra uma chaminé de metal abaixo de si e pegando impulso para dar um amplo salto horizontal. Jogou uma moeda enquanto saltava, e a peça pequena de metal tremulou através da escuridão e da névoa. Ele *empurrou* contra a moeda antes que ela alcançasse o chão, a força de seu peso a enviou para baixo em um só golpe. Assim que ela atingiu os paralelepípedos, o *empurrão* de Kelsier o jogou para cima, transformando a segunda metade de seu salto em um arco gracioso.

Kelsier aterrissou em outro telhado de madeira pontiagudo. *Empurrar* aço e *puxar* ferro foram as primeiras coisas que Gemmel lhe ensinara. *Quando você* empurra *algo, é como se arremessasse seu peso contra essa coisa*, o velho lunático dissera. *E não dá para mudar o quanto você pesa — você é um alomântico, não algum tipo de místico do norte.* Não puxe *nada que pese menos do que você, a menos que queira que a coisa venha voando até você, e não* empurre *algo mais pesado do que você, a menos que queira ser arremessado na outra direção.*

Kelsier coçou suas cicatrizes, e apertou a capa de bruma ao redor do corpo enquanto se agachava no telhado, os veios da madeira raspando seus pés descalços. Ele frequentemente desejava que queimar estanho não aumentasse todos os seus sentidos — ou pelo menos não todos de uma vez. Precisava melhorar a visão para enxergar na escuridão, e fazia um bom uso da audição aguçada também. Mas queimar estanho fazia a noite parecer ainda mais gelada para sua pele supersensível, e seus pés registravam cada pedrisco e sulco de madeira em que tocavam.

A fortaleza Venture se ergueu diante dele. Comparada com a cidade lúgubre, parecia arder de luz. Os altos nobres mantinham calendários diferentes das pessoas normais; a capacidade de dispor, e até mesmo desperdiçar, lâmpadas de óleo e velas permitia que os ricos não se curvassem aos caprichos das estações do ano ou do sol.

A fortaleza era majestosa — algo que podia ser constatado apenas por sua arquitetura. Ainda que fosse rodeada por uma muralha defensiva, a fortaleza era mais uma construção artística do que uma fortificação. Robustos pilares se arqueavam nas laterais, amparando janelas intrincadas e pináculos delicados. Brilhantes vitrais se estendiam ao longo das paredes do edifício retangular, e reluziam com as luzes vindas de dentro, dando às brumas ao redor um resplendor matizado.

Kelsier queimou ferro, inflamando-o, e buscou grandes fontes de metal na noite. Ele estava longe demais da fortaleza para usar itens pequenos como moedas ou dobradiças. Precisava de um ponto de apoio maior para cobrir esta distância.

A maior parte das linhas azuis era fraca. Kelsier notou duas pessoas se movendo em um lento padrão à frente — provavelmente um par de guardas em pé no telhado. Kelsier podia sentir suas placas peitorais e armas. Apesar de suas preocupações com os alomânticos, a maior parte dos nobres ainda armava seus soldados com metal. Os Brumosos que podiam *empurrar* ou *puxar* metais eram pouco comuns, e Nascidos da Bruma eram ainda mais raros. Muitos lordes achavam pouco prático deixar soldados e guardas relativamente sem defesas a fim de enfrentar um segmento tão pequeno da população.

Não, a maioria dos altos nobres usava outros meios para lidar com alomânticos. Kelsier sorriu. Dockson dissera que Lorde Venture mantinha um esquadrão de matabrumas; se isso fosse verdade, Kelsier provavelmente se encontraria com eles antes que a noite acabasse. Ele ignorou os soldados por um momento e, em vez disso, se concentrou em uma linha azul sólida apontando na direção do telhado imponente da fortaleza. Provavelmente era forrado de bronze ou cobre. Kelsier avivou seu ferro, inspirou profundamente e *puxou* a linha.

Com um tranco súbito, foi jogado pelo ar.

Kelsier continuou a queimar ferro, *puxando-se* na direção da fortaleza em uma velocidade extraordinária. Alguns rumores afirmavam que os Nascidos da Bruma podiam voar, mas era um exagero melancólico. *Puxar* e *empurrar* metais em geral parecia menos com voar do que com cair — só que na direção errada. Um alomântico tinha que *puxar* com força para conseguir um impulso adequado, e isso o fazia ser arremessado na direção de sua âncora em velocidades assombrosas.

Kelsier arrancou na direção da fortaleza, as brumas se enroscando ao seu redor. Ele passou com facilidade pela muralha que a cercava, mas seu corpo caiu levemente na direção do solo enquanto se movia. Era seu maldito peso de novo e ele o movia para baixo. Até mesmo as mais velozes flechas se torciam de leve em direção ao solo enquanto voavam.

A resistência de seu peso significava que, em vez de ser disparado em direção ao telhado, ele traçaria um arco. Ele se aproximou da muralha da fortaleza vários metros abaixo do telhado, ainda viajando a uma velocidade terrível.

Inspirando profundamente, Kelsier queimou peltre, usando-o para ampliar sua força física da mesma maneira que o estanho ampliara seus sentidos. Girou seu corpo no ar, atingindo a parede de pedra com os pés. Mesmo seus músculos fortalecidos protestaram contra o tratamento, mas ele atingiu a parede sem quebrar nenhum osso. Ele, então, se soltou do telhado imediatamente, jogando uma moeda e *empurrando-a* assim que começou a cair. Escolheu uma fonte de metal acima de sua cabeça — um dos reforços de arame de um dos vitrais — e a *puxou*.

A moeda acertou o chão e subitamente conseguiu suportar seu peso. Kelsier lançou-se para cima, *empurrando* a moeda e *puxando* a janela ao mesmo tempo. Então, apagando os dois metais, deixou que o impulso o lançasse através das brumas escuras pelos últimos metros acima dele. Com a capa se agitando silenciosamente, ele alcançou a borda da passagem de serviço da ala superior da fortaleza, passando por cima do parapeito de pedra e pousando com suavidade na saliência.

Um assustado guarda estava a menos de três passos de distância. Kelsier avançou sobre ele em um segundo, saltando no ar, *puxando* levemente a placa peitoral de aço do guarda e fazendo o homem perder o equilíbrio. Então sacou uma das adagas de cristal, permitindo que a força de seu *empurrão* de aço o lançasse na direção do guarda. Ele pousou com os dois pés no peito do soldado, inclinou-se e o acertou com um golpe reforçado pelo peltre.

O guarda caiu, com a garganta cortada. Kelsier pousou com agilidade ao lado dele, seus ouvidos aguçados na noite, tentando captar sons de alarme. Não houve nenhum.

Kelsier deixou o guarda gorgolejando até a morte. O homem era provavelmente um nobre menor. O inimigo. Se em vez disso fosse um soldado skaa, obrigado a trair seu povo em troca de algumas moedas... bem, aí Kelsier teria ficado ainda mais feliz em enviar um homem desses para a eternidade.

Ele *empurrou* a placa no peitoral do moribundo, saltando da passarela de pedra até o telhado. O telhado de bronze sob seus pés estava gelado e escorregadio. Kelsier correu por ele, indo em direção ao lado sul do edifício, procurando pela sacada que Dockson mencionara. Não estava muito preocupado em ser visto; um dos propósitos desta noite era roubar algum atium, o décimo e mais poderoso dos metais alomânticos conhecidos. O outro propósito, no entanto, era causar uma comoção.

Ele encontrou a sacada com facilidade. Comprida e larga, era provavelmente usada como área social para entreter pequenos grupos. Mas estava silenciosa naquele momento — vazia, com exceção de dois guardas. Kelsier se agachou silenciosamente em meio às brumas da noite na sacada, a capa cinzenta enrolada o ocultava, os dedos dos pés enganchados na borda metálica do telhado. Os dois guardas conversavam abaixo distraidamente.

Hora de fazer um pouco de barulho.

Kelsier pousou entre os guardas. Queimando peltre para fortalecer o corpo, ele estendeu o braço e, com ferocidade, *empurrou* aço contra os dois homens ao mesmo tempo. Posicionado como estava, no centro, seu *empurrão* atirou os guardas em direções opostas. Os homens gritaram de susto quando a súbita força os arremessou para trás, jogando-os do parapeito da sacada para a escuridão.

Os guardas gritavam enquanto caíam. Kelsier abriu as portas da sacada, deixando que uma muralha de bruma, com seus tentáculos se arrastando à sua frente, entrasse com ele para reclamar a sala escura.

A terceira sala, Kelsier pensou, avançando meio agachado. A segunda sala era uma estufa silenciosa. Os canteiros baixos continham arbustos cultivados e pequenas árvores espalhavam-se pela sala, e uma das paredes tinha janelas que iam do chão ao teto para permitir a passagem de luz do sol para as plantas. Embora estivesse escuro, Kelsier sabia que as plantas seriam de cores ligeiramente diferentes do marrom típico — algumas seriam brancas, outras avermelhadas, e talvez algumas amarelo-claras. Plantas que não eram amarronzadas eram raridades, cultivadas e mantidas pela nobreza.

Kelsier caminhou rapidamente pela estufa. Parou diante da primeira porta, notando seu contorno iluminado. Apagou o estanho para evitar que sua visão aguçada fosse cegada quando entrasse na sala iluminada, e abriu a porta.

Entrou abaixado, piscando contra a luz, empunhando uma adaga de cristal em cada mão. Mas a sala estava vazia. Era obviamente um escritório; lanternas ardiam em cada parede ao lado de estantes de livros, e havia uma escrivaninha no canto.

Kelsier guardou suas adagas, queimando aço e procurando fontes de metal. Havia um grande cofre no canto da sala, mas este era muito óbvio. Na verdade, uma outra forte fonte de metal brilhava dentro da parede leste. Kelsier se aproximou, correndo os dedos pelo reboco. Como muitas paredes em fortalezas nobres, esta era decorada com um mural. Criaturas exóticas repousavam sob um sol vermelho. A parte falsa da parede media menos de dois palmos e estava disposta de modo que suas fendas fossem escondidas pelo mural.

Sempre há outro segredo, pensou Kelsier. Não se preocupou com tentar descobrir como abrir o esconderijo. Simplesmente queimou ferro, estendeu a mão e *puxou* a débil fonte de metal que ele presumiu ser o mecanismo de trava do alçapão. A fonte resistiu no início, *puxando-o* contra a parede; ele queimou peltre e pressionou com mais força. A fechadura rompeu e o painel se abriu, revelando um pequeno cofre escondido na parede.

Kelsier sorriu. Parecia pequeno o suficiente para um homem aprimorado pelo peltre carregar, presumindo que pudesse ser tirado da parede.

Ele deu um pulo, *puxando* ferro contra o cofre, e investiu os pés contra a parede, um de cada lado do painel aberto. Continuou a *puxar*, mantendo-se no mesmo lugar, e avivou seu peltre. A força inundou suas pernas, e ele avivou seu ferro também, *puxando* o cofre.

Fez um grande esforço, gemendo levemente. Era um teste para ver quem cedia primeiro — o cofre ou suas pernas.

O cofre se moveu no suporte. Kelsier *puxou* com mais força, os músculos protestando. Por um bom tempo, nada aconteceu. Mas então o cofre estremeceu e saiu da parede. Kelsier caiu para trás, queimando aço e *empurrando* o cofre para que este saísse de seu caminho. Ele aterrissou desajeitadamente, o suor escorrendo de sua testa enquanto o cofre se estatelava no chão de madeira, arrancando algumas lascas.

Um par de guardas sobressaltados entrou correndo na sala.

— Bem na hora — observou Kelsier, erguendo uma das mãos e *puxando* uma das espadas dos soldados. A arma saiu da bainha, girando no ar e voando com a ponta voltada na direção de Kelsier. Ele apagou seu ferro, dando um passo para o lado e pegando a espada pelo cabo assim que o impulso a fez passar por ele.

— Um Nascido da Bruma! — gritou o guarda.

Kelsier sorriu e avançou com um pulo.

O guarda desembainhou uma adaga. Kelsier a *empurrou*, arrancando a arma das mãos do homem, e a girou, separando a cabeça do guarda de seu corpo. O segundo guarda praguejou, arrancando as amarras de sua placa peitoral.

Kelsier *empurrou* sua própria espada enquanto completava uma manobra. A espada se soltou de seus dedos e silvou rápida na direção do segundo guarda. A armadura do homem se soltou — impedindo que Kelsier a *empurrasse* — no mesmo momento em que o cadáver do primeiro guarda caiu no chão. No momento seguinte, a espada de Kelsier afundou no peito agora desarmado do segundo guarda. O homem titubeou, em silêncio, e então caiu.

Kelsier se desviou dos cadáveres, sua capa farfalhando. Sua ira era calma, não feroz como na noite em que matara Lorde Tresting. Mas ele ainda a sentia, sentia na coceira das cicatrizes e na lembrança dos gritos da mulher que amara. No que dizia respeito a Kelsier, qualquer homem que apoiasse o Império Final perdia o direito à vida.

Ele inflamou o peltre, fortalecendo seu corpo, então se agachou e levantou o cofre. Vacilou por um segundo sob seu peso, mas recuperou o equilíbrio e tomou o caminho de volta para a sacada. Talvez o cofre tivesse atium; talvez não. Mas ele não tinha tempo de procurar por outras opções.

Estava no meio do caminho, já na estufa, quando ouviu passos atrás de si. Ele se virou e viu o escritório inundado de silhuetas. Havia oito, cada uma usando uma túnica cinza solta e carregando escudo e bastão de duelo, em vez de espada. Os matabrumas.

Kelsier deixou o cofre cair no chão. Os matabrumas não eram alomânticos, mas eram treinados para lutar contra Brumosos e Nascidos da Bruma. Não tinham um único pedaço de metal no corpo, e estariam preparados para seus truques.

Kelsier deu um passo para trás, se alongando e sorrindo. Os oito homens se espalharam pelo estúdio, movendo-se com precisão silenciosa.

Isso vai ser interessante.

Os matabrumas avançaram, lançando-se aos pares. Kelsier sacou as adagas, desviando do primeiro ataque e cortando o peito de um deles. Mas o matabruma saltou para trás e afastou Kelsier com um golpe de seu bastão.

Kelsier avivou o peltre, deixando que suas pernas fortalecidas o jogassem para trás em um poderoso salto. Com uma das mãos, pegou um punhado de moedas e as *empurrou* contra seus oponentes. Os discos de metal dispararam, zumbindo no ar, mas seus inimigos estavam preparados para isso: eles ergueram seus escudos e as moedas acertaram a madeira, arrancando lascas, mas deixando os homens ilesos.

Kelsier observou os outros matabrumas enquanto eles enchiam a sala, avançando contra ele, mas não esperavam prolongar a luta — a tática deles seria a de atacarem juntos, de uma vez, esperando um fim rápido para a batalha, ou, pelo menos, esperando conseguir detê-lo até que os alomânticos pudessem acordar e se juntar a eles. Kelsier olhou o cofre de relance enquanto aterrissava.

Não podia partir sem ele. Também precisava terminar a luta rapidamente. Inflamando o peltre, pulou para a frente, tentando um golpe experimental do punhal, mas não conseguiu atravessar as defesas de seus oponentes. Mal conseguiu se esquivar a tempo de evitar ser atingido na cabeça pela ponta de um bastão.

Três matabrumas o atacaram por trás, impedindo sua retirada para a sacada. *Ótimo*, Kelsier pensou, tentando ficar de olho nos oito homens ao mesmo tempo. Eles avançavam com precisão cuidadosa, trabalhando em equipe.

Rangendo os dentes, Kelsier avivou seu peltre mais uma vez; percebeu que estava ficando sem reservas. Entre os oito metais básicos, o peltre era o que queimava mais rápido.

Não tenho tempo para me preocupar com isso agora. Os homens atrás dele atacaram, e Kelsier pulou para sair do caminho, *puxando* o cofre para se jogar no centro da sala. Ele *empurrou* assim que atingiu o chão perto do cofre, lançando-se no ar em um ângulo. Encolheu-se, passou por cima da cabeça de dois atacantes e aterrissou no solo ao lado de um canteiro de árvores bem cultivadas. Girou, avivando seu peltre e erguendo o braço para se defender do golpe que previra.

O bastão de duelo acertou seu braço. Uma explosão de dor percorreu seu antebraço, mas seus ossos, fortalecidos pelo peltre, resistiram. Kelsier continuou se movendo, dirigindo sua outra mão para a frente e cravando uma adaga no peito do oponente.

O homem recuou, surpreso, e o movimento arrancou a adaga da mão de Kelsier. Um segundo matabrumas atacou, mas Kelsier se abaixou e soltou a bolsa de moedas do cinto com a mão livre. O matabrumas se preparou para bloquear a segunda adaga de Kelsier, mas ele levantou a outra mão, pressionando a bolsa de moedas no escudo do homem.

Então *empurrou* as moedas lá dentro.

O matabrumas gritou, a força do intenso *empurrão* de aço o jogou para trás. Kelsier avivou seu aço, *empurrando* com tanta força que também foi jogado para trás — e para longe dos dois homens que tentavam atacá-lo.

Kelsier e seu inimigo se afastaram, lançados em direções opostas. Kelsier colidiu contra a parede, mas continuou *empurrando*, esmagando seu oponente — bolsa, escudo e tudo mais — contra uma das janelas da estufa.

O vidro se quebrou, as faíscas de luz das lanternas do estúdio brincaram com seus fragmentos. O rosto desesperado do matabrumas desapareceu escuridão afora, e a bruma — silenciosa, mas sinistra — começou a se esgueirar pela janela destruída.

Os outros seis homens avançaram implacavelmente, e Kelsier foi obrigado a ignorar a dor em seu braço enquanto se esquivava de dois golpes. Ele se virou, afastando-se e roçando em um arbusto, mas um terceiro matabrumas o atacou, acertando o bastão na lateral de seu corpo.

O ataque lançou Kelsier contra o canteiro. Ele tropeçou e caiu perto da entrada do escritório iluminado, derrubando sua adaga. Gemeu de dor, rolando para ficar de joelhos e segurando a área atingida. O golpe teria quebrado as costelas de qualquer outro homem. Mesmo ele ficaria com um hematoma imenso.

Os seis homens avançaram, espalhando-se para cercá-lo. Kelsier se levantou com dificuldade, a visão estava ficando turva pela dor e pelo esforço. Ele trincou os dentes e pegou um dos frascos com metal que lhe restavam. Engoliu o conteúdo com um só gole, repondo o peltre, e, então, queimou estanho. A luz quase o cegou, e a dor em seu braço e na lateral de seu corpo pareceu repentinamente mais aguda, mas a explosão de sentidos ampliados clareou sua mente.

Os seis matabrumas avançaram em um ataque súbito e coordenado.

Kelsier sacudiu a mão ao seu lado, queimando ferro e procurando metal. A fonte mais próxima era um grosso peso de papel prateado em uma mesa dentro do estúdio. Kelsier atraiu a peça para si e se virou com o braço erguido na direção dos homens que o atacavam, adotando uma postura ofensiva.

— Muito bem — grunhiu.

Ele queimou aço com um lampejo de força. A peça retangular foi lançada de sua mão, riscando o ar. O matabrumas mais próximo levantou o escudo, mas sua resposta foi muito lenta. A peça acertou o ombro do homem, fazendo um ruído como se algo estivesse sendo triturado, e ele caiu no chão, gritando.

Kelsier se virou de lado, desviando de um golpe de bastão e colocando um matabrumas entre ele e o homem caído. Ele queimou ferro, *empurran-*

do a peça na direção dele. O peso de papel voou pelos ares, acertando o segundo matabrumas na têmpora, que despencou enquanto a peça girava no ar.

Um dos homens praguejou, avançando para atacar. Kelsier *empurrou* o peso de papel ainda no ar, afastando-o de si — e do matabrumas que avançava com o escudo erguido. Kelsier ouviu o peso acertar o chão atrás de si, e estendeu a mão — queimando peltre —, detendo o bastão do matabrumas no meio do golpe.

O agressor grunhiu, lutando contra a força ampliada de Kelsier, que não se preocupou em lhe tirar a arma; em vez disso, *puxou* o peso de papel bruscamente, lançando-o em direção às próprias costas, em velocidade letal. Ele se virou no último instante, usando seu impulso para girar o matabrumas — colocando-o no trajeto da peça de metal.

O homem caiu.

Kelsier avivou o peltre, posicionando-se para se defender de um novo ataque. De fato, um bastão estalou contra seu ombro. Ele caiu de joelhos assim que a madeira o atingiu, mas queimou estanho para se manter consciente. A dor e a lucidez cintilaram em sua mente. Ele *puxou* o peso de papel — arrancando-o das costas do homem morto — e deu um passo para o lado, deixando que a arma improvisada passasse por ele.

Os dois matabrumas mais próximos se agacharam cautelosamente. O peso rompeu o escudo de um dos homens, mas Kelsier não continuou a *empurrar* para não perder o equilíbrio. Em vez disso, ele queimou ferro, trazendo a peça de volta para si. Ele desviou, extinguindo o ferro e sentindo a peça passar voando acima dele. Houve um estalo quando o peso de papel colidiu com o homem que se esgueirava por cima dele.

Kelsier girou, queimando ferro e, em seguida, aço para arremessar o metal na direção dos últimos dois oponentes. Eles se afastaram, mas Kelsier *puxou* o peso de papel, derrubando-o no chão, à frente deles. Os homens olharam o objeto com apreensão, distraindo-se enquanto Kelsier corria e saltava, impulsionando-se contra o metal e passando por cima de suas cabeças. Os matabrumas praguejaram e se viraram. Quando Kelsier aterrissou, ele *puxou* a peça novamente, fazendo-a esmagar a cabeça de um dos sujeitos por trás.

O matabruma caiu sem fazer ruído. O metal girou algumas vezes na escuridão, e Kelsier o agarrou no ar, a superfície fria do objeto estava coberta de sangue. As brumas vindas da janela quebrada fluíam em seus pés, enrolando-se em suas pernas. Ele abaixou a mão, apontando-a na direção do último matabrumas.

Em algum lugar da sala, um homem caído gemeu.

O último matabrumas deu um passo para trás, soltou a arma no chão e fugiu. Kelsier sorriu e abaixou o braço.

De repente, o metal foi arrancado de seus dedos, cruzando a sala e arrebentando outra janela. Kelsier praguejou, dando meia-volta para ver um grupo ainda maior de homens entrando no escritório. Eles usavam trajes nobres. Alomânticos.

Vários deles ergueram as mãos e uma chuva de moedas foi jogada contra Kelsier. Ele queimou aço, *empurrando* as moedas para longe. As janelas se espatifaram e a madeira se partiu assim que a sala foi pulverizada pelas moedas. Kelsier sentiu um *puxão* em seu cinto quando seu último frasco de metal foi arrancado, *puxado* para a outra sala. Vários homens corpulentos avançaram agachados, andando sob as moedas atiradas. Brutamontes — Brumosos que, como Ham, podiam queimar peltre.

Hora de ir embora, Kelsier pensou, repelindo outra onda de moedas e trincando os dentes por causa da dor no braço e na lateral de seu corpo. Ele olhou de relance para trás; tinha alguns segundos, mas não conseguiria chegar à sacada. Enquanto mais Brumosos avançavam, Kelsier inspirou profundamente e correu na direção da parede de vidro quebrada. Ele saltou nas brumas, girando no ar enquanto caía, estendendo o braço para *puxar* o cofre com firmeza.

Ele deu um tranco no ar, balançando na lateral do prédio como se estivesse preso ao cofre por uma corrente. Sentiu que o cofre estava deslizando, rangendo contra o chão da estufa enquanto o peso de Kelsier o *puxava*. Ele se chocou contra a parede do edifício, mas continuou a *puxar*, apoiando-se na parte superior do peitoril de uma janela. Ele aplicou mais força, ficando de cabeça para baixo no vão da janela, *puxando* o cofre.

O cofre apareceu na borda do andar de cima, estremeceu e caiu pela janela, despencando diretamente sobre Kelsier. Ele sorriu, apagando o ferro e impulsionando-se com as pernas contra o edifício, atirando-se nas brumas como um mergulhador insano. Caiu de costas na escuridão, mal vendo o rosto irado do Brumoso que perscrutava pela janela quebrada.

Kelsier *puxou* o cofre cuidadosamente, movendo-se no ar. As brumas se enroscavam em torno dele, obscurecendo sua visão, fazendo com que sentisse como se não estivesse caindo, apenas parado no meio do nada.

Ele estendeu o braço em direção ao cofre, girou no ar e o *empurrou*, lançando-se para cima.

O cofre se espatifou contra o chão de paralelepípedos. Kelsier o *empurrou* levemente, reduzindo sua velocidade até conseguir parar no ar a alguns palmos do solo. Flutuou nas brumas por um momento, as tiras de sua capa se embolando e agitando ao vento, e se deixou cair ao lado do cofre.

Este se rompera com o impacto. Kelsier arrancou a porta estilhaçada, os ouvidos melhorados pelo estanho escutaram os gritos de alarme vindos do edifício acima. Dentro do cofre, ele encontrou uma pequena bolsa de pedras preciosas e um par de cartas de crédito no valor de dez mil boxes. Guardou tudo no bolso. Apalpou o interior, repentinamente preocupado que o trabalho desta noite tivesse sido em vão. Então seus dedos encontraram — uma pequena algibeira bem no fundo.

Ele a abriu, revelando um punhado de esferas de metal pequenas e escuras. Atium. Suas cicatrizes arderam, as lembranças do tempo que passou nos Fossos retornando-lhe à mente.

Segurou a algibeira com força e ficou em pé. Satisfeito, percebeu uma forma retorcida no chão a uma pequena distância dali — os restos mutilados do matabrumas que jogara pela janela. Kelsier caminhou até ele e recuperou sua bolsa de moedas com um *puxão* de ferro.

Não, esta noite não foi um desperdício. Mesmo que não tivesse encontrado o atium, qualquer noite que terminava com um grupo de nobres mortos era um êxito, na opinião de Kelsier.

Segurou a bolsa de moedas em uma mão e a algibeira de atium na outra. Manteve o peltre queimando — sem a força que o metal dava ao seu corpo, ele provavelmente cairia no chão por causa da dor dos ferimentos — e se embrenhou na noite, dirigindo-se para a loja de Trevo.

É verdade, eu nunca quis isso. Mas alguém tem que deter as Profundezas. E aparentemente Terris é o único lugar em que isso pode ser feito.

Sobre esse fato, no entanto, não tenho que aceitar a palavra dos filósofos. Posso sentir nosso objetivo agora, posso senti-lo, embora os outros não possam. Ele... pulsa, em minha mente, lá longe, nas montanhas.

6

VIN DESPERTOU NO QUARTO SILENCIOSO, a luz vermelha da manhã se esgueirando pelas frestas dos postigos. Ficou na cama por um instante, inquieta. Algo estava errado. Não era o fato de acordar em um lugar desconhecido — viajar com Reen a acostumara a um estilo de vida nômade. Levou um instante para perceber a fonte de seu desconforto.

O quarto estava vazio.

Não só vazio, mas estava aberto. Sem aglomerações. E era... confortável. Ela estava deitada em um colchão de verdade, apoiado por colunas, com lençóis e uma colcha macia. O quarto era decorado com um robusto armário de madeira e tinha até um tapete redondo. Outra pessoa talvez tivesse achado o cômodo apertado e austero mas, para Vin, parecia luxuoso.

Ela se sentou, franzindo o cenho. Parecia errado ter um quarto só para si. Sempre estivera amontoada, em quartos cheios de beliches, repletos de membros da gangue. Mesmo enquanto viajava, dormia em becos de pedintes ou em cavernas de rebeldes, e Reen estava lá com ela. Sempre fora forçada a lutar para ter privacidade. Recebê-la agora com tanta facilidade parecia desvalorizar os anos que passara saboreando seus breves momentos de solidão.

Saiu da cama, sem se preocupar em abrir os postigos. A luz do sol estava fraca, o que significava que ainda era cedo, mas já podia ouvir pessoas se movendo no corredor. Aproximou-se da porta, abriu-a um pouco mais e espreitou.

Depois de deixar Kelsier na noite anterior, Dockson levara Vin para a loja de Trevo. Como era muito tarde, Trevo os levara direto para quartos separados. Mas Vin não fora para a cama imediatamente. Esperara até que todos tivessem ido dormir, então escapulira para inspecionar os arredores.

A residência era mais uma pousada do que uma loja. Embora houvesse uma sala de exposições embaixo e uma grande oficina nos fundos, o primeiro andar do edifício era dominado por vários corredores compridos com quartos de hóspedes. Havia um segundo andar, onde as portas eram mais espaçadas, o que indicava que os quartos eram maiores. Ela não procurou por alçapões ou paredes falsas — o barulho poderia ter acordado alguém —, mas sua experiência lhe dizia que esse não seria um covil adequado se não tivesse ao menos um sótão secreto ou alguns esconderijos.

De modo geral, ficou impressionada. As ferramentas de carpintaria e os projetos semiacabados no térreo indicavam uma fachada de trabalho respeitável. O covil era seguro, bem abastecido e bem mantido. Observando pela fresta da porta de seu quarto, Vin distinguiu um grupo de cerca de seis homens jovens e embriagados vindo do corredor oposto ao que ela estava. Usavam roupas simples e desceram as escadas na direção da oficina.

Aprendizes de carpinteiro, Vin pensou. *Essa é a fachada de Trevo — ele é um skaa artesão*. A maioria dos skaas vivia como escravos rurais; até mesmo aqueles que moravam na cidade eram, em geral, obrigados a fazer trabalhos miseráveis. Contudo, alguns poucos e talentosos skaas tinham permissão para ter um comércio. Ainda eram skaas; eram mal pagos e sempre estavam sujeitos aos caprichos dos nobres. Mas desfrutavam de uma certa liberdade que a maioria dos skaas invejaria.

Era provável que Trevo fosse um mestre carpinteiro. O que levaria um homem assim — que, pelos padrões skaas, tinha uma vida maravilhosa — a arriscar se unir ao submundo?

Ele é um Brumoso, Vin pensou. *Kelsier e Dockson o chamaram de "Esfumaçador".* Ela provavelmente teria que descobrir o que isso significava por conta própria; sua experiência lhe dizia que um homem poderoso como Kelsier negaria conhecimento a ela o máximo possível, prendendo-a com informações eventuais. O conhecimento era o que a ligava a ele — seria pouco esperto soltá-lo rápido demais.

Passos soaram do lado de fora, e Vin continuou a espiar pela fresta.

— É melhor se aprontar, Vin — disse Dockson, enquanto passava pela porta dela. Ele vestia camisa e calça de nobre e já parecia desperto e limpo. Deteve-se, olhando em sua direção. — Há um banho esperando por você no aposento no fim do corredor, e consegui que Trevo lhe arranjasse algumas mudas de roupa. Devem servir bem o bastante até que consigamos algo mais apropriado. Leve o tempo que desejar no banho... Kell planejou uma reunião para esta tarde, mas não podemos começar até que Brisa e Ham cheguem.

Dockson sorriu, observando-a pela fresta da porta, e seguiu corredor abaixo. Vin corou por ter sido pega. *Esses homens são observadores. Tenho que me lembrar disso.*

O corredor ficou em silêncio. Vin se esgueirou porta afora e se dirigiu para o aposento indicado, e ficou meio surpresa ao descobrir que realmente havia um banho quente esperando por ela. Franziu o cenho, estudando as paredes azulejadas e a banheira de metal. A água estava perfumada, à moda das senhoras nobres.

Esses homens parecem mais nobres do que skaas, pensou. Não tinha certeza de como se sentia a respeito disso. Contudo, eles obviamente esperavam que ela fizesse o que lhe dissessem, então fechou a porta, trancou-a, tirou a roupa e entrou na banheira.

ELA EXALAVA UM CHEIRO ENGRAÇADO.

Embora o odor fosse fraco, Vin ainda captava lufadas de si mesma de vez em quando. Era o cheiro de uma nobre de passagem, o cheiro de uma gaveta perfumada, aberta pelos dedos furtivos de seu irmão. O cheiro ficava menos evidente conforme a manhã passava, mas ainda a preocupava. Isso a distinguiria dos outros skaas. Se este bando esperava que ela tomasse banhos com regularidade, ela teria que pedir que os perfumes fossem removidos.

A refeição da manhã esteve mais de acordo com suas expectativas. Várias mulheres skaas de idades distintas trabalhavam na cozinha da loja, preparando rocamboles da baía — rolos de pão finos e achatados, recheados com cevada e vegetais cozidos. Vin ficou parada na porta da cozinha, vendo as mulheres trabalharem. Nenhuma cheirava como ela, embora fossem de longe muito mais limpas e bem-arrumadas do que a maioria dos skaas.

Na verdade, havia uma estranha sensação de limpeza em todo o edifício. Não percebera na noite anterior, por causa da escuridão, mas o chão estava completamente limpo. Todos os trabalhadores — as mulheres na cozinha e os aprendizes — tinham os rostos e as mãos limpos. Isso era estranho para Vin. Ela estava acostumada com os próprios dedos enegrecidos pelas cinzas; com Reen que, se alguma vez lavasse o rosto, tinha que rapidamente esfregar cinzas nele novamente. Um rosto limpo se destacava nas ruas.

Não há cinzas nos cantos, pensou, olhando o chão. *A sala é sempre varrida*. Nunca vivera em um lugar desses antes. Era quase como viver na casa de um nobre.

Olhou as mulheres da cozinha mais uma vez. Elas usavam vestidos simples, brancos e cinza, com lenços nas cabeças e cabelos presos em compridos rabos de cavalo que caíam pelas costas. Vin passou os dedos pelos próprios cabelos. Ela os mantinha curtos, como os de um garoto — seu corte atual, irregular, fora feito por um dos membros da gangue. Não era como essas mulheres — nunca fora. Sob as ordens de Reen, Vin vivia de modo que os outros membros da gangue pensassem nela primeiro como ladrão e depois como garota.

Mas o que sou agora? Perfumada pelo banho, ainda que vestindo a calça marrom e a camisa de botões de um aprendiz, sentia-se claramente fora de lugar. E isso era ruim — se ela se sentia estranha, então certamente parecia estranha. Outra coisa a mais que a faria se destacar.

Vin se virou, olhando a oficina. Os aprendizes já se ocupavam de seus afazeres matutinos, trabalhando em vários móveis. Eles ficavam ao fundo da sala, enquanto Trevo trabalhava na sala de exposição principal, fazendo o detalhado acabamento das peças.

A porta de trás da cozinha se abriu de repente. Vin deslizou institivamente para o lado, virando as costas contra a parede e espiando o interior do cômodo

Ham parou na porta da cozinha, emoldurado pela luz vermelha do sol. Vestia uma camisa solta e colete, ambos sem mangas, e trazia vários pacotes grandes. Não estava sujo de fuligem — ninguém da gangue, nas poucas vezes que Vin os vira, costumava estar.

Ham atravessou a cozinha e foi para a oficina.

— Então — disse, soltando os pacotes no chão —, alguém sabe qual é meu quarto?

— Vou perguntar ao mestre Cladent — um dos aprendizes respondeu, se dirigindo à sala da frente.

Ham sorriu e se espreguiçou, então virou-se para Vin.

— Bom dia, Vin. Sabe, você não precisa se esconder de mim. Estamos no mesmo time.

Vin relaxou, mas ficou onde estava, ao lado de uma fileira de cadeiras quase terminadas.

— Você vai morar aqui também?

— É sempre bom ficar por perto do Esfumaçador — explicou Ham, virando-se e desaparecendo na cozinha. Retornou um momento depois com quatro grandes rocamboles empilhados.

— Alguém sabe onde está Kell?

— Dormindo — disse Vin. — Ele chegou tarde noite passada e ainda não levantou.

Ham grunhiu, dando uma mordida em um rocambole.

— E Dox?

— No quarto dele, no segundo andar — respondeu Vin. — Levantou cedo, desceu para comer alguma coisa e voltou lá para cima. — Não acrescentou que sabia, por ter espiado pelo buraco da fechadura, que ele estava sentado em sua escrivaninha, rabiscando alguns papéis.

Ham ergueu uma sobrancelha.

— Você sempre controla onde está todo mundo?

— Sim.

Ham fez uma pausa e gargalhou.

— Você é uma criança estranha, Vin. — Ele pegou seus pacotes quando o aprendiz retornou, e os dois subiram as escadas. Vin ficou onde estava, ouvindo seus passos. Eles pararam na metade do primeiro corredor, talvez a poucas portas de distância do quarto dela.

O cheiro de cevada cozida chamou sua atenção. Vin olhou para a cozinha. Ham tinha voltado para buscar comida. Teria ela permissão de fazer o mesmo?

Tentando parecer confiante, Vin entrou na cozinha. Havia uma pilha de rocamboles em uma travessa, provavelmente para ser repartida entre os aprendizes enquanto trabalhavam. Vin pegou dois. Nenhuma das mulheres fez objeção; na verdade, algumas delas a cumprimentaram respeitosamente com a cabeça.

Sou uma pessoa importante agora, pensou, com um pouco de desconforto. Será que sabiam que ela era... uma Nascida da Bruma? Ou estava sendo tratada com respeito simplesmente porque era uma convidada?

Depois de um tempo, Vin pegou um terceiro rocambole e fugiu para seu quarto. Era mais comida do que provavelmente conseguiria comer; no entanto, ela pretendia tirar a cevada e guardar o pão, que se conservaria bem se precisasse dele mais tarde.

ALGUÉM BATEU EM SUA PORTA. Vin respondeu, abrindo-a com um movimento cuidadoso. Um jovem estava parado do lado de fora — o garoto que estivera com Trevo no covil de Camon na noite anterior.

Magro, alto e de aspecto desengonçado, estava vestido de cinza. Talvez tivesse uns catorze anos, embora sua altura o fizesse parecer mais velho. Parecia nervoso por algum motivo.

— Sim? — Vin perguntou.

— Ah...

Vin franziu o cenho.

— O que foi?

— Estão te esperando — disse com um forte sotaque do leste. — Lá em cima, com o que estão fazendo. Com o mestre Jumps, para o terceiro andar. Ah, tenho que ir. — O garoto enrubesceu, deu meia-volta e saiu correndo, subindo as escadas.

Vin ficou parada na porta do quarto, desconcertada. *Aquilo devia fazer algum sentido?*, perguntou-se.

Ela espiou pelo corredor. Parecia que o garoto esperava que o seguisse. Finalmente ela decidiu fazê-lo, subindo as escadas com cautela.

Algumas vozes podiam ser ouvidas de uma porta aberta no final do corredor. Vin se aproximou e espiou. Encontrou um aposento bem decorado, com um tapete elegante e cadeiras aparentemente confortáveis. Uma lareira queimava na lateral do cômodo, e as cadeiras estavam dispostas em frente a um grande quadro-negro apoiado em um cavalete.

Kelsier estava de pé, apoiando um cotovelo na lareira de tijolo e segurando uma taça de vinho. Inclinando-se um pouco, Vin pôde ver que ele estava conversando com Brisa. O Abrandador chegara bem depois do meio-dia e se apropriara de metade dos aprendizes de Trevo para descarregar suas posses. Vin observara de sua janela enquanto os aprendizes carregavam a bagagem — disfarçada de caixas com pedaços de madeira — para o quarto de Brisa. Ele mesmo não se incomodara em ajudar.

Ham estava lá, assim como Dockson, e Trevo estava sentado em uma grande cadeira estofada e o mais longe possível de Brisa. O garoto que buscara Vin estava sentado em um banco ao lado de Trevo, e obviamente se esforçava para não olhar para ela. Na última cadeira ocupada estava o homem chamado Yeden, vestido — como anteriormente — em trajes de um trabalhador skaa comum. Ele estava sentado sem apoiar as costas, como se desaprovasse o estofamento. Seu rosto estava manchado de fuligem, como Vin esperava de um trabalhador skaa.

Havia duas cadeiras vazias. Kelsier notou Vin parada na porta e lhe deu um de seus sorrisos convidativos.

— Bem, aí está ela. Entre.

Vin perscrutou o cômodo. Havia uma janela, embora os postigos estivessem fechadas, ocultando a escuridão que se aproximava. As únicas cadeiras eram as que formavam um meio círculo ao redor de Kelsier. Resignada, ela avançou e se sentou na cadeira vazia ao lado de Dockson. Era muito grande para ela, então se sentou com as pernas dobradas sob o corpo.

— Estamos todos aqui — disse Kelsier.

— Para quem é a última cadeira? — perguntou Ham.

Kelsier sorriu e piscou, mas ignorou a pergunta.

— Tudo bem, vamos conversar. Temos uma bela tarefa diante de nós, e quanto antes começarmos a esboçar um plano, melhor.

— Pensei que você tivesse um plano — Yeden disse, incomodado.

— Tenho uma ideia geral — rebateu Kelsier. — Sei o que é necessário fazer e tenho algumas ideias de como fazê-lo. Mas não se reúne um grupo como esse simplesmente para dizer o que cada um tem que fazer. Precisamos trabalhar nisso juntos, começando com uma lista de problemas com os quais teremos que lidar se quisermos que o plano funcione.

— Bem — começou Ham —, deixe-me entender a ideia geral primeiro. O plano é reunir um exército para Yeden causar o caos em Luthadel, tomar o palácio, roubar o atium do Senhor Soberano e, então, levar o governo ao colapso?

— Basicamente — concordou Kelsier.

— Então — prosseguiu Ham — nosso maior problema é a guarnição. Se quisermos lançar Luthadel ao caos, não podemos ter vinte mil soldados aqui para manter a paz. Sem mencionar o fato de que as tropas de Yeden nunca tomarão a cidade enquanto houver algum tipo de resistência armada nas muralhas.

Kelsier assentiu. Pegando um pedaço de giz, ele escreveu *Guarnição de Luthadel* no quadro-negro.

— O que mais?

— Precisamos pensar em um modo de causar o caos em Luthadel — disse Brisa, gesticulando com a taça de vinho na mão. — Seus instintos estão corretos, meu caro. É aqui que o Ministério mantém seus quartéis generais e as Grandes Casas governam seus impérios mercantis. Vamos precisar derrubar Luthadel se quisermos acabar com a capacidade do Senhor Soberano para governar.

— Por falar em nobreza, há, ainda, outro ponto — acrescentou Dockson. — Todas as Grandes Casas têm guardas na cidade, sem mencionar seus alomânticos. Se vamos entregar a cidade a Yeden, temos que lidar com esses nobres.

Kelsier assentiu, escrevendo *Caos* e *Grandes Casas* ao lado de *Guarnição de Luthadel* no quadro-negro.

— O Ministério — lembrou Trevo, afundando tanto em sua cadeira estofada que Vin quase não pôde ver o seu rosto irritado. — Não haverá mudança de governo enquanto os Inquisidores de Aço tiverem algo a dizer sobre isso.

Kelsier acrescentou *Ministério* no quadro.

— O que mais?

— O atium — disse Ham. — Você pode também escrever isso aí em cima... precisaremos tomar o palácio rapidamente, quando a desordem generalizada começar, e nos assegurar de que ninguém mais tenha a oportunidade de se apoderar do tesouro.

Kelsier assentiu, escrevendo *Atium: assegurar o tesouro* no quadro.

— Precisamos pensar em um modo de reunir as tropas para Yeden — acrescentou Brisa. — E precisamos ser discretos, mas rápidos, e treiná-los em algum lugar onde o Senhor Soberano não possa encontrá-los.

— Também precisamos ter certeza de que a rebelião skaa está pronta para assumir o controle de Luthadel — Dockson acrescentou. — Tomar o palácio e se entrincheirar nele será uma façanha espetacular, mas é bom que Yeden e seu povo realmente estejam prontos para governar depois que tudo estiver acabado.

Tropas e *Rebelião Skaa* foram adicionados no quadro.

— E — Kelsier falou — vou acrescentar "Senhor Soberano". Precisamos, ao menos, ter um plano para tirá-lo da cidade, caso as outras opções falhem. — Depois de escrever *Senhor Soberano* na lista, ele se virou para o grupo. — Esqueci alguma coisa?

— Bem — Yeden disse secamente — já que você está listando problemas que temos que superar, devia escrever aí que estamos todos loucos de pedra. Se bem que duvido que possamos consertar isso.

O grupo começou a rir, e Kelsier escreveu *Postura negativa de Yeden* no quadro. Então deu um passo para trás, olhando para a lista.

— Quando se desmembra assim, a coisa não parece tão terrível, não é?

Vin franziu o cenho, tentando decidir se Kelsier estava brincando ou não. A lista não era só assustadora — era perturbadora. Vinte mil soldados imperiais? As forças e os poderes da alta nobreza? O Ministério? Dizia-se que um Inquisidor de Aço era mais poderoso do que mil soldados.

Mais desconfortável, no entanto, era a naturalidade com que todos consideravam as questões. Como podiam sequer pensar em resistir ao Senhor Soberano? Ele era... bem, ele era o *Senhor*. Governava todo o mundo. Era o criador, o protetor e o punidor da humanidade. Salvara-os das Profundezas e trouxera as cinzas e as brumas como castigo pela falta de fé das pessoas. Vin não era particularmente religiosa — ladrões inteligentes sabiam que era melhor evitar o Ministério do Aço —, mas conhecia as lendas.

E, mesmo assim, o grupo observava a lista de problemas com determinação. Havia uma alegria sombria neles — como se compreendessem que era mais fácil fazer o sol nascer à noite do que derrubar o Império Final. Mas, ainda assim, eles iriam tentar.

— Pelo Senhor Soberano — sussurrou Vin. — Vocês estão falando *sério*. Realmente pretendem fazer isso.

— Não use o nome dele em vão, Vin — comentou Kelsier. — Até mesmo a blasfêmia o honra. Quando amaldiçoa usando o nome dessa criatura, você o reconhece como seu deus.

Vin ficou em silêncio, recostando-se em sua cadeira, um pouco estarrecida.

— Enfim — prosseguiu Kelsier, sorrindo levemente —, alguém tem alguma ideia de como superar esses problemas? Sem contar a postura de Yeden. Todos sabemos que ele é um caso perdido.

Todos ficaram em silêncio e pensativos.

— Ideias? — perguntou Kelsier. — Pontos de vista? Impressões?

Brisa negou com a cabeça.

— Agora que está tudo escrito aí, não posso deixar de me perguntar se a garota não tem razão. É uma tarefa assustadora.

— Mas *pode* ser feita — assegurou Kelsier. — Vamos começar discutindo sobre como causar um tumulto na cidade. O que podemos fazer de tão ameaçador a ponto de atirar a nobreza no caos e talvez conseguir que a guarda do palácio saia da cidade, se expondo às nossas tropas? Algo que distraia o Ministério e o Senhor Soberano enquanto preparamos nossas tropas para o ataque?

— Bem, uma revolução geral entre a população é o que me vem à mente — disse Ham.

— Não vai funcionar — declarou Yeden com firmeza.

— Por que não? — perguntou Ham. — Você sabe como o povo é tratado. Vivem em pardieiros, trabalham em fábricas e forjas o dia todo, e metade deles *ainda* está faminta.

Yeden negou com a cabeça.

— Será que você não entende? A rebelião vem tentando fazer com que os skaas desta cidade se rebelem *há mil anos*. Nunca deu certo. Eles são muito submissos; não têm vontade ou esperança para resistir. É por isso que tive que recorrer a vocês para conseguir um exército.

A sala ficou em silêncio. Vin, no entanto, assentiu lentamente. Ela via — *sentia*. Não se lutava contra o Senhor Soberano. Mesmo vivendo como ladra, diminuída e à margem da sociedade, ela sabia disso. Não haveria rebelião.

— Temo que ele esteja certo — concordou Kelsier. — Os skaas não vão se rebelar, não em seu estado atual. Se vamos derrubar este governo, teremos que fazê-lo sem a ajuda das massas. Podemos provavelmente recrutar nossos soldados entre eles, mas não podemos contar com o povo.

— Podemos causar um desastre de algum tipo? — Ham perguntou. — Um incêndio, talvez?

Kelsier negou com a cabeça.

— Isso talvez interrompa o comércio por um tempo, mas duvido que tenha o efeito que queremos. Além disso, o custo em vidas skaas seria alto demais. Os cortiços é que queimariam, não as fortalezas de pedra dos nobres.

Brisa suspirou.

— Então, o que quer que façamos?

Kelsier sorriu, seus olhos reluziram.

— E se pusermos as Grandes Casas umas contra as outras?

Brisa assentiu.

— Uma guerra entre as casas... — disse, tomando um gole de vinho, pensativo. — Faz tempo desde que a cidade padeceu com algo assim.

— O que significa que as tensões tiveram bastante tempo para se acumular — Kelsier comentou. — A alta nobreza está ficando cada vez mais poderosa... o Senhor Soberano mal tem controle sobre ela agora, e com isso temos a chance de desmantelar seu comando. As Grandes Casas de Luthadel são a chave: elas controlam o comércio imperial, sem mencionar que escravizam a maioria dos skaas.

Kelsier apontou para o quadro, movendo os dedos entre as linhas em que estava escrito *Caos* e *Grandes Casas*.

— Se formos capazes de colocar as casas de Luthadel umas contra as outras, poderemos derrubar a cidade. Os Nascidos da Bruma começarão a assassinar os chefes das casas. Fortunas vão entrar em colapso. Não demorará muito até que haja uma guerra aberta nas ruas. Parte de nosso contrato com Yeden é dar-lhe a oportunidade de tomar a cidade. Vocês conseguem pensar em algo melhor do que isso?

Brisa assentiu, com um sorriso.

— Tem estilo... E eu gosto da ideia de que os nobres matem uns aos outros.

— Você *sempre* gosta quando outros fazem o trabalho, Brisa — observou Ham.

— Meu caro amigo — replicou Brisa —, o principal objetivo da vida é encontrar meios de conseguir que os outros façam o trabalho por você. Sabe alguma coisa sobre economia básica?

Ham ergueu as sobrancelhas.

— Na verdade, eu...

— Foi uma pergunta retórica, Ham — interrompeu Brisa, revirando os olhos.

— Essas são as melhores! — argumentou Ham.

— A filosofia fica para mais tarde, Ham — disse Kelsier. — Vamos nos concentrar na tarefa. O que acham da minha sugestão?

— Pode funcionar — disse Ham, recostando-se em seu assento. — Mas não vejo como o Senhor Soberano deixará as coisas chegarem tão longe.

— É nosso trabalho garantir que ele não tenha opção — afirmou Kelsier. — Ele é conhecido por deixar a nobreza disputar, provavelmente para mantê-los sem equilíbrio. Vamos atiçar as tensões e então, de algum modo, forçar a guarnição a sair. Quando as Casas começarem a lutar seriamente, o Senhor Soberano não conseguirá fazer nada para detê-las... exceto talvez mandar os guardas do palácio para as ruas, o que é exatamente o que queremos que ele faça.

— Ele também poderia mandar um exército de koloss — advertiu Ham.

— É verdade — concordou Kelsier. — Mas eles estão posicionados a uma distância moderada daqui. É uma falha que precisamos explorar. Tropas koloss são ótimas como soldados rasos, mas precisam ser mantidas longe das cidades civilizadas. O centro do Império Final está exposto, ainda que o Senhor Soberano esteja confiante de sua força. E por que não estaria? Ele não enfrenta uma ameaça séria há séculos. A maioria das cidades só precisa de um pequeno número de forças policiais.

— Vinte mil homens dificilmente pode ser chamado de pequeno número — disse Brisa.

— Pode, em escala nacional — argumentou Kelsier, erguendo um dedo. — O Senhor Soberano mantém a maior parte de suas tropas nas fronteiras do império, onde as ameaças de rebeliões são mais fortes. É por isso que vamos acertá-lo aqui, em Luthadel... e é por isso que teremos êxito.

— Presumindo que conseguiremos lidar com a guarnição — observou Dockson.

Kelsier assentiu, virando-se para escrever *Guerra das Casas* embaixo de *Grandes Casas* e *Caos*.

— Tudo bem, então. Vamos falar sobre a guarnição. O que vamos fazer a esse respeito?

— Bem — disse Ham, especulando —, historicamente, a melhor maneira de lidar com um grande contingente de soldados é tendo seu próprio contingente de soldados. Vamos conseguir um exército para Yeden... por que não os deixamos atacar a guarnição? Não é esse o objetivo de reunir um exército em primeiro lugar?

— Isso não vai funcionar, Hammond — disse Brisa, olhando para sua taça de vinho vazia e estendendo-a para o garoto sentado ao lado de Trevo, que imediatamente correu para enchê-la. — Se quisermos derrotar a guarnição — ele prosseguiu —, precisamos que nossa força tenha *pelo menos* o mesmo tamanho. Provavelmente vamos querer uma muito maior, já que nossos homens serão recém-treinados. Podemos conseguir reunir um exército para Yeden... podemos até mesmo reunir um grande o bastante para manter a cidade por um tempo. Mas conseguiremos um grande o bastante para enfrentar a guarnição dentro das fortificações? É melhor desistir agora, se esse for o nosso plano.

O grupo ficou em silêncio. Vin se remexeu em sua cadeira, olhando para um homem de cada vez. As palavras de Brisa tiveram um efeito profundo. Ham abriu a boca para dizer algo e a fechou novamente, recostando-se para reconsiderar.

— Tudo bem — disse Kelsier finalmente. — Voltaremos à guarnição daqui a pouco. Vamos pensar no nosso próprio exército. Como podemos reunir um grupo de tamanho substancial e escondê-lo do Senhor Soberano?

— De novo, isso será difícil — disse Brisa. — Há uma boa razão para que o Senhor Soberano se sinta seguro no Domínio Central. Há patrulhas constantes nas estradas e nos canais, e dificilmente alguém consegue passar um dia viajando sem encontrar uma aldeia ou uma plantação. Não é o tipo de lugar onde se pode formar um exército sem chamar a atenção.

— A rebelião tem aquelas cavernas ao norte — disse Dockson — Podemos esconder alguns homens lá.

Yeden empalideceu.

— Vocês *sabem* sobre as cavernas Arguois?

Kelsier revirou os olhos.

— Até mesmo o Senhor Soberano sabe sobre elas, Yeden. Os rebeldes apenas não são perigosos o suficiente ainda para que ele se incomode com isso.

— Quantas pessoas você tem, Yeden? — perguntou Ham. — Em Luthadel e nos arredores, incluindo as cavernas? O que temos para começar?

Yeden deu de ombros.

— Talvez trezentos... incluindo mulheres e crianças.

— E quantos você acha que essas cavernas conseguem comportar? — Ham perguntou.

Yeden deu de ombros novamente.

— As cavernas podem comportar um grupo grande, certamente — falou Kelsier. — Talvez dez mil. Eu já estive lá. A rebelião vem escondendo pessoas nelas há anos, e o Senhor Soberano nunca se preocupou em destruí-las.

— Posso imaginar por quê — disse Ham. — Lutar em cavernas é um negócio desagradável, especialmente para o agressor. O Senhor Soberano gosta de manter as derrotas a um mínimo... não deixa de ser vaidoso. De qualquer modo, dez mil é um número decente. Poderia tomar o palácio com facilidade... talvez tomar a cidade, se conquistarmos as muralhas.

Dockson se voltou para Yeden.

— Quando você pediu um exército, que tamanho estava pensando?

— Dez mil parece um bom número, eu suponho — Yeden respondeu. — Na verdade, é um pouco maior do que eu estava pensando.

Brisa inclinou a taça ligeiramente, agitando o vinho.

— Odeio ser do contra novamente... esse costuma ser o trabalho de Hammond. Mas preciso voltar ao problema anterior. Dez mil homens. Isso não vai nem *assustar* a guarnição. Estamos falando de vinte mil soldados bem armados e bem treinados.

— Brisa tem razão, Kell — concordou Dockson. Ele tinha encontrado um caderninho em algum lugar, e começara a tomar notas da reunião.

Kelsier franziu o cenho.

Ham assentiu.

— De qualquer ângulo que se olhe, Kell, a guarnição é um osso duro de roer. Talvez devêssemos nos concentrar na nobreza. Talvez consigamos causar caos suficiente para que a guarnição não consiga controlar a situação.

Kelsier negou com a cabeça.

— Duvido. O primeiro dever da guarnição é manter a ordem na cidade. Se não pudermos lidar com esses soldados, nunca conseguiremos estabelecer o caos. — Ele olhou para Vin. — O que acha, Vin? Alguma sugestão?

Ela gelou. Camon nunca pedira sua opinião. O que Kelsier queria dela? Endireitou-se levemente na cadeira, percebendo que os outros membros da gangue haviam se voltado para ela.

— Eu... — disse Vin lentamente.

— Ah, não intimide a coitadinha, Kelsier — disse Brisa com um aceno de mão.

Vin assentiu, mas Kelsier não cedeu.

— Não, de verdade. Diga o que está pensando, Vin. Se você tivesse um inimigo muito maior lhe ameaçando, o que você faria?

— Bem — ela disse lentamente. — Não se luta contra ele, isso é certo. Mesmo que você vença de algum jeito, estará tão ferido e quebrado que não poderá lutar contra mais ninguém.

— Faz sentido — disse Dockson. — Mas podemos não ter escolha. Temos que nos livrar desse exército.

E se ele saísse da cidade? — ela perguntou. — Isso funcionaria? Se eu tivesse que lidar com alguém grande, eu tentaria distraí-lo primeiro, para forçá-lo a me deixar em paz.

Ham gargalhou.

— Fazer com que a guarnição deixe Luthadel? Boa sorte. O Senhor Soberano envia alguns esquadrões para patrulha às vezes, mas a única vez que se soube que toda a guarnição saiu da cidade foi quando a rebelião skaa irrompeu em Courteline, há meio século.

Dockson negou com a cabeça.

— A ideia de Vin é boa demais para ser descartada tão facilmente, acho. De verdade, não podemos lutar contra a guarnição. Pelo menos não enquanto estiver entrincheirada. Então precisamos fazer os soldados deixarem a cidade de algum modo.

— Sim — disse Brisa. — Mas seria necessária uma crise específica, que exigisse o envolvimento da guarnição. Se o problema não for suficientemente ameaçador, o Senhor Soberano não vai enviar toda a guarnição. E se for perigoso demais, ele vai se recolher e enviar os koloss.

— Uma rebelião em uma das cidades próximas? — sugeriu Ham.

— Isso nos deixa com o mesmo problema de antes — observou Kelsier, negando com a cabeça. — Se não conseguirmos que os skaas daqui se rebelem, não conseguiremos que os de fora da cidade o façam.

— E se fizermos algum tipo de simulação? — perguntou Ham. — Presumindo que conseguiremos reunir um grupo de soldados grande o bastante. Se eles fingirem atacar algum lugar aqui perto, talvez o Senhor Soberano envie a guarnição para ajudar.

— Duvido que ele os envie para proteger outra cidade — disse Brisa. — Não se isso o deixar exposto em Luthadel.

O grupo ficou em silêncio, pensando novamente. Vin olhou ao redor, percebeu Kelsier encarando-a.

— O quê? — perguntou ele.

Ela se encolheu um pouco, abaixando a cabeça.

— A que distância estão os Fossos de Hathsin? — perguntou ela.

A pergunta pairou no ar.

Finalmente, Brisa gargalhou.

— Ah, *isso sim* é tortuoso. A nobreza não sabe que os Fossos produzem atium, então o Senhor Soberano não pode fazer muito alvoroço... não sem revelar que há algo muito especial naquele lugar. Isso significa: nada de koloss.

— Eles não chegariam a tempo, de qualquer modo — disse Ham. — Os Fossos estão apenas a alguns dias de viagem. Se estivessem ameaçadas, o Senhor Soberano teria que responder rapidamente. A guarnição seria a única força perto o suficiente para atacar.

Kelsier sorriu, seus olhos estavam em chamas.

— E não seria necessário um grande exército para ameaçar os Fossos, tampouco. Mil homens poderiam fazer isso. Nós os mandamos para o ataque e, quando a guarnição partir, marchamos com a nossa segunda (e maior) força e tomamos Luthadel. Quando a guarnição perceber que foi enganada, não conseguirá voltar a tempo de nos impedir de tomar as muralhas da cidade.

— Mas seremos capazes de mantê-las? — perguntou Yeden, apreensivo.

Ham assentiu ansiosamente.

— Com dez mil skaas, é possível defender a cidade contra a guarnição. O Senhor Soberano teria que mandar chamar seus koloss.

— Mas, então, já teríamos o atium — Kelsier disse. — E as Grandes Casas não estarão em condições de nos deter. Estarão enfraquecidas e frágeis por causa das lutas internas.

Dockson rabiscava furiosamente em seu caderno.

— Precisaremos usar as cavernas de Yeden, então. Elas estão próximas dos dois alvos, e muito mais perto de Luthadel do que os Fossos. Se nosso exército partir dali, pode chegar antes que a guarnição volte dos Fossos.

Kelsier assentiu.

Dockson continuou a rabiscar.

— Terei que começar a estocar suprimentos naquelas cavernas, talvez fazer uma viagem para checar as condições no local.

— E como vamos levar os soldados para lá? — perguntou Yeden. — As cavernas ficam a uma semana de viagem da cidade... e os skaas não tem permissão de viajar por conta própria.

— Já consegui alguém que nos ajudará com isso — disse Kelsier, escrevendo *Atacar os Fossos de Hathsin* embaixo de *Guarnição de Luthadel*, no quadro. — Tenho um amigo que pode nos fornecer uma fachada para levar os barcos para o norte, pelo canal.

— Supondo — falou Yeden — que você consiga cumprir sua promessa inicial. Eu lhe paguei para que me reúna um exército. Dez mil homens é um número grande, mas você ainda não me explicou como vai conseguir reuni-los. Já lhe contei os problemas que tivemos tentando recrutar em Luthadel.

— Não precisamos que a população em geral nos apoie — explicou Kelsier. — Só uma pequena porcentagem dela. Há aproximadamente um milhão de trabalhadores em Luthadel e nos arredores. Essa, na verdade, deverá ser a parte mais fácil do plano, já que estamos na presença de um dos maiores Abrandadores do mundo. Brisa, estou contando com você e seus alomânticos para forçar uma bela seleção de recrutas.

Brisa tomou seu vinho.

— Kelsier, meu bom homem, gostaria que não usasse palavras como "forçar" ao se referir aos meus talentos. Eu apenas encorajo as pessoas.

— Bem, você pode encorajar um exército para nós? — perguntou Dockson.

— Quanto tempo tenho? — questionou Brisa.

— Um ano — Kelsier falou. — Pretendemos colocar o plano em execução no próximo outono. Presumindo que o Senhor Soberano reúna suas forças para atacar Yeden uma vez que tomemos a cidade, bem que poderíamos obrigá-lo a fazer isso no inverno.

— Dez mil homens — Brisa disse, com um sorriso —, reunidos de uma população resistente, em menos de um ano. Certamente seria um desafio.

Kelsier gargalhou.

— Vindo de você, isso é tão bom quanto um sim. Comece por Luthadel, depois passe para as cidades ao redor. Precisamos de pessoas próximas o bastante para serem reunidas nas cavernas.

Brisa assentiu.

— Também precisaremos de armas e suprimentos — disse Ham. — E teremos que treinar os homens.

— Já tenho um plano para conseguir as armas — respondeu Kelsier. — Você consegue encontrar alguns homens que se encarreguem do treinamento?

Ham pensou por um momento.

— Provavelmente. Conheço alguns soldados skaas que lutaram em uma das Campanhas de Repressão do Senhor Soberano.

Yeden empalideceu.

— Traidores!

Ham deu de ombros.

— A maioria deles não tem orgulho do que fez — disse. — Mas a maioria também gosta de comer. É um mundo difícil, Yeden.

— Meu povo não vai trabalhar com esses homens — assegurou Yeden.

— Eles têm que trabalhar — disse Kelsier com severidade. — Um grande número de rebeliões skaas fracassa porque os homens são destreinados. Vamos lhe dar um exército bem-equipado e bem-alimentado, e não vou deixar que esses homens sejam massacrados porque nunca lhes ensinaram qual ponta da espada segurar.

Kelsier olhou para Ham.

— Mesmo assim, sugiro que encontre homens que estejam desgostosos com o Império Final pelo que este os forçou a fazer. Não confio em homens cuja lealdade só pode ser medida pela quantidade de moedas nos bolsos.

Ham assentiu, e Yeden ficou quieto. Kelsier se virou e escreveu *Ham: Treinar* e *Brisa: Recrutar* embaixo de *Tropas*, no quadro.

— Estou interessado no seu plano para conseguir armas — comentou Brisa. — Como exatamente pretende armar dez mil homens sem levantar as suspeitas do Senhor Soberano? Ele mantém um controle *muito* cuidadoso do fluxo de armamentos.

— Podemos fazer as armas — Trevo disse. — Tenho madeira extra o suficiente para fabricar um par de bastões de combate por dia. Provavelmente conseguiria fazer algumas flechas também.

— Agradeço a oferta, Trevo — disse Kelsier. — E acho que é uma boa ideia. Mas vamos precisar de mais do que bastões. Precisaremos de espadas, escudos e armaduras... e precisaremos deles rapidamente, para começar os treinamentos.

— Como vai fazer, então? — perguntou Brisa.

— As Grandes Casas têm acesso às armas — respondeu Kelsier. — Não têm problema algum em armar seus séquitos pessoais.

— Quer que roubemos deles?

Kelsier negou com a cabeça.

— Não, pelo menos uma vez vamos fazer as coisas de maneira mais ou menos legal: vamos comprar nossas armas. Ou melhor, vamos ter um nobre solidário para comprá-las por nós.

Trevo riu asperamente.

— Um nobre solidário à causa dos skaas? Nunca vai acontecer.

— Bem, o "nunca" aconteceu agora há pouco — Kelsier disse, despreocupado. — Porque já encontrei alguém para nos ajudar.

A sala ficou em silêncio, exceto pelos estalos da lenha na lareira. Vin se retorceu levemente na cadeira, olhando para os demais. Pareciam chocados.

— Quem? — perguntou Ham.

— O nome dele é Lorde Renoux — respondeu Kelsier. — Chegou à área há poucos dias. Está hospedado em Fellise... ele não tem influência suficiente para se estabelecer em Luthadel. Além disso, acho que é prudente manter as atividades de Renoux um pouco afastadas do Senhor Soberano.

Vin inclinou a cabeça. Fellise era uma pequena cidade suburbana a uma hora de Luthadel. Reen e ela haviam trabalhado lá antes de se mudarem para a capital. Como Kelsier recrutara este Lorde Renoux? Ele teria subornado o homem ou era algum tipo de golpe?

— Ouvi falar de Renoux — Brisa disse lentamente. — É um lorde do oeste; tem muito poder no Domínio Longínquo.

Kelsier assentiu.

— Recentemente, Lorde Renoux decidiu tentar elevar sua família a uma posição na alta nobreza. A história oficial é a de que veio ao sul a fim expandir suas atividades mercantis. Ele acredita que, ao enviar bom armamento do sul para o norte, conseguirá ganhar dinheiro suficiente (e fazer contatos suficientes) para construir uma fortaleza em Luthadel até o fim da década.

A sala ficou em silêncio.

— Mas — disse Ham lentamente — essas armas virão para nós em vez disso.

Kelsier assentiu.

— Teremos que falsificar os registros de envio, só para garantir.

— Essa é... uma fachada bastante ambiciosa, Kell — comentou Ham. — A família de um lorde trabalhando do nosso lado.

— Mas, Kelsier — começou Brisa, parecendo confuso —, você *odeia* nobres.

— Este é diferente — respondeu Kelsier com um sorriso astuto.

A gangue estudou Kelsier. Não gostavam da ideia de trabalhar com um nobre; Vin podia perceber isso com clareza. E provavelmente não fazia diferença que Renoux fosse tão poderoso.

De repente, Brisa gargalhou. Reclinou-se em sua cadeira, tomando o resto de seu vinho.

— Seu louco maldito! Você o matou, não foi? Renoux... Você o matou e o substituiu por um impostor.

O sorriso de Kelsier se alargou.

Yeden praguejou, mas Ham simplesmente sorriu.

— Ah. *Isso* faz sentido. Ou pelo menos faz sentido se você é Kelsier, o Audacioso.

— Renoux vai se estabelecer de maneira permanente em Fellise — informou Kelsier. — Ele será nossa fachada se precisarmos fazer algo de maneira oficial. Eu o usarei para comprar armas e suprimentos, por exemplo.

Brisa assentiu, pensativo.

— Eficiente.

— Eficiente? — perguntou Yeden. — Você matou um nobre! E um muito importante.

— Você está planejando derrubar todo o império, Yeden — Kelsier observou. — Renoux não vai ser a última baixa aristocrática nesta pequena diligência.

— Sim, mas fazer alguém se passar por ele? — perguntou Yeden. — Isso me parece um pouco arriscado.

— Você nos contratou porque queria resultados extraordinários, meu caro — disse Brisa, erguendo sua taça. — Em nosso ramo, resultados extraordinários requerem riscos extraordinários.

— Nós os minimizaremos o máximo possível, Yeden — assegurou Kelsier. — Meu ator é *muito* bom. Contudo, esse é o tipo de recurso necessário para fazer este trabalho.

— E se eu ordenar que você não recorra a algum deles? — indagou Yeden.

— Você pode cancelar o trabalho a qualquer momento — Dockson disse, sem tirar os olhos de suas anotações. — Mas enquanto ele estiver em execução, Kelsier tem a palavra final nos planos, objetivos e procedimentos. É assim que trabalhamos, e você sabia disso quando nos contratou.

Yeden sacudiu a cabeça com pesar.

— Bem? — perguntou Kelsier. — Continuamos ou não? A decisão é sua, Yeden.

— Sinta-se livre para colocar um fim nisso, amigo — disse Brisa, com uma voz prestativa. — Não tema nos ofender. Eu, particularmente, encaro de bom grado qualquer dinheiro dado de graça.

Vin percebeu Yeden empalidecer de leve. Em sua opinião, ele tinha sorte de Kelsier não ter simplesmente tirado seu dinheiro e o esfaqueado no peito. Mas ela estava ficando cada vez mais convencida de que não era assim que as coisas funcionavam por ali.

— Isso é loucura — disse Yeden.

— Tentar derrubar o Senhor Soberano? — perguntou Brisa. — Bem, sim, na verdade, é.

— Tudo bem — disse Yeden, suspirando. — Vamos continuar.

— Bom — disse Kelsier, escrevendo *Kelsier: Equipamento* embaixo de *Tropas*. — A fachada de Renoux também nos fornecerá uma entrada na alta sociedade de Luthadel. Essa será uma vantagem muito importante... precisaremos acompanhar com cuidado as políticas das Grandes Casas se quisermos iniciar uma guerra.

— Essa guerra das casas pode não ser tão fácil de começar quanto você pensa, Kelsier — Brisa o alertou. — O atual grupo de altos nobres é cuidadoso e exigente.

Kelsier sorriu.

— Então é bom que você esteja aqui para ajudar, Brisa. É um especialista em conseguir que as pessoas façam o que você quer. Juntos, você e eu planejaremos como virar os membros da alta nobreza uns contra os outros. As grandes guerras entre as casas parecem acontecer a cada dois séculos, mais ou menos. A competência do grupo atual só vai torná-las mais perigosas, por isso que não deve ser *tão* difícil irritá-las. Na verdade, eu já comecei o processo.

Brisa ergueu uma sobrancelha e olhou para Ham. O Brutamontes grunhiu, pegando uma moeda de ouro de dez boxes e jogando-a do outro lado da sala na direção de Brisa.

— O que foi isso? — perguntou Dockson.

— Fizemos uma aposta — disse Brisa — sobre Kelsier estar ou não envolvido nos eventos da noite passada.

— Eventos? — perguntou Yeden. — Que eventos?

— Alguém atacou a Casa Venture — disse Ham. — Há rumores de que três Nascidos da Bruma foram enviados para assassinar o próprio Straff Venture.

Kelsier fez uma careta.

— Três? Straff certamente tem uma opinião elevada de si mesmo. Nem cheguei perto de Sua Senhoria. Fui lá atrás do atium... e para ter certeza de que seria visto.

— Venture não tem um culpado ainda — continuou Brisa. — Mas, como um Nascido da Bruma estava envolvido, todo mundo está presumindo que foi uma das outras Grandes Casas.

— Essa era a ideia — disse Kelsier, feliz. — A alta nobreza leva os ataques de Nascidos da Bruma muito a sério. Eles têm um acordo tácito de não usar os Nascidos da Bruma para assassinar uns aos outros. Mais uns poucos ataques desses, e os verei se atracar como animais assustados.

Ele se virou, acrescentando no quadro *Brisa: Planejar* e *Kelsier: Desordem Geral*, embaixo de *Grandes Casas*.

— De qualquer modo — prosseguiu —, precisamos ficar de olho na política local e descobrir quais Casas estão fazendo alianças. Isso significa que temos que infiltrar um espião em alguns de seus eventos.

— Isso é realmente necessário? — perguntou Yeden, desconfortável.

Ham assentiu.

— É um procedimento padrão para *qualquer* trabalho em Luthadel, na verdade. Se existe alguma informação a ser conseguida, ela sairá dos lábios dos poderosos da corte. Sempre vale a pena manter um par de orelhas atento passeando por esses círculos.

— Bem, isso vai ser fácil — Brisa disse. — Basta trazermos o seu impostor e fazer com que frequente as festas.

Kelsier negou com a cabeça.

— Infelizmente, Lorde Renoux não poderá vir a Luthadel.

Yeden franziu o cenho.

— Por que não? Seu impostor não é capaz de passar por um exame minucioso?

— Ah, ele se parece com Lorde Renoux — Kelsier afirmou. — *Exatamente* como Lorde Renoux, na verdade. Só não podemos deixar que chegue perto de um Inquisidor.

— Ah — disse Brisa, trocando um olhar com Ham. — Um *daqueles*. Tudo bem, então.

— O quê? — perguntou Yeden. — O que isso significa?

— Você não quer saber — Brisa disse.

— Não quero?

Brisa negou com a cabeça.

— Sabe o quão inquieto você ficou porque Kelsier disse que trocou Lorde Renoux por um impostor? Bem, isso é quase uma dúzia de vezes pior. Confie em mim... quanto menos você souber, mais confortável ficará.

Yeden olhou para Kelsier, que sorria abertamente. O homem empalideceu e recostou-se em sua cadeira.

— Você provavelmente está certo, eu acho.

Vin franziu o cenho, olhando para os outros. Pareciam saber sobre o que Kelsier estava falando. Teria que estudar este Lorde Renoux em algum momento.

— Enfim — disse Kelsier —, precisamos infiltrar alguém nos eventos sociais. Dox, portanto, vai interpretar o sobrinho e herdeiro de Renoux, um membro da família que recentemente ganhou as graças dele.

— Espere um momento, Kell — disse Dockson. — Você não me falou sobre isso.

Kelsier deu de ombros.

— Vamos precisar de alguém para ser nosso informante com a nobreza. Presumi que você se encaixasse no papel.

— Não pode ser eu — retrucou Dockson. — Fiquei marcado com o trabalho de Eiser, há alguns meses.

Kelsier franziu o cenho.

— O quê? — perguntou Yeden. — Quero saber sobre o que estão falando desta vez.

— Isso significa que o Ministério está procurando por ele — disse Brisa. — Ele fingiu ser um nobre, e eles descobriram.

Dockson assentiu.

— O próprio Senhor Soberano me viu em uma ocasião, e ele tem uma memória infalível. Mesmo que eu consiga evitá-lo, alguém vai me reconhecer mais cedo ou mais tarde.

— Então... — disse Yeden.

— Então — respondeu Kelsier — precisamos de outra pessoa para interpretar o herdeiro de Lorde Renoux.

— Não olhe para mim — Yeden disse, apreensivo.

— Confie em mim — disse Kelsier, seco — ninguém está pensando em você. Trevo está fora de questão também. Ele é um artesão skaa local muito proeminente.

— Estou fora também — disse Brisa. — Já tenho vários pseudônimos entre a nobreza. Eu talvez pudesse usar um deles, mas não poderia ir a nenhum dos bailes ou festas importantes. Seria muito embaraçoso encontrar alguém que me conhecesse por um nome diferente.

Kelsier franziu o cenho, pensativo.

— Eu poderia fazer isso — falou Ham. — Mas, como vocês sabem, não sou muito bom ator.

— E quanto ao meu sobrinho? — perguntou Trevo, acenando com a cabeça para o garoto ao seu lado.

Kelsier observou o garoto.

— Como você se chama, filho?

— Lestibournes.

Kelsier ergueu uma sobrancelha.

— Que nome enorme! Não tem um apelido?

— Não do ainda acontecendo.

— Vamos ter que trabalhar nisso — comentou Kelsier. — Você sempre fala na gíria das ruas do leste?

O garoto deu de ombros, obviamente nervoso em ser o centro das atenções.

— Sendo o lugar onde era mais novo

Kelsier olhou para Dockson, que balançou a cabeça.

— Não acho uma boa ideia, Kell.

— Concordo. — Kelsier se virou para Vin e sorriu. — Acho que só nos resta você. Quão boa é em imitar uma nobre?

Vin empalideceu levemente.

— Meu irmão me deu algumas lições. Mas nunca tentei de verdade.

— Vai se dar bem — disse Kelsier, escrevendo *Vin: Infiltrada* embaixo de *Grandes Casas*. — Muito bem. Yeden, você provavelmente já começou a planejar como vai manter o controle de todo o império assim que isso estiver terminado.

Yeden assentiu. Vin sentiu um pouco de pena do homem, vendo o quanto do plano — a pura ousadia dele — parecia oprimi-lo. Mesmo assim, era difícil sentir simpatia pelo homem, considerando o que Kelsier dissera sobre a parte *dela* em tudo aquilo.

Fazer o papel de uma nobre?, pensou. *Certamente havia alguém que poderia fazer um trabalho melhor.*

A atenção de Brisa ainda estava em Yeden e em seu óbvio desconforto.

— Não fique tão solene, meu caro amigo — Brisa disse. — O mais provável é que você nunca precise *governar* realmente a cidade. As chances de sermos todos capturados e executados muito antes que isso aconteça são bem maiores.

Yeden deu um sorriso amarelo.

— E se não formos? O que os impede de me apunhalar e tomar o império para vocês?

Brisa revirou os olhos.

— Somos ladrões, meu caro, não políticos. Uma nação é uma mercadoria complicada demais para valer nosso tempo. Assim que tivermos nosso atium, estaremos felizes.

— Sem mencionar ricos — acrescentou Ham.

— As duas palavras são sinônimos, Hammond — retrucou Brisa.

— Além disso — disse Kelsier para Yeden —, não vamos te dar o império inteiro. Esperamos que ele se esfacele uma vez que Luthadel se desestabilize. Você terá essa cidade e, provavelmente, um bom pedaço do Domínio Central... presumindo que suborne os exércitos locais em troca de apoio.

— E... o Senhor Soberano? — Yeden perguntou.

Kelsier sorriu.

— Ainda planejo lidar com ele pessoalmente. Só tenho que descobrir como fazer o Décimo Primeiro Metal funcionar.

— E se não conseguir?

— Bem — Kelsier falou, escrevendo *Yeden: Preparativos e Governo* embaixo de *Rebelião Skaa* no quadro —, vamos tentar descobrir um jeito de enganá-lo para que saia da cidade. Talvez consigamos que ele vá com seu exército para os Fossos para assegurar as coisas por lá.

— E depois? — perguntou Yeden.

— Depois você descobre um jeito de lidar com ele — respondeu Kelsier. — Você não nos contratou para matar o Senhor Soberano, Yeden: isso é só um bônus que pretendo dar, se puder.

— Eu não me preocuparia *muito* com isso, Yeden — acrescentou Ham. — Ele não poderá fazer muita coisa sem fundos ou exércitos. É um alomântico poderoso, mas de jeito algum é onipotente.

Brisa sorriu.

— Se bem que, se você parar pra pensar na coisa, pseudodivindades hostis e destronadas provavelmente são vizinhas desagradáveis. Você terá que descobrir o que fazer com ele.

Yeden não pareceu muito entusiasmado com a ideia, mas não continuou a discussão.

Kelsier se virou.

— É isso, então.

— Ah — disse Ham —, e quanto ao Ministério? Não devíamos ao menos tentar descobrir um jeito de ficar de olho naqueles Inquisidores?

Kelsier sorriu.

— Vamos deixar meu irmão lidar com eles.

— O inferno que vai — uma nova voz falou do fundo da sala.

Vin ficou em pé, sobressaltada, se virando e olhando para a porta coberta de sombras. Havia um homem parado na entrada. Alto e de ombros largos, tinha uma rigidez escultural. Usava roupas modestas — camisa e calças simples, com um casaco skaa solto. Seus braços estavam cruzados em um gesto de insatisfação, e ele tinha um rosto firme e quadrado que parecia um pouco familiar.

Vin olhou novamente para Kelsier. A similaridade era óbvia.

— Marsh? — disse Yeden, erguendo-se. — Marsh, *é* você! Ele prometeu que você faria parte do trabalho, mas eu... bem... bem-vindo de volta!

O rosto de Marsh permaneceu impassível.

— Não tenho certeza se estou de volta ou não, Yeden. Se vocês não se importam, gostaria de falar a sós com o meu irmãozinho.

Kelsier não pareceu intimidado com o tom sério de Marsh. Fez um aceno para o grupo.

— Terminamos por hoje, pessoal.

Os outros se levantaram lentamente, mantendo-se o mais longe possível de Marsh enquanto partiam. Vin os seguiu, fechando a porta e descendo as escadas para dar a impressão de que estava se retirando para seus aposentos.

Menos de três minutos depois, ela estava novamente à porta, ouvindo cuidadosamente a conversa que acontecia lá dentro.

Rashek é um homem alto — como a maioria dos terrisanos. É jovem demais para merecer tanto respeito dos outros carregadores. Ele tem carisma, e as mulheres da corte provavelmente o descreveriam como bonito, com um tipo rústico de beleza.

No entanto, surpreende-me que alguém preste atenção em um homem que fala com tanto ódio. Nunca viu Khlennium, mas ainda assim amaldiçoa a cidade. Ele não me conhece, mas posso ver a raiva e a hostilidade em seus olhos.

7

TRÊS ANOS NÃO TINHAM MUDADO muito a aparência de Marsh. Ele ainda era a pessoa severa e imponente que Kelsier conhecia desde a infância. Ainda tinha aquele mesmo brilho de decepção em seus olhos e falava com o mesmo ar de desaprovação.

No entanto, de acordo com Dockson, as atitudes de Marsh haviam mudado muito desde aquele dia, três anos antes. Kelsier ainda achava difícil acreditar que seu irmão desistira da liderança da rebelião skaa. Ele sempre fora tão apaixonado por seu trabalho.

Aparentemente, aquela paixão havia esmaecido. Marsh deu um passo adiante, observando as palavras no quadro-negro com olhar crítico. Suas roupas estavam levemente manchadas de cinza, embora seu rosto estivesse relativamente limpo para um skaa. Ele ficou parado por um instante, olhando as anotações de Kelsier. Finalmente, Marsh se virou e jogou uma folha de papel na cadeira ao lado do irmão.

— O que é isso? — perguntou Kelsier, pegando a folha.

— Os nomes dos onze homens que você assassinou noite passada — disse Marsh. — Pensei que pelo menos ia querer saber.

Kelsier jogou o papel na lareira acesa.

— Eles serviam ao Império Final.

— Eram *homens*, Kelsier — replicou Marsh. — Tinham vidas, famílias. Vários deles eram skaas.

— Traidores.

— Pessoas — corrigiu Marsh. — Pessoas que estavam só tentando fazer o melhor com o que a vida lhes deu.

— Bem, estou fazendo a mesma coisa — disse Kelsier. — E felizmente a vida *me* deu a habilidade de *empurrar* homens como eles do alto de edifícios. Se eles querem me enfrentar como nobres, então também podem morrer como nobres.

A expressão de Marsh ficou sombria.

— Como pode ser tão petulante a respeito de uma coisa dessas?

— Porque, Marsh — respondeu Kelsier —, o humor é a única coisa que me restou. Humor e determinação.

Marsh bufou.

— Você devia estar contente — continuou Kelsier. — Depois de décadas ouvindo os seus sermões, eu finalmente decidi fazer algo útil com meus talentos. Agora que está aqui para ajudar, tenho certeza de que...

— Não estou aqui para ajudar — Marsh o interrompeu.

— Então por que veio?

— Para lhe fazer uma pergunta. — Marsh avançou, parando bem diante de Kelsier. Eles tinham quase a mesma altura, mas a personalidade austera de Marsh sempre o fizera parecer um pouco mais alto. — Como ousa fazer isso? — perguntou em voz baixa. — Eu dediquei a minha vida a derrubar o Império Final. Enquanto você e seus amigos ladrões festejavam, eu escondia fugitivos. Enquanto planejavam roubos insignificantes, eu organizava revoltas. Enquanto viviam na luxúria, eu via pessoas corajosas morrendo de fome.

Marsh estendeu a mão batendo com o dedo no peito de Kelsier.

— *Como ousa?* Como ousa apropriar-se da rebelião para um de seus trabalhinhos? Como ousa usar este sonho como meio de enriquecer?

Kelsier empurrou o dedo do irmão para o lado.

— Não é disso que se trata.

— Ah é? — Marsh perguntou, batendo na palavra *atium* no quadro. — Por que esses jogos, Kelsier? Por que enrolar Yeden, fingindo aceitá-lo como seu empregador? Por que agir como se você se importasse com os skaas? Ambos sabemos do que você está atrás.

Kelsier travou a mandíbula, um pouco de seu bom humor desaparecendo. *Ele sempre conseguiu fazer isso comigo.*

— Você não me conhece mais, Marsh — disse Kelsier, em voz baixa. — Isso não é pelo dinheiro... Já tive mais riquezas do que qualquer homem poderia gastar. Este trabalho é diferente.

Marsh se aproximou, observando os olhos de Kelsier, como se buscasse a verdade neles.

— Você sempre foi um bom mentiroso — disse finalmente.

Kelsier revirou os olhos.

— Ótimo, pense o que quiser. Mas não me venha com sermões. Derrubar o império pode ter sido seu sonho no passado. Mas agora você se tornou um bom skaa, resignado em sua oficina e fazendo reverências para os nobres que o visitam.

— Eu encarei a realidade — retrucou Marsh. — Algo que você nunca foi bom em fazer. Mesmo que esteja falando sério sobre este plano, vai falhar. Tudo o que a rebelião já fez, as incursões, os roubos, as mortes, não serviu para nada. Nossos melhores esforços nunca chegaram a ser um leve incômodo para o Senhor Soberano.

— Ah — disse Kelsier —, mas ser um incômodo é algo no qual *eu* sou muito bom. De fato, sou muito mais do que um leve incômodo: as pessoas me dizem que posso ser completamente irritante. Eu poderia muito bem usar esse talento por uma boa causa, não é?

Marsh suspirou, dando meia-volta.

— Isso não é sobre uma causa, Kelsier. É sobre vingança. É sobre você, como tudo sempre é. Eu posso acreditar que você não esteja atrás do dinheiro... e até mesmo que pretenda entregar a Yeden esse exército pelo qual ele aparentemente está te pagando. Mas não acredito que se importe.

— É aí que você se engana, Marsh — disse Kelsier. — É aí que você sempre se enganou ao meu respeito.

Marsh franziu o cenho.

— Talvez. Seja como for, como isso começou? Yeden foi até você ou você foi até ele?

— Isso importa? — perguntou Kelsier. — Olhe, Marsh. Preciso de alguém para se infiltrar no Ministério. Esse plano não vai a lugar algum se não conseguirmos achar um jeito de ficar de olho naqueles Inquisidores.

Marsh se virou.

— Você realmente espera que eu o ajude?

Kelsier assentiu.

— É por isso que você veio até aqui, não importa o que diga. Você me disse uma vez que eu poderia fazer coisas grandiosas se me aplicasse a algum objetivo que valesse a pena. Bem, é o que estou fazendo agora... E você vai ajudar.

— Já não é assim tão fácil, Kell — disse Marsh, sacudindo a cabeça. — Algumas pessoas estão diferentes agora. Outras... se foram.

Kelsier deixou a sala ficar em silêncio. Até a chama da lareira estava começando a morrer.

— Sinto falta dela também.

— Tenho certeza que sim, mas tenho que ser honesto com você, Kell. Apesar do que ela fez, às vezes desejo que não tivesse sido você aquele que sobreviveu aos Fossos.

— Desejo o mesmo todos os dias.

Marsh se virou, estudando Kelsier com olhos frios e perspicazes. Os olhos de um Buscador. O que quer que tenha visto refletido em Kelsier deve ter finalmente merecido sua aprovação.

— Estou indo — disse Marsh. — Mas, por algum motivo, você realmente parece sincero desta vez. Voltarei para ouvir o plano maluco que você está tramando. Então... bem, veremos.

Kelsier sorriu. No fundo, Marsh era um bom homem — muito melhor do que Kelsier jamais fora. Quando Marsh se virou em direção à saída, Kelsier captou um movimento nas sombras atrás da porta. Ele imediatamente queimou ferro, e as linhas azuis translúcidas brotaram de seu corpo, conectando-o às fontes próximas de metal. Marsh, é claro, não tinha nenhum em seu corpo — nem mesmo moedas. Percorrer os setores skaas da cidade podia ser muito perigoso para um homem que parecesse minimamente próspero.

Alguém mais, no entanto, ainda não tinha aprendido a não carregar metal consigo. As linhas azuis eram finas e fracas — não atravessavam bem a madeira — mas eram fortes o suficiente para fazer com que Kelsier localizasse a fivela do cinto de uma pessoa no corredor, afastando-se rapidamente da porta com passos silenciosos.

Kelsier sorriu para si. A garota era incrivelmente habilidosa. Mas o tempo que passara nas ruas, no entanto, também tinha deixado cicatrizes profundas nela. Com sorte, ele seria capaz de encorajar suas habilidades dela ao mesmo tempo que a ajudaria a curar suas feridas.

— Voltarei amanhã — Marsh disse, enquanto abria a porta.

— Só não venha muito cedo — disse Kelsier, com uma piscadela. — Tenho algumas coisas para fazer esta noite.

VIN ESPERAVA EM SILÊNCIO NO quarto escuro, ouvindo os passos que desciam as escadas. Agachou-se atrás da porta, tentando determinar se o som de passos continuava a descer ou não. O corredor ficou em silêncio, e ela finalmente deu um suspiro silencioso de alívio.

Uma batida soou na porta, a alguns centímetros de sua cabeça.

O sobressalto quase a fez cair no chão. *Ele é bom!*, pensou.

Rapidamente despenteou o cabelo e esfregou os olhos, tentando fazer parecer que estava dormindo. Puxou a camisa para fora da calça e esperou até que outra batida soasse antes de abrir a porta.

Kelsier estava apoiado em um batente, sua silhueta era recortada pela luz da única lanterna no corredor. Ergueu uma sobrancelha ao ver seu estado desalinhado.

— Sim? — perguntou Vin, tentando parecer sonolenta.

— Então, o que achou de Marsh?

— Não sei — respondeu. — Não vi muita coisa antes que nos colocasse para fora.

Kelsier sorriu.

— Não vai admitir que peguei você, não é?

Vin quase sorriu de volta. O treinamento de Reen veio ao seu socorro. *O homem que quer que confie nele é aquele a quem você mais deve temer*. A voz de seu irmão quase parecia sussurrar em sua mente. E ficara mais forte desde que conhecera Kelsier, como se seus instintos estivessem à prova.

Kelsier a observou por um momento, e se afastou da porta.

— Coloque a camisa para dentro da calça e me siga.

Vin franziu o cenho.

— Para onde vamos?

— Começar seu treinamento.

— Agora? — perguntou Vin, olhando os postigos escuros de seu quarto.

— Certamente — respondeu Kelsier. — É uma noite perfeita para um pequeno passeio.

Vin ajeitou sua roupa, juntando-se a ele no corredor. Se Kelsier realmente pretendia começar a lhe ensinar, ela não reclamaria, não importava que horas fossem. Eles desceram a escada em direção ao térreo. A oficina estava escura, os projetos de móveis inacabados jazendo na penumbra. Mas a cozinha estava iluminada.

— Só um minuto — disse Kelsier, dirigindo-se para a cozinha.

Vin ficou em meio às sombras da oficina, deixando que Kelsier entrasse sozinho na cozinha. Mas ela ainda estava perto o suficiente para ver o interior do cômodo. Dockson, Brisa e Ham estavam sentados com Trevo e seus aprendizes ao redor de uma mesa comprida. Havia vinho e cerveja, embora em pequenas quantidades, e os homens faziam uma refeição simples, com bolo de cevada e vegetais cozidos.

As gargalhadas ecoavam até a oficina. Não eram risos ásperos, como os que frequentemente vinham da mesa de Camon. Era algo mais suave — algo indicativo de uma alegria genuína, de um prazer bem-humorado.

Vin não tinha certeza do que a manteve afastada do aposento. Era como se a luz e o bom humor fossem uma barreira, fazendo-a se manter exilada na oficina, solene e silenciosa. Observava da escuridão, sem conseguir controlar completamente a sua ansiedade.

Kelsier voltou alguns minutos mais tarde, carregando sua bolsa e um pequeno pacote de tecido. Vin olhou o pacote com curiosidade, e ele o entregou para ela com um sorriso.

— Um presente.

O tecido sob os dedos de Vin era liso e macio, e ela rapidamente percebeu o que era. Deixou que o material cinza escorregasse por seus dedos, revelando uma capa de Nascido da Bruma. Como o vestuário que Kelsier usara na noite anterior, era todo confeccionado por tiras de tecido separadas.

— Você parece surpresa — observou Kelsier.

— Eu... achei que tinha que merecer isso de alguma maneira.

— O que há para merecer? — disse Kelsier, pegando sua própria capa. — É o que você é, Vin.

Ela fez uma pausa, então atirou a capa sobre os ombros e a amarrou. Era... diferente. Grossa e pesada nos ombros, mas leve e solta ao redor dos braços e pernas. As tiras eram costuradas no topo, permitindo que ela puxasse o manto com firmeza se desejasse. Sentia-se... envolvida. Protegida.

— Como se sente? — perguntou Kelsier.

— Bem — disse Vin simplesmente.

Kelsier assentiu, pegando vários frascos de vidro. Deu dois para ela.

— Beba um e guarde o outro para caso precise. Mostrarei como misturar novos frascos mais tarde.

Vin assentiu, bebendo o primeiro frasco e guardando o segundo no cinto.

— Mandei fazer algumas roupas novas para você — Kelsier contou. — Você precisa criar o hábito de usar coisas que não tenham metal: cintos sem fivelas, sapatos que possa calçar e tirar facilmente, calças sem botões. Se quiser ousar, talvez mais tarde arranjemos algumas roupas de mulher.

Vin corou de leve.

Kelsier riu.

— Estou brincando. Mas você está entrando em um novo mundo, pode vir a descobrir que há situações em que será melhor parecer menos um ladrão de gangue e mais uma jovem dama.

Vin assentiu, seguindo Kelsier, que se dirigia para a porta da frente da loja. Kelsier abriu a porta, revelando uma parede de escuras brumas inconstantes, e entrou nelas. Respirando profundamente, Vin o seguiu.

Kelsier fechou a porta atrás deles. A rua de paralelepípedos parecia abafada para Vin, e as brumas tornavam tudo um pouco úmido. Não conseguia enxergar em nenhuma direção, e os limites das ruas pareciam desvanecer no nada, como se fossem caminhos para a eternidade. Acima, não havia céu, apenas redemoinhos de cinza sobre cinza.

— Muito bem, vamos começar — falou Kelsier.

A voz dele pareceu alta na rua silenciosa e vazia. Havia confiança em seu tom, algo que, confrontada com as brumas ao seu redor, Vin certamente não sentia.

— Sua primeira lição — prosseguiu Kelsier, andando pela rua, seguido por Vin — não é sobre Alomancia, mas sobre atitude. — Varreu com a mão o espaço à sua frente. — Isso, Vin. Isso é *nosso*. A noite, as brumas...

nos pertencem. Os skaas as evitam como se fossem a morte. Os ladrões e soldados saem na noite, mas também a temem. Os nobres fingem indiferença, mas as brumas os deixam desconfortáveis. — Ele se virou, olhando para ela. — As brumas são nossas amigas, Vin. Elas te escondem, te protegem... e te dão poder. De acordo com a doutrina do Ministério e algo raramente compartilhado com os skaas, os Nascidos da Bruma são descendentes do único homem que se manteve fiel ao Senhor Soberano nos dias que antecederam a Ascensão. Outras lendas dizem que estamos além do poder do Senhor Soberano, algo nascido no dia em que as brumas pousaram na terra pela primeira vez.

Vin assentiu levemente. Era estranho ouvir Kelsier falar tão abertamente. Edifícios repletos de skaas adormecidos se erguiam dos dois lados da rua. Mesmo assim, os postigos escuros e o ar silencioso faziam com que Vin sentisse como se ela e Kelsier estivessem sozinhos. Sozinhos na cidade mais densamente povoada, mais abarrotada do Império Final.

Kelsier continuou a caminhar, a vivacidade de seus passos contrastava com a penumbra escura.

— Não devíamos nos preocupar com os soldados? — perguntou Vin, em voz baixa. Suas gangues sempre tinham que ficar atentas às patrulhas noturnas da guarnição.

Kelsier negou com a cabeça.

— Mesmo que fôssemos descuidados o bastante para que nos localizassem, nenhuma patrulha imperial ousaria incomodar um Nascido da Bruma. Eles veem nossas capas e fingem que não nos viram. Lembre-se: praticamente todos os Nascidos da Bruma são membros das Grandes Casas, o resto pertence a casas menores de Luthadel. Em ambos os casos, são indivíduos importantes.

Vin franziu o cenho.

— Então os guardas simplesmente ignoram os Nascidos da Bruma?

Kelsier deu de ombros.

— É falta de educação reconhecer que a figura acocorada que você vê no telhado é, na verdade, um alto senhor muito distinto e próspero... ou mesmo uma alta senhora. Os Nascidos das Brumas são tão raros que as casas não podem se dar ao luxo de permitir preconceitos de gênero em relação a eles. De qualquer modo, a maior parte dos Nascidos da Bruma tem duas vidas: a de aristocrata da corte e a de alomântico furtivo e espião.

As identidades dos Nascidos da Bruma são segredos bem guardados das casas: os rumores sobre quem são os Nascidos das Brumas sempre são o centro das fofocas da alta nobreza.

Kelsier entrou em outra rua, com Vin atrás dele, ainda um pouco nervosa. Não tinha certeza sobre onde ele a estava levando; era fácil se perder na noite. Talvez ele não estivesse indo para algum lugar, mas apenas acostumando-a às brumas.

— Muito bem — Kelsier disse —, vamos familiarizá-la com os metais básicos. Pode sentir suas reservas de metal?

Vin se se concentrou e descobriu que podia distinguir oito fontes de poder diferentes dentro de si — cada uma delas maior, inclusive, que as duas que notara no dia em que Kelsier a testara. Ela tinha estado reticente em usar sua Sorte desde aquele dia. Começava a perceber que vinha usando uma arma que nunca compreendera de verdade — uma arma que acidentalmente chamara a atenção de um Inquisidor de Aço.

— Comece por queimá-los, um de cada vez — Kelsier falou.

— Queimar?

— É como chamamos quando se ativa uma habilidade alomântica — explicou. — Você "queima" o metal associado com um determinado poder. Você vai ver o que quero dizer. Comece com os metais que ainda não conhece. Trabalharemos com as emoções de *abrandar* e *tumultuar* em outro momento.

Vin assentiu, parando no meio da rua. Hesitante, ela alcançou uma de suas novas fontes de poder. Uma delas lhe era levemente familiar. Teria usado essa fonte antes, sem perceber? O que será que ela faria?

Só tem um jeito de descobrir. Incerta sobre o que exatamente devia fazer, Vin agarrou a fonte de poder e tentou usá-la.

Imediatamente, sentiu uma onda de calor dentro do peito. Não era desconfortável, mas era clara e distinta. Junto com o calor, veio algo mais — uma sensação de rejuvenescimento e poder. Sentia-se... mais *sólida*, de algum modo.

— O que aconteceu? — perguntou Kelsier.

— Eu me sinto diferente — respondeu Vin. Levantou a mão, e era como se o seu membro tivesse reagido rápido demais. Os músculos estavam retesados. — Meu corpo está estranho. Não me sinto mais cansada, me sinto alerta.

— Ah — Kelsier falou. — É peltre. Aumenta suas habilidades físicas, torna você mais forte, mais apta a resistir à fadiga e à dor. Você vai reagir mais rapidamente quando estiver queimando peltre, e seu corpo ficará mais resistente.

Vin flexionou os músculos, experimentando-os. Não pareciam maiores, mas ela podia sentir a força deles. E não eram só seus músculos — era tudo nela. Seus ossos, sua carne, sua pele. Ela recorreu à sua reserva e a sentiu diminuindo.

— Estou ficando sem — disse.

Kelsier assentiu.

— O peltre queima relativamente rápido. O frasco que lhe dei foi medido para durar cerca de dez minutos de queima contínua, mas terminará mais rápido se você o inflamar com frequência e mais devagar se você for cuidadosa com o uso.

— Inflamar?

— Você pode queimar os metais com um pouco mais de vigor se tentar — Kelsier explicou. — Isso o faz acabar mais rápido, e é difícil de manter, mas pode lhe dar um impulso extra.

Vin franziu o cenho, tentando fazer o que ele dizia. Aplicando uma pressão, ela conseguiu agitar as chamas em seu peito, inflamando o peltre.

Era como o ar inalado antes de um salto ousado. Uma corrente súbita de força e poder. Seu corpo ficou tenso por antecipação e, por um breve momento, ela se sentiu invencível. Então passou, e seu corpo relaxou lentamente.

Interessante, Vin pensou, notando o quão rápido seu peltre queimara naquele breve momento.

— Agora, há algo que você precisa saber sobre os metais alomânticos — explicou Kelsier, enquanto avançavam pela bruma. — Quanto mais puros, mais efetivos são. Os frascos que preparamos contêm metais totalmente puros, preparados e vendidos especificamente para alomânticos. As ligas, como o peltre, são mais complicadas, já que as porcentagens de metal devem ser misturadas com precisão para fornecer poder máximo. Na verdade, se você não for cuidadosa ao comprar seus metais, pode acabar com uma liga totalmente errada.

Vin franziu o cenho.

— Quer dizer que alguém pode me enganar?

— Não intencionalmente — disse Kelsier. — A questão é que a maioria dos termos que as pessoas usam, palavras como "latão", "peltre" e "bronze", é, na verdade, muito vaga. O peltre, por exemplo, é geralmente aceito como uma liga de estanho com chumbo, e talvez um pouco de cobre ou prata, dependendo do uso e das circunstâncias. O *peltre alomântico*, no entanto, é uma liga de noventa e um por cento de estanho e nove por cento de chumbo. Se você quiser ter a força máxima do seu metal, tem que usar essas porcentagens.

— E se queimar a porcentagem errada? — perguntou Vin.

— Se a mistura estiver só um pouco fora do percentual, você ainda conseguirá tirar poder dela — explicou Kelsier. — Mas se estiver muito fora, queimá-la a deixará doente.

Vin assentiu lentamente.

— Eu... acho que já queimei esse metal antes. De vez em quando, em quantidades muito pequenas.

— Metais residuais — falou Kelsier. — podem ser encontrados na água contaminada por metais ou nos utensílios de peltre.

Vin assentiu. Algumas das canecas do covil de Camon eram de peltre.

— Muito bem — prosseguiu Kelsier. — Apague o peltre e vamos para o próximo metal.

Vin fez o que lhe fora pedido. A retirada de poder fez com que se sentisse fraca, cansada e exposta.

— Agora — continuou Kelsier— você deve ser capaz de notar uma espécie de emparelhamento entre suas reservas de metal.

— Como os dois metais emocionais — comentou Vin.

— Exatamente. Encontre o metal ligado ao peltre.

— Posso senti-lo — disse Vin.

— Há dois metais para cada poder — Kelsier disse. — Um *empurra*, o outro *puxa*; o segundo, em geral, é uma liga do primeiro. No caso das emoções, um dos poderes mentais externos, você *puxa* com zinco e *empurra* com latão. Você acabou de usar peltre para *empurrar* seu corpo. Esse é um dos poderes físicos internos.

— Como Ham — constatou Vin. — Ele queima peltre.

Kelsier assentiu.

— Brumosos que podem queimar peltre são chamados de Brutamontes. Um termo rude, admito, mas eles tendem a ser pessoas bastante rudes. Nosso querido Hammond é uma exceção à regra.

— Então, o que o outro metal físico interno faz?

— Experimente e descubra.

Vin experimentou ansiosa, e o mundo ao seu redor ficou repentinamente mais brilhante. Ou... bem, não exatamente brilhante. Podia ver melhor e mais longe, mas as brumas ainda estavam lá. Estavam só mais... translúcidas. A luz ambiente ao redor dela parecia mais reluzente de algum modo.

Havia outras mudanças. Podia sentir suas roupas. Percebeu que sempre fora capaz de senti-las, mas normalmente as ignorava. Agora sentia-as mais próximas. Podia sentir as texturas, e estava agudamente ciente dos lugares em que o tecido lhe apertava.

Estava com fome. Essa era outra coisa que estivera ignorando — mas agora sua fome estava mais premente. Notava a pele mais úmida e podia sentir os cheiros de terra, fuligem e resíduos misturados no ar.

— O estanho amplia seus sentidos — disse Kelsier, sua voz repentinamente parecendo muito alta. — E é um dos metais que queima mais devagar; o estanho do frasco é o suficiente para manter você por horas. A maioria dos Nascidos das Brumas deixa o estanho aceso sempre que sai nas brumas. Eu acendi o meu assim que deixamos a loja.

Vin assentiu. A riqueza de sensações era quase esmagadora. Ela podia ouvir rangidos e brigas na escuridão, e isso a deixava com vontade de saltar, alarmada, certa de que alguém estava se esgueirando atrás dela.

Vou demorar um pouco para me acostumar com isso.

— Deixe-o queimar — disse Kelsier, acenando para que caminhasse ao lado dele enquanto seguiam pela rua. — Você vai querer se acostumar aos sentidos mais sensíveis. Mas não o inflame o tempo todo. Você não só vai acabar com ele muito rápido, como avivar metais de modo constante faz... coisas estranhas com as pessoas.

— Estranhas? — perguntou Vin.

— Os metais, especialmente o estanho e o peltre, esticam seu corpo. Inflamar os metais só faz com que estiquem ainda mais. Estique muito, durante muito tempo, e as coisas começam a se quebrar.

Vin assentiu, sentindo-se desconfortável. Kelsier ficou em silêncio, e continuaram a caminhar para que Vin explorasse suas novas sensações e o mundo detalhado que o estanho revelava. Antes, sua visão ficava reduzida a uma minúscula porção da noite. Agora, via toda a cidade envolta em uma manta de bruma instável e rodopiante. Podia distinguir as fortalezas como pequenas e escuras montanhas ao longe, e podia ver os pontos de luz nas janelas, como buracos de agulha na noite. E, acima... via luzes no céu.

Ela se deteve, olhando maravilhada. Eram fracas, borradas até mesmo para seus olhos melhorados pelo estanho, mas conseguia distingui-las de leve. Centenas delas. Milhares delas. Tão pequenas como brasas de velas recém-apagadas.

— São estrelas — comentou Kelsier, andando ao lado dela. — Não é possível vê-las com muita frequência, mesmo com o estanho. Só nas noites particularmente claras. As pessoas costumavam olhar para cima e vê-las todas as noites... Isso foi antes que as brumas chegassem, antes que as Montanhas de Cinzas cuspissem cinzas e fumaça no céu.

Vin olhou para ele.

— Como você sabe disso?

Kelsier sorriu.

— O Senhor Soberano tentou com muito empenho esmagar as memórias daqueles dias, mas algumas ainda permanecem.

Ele se virou, sem ter realmente respondido à pergunta dela, e continuou a andar. Vin juntou-se a ele. De repente, com o estanho, as brumas ao redor dela não pareciam tão sinistras. Estava começando a ver como Kelsier podia andar à noite com tanta confiança.

— Muito bem — disse Kelsier depois de um tempo. — Vamos tentar outro metal.

Vin assentiu, deixando o estanho aceso, mas escolhendo outro metal para queimar também. Quando fez isso, uma coisa muito estranha aconteceu: um monte de fracas linhas azuis brotou de seu peito, estendendo-se nas névoas rodopiantes. Ela se deteve, engasgando de leve e olhando para o próprio peito. A maior parte das linhas era fina, como pedaços de barbantes translúcidos, embora um par fosse grosso como fios de lã.

Kelsier gargalhou.

— Deixe esse metal e seu par por enquanto. São um pouco mais complicados que os outros.

— O quê...? — perguntou Vin, seguindo as linhas azuis com os olhos. Elas apontavam para objetos aleatórios. Portas, janelas; algumas até apontavam para Kelsier.

— Chegaremos nele — ele prometeu. — Apague esse metal e tente um dos últimos dois.

Vin apagou o metal estranho e ignorou seu par, escolhendo um dos últimos metais. Ela imediatamente sentiu uma vibração estranha. As pulsações não podiam ser ouvidas, mas ela podia senti-las percorrendo seu corpo. Pareciam vir de Kelsier. Olhou para ele, franzindo o cenho.

— Esse provavelmente é bronze — Kelsier explicou. — O metal mental interno para *empurrar*. Permite que você sinta quando alguém nas proximidades está usando Alomancia. Buscadores, como meu irmão, usam isso. Em geral, não é muito útil... a menos que você seja um Inquisidor de Aço procurando por skaas Brumosos.

Vin empalideceu.

— Inquisidores podem usar a Alomancia?

Kelsier assentiu.

— São todos Buscadores. Não tenho certeza se Buscadores são escolhidos para serem Inquisidores ou se o processo de se tornar um Inquisidor garante o poder. De qualquer modo, já que o principal dever deles é encontrar crianças mestiças e nobres que usam Alomancia indevidamente, é uma habilidade útil. Infelizmente, "útil" para eles significa "bastante incômodo" para nós.

Vin ia assentir, mas parou. A pulsação havia cessado.

— O que aconteceu? — perguntou ela.

— Comecei a queimar cobre — explicou Kelsier —, o par do bronze. Queimar cobre esconde o uso dos seus poderes de outros alomânticos. Pode tentar queimar agora, se quiser, ainda que não vá sentir muita coisa.

Vin fez o que ele lhe disse. A única mudança foi uma leve vibração em seu interior.

— O cobre é um metal cujo aprendizado é vital — Kelsier comentou. — Ele a esconderá dos Inquisidores. Provavelmente não temos com o que nos preocupar esta noite. Os Inquisidores vão presumir que somos nobres Nascidos da Bruma que saíram para treinar. Contudo, se alguma vez você estiver em roupas skaas e precisar queimar metais, assegure-se de acender seu cobre primeiro.

Vin assentiu de modo apreciativo.

— De fato — prosseguiu Kelsier —, muitos Nascidos da Bruma mantêm o cobre aceso o tempo todo. Ele queima lentamente e o torna invisível para outros alomânticos. Esconde você do bronze e ainda previne que outros manipulem suas emoções.

Vin levantou a cabeça.

— Achei que isso fosse interessá-la — Kelsier comentou. — Qualquer um que esteja queimando cobre é imune à Alomancia emocional. Além disso, a influência do cobre cria uma bolha ao seu redor. Essa nuvem, chamada nuvem de cobre, esconde quem quer que esteja dentro dela dos sentidos de um Buscador, ainda que isso não os torne imunes à Alomancia emocional, como faz com você.

— Trevo — falou Vin. — É isso o que um Esfumaçador faz.

Kelsier assentiu.

— Se um dos nossos for notado por um Buscador, ele pode voltar para o covil e desaparecer. Eles também podem praticar suas habilidades sem medo de serem descobertos. Pulsações alomânticas vindas de uma loja no setor skaa da cidade seriam uma dádiva para um Inquisidor de passagem.

— Mas você pode queimar cobre — disse Vin. — Por que estava tão preocupado em encontrar um Esfumaçador para a gangue?

— Posso queimar cobre, é verdade — concordou Kelsier. — Assim como você. Podemos usar todos os poderes, mas não podemos estar em todos os lugares. Um líder de gangue de sucesso precisa saber dividir as tarefas, especialmente em um trabalho tão grande quanto esse. O procedimento padrão é ter uma nuvem de cobre todo o tempo no covil. Trevo não faz isso sozinho: vários de seus aprendizes são Esfumaçadores também. Quando se contrata um homem como Trevo, pressupõe-se que ele proporcionará uma base de operações e uma equipe de Esfumaçadores competentes o bastante para mantê-lo escondido o tempo todo.

Vin assentiu. Estava mais interessada na habilidade do cobre de proteger suas emoções. Precisava conseguir o suficiente para mantê-lo queimando o tempo todo.

Eles voltaram a caminhar, e Kelsier lhe deu mais tempo para que se acostumasse a queimar estanho. No entanto, a mente de Vin começou a divagar. Algo não parecia... certo para ela. Por que Kelsier estava lhe dizendo todas aquelas coisas? Parecia que lhe revelava seus segredos com facilidade demais.

Exceto um, ela pensou, desconfiada. *O metal com as linhas azuis. Ele ainda não voltou a esse*. Talvez essa fosse a coisa que Kelsier esconderia dela, o poder que guardaria para manter controle sobre Vin.

Deve ser forte. O mais poderoso dos oito.

Enquanto caminhavam pelas ruas silenciosas, Vin buscou hesitantemente o metal desconhecido em seu interior. Olhou para Kelsier e, com cuidado, queimou a substância. De novo, as linhas se espalharam ao seu redor, apontando para direções aparentemente aleatórias.

As linhas se moviam com ela. A ponta de cada fio permanecia presa a seu peito, enquanto a outra extremidade permanecia ligada a um lugar qualquer ao longo da rua. Novas linhas apareciam conforme Vin andava, e as antigas desvaneciam, desaparecendo atrás dela. As linhas tinham várias espessuras e algumas eram mais brilhantes que outras.

Curiosa, Vin testou as linhas mentalmente, tentando descobrir seu segredo. Focou em uma pequena, de aparência inocente, e descobriu, ao se concentrar, que podia senti-la individualmente. Sentia quase como se pudesse tocá-la. Alcançou-a com a mente e lhe deu um leve Puxão.

A linha balançou e imediatamente algo voou pela escuridão na direção de Vin. Ela gritou, tentando pular para longe, mas o objeto — um prego enferrujado — voou diretamente até ela.

De repente, algo agarrou o prego, desviando-o e atirando-o novamente na escuridão.

Vin se recompôs, a capa agitou-se ao seu redor. Ela perscrutou a escuridão e olhou para Kelsier, que ria baixinho.

— Eu devia saber que você tentaria isso — disse ele.

Vin corou de vergonha.

— Vamos lá —disse ele, tentando animá-la. — Não foi nada.

— O prego me atacou! — Aquele metal dava vida aos objetos? Isso que é um poder realmente incrível.

— Na verdade, você meio que atacou a si mesma — explicou Kelsier.

Vin parou com cautela, então se juntou a ele, que começava a percorrer a rua de novo.

— Eu explicarei o que você fez em um segundo — prometeu ele. — Primeiro, há algo que você tem que entender sobre a Alomancia.

— Outra regra?

— É mais uma filosofia — Kelsier explicou. — Tem a ver com consequências.

Vin franziu o cenho.

— O que quer dizer?

— Toda ação que fazemos tem consequências, Vin — disse Kelsier. — Descobri que, tanto na Alomancia quanto na vida, a pessoa que melhor julgar as consequências de seus atos mais sucesso terá. Peguemos, por exemplo, a queima do peltre. Quais são as consequências?

Vin deu de ombros.

— Você fica mais forte.

— E o que acontece se você estiver carregando algo pesado quando seu peltre acabar?

— Suponho que vou derrubar a coisa.

— E se for muito pesado, você vai se machucar seriamente. Muitos Brumosos Brutamontes ignoraram ferimentos terríveis enquanto lutavam só para morrer dos mesmos ferimentos depois que o peltre acabou.

— Entendo — disse Vin.

— *Rá*!

Vin deu um pulo de susto, levando as mãos aos ouvidos aguçados.

— Ai! — reclamou, olhando para Kelsier.

Ele sorriu.

— Queimar estanho também tem consequências. Se alguma coisa produz uma luz ou um som súbitos, você pode ficar cego ou aturdido.

— Mas o que isso tem a ver com esses dois últimos metais?

— O ferro e o aço dão a habilidade de manipular outros metais ao seu redor — Kelsier explicou. — Com ferro, você pode *puxar* uma fonte de metal para você. Com aço, você pode *empurrá-la* para longe. Ah, aqui estamos.

Kelsier se deteve, olhando para cima.

Através das brumas, Vin pôde ver a imensa muralha da cidade assomando-se sobre eles.

— O que estamos fazendo aqui?

— Vamos praticar *puxar* ferro e *empurrar* aço — Kelsier disse. — Mas, primeiro, algumas coisas básicas. — Ele tirou algo de seu cinto: um tostão, a menor denominação de moeda. Segurou-o diante de Vin, colocando-se de lado. — Queime o aço, o par do metal que queimou há alguns momentos.

Vin assentiu. Mais uma vez, as linhas azuis se espalharam ao redor dela. Uma delas apontava diretamente para a moeda na mão de Kelsier.

— Tudo bem — ele disse. —, *empurre-a*.

Vin alcançou o fio correspondente e o *empurrou* levemente. A moeda saltou dos dedos de Kelsier, sendo atirada para longe de Vin. Ela continuou a se concentrar no objeto, *empurrando* a moeda no ar até ela bater na parede de uma casa nas proximidades.

Vin foi atirada violentamente para trás, em um movimento súbito. Kelsier a segurou, impedindo que caísse no chão.

Vin cambaleou e se endireitou. Do outro lado da rua, a moeda — agora livre de seu controle — despencou no chão.

— O que aconteceu? — perguntou Kelsier para ela.

Ela negou com a cabeça.

— Não sei. *Empurrei* a moeda, e ela voou. Mas quando ela acertou a parede, fui *empurrada* de volta.

— Por quê?

Vin franziu o cenho, pensativa.

— Acho que... acho que a moeda não podia ir para lugar nenhum, então fui eu que me movi.

Kelsier assentiu, aprovando.

— Reação, Vin. Você usa seu próprio peso quando *empurra* aço. Se você for muito mais pesada do que a sua âncora, ela voará para longe de você, como aconteceu com a moeda. Contudo, se o objeto for mais pesado do que você, ou se ele acertar algo que for, você será *empurrada* para longe. Com o ferro é similar: ou você será *puxada* na direção do objeto, ou ele será *puxado* na sua direção. Se seus pesos forem similares, vocês dois se moverão. Essa é a grande arte da Alomancia, Vin. Saber o quanto você se moverá quando queimar aço ou ferro lhe dará uma maior vantagem sobre seu oponente. Você descobrirá que essas duas são suas habilidades mais versáteis e úteis.

Vin assentiu.

— Agora, lembre-se — ele prosseguiu. — Nos dois casos, a força da sua *puxada* ou do seu *empurrão* se volta *diretamente* para você ou para longe de você. Você não pode girar coisas com a mente, controlá-las para que vão para onde você quiser. Não é assim que a Alomancia funciona, porque esse não é o jeito que o mundo físico funciona. Quando você *empurra* alguma coisa, seja com Alomancia ou com suas mãos, essa coisa se move diretamente na direção oposta. Força, ação e reação. Entendeu?

Vin assentiu novamente.

— Muito bem — disse Kelsier, contente. — Agora, vamos saltar a muralha.

— *O quê?*

Ele a deixou parada na rua, boquiaberta. Vin o observou aproximar-se da base da muralha, então correu para alcançá-lo.

— Você é louco! — disse em voz baixa.

Kelsier sorriu.

— Acho que essa é a segunda vez hoje que você me diz isso. Precisa ficar mais atenta. Se você tivesse escutado os demais, saberia que minha sanidade desapareceu faz tempo.

— Kelsier — disse ela, olhando para o alto da muralha. — Não posso... quero dizer, nunca usei Alomancia de verdade antes desta noite!

— Verdade, mas você aprende rápido — Kelsier disse, tirando algo de baixo da capa. Parecia um cinto. — Aqui, coloque isso. Tem pesos de metal presos nele. Se algo der errado, provavelmente conseguirei pegar você.

— Provavelmente? — perguntou Vin, nervosa, prendendo o cinto.

Kelsier sorriu e derrubou um grande lingote de metal no chão.

— Coloque o lingote bem embaixo de você e lembre-se de *empurrar* aço, não de *puxar* ferro. Não pare de *empurrar* até chegar ao topo da muralha.

Com isso, ele se agachou e saltou.

Kelsier disparou pelo ar, sua forma escura desapareceu nas brumas rodopiantes. Vin esperou por um momento, mas ele não despencou para a morte.

Tudo estava em silêncio, até mesmo para seus ouvidos amplificados. As brumas rodopiavam brincalhonas ao redor dela. Tentando-a. Desafiando-a.

Ela olhou para o lingote e queimou aço. A linha azul brilhou com luz débil e fantasmagórica. Ela se posicionou sobre o lingote, parando com um pé de cada lado do objeto de metal. Olhou para cima, para as brumas, e para baixo pela última vez.

Então, respirou fundo e *empurrou* contra o lingote com toda sua força.

"Ele deve defender seus costumes, ainda que venha a violá-los. Será seu salvador, mas o chamarão de herege. Seu nome será Discórdia, mas o amarão por isso."

8

VIN DISPAROU PELO AR. CONTEVE um grito, lembrando-se de continuar *empurrando* apesar do medo. A muralha de pedra era um borrão em movimento a alguns palmos de distância. O chão abaixo dela desapareceu, e a linha azul apontando para o lingote ficava cada vez mais fraca.

O que acontece se desaparecer?

Ela começou a ir mais devagar. Quanto mais fraca a linha ficava, mais a velocidade dela diminuía. Depois de alguns momentos de voo, reduziu até parar — e ficou flutuando no ar, sobre uma linha azul quase invisível.

— Sempre gostei da vista daqui de cima.

Vin olhou para o lado. Kelsier estava parado a poucos metros; ela se concentrara tanto que não percebera que estava flutuando a apenas alguns palmos do alto da muralha.

— Socorro! — ela disse, continuando a *empurrar* desesperadamente, com medo de cair. As brumas embaixo dela giravam sem parar, como um oceano escuro de almas condenadas.

— Não precisa se preocupar tanto — explicou Kelsier. — É mais fácil se equilibrar no ar com um tripé de âncoras, mas também é possível se virar com uma âncora só. Seu corpo está acostumado a se equilibrar. Parte do que vem fazendo desde que aprendeu a caminhar, se transfere para a Alomancia. Enquanto permanecer imóvel, suspensa no limite de sua capacidade de *empurrar*, ficará estável; sua mente e corpo vão corrigir quaisquer desvios leves da base central da sua ancoragem abaixo, impedindo que caia para os lados. Se estiver *empurrando* mais alguma coisa, porém, ou se movendo demais para o lado... bem, você pode perder sua ancoragem, e pode não ser mais capaz de *empurrar* diretamente. Daí você teria problemas: despencaria como um peso morto do alto de um poste muito alto.

— Kelsier... — Vin começou a falar.

— Espero que não tenha medo de altura, Vin — comentou ele. — Essa é uma desvantagem e tanto para um Nascido da Bruma.

— Eu... não... tenho... medo... de altura — Vin disse entredentes. *Mas tampouco estou acostumada a ficar pendurada no ar a trinta metros da maldita rua!*

Kelsier começou a rir, e Vin sentiu um puxão em seu cinto, fazendo com que se movesse no ar, na direção da muralha. Ele a segurou e a puxou sobre a ameia de pedra, colocando-a ao seu lado. Ele estendeu um braço por cima da muralha. Um segundo depois, o lingote disparou pelo ar, resvalando a extensão lateral da muralha, até parar na mão dele.

— Bom trabalho — ele disse. — Agora, vamos descer. — Ele atirou o lingote sobre seus ombros, arremessando-o nas escuras brumas do outro lado da muralha.

— Nós realmente vamos lá fora? — Vin perguntou. — Para fora das muralhas da cidade? À *noite*?

Kelsier sorriu do seu jeito irritante. E subiu em uma das ameias.

— Variar a força com a qual você *puxa* ou *empurra* é difícil, mas possível. É melhor simplesmente cair um pouco, e então *empurrar* para diminuir a velocidade. Deixe-se cair mais um pouco, e então *empurre* novamente. Se conseguir pegar o ritmo, chegará ao chão perfeitamente bem.

— Kelsier — Vin falou, aproximando-se da muralha. — Eu não...

— Você está no topo da muralha agora, Vin — ele a lembrou, dando um passo no ar. Ele flutuou, equilibrando-se, como lhe explicara antes.

— Só há duas formas de descer. Ou você pula, ou tenta explicar para aquela patrulha de guardas por que um Nascido da Bruma precisa usar a escadaria.

Vin se virou, preocupada, notando o movimento de uma luz de lanterna nas brumas sombrias.

Voltou-se para Kelsier, mas ele partira. Ela praguejou, inclinando-se sobre a muralha e olhando para as brumas. Podia ouvir os guardas falando em voz baixa entre si enquanto caminhavam ao longo da muralha.

Kelsier estava certo: ela não tinha muita opção. Zangada, subiu na ameia. Não tinha medo de altura, mas quem não ficaria apreensivo parado no alto da muralha, olhando para baixo, para a própria condenação? O coração de Vin saltava em seu peito, e seu estômago se revirava.

Espero que Kelsier esteja fora do caminho, pensou, conferindo a linha azul para ter certeza de que estava sobre o lingote. Então, pulou.

Começou a despencar imediatamente em direção ao solo. Ela *empurrou* seu aço por reflexo, mas sua trajetória estava errada; caíra ao lado do lingote, não diretamente sobre ele. Em consequência, seu *empurrão* a levou ainda mais para o lado, e ela começou a dar voltas no ar.

Alarmada, ela *empurrou* de novo — com mais força desta vez, inflamando seu aço. O esforço súbito a lançou para cima. Traçou um arco no ar, para o lado, pipocando no ar junto à muralha. Os guardas que passavam se viraram, surpresos, mas seus rostos logo ficaram indistinguíveis quando Vin voltou a cair.

Com a mente confusa pelo terror, ela instintivamente estendeu a mão e puxou o lingote, tentando posicionar-se sobre ele. E o objeto de metal disparou obedientemente na direção dela.

Estou morta.

Então seu corpo balançou, puxado para cima pelo cinturão. Sua descida ficou mais lenta, até que ficou flutuando tranquilamente no ar. Kelsier apareceu entre as brumas, parado, no chão, abaixo dela. Estava, é claro, sorrindo.

Ele a deixou cair os últimos palmos, segurando-a e a colocando em pé sobre o chão de terra macia. Ela ficou trêmula por um momento, respirando de maneira ansiosa e entrecortada.

— Bem, isso foi divertido — disse Kelsier, despreocupado.

Vin não respondeu.

Kelsier sentou-se em uma pedra próxima, obviamente dando tempo para que ela se recuperasse. Depois de alguns instantes, Vin queimou peltre, usando a sensação de solidez que ele proporcionava para acalmar seus nervos.

— Você se saiu bem — comentou Kelsier.

— Quase morri.

— Acontece com todo mundo na primeira vez — Ele assegurou. — *Puxar* ferro e *empurrar* aço são habilidades perigosas. Você pode se empalar com um pedaço de metal que *puxar* na direção de seu corpo, ou pode pular e ficar muito longe da âncora, ou cometer uma dúzia de erros. Minha experiência, apesar de limitada, me diz que é melhor chegar nessas circunstâncias extremas logo, quando alguém está observando você. De qualquer modo, eu suponho que tenha entendido por que é importante para um alomântico carregar o mínimo possível de metal em seu corpo.

Vin assentiu, então levou a mão à orelha esquerda.

— Meu brinco — disse. — Terei que parar de usá-lo.

— Tem tarraxa atrás?

Vin negou com a cabeça.

— É um pequeno pingente, e a parte de trás é dobrada para baixo.

— Então tudo bem — disse Kelsier. — O metal de seu corpo, ainda que seja mínimo, não pode ser *empurrado* ou *puxado*. Do contrário, outro alomântico conseguiria arrancar os metais de seu estômago enquanto você os queima.

Bom saber, Vin pensou.

— Também é por isso que os Inquisidores podem andar por aí tão confiantes com aquele par de pregos de metal saindo de suas cabeças. O metal atravessa o corpo deles, então não pode ser manipulado por um alomântico. Fique com o brinco. É pequeno, então não poderá fazer muito com ele, mas poderá usá-lo como arma em uma emergência.

— Está bem.

— Agora, pronta para ir?

Ela olhou para cima, preparando-se para saltar novamente, e assentiu.

— Não vamos voltar lá para cima — Kelsier falou. — Venha.

Vin franziu o cenho quando Kelsier começou a caminhar nas brumas. *Quer dizer que ele está indo para algum lugar, afinal — ou será que decidiu vagar por aí mais um pouco?* Estranhamente, o desprendimento afável dele tornava muito difícil prever suas intenções.

Vin correu para alcançá-lo, não desejando ficar sozinha nas brumas. A paisagem ao redor de Luthadel era árida, exceto por algumas moitas e ervas daninhas. Espinhos e folhas secas — ambos cobertos pelas cinzas que haviam caído durante o dia — raspavam suas pernas enquanto caminhavam. A vegetação rasteira era triturada sob seus pés, imóvel e um pouco ensopada pelo sereno da bruma.

Ocasionalmente passavam por pequenos montes de cinzas que haviam sido transportados para fora da cidade. Na maior parte das vezes, as cinzas eram jogadas no rio Channerel, que atravessava a cidade. A água a dissolvia em algum momento — ou, pelo menos, era isso o que Vin achava. De outro modo, todo o continente estaria soterrado há muito tempo.

Vin permaneceu perto de Kelsier enquanto caminhavam. Embora tivesse viajado para fora das cidades antes, sempre fizera isso como parte de um grupo de barqueiros — os trabalhadores skaas que pilotavam barcos e barcaças de um lado para o outro pelas várias rotas dos canais do Império Final. Era um trabalho difícil — a maioria dos nobres usava skaas em vez de cavalos para puxar os barcos pela beira do rio —, mas havia uma certa liberdade em saber que estava viajando. A maioria dos skaas — até mesmo os skaas ladrões — nunca deixava as plantações ou as cidades.

A constante movimentação de uma cidade para outra fora decisão de Reen, que tinha obsessão por nunca ficar preso. Em geral, ele os levava a lugares administrados por gangues do submundo, jamais ficando em um mesmo lugar por mais de um ano. Tinha que permanecer em marcha, sempre em movimento. Como se fugisse de algo.

Kelsier e Vin continuaram caminhando. À noite, as colinas áridas e as planícies cobertas de vegetação rasteira adquiriam um ar ameaçador. Vin não falava e tentava fazer o mínimo de barulho possível. Ouvira histórias sobre o que acontecia longe de casa, à noite, e as brumas — mesmo atravessadas pelo estanho, como estavam naquele momento — faziam-na se sentir como se estivesse sendo observada.

A sensação ficava mais enervante conforme prosseguiam. Em pouco tempo começou a ouvir ruídos na escuridão. Eram abafados e fracos — estalos de ervas daninhas, passos arrastados ecoando nas brumas.

Você só está sendo paranoica!, ela disse a si mesma quando teve um sobressalto por causa do som meio imaginado. Mas, depois de um tempo, não conseguiu aguentar mais.

— Kelsier! — chamou, com um sussurro urgente, que soava traiçoeiramente alto aos seus ouvidos melhorados. — Acho que há algo por aqui.

— Oi? — perguntou Kelsier. Parecia perdido em pensamentos.

— Acho que algo está nos seguindo!

— Ah! — concordou ele. — Sim, você está certa, é um espectro das brumas.

Vin parou de supetão. Kelsier continuou a andar.

— Kelsier! — chamou ela, fazendo-o se virar para trás. — Quer dizer que *eles são reais*?

— É claro que são — Kelsier falou. — De onde acha que saem essas histórias?

Vin estava em estado de choque.

— Quer dar uma olhada nele? — Kelsier perguntou.

— *Olhar o espectro das brumas*? — Vin perguntou. — Você está... — E então se deteve.

Kelsier começou a rir, caminhando em sua direção.

— Espectros das brumas podem ser um pouco perturbadores de olhar, mas são relativamente inofensivos. São carniceiros, em sua maioria. Vamos.

Ele voltou a caminhar, fazendo sinal para que ela o seguisse. Relutante, mas morbidamente curiosa, a garota se aproximou. Kelsier andava em ritmo acelerado, levando-a ao topo de uma colina praticamente limpa de arbustos. Agachou-se, acenando para que Vin fizesse o mesmo.

— A audição deles não é muito boa — disse, enquanto ela se ajoelhava na terra áspera e coberta de cinzas ao lado dele. — Mas seu olfato, ou, melhor, seu paladar, é bem apurado. Provavelmente está seguindo nosso rastro, esperando que descartemos algo comestível.

Vin estreitou os olhos na escuridão.

— Não consigo vê-lo — disse, procurando por uma figura sombria na bruma.

— Ali — Kelsier disse, apontando para uma colina plana.

Vin franziu o cenho, imaginando uma criatura agachada no alto da colina, observando-a enquanto ela a procurava.

Então a colina se moveu.

Vin teve um sobressalto. O monte escuro — talvez com dez metros de altura e o dobro de largura — avançava com passo estranho e incerto, e Vin se inclinou para a frente, tentando ver melhor.

— Inflame seu estanho — Kelsier sugeriu.

Vin assentiu, convocando uma explosão de poder alomântico extra. Tudo ficou imediatamente mais claro, e as brumas foram se tornando cada vez menos uma obstrução.

O que viu a fez estremecer — fascinada, revoltada e mais do que um pouco perturbada. A criatura tinha uma pele enegrecida pela fumaça e translúcida, e Vin podia ver seus ossos. Tinha dezenas e dezenas de membros, e cada um deles parecia vir de um animal distinto. Tinha mãos humanas, cascos bovinos, patas caninas e outros que ela não conseguiu identificar.

Os membros incompatíveis permitiam que a criatura andasse, ainda que fosse mais um bambolear. Ela rastejava lentamente, movendo-se como uma centopeia desajeitada. Muitos dos membros, na verdade, nem mesmo pareciam funcionais — brotavam da carne da criatura de um jeito retorcido e não natural.

Seu corpo era bulboso e alongado. Não era só uma bolha, no entanto... havia uma estranha lógica em sua forma. Tinha uma estrutura esquelética visível, e, estreitando os olhos melhorados pelo estanho, Vin achou que conseguia distinguir músculos translúcidos e tendões envolvendo os ossos. A criatura flexionava uma massa confusa de músculos conforme se movia e parecia ter uma dúzia de diferentes caixas torácicas. Ao longo do corpo principal, braços e pernas se penduravam em ângulos enervantes.

E cabeças. Vin contou seis. Apesar da pele translúcida, podia distinguir uma cabeça de cavalo ao lado de uma de veado. Uma das cabeças se virou em sua direção, e Vin pôde ver um crânio humano. A cabeça posicionada no alto da espinha dorsal estava unida a algum tipo de torso de animal que, por sua vez, se ligava a um punhado de ossos estranhos.

Vin quase vomitou.

— O quê...? Como...?

— Espectros das brumas têm corpos maleáveis — explicou Kelsier. — Podem moldar sua pele sobre qualquer estrutura esquelética e podem recriar músculos e órgãos se tiverem um modelo para imitar.

— Quer dizer que...?

Kelsier assentiu.

— Quando encontram um cadáver, eles o envolvem e digerem lentamente seus músculos e órgãos. Então usam o que comeram como um padrão, criando uma cópia exata da criatura morta. Rearranjam as partes um pouco, tirando os ossos que não querem ou acrescentando outros que querem em seu corpo, formando uma massa como a que você vê ali.

Vin observou a criatura cambalear pelo campo, seguindo o seu rastro. Um pedaço de pele viscosa saía de dentro de sua barriga e se arrastava pelo chão. *Está procurando por cheiros*, Vin pensou. *Seguindo o cheiro da nossa passagem*. Parou de queimar o estanho, e o espectro das brumas novamente se tornou um monte sombrio. Sua silhueta, contudo, só parecia fazer aumentar a sua anormalidade.

— São inteligentes, então? — perguntou Vin. — Se podem separar um... um corpo e colocar os pedaços onde quiserem...

— Inteligentes? — falou Kelsier. — Não, não um tão jovem quanto esse. São mais instintivos do que inteligentes.

Vin estremeceu novamente.

— As pessoas sabem dessas coisas? Quero dizer, sem contar as lendas?

— O que quer dizer por "pessoas"? — questionou Kelsier. — Um monte de alomânticos sabe da existência dos espectros, e tenho certeza de que o Ministério também. Pessoas normais... bem, eles simplesmente não saem à noite. A maioria dos skaas teme e amaldiçoa os espectros das brumas, mas passa a vida inteira sem ter visto um de verdade.

— Sorte deles — murmurou Vin. — Por que alguém não faz algo a respeito dessas coisas?

Kelsier deu de ombros.

— Não são tão perigosas.

— Aquela tinha uma cabeça humana!

— Provavelmente encontrou um cadáver — Kelsier explicou. — Nunca ouvi falar de um espectro das brumas que tenha atacado um adulto saudável. É provavelmente por isso que todo mundo os deixa em paz. E, é claro, a alta nobreza encontrou seu próprio uso para essas criaturas.

Vin olhou para ele, intrigada, mas ele não disse mais nada, levantando-se e descendo a colina. Ela deu mais uma olhada na monstruosa criatura e se levantou, seguindo Kelsier.

— Você me trouxe aqui para ver isso? — perguntou.

Kelsier começou a rir.

— Espectros das brumas podem parecer misteriosos, mas dificilmente mereceriam uma viagem tão longa. Não, estamos indo para lá.

Ela seguiu o gesto dele e pôde perceber uma mudança na paisagem em frente.

— A estrada imperial? Andamos em círculo até a entrada da cidade.

Kelsier assentiu. Depois de uma curta caminhada — durante a qual Vin olhou para trás não menos do que três vezes para se assegurar de que o espectro das brumas não os estava seguindo — eles deixaram os arbustos para trás e entraram na terra lisa e compacta da estrada imperial. Kelsier se deteve, perscrutando a estrada em ambas as direções. Vin franziu o cenho, perguntando-se o que ele estava fazendo.

Então ela viu a carruagem estacionada do outro lado da estrada. Vin pôde ver que um homem aguardava ao lado do veículo.

— Oi, Sazed — disse Kelsier, avançando.

O homem fez uma reverência.

— Mestre Kelsier — respondeu, sua voz suave soou com força no ar noturno. Tinha um tom agudo e falava com um sotaque quase melódico. — Quase pensei que tinha decidido não vir.

— Você me conhece, Saze — disse Kelsier, dando um tapinha jovial no ombro do homem. — Sou um exemplo de pontualidade. — Virou-se e apontou com a mão para Vin. — Essa criaturinha apreensiva é Vin.

— Ah, sim — disse Sazed, falando de um jeito lento e bem pronunciado. Havia algo estranho no sotaque dele.

Vin se aproximou com cautela, estudando o homem. Sazed tinha um rosto comprido e achatado e um corpo esbelto. Era mais alto até que Kelsier, alto o bastante para ser um pouco anormal, e seus braços eram longos de uma forma inusitada.

— Você é um terrisano — concluiu Vin. Os lóbulos de suas orelhas eram alongados, e as orelhas em si continham *piercings* fincados por todo o perímetro. Ele usava as vestes coloridas e luxuosas de um mordomo de Terris: as roupas eram bordadas, com sobreposições em forma de V, alternando as três cores da casa de seu amo.

— Sim, criança — confirmou Sazed, inclinando a cabeça. — Já conheceu muitos do meu povo?

— Nenhum — respondeu Vin. — Mas sei que a alta nobreza prefere mordomos e criados terrisanos.

— É verdade, criança — Sazed concordou. Voltou-se para Kelsier. — Devemos ir, mestre Kelsier. É tarde, e ainda temos uma hora até Fellise.

Fellise, Vin pensou. *Então vamos ver o impostor que se passa por Lorde Renoux.*

Sazed abriu a porta da carruagem para eles e a fechou assim que subiram. Vin se acomodou em um dos assentos estofados enquanto ouvia Sazed subir no alto do veículo e colocar os cavalos em movimento.

KELSIER PERMANECEU EM SILÊNCIO NA carruagem. As cortinas da janela estavam fechadas, para proteger das brumas, e uma pequena lanterna, meio oculta, estava pendurada no canto. Vin se sentou bem diante dele — as pernas encolhidas sob o corpo, a capa a envolvendo, escondendo braços e pernas.

Ela sempre faz isso, Kelsier pensou. *Onde quer que esteja, tenta parecer o menor possível, ficar o mais imperceptível possível. Tão tensa*. Vin não se sentava, se acocorava. Não caminhava, rondava. Mesmo quando estava sentada em campo aberto, parecia tentar se esconder.

É corajosa, no entanto, Kelsier pensou. Durante seu próprio treinamento, ele não estava tão disposto a se jogar da muralha da cidade — o velho Gemmel fora obrigado a empurrá-lo.

Vin o observava com seus olhos escuros e serenos. Quando percebeu a atenção dele, desviou o olhar, escondendo-se um pouco mais em sua capa. Inesperadamente, no entanto, ela falou:

— Seu irmão — ela disse, com uma voz que era quase um sussurro. — Vocês dois não se dão muito bem.

Kelsier ergueu uma sobrancelha.

— Não. Nunca nos demos, na verdade. É uma pena. Devíamos, mas... não conseguimos.

— Ele é mais velho do que você?

Kelsier assentiu.

— Ele batia em você com muita frequência? — perguntou Vin.

Kelsier franziu o cenho.

— Bater em mim? Não, ele nunca fez isso.

— Você o impedia, então? — questionou Vin. — Talvez seja por isso que ele não gosta de você. Como escapava? Você corria, ou era mais forte do que ele?

— Vin, Marsh nunca *tentou* me bater. Discutimos, é verdade, mas nunca quisemos machucar um ao outro.

Vin não o contradisse, mas ele pôde ver em seus olhos que ela não acreditava nele.

Que vida, Kelsier pensou, ficando em silêncio. Havia tantas crianças como Vin no submundo. Embora a maioria morresse antes de alcançar a idade dela. Kelsier tinha tido sorte: sua mãe fora a engenhosa amante de um alto nobre, uma mulher esperta, que conseguira esconder de seu senhor o fato de ser skaa. Kelsier e Marsh haviam crescido com privilégios — considerados ilegítimos, sim, mas ainda assim nobres — até que o pai deles finalmente descobriu a verdade.

— Por que está me ensinando essas coisas? — perguntou Vin, interrompendo os pensamentos dele. — Sobre Alomancia, quero dizer.

Kelsier franziu o cenho.

— Prometi que o faria.

— Agora que conheço seus segredos, o que me impede de fugir de você?

— Nada — Kelsier respondeu.

Mais uma vez, seu olhar desconfiado lhe indicava que ela não acreditava na resposta.

— Há metais sobre os quais você não me falou. No nosso encontro, no primeiro dia, você disse que eram dez.

Kelsier assentiu, inclinando-se para a frente.

— E são. Mas não deixei de fora os últimos dois porque quero ocultar coisas de você. Eles só são... difíceis de se acostumar. Será mais fácil se praticar com os metais básicos primeiro. Mas se quiser saber sobre os últimos dois, posso ensiná-la assim que chegarmos em Fellise.

Os olhos de Vin se estreitaram.

Kelsier revirou os olhos.

— Não estou tentando enganá-la, Vin. As pessoas servem na minha gangue porque querem, e sou eficaz porque elas podem confiar umas nas outras. Não há desconfianças nem traições.

— Exceto uma — sussurrou Vin. — A que te enviou para os Fossos.

Kelsier paralisou.

— Onde ouviu isso?

Vin deu de ombros.

Kelsier suspirou, esfregando a testa com a mão. Não era o que queria fazer — queria coçar suas cicatrizes, aquelas que corriam ao longo de seus dedos e mãos e se enroscavam em seus braços na direção dos ombros. Mas resistiu à vontade.

— Isso não é algo sobre o que valha a pena falar — disse.

— Mas houve um traidor — insistiu Vin.

— Não sabemos com certeza. — Aquilo soou vago, mesmo para ele. — Além disso, minhas gangues se baseiam na confiança. Isso significa que não há coerção. Eu vou lhe mostrar os últimos dois metais, e então você pode seguir seu caminho.

— Não tenho dinheiro suficiente para sobreviver por conta própria — disse Vin.

Kelsier remexeu em sua capa e pegou uma bolsa de moedas. Jogou-a no assento, ao lado de Vin.

— Três mil boxes. O dinheiro que peguei de Camon.

Vin olhou para a bolsa com desconfiança.

— Pegue — Kelsier falou. — Foi você quem o mereceu. Pelo que entendi, sua Alomancia está por trás da maior parte do sucesso recente de Camon, e foi você quem se arriscou *empurrando* as emoções de um obrigador.

Vin não se moveu.

Muito bem, Kelsier pensou, levantando a mão e batendo no teto com os nós dos dedos para chamar o cocheiro. A carruagem parou, e Sazed logo apareceu na janela.

— Dê a volta, por favor, Saze — disse Kelsier. — Leve-nos de volta a Luthadel.

— Sim, mestre Kelsier.

Segundos depois, a carruagem estava seguindo na direção da qual viera. Vin observou Kelsier em silêncio, mas parecia um pouco menos segura de si. Olhou para a bolsa de moedas.

— Estou falando sério, Vin — insistiu Kelsier. — Não posso ter alguém no meu time que não queira trabalhar comigo. Levar você de volta não é um castigo, é como as coisas devem ser.

Vin não respondeu. Deixá-la ir seria uma aposta — mas forçá-la a ficar seria uma ainda maior. Kelsier se sentou, tentando decifrá-la, tentando entendê-la. Ela os entregaria ao Império Final se partisse? Ele achava que não. Não era uma má pessoa.

Simplesmente acreditava que todos os demais eram.

— Acho que seu plano é uma loucura — ela disse em voz baixa.

— Assim como metade do pessoal da gangue.

— Você não pode derrotar o Império Final.

— Não precisaremos fazer isso — disse Kelsier. — Só temos que conseguir um exército para Yeden e tomar o palácio.

— O Senhor Soberano vai impedi-lo — assegurou Vin. — Não pode derrotá-lo, ele é imortal.

— Temos o Décimo Primeiro Metal — lembrou Kelsier. — Descobriremos um jeito de matá-lo.

— O Ministério é muito poderoso. Vão descobrir o seu exército e destruí-lo.

Kelsier se inclinou, olhando Vin nos olhos.

— Confiou em mim o bastante para pular do alto da muralha, e eu peguei você. Vai ter que confiar em mim desta vez também.

Ela obviamente não gostava muito da palavra "confiar". Ela o estudou sob a fraca luz da lanterna, permanecendo quieta tempo suficiente para que o silêncio se tornasse desconfortável.

Finalmente agarrou a bolsa de moedas e a escondeu rapidamente sob sua capa.

— Eu vou ficar — disse. — Mas não porque confio em você.

Kelsier ergueu uma sobrancelha.

— Por que, então?

Vin deu de ombros e pareceu perfeitamente honesta quando falou:

— Porque quero ver no que isso vai dar.

TER UMA FORTALEZA EM LUTHADEL qualificava uma casa a um *status* na alta nobreza. Contudo, ter uma fortaleza não significava que se deveria viver nela, ao menos não em tempo integral. Muitas famílias mantinham uma residência em uma das cidades da periferia de Luthadel.

Menos povoada, mais limpa e menos estrita no cumprimento das leis imperiais, Fellise era uma cidade rica. Em vez das impressionantes fortalezas reforçadas, era repleta de mansões luxuosas e casas de campo. Havia até mesmo algumas árvores enfileiradas em algumas ruas; a maioria era choupo, cujas cascas esbranquiçadas eram, de alguma forma, resistentes à descoloração das cinzas.

Vin observou a cidade coberta pela bruma através de sua janela, a lanterna da carruagem fora apagada a pedido seu. Queimando estanho, conseguiu estudar as ruas nitidamente organizadas e bem cuidadas. Era uma área de Fellise que raramente se via; apesar da opulência da cidade, os cortiços eram notavelmente similares aos de qualquer outra cidade.

Kelsier observava a cidade através de sua janela, franzindo o cenho.

— Você desaprova o desperdício — adivinhou Vin, sussurrando. O som alcançou os ouvidos ampliados de Kelsier. — Vê a riqueza da cidade e pensa nos skaas que trabalharam para criá-la.

— Em parte, sim — disse Kelsier, sua própria voz era menos que um sussurro. — Há mais, no entanto. Considerando-se a quantidade de dinheiro gasto, a cidade deveria ser linda.

Vin inclinou a cabeça.

— E é.

Kelsier negou.

— As casas ainda estão manchadas de preto. O solo ainda é estéril e sem vida. As árvores ainda dão folhas marrons.

— É claro que são marrons. De que cor deveriam ser?

— Verdes — respondeu Kelsier. — Tudo deveria ser verde.

Verde?, Vin pensou. *Que ideia estranha*. Tentou imaginar árvores com folhas verdes, mas a imagem lhe pareceu estúpida. Kelsier certamente tinha suas peculiaridades — embora qualquer um que tivesse passado tanto tempo nos Fossos de Hathsin tinha que acabar sendo um pouco estranho.

Ele se virou na direção dela.

— Antes que eu me esqueça, há mais algumas coisas que você deveria saber sobre Alomancia.

Vin assentiu.

— Primeiro — começou Kelsier —, lembre-se de queimar todos os metais que estão dentro de você e que você não usou até o fim da noite. Alguns dos metais que usamos podem ser venenosos se digeridos; é melhor não dormir com eles no estômago.

— Certo — Vin falou.

— Além disso — prosseguiu ele —, nunca tente queimar um metal que não seja um dos dez. Já avisei que metais e ligas impuras podem fazê-la se sentir mal. Bem, tentar queimar um metal que não seja alomanticamente saudável pode ser letal.

Vin assentiu solenemente. *Bom saber*, pensou.

— Ah — falou Kelsier, voltando-se novamente para a janela. — Aqui estamos: a recém-adquirida Mansão Renoux. Talvez seja melhor tirar a capa: as pessoas aqui são leais a nós, mas é sempre bom ter cuidado.

Vin concordou completamente. Tirou a capa, deixando que Kelsier a guardasse em sua bolsa. Então espiou pela janela da carruagem, espreitando através das brumas a mansão que se aproximava. O terreno tinha um muro baixo de pedra e um portão de ferro, e uma dupla de guardas abriu caminho assim que Sazed se identificou.

A estrada do lado de dentro era margeada por choupos e, no alto da colina à frente, Vin pôde ver uma grande mansão, com uma luz fantasmagórica emanando de suas janelas.

Sazed parou a carruagem diante da mansão, estendeu as rédeas para um criado e desceu.

— Bem-vinda à Mansão Renoux, senhora Vin — ele disse, abrindo a porta e fazendo um gesto para ajudá-la a descer.

Vin olhou para a mão dele, mas não a pegou. Em vez disso, desceu por conta própria. O terrisano não pareceu ofendido por sua recusa.

Os degraus até a mansão eram iluminados por uma fileira dupla de postes com lanternas. Enquanto Kelsier descia da carruagem, Vin pôde ver um grupo de homens reunidos no alto da escadaria de mármore branco. Kelsier subiu os degraus em ritmo acelerado; Vin o seguiu, percebendo que o chão estava limpo. Devia ser esfregado com frequência para impedir que as cinzas o manchassem. Será que os skaas que trabalhavam no edifício sabiam que o amo deles era um impostor? Como o "benevolente" plano de Kelsier para derrubar o Império Final ajudaria as pessoas comuns que limpavam aqueles degraus?

Magro e velho, "Lorde Renoux" vestia um rico traje e usava óculos aristocráticos. Um bigode ralo e cinza tingia seu lábio, e — apesar de sua idade — não usava bengala para se apoiar. Ele fez uma mesura respeitosa para Kelsier, mas manteve um ar digno. Vin foi subitamente atingida por um fato óbvio: *Este homem sabe o que está fazendo.*

Camon tinha habilidade para se fazer passar por um nobre, mas sua vaidade sempre parecera um pouco infantil para Vin. Ainda que houvesse nobres como Camon, os mais impressionantes eram como esse Lorde Renoux: calmos e confiantes. Homens cuja nobreza estava em seu porte, não em sua capacidade de falar com desdém com quem estivesse ao seu redor. Vin teve que se controlar para não se encolher quando os olhos do impostor pousaram nela — ele parecia muito com um nobre, e ela fora treinada para, instintivamente, evitar a atenção deles.

— A mansão parece estar muito melhor — disse Kelsier, apertando a mão de Renoux.

— Sim, estou impressionado com o progresso — respondeu Renoux. — Minhas equipes de limpeza são bem eficientes... dê-nos um pouco mais de tempo e a mansão ficará tão grandiosa que não hesitarei em hospedar o próprio Senhor Soberano.

Kelsier começou a rir.

— *Essa* sim seria uma festa estranha. — Deu um passo para trás, apontando para Vin. — Esta é a jovem dama sobre a qual lhe falei.

Renoux a estudou, e Vin afastou o olhar. Não gostava quando as pessoas olhavam assim para ela — isso a fazia se perguntar como iam testá-la e usá-la.

— Vamos ter que falar mais sobre isso, Kelsier — disse Renoux, acenando com a cabeça na direção da entrada da mansão. — Já é tarde, mas...

Kelsier entrou no edifício.

— Tarde? Ah, ainda não é nem meia-noite. Peça para seu pessoal preparar algo para comermos. Lady Vin e eu perdemos o jantar.

Perder uma refeição não era novidade para Vin. Contudo, Renoux imediatamente acenou para alguns criados, que se puseram em movimento. Renoux entrou no edifício, e Vin o seguiu. Mas parou na entrada, com Sazed esperando pacientemente atrás dela.

Kelsier se virou quando percebeu que ela não os acompanhava.

— Vin?

— É tão... limpo — Vin comentou, incapaz de pensar em outra descrição. Em seus golpes, ela tinha visto ocasionalmente algumas casas de nobres. Mas esses trabalhos aconteciam à noite, na escuridão. Não estava preparada para a visão bem iluminada que tinha diante de si.

O chão de mármore branco da Mansão Renoux parecia brilhar, refletindo a luz de uma dúzia de lanternas. Tudo era... novo. As paredes eram brancas, exceto as que estavam pintadas com os tradicionais murais de animais. Um reluzente candelabro cintilava sobre uma escadaria dupla e os outros objetos de decoração da sala — esculturas de cristal, conjuntos de vasos com ramalhetes de choupo — resplandeciam, livres de fuligem, de sujeira ou de marcas de dedos.

Kelsier começou a rir.

— Bem, a reação dela corresponde muito bem aos seus esforços — disse a Lorde Renoux.

Vin permitiu que a levassem para dentro do edifício. Eles viraram à direita, entrando em um aposento cujas paredes brancas contrastavam levemente com os móveis e cortinas marrons.

— Talvez a dama queira se refrescar aqui por um momento — disse Renoux para Kelsier. — Há alguns assuntos de natureza... delicada que gostaria de discutir com você.

Kelsier deu de ombros.

— Por mim, tudo bem — disse, seguindo Renoux na direção da outra porta. — Sazed, por que não faz companhia para Vin enquanto Lorde Renoux e eu conversamos?

— É claro, mestre Kelsier.

Kelsier sorriu, olhando para Vin, e ela soube, de algum modo, que ele estava deixando Sazed para trás para impedir que ela escutasse atrás da porta.

Lançou um olhar aborrecido para os homens que partiam. *O que era mesmo que você estava dizendo sobre "confiança", Kelsier?* Ela estava ainda mais aborrecida consigo mesma por ser excluída. Por que deveria se importar se Kelsier a excluía? Ela tinha passado a vida toda sendo ignorada e rejeitada. Nunca se importara antes que outros líderes de gangue a deixassem de fora de suas reuniões de planejamento.

Vin sentou-se em uma das cadeiras marrons rigidamente estofadas, encolhendo os pés sob o corpo. Sabia qual era o problema. Kelsier vinha mostrando muito respeito para com ela, fazendo-a se sentir muito importante. Estava começando a pensar que *merecia* fazer parte de suas confidências secretas. A risada de Reen, no fundo de sua mente, descreditava esses pensamentos, e ela ficou ali sentada, aborrecida consigo mesma e com Kelsier, sentindo-se envergonhada, mas sem saber exatamente o motivo.

Os criados de Renoux lhe trouxeram uma bandeja de frutas e pães. Colocaram uma pequena mesa ao lado de sua cadeira e lhe deram uma taça de cristal cheia de um brilhante líquido vermelho. Ela não sabia dizer se era vinho ou suco, e não tinha a intenção de descobrir. Mas pegou a comida — seus instintos não deixariam passar uma refeição grátis, mesmo que preparada por mãos desconhecidas.

Sazed se aproximou e se posicionou atrás de sua cadeira, à direita. Ele esperou com uma postura rígida, com as mãos cruzadas diante do corpo e olhar fixo. A pose obviamente pretendia ser respeitosa, mas sua postura intimidadora não ajudou seu estado de espírito em nada.

Vin tentou focar no seu entorno, mas isso só a fez lembrar o quão rico era o mobiliário. Ela se sentia desconfortável em meio a tanta elegância; sentia como se fosse uma mancha negra em uma almofada limpa. Não comeu os pães por medo de derrubar as migalhas no chão e ficou preocupada que seus pés e pernas — que se mancharam de cinzas enquanto caminhava pelo campo — sujassem os móveis.

Toda essa limpeza vem à custa de algum skaa, Vin pensou. *Por que eu devia me preocupar em estragá-la?* No entanto, não conseguia se sentir indignada, pois sabia que aquilo era apenas uma fachada. "Lorde Renoux" tinha que manter um certo nível de elegância. De outro modo, levantaria suspeitas.

Além disso, algo mais a impedia de se indignar com o desperdício. Os criados eram felizes. Cumpriam seus deveres com profissionalismo eficiente, sem nenhuma sensação de tédio em suas tarefas. Ela ouviu risadas no corredor externo. Esses não eram skaas maltratados; se tinham ou não sido incluídos nos planos de Kelsier era irrelevante.

Vin ficou sentada e se obrigou a comer as frutas, bocejando de vez em quando. Estava sendo uma longa noite, no final das contas. Enfim, os criados a deixaram sozinha, embora Sazed continuasse parado atrás dela.

Não posso comer assim, finalmente pensou, frustrada.

— Poderia não ficar parado desse jeito atrás de mim?

Sazed assentiu. Deu dois passos para a frente, para se posicionar ao lado de sua cadeira, em vez de atrás. Adotou a mesma postura rígida, assomando-se sobre ela, exatamente como fizera antes.

Vin franziu o cenho, aborrecida, então notou o sorriso nos lábios de Sazed. Ele olhou para ela, seus olhos brilharam com a brincadeira, e foi se sentar na cadeira ao lado da dela.

— Nunca conheci um terrisano com senso de humor — disse Vin em um tom seco.

Sazed ergueu uma sobrancelha.

— Tinha a impressão de que você não conhecia terrisano algum, senhora Vin.

— Bem, pelo menos nunca *ouvi* falar de um com senso de humor. Acredita-se que vocês sejam completamente rígidos e formais.

— Só somos sutis, senhora — comentou Sazed.

Ainda que estivesse sentado com uma postura rígida, havia algo... relaxado nele. Era como se se sentisse tão confortável sentado adequadamente quanto as pessoas ficam quando estão descansando.

É assim que se espera que sejam. Os criados perfeitos, completamente leais ao Império Final.

— Algo a está preocupando, senhora Vin? — perguntou Sazed, enquanto ela o observava.

O quanto ele sabe? Talvez nem mesmo imagine que Renoux é um impostor.

— Estava só me perguntando como você... chegou aqui — disse finalmente.

— Você quer dizer, como um mordomo terrisano acabou fazendo parte de uma rebelião que pretende derrubar o Império Final? — perguntou Sazed em seu tom de voz suave.

Vin corou. Aparentemente, ele estava muito bem-informado.

— Essa é uma pergunta intrigante, senhora — prosseguiu Sazed. — Certamente, minha situação não é comum. Diria que cheguei aqui por causa da fé.

— Da fé?

— Sim — Sazed confirmou. — Diga-me, senhora. Em que acredita?

Vin franziu o cenho.

— Que tipo de pergunta é essa?

— Do tipo mais importante, creio.

Vin não disse nada por um momento, mas ele obviamente esperava por uma resposta, então ela finalmente deu de ombros.

— Não sei.

— As pessoas frequentemente dizem isso — Sazed disse. — Mas descobri que raramente é verdade. Você acredita no Império Final?

— Acredito que seja forte — Vin falou.

— Imortal?

Vin deu de ombros.

— Tem sido até agora.

— E no Senhor Soberano? É o Avatar Ascendente de Deus? Acredita que, como o Ministério ensina, ele é o Fragmento do Infinito?

— Eu... nunca pensei sobre isso antes.

— Talvez devesse — Sazed afirmou. — Se, após a sua avaliação, descobrir que os ensinamentos do Ministério não servem para você, então eu ficaria encantado em lhe oferecer uma alternativa.

— Que alternativa?

— Isso depende. A crença certa é como uma boa capa, penso eu. Se lhe servir bem, a manterá aquecida e segura. Se lhe cair mal, no entanto, pode sufocar.

Vin franziu o cenho levemente ao ouvi-lo, mas Sazed apenas sorriu. Enfim, ela voltou a atenção para sua refeição. Depois de uma pequena espera, a porta lateral se abriu, e Kelsier e Renoux retornaram.

— Agora — Renoux disse, enquanto ele e Kelsier se sentavam e um grupo de criados trazia outra travessa de comida para Kelsier —, vamos discutir sobre essa criança. O homem que você ia trazer para interpretar meu herdeiro não virá, é isso?

— Infelizmente — disse Kelsier, atacando a comida.

— Isso complica enormemente as coisas — disse Renoux.

Kelsier deu de ombros.

— Faremos com que Vin seja sua herdeira.

Renoux negou com a cabeça.

— Uma garota da idade dela *poderia* herdar, mas seria suspeito que eu a escolhesse. Há vários primos legítimos na linhagem de Renoux que seriam escolhas muito mais adequadas. Já seria difícil o bastante fazer um homem de meia-idade passar pelo escrutínio da corte. Uma garota... não, muitas pessoas investigariam o passado dela. As linhagens familiares que forjamos sobreviverão a um escrutínio superficial, mas se alguém enviar mensageiros para investigar as posses dela...

Kelsier franziu o cenho.

— Além disso — acrescentou Renoux —, há outra questão. Se eu nomeasse uma jovem solteira como minha herdeira, ela instantaneamente se tornaria a mão mais cobiçada de Luthadel. Seria muito difícil para ela espionar se recebesse tanta atenção.

Vin corou com a ideia. Surpreendentemente, descobriu que ficava mais abatida conforme o velho impostor falava. *Essa é a única parte do plano que Kelsier designou a mim. Se não puder fazer isso, qual será minha utilidade para a gangue?*

— Então, o que sugere? — perguntou Kelsier.

— Bem, ela não *precisa* ser minha herdeira — disse Renoux. — E se, em vez disso, ela for simplesmente uma jovem parente que trouxe comigo para Luthadel? Eu posso ter prometido aos pais dela, primos distantes, mas favorecidos, que introduziria a filha deles na corte. Todos presumiriam que meu motivo oculto é casá-la com uma família da alta nobreza, conseguindo, assim, outra conexão com os que estão no poder. No entanto, ela não chamaria tanta atenção... seria de posição inferior, um pouco rural.

— O que explicaria por que é um pouco menos refinada do que outros membros da corte — comentou Kelsier. — Sem ofensas, Vin.

Vin levantou a cabeça enquanto tentava esconder um pedaço de pão enrolado em um guardanapo no bolso da camisa.

— Por que me ofenderia?

Kelsier sorriu.

— Deixa pra lá.

Renoux assentiu para si mesmo.

— Sim, isso funcionaria muito melhor. Todo mundo acha que a Casa Renoux vai, em algum momento, se juntar à alta nobreza, então aceitarão Vin em seus eventos por cortesia. Contudo, ela, em si, será sem importância o bastante para que a maior parte das pessoas a ignore. Essa é a situação ideal para o que queremos que ela faça.

— Gosto disso — concordou Kelsier. — Poucas pessoas esperam que um homem da sua idade e com suas preocupações comerciais se ocupe em ir a bailes e festas, mas enviar uma jovem *socialite*, em vez de um bilhete de rejeição, será vantajoso para sua reputação.

— De fato — disse Renoux. — Ela precisará de algum refinamento, no entanto. E não só na aparência.

Vin se agitou um pouco diante do escrutínio deles. Parecia que a participação dela no plano seguiria em frente, e ela repentinamente percebeu o que isso significava. Estar perto de Renoux a deixava desconfortável — e ele era um *falso* nobre. Como reagiria a uma sala inteira cheia de nobres de verdade?

— Temo que terei que tomar Sazed emprestado de vocês por um tempo — Kelsier disse.

— Tudo bem — Renoux disse. — Na verdade ele não é meu mordomo, mas seu.

— Na verdade — retrucou Kelsier —, não acho que ele seja mordomo de *mais ninguém*, certo, Sazed?

Sazed inclinou a cabeça.

— Um terrisano sem um amo é como um soldado sem armas, mestre Kelsier. Tenho apreciado o tempo que estou servindo Lorde Renoux e tenho certeza de que apreciarei retornar aos seus serviços.

— Ah, mas você não vai estar a meu serviço — disse Kelsier.

Sazed levantou uma sobrancelha com desconfiança.

Kelsier acenou com a cabeça na direção de Vin.

— Renoux está certo, Sazed. Vin precisa de algum treinamento, e conheço vários altos nobres menos refinados do que você. Acha que pode ajudar a garota a se preparar?

— Tenho certeza de que posso oferecer alguma ajuda à jovem dama — disse Sazed.

— Ótimo — Kelsier falou, colocando o último bolo na boca e se levantando. — Estou feliz que isso esteja acertado, porque estou começando a me sentir cansado. E a pobre Vin parece estar prestes a dormir em cima da sua travessa de frutas.

— Estou bem — Vin disse imediatamente, mas a afirmação foi levemente enfraquecida por um bocejo sufocado.

— Sazed — Renoux disse —, você mostraria a eles os quartos de hóspedes apropriados?

— É claro, mestre Renoux — Sazed respondeu, levantando-se de seu assento com um movimento rápido.

Vin e Kelsier seguiram o terrisano alto enquanto um grupo de criados retirava os restos da refeição. *Deixei comida para trás*, Vin notou, sentindo-se um pouco sonolenta. Não tinha certeza do que pensar a respeito disso.

Quando chegaram ao topo da escada e entraram em um corredor lateral, Kelsier se aproximou de Vin.

— Sinto tê-la excluído naquela hora, Vin.

Ela deu de ombros.

— Não há razão para que eu saiba de todos os seus planos.

— Besteira — Kelsier disse. — Sua decisão esta noite a faz tão parte do grupo quanto qualquer outro. A conversa particular que tive com Renoux, no entanto, era de natureza pessoal. Ele é um ator maravilhoso, mas se sente muito desconfortável que as pessoas saibam dos detalhes de como tomou o lugar de Renoux. Eu garanto a você que nada do que discutimos tem alguma coisa a ver com a sua parte do plano.

Vin continuou a caminhar.

— Eu... acredito em você.

— Ótimo — respondeu Kelsier, com um sorriso, dando um tapinha no ombro dela. — Sazed, conheço o caminho até os aposentos dos hóspedes masculinos. Afinal, fui eu quem comprou este lugar. Posso ir sozinho até lá.

— Está bem, mestre Kelsier — disse Sazed com um aceno respeitoso.

Kelsier lançou um sorriso para Vin e seguiu corredor abaixo, com seu característico passo apressado.

Vin o viu partir e seguiu Sazed por um corredor diferente, pensando em seu treinamento alomântico, em sua discussão com Kelsier na carruagem e, finalmente, no que Kelsier dissera alguns momentos atrás. Os três mil boxes — uma fortuna em moedas — eram um peso estranho em seu cinto.

Finalmente, Sazed abriu uma porta para ela, adiantando-se para acender as lanternas.

— Os lençóis estão limpos. Enviarei criadas para preparar seu banho pela manhã. — Ele se virou, entregando a vela para ela. — Precisa de mais alguma coisa?

Vin negou com a cabeça. Sazed sorriu, desejou-lhe boa-noite e foi embora pelo corredor. Vin ficou parada por um momento, estudando o quarto. Então se voltou para o corredor, olhando mais uma vez na direção que Kelsier seguira.

— Sazed? — chamou, espreitando pelo corredor.

O mordomo parou, virando-se.

— Pois não, senhora Vin?

— Kelsier — disse Vin em voz baixa. — É um bom homem, não é?

Sazed sorriu.

— Um homem muito bom, senhora. Um dos melhores que conheço.

Vin assentiu levemente.

— Um bom homem... — disse. — Não acho que já tenha conhecido um desses antes.

Sazed sorriu, curvou a cabeça respeitosamente e partiu.

Vin deixou que a porta se fechasse.

FIM DA PRIMEIRA PARTE

SEGUNDA PARTE

REBELDES SOB UM CÉU DE CINZAS

No fundo, me preocupa que minha arrogância destrua a todos nós.

9

VIN *EMPURROU* CONTRA A MOEDA e se lançou na bruma. Ela saiu voando, afastando-se da terra e das pedras, elevando-se através das escuras correntes do céu, o vento agitando sua capa.

Isso é liberdade, pensou, respirando profundamente o ar frio e úmido. Ela fechou os olhos, sentindo o vento que passava por si. *É disso que sempre senti falta, ainda que não soubesse*.

Abriu os olhos e começou a descer. Esperou até o último momento e jogou uma moeda. Quando a moeda acertou o chão de paralelepípedos, Vin *empurrou* contra ela levemente, reduzindo a velocidade de sua descida. Queimou peltre com um lampejo e alcançou o chão, disparando pelas tranquilas ruas de Fellise. O ar do final do outono era frio, mas os invernos em geral eram suaves no Domínio Central. Não caía um floco de neve há alguns anos.

Ela atirou uma moeda para trás e a usou para se *empurrar* levemente para cima e para a direita. Aterrissou em um muro baixo de pedras, quase sem perder o passo enquanto corria ao longo do topo do muro. Queimar peltre melhorava mais do que seus músculos: melhorava todas as habilidades físicas de seu corpo. Mantendo a queima do peltre baixa, ela tinha uma sensação de equilíbrio que qualquer arrombador noturno teria invejado.

O muro virava para o norte, Vin parou na esquina. Ela se agachou, com os pés descalços e os dedos sensíveis agarrando a pedra fria. Com seu cobre aceso para esconder sua Alomancia, ela inflamou o estanho para reforçar seus sentidos.

Quietude. Os choupos formavam fileiras imateriais na bruma, como magros skaas em linhas de montagem. As casas de campo se erguiam à distância — cada uma delas murada, cuidada e bem guardada. Havia muito menos pontos de luz naquela cidade do que em Luthadel. Muitas das casas eram apenas residências de temporada, e os donos estavam fora, visitando algum outro canto do Império Final.

De repente, linhas azuis apareceram diante dela — uma das pontas de cada uma delas indicando seu peito e a outra desaparecendo na bruma. Vin imediatamente saltou para o lado, esquivando-se de duas moedas disparadas no ar da noite, deixando um rastro na bruma. Ela avivou o peltre e aterrissou na rua de paralelepípedos ao lado do muro. Seus ouvidos melhorados pelo estanho captaram o som de algo raspando; então uma forma escura disparou no céu, algumas poucas linhas azuis apontavam para sua bolsa de moedas.

Vin derrubou uma moeda e se lançou no ar, atrás de seu oponente. Eles subiram por um momento, voando sobre o terreno de algum nobre que não suspeitava de nada. De repente, o oponente de Vin mudou de rumo no ar, virando-se na direção da mansão. Vin o seguiu, jogando a moeda para trás e em vez disso, queimando ferro e *puxando* um dos trincos de uma das janelas da mansão.

Seu oponente chegou primeiro, e ela ouviu um ruído surdo enquanto ele corria pela lateral do edifício. Sumiu um segundo depois.

Uma luz brilhou, e uma expressão confusa apareceu na janela quando Vin girou no ar e aterrissou com os pés contra a parede da mansão. Ela imediatamente *empurrou* a superfície vertical, desviando-se levemente e *empurrando* a trava da mesma janela. Os vidros racharam, e ela disparou pela noite antes que a gravidade a reivindicasse.

Vin voou pela bruma, forçando a vista para seguir sua presa. Ele jogou duas moedas nela, mas ela as *empurrou* para longe com desdém. Uma fraca linha azul caiu no chão — uma moeda jogada — e seu oponente moveu-se lateralmente mais uma vez.

Vin jogou sua própria moeda e a *empurrou*. Mas a moeda foi *empurrada* na direção contrária à da terra — resultado de um *empurrão* de seu oponente. O movimento súbito mudou a trajetória do salto de Vin, arremessando-a para o lado. Ela praguejou e lançou outra moeda para o lado, usando-a para se *empurrar* e voltar à sua rota. Mas, então, havia perdido sua presa.

Certo, ela pensou, atingindo o chão macio bem atrás da muralha. Pegou algumas moedas na mão e jogou a bolsa quase cheia no ar, dando um forte *empurrão* na direção em que vira sua presa desaparecer. A bolsa sumiu nas brumas, traçando uma leve linha alomântica azul.

De repente, um punhado de moedas disparou dos arbustos à sua frente, correndo na direção da bolsa dela. Vin sorriu. Seu oponente havia presumido que a bolsa voadora era ela. Estava muito longe para ele ver as moedas que ela tinha na mão, assim como ele estava longe demais para ela ver as moedas que carregava.

Uma figura escura saltou de trás dos arbustos, pulando sobre o muro de pedra. Vin esperou em silêncio, enquanto a figura corria pelo muro e passava para o outro lado.

Vin se lançou no ar, então jogou seu punhado de moedas sobre a figura abaixo. Ele imediatamente *empurrou*, mandando as moedas para longe — mas elas eram apenas uma distração. Vin aterrissou diante dele, com duas facas de cristal zunindo fora da bainha. Ela atacou, cortante, mas seu oponente saltou para trás.

Algo está errado. Vin se abaixou e se jogou para o lado enquanto um punhado de moedas cintilantes — as moedas dela, aquelas que seu oponente havia *empurrado* para longe — caíam do céu nas mãos de seu adversário. Ele se virou e as atirou na direção dela.

Vin largou as adagas soltando um gemido baixo e lançando as mãos para a frente, *empurrando* as moedas. Ela imediatamente foi atirada para trás quando seu *empurrão* foi correspondido por seu oponente.

Uma das moedas saltou no ar e ficou flutuando bem no meio dos dois. As outras desapareceram nas brumas, *empurradas* para o lado pelas forças conflitantes.

Vin avivou seu aço enquanto voava e ouviu seu opositor grunhir enquanto era *empurrado* para trás também. Ele acertou o muro. Vin se chocou contra uma árvore, mas avivou o peltre e ignorou a dor. Ela usou a madeira para se apoiar e continuou *empurrando*.

A moeda estremeceu no ar, presa entre a força amplificada dos dois alomânticos. A pressão aumentou. Vin cerrou os dentes, sentindo o pequeno choupo dobrar atrás de si.

O *empurrão* de seu oponente era implacável.

Não... serei... derrotada! Vin pensou, avivando aço e peltre, grunhindo levemente enquanto aplicava toda a sua força contra a moeda.

Houve um momento de silêncio. Então Vin cambaleou para trás, e a árvore rachou, dando um estalo no ar noturno.

Vin caiu no chão, rodeada por lascas de madeira. Nem mesmo o estanho e o peltre foram suficientes para manter sua mente clara enquanto rolava pelos paralelepípedos até parar, atordoada. A figura escura se aproximou, as faixas da capa esvoaçando ao seu redor. Vin ficou em pé, cambaleando, procurando pelas facas que tinha esquecido que deixara cair.

Kelsier baixou o capuz e deu as facas para ela. Uma estava quebrada.

— Sei que é instintivo, Vin, mas não precisa colocar as mãos para a frente quando *empurra* nem precisa largar o que estiver segurando.

Vin fez uma careta na escuridão, esfregando o ombro e assentindo enquanto aceitava as adagas.

— Bom trabalho com a bolsa — elogiou Kelsier. — Você esteve a ponto de me pegar.

— Não serviu para nada — grunhiu Vin.

— Só está fazendo isso há alguns meses, Vin — disse ele, animado. — Considerando isso, seu progresso é fantástico. Mas eu recomendaria que evitasse competir no *empurrão* com pessoas mais pesadas que você. — Ele olhou a figura baixa e magra de Vin. — O que provavelmente significa evitar enfrentar quase todo mundo.

Vin suspirou, alongando-se levemente. Teria mais hematomas. *Pelo menos não serão visíveis*. Agora que os hematomas que Camon deixara em seu rosto finalmente haviam sumido, Sazed a aconselhara a ter cuidado. A maquiagem só conseguia disfarçar um pouco, e ela tinha que parecer uma jovem nobre refinada se quisesse se infiltrar na corte.

— Aqui — disse Kelsier, entregando algo para ela. — Uma lembrança.

Vin pegou o objeto — a moeda que tinha sido *empurrada* pelos dois. Estava dobrada e achatada pela pressão.

— Vejo você na mansão — disse Kelsier.

Vin assentiu, e ele desapareceu na noite. *Ele está certo,* ela pensou. *Sou pequena, peso menos e tenho um alcance menor do que qualquer um com quem provavelmente eu lute. Se atacar alguém de frente, vou perder.*

De qualquer forma, a alternativa sempre tinha sido seu método: lutar em silêncio, permanecer sem ser vista. Tinha que aprender a usar a Alomancia do mesmo jeito. Kelsier ficava dizendo que ela estava se desenvolvendo incrivelmente rápido como alomântica. Parecia acreditar que era por causa de suas lições, mas Vin sentia algo mais. As brumas... os passeios noturnos... tudo parecia *certo* para ela. Não estava preocupada em dominar a Alomancia a tempo de ajudar Kelsier contra Nascidos da Bruma inimigos.

Era o seu outro papel no plano que a preocupava.

Suspirando, Vin saltou sobre o muro para procurar por sua bolsa de moedas. Na mansão — não era a casa de Renoux, mas a de um nobre diferente —, as luzes estavam acesas e algumas pessoas circulavam. Nenhuma delas se aventurava na noite escura. Os skaas temiam os espectros das brumas; os nobres deviam ter imaginado que o alvoroço tinha sido causado por Nascidos das Brumas. Nenhuma das duas possibilidades era algo que uma pessoa em sã consciência desejaria confrontar.

Finalmente, Vin localizou sua bolsa, seguindo as linhas de aço até os galhos altos de uma árvore. *Puxou-a* levemente, fazendo-a cair em sua mão, e voltou para a rua. Kelsier provavelmente teria deixado a bolsa para trás — as duas dúzias de tostões que continha não valiam seu tempo. Contudo, durante quase toda sua vida, Vin mendigara e passara fome. Não podia simplesmente se forçar a ser perdulária. Jogar moedas para saltar já a deixava desconfortável o bastante.

Por isso usou suas moedas com moderação enquanto voltava para a mansão de Renoux e, em vez de utilizá-las, *puxou* e *empurrou* edifícios e pedaços descartados de metal. O passo meio saltado, meio corrido, de um Nascido da Bruma era natural para ela agora, que não precisava pensar muito sobre seus movimentos.

Como se sairia tentando fingir ser uma nobre? Não conseguia esconder suas apreensões, não de si mesma. Camon era bom imitando nobres por causa de sua autoconfiança, e esse era um atributo que Vin sabia que não tinha. Seu sucesso com a Alomancia só provara que seu lugar era nos cantos e nas sombras, não andando por aí usando belos vestidos em bailes da corte.

Kelsier se recusou a deixá-la desistir. Vin pousou de cócoras do lado de fora da Mansão Renoux, arfando levemente com o esforço. Olhou as luzes com uma leve sensação de desconforto.

Você vai aprender, Vin, Kelsier ficava lhe dizendo. *Você é uma alomântica talentosa, mas precisará de mais do que* empurrões *de aço para ser bem-sucedida entre a nobreza. Até que possa andar entre a sociedade com a mesma facilidade que o faz entre as brumas, estará em desvantagem.*

Soltando um suspiro silencioso, Vin ergueu-se, tirou a capa de bruma e a escondeu para buscá-la depois. Então subiu os degraus e entrou no edifício. Quando perguntou por Sazed, os criados lhe indicaram a cozinha, e ela se encaminhou para a seção separada e escondida da mansão em que ficavam os alojamentos dos criados.

Mesmo essa parte da propriedade era mantida imaculadamente limpa. Vin estava começando a entender por que Renoux era um impostor tão convincente: não permitia imperfeições. Se mantivesse sua interpretação com a metade da eficiência com que mantinha a ordem em sua mansão, então Vin duvidava que alguém jamais descobrisse o ardil.

Mas, pensou, *ele deve ter alguma falha. Na reunião que tivemos há dois meses, Kelsier disse que Renoux não passaria pelo escrutínio de um Inquisidor. Será que eles podem sentir algo de suas emoções, algo que o trairia?*

Esse era um detalhe pequeno, mas Vin não o esquecera. Apesar do que Kelsier tinha dito sobre honestidade e verdade, ele ainda tinha seus segredos. Todo mundo tinha.

Sazed estava, de fato, na cozinha. Estava em pé ao lado de uma criada de meia-idade. Ela era alta para uma mulher skaa — ainda que ficar perto de Sazed a fizesse parecer diminuta. Vin a reconheceu como membro do pessoal da casa; Cosahn era o nome dela. Vin se esforçara para memorizar os nomes de todo o pessoal, ainda que fosse só ficar atenta sobre eles.

Sazed a viu assim que ela entrou.

— Ah, senhora Vin. Voltou bem a tempo. — Fez um gesto na direção de sua acompanhante. — Esta é Cosahn.

Cosahn estudou Vin com ar profissional. Vin desejou voltar para as brumas, onde não a olhavam daquele jeito.

— É tempo suficiente, creio eu — disse Sazed.

— Provavelmente — concordou Cosahn. — Mas não posso fazer milagres, mestre Vaht.

Sazed assentiu. "Vaht" aparentemente era o título adequado para um mordomo terrisano. Sem serem completamente skaas, mas definitivamente não sendo nobres, os terrisanos ocupavam um lugar estranho na sociedade imperial.

Vin estudou os dois, desconfiada.

— Seu cabelo, senhora — disse Sazed, com um tom de voz calmo. — Cosahn vai cortá-lo para você.

— Ah — disse Vin, levando a mão à cabeça. Seu cabelo estava ficando comprido demais para seu gosto, embora, de algum modo, duvidasse que Sazed fosse deixá-la cortar como o de um menino.

Cosahn apontou para uma cadeira e Vin sentou-se, relutante. Achava enervante sentar-se docilmente enquanto alguém trabalhava com tesouras tão perto de sua cabeça, mas não tinha jeito.

Depois de alguns segundos passando as mãos pelos cabelos de Vin, repartindo-o tranquilamente, Cosahn começou a cortar.

— Que belo cabelo — disse, quase para si mesma. — Grosso, com um bonito tom de preto. É uma pena vê-lo tão malcuidado, mestre Vaht. Muitas mulheres da corte morreriam por um cabelo desses... É encorpado o suficiente para ondular, mas liso o bastante para se trabalhar com facilidade nele.

Sazed sorriu.

— Temos que nos assegurar de que receba melhores cuidados no futuro — disse.

Cosahn continuou a trabalhar, assentindo para si mesma. Pouco tempo depois, Sazed se aproximou e se sentou diante de Vin.

— Kelsier ainda não retornou, eu presumo? — perguntou Vin.

Sazed negou com a cabeça, e Vin suspirou. Kelsier não achava que ela tivesse prática o suficiente para acompanhá-lo em suas incursões noturnas, muitas das quais fazia logo após as sessões de treinamento com Vin. Durante os últimos dois meses, Kelsier fizera aparições nas propriedades de uma dúzia de casas nobres, tanto em Luthadel quanto em Fellise. Variava seu disfarce e os motivos aparentes, tentando criar um ar de confusão entre as Grandes Casas.

— O que foi? — perguntou Vin para Sazed, que lhe lançava um olhar curioso.

O terrisano inclinou a cabeça levemente, respeitoso.

— Estava me perguntando se estaria disposta a ouvir outra proposta.

Vin suspirou, revirando os olhos.

— Tudo bem. — *Como se eu pudesse fazer outra coisa além de ficar sentada aqui.*

— Acho que tenho a religião perfeita para você — Sazed disse, seu rosto normalmente estoico revelando uma centelha de ansiedade. — Chama-se Trelagismo, em homenagem ao deus Trell. Trell era venerado por um grupo conhecido como Nelazanos, um povo que vivia bem longe daqui, ao norte. Na terra deles, o ciclo do dia e da noite era muito estranho. Durante alguns meses do ano, era escuro a maior parte do dia. Durante o verão, no entanto, só ficava escuro por algumas horas. Os Nelazanos acreditavam que havia beleza na escuridão e que a luz do dia era profana. Eles viam as estrelas como os Mil Olhos de Trell que os observava. O sol era um único olho ciumento do irmão de Trell, Nalt. Como tinha um só olho, Nalt o fazia brilhar com muita intensidade, para ofuscar seu irmão. Os Nelazanos, no entanto, não se impressionavam e preferiam venerar o silencioso Trell, que os vigiava até mesmo quando Nalt obscurecia o céu.

Sazed ficou em silêncio. Vin não tinha certeza do que responder, então não disse nada.

— É realmente uma boa religião, senhora Vin — Sazed prosseguiu. — Muito gentil e mesmo assim muito poderosa. Os Nelazanos não eram um povo avançado, mas eram particularmente determinados. Eles mapearam todo o céu noturno, contando e classificando cada estrela principal. Os costumes deles combinam com você, especialmente a preferência pela noite. Posso contar mais, se desejar.

Vin negou com a cabeça.

— Está tudo bem, Sazed.

— Não é uma boa escolha, então? — perguntou Sazed, franzindo o cenho. — Ah, bem. Terei que pensar um pouco mais. Obrigado, senhora, acho que é muito paciente comigo.

— Pensar um pouco mais? — perguntou Vin. — É a quinta religião para a qual tenta me converter, Saze. Quantas mais pode haver?

— Quinhentas e sessenta e duas — Sazed respondeu. — Ou, pelo menos, esse é o número de sistemas de crença que conheço. Há, provável e infelizmente, outras que passaram por este mundo sem deixar traços para meu povo compilar.

Vin quase se engasgou.

— E você tem todas essas religiões *memorizadas*?

— Tantas quantas possível — disse Sazed. — Suas orações, crenças, mitologia. Muitas são bem parecidas... dissidências ou seitas umas das outras.

— Mesmo assim, como pode lembrar de tudo isso?

— Tenho... métodos — explicou o mordomo.

— Mas para que serve isso?

Sazed franziu o cenho.

— A resposta devia ser óbvia, creio eu. As pessoas são valiosas, senhora Vin, e, portanto, suas crenças também o são. Desde a Ascensão, há mil anos, muitas dessas fés desapareceram. O Ministério do Aço proíbe a adoração a qualquer outro que não o Senhor Soberano, e os Inquisidores vêm destruindo diligentemente centenas de religiões. Se *ninguém* se lembrar delas, então elas simplesmente desaparecerão.

— Quer dizer — disse Vin, incrédula — que está tentando me converter a religiões que estão mortas há mil anos?

Sazed assentiu.

Será que todo mundo envolvido com Kelsier é insano?

— O Império Final não durará para sempre — Sazed disse em voz baixa. — Não sei se mestre Kelsier será aquele que finalmente trará o fim, mas esse fim *virá*. E, quando vier, quando o Ministério do Aço não mais reinar, os homens desejarão retornar às crenças de seus pais. Nesse dia, eles olharão para os Guardadores, e, nesse dia, devolveremos à humanidade suas verdades esquecidas.

— Guardadores? — Vin perguntou, enquanto Cosahn começava a cortar sua franja. — Há outros como você?

— Não muitos — Sazed disse. — Mas alguns. O suficiente para transmitir as verdades à próxima geração.

Vin ficou pensativa, resistindo ao desejo de se contorcer sob as tesouras de Cosahn. A mulher certamente não tinha pressa. Quando Reen cortava o cabelo de Vin, terminava depois de umas poucas tesouradas.

— Podemos repassar suas lições enquanto esperamos, senhora Vin? — perguntou Sazed.

Vin olhou para o terrisano, e ele sorriu de leve. Sabia que a tinha cativa; não podia se esconder nem se sentar na janela, encarando a bruma. Tudo o que podia fazer era ficar sentada e ouvir.

— Tudo bem.

— Você consegue me dizer os nomes de todas as dez Grandes Casas de Luthadel, em ordem de poder?

— Venture, Hasting, Elariel, Tekiel, Lekal, Erikeller, Erikell, Haught, Urbain e Buvidas.

— Muito bem — elogiou Sazed. — E você é?

— Sou Lady Valette Renoux, prima de quarto grau de Lorde Teven Renoux, que é dono desta mansão. Meus pais, Lorde Hadren e Lady Fellette Renoux, vivem em Chakath, uma cidade no Domínio Ocidental. Sua principal exportação é a lã. Minha família se dedica ao comércio de corantes, especificamente o vermelho-cardinal, feito a partir dos caracóis comuns na região, e o amarelo-do-campo, feito de cascas de árvores. Como parte de um acordo comercial com seu primo distante, meus pais me mandaram para Luthadel, para que eu passe algum tempo na corte.

Sazed assentiu.

— E como se sente a respeito desta oportunidade?

— Estou surpresa e um pouco sobrecarregada — respondeu Vin. — As pessoas prestarão atenção em mim porque esperam conseguir favores de Lorde Renoux. Já que não estou familiarizada com os costumes da corte, ficarei lisonjeada com a atenção. Vou me integrar à comunidade cortesã, mas me manterei tranquila e longe de problemas.

— Suas habilidades de memorização são admiráveis, senhora — Sazed a elogiou. — Este humilde criado se pergunta quanto sucesso alcançaria se se dedicasse a aprender, em vez de se dedicar a evitar nossas lições.

Vin o olhou.

— Todos os "humildes criados" terrisanos puxam tanta conversa com seus amos quanto você?

— Só os de sucesso.

Vin o encarou por um momento, então suspirou.

— Sinto muito, Saze. Não tenho intenção de evitar suas lições. Eu só... as brumas... fico distraída algumas vezes.

— Bem, honestamente, por sorte você aprende rápido. No entanto, os cortesãos passam vidas inteiras estudando etiqueta. Ainda que você seja uma nobre rural, há certas coisas que deve saber.

— Eu sei — Vin falou. — Não quero chamar a atenção.

— Ah, não há como evitar isso, senhora. Uma recém-chegada, de uma parte distante do império? Sim, eles a notarão. Só não queremos deixá-los desconfiados. Você deve ser observada e então ignorada. Se agir como tola, isso levantará suspeitas.

Ótimo.

Sazed inclinou a cabeça levemente, então seus olhos foram em direção à porta. Alguns segundos depois, Vin ouviu passos no corredor. Kelsier entrou no aposento, com um sorriso de satisfação. Tirou sua capa de névoa e se deteve quando a viu.

— O que foi? — ela perguntou, afundando um pouco mais na cadeira.

— O corte parece bom — Kelsier disse. — Bom trabalho, Cosahn.

— Não foi nada, mestre Kelsier. — Vin pôde perceber pelo tom dela que a mulher havia ruborizado. — Faço o que posso.

— Espelho — Vin disse, estendendo a mão.

Cosahn lhe entregou um. Ela o ergueu e o que viu fez a respiração ficar presa à sua garganta. Parecia... uma garota.

Cosahn fizera um trabalho notável com o corte, conseguindo tirar as pontas salientes. Vin sempre achara que se seu cabelo ficasse muito comprido, ficaria volumoso. Cosahn fizera algo a esse respeito também. O cabelo de Vin ainda não estava muito longo — mal cobria suas orelhas —, mas pelo menos estava assentado.

Você não quer que pensem em você como uma garota, a voz de Reen advertiu. Mas, ao menos uma vez, ela se flagrou querendo ignorar aquela voz.

— Talvez consigamos realmente convertê-la em uma dama, Vin! — disse Kelsier com uma risada, recebendo um olhar reprovador dela.

— Mas primeiro temos que persuadi-la a não franzir o cenho com tanta frequência, mestre Kelsier — observou Sazed.

— Isso vai ser difícil — comentou Kelsier. — Ela gosta muito de fazer caretas. De qualquer modo, bom trabalho, Cosahn.

— Ainda tenho que fazer alguns retoques, mestre Kelsier — disse a mulher.

— Então continue. — Kelsier falou. — Mas vou furtar Sazed por um instante.

Kelsier deu uma piscada para Vin, sorriu para Cosahn, então ele e Sazed saíram da sala — deixando Vin mais uma vez onde ela não poderia bisbilhotar.

KELSIER ESPIOU A COZINHA E viu Vin sentada e de mau humor em sua cadeira. O corte de cabelo estava realmente bom. Contudo, seus elogios tinham um motivo maior — ele suspeitava que Vin tinha passado muito tempo de sua vida escutando que não valia nada. Se tivesse um pouco mais de autoconfiança, talvez não tentasse tanto se esconder.

Deixou que a porta se fechasse, voltando-se para Sazed. O terrisano esperava, como sempre, com tranquila paciência.

— Como está indo o treinamento? — perguntou Kelsier.

— Muito bem, mestre Kelsier — Sazed respondeu. — Ela já sabia algumas coisas do treinamento que recebeu de seu irmão. Além disso, é uma garota particularmente inteligente, perspicaz e rápida para memorizar. Não esperava tais habilidades em alguém que cresceu nessas circunstâncias.

— Muitas crianças de rua são espertas — disse Kelsier. — As que não são, estão mortas.

Sazed assentiu solenemente.

— Ela é bastante reservada, e sinto que não vê o valor real de minhas lições. É obediente, mas é rápida em explorar erros e mal-entendidos. Se não lhe digo exatamente quando e onde vamos nos encontrar, frequentemente tenho que procurá-la pela mansão inteira.

Kelsier assentiu.

— Acho que é um jeito de ela manter um pouco do controle sobre sua vida. De qualquer modo, o que realmente quero saber é se ela está pronta.

— Não tenho certeza, mestre Kelsier — Sazed respondeu. — Conhecimento puro não é equivalente à habilidade. Não tenho certeza se ela tem... equilíbrio para imitar uma nobre, mesmo que seja uma jovem e inexperiente. Praticamos jantares, repassamos a etiqueta em conversações e memorizamos conversas fúteis. Ela parece hábil em tudo isso, em uma situação controlada. Saiu-se bem nos chás que Renoux ofereceu para alguns nobres. No entanto, não podemos dizer se ela realmente consegue fazer tudo isso até que a coloquemos sozinha em uma festa cheia de aristocratas.

— Queria que ela pudesse praticar um pouco mais — disse Kelsier, balançando a cabeça. — Mas a cada semana que dispendemos com os preparativos aumentam as chances de que o Ministério encontre nosso crescente exército nas cavernas.

— É uma questão de equilíbrio, então — disse Sazed. — Devemos esperar tempo suficiente para reunir os homens que precisamos e nos mover rápido o bastante para evitar sermos descobertos.

Kelsier assentiu.

— Não podemos adiar por causa de um membro da gangue. Teremos que encontrar outra pessoa para ser nosso espião se Vin se sair mal. Pobre garota... queria ter tido mais tempo para treiná-la melhor na Alomancia. Mal cobrimos os primeiros quatro metais. Mas não tenho *tempo* suficiente!

— Se eu puder fazer uma sugestão...

— É claro, Saze.

— Envie a criança para algum dos Brumosos do grupo — Sazed disse. — Ouvi dizer que Brisa é um Abrandador eficaz, e os outros são certamente tão habilidosos quanto ele. Deixe que mostrem à senhora Vin como usar suas habilidades.

Kelsier ficou pensativo por um instante.

— É uma boa ideia, Saze.

— Mas?

Kelsier olhou para a porta, atrás da qual Vin ainda estava petulantemente tendo seu cabelo cortado.

— Não tenho certeza. Hoje, quando estávamos treinando, entramos em uma competição de *empurrar* aço. A garota tem menos de metade do meu peso, mas contra-atacou bem ainda assim.

— Pessoas diferentes têm forças diferentes na Alomancia — disse Sazed.

— Sim, mas a variação em geral não é assim tão grande — Kelsier disse. — Além disso, precisei de meses e meses para aprender como manipular meus *puxões* e *empurrões*. Não é tão fácil quanto parece. Mesmo algo simples como se *empurrar* para o alto de um telhado requer entendimento de peso, equilíbrio e trajetória. Mas Vin... parece saber essas coisas instintivamente. É verdade que só consegue usar os primeiros quatro metais com habilidade, mas o progresso que fez é impressionante.

— É uma garota especial.

Kelsier assentiu.

— Ela merece ter mais tempo para aprender sobre seus poderes. Eu me sinto um pouco culpado por tê-la metido em nossos planos. Ela provavelmente acabará em uma cerimônia de execução do Ministério com o restante de nós.

— Mas essa culpa não o impedirá de usá-la para espionar a aristocracia.

Kelsier negou com a cabeça.

— Não — disse, em voz baixa. — Não impedirá. Precisaremos de cada vantagem que conseguirmos. Só... tome conta dela, Saze. De agora em diante, você agirá como mordomo e guardião de Vin em todos os eventos em que ela for. Não será estranho que leve um criado terrisano consigo.

— Absolutamente — concordou Sazed. — De fato, seria estranho mandar uma garota da idade dela para os compromissos da corte sem um acompanhante.

Kelsier assentiu.

— Proteja-a, Saze. Ela pode ser uma alomântica poderosa, mas é inexperiente. Vou me sentir um pouco menos culpado de mandá-la para esse antro da aristocracia se souber que você estará com ela.

— Eu a protegerei com a minha vida, mestre Kelsier. Eu prometo.

Kelsier sorriu, pousando uma das mãos agradecida no ombro de Sazed.

— Tenho pena do homem que se colocar em seu caminho.

Sazed inclinou a cabeça humildemente. Parecia inofensivo, mas Kelsier conhecia a força que Sazed escondia. Poucos homens, alomânticos ou não, se sairiam bem em uma luta com um Guardador cuja ira tivesse sido despertada. Essa era provavelmente a razão pela qual o Ministério perseguira aquela seita até quase a extinção.

— Muito bem — disse Kelsier. — Volte para seus ensinamentos. Lorde Venture vai celebrar um baile no final de semana e, pronta ou não, Vin estará lá.

Fico surpreso com quantas nações se uniram em prol de nossos propósitos. Ainda há dissidentes, é claro — e alguns reinos, desgraçadamente, entraram em guerras que não pude conter.

Mesmo assim, essa união geral é gloriosa de se contemplar, algo que nos torna mais humildes. Gostaria que as nações da humanidade não tivessem requerido uma ameaça tão drástica para perceber o valor da paz e da cooperação.

10

VIN CAMINHAVA POR UMA DAS ruas da Fissão — um dos vários miseráveis bairros skaas de Luthadel — com o capuz erguido. Por alguma razão, ela achava o calor abafado do capuz preferível à luz vermelha opressora do sol.

Caminhava encurvada, o olhar baixo, mantendo-se próximo à lateral da rua. Os skaas com quem cruzava carregavam o mesmo ar de derrota. Ninguém levantava a cabeça; ninguém caminhava com as costas eretas ou ostentando um sorriso otimista. Nos bairros pobres, coisas assim o fariam parecer suspeito.

Quase se esquecera de quão opressora Luthadel podia ser. Suas semanas em Fellise a acostumaram às árvores e à pedra lavada. Ali não havia nada branco — nenhum choupo, nenhum granito caiado. Tudo era negro.

Os edifícios eram manchados pelas incontáveis e repetitivas chuvas de cinzas. O ar era repleto de fumaça das infames forjas de Luthadel e das milhares de cozinhas particulares dos nobres. Paralelepípedos, batentes e esquinas estavam cobertos de fuligem — os bairros pobres raramente eram limpos.

É como... se as coisas fossem mais brilhantes à noite do que de dia, pensou Vin, protegendo-se mais em sua capa skaa remendada e dobrando uma esquina. Ela passou por alguns pedintes agachados nos cantos, com suas mãos esticadas esperando por uma esmola, suas súplicas chegavam em vão aos ouvidos de pessoas que também estavam famintas. Passou por trabalhadores caminhando com as cabeças e os ombros baixos, com suas boinas ou seus capuzes vestidos para manter as cinzas longe dos olhos. Passou, por acaso, por esquadrões de guardas da guarnição da cidade, caminhando com armadura completa — placa de peito, capacete e capa negra — tentando parecer o mais intimidadores possível.

Este último grupo se movia pelos bairros pobres agindo como a mão do Senhor Soberano em uma área que a maioria dos obrigadores achava repugnante demais para visitar. Os homens da guarnição chutavam os pedintes para ter certeza de que eram realmente inválidos, paravam trabalhadores que passavam para inquiri-los sobre estarem nas ruas em vez de trabalhando e perturbavam quem mais podiam. Vin se encolheu enquanto o grupo passava, puxando ainda mais o capuz. Ela tinha idade suficiente para já ter filhos ou trabalhar em uma fábrica, mas seu tamanho a fazia parecer mais jovem.

Ou seu disfarce tinha funcionado, ou aquele esquadrão em particular não estava interessado em procurar por embustes, pois a deixou passar quase sem olhá-la. Vin dobrou a esquina, caminhando por uma viela cheia de cinzas, e se aproximou do refeitório no fim do beco.

Como a maioria das instalações desse tipo, a cozinha era suja e pobremente mantida. Em uma economia em que trabalhadores raramente recebiam salários diretos — se é que alguma vez recebiam —, as cozinhas tinham que ser mantidas pela nobreza. Alguns lordes locais — provavelmente proprietários de fábricas e forjas da região — pagavam o dono da cozinha para proporcionar comida aos skaas locais. Os trabalhadores recebiam fichas de refeições pelo seu tempo e tinham um curto período de descanso ao meio-dia para comer. A cozinha central permitia que os negócios menores não precisassem pagar os custos com o fornecimento de refeições no local de trabalho.

É claro que, uma vez que o dono da cozinha era pago diretamente, ele poderia embolsar tudo o que conseguisse economizar nos ingredientes.

Segundo a experiência de Vin, a comida dos refeitórios era tão saborosa quanto água com cinzas.

Felizmente, não tinha vindo para comer. Ela se juntou à fila na porta, esperando em silêncio enquanto os trabalhadores apresentavam suas fichas de refeição. Quando a vez dela chegou, Vin pegou um pequeno disco de madeira e o entregou para o skaa na porta. Ele aceitou a ficha com um movimento tranquilo, acenando com a cabeça quase que imperceptivelmente para a direita.

Vin seguiu na direção indicada, passando por uma sala de jantar imunda, com o chão coberto por cinzas pisoteadas. Quando se aproximou da parede do fundo, pôde ver uma porta de madeira lascada a um canto. Um homem sentado em frente à entrada a olhou nos olhos, assentindo levemente, e abriu a porta. Vin entrou rapidamente no aposento.

— Vin, minha querida! — disse Brisa, sentado em uma mesa no meio do aposento. — Bem-vinda! Como foi em Fellise?

Vin deu de ombros, sentando-se à mesma mesa.

— Ah — disse Brisa. — Quase esqueci que interlocutora fascinante você é. Vinho?

Vin negou com a cabeça.

— Bem, certamente vou querer um pouco. — Brisa usava um de seus trajes extravagantes, o bastão de duelo repousava em seu colo.

A câmara era iluminada apenas por uma única lanterna, mas era muito mais limpa do que o salão do lado de fora. Dos quatro outros homens no aposento, Vin reconheceu apenas um — um aprendiz da loja de Trevo. Os dois à porta eram obviamente guardas. O último homem parecia ser um trabalhador skaa normal — inclusive com o casaco enegrecido e o rosto sujo de cinzas. Seu ar confiante, no entanto, indicava que era membro do submundo. Provavelmente um dos rebeldes de Yeden.

Brisa levantou sua taça, batendo no vidro com o indicador. O rebelde lhe lançou um olhar sombrio.

— Agora mesmo — Brisa disse — você está se perguntando se estou usando Alomancia em você. Talvez esteja, talvez não. Isso importa? Estou aqui por convite de seu líder, e ele lhe ordenou que garantisse que eu estivesse confortável. E, lhe asseguro, uma taça de vinho em minha mão é *absolutamente* necessária para meu conforto.

O skaa esperou por um momento, então pegou a taça e se afastou, murmurando sobre custos estúpidos e recursos desperdiçados.

Brisa ergueu uma sobrancelha e então se virou para Vin. Parecia bastante satisfeito consigo mesmo.

— Então, você o *empurrou*? — ela perguntou.

Brisa negou com a cabeça.

— Seria desperdício de latão. Kelsier lhe disse por que pediu que viesse aqui hoje?

— Ele me disse para observar você — disse Vin, um pouco aborrecida por ter sido enviada a Brisa. — Disse que não teria tempo de me treinar em todos os metais.

— Bem — disse Brisa —, vamos começar, então. Primeiro, você precisa entender que *abrandar* é mais do que mera Alomancia. É sobre a delicada e nobre arte da manipulação.

— Nobre, realmente — Vin ironizou.

— Ah, você fala como um *deles* — disse Brisa.

— Eles quem?

— Todos os outros — explicou Brisa. — Viu como aquele gentil skaa me tratou? As pessoas não gostam de nós, minha querida. A ideia de que alguém seja capaz de brincar com suas emoções, de que possa misticamente levá-las a fazerem certas coisas, os deixa desconfortáveis. O que eles não percebem, e que você *precisa* perceber, é que manipular é algo que todo mundo faz. Na verdade, a manipulação está no âmago das nossas interações sociais.

Reclinou-se para trás, erguendo o bastão de duelo e gesticulando levemente com ele enquanto falava.

— Pense nisso. O que um homem faz quando tenta conseguir o afeto de uma jovem senhora? Ora, ele tenta manipulá-la para que o veja com bons olhos. O que acontece quando dois velhos amigos se sentam para tomar alguns drinques? Contam histórias, tentando impressionar um ao outro. Viver como um ser humano significa ter postura e influência. Não é uma coisa ruim; de fato, dependemos disso. Essas interações nos ensinam como responder aos outros. — Brisa apontou para Vin com o bastão. — A diferença entre Abrandadores e as pessoas normais é que estamos cientes do que estamos fazendo. Também temos uma leve... vantagem. Mas essa vantagem é realmente tão mais poderosa do que uma personalidade carismática ou um belo conjunto de dentes? Acho que não.

Vin franziu o cenho.

— Além disso — continuou Brisa —, como mencionei, um bom Abrandador deve ter habilidades que vão muito além da capacidade de usar Alomancia. A Alomancia não permite que você leia mentes ou emoções. De certo modo, você é tão cega quanto os demais. Você dispara pulsos de emoções, dirigidos a uma única pessoa ou a uma área, e seus alvos terão as emoções alteradas. Com alguma sorte produzirão o efeito desejado. No entanto, os grandes Abrandadores são aqueles que podem usar seus olhos e instintos com sucesso para saber como a pessoa está se sentindo *antes* que seja *abrandada*.

— Por que importa como estão se sentindo? — perguntou Vin, tentando esconder sua contrariedade. — Você vai *abrandá-los* de qualquer maneira, certo? Então, quando o fizer, eles vão se sentir como você quiser que se sintam.

Brisa suspirou, balançando a cabeça negativamente.

— O que você diria se soubesse que *abrandei* você em três ocasiões diferentes durante nossa conversa?

Vin fechou a cara.

— Quando? — quis saber.

— Isso importa? — Brisa perguntou. — Essa é a lição que você deve aprender, minha querida. Se não puder ler como alguém está se sentindo, nunca terá um toque sutil com a Alomancia emocional. *Empurre* alguém com muita força, e até mesmo o mais cego dos skaas vai perceber, de alguma forma, que está sendo manipulado. *Toque* muito suavemente e não produzirá um efeito que possa ser notado; outras emoções mais fortes continuarão a dominar seu alvo.

Brisa sacudiu a cabeça de novo.

— Tudo se baseia em entender as pessoas — prosseguiu. — Você tem que ler como alguém está se sentindo, mudar esse sentimento *empurrando*-o na direção adequada e canalizar esse novo estado emocional em sua vantagem. Isso, minha querida, é o desafio naquilo que fazemos! É difícil, mas os que conseguem fazê-lo bem...

A porta se abriu, e o skaa mal-humorado retornou, trazendo uma garrafa cheia de vinho. Ele a colocou junto a uma taça na mesa diante de Brisa e se dirigiu para o outro lado do aposento, ao lado dos postigos que permitiam vigiar a sala de jantar.

— Há enormes recompensas — disse Brisa com um sorriso tranquilo. Piscou para ela e se serviu de um pouco de vinho.

Vin não tinha certeza do que pensar. A opinião de Brisa parecia cruel. Mas Reen a treinara bem. Se não tivesse poder sobre essa coisa, outros teriam poder sobre ela através disso. Ela começou a queimar cobre — como Kelsier lhe ensinara — para se proteger de futuras manipulações por parte de Brisa.

A porta se abriu novamente, e uma figura familiar, usando um casaco, entrou.

— Ei, Vin — disse Ham, com um aceno amistoso. Aproximou-se da mesa, olhando o vinho. — Brisa, você sabe que a rebelião não tem dinheiro para esse tipo de coisa.

— Kelsier vai reembolsá-los — disse Brisa, com um gesto de indiferença. — Simplesmente não consigo trabalhar com a garganta seca. Como está a área?

— Segura — respondeu Ham. — Mas coloquei Olhos de Estanho nas esquinas, por precaução. Sua saída de emergência está atrás daquele alçapão no canto.

Brisa assentiu, e Ham se virou, olhando para o aprendiz de Trevo.

— Está esfumaçando aí atrás, Cobble?

O garoto assentiu.

— Bom rapaz — falou Ham. — Isso é tudo, então. Agora só temos que esperar o discurso de Kell.

Brisa checou o relógio de bolso.

— Ainda faltam alguns minutos. Peço para alguém lhe trazer uma taça?

— Passo — respondeu Ham.

Houve um momento de silêncio. Finalmente, Ham falou:

— Então...

— Não — interrompeu Brisa.

— Mas...

— O que quer que seja, não queremos ouvir.

Ham encarou o Abrandador de modo irritado.

— Não pode me *empurrar* para a complacência, Brisa.

Brisa revirou os olhos, tomando um gole do vinho.

— O que foi? — perguntou Vin. — O que ia dizer?

— Não o encoraje, minha querida — Brisa avisou.

Vin franziu o cenho. Ela olhou para Ham, que sorriu.

Brisa suspirou.

— Me deixem fora disso. Não estou no clima para um dos debates vazios de Ham.

— Ignore-o — disse Ham ansiosamente, puxando a cadeira um pouco mais para perto de Vin. — Então, estive pensando. Ao derrubar o Império Final, estamos fazendo algo bom ou algo ruim?

Vin se deteve.

— Isso importa?

Ham pareceu surpreso, mas Brisa deu uma gargalhada.

— Boa resposta — disse o Abrandador.

Ham olhou para Brisa, então se voltou novamente para Vin.

— É claro que importa.

— Bem — Vin ponderou sobre o assunto —, acho que estamos fazendo algo bom. O Império Final vem oprimindo os skaas há séculos.

— Certo — Ham concordou. — Mas há um problema. O Senhor Soberano é Deus, certo?

Vin deu de ombros.

— Isso importa?

Ham a encarou.

Ela revirou os olhos.

— Está bem. O Ministério afirma que ele é Deus.

— Na verdade — observou Brisa —, o Senhor Soberano é apenas um *pedaço* de Deus. Ele é o Fragmento do Infinito; não é onisciente ou onipresente, mas uma seção independente de uma consciência que *é*.

Ham suspirou.

— Achei que você não quisesse participar.

— Só estou me assegurando de que todos tenham os fatos corretos — disse Brisa animadamente.

— De qualquer modo — prosseguiu Ham —, Deus é o criador de todas as coisas, certo? É a força que dita as leis do universo e é, portanto, a fonte definitiva da ética. É a moralidade absoluta.

Vin pestanejou.

— Vê o dilema? — perguntou Ham.

— Vejo um idiota — murmurou Brisa.

— Estou confusa — confessou Vin. — Qual é o problema?

— Afirmamos que estamos fazendo algo bom — Ham disse. — Mas o Senhor Soberano, sendo Deus, *define* o que é bom. Então, ao nos opormos a ele, estamos, na verdade, sendo maus. Mas, já que ele está fazendo a coisa errada, o mal, na verdade, conta como bem neste caso?

Vin franziu o cenho.

— E então? — perguntou Ham.

— Acho que você me deu uma dor de cabeça — disse Vin.

— Eu avisei — comentou Brisa.

Ham suspirou.

— Mas não acha que vale a pena pensar sobre isso?

— Não tenho certeza.

— Eu tenho — disse Brisa.

Ham sacudiu a cabeça.

— Ninguém por aqui gosta de uma discussão decente e inteligente.

O rebelde skaa ao canto de repente se empertigou.

— Kelsier chegou!

Ham ergueu uma sobrancelha, então se levantou.

— Preciso dar uma verificada no perímetro. Pense sobre isso, Vin.

— Está bem — disse Vin enquanto Ham saía.

— Por aqui, Vin — disse Brisa, levantando-se. — Há postigos na parede para nós. Seja gentil e me traga uma cadeira, pode ser?

Brisa não olhou para trás para ver se ela fazia o que lhe pedira. Vin se deteve, insegura. Com o cobre aceso, ele não podia *abrandá*-la, mas... Enfim, ela suspirou e levou duas cadeiras para a lateral da sala. Brisa abriu uma comprida e fina portinhola na parede, revelando a vista da sala de jantar.

Um grupo de skaas encardidos estava sentado às mesas, vestindo casacos marrons de trabalho ou capas esfarrapadas. Era um grupo sombrio, com a pele manchada pelas cinzas e posturas caídas. No entanto, sua presença na reunião significava que estavam dispostos a escutar. Yeden estava sentado em uma mesa próximo à entrada da sala, com seu habitual e remendado casaco de trabalhador, o cabelo encaracolado cortado curto durante a ausência de Vin.

Ela esperava algum tipo de entrada triunfal de Kelsier. Em vez disso, ele simplesmente saiu silenciosamente da cozinha. Parou perto da mesa de Yeden, sorrindo e falando em voz baixa com o homem por um momento, antes de se posicionar diante dos trabalhadores sentados.

Vin nunca o vira naquelas roupas mundanas antes. Usava um casaco skaa marrom e calça parda, como vários dos presentes. Mas o traje de Kelsier estava limpo. Nenhuma fuligem manchava o tecido, e, ainda que fosse do mesmo material áspero que os skaas normalmente usavam, não tinha remendos ou rasgos. A diferença era gritante o suficiente, Vin decidiu — se tivesse vindo com um de seus trajes normais, teria sido demais.

Kelsier colocou os braços para trás, e, lentamente, o grupo de trabalhadores se aquietou. Vin franziu o cenho, observando pelo postigo, admirada pela habilidade de Kelsier em tranquilizar uma sala de homens famintos sem precisar fazer nada além de ficar diante deles. Estaria usando Alomancia? Mesmo com seu cobre aceso, ela sentia uma... presença vindo dele.

Assim que o salão ficou em silêncio, Kelsier começou a falar.

— Provavelmente, a essa altura vocês já ouviram falar de mim — disse. — E não estariam aqui se não fossem ao menos um pouco simpáticos à minha causa.

Ao lado de Vin, Brisa deu um gole em seu vinho.

— *Abrandar* e *tumultuar* não são como as outras formas de Alomancia — disse ele, em voz baixa. — Com a maioria dos metais, *empurrar* e *puxar* têm efeitos opostos. Com emoções, no entanto, pode-se com frequência produzir os mesmos resultados independentemente de se estar *abrandando* ou *tumultuando*. Isso não se aplica a estados emocionais extremos: a completa falta de emoção ou a paixão absoluta. Contudo, na maioria dos casos, não importa qual poder você use. As pessoas não são como pedaços sólidos de metal; a todo momento elas terão uma dúzia de emoções diferentes se revirando dentro de si. Um Abrandador experiente consegue amortecer tudo, menos qualquer que seja a emoção dominante.

Brisa se virou alegremente.

— Rudd, mande a criada azul, por favor.

Um dos guardas assentiu, abrindo a porta e sussurrando algo para o homem do lado de fora. No momento seguinte, Vin viu uma criada usando um vestido azul desbotado se mover pela multidão, enchendo copos.

— Meus Abrandadores estão misturados ao público — disse Brisa, sua voz soando distraída. — As criadas são um sinal, dizendo aos meus homens quais emoções *abrandar*. Eles farão seus próprios esforços, assim como eu... — Calou-se, concentrando-se enquanto observava a multidão.

— Fadiga... — sussurrou. — Essa não é uma emoção necessária agora. Fome... distrai. Desconfiança... definitivamente não é útil. Sim, enquanto os Abrandadores trabalham, os Tumultuadores inflamam as emoções que queremos que a multidão sinta. Curiosidade... é disso que precisam agora. Sim, ouçam Kelsier. Vocês já ouviram as lendas e as histórias. Vejam o homem com seus próprios olhos e fiquem impressionados.

— Sei por que vieram hoje — Kelsier disse em voz baixa. Falava sem grande parte da extravagância que Vin associava a ele, seu tom de voz era moderado, mas direto. — Doze horas por dia em uma fábrica, mina ou forja. Espancamentos, falta de pagamento, comida ruim. E para quê? Para que possam voltar aos seus cortiços no final do dia e encontrar outra tragédia? Um amigo morto por um capataz descuidado. Uma filha levada para ser o brinquedo de algum nobre. Um irmão morto pelas mãos de um lorde que estava tendo um dia desagradável.

— Sim — suspirou Brisa. — Bom. Vermelho, Rudd. Mande a garota de vermelho-claro.

Outra criada entrou no salão.

— Paixão e raiva — disse Brisa, sua voz era quase um murmúrio. — Mas só um pouco. Só uma cutucada, um lembrete.

Curiosa, Vin apagou seu cobre por um momento, queimando bronze em vez disso, tentando sentir o uso da Alomancia por Brisa. Nenhum pulso vinha dele.

É claro, ela pensou. *Esqueci do aprendiz de Trevo — ele impede que eu sinta qualquer pulso alomântico*. Voltou a queimar cobre.

Kelsier continuou a falar.

— Meus amigos, vocês não estão sozinhos nessa tragédia. Há milhões exatamente como vocês. E eles precisam de vocês. Não vim aqui para mendigar; já tivemos bastante disso em nossas vidas. Peço simplesmente que pensem. Onde prefeririam gastar suas energias? Forjando as armas do Senhor Soberano? Ou em algo mais valioso?

Ele não está mencionando nossos soldados, Vin pensou. *Nem o que aqueles que se juntarem a ele vão fazer. Não quer que os trabalhadores saibam dos detalhes. Provavelmente é uma boa ideia — os que ele recrutar podem ser mandados para o exército, e o resto não será capaz de dar nenhuma informação específica.*

— Sei por que estou aqui — prosseguiu Kelsier. — Vocês conhecem o meu amigo Yeden e sabem o que ele representa. Cada skaa na cidade sabe sobre a rebelião. Talvez estejam pensando em se juntar a ela. A maior parte de vocês não fará isso. A maioria de vocês voltará para suas fábricas manchadas de fuligem, para suas forjas incandescentes, para seus lares moribundos. Voltarão porque essa vida terrível é familiar. Mas alguns de vocês... alguns de vocês virão comigo. E esses são os homens que serão lembrados nos anos vindouros. Lembrados por terem feito algo grandioso.

Muitos dos trabalhadores trocaram olhares, embora alguns só ficassem encarando as tigelas de sopa meio vazias. Finalmente alguém perto do fundo do salão tomou a palavra.

— Você é um tolo — disse o homem. — O Senhor Soberano vai matá-lo. Não se rebele contra Deus em sua *própria cidade*.

O salão ficou em silêncio. Tensão. Vin se levantou enquanto Brisa murmurava para si mesmo.

No salão, Kelsier não respondeu por um momento. Então ergueu os braços e arregaçou as mangas do casaco, revelando suas cicatrizes.

— O Senhor Soberano não é nosso deus — disse em voz baixa. — E não pode me matar. Ele tentou, mas fracassou. Pois sou aquele que ele nunca poderá matar.

Com isso, Kelsier deu meia-volta, saindo do salão pelo mesmo caminho que viera.

— Hummm — disse Brisa. — Bem, isso foi um pouco dramático. Rudd, traga de volta a criada de vermelho e mande a de marrom.

Uma criada vestida de marrom se misturou à multidão.

— Assombro — disse Brisa. — E, sim, orgulho. *Abrande* a raiva, por enquanto...

A multidão permaneceu em silêncio por um instante, o salão estava estranhamente imóvel. Finalmente, Yeden se levantou para falar e dar um pouco mais de encorajamento, assim como uma explicação a respeito do que os homens deveriam fazer se quisessem ouvir mais. Enquanto falava, os skaas retornavam às suas refeições.

— Verde, Rudd — disse Brisa. — Hummm, sim. Vamos deixar todos pensativos e dar um *empurrãozinho* de lealdade. Não queremos que ninguém corra até os obrigadores, não é? Kell vem cobrindo bem seus rastros, mas quanto menos as autoridades ouvirem, melhor, certo? Ah, e quanto a você, Yeden? Está um pouco nervoso demais. Vamos *abrandar* isso, e levar embora suas preocupações. Vamos deixar apenas essa sua paixão. Esperemos que seja suficiente para abafar esse tom estúpido em sua voz.

Vin continuou a observar. Agora que Kelsier tinha saído, ela achou mais fácil se concentrar nas reações da multidão e no trabalho de Brisa. Enquanto Yeden falava, os trabalhadores do lado de fora pareciam reagir exatamente de acordo com as instruções murmuradas por Brisa. Yeden também mostrava os efeitos do *abrandamento*: estava mais confortável, sua voz soava mais confiante enquanto falava.

Curiosa, Vin deixou seu cobre se apagar de novo. Concentrou-se para ver se podia sentir Brisa tocar suas emoções; estaria incluída em suas projeções alomânticas gerais. Ele não teria tempo de escolher indivíduos, exceto, talvez, Yeden. Era muito, muito difícil sentir. Mesmo assim, enquanto Brisa murmurava para si mesmo, ela começou a sentir as emoções exatas que ele descrevia.

Vin não pôde deixar de se sentir impressionada. Nas poucas vezes que Kelsier usara a Alomancia em suas emoções, seu toque tinha sido como um soco repentino na cara. Tinha força, mas pouca sutileza.

O toque de Brisa era incrivelmente delicado. Ele *abrandava* algumas emoções, reduzindo-as, enquanto deixava outras intactas. Vin achou que podia sentir os homens dele *tumultuando* suas emoções também, mas esses toques não eram nem de perto tão sutis quanto os de Brisa. Deixou seu cobre apagado, observando os toques em suas emoções enquanto Yeden continuava seu discurso. Ele explicou que os homens que se juntassem a eles teriam que deixar suas famílias e amigos por um tempo — em torno de um ano —, mas seriam bem alimentados durante esse tempo.

Vin sentiu que seu respeito por Brisa continuava a aumentar. De repente não estava mais tão incomodada por Kelsier ter se livrado dela. Brisa só conseguia usar um metal, mas obviamente tinha muita prática. Kelsier, como um Nascido da Bruma, teve que aprender todas as habilidades alomânticas. Fazia sentido que não estivesse tão concentrado em um só poder.

Preciso me assegurar de que ele me mande aprender com os outros, Vin pensou. *Que sejam mestres em seus próprios poderes.*

Vin voltou sua atenção para a sala de jantar, quando Yeden parou de falar.

— Vocês ouviram Kelsier, o Sobrevivente de Hathsin — disse. — Os rumores sobre ele são verdadeiros; ele desistiu de sua vida de ladrão e dedicou sua atenção à rebelião skaa! Homens, estamos preparando algo grande. Algo que pode, de fato, acabar sendo nossa luta derradeira contra o Império Final. Juntem-se a nós. Juntem-se a seus irmãos. Juntem-se ao próprio Sobrevivente!

O salão ficou em silêncio.

— Vermelho-vivo — Brisa disse. — Quero que esses homens partam sentindo-se apaixonados pelo que ouviram.

— As emoções vão esmaecer, não? — disse Vin enquanto uma criada usando roupas vermelhas se juntava à multidão.

— Sim — disse Brisa, sentando-se novamente e fechando a portinhola. — Mas as lembranças permanecem. Se as pessoas associarem emoções fortes com um acontecimento, se lembrarão melhor dele.

Alguns momentos depois, Ham entrou pela porta de trás.

— Deu tudo certo. Os homens estão partindo revigorados, e um número deles ficou para trás. Teremos um bom punhado de voluntários para mandar para as cavernas.

Brisa sacudiu a cabeça.

— Não é o bastante. Dox precisa de alguns dias para organizar essas reuniões, e só conseguimos cerca de vinte homens em cada uma delas. Nesse ritmo, nunca conseguiremos dez mil a tempo.

— Acha que precisamos de mais reuniões? — Ham perguntou — Vai ser difícil... precisamos ser muito cuidadosos com isso, porque só os que podem ser razoavelmente de confiança são convidados.

Brisa se sentou por um instante e então tomou o resto de seu vinho.

— Não sei. Mas temos que pensar em alguma coisa. Por enquanto, vamos voltar à loja. Acho que Kelsier deseja avaliar o progresso da reunião dessa noite.

KELSIER OLHAVA PARA O OESTE. O sol do entardecer era de um vermelho letal, brilhando implacável através de um céu de fumaça. Logo abaixo dele, Kelsier podia ver a silhueta recortada de um pico escuro. Tyrian, a mais próxima das Montanhas de Cinzas.

Estava no terraço, no telhado da loja de Trevo, ouvindo os trabalhadores voltarem para suas casas nas ruas abaixo. Ter um terraço no telhado significava ter que limpar as cinzas de vez em quando, por isso a maioria dos edifícios skaas tinham telhados pontiagudos, mas, na opinião de Kelsier, a vista em geral valia um pouco de esforço.

Abaixo dele, os trabalhadores skaas marchavam em filas desanimadas, levantando pequenas nuvens de cinzas a cada passo. Kelsier virou as costas para eles, olhando na direção do horizonte ao norte... na direção dos Fossos de Hathsin.

Para onde ele vai? pensou. *O atium chega à cidade, mas então desaparece. Não é o Ministério — temos vigiado — e nenhuma mão skaa toca o metal. Presume-se que vá para o tesouro. Esperamos que vá, pelo menos.*

Quando queimava atium, um Nascido da Bruma era praticamente imbatível. E em parte era por isso que era tão valioso. Mas seu plano se concentrava em algo mais do que riqueza. Sabia quanto atium era tirado dos Fossos, e Dockson pesquisara as quantidades que o Senhor Soberano distribuía — a preços exorbitantes — para a nobreza. Apenas um décimo do que era minerado acabava nas mãos dos nobres.

Noventa por cento do atium produzido no mundo era estocado, ano após ano, há mil anos. Com tanto metal, a equipe de Kelsier poderia intimidar até mesmo a mais poderosa das casas nobres. O plano de Yeden de tomar o palácio provavelmente devia parecer frívolo para muitos — e, de fato, estava condenado ao fracasso. Mas Kelsier tinha outros planos...

Olhou para a pequena barra esbranquiçada que tinha nas mãos. O Décimo Primeiro Metal. Ele conhecia os rumores sobre ele — ele os iniciara. Agora, só tinha que se aproveitar disso.

Suspirou, olhando para o leste, na direção de Kredik Shaw, o palácio do Senhor Soberano. O nome era terrisano; significava "A Colina das Mil Torres". Apropriado, uma vez que o palácio imperial parecia um emaranhado de enormes torres negras fincadas no chão. Algumas das torres eram retorcidas, outras eram retas. Algumas eram grossas, outras eram finas como agulhas. Variavam em altura, mas todas eram altas. E todas terminavam em ponta.

Kredik Shaw. Onde tudo terminara, há três anos. Ele precisava voltar.

O alçapão se abriu, e uma figura subiu no telhado. Kelsier se virou, sustentando uma sobrancelha erguida enquanto Sazed sacudia sua túnica e se aproximava com sua postura respeitosa característica. Até mesmo um terrisano rebelde mantinha a forma de seu treinamento.

— Mestre Kelsier — disse ele, inclinando a cabeça.

Kelsier assentiu, e Sazed se colocou ao seu lado, observando o palácio imperial.

— Ah — disse para si mesmo, como se entendesse os pensamentos de Kelsier.

Kelsier sorriu. Sazed tinha se revelado uma descoberta valiosa desde o início. Guardadores eram um grupo secreto por necessidade, pois o Senhor Soberano os caçara praticamente desde o Dia da Ascensão. Algumas lendas afirmavam que a sujeição completa do povo de Terris pelo Soberano — incluindo os programas de reprodução e intendência — era uma consequência de seu ódio pelos Guardadores.

— Eu me pergunto o que ele pensaria se soubesse que um Guardador está em Luthadel — disse Kelsier. — A tão curta distância de seu palácio.

— Vamos torcer para que ele nunca descubra, mestre Kelsier.

— Aprecio sua disposição em vir até esta cidade, Saze. Sei que é um risco.

— É um bom trabalho — respondeu Sazed. — E esse plano é perigoso para todos os envolvidos. De fato, simplesmente viver já é perigoso para mim, acho. Não é saudável pertencer a uma seita que o Senhor Soberano teme.

— Teme? — perguntou Kelsier, voltando-se para olhar para Sazed. Apesar da altura acima da média de Kelsier, o terrisano ainda era um bom palmo mais alto. — Não sei se ele teme alguma coisa, Saze.

— Ele teme os Guardadores — disse Sazed. — Definitiva e inexplicavelmente. Talvez por causa de nossos poderes. Não somos alomânticos, mas... algo mais. Algo desconhecido para ele.

Kelsier assentiu, voltando a olhar a cidade. Tinha tantos planos, tanto trabalho a fazer — e no centro de tudo estavam os skaas. Os pobres, humildes, derrotados skaas.

— Fale-me sobre outra delas, Saze — pediu Kelsier. — Uma com poder.

— Poder? — Sazed perguntou. — É um termo relativo quando aplicado às religiões, creio. Talvez queira ouvir sobre o jaísmo. Seus seguidores eram particularmente fiéis e devotos.

— Fale-me sobre eles.

— O jaísmo foi fundado por um único homem — começou Sazed. — Seu nome verdadeiro se perdeu, embora seus seguidores o chamassem simplesmente de o Ja. Ele foi assassinado por um rei local, por pregar a discórdia, algo em que, aparentemente, era muito bom, mas isso só fez seus seguidores aumentarem. Os jaístas achavam que mereciam uma felicidade proporcional à sua devoção e eram conhecidos por suas frequentes e fervorosas manifestações de fé. Aparentemente, falar com um jaísta podia ser enervante, já que tendiam a terminar quase todas as suas sentenças com "louvado seja o Ja".

— Isso é bom, Saze — Kelsier falou. — Mas poder é mais do que simplesmente palavras.

— Ah, de fato — Sazed concordou. — Os jaístas eram fortes em sua fé. As lendas dizem que o Ministério teve que eliminá-los completamente, já que nenhum jaísta aceitou o Senhor Soberano como Deus. Não viveram muito após a Ascensão, mas só porque eram tão ruidosos que era fácil caçá-los e matá-los.

Kelsier assentiu, então sorriu, olhando para Sazed.

— Você não me perguntou se eu queria me converter.

— Minhas desculpas, mestre Kelsier — Sazed disse. — Mas a religião não é adequada para você, creio eu. Tem um nível de impetuosidade que o senhor acharia atraente, mas a teologia lhe pareceria simplista.

— Você está começando a me entender bem demais — disse Kelsier, ainda observando a cidade. — No fim, depois que reinos e exércitos caíram, as religiões ainda estavam lutando, não estavam?

— De fato — concordou Sazed. — Algumas das religiões mais resilientes duraram até o quinto século.

— O que as tornava tão fortes? — perguntou Kelsier. — Como fizeram isso, Saze? O que dava a essas crenças tanto poder sobre o povo?

— Não era uma coisa só, creio eu — disse Sazed. — Algumas eram fortes por causa de sua fé honesta, outras por causa da esperança que prometiam. Outras eram coercivas.

— Mas todas eram passionais — Kelsier comentou.

— Sim, mestre Kelsier — disse Sazed, confirmando com a cabeça. — Essa é uma declaração bem verdadeira.

— Foi isso o que perdemos — disse Kelsier, olhando a cidade de centenas de milhares de habitantes, dos quais apenas um punhado ousava lutar. — Eles não têm fé no Senhor Soberano, simplesmente o temem. Não têm nada mais em que acreditar.

— No que *você* acredita, se me permite perguntar, mestre Kelsier?

Kelsier balançou a cabeça.

— Ainda não sei ao certo — admitiu. — Mas derrubar o Império Final parece um bom começo. Há alguma religião em sua lista que inclua assassinar nobres como um dever sagrado?

Sazed franziu o cenho, desaprovador.

— Creio que não, mestre Kelsier.

— Talvez eu devesse fundar uma — disse Kelsier, com um sorriso indolente. — Enfim, Brisa e Vin já retornaram?

— Chegaram logo antes de eu subir aqui.

— Bom — disse Kelsier, assentindo. — Diga a eles que descerei em um instante.

VIN ESTAVA SENTADA EM SUA cadeira estofada na sala de reuniões, as pernas dobradas sob o corpo, tentando analisar Marsh de soslaio.

Ele se parecia tanto com Kelsier. Mas era... austero. Não era zangado nem irritável, como Trevo. Só não era feliz. Ele estava sentado em sua cadeira com uma expressão indecifrável no rosto.

Todos os outros já haviam chegado, exceto Kelsier, e estavam conversando em voz baixa. Vin pegou Lestibournes olhando para ela e acenou para ele. O adolescente se aproximou e se agachou perto da cadeira dela.

— Marsh — sussurrou Vin sob o murmúrio geral da sala. — É um apelido?

— Não é nada sem o chamado de seus pais.

Vin tentou decifrar o que conseguia do dialeto oriental do garoto.

— Não é um apelido, então?

Lestibournes negou com a cabeça.

— Ele tendo um no entanto.

— Qual era?

— Olhos de Ferro. Outros pararam de usar. Sendo igual demais a um ferro nos olhos de verdade, né? Inquisidor.

Vin olhou para Marsh novamente. A expressão dele era dura, seus olhos firmes, quase como se *fossem* feitos de ferro. Mas podia ver por que as pessoas pararam de usar o apelido; a simples menção de um Inquisidor de Aço a fazia estremecer.

— Obrigada.

Lestibournes sorriu. Era um garoto sincero. Estranho, intenso e nervoso — mas sincero. Ele voltou para seu banco quando Kelsier finalmente chegou.

— Tudo bem, gangue — disse. — O que temos?

— Além de más notícias? — perguntou Brisa.

— Vamos ouvi-las.

— Já se passaram doze semanas, e só conseguimos reunir cerca de dois mil homens — disse Ham. — Mesmo que somemos os números que a rebelião já tem, não vamos alcançar a meta.

— Dox? — perguntou Kelsier. — Podemos fazer mais reuniões?

— Provavelmente — disse Dockson de sua cadeira atrás de uma mesa repleta de livros de registros.

— Tem certeza de que quer correr esse risco, Kelsier? — perguntou Yeden. Sua atitude melhorara nas últimas semanas, especialmente depois que os recrutas de Kelsier haviam começado a se alistar. Como Reen sempre dissera, resultados faziam amigos rapidamente.

— Já estamos em perigo — prosseguiu Yeden. — Há rumores por todo o submundo. Se continuarmos a fazer rebuliço, o Ministério vai perceber que algo importante está acontecendo.

— Ele provavelmente está certo, Kell — concordou Dockson. — Além disso, há um número limitado de skaas dispostos a ouvir. Luthadel é grande, é verdade, mas o movimento aqui é limitado.

— Muito bem — disse Kelsier. — Então vamos começar a atuar nas outras cidades da região. Brisa, pode dividir sua gangue em dois grupos efetivos?

— Suponho que sim — respondeu Brisa, hesitante.

— Podemos ter uma equipe atuando em Luthadel e outra trabalhando nas cidades das redondezas. Provavelmente consigo participar de todas as reuniões, presumindo que as organizemos de modo que não ocorram ao mesmo tempo.

— Tantas reuniões vão nos expor ainda mais — disse Yeden.

— E, por falar nisso, temos ainda outro problema — comentou Ham. — Não devíamos, supostamente, estar trabalhando para nos infiltrar nos escalões do Ministério?

— E então? — perguntou Kelsier, voltando-se para Marsh.

Marsh negou com a cabeça.

— O Ministério é muito fechado. Preciso de mais tempo.

— Não vai acontecer — grunhiu Trevo. — A rebelião já tentou isso.

Yeden assentiu.

— Tentamos colocar espiões nos Ministérios Internos uma dúzia de vezes. É impossível.

A sala ficou em silêncio.

— Tenho uma ideia — disse Vin em voz baixa.

Kelsier ergueu uma sobrancelha.

— Camon — ela disse. — Ele estava trabalhando em um golpe antes que você me recrutasse. Na verdade, o mesmo golpe que nos fez ser localizados pelos obrigadores. O cerne do plano foi organizado por outro ladrão, um líder de gangue chamado Theron. Ele estava preparando um comboio falso para levar os fundos do Ministério para Luthadel através do canal.

— E? — perguntou Brisa.

— Esses mesmos barcos carregariam os novos acólitos do Ministério para Luthadel para a parte final do treinamento deles. Theron tinha um informante ao longo da rota, um obrigador menor, aberto a subornos. Talvez consigamos persuadi-lo a acrescentar um "acólito" ao grupo, a partir da sua base.

Kelsier assentiu, pensativo.

— Vale a pena dar uma olhada nisso.

Dockson rabiscou alguma coisa em uma folha com sua caneta-tinteiro.

— Farei contato com Theron para ver se o informante dele ainda é viável.

— Como vão nossos recursos? — perguntou Kelsier.

Dockson deu de ombros.

— Ham encontrou dois ex-soldados instrutores. As armas, no entanto... bem, Renoux e eu estamos fazendo contatos e iniciando acordos, mas não podemos nos mover com muita rapidez. Felizmente, quando as armas chegarem, virão todas em massa.

Kelsier assentiu.

— Isso é tudo, certo?

Brisa limpou a garganta.

— Eu... tenho ouvido muitos rumores nas ruas, Kelsier — disse ele. — As pessoas estão falando sobre esse seu Décimo Primeiro Metal.

— Bom — disse Kelsier.

— Não está preocupado que o Senhor Soberano ouça? Se ele estiver atento ao que você está fazendo, será muito mais difícil... opor-se a ele.

Ele não disse "matá-lo", pensou Vin. *Não acham que Kelsier conseguirá fazê-lo.*

Kelsier apenas sorriu.

— Não se preocupe com ele. Tenho tudo sob controle. Na verdade, pretendo fazer uma visita pessoal ao Senhor Soberano nos próximos dias.

— *Visita*? — perguntou Yeden, desconfortável. — Vai visitar o Senhor Soberano? Você está lou... — Ele se calou, então olhou para o restante da sala. — Certo. Esqueci.

— Já está pegando o jeito — comentou Dockson.

Passos pesados soaram no corredor, e um dos guardas de Ham entrou um momento mais tarde. Foi até a cadeira de Ham e sussurrou uma breve mensagem.

Ham franziu o cenho.

— O que foi? — perguntou Kelsier.

— Um incidente — respondeu Ham.

— Incidente? — repetiu Dockson. — Que tipo de incidente?

— Sabe o covil onde nos reunimos há algumas semanas? — disse Ham. — Aquele em que Kell nos contou pela primeira vez seu plano?

O covil de Camon, Vin pensou, apreensiva.

— Bem — prosseguiu Ham. — Aparentemente, o Ministério o encontrou.

Parece que Rashek representa uma facção crescente na cultura de Terris. Um grande número de jovens pensa que seus raros poderes deveriam ser usados para mais do que o trabalho rural, a pecuária e a escavação. Eles são desordeiros, e até mesmo violentos — muito diferentes dos tranquilos e perspicazes filósofos e homens santos de Terris que conheci.

Terão que ser vigiados de perto, esses terrisanos. Podem ser muito perigosos se oportunidade e motivação lhes forem dadas.

11

KELSIER SE DETEVE NA PORTA, bloqueando a vista de Vin. Ela parou atrás dele, tentando ficar na ponta dos pés para ver o covil, mas havia gente demais no caminho. Só conseguiu ver que a porta estava pendurada, estilhaçada e com a dobradiça superior arrebentada.

Kelsier ficou parado ali por um longo momento. Finalmente, voltou-se, olhando para Dockson e para ela.

— Ham está certo, Vin. Você talvez não queira ver isso.

Vin ficou onde estava, olhando para ele, resoluta. Depois de um tempo, Kelsier suspirou, saindo da frente da porta. Dockson fez o mesmo, e Vin finalmente conseguiu ver o que eles estavam tampando.

O chão estava repleto de cadáveres, os membros retorcidos sombreados e assombrados pela luz da solitária lanterna de Dockson. Ainda não estavam apodrecendo — o ataque acontecera naquela manhã —, mas havia cheiro de morte na sala. Cheiro de sangue secando lentamente, cheiro de sofrimento e de terror.

Vin permaneceu na porta. Ela já tinha visto morte antes — vira-a com frequência nas ruas. Facadas em becos. Espancamentos em covis. Crianças mortas de fome. Certa vez, vira o pescoço de uma velha ser quebrado por um lorde aborrecido. O corpo jazeu na rua por três dias antes que a equipe funerária skaa finalmente viesse recolhê-lo.

Ainda assim, nenhum desses incidentes tinha o mesmo ar de massacre intencional que ela via no covil de Camon. Esses homens não tinham sido simplesmente mortos, tinham sido destroçados. Os membros estavam separados dos torsos. Cadeiras e mesas quebradas atravessavam peitos. Havia poucas partes do chão que não estivessem cobertas por sangue escuro e pegajoso.

Kelsier olhou para ela, obviamente esperando algum tipo de reação. Ela ficou parada, vendo a morte, sentindo-se... entorpecida. Qual deveria ser a reação dela? Aqueles homens a haviam maltratado, roubado, espancado. Mas também eram homens que a haviam abrigado, aceitado, alimentado quando outros simplesmente a teriam dado para os cafetões.

Reen provavelmente a teria repreendido pela tristeza traiçoeira que sentia ao ver aquilo. É claro, ele sempre ficava zangado quando ela, ainda criança, chorava ao deixar uma cidade, recusando-se a abandonar as pessoas que passara a conhecer, não importando o quão cruéis ou indiferentes fossem. Aparentemente, ainda não havia superado essa fraqueza. Ela entrou no aposento sem derramar lágrimas por esses homens, mas, ao mesmo tempo, desejando que não tivessem tido um fim como aquele.

Além disso, a cena grotesca em si já era perturbadora. Ela tentou se forçar a manter uma expressão impassível diante dos outros, mas se pegou trincando os dentes de vez em quando e afastando o olhar dos cadáveres mutilados. Quem quer que tivesse realizado o ataque tinha sido bem... meticuloso.

Isso parece extremo, mesmo para o Ministério, ela pensou. *Que tipo de pessoa faria algo assim?*

— Inquisidores — Dockson disse em voz baixa, ajoelhando-se ao lado de um cadáver.

Kelsier assentiu. Atrás de Vin, Sazed entrou na sala, com cuidado para manter sua túnica longe do sangue. Vin se virou na direção do terrisano, deixando que as ações dele desviassem a sua atenção de um cadáver particularmente macabro. Kelsier era um Nascido da Bruma, e Dockson era alegadamente um guerreiro capaz. Ham e seus homens estavam guardando a área. Os demais, no entanto — Brisa, Yeden e Trevo —, haviam ficado para trás. A área era perigosa demais. Kelsier resistira até mesmo ao desejo de Vin de acompanhá-los.

Mas trouxera Sazed sem hesitação aparente. A decisão, apesar de sutil, fez Vin olhar o mordomo com uma curiosidade renovada. Por que era perigoso para Brumosos, mas seguro o bastante para um mordomo terrisano? Seria Sazed um guerreiro? Como aprendera a lutar? Os terrisanos, supostamente, eram educados desde o nascimento por instrutores cuidadosos.

O passo suave de Sazed e seu rosto calmo lhe deram poucas pistas. Mas ele não parecia chocado pela carnificina.

Interessante, Vin pensou, abrindo caminho entre os móveis destroçados, tomando cuidado para não pisar em poças de sangue, até chegar perto de Kelsier. Ele se agachou ao lado de dois cadáveres. Um deles, Vin notou com um choque, era Ulef. O rosto do garoto estava contorcido e aflito, seu peito era uma massa de ossos quebrados e carne arrancada — como se alguém tivesse arrebentado sua caixa torácica com as mãos. Vin estremeceu, afastando o olhar.

— Isso não é bom — disse Kelsier em voz baixa. — Inquisidores de Aço, em geral, não se preocupam com simples gangues de ladrões. Geralmente, os obrigadores viriam com seus soldados e levariam todos presos, então os usariam para dar um bom espetáculo em um dia de execução. Um Inquisidor só se envolveria se tivesse interesse especial na gangue.

— Você acha... — Vin começou a dizer. — Acha que pode ser o mesmo de antes?

Kelsier assentiu.

— Há cerca de vinte Inquisidores de Aço em todo o Império Final e metade deles sempre está fora de Luthadel. É coincidência demais que você tenha chamado a atenção de um deles, escapado e então seu antigo covil tenha sido atacado.

Vin ficou parada, em silêncio, forçando-se a olhar para o corpo de Ulef para confrontar o seu pesar. Ele a traíra, afinal, mas por um tempo ele quase havia sido seu amigo.

— Então — ela disse em voz baixa. — O Inquisidor ainda sente meu rastro?

Kelsier assentiu, levantando-se.

— Então é minha culpa — disse Vin. — Ulef e os outros...

— É culpa de Camon — disse Kelsier com firmeza. — Foi ele quem tentou enganar um obrigador. — Ele olhou para ela. — Você vai ficar bem?

Vin ergueu o olhar do cadáver destroçado de Ulef, tentando permanecer forte. Deu de ombros.

— Nenhum deles era meu amigo.

— Isso é um pouco insensível, Vin.

— Eu sei —disse ela, com um aceno de cabeça suave.

Kelsier a observou por um instante e então cruzou a sala para falar com Dockson.

Vin olhou mais uma vez para os ferimentos de Ulef. Pareciam obra de algum animal enlouquecido, não de um único homem.

O Inquisidor deve ter tido ajuda, Vin disse para si mesma. *Não há como uma só pessoa, mesmo um Inquisidor, ter feito tudo isso.* Havia uma pilha de cadáveres perto da saída de emergência, mas uma contagem rápida lhe indicou que a maioria da gangue — se não toda ela — havia sido eliminada. Um único homem não poderia ter lidado com todos eles com rapidez suficiente... poderia?

Há muitas coisas que não sabemos sobre Inquisidores, Kelsier lhe dissera. *Eles não seguem regras normais.*

Vin estremeceu novamente.

Passos soaram nos degraus, e Vin ficou tensa, encolhendo-se e preparando-se para fugir.

A figura familiar de Ham apareceu na escadaria.

— O perímetro está seguro — disse, segurando uma lanterna. — Não há sinal de obrigadores ou de homens da guarnição.

— É o estilo deles — disse Kelsier. — Querem que o massacre seja descoberto... deixam os mortos como um sinal.

A sala caiu em silêncio, exceto por um murmúrio baixo de Sazed, que estava parado do lado esquerdo do aposento. Vin foi até ele, ouvindo a rítmica cadência de sua voz. Finalmente ele parou de falar, abaixou a cabeça e fechou os olhos.

— O que foi isso? — perguntou Vin quando ele ergueu o olhar novamente.

— Uma oração. — explicou Sazed. — Um canto fúnebre dos cazzi. Tem a intenção de despertar os espíritos dos mortos e libertá-los de sua carne, para que possam retornar à montanha das almas. — Ele se voltou para ela. — Posso lhe ensinar essa religião, se desejar, senhora. Os cazzi eram um povo interessante... muito familiarizados com a morte.

Vin balançou a cabeça.

— Agora não. Você fez a oração deles... É essa a religião na qual acredita, então?

— Acredito em todas elas.

Vin franziu o cenho.

— Nenhuma delas contradiz as outras?

Sazed sorriu.

— Ah, fazem isso com frequência. Mas respeito as verdades por trás de todas elas; e acredito na necessidade de cada uma delas ser relembrada.

— Então, como decide a oração de qual religião usar? — perguntou Vin.

— Esta só me pareceu apropriada. — respondeu Sazed em voz baixa, olhando a cena de morte sombria.

— Kell — Dockson chamou do fundo da sala. — Venha dar uma olhada nisso.

Kelsier se juntou a ele, bem como Vin. Dockson estava em pé junto ao longo corredor que servia como dormitório da gangue. Vin enfiou a cabeça lá dentro, esperando encontrar uma cena similar à da sala comum. Em vez disso, havia um único cadáver amarrado em uma cadeira. Sob a luz fraca, mal dava para perceber que os olhos dele haviam sido arrancados.

Kelsier ficou parado, em silêncio, por um momento.

— É o homem que coloquei no comando.

— Milev — Vin assentiu. — O que aconteceu com ele?

— Foi morto lentamente — Kelsier falou. — Veja a quantidade de sangue no chão, o modo como seus membros estão retorcidos. Ele teve tempo para gritar e se debater.

— Tortura — concordou Dockson.

Vin sentiu um calafrio. Olhou para Kelsier.

— Devemos mudar nossa base? — perguntou Ham.

Kelsier negou lentamente com a cabeça.

— Quando Trevo veio até este covil, usou seu disfarce tanto ao entrar quanto ao sair da reunião, escondendo o fato de que manca. É trabalho dele, como Esfumaçador, assegurar-se de que não seja encontrado simplesmente perguntando-se pelas ruas. Nenhum dos membros desta gangue poderia ter nos traído. Ainda devemos estar a salvo.

Ninguém disse o óbvio. *Tampouco o Inquisidor deveria ter sido capaz de encontrar esse covil.*

Kelsier voltou para a sala principal, puxando Dockson de lado e falando com ele em voz baixa. Vin ia segui-los, para tentar ouvir o que diziam, mas Sazed colocou uma das mãos em seu ombro, para contê-la.

— Senhora Vin — ele disse, desaprovador —, se mestre Kelsier quisesse que escutássemos o que está dizendo, ele não falaria em voz alta?

Vin lançou um olhar furioso para o terrisano. Então alcançou seu interior e queimou estanho.

O súbito fedor de sangue quase a afogou. Podia ouvir a respiração de Sazed. A sala não estava mais escura — de fato, a luz brilhante das duas lanternas fazia seus olhos lacrimejarem. E se tornou consciente do ar abafado e sem ventilação.

E pôde ouvir, claramente, a voz de Dockson.

— ... eu o chequei várias vezes, como você me pediu. Vai encontrá-lo a três ruas a oeste da Encruzilhada Quatro Poços.

Kelsier assentiu.

— Ham — disse em voz alta, fazendo Vin se sobressaltar.

Sazed olhou para ela com olhar desaprovador.

Ele sabe algo de Alomancia, Vin pensou, decifrando a expressão do homem. *Adivinhou o que eu estava fazendo.*

— Sim, Kell? — disse Ham, colocando a cabeça para fora do quarto dos fundos.

— Leve os outros de volta para a loja — ordenou Kelsier. — E seja cuidadoso.

— É claro — prometeu Ham.

Vin olhou para Kelsier, e então permitiu, ressentida, que a conduzissem para fora do covil, com Sazed e Dockson.

DEVIA TER PEGO A CARRUAGEM, Kelsier pensou, frustrado com seu ritmo lento. *Os outros podiam ter voltado a pé do covil de Camon.*

Queria queimar aço e começar a saltar até seu destino. Mas, infelizmente, era difícil permanecer imperceptível voando pela cidade em plena luz do dia.

Kelsier ajustou seu chapéu e continuou a caminhar. Um nobre a pé não era uma visão incomum, especialmente no distrito comercial, onde os skaas mais afortunados e os nobres menos afortunados se misturavam nas ruas — ainda que cada grupo fizesse o melhor possível para ignorar o outro.

Paciência. A velocidade não importa. Se sabem da existência dele, ele já está morto.

Kelsier entrou em uma praça em uma larga encruzilhada. Havia quatro poços, um em cada canto, e uma fonte imensa de cobre — com a superfície verde craquelada e enegrecida pela fuligem — dominava o centro da praça. A estátua retratava o Senhor Soberano, postado dramaticamente em capa e armadura, e uma representação amorfa das Profundezas mortas na água a seus pés.

Kelsier passou pela fonte com suas águas repletas de flocos da recente chuva de cinzas. Pedintes skaas suplicavam nas calçadas, suas vozes deploráveis em uma linha tênue entre o audível e o incômodo. O Senhor Soberano apenas os tolerava; somente skaas completamente desfigurados podiam mendigar. Suas vidas penosas, no entanto, não causavam inveja nem mesmo aos skaas rurais.

Kelsier jogou alguns tostões, sem se preocupar que isso chamasse a atenção, e continuou a caminhar. Três ruas adiante, encontrou uma encruzilhada muito menor. Também estava apinhada de pedintes, mas não havia nenhuma bela fonte no centro de sua intersecção nem as esquinas continham poços para atrair os transeuntes.

Os pedintes ali eram ainda mais patéticos — indivíduos lamentáveis, miseráveis demais para lutar por um lugar em uma praça maior. Crianças e velhos desnutridos o chamavam com vozes apreensivas; homens sem dois ou mais membros acocoravam-se nas esquinas, suas formas manchadas de fuligem eram quase invisíveis nas sombras.

Kelsier levou a mão instintivamente à sua bolsa de moedas. *Siga em frente*, disse a si mesmo. *Você não pode salvá-los, ao menos não com moedas Haverá tempo para isso depois que o Império Final tiver acabado.*

Ignorando os choros lamentosos — que ficavam mais altos à medida que os pedintes percebiam que ele os olhava —, Kelsier observou um rosto de cada vez. Só tinha visto Camon brevemente, mas achava que o reconheceria. Mas nenhum dos rostos parecia com o dele, e nenhum dos pedintes tinha a barriga de Camon, que ainda deveria ser notada apesar das semanas de fome.

Ele não está aqui, Kelsier pensou, insatisfeito. A ordem de Kelsier — dada a Milev, o novo líder de gangue — de fazer de Camon um pedinte fora cumprida. Dockson fora verificar para ter certeza.

A ausência de Camon na praça podia simplesmente significar que conseguira um ponto melhor. Também podia significar que o Ministério o tinha encontrado. Kelsier ficou parado, em silêncio, ouvindo os tristes gemidos dos pedintes. Alguns flocos de cinzas começaram a cair do céu.

Algo estava errado. Não havia nenhum pedinte perto do canto norte da encruzilhada. Kelsier queimou estanho e sentiu cheiro de sangue no ar.

Tirou os sapatos e soltou o cinturão. O fecho de sua capa foi o próximo, e a bela peça de vestuário caiu no chão de paralelepípedos. Feito isso, o metal remanescente em seu corpo estava na sua bolsa de moedas. Ele pegou algumas moedas na mão e avançou cuidadosamente, deixando suas roupas descartadas para os pedintes.

O cheiro de morte ficou mais forte, mas ele não ouvia nada exceto a disputa dos pedintes atrás de si. Foi até a rua norte, imediatamente notando um estreito beco à sua esquerda. Inspirando, queimou peltre e entrou.

O beco estreito e escuro estava entupido de lixo e cinzas. Ninguém esperava por ele — pelo menos, ninguém com vida.

Camon, o líder de gangue transformado em pedinte, estava pendurado em uma corda amarrada no alto. Seu cadáver girava preguiçosamente com a brisa, as cinzas caindo levemente ao seu redor. Não fora enforcado de maneira tradicional — a corda fora amarrada a um gancho e este fora enfiado em sua garganta. A ponta ensanguentada do gancho saía por baixo do queixo, e ele balançava com a cabeça inclinada para trás, a corda saindo de sua boca. Suas mãos estavam amarradas, seu corpo ainda gordo indicava sinais de tortura.

Isso não é bom.

Ele ouviu passos nos paralelepípedos atrás dele, Kelsier girou, inflamando seu aço e jogando um punhado de moedas.

Soltando um gritinho, uma pequena figura se jogou no chão, suas moedas foram desviadas quando ela queimou aço.

— *Vin*? — disse Kelsier. Ele praguejou, estendendo o braço e puxando-a para o beco. Olhou para a esquina, observando os pedintes levantando as cabeças ao ouvir as moedas caindo nos paralelepípedos.

— O que está fazendo aqui? — exigiu saber, voltando-se para ela. Vin usava o mesmo sobretudo marrom e a camisa cinza de antes, embora tivesse tido o bom senso de usar uma capa comum com o capuz levantado.

— Queria ver o que estava fazendo — disse ela, encolhendo-se levemente diante da ira dele.

— Isso podia ser perigoso! — Kelsier exclamou. — No que você estava pensando?

Vin se encolheu um pouco mais.

Kelsier se acalmou. *Não posso culpá-la por ser curiosa*, pensou, enquanto alguns pedintes mais corajosos corriam pela rua atrás das moedas. *Ela simplesmente...*

Kelsier se imobilizou. Foi tão sutil que ele quase não percebera. Vin estava *abrandando* suas emoções.

Ele se voltou para ela. A garota estava obviamente tentando ficar invisível contra o canto da parede. Parecia tão tímida, mas ele pôde captar um brilho oculto de determinação em seus olhos. Essa criança havia transformado sua capacidade de parecer inofensiva em arte.

Tão sutil! Kelsier pensou. *Como foi que ela ficou tão boa tão rapidamente?*

— Não precisa usar Alomancia, Vin — Kelsier disse, com suavidade. — Não vou machucá-la. Sabe disso.

Ela corou.

— Não foi intencional... é só o hábito. Ainda.

— Está tudo bem — Kelsier disse, apoiando uma das mãos no ombro dela. — Mas se lembre: não importa o que Brisa diga, é falta de educação tocar as emoções de seus amigos. Além disso, os nobres consideram um insulto usar Alomancia em ambientes formais. Esses reflexos vão metê-la em confusão se não aprender a controlá-los.

Ela assentiu, erguendo-se para observar Camon. Kelsier esperava que se virasse, enojada, mas ela ficou parada, em silêncio, sustentando um olhar de sombria satisfação no rosto.

Não, ela não é fraca, Kelsier pensou. *Não importa no que ela te faça acreditar*.

— Eles o torturaram aqui? — ela perguntou. — Ao ar livre?

Kelsier assentiu, imaginando os gritos reverberando até os desconfortáveis pedintes. O Ministério gostava de fazer seus castigos bem visíveis.

— Por que o gancho? — perguntou Vin.

— É uma morte ritual, reservada para os pecadores mais repreensíveis: pessoas que usam mal a Alomancia.

Vin franziu o cenho.

— Camon era um alomântico?

Kelsier negou com a cabeça.

— Deve ter admitido algo abominável durante a tortura. — Kelsier olhou para Vin. — Devia saber que você era, Vin. Ele a usou intencionalmente.

Ela empalideceu levemente.

— Então... o Ministério sabe que sou uma Nascida da Bruma?

— Talvez. Depende do que Camon sabia. Ele pode ter presumido que você era somente uma Brumosa.

Ela ficou em silêncio por um momento.

— O que isso representa para a minha parte no trabalho, então?

— Continuaremos como planejado — Kelsier afirmou. — Só uma dupla de obrigadores viu você no edifício do Cantão, e é necessário um homem excepcional para perceber que uma criada skaa e uma nobre bem-vestida são a mesma pessoa.

— E o Inquisidor? — perguntou Vin suavemente.

Kelsier não tinha resposta para isso.

— Vamos — disse finalmente. — Já chamamos muita atenção.

Como seria se todas as nações — das ilhas do sul até as Montanhas de Terris ao norte — estivessem unidas sob um único governo? Que maravilhas seriam alcançadas, que progresso seria feito se a humanidade renunciasse para sempre às suas disputas e se unisse?

É demais, eu suponho, mesmo para ser uma vaga esperança. Um império humano único, unificado? Nunca vai acontecer.

12

VIN RESISTIU À VONTADE DE arrancar o vestido de nobre. Mesmo depois de meia semana sendo obrigada a usar um — por sugestão de Sazed —, ela achava o volumoso traje desconfortável. Apertava sua cintura e peito e descia ao chão com várias camadas de tecido com babados, tornando difícil o andar. Sentia o tempo todo que ia tropeçar — e, apesar do vestido ser volumoso, sentia-se exposta, de tão apertado que era no peito, sem mencionar o decote. Embora mostrasse quase tanta pele quanto quando usava camisas normais, de botão, aquilo parecia diferente.

Mesmo assim, tinha que admitir que o vestido causava uma boa transformação. A garota que estava parada diante do espelho era uma criatura estranha e desconhecida para ela. O vestido azul-claro, com babados e rendas brancos, combinava com as presilhas de safira em seu cabelo. Sazed tinha dito que não ficaria feliz até que o cabelo dela estivesse pelo menos na altura dos ombros, mas mesmo assim insistiu para que ela comprasse as presilhas e as prendesse em seus cabelos sobre cada orelha.

— Em geral, os aristocratas não escondem seus defeitos — explicara. — Em vez disso, os destacam. Chame a atenção para seu cabelo curto, em vez de pensar que está fora de moda, e eles podem ficar impressionados com a sua postura.

Ela também usava um colar de safiras — modesto para os padrões nobres, mas valia mais de duzentos boxes. Era complementado por um bracelete de rubi, para acentuá-lo. Aparentemente, a moda do momento exigia que se usasse itens de cor diferente, para proporcionar contraste.

E isso tudo era dela, pago com os fundos da gangue. Se fugisse, levando as joias e os três mil boxes, poderia viver por décadas. Era mais tentador do que gostaria de admitir. As imagens dos homens de Camon, seus cadáveres retorcidos e mortos no silencioso covil, a assombravam. Era provavelmente o que a esperava se ficasse.

Por que, então, não ia embora?

Virou as costas para o espelho, vestindo um xale de seda azul-claro, uma versão feminina e aristocrata de capas. Por que não partia? Talvez fosse a promessa que fizera a Kelsier. Ele lhe mostrara o dom da Alomancia e dependia dela. Talvez fosse por seu senso de dever em relação aos demais. Para sobreviver, as gangues precisavam que cada um fizesse sua parte.

O treinamento de Reen lhe dizia que aqueles homens eram tolos, mas sentia-se tentada, seduzida pela oportunidade que Kelsier e os outros lhe ofereciam. No fundo, não eram as riquezas ou a emoção do trabalho que a faziam ficar. Era a perspectiva oculta nas sombras — improvável e irracional, mas, ainda assim, atraente — de um grupo cujos membros realmente confiavam uns nos outros. Tinha que ficar. *Tinha* que saber se duraria, ou se era — como os sussurros crescentes de Reen prometiam — tudo uma mentira.

Deu meia-volta e deixou o quarto, caminhando em direção à entrada da Mansão Renoux, onde Sazed a aguardava com uma carruagem. Tinha decidido ficar, e isso queria dizer que ela tinha que fazer sua parte.

Chegara o momento de sua primeira aparição como nobre.

A CARRUAGEM SACUDIU COM VIOLÊNCIA, e Vin se sobressaltou. O veículo prosseguiu normalmente, no entanto, e Sazed não se moveu de seu lugar no assento do motorista.

Um som veio do teto. Ela avivou seus metais, ficando tensa, enquanto uma figura saltava da parte superior da carruagem e aterrissava no estribo bem ao lado da sua porta. Kelsier sorriu quando enfiou a cabeça pela janela.

Vin soltou um suspiro de alívio, acomodando-se em seu assento.

— Você podia simplesmente ter pedido uma carona.

— Não era necessário — Kelsier disse, abrindo a porta da carruagem e entrando. Já estava escuro do lado de fora, e ele usava sua capa de bruma. — Avisei Sazed que me deixaria cair em algum momento durante o percurso.

— E não me disse nada?

Kelsier deu uma piscada para ela, fechando a porta.

— Achei que você ainda me devia uma, pelo beco semana passada.

— Muito adulto da sua parte — disse Vin friamente.

— Sempre confiei muito em minha imaturidade. Então, está preparada para esta noite?

Vin deu de ombros, tentando esconder seu nervosismo. Olhou para baixo.

— Como... ahn, como estou?

— Esplêndida — disse Kelsier. — Exatamente como uma jovem lady. Não fique nervosa, Vin. O disfarce está perfeito.

Por algum motivo, aquilo não soou como a resposta que ela queria ouvir.

— Kelsier?

— Sim?

— Faz algum tempo que quero lhe perguntar uma coisa — ela disse, olhando pela janela, ainda que tudo o que conseguisse ver fossem brumas. — Entendo que ache que é importante... ter um espião entre a nobreza. Mas... bem, realmente temos que fazer desse jeito? Não conseguiríamos informantes nas ruas para nos dizer o que precisamos saber sobre a política das casas?

— Talvez — respondeu Kelsier. — Mas esses homens são chamados de informantes por uma razão, Vin. Cada pergunta que você faz dá a eles uma pista sobre seus reais motivos. Até mesmo se encontrar com eles revela um pouco de informação que eles podem vender para mais alguém. É melhor confiar neles o mínimo possível.

Vin suspirou.

— Não estou te mandando para o perigo de modo imprudente, Vin — disse Kelsier, inclinando-se para a frente. — Precisamos de um espião na nobreza. Informantes, em geral, conseguem informações de criados, mas a maior parte dos aristocratas não é tola. As reuniões importantes acontecem onde os criados não podem ouvir.

— E você espera que eu seja capaz de entrar nessas reuniões?

— Talvez — disse Kelsier novamente. — Talvez não. De qualquer modo, aprendi que é sempre útil ter alguém infiltrado na nobreza. Você e Sazed poderão ouvir sobre temas vitais que os informantes das ruas não acham importantes. Na verdade, só por estar nessas festas, mesmo que não ouça nada, você nos conseguirá informações.

— Como? — perguntou Vin, franzindo o cenho.

— Preste atenção nas pessoas que parecerem interessadas em você — explicou Kelsier. — Essas serão as casas que vamos querer vigiar. Se prestarem atenção em você, provavelmente prestarão atenção em Lorde Renoux, e só há uma razão pela qual farão isso.

— Armas — disse Vin.

Kelsier assentiu.

— A posição de Renoux como comerciante de armas o tornará valioso para aqueles que estiverem planejando alguma ação militar. Essas são as casas nas quais precisarei focar minha atenção. Sempre há um sentimento de tensão entre a nobreza. Com alguma sorte eles estão começando a se perguntar quais casas estão se voltando umas contra as outras. Não há guerra aberta entre as Grandes Casas há mais de um século, mas a última foi devastadora. Precisamos repetir isso.

— Isso pode significar a morte de um monte de nobres — comentou Vin.

Kelsier sorriu.

— Posso viver com isso. E você?

Vin sorriu, apesar de sua tensão.

— Há ainda outra razão para você fazer isso — prosseguiu Kelsier. — Em algum momento, durante esse fiasco de plano que criei, pode ser que tenhamos que encarar o Senhor Soberano. Tenho a sensação de que quanto menos gente precisarmos colocar na presença dele, melhor. Ter uma skaa Nascida da Bruma escondida entre a nobreza... bem, isso pode ser uma vantagem poderosa.

Vin sentiu um arrepio.

— O Senhor Soberano... vai estar lá esta noite?

— Não. Haverá obrigadores, mas provavelmente nenhum Inquisidor... e certamente não o Senhor Soberano. Uma festa como esta não merece a atenção dele.

Vin assentiu. Nunca vira o Senhor Soberano em pessoa — e nunca quis ver.

— Não se preocupe tanto — disse Kelsier. — Mesmo que você se encontre com ele, estará a salvo. Ele não pode ler mentes.

— Tem certeza?

Kelsier hesitou.

— Bem, não. Mas, se ele *puder* ler mentes, não faz isso com todos que encontra. Conheço vários skaas que fingiram ser nobres na presença dele... eu mesmo fiz isso algumas vezes antes... — Ele calou-se, olhando para suas mãos cobertas de cicatrizes.

— E ele acabou te capturando — disse Vin baixinho.

— E provavelmente o fará de novo — disse Kelsier, dando outra piscadela. — Mas não se preocupe com ele agora. Nosso objetivo esta noite é apresentar Lady Valette Renoux. Não precisa fazer nada perigoso ou incomum. Só faça uma aparição e vá embora quando Sazed disser. Vamos nos preocupar em ganhar confianças mais tarde.

Vin assentiu.

— Boa garota — disse Kelsier, estendendo a mão e abrindo a porta. — Estarei escondido perto da fortaleza, observando e ouvindo.

Vin assentiu, grata, e Kelsier saltou pela porta da carruagem, desaparecendo nas brumas escuras.

VIN NÃO ESTAVA PREPARADA PARA o quão brilhante a Fortaleza Venture seria em meio à escuridão. O imenso edifício estava envolto por uma aura de luz enevoada. Conforme a carruagem se aproximava, Vin pôde ver que oito tochas enormes ardiam ao redor do edifício retangular. Eram tão resplandecentes quanto fogueiras, mas mais firmes, e havia espelhos posicionados atrás delas que as faziam iluminar diretamente a fortaleza. Vin teve dificuldade para entender o propósito daquilo. O baile aconteceria lá dentro — por que iluminar o exterior do edifício?

— Coloque a cabeça para dentro, por favor, senhora Vin — Sazed disse de cima da carruagem. — Jovens senhoras não ficam deslumbradas assim.

Vin lhe lançou um olhar duro, que ele não pôde ver, mas fez o que ele pedira, esperando com impaciente nervosismo que a carruagem parasse na imensa fortaleza. Finalmente, o veículo parou, e um serviçal dos Venture imediatamente abriu a porta. Um segundo serviçal se aproximou e ofereceu a mão para ajudá-la a descer.

Vin aceitou a mão dele, tentando com toda a graça possível tirar a saia pregueada e volumosa de seu vestido para fora da carruagem. Enquanto descia com cuidado — tentando não tropeçar —, ficou genuinamente grata pela mão estendida do serviçal e enfim entendeu por que se esperava que os homens ajudassem as senhoras a sair das carruagens. Não era um costume estúpido, no fim das contas — a roupa é que era a parte estúpida.

Sazed entregou a carruagem e tomou seu lugar alguns passos atrás dela. Ele estava usando uma túnica mais elegante do que seu traje normal; embora ainda mantivesse o mesmo padrão em forma de V, tinha um cinturão e mangas largas envolventes.

— Siga em frente, senhora — Sazed a instruiu, em voz baixa, logo atrás dela. — Suba no tapete, para que seu vestido não se arraste nos paralelepípedos, e siga até a porta principal.

Vin assentiu, tentando engolir seu desconforto. Seguiu em frente, passando por vários nobres e damas em seus ternos e vestidos. Ainda que não estivessem olhando para ela, sentia-se exposta. Seus passos não eram nem de longe tão graciosos quanto os das outras damas, que pareciam belas e confortáveis em seus vestidos. As mãos dela começaram a suar dentro das luvas de seda branca e azul.

Forçou-se a continuar. Sazed a levou até a porta, apresentando o seu convite para os assistentes. Os dois homens, vestindo os trajes preto e vermelho dos criados, inclinaram suas cabeças e acenaram para que entrassem. Uma multidão de aristocratas estava reunida no vestíbulo, esperando para entrar no salão principal.

O que estou fazendo?, pensou Vin, freneticamente. Podia desafiar a bruma e a Alomancia, ladrões e assaltantes, espectros das brumas e espancamentos. Mas encarar esses nobres e suas damas... ficar entre eles sob a luz, visível, incapaz de se esconder... era aterrorizante para ela.

— Siga adiante, senhora — disse Sazed, com voz tranquilizadora. — Lembre-se de suas lições.

Esconda-se! Encontre um canto! Sombras, brumas, qualquer coisa!

Vin manteve suas mãos cruzadas rigidamente diante do corpo, seguindo em frente. Sazed andava ao lado dela. Olhando de soslaio, ela pôde ver preocupação no rosto normalmente calmo do terrisano.

E faz bem em se preocupar! Tudo o que ele lhe ensinara parecia fugaz — vaporoso como as próprias brumas. Não conseguia se lembrar de nomes, costumes, nada.

Ela ficou parada no vestíbulo, e um nobre sustentando uma aparência arrogante em um terno preto se virou para olhá-la. Vin congelou.

O homem a observou de modo desdenhoso e se virou. Ela ouviu o nome "Renoux" ser sussurrado e olhou apreensiva para o lado. Várias mulheres olhavam para ela.

Ainda assim, Vin não se sentia nem um pouco vista. Observavam o vestido, o cabelo e as joias. Vin olhou para o outro lado, onde um grupo de homens jovens a observava. Viam o decote, o belo vestido e a maquiagem, mas não viam *ela*.

Nenhum deles podia ver Vin, só podiam ver o rosto que ela estava vestindo — o rosto que queria que vissem. Viam Lady Valette. Era como se Vin não estivesse ali.

Como se... estivesse se escondendo, ocultando-se bem diante de seus olhos.

E, subitamente, sua tensão começou a diminuir. Ela soltou um longo suspiro para se acalmar, a ansiedade começava a desaparecer. O treinamento de Sazed lhe voltou à mente, e ela sustentou o olhar de uma garota encantada com seu primeiro baile de gala. Ela se dirigiu para a lateral da sala, entregando seu xale para um assistente, e Sazed relaxou ao lado dela. Vin lhe lançou um sorriso, entrando no salão principal.

Ela *podia* fazer isso. Ainda estava nervosa, mas o momento de pânico passara. Não precisava de sombras ou cantos — só precisava de uma máscara de safiras, maquiagem e tecido azul.

O salão principal dos Venture era grandioso e imponente. Com quatro ou cinco intimidantes andares, o salão era várias vezes mais comprido do que largo. Enormes vitrais retangulares enfileiravam-se ao longo do salão, e as estranhas e poderosas luzes do lado de fora brilhavam através delas, inundando o ambiente com uma cascata de cores. Imensas colunas de pedra adornavam as paredes entre as janelas. Antes que as colunas tocassem o chão, a parede cedia, criando um arco que formava uma galeria de um andar sob as janelas. Dezenas de mesas com toalhas brancas estavam dispostas nessa área, sombreadas pelas colunas e pelo arco. Ao longe, no outro extremo do salão, Vin observou um mezanino baixo, no qual havia um grupo menor de mesas.

— A mesa de jantar de Lorde Straff Venture — sussurrou Sazed, gesticulando na direção do mezanino afastado.

Vin assentiu.

— E aquelas luzes lá fora?

— Luzes oxídricas, senhora — Sazed explicou. — Não estou certo do processo utilizado... a cal viva pode, de algum modo, ser aquecida para que brilhe sem derreter.

Uma orquestra de cordas tocava em um palco à esquerda e alguns casais dançavam no centro do salão. À direita, mesas ostentavam travessas e mais travessas de comida, servidas por apressados criados vestidos de branco.

Sazed se aproximou de um criado e apresentou o convite de Vin. O homem assentiu e sussurrou algo no ouvido de um rapaz mais jovem. O segundo criado fez uma mesura para Vin e a guiou pela sala.

— Pedi uma mesa pequena e isolada — Sazed disse. — Acho que não é necessário se misturar durante esta visita. Apenas ser vista.

Vin assentiu, grata.

— A mesa isolada indicará que é solteira — Sazed a avisou. — Coma lentamente... Assim que acabar, os homens virão tirá-la para dançar.

— Você não me ensinou a dançar! — Vin disse, em um sussurro urgente.

— Não houve tempo, senhora — Sazed comentou. — Não se preocupe, você pode recusar, respeitosa e diretamente. Eles vão presumir simplesmente que você está agitada por seu primeiro baile e não haverá nenhum problema.

Vin assentiu, e o criado a levou até uma pequena mesa próxima ao centro do corredor. Vin sentou-se na única cadeira, enquanto Sazed pedia sua refeição. Em seguida, postou-se atrás da cadeira dela.

Vin ficou sentada empertigada, esperando. A maioria das mesas estava posicionada embaixo do arco da galeria — perto da pista de dança —, o que fazia com que um corredor se estendesse entre elas e a parede. Alguns casais e grupos passavam por ali, conversando tranquilamente. Ocasionalmente, alguém gesticulava ou fazia sinal com a cabeça, apontando para Vin.

Bem, essa parte do plano de Kelsier está funcionando. Estava sendo notada. No entanto, teve que se forçar para não se encolher ou afundar na cadeira quando um alto prelado passou bem atrás dela. Felizmente, não era o mesmo que conhecera, embora usasse a mesma túnica cinza e as mesmas tatuagens escuras ao redor dos olhos.

Na verdade, havia um bom número de obrigadores na festa. Eles vagavam pelos ambientes, misturando-se aos convidados. Contudo, havia um... desinteresse neles. Uma divisão. Eles pairavam aleatoriamente, quase como acompanhantes.

A guarnição vigia os skaas, Vin pensou. *Pelo que parece, os obrigadores desempenham uma função similar para a nobreza.* Era uma visão estranha — sempre pensara nos nobres como indivíduos livres. E, verdade seja dita, eram muito mais confiantes do que os skaas. Muitos pareciam estar se divertindo, e os obrigadores não pareciam agir realmente como polícia, ou mais especificamente como espiões. Ainda assim, eles eram. Perambulando pelos salões, juntando-se às conversas. Uma lembrança constante do Senhor Soberano e seu império.

Vin parou de prestar atenção nos obrigadores — a presença deles ainda a deixava um pouco desconfortável — e, em vez disso, concentrou-se em outra coisa: nos belos vitrais. Sentada onde estava, podia ver algumas das janelas que estavam diretamente em frente e acima.

Eram cenas religiosas, como muitas das preferidas pela aristocracia. Talvez fosse para demonstrar devoção, talvez fosse uma exigência. Vin não tinha certeza — mas certamente era algo que Valette tampouco saberia, então estava tudo bem.

Felizmente, reconheceu algumas das cenas — a maior parte por causa dos ensinamentos de Sazed. O terrisano parecia saber tanto sobre a mitologia do Senhor Soberano quanto sobre outras religiões, embora parecesse estranho para ela que ele estudasse uma religião que considerava tão opressora.

No centro de vários vitrais estavam as Profundezas. Negras — ou, em termos de vitral, violeta —, eram sem forma, com vingativas massas em forma de tentáculos estendendo-se por várias janelas. Vin observou a imagem, juntamente com as brilhantes representações do Senhor Soberano, e se descobriu um pouco paralisada pelas cenas na contraluz.

O que seriam?, perguntou-se. *As Profundezas? Por que representá-las tão sem forma, por que não as mostrar como realmente eram?*

Nunca se perguntara sobre as Profundezas antes, mas as lições de Sazed a fizeram pensar no assunto. Seus instintos lhe sussurravam que eram um embuste. Que o Senhor Soberano inventara a terrível ameaça que fora capaz de destruir no passado, ganhando, desta maneira, seu lugar como imperador. E, mesmo assim, ao contemplar aquela coisa horrível e retorcida, Vin quase conseguia acreditar.

E se algo assim *tivesse* existido? E, se tivesse, como o Senhor Soberano teria conseguido derrotá-la?

Ela suspirou, sacudindo a cabeça. Já estava começando a pensar como nobre. Admirando a beleza da decoração — pensando no que significava —, sem dirigir mais que um pensamento passageiro para a riqueza que a criara. Tudo era, simplesmente, maravilhoso e ornamentado.

As colunas na parede não eram meros pilares, eram obras de arte entalhadas. Grandes estandartes estavam pendurados no teto sobre as janelas, e a suave abóbada sobre o salão tinha vigas estruturais sobrepostas em cruz e arrematadas com cumeeiras. De algum modo, ela sabia que cada uma das cumeeiras era intrincadamente entalhada, apesar do fato de estarem distantes demais para serem vistas de baixo.

E os dançarinos adornavam, talvez até ofuscassem, o ambiente requintado. Os casais moviam-se graciosamente, acompanhando a música suave com movimentos aparentemente naturais. Muitos conversavam enquanto dançavam. As damas se moviam livremente em seus vestidos — muitos dos quais, Vin observou, faziam seu próprio traje parecer simples em comparação. Sazed estava certo: cabelos compridos estavam de fato na moda, ainda que as mulheres os usassem tanto soltos quanto presos.

Rodeados pelo majestoso salão, os nobres vestidos de gala pareciam diferentes, de algum modo. Distintos. Seriam as mesmas criaturas que espancavam os seus amigos e escravizavam os skaas? Pareciam tão... perfeitos, tão bem-educados para cometer atos tão horríveis.

Eu me pergunto se já notaram o mundo exterior, ela pensou, cruzando os braços sobre a mesa enquanto contemplava a dança. *Talvez não consigam ver além de suas fortalezas e seus bailes — como não conseguem me ver além de meu vestido e minha maquiagem.*

Sazed deu um tapinha em seu ombro, e Vin suspirou, adotando uma postura mais digna de uma dama. A refeição chegou logo depois — um banquete de sabores tão estranhos que ela teria ficado assustada se não tivesse comido coisas similares nos últimos meses. As lições de Sazed podiam ter omitido a dança, mas tinham sido bem extensas no quesito etiqueta à mesa, pelo que Vin estava grata. Como Kelsier dissera, seu propósito principal esta noite era fazer uma aparição — e, por isso, era importante que o fizesse de maneira adequada.

Comeu delicadamente, como fora ensinada, e isso permitiu que fosse lenta e meticulosa. Não gostava da ideia de ser convidada para dançar; tinha medo de entrar em pânico novamente caso alguém falasse com ela. No entanto, a refeição não podia se estender por muito tempo — especialmente com as pequenas porções servidas para as damas. Ela logo terminou e cruzou os talheres no prato, indicando que havia acabado.

O primeiro pretendente se aproximou menos de dois minutos depois.

— Lady Valette Renoux? — o jovem perguntou, inclinando a cabeça levemente. Usava um colete verde embaixo de um longo paletó escuro. — Sou Lorde Rian Strobe. Gostaria de dançar?

— Meu senhor — Vin disse, abaixando o olhar recatadamente. — É muito gentil, mas este é meu primeiro baile, e tudo aqui é tão grandioso! Temo tropeçar no salão tamanho meu nervosismo. Quem sabe da próxima vez...?

— Certamente, minha senhora — ele disse, com um aceno cortês, e se retirou.

— Muito bem, senhora — Sazed disse em voz baixa. — Seu sotaque foi magistral. Naturalmente terá que dançar com ele no próximo baile. Com certeza a teremos treinado até lá, espero.

Vin corou levemente.

— Talvez ele não esteja presente.

— Talvez — Sazed disse. — Mas não é provável. A jovem nobreza gosta bastante das diversões noturnas.

— Fazem isso toda noite?

— Praticamente — Sazed confirmou. — Os bailes são, afinal, a principal razão pela qual as pessoas vêm a Luthadel. Se alguém está na cidade e há um baile, e quase sempre há essa pessoa costuma participar, especialmente se for jovem e solteiro. Não se espera que você participe com tanta frequência, mas provavelmente teremos que comparecer duas ou três vezes por semana.

— Duas ou três... — disse Vin. — Vou precisar de mais vestidos!

Sazed sorriu.

— Ah, já está pensando como uma nobre. Agora, senhora, se me dá licença...

— Licença? — perguntou Vin, virando-se.

— Vou à sala de jantar dos mordomos — explicou Sazed. — Um criado da minha posição é, em geral, dispensado depois que seu amo termina de comer. Sinto ter de partir e deixá-la, mas aquela sala estará repleta de criados presunçosos da alta nobreza. Haverá conversas que mestre Kelsier desejaria que eu ouvisse.

— Vai me deixar aqui por minha conta?

— Até agora está indo muito bem, senhora — continuou Sazed. — Não cometeu nenhum grande erro... ou, pelo menos, nenhum que não fosse esperado de uma dama nova na corte.

— Como o quê? — perguntou Vin, apreensiva.

— Discutiremos mais tarde. Só permaneça em sua mesa, tomando o vinho. Não deixem que encham sua taça com muita frequência. E aguarde pelo meu retorno. Se outro jovem se aproximar, recuse-o com a mesma delicadeza que fez com o primeiro.

Vin assentiu, relutante.

— Retornarei em mais ou menos uma hora — Sazed prometeu. Ele ficou parado, no entanto, como se esperasse por alguma coisa.

— Ah, está dispensado — disse Vin.

— Obrigado, senhora — disse, fazendo uma mesura e se retirando. Deixando-a sozinha.

Não sozinha, ela pensou. *Kelsier está lá fora em algum lugar, vigiando na noite*. O pensamento a confortou, embora desejasse não sentir o espaço vazio atrás de si de maneira tão aguda.

Mais três jovens se aproximaram para convidá-la para dançar, mas cada um deles aceitou sua educada recusa. Nenhum outro veio depois disso; provavelmente havia corrido a notícia de que não estava interessada em dançar. Ela memorizou os nomes dos quatro homens que se aproximaram dela — Kelsier iria querer saber — e passou a esperar.

Estranhamente, logo começou a se sentir entediada. A sala estava bem ventilada, mas ainda sentia calor sob as camadas de tecido. As pernas eram o pior, já que tinham que lidar com a roupa íntima que ia até o tornozelo. As longas luvas tampouco ajudavam, embora fossem sedosas contra a pele. O baile continuava, e ela o observou com interesse por um tempo. Contudo, sua atenção logo se voltou para os obrigadores.

Curiosamente, pareciam ter algum tipo de função na festa. Embora com frequência ficassem afastados dos grupos de nobres que conversavam, de vez em quando se juntavam a eles. E, com a mesma frequência, um grupo interrompia a conversa e começava a procurar um obrigador, chamando-o com um gesto respeitoso.

Vin franziu o cenho, tentando descobrir o que estava acontecendo. Depois de um tempo, um grupo em uma mesa próxima fez sinal para o obrigador que passava. A mesa estava muito distante para que pudesse ouvir sem ajuda, mas com o estanho...

Buscou em seu interior para queimar o metal, mas se deteve. *Cobre primeiro,* pensou, acendendo o metal. Tinha que se acostumar com a ideia de deixá-lo aceso quase todo o tempo, para não se expor.

Com sua Alomancia escondida, queimou estanho. Imediatamente, a luz da sala tornou-se ofuscante, e ela teve que fechar os olhos. A música da banda ficou mais alta, e uma dúzia de conversas ao redor dela passou de zumbidos a vozes audíveis. Teve de se esforçar para se concentrar naquela em que estava interessada, mas a mesa era a que estava mais perto, então eventualmente conseguiu isolar as vozes adequadas.

— ... juro que compartilharei a notícia do meu noivado com ele antes de mais ninguém — uma das pessoas disse. Vin abriu um pouco os olhos; era um dos nobres sentados à mesa.

— Muito bem — disse o obrigador. — Testemunho e dou fé disso.

O nobre estendeu a mão e algumas moedas tilintaram. Vin apagou seu estanho, abrindo os olhos a tempo de ver o obrigador se afastar da mesa, guardando algo — provavelmente as moedas — no bolso de sua túnica.

Interessante, ela pensou.

Infelizmente, as pessoas dessa mesa logo se levantaram e seguiram caminhos distintos, não deixando ninguém perto o suficiente para Vin espionar. Seu tédio retornou enquanto observava o obrigador cruzar a sala e se aproximar de um de seus companheiros. Começou a tamborilar na mesa, observando indolentemente os dois obrigadores até que percebeu uma coisa.

Reconhecia um deles. Não o que pegara o dinheiro antes, mas seu companheiro, um homem mais velho. Baixo e de traços firmes, ele tinha um ar autoritário. Até mesmo o outro obrigador parecia tratá-lo com respeito.

No início, Vin pensou que a familiaridade vinha da visita dela ao Cantão das Finanças com Camon, e sentiu uma pontada de pânico. Mas então ela percebeu que não era o mesmo homem. Já o vira antes, mas não ali. Ele era...

Meu pai, percebeu, estupefata.

Reen o mostrara a ela uma vez, da primeira vez que tinham ido a Luthadel, um ano antes; ele estava inspecionando os trabalhadores na forja local. Reen pegara Vin, fazendo-a se esgueirar lá para dentro, insistindo que tinha que ver seu pai pelo menos uma vez — ainda que ela não tenha entendido por quê. De qualquer modo, havia memorizado o rosto dele.

Resistiu ao desejo de se encolher na cadeira. Não havia como o homem reconhecê-la — nem mesmo sabia que ela existia. Forçou-se a desviar a atenção dele, olhando para os vitrais. Mas não conseguia vê-los muito bem, contudo, porque as colunas e a abóbada restringiam sua visão.

Enquanto estava ali sentada, reparou em algo que não tinha visto antes — um mezanino que corria por sobre a parede oposta. Era como uma duplicata do corredor sob as janelas, só que seguia pela parte de cima da parede, entre os vitrais e o teto. Podia ver o movimento lá em cima, casais e pessoas sozinhas passeando e contemplando a festa abaixo.

Seus instintos a atraíram para o lugar, onde poderia observar a festa sem ser vista. Também lhe daria uma visão maravilhosa dos estandartes e das janelas diretamente opostas à sua mesa, sem mencionar que poderia estudar as cumeeiras sem parecer deslumbrada.

Sazed lhe dissera para ficar onde estava, mas quanto mais tempo esperava, mais seus olhos se dirigiam para o mezanino. Queria se levantar e se mover, esticar as pernas e, talvez, deixá-las tomar um pouco de ar. A presença de seu pai — alheio a ela ou não — serviu apenas como mais uma motivação para ela deixar o salão principal.

Parece que mais ninguém vai me tirar para dançar, pensou. *E fiz o que Kelsier queria: fui vista pela nobreza.*

Aguardou um instante e acenou para um criado.

O rapaz se aproximou rapidamente.

— Sim, Lady Renoux?

— Como chego lá em cima? — perguntou Vin, apontando para o mezanino.

— Há escadas ao lado da orquestra, minha senhora — respondeu o garoto. — Levam até o terraço.

Vin assentiu, agradecendo. Então, determinada, levantou-se e dirigiu-se para lá. Ninguém lhe deu mais do que um olhar ao passar, e ela seguiu com mais confiança enquanto cruzava o salão até a escadaria.

O corredor de pedra se enrolava para cima, curvando-se sobre si mesmo, os degraus curtos, mas íngremes. Pequenos vitrais, não maiores do que a mão dela, corriam ao longo da parede exterior — embora fossem escuros sem a contraluz. Vin subiu ansiosamente, consumindo sua inquieta energia, mas logo começou a ofegar por causa do peso do vestido e da dificuldade de segurá-lo sem tropeçar. Uma centelha de peltre queimado, no entanto, facilitou sua subida o suficiente para que não suasse e arruinasse a maquiagem.

A subida provou ter valido o esforço. O mezanino era escuro — estava iluminado apenas por algumas lanternas de cristal azul nas paredes — e proporcionava uma vista surpreendente dos vitrais. A área estava tranquila, e Vin sentiu-se praticamente sozinha quando se aproximou da grade de ferro entre duas colunas, olhando para baixo. O piso de pedra do andar de baixo formava um padrão que ela não tinha notado, um tipo de curva cinza de forma livre desenhada sobre um fundo branco.

Brumas?, ela se perguntou vagamente, inclinada contra a grade. A forma era, assim como o suporte da lanterna atrás dela, intrincada e detalhada — ambas tinham sido forjados em forma de cipós grossos e curvos. Dos dois lados, a parte de cima das colunas era entalhada com imagens de animais, que pareciam congelados, prestes a saltar do mezanino.

— Agora, veja, aí está o problema em sair para encher a taça de vinho.

A voz súbita fez Vin se sobressaltar e se virar. Um jovem estava parado atrás dela. Seu traje não era o mais elegante que ela vira nem seu colete tão brilhante quanto os dos demais. Tanto o casaco quanto a camisa pareciam grandes demais, e seu cabelo estava um pouco despenteado. Carregava uma taça de vinho, e o bolso externo de seu casaco se avolumava com os contornos de um livro que era um pouco grande demais para ser guardado ali.

— O problema é — disse o jovem — que você retorna e descobre que seu lugar favorito foi roubado por uma moça bonita. Agora, um cavalheiro iria para outro lugar, deixando a dama em suas contemplações. Contudo, este *é* o melhor lugar do mezanino. — É o único lugar próximo o bastante de uma lanterna para se ter uma boa luz de leitura.

Vin corou.

— Sinto muito, meu senhor.

— Ah, agora me sinto culpado. Tudo por uma taça de vinho. Olhe, há bastante lugar para duas pessoas aqui.... é só você ir um pouco para lá.

Vin hesitou. Poderia recusar educadamente? Ele obviamente queria que ela ficasse perto dele — sabia quem ela era? Devia tentar descobrir o nome dele, para contar a Kelsier?

Deu um passo para o lado, afastando-se, e o homem ocupou o lugar ao seu lado. Ele se apoiou contra uma coluna, tirou o livro do bolso e, surpreendentemente começou a ler. Ele estava certo: a lanterna brilhava diretamente sobre as páginas. Vin o observou por um instante, mas ele parecia completamente absorto. Nem mesmo parou para erguer os olhos para ela.

Ele não vai mesmo prestar atenção em mim? pensou Vin, intrigada com o seu próprio desconforto. *Talvez eu devesse ter usado um vestido mais refinado.*

O homem tomou um gole de seu vinho, concentrado no livro.

— Você sempre lê nos bailes? — perguntou ela.

O jovem levantou o olhar.

— Sempre que consigo escapar.

— Isso não vai contra o propósito de vir a um baile? — questionou Vin. — Por que comparecer a um se quer evitar socializar?

— Você também está aqui em cima — assinalou ele.

Vin corou.

— Só queria uma vista breve do salão.

— Verdade? E por que recusou todos os três homens que a convidaram para dançar? — O homem sorriu e voltou ao livro.

— Foram quatro — bufou Vin. — E recusei porque não sei exatamente como dançar bem.

O homem abaixou o livro levemente para olhá-la.

— Sabe, você é muito menos tímida do que parece.

— Tímida? — perguntou Vin. — Não sou eu quem está encarando um livro quando há uma jovem senhora parada ao seu lado, sem nem mesmo ter se apresentado adequadamente.

O homem ergueu uma sobrancelha, especulativo.

— Agora você está falando como meu pai. Muito mais atraente, mas igualmente emburrada.

Vin o encarou. Finalmente, ele revirou os olhos.

— Muito bem, deixe-me ser um cavalheiro, então. — Fez uma reverência formal e refinada. — Sou Lorde Elend. Lady Valette Renoux, posso ter o prazer de compartilhar este mezanino com você enquanto leio?

Vin cruzou os braços. *Elend? Nome de família ou nome próprio? Devo me importar? Ele só quer seu lugar de volta. Mas... como sabia que recusei os parceiros de dança?* De algum modo, suspeitava que Kelsier gostaria de se inteirar desta conversa em particular.

Estranhamente, não tinha nenhum desejo de afastar este homem como fizera com os outros. Em vez disso, sentiu outra pontada de aborrecimento quando ele ergueu novamente seu livro.

— Ainda não me disse por que prefere ler a participar do baile — disse.

O homem suspirou, abaixando o livro outra vez.

— Bem, não sou exatamente o melhor dançarino tampouco.

— Ah — respondeu Vin.

— Mas — ele prosseguiu, erguendo um dedo — essa é só uma parte da razão. Pode ser que ainda não tenha percebido, mas não é difícil ficar enjoado dessas festas. Uma vez que se vai a quinhentos ou seiscentos bailes como esses, eles começam a ficar um pouco repetitivos.

Vin deu de ombros.

— Provavelmente aprenderia a dançar melhor se praticasse.

Elend ergueu uma sobrancelha de novo.

— Você não vai me deixar voltar para meu livro, não é mesmo?

— Não pretendia.

Ele suspirou, enfiando o livro novamente no bolso do casaco — que começava a mostrar sinais de desgaste.

— Bem, então. Quer dançar, em vez disso?

Vin ficou imóvel. Elend sorriu despreocupadamente.

Senhor! Ou ele é incrivelmente esperto ou socialmente incompetente. Era preocupante não saber determinar qual.

— Presumo que isso seja um não, certo? — disse Elend. — Bem... pensei que deveria convidar, já que estabelecemos que sou um cavalheiro. Contudo, duvido que os casais lá embaixo apreciem que pisemos em seus pés.

— Concordo. O que está lendo?

— Dilisteni — disse Elend. — *Ensaios do Monumento*. Já ouviu falar?

Vin negou com a cabeça.

— Ah, bem. Não é muito conhecido. — Inclinou-se sobre a grade, olhando para baixo. — Então, o que acha da sua primeira experiência na corte?

— É muito... intensa.

Elend riu.

— Diga o que quiser sobre a Casa Venture, mas eles sabem como dar uma festa.

Vin assentiu.

— Você não gosta da Casa Venture, então? — ela perguntou. Talvez essa fosse uma das rivalidades que Kelsier estava procurando.

— Não particularmente, não — respondeu Elend. — São muito ostentosos, até mesmo para a alta nobreza. Não podem só dar uma festa, têm que dar a *melhor* festa. Não importa se seus criados ficam aos farrapos preparando-a, eles espancam as pobres criaturas como retribuição quando o salão não está perfeitamente limpo na manhã seguinte.

Vin inclinou a cabeça. *Essas não são palavras que eu esperava ouvir de um nobre.*

Elend pareceu um pouco embaraçado.

— Mas, bem, não importa. Creio que seu terrisano a está procurando.

Vin olhou sobre o mezanino. De fato, a figura alta de Sazed estava parada ao lado de sua mesa vazia, falando com um criado.

Ela deixou escapar um gritinho.

— Tenho que ir — disse, virando-se na direção da escada.

— Ah, bem — falou Elend —, vou voltar ao livro. — Fez um meio gesto de despedida, mas já estava com o livro aberto antes que ela descesse o primeiro degrau.

Vin chegou ao térreo, sem fôlego. Sazed a viu imediatamente.

— Sinto muito — disse, mortificada, ao se aproximar.

— Não se desculpe comigo, senhora — respondeu Sazed em voz baixa. — É tão inusitado quanto desnecessário. Andar um pouco foi uma boa ideia, creio. Eu teria sugerido isso, mas você parecia muito nervosa.

Vin assentiu.

— É hora de irmos, então?

— É um momento apropriado para nos retirarmos, se desejar — disse Sazed, olhando para o mezanino. — Posso perguntar o que estava fazendo lá em cima, senhora?

— Queria ter uma vista melhor dos vitrais — Vin explicou. — Mas acabei conversando com alguém. Ele pareceu interessado em mim no início, mas agora acho que nunca pretendeu me dar muita atenção. Não importa... nem sequer parece importante o bastante para incomodar Kelsier com seu nome.

Sazed se deteve.

— Com quem estava falando?

— Com o homem naquele canto, no mezanino — respondeu Vin.

— Um dos amigos de Lorde Venture?

Vin ficou imóvel.

— Algum deles se chama Elend?

Sazed empalideceu visivelmente.

— A senhora estava conversando com Lorde *Elend Venture*?

— Humm... sim?

— Ele pediu para que dançasse com ele?

Vin assentiu.

— Mas não acho que falava sério.

— Ah, céus — Sazed disse. — Já era o anonimato controlado.

— Venture? — perguntou Vin, franzindo o cenho. — Como a Fortaleza Venture?

— Herdeiro do título da casa.

— Humm — murmurou Vin, reconhecendo que provavelmente deveria estar um pouco mais intimidada do que se sentia. — Ele é um pouco irritante... de um jeito agradável.

— Não devíamos discutir isso aqui — disse Sazed. — Você está muito, muito abaixo da posição dele. Venha, vamos nos retirar. Eu não devia ter me retirado para jantar...

Ele começou a andar, murmurando enquanto conduzia Vin até a saída. Ela olhou mais uma vez para o salão principal enquanto pegava seu xale e queimou estanho, estreitando os olhos contra a luz, em busca da sacada.

Elend estava segurando o livro fechado em uma das mãos — e Vin poderia jurar que estava olhando em sua direção. Ela sorriu e deixou que Sazed a conduzisse até a carruagem.

Sei que não devia deixar que um simples carregador me perturbasse. No entanto, ele é de Terris, de onde as profecias se originaram. Se alguém puder identificar uma fraude, não seria ele?

Não obstante, continuo minha viagem, indo para onde os augúrios escritos proclamam que encontrarei meu destino — caminhando, sentindo os olhos de Rashek em minhas costas. Ciumentos. Zombadores. Cheios de ódio.

13

VIN ESTAVA SENTADA COM AS pernas cruzadas sob o corpo em uma das elegantes e confortáveis cadeiras de Lorde Renoux. Era tão bom estar livre do vestido volumoso e usar novamente as familiares camisa e calça.

O calmo descontentamento de Sazed lhe dava vontade de se contorcer. Ele estava parado do outro lado da sala, e Vin tinha a nítida impressão de que estava encrencada. Sazed a questionara a fundo, analisando cada detalhe de sua conversa com Lorde Elend. Suas perguntas haviam sido respeitosas, é claro, mas também haviam sido contundentes.

O terrisano parecia, na opinião de Vin, excessivamente preocupado com a conversa dela com o jovem nobre. Não haviam falado realmente sobre nada importante, e o próprio Elend decididamente não era nada espetacular para um lorde de uma Grande Casa.

Mas *havia* algo estranho nele — algo que Vin não admitira para Sazed. Ela se sentira... confortável com Elend. Recordando a experiência, percebeu que naqueles poucos instantes, não havia sido exatamente Lady

Valette. Nem Vin, pois esse papel — de tímida membra de gangue — era quase tão falso quanto Valette.

Não, ela simplesmente fora... quem quer que fosse. Tinha sido uma experiência estranha. De vez em quando sentia o mesmo quando estava com Kelsier e os outros, mas de um modo mais limitado. Como Elend havia conseguido evocar seu eu verdadeiro tão rápida e completamente?

Talvez ele tenha usado Alomancia em mim!, pensou, alarmada. Elend era um alto nobre; talvez fosse um Abrandador. Talvez tivesse havido mais na conversa do que ela pensava.

Vin recostou-se em sua cadeira, franzindo o cenho. Estava com o cobre aceso, o que significava que ele *não podia* ter usado Alomancia emocional nela. De algum modo, ele simplesmente conseguira que ela abaixasse a guarda. Vin recordou a experiência, pensando no quão estranhamente confortável se sentira. Em retrospecto, estava claro que não havia sido cuidadosa o bastante.

Serei mais cautelosa da próxima vez. Ela presumia que se encontrariam novamente. Era de esperar.

Um criado entrou e sussurrou algo para Sazed. Uma rápida queima de estanho permitiu a Vin ouvir a conversa — Kelsier havia finalmente retornado.

— Por favor, avise Lorde Renoux — pediu Sazed. O criado vestido de branco assentiu, deixando a sala com passos rápidos. — O restante de vocês pode sair — acrescentou calmamente, e os outros criados se retiraram. A silenciosa vigília de Sazed os forçava a permanecer esperando no tenso aposento, sem falar ou se mover.

Kelsier e Lorde Renoux chegaram juntos, conversando em voz baixa. Como sempre, Renoux usava um rico traje cortado no estilo pouco comum do oeste. O ancião mantinha seu bigode grisalho aparado e arrumado, e caminhava com ar confiante. Mesmo depois de passar a noite toda entre a nobreza, Vin se surpreendeu novamente com o porte aristocrático dele.

Kelsier ainda usava sua capa de bruma.

— Saze? — disse quando entrou. — Tem novidades?

— Temo que sim, mestre Kelsier — respondeu Sazed. — Parece que a senhora Vin chamou a atenção de Lorde Elend Venture no baile esta noite.

— Elend? — perguntou Kelsier, cruzando os braços. — Não é o herdeiro?

— Ele mesmo — Renoux confirmou. — Conheci o rapaz há uns quatro anos, quando seu pai visitou o oeste. Ele me pareceu um pouco inadequado para alguém de sua posição.

Quatro anos?, Vin pensou. *Não é possível que ele esteja imitando Lorde Renoux há tanto tempo. Kelsier só escapou dos Fossos há dois anos!* Ela observou o impostor, mas, como sempre, foi incapaz de detectar uma falha em seu porte.

— Quão atencioso foi o rapaz? — perguntou Kelsier.

— Ele a convidou para dançar — Sazed disse. — Mas a senhora Vin foi sábia o bastante para declinar o convite. Aparentemente, o encontro deles foi obra do acaso, mas temo que ela tenha chamado a atenção dele.

Kelsier deu uma risada.

— Você a ensinou bem demais, Saze. No futuro, Vin, talvez devesse tentar ser um pouco menos encantadora.

— Por quê? — perguntou Vin, tentando esconder seu aborrecimento. — Achei que *queria* que eu fosse apreciada.

— Não por um homem tão importante quanto Elend Venture, criança — disse Lorde Renoux. — Mandamos você para a corte para que pudesse estabelecer alianças, não para causar escândalos.

Kelsier assentiu.

— Venture é jovem, solteiro e herdeiro de uma casa poderosa. Um relacionamento com ele pode nos trazer sérios problemas. As mulheres da corte ficariam com ciúmes de você, e os homens mais velhos desaprovariam a diferença de posição. Você se afastaria de grandes setores da corte. Para conseguir as informações que precisamos, é importante que a aristocracia a veja como insegura, pouco importante e, sobretudo, nada ameaçadora.

— Além disso, criança — disse Lorde Renoux —, é improvável que Elend Venture tenha algum interesse real em você. Ele é conhecido por ser excêntrico: provavelmente só está tentando aumentar sua reputação, agindo de forma inesperada.

Vin sentiu seu rosto corar. *Ele provavelmente está certo*, disse a si mesma, com severidade. Ainda assim, não pôde deixar de se sentir aborrecida com os três — especialmente com Kelsier, por sua atitude irreverente e despreocupada.

— Sim — disse Kelsier. — Provavelmente é melhor evitar Venture completamente. Tente ofendê-lo ou algo assim. Lance alguns desses seus olhares para ele.

Vin presenteou Kelsier com um olhar aborrecido.

— Esse mesmo! — disse Kelsier com uma gargalhada.

Vin trincou os dentes e se forçou a relaxar.

— Vi meu pai no baile esta noite — disse, esperando tirar o foco de Kelsier e dos outros de Lorde Venture.

— Verdade? — perguntou Kelsier com interesse.

Vin assentiu.

— Eu o reconheci da vez que meu irmão o apontou para mim.

— Como assim? — perguntou Renoux.

— O pai de Vin é um obrigador — explicou Kelsier. — E, aparentemente, um bem importante, já que tem acesso a um baile como esse. Sabe como se chama?

Vin negou.

— Consegue descrevê-lo?

— Humm... careca, olhos tatuados...

Kelsier gargalhou.

— Me mostre quem ele é em algum momento, está bem?

Vin assentiu, e Kelsier se voltou para Sazed.

— Agora, me trouxe os nomes dos nobres que convidaram Vin para dançar?

Sazed assentiu.

— Ela me deu uma lista, mestre Kelsier. Também tenho alguns boatos interessantes do jantar dos mordomos para contar.

— Bom — disse Kelsier, olhando o relógio de pêndulo no canto da sala. — Terá que guardá-los até amanhã de manhã, no entanto. Preciso ir.

— Ir? — perguntou Vin, levantando-se. — Mas acabou de chegar!

— Essa é a coisa engraçada de se chegar em algum lugar, Vin — ele disse com uma piscadela. — Uma vez que se está lá, a única coisa que pode fazer de verdade é partir novamente. Vá dormir um pouco, você parece cansada.

Kelsier se despediu do grupo e saiu da sala, assobiando suavemente para si mesmo.

Muito despreocupado, Vin pensou. *E muito cheio de segredos. Normalmente diz quais famílias planeja atacar.*

— Acho que *vou* me recolher — disse Vin, bocejando.

Sazed a olhou com desconfiança, mas a deixou ir assim que Renoux começou a falar em voz baixa com ele. Vin subiu as escadas até seu quarto, colocou a capa de bruma e abriu as portas da sacada.

As brumas se espalharam pelo quarto. Ela inflamou o ferro e foi recompensada com a visão de uma fraca linha de metal azul que apontava ao longe.

Vamos ver para onde está indo, mestre Kelsier.

Vin queimou aço, *empurrando-se* na direção da fria e úmida noite de outono. O estanho aumentava sua visão e fazia com que o ar úmido causasse cócegas em sua garganta quando respirava. Ela *empurrou* com mais força para trás, então *puxou* levemente os portões abaixo. A manobra a lançou em um arco ascendente por cima dos portões de aço, contra os quais *empurrou* novamente para se lançar ainda mais longe no ar.

Ficou de olho na trilha azul, que apontava na direção de Kelsier, seguindo-o longe o bastante para permanecer incógnita. Não levava nenhum metal consigo — nem mesmo moedas — e manteve o cobre queimando para esconder o uso da Alomancia. Teoricamente, só o som poderia alertar Kelsier de sua presença, e ela se movia o mais silenciosamente possível.

Kelsier não estava indo para a cidade, o que era surpreendente. Depois de passar pelos portões das mansões, ele se virou na direção norte. Vin o seguiu, aterrissando e correndo em silêncio pelo chão áspero.

Onde está indo?, pensou, confusa. *Está contornando Fellise? Vai para uma das mansões da periferia da cidade?*

Kelsier continuou se dirigindo para o norte por um tempo, então sua linha de metal repentinamente começou a ficar mais tênue. Vin parou ao lado de um grupo de árvores baixas e entroncadas, e a linha desapareceu em ritmo veloz: Kelsier havia acelerado de repente. Ela praguejou baixinho, começando a correr.

Adiante, a linha de Kelsier se desvanecia na noite. Vin suspirou, diminuindo o passo. Avivou seu ferro, mas mal foi o suficiente para captar um vislumbre dele desaparecendo novamente na distância. Jamais o alcançaria.

O ferro avivado, no entanto, mostrou-lhe algo mais. Ela franziu o cenho, continuando em frente até chegar a uma fonte fixa de metal — duas pequenas barras de bronze enfiadas no chão a alguns palmos de distância uma da outra. Pegou uma delas e olhou para as brumas que rodopiavam ao norte.

Ele está saltando, pensou. *Mas por quê?* Saltar *era* mais rápido que caminhar, mas não parecia ter muito sentido fazer isso no meio do nada.

A menos...

Ela seguiu em frente e logo encontrou mais duas barras de bronze enterradas. Vin olhou para trás. Era difícil dizer, à noite, mas parecia que as quatro barras formavam uma linha que apontava diretamente para Luthadel.

Então é assim que ele faz, ela pensou. Kelsier tinha uma capacidade misteriosa de se mover entre Luthadel e Fellise com velocidade incrível. Ela presumira que ele estivesse usando cavalos, mas, pelo visto, ele tinha encontrado uma maneira melhor. Ele — ou talvez alguém antes dele — tinha feito uma estrada alomântica entre as duas cidades.

Ela agarrou a primeira barra — precisaria dela para amenizar sua aterrissagem se estivesse errada —, e se dirigiu até o segundo par de barras, arremessando-se no ar.

Empurrou com força, avivando seu aço, atirando-se o mais longe no céu que conseguiu. Enquanto voava, avivou seu ferro, procurando outras fontes de metal. Elas logo apareceram — duas fontes, diretamente ao norte, e mais duas, um pouco mais longe, de cada lado dela.

As que estão ao lado são para correções de curso, percebeu. Teria que continuar se movendo para o norte se quisesse permanecer na estrada de bronze. *Empurrou-se* levemente para a esquerda — movendo-se de maneira a passar diretamente entre as duas barras adjacentes do caminho principal — e logo se lançou de novo para a frente, saltando em arco.

Conseguiu pegar o jeito rapidamente, saltando de um ponto para o outro, sem nunca se aproximar do chão. Em poucos minutos, tinha encontrado o ritmo tão bem que mal teve que fazer alguma correção para os lados.

Seu progresso pela paisagem desgrenhada era incrivelmente rápido. As brumas sopravam, sua capa se agitava e sacudia atrás dela. Mesmo assim, forçou-se a acelerar. Passara tempo demais estudando as barras de bronze. Tinha que alcançar Kelsier; de outro modo, chegaria em Luthadel, mas não saberia para onde ir.

Começou a se lançar de um ponto a outro em velocidade quase temerária, procurando desesperadamente algum sinal de movimento alomântico. Depois de uns dez minutos saltando, uma linha azul finalmente apareceu diante dela — apontava para cima, em vez de na direção das barras no chão. Suspirou aliviada.

Então uma segunda linha apareceu, e uma terceira.

Vin franziu o cenho, deixando-se cair no solo com um golpe surdo. Avivou estanho, e uma sombra imensa surgiu na noite diante dela, seu topo cintilava com esferas de luz.

A muralha da cidade, pensou, impressionada. *Tão rápido? Fiz a viagem duas vezes mais rápido do que um homem a cavalo!*

No entanto, isso significava que havia perdido Kelsier. Franzindo o cenho, ela usou a barra que estava carregando consigo para se arremessar para o alto das ameias. Assim que aterrissou na pedra úmida, estendeu o braço e *puxou* a barra até sua mão. Então se aproximou do outro lado da muralha, saltando e pousando de cócoras no corrimão de pedra enquanto perscrutava a cidade.

E agora?, pensou, aborrecida. *Volto para Fellise? Paro na loja de Trevo e vejo se ele esteve por lá?*

Ficou sentada, incerta, por um momento, então se atirou da muralha e começou a percorrer os telhados. Vagou sem destino, *empurrando* fechos de portas e pedaços de metal ou usando a barra de bronze — e *puxando-a* novamente para sua mão — quando era necessário dar longos saltos. Só quando chegou, percebeu que, inconscientemente, tinha ido para um destino específico.

A Fortaleza Venture se erguia diante dela na noite. As luzes oxídricas estavam apagadas, havia apenas algumas tochas fantasmagóricas ardendo perto dos postos da guarda.

Vin aterrissou na beira de um telhado, tentando decidir o que a levara de volta àquela imensa fortaleza. O vento frio agitava os seus cabelos e a capa, e ela pensou ter sentido algumas gotas de chuva na bochecha. Permaneceu ali por um bom tempo, sentindo os pés cada vez mais frios.

Então notou um movimento à sua direita. Agachou-se imediatamente, avivando seu estanho.

Kelsier estava sentado em um telhado a menos de três casas de distância, iluminado apenas pela luz ambiente. Não parecia tê-la notado. Estava observando a fortaleza, o rosto distante demais para que ela pudesse ler sua expressão.

Vin o observou, desconfiada. Ele tinha feito pouco caso de seu encontro com Elend, mas isso talvez o preocupasse mais do que admitia. Uma súbita pontada de medo a fez ficar tensa.

Estaria aqui para matar Elend? O assassinato de um alto nobre herdeiro certamente criaria uma tensão entre a nobreza.

Vin esperou, apreensiva. Finalmente, Kelsier se levantou e partiu, *empurrando-se* do telhado para o ar.

Vin derrubou sua barra de bronze — isso a delataria — e correu atrás dele. Seu ferro mostrou linhas azuis movendo-se ao longe, e saltou depressa através da rua, *empurrando-se* contra a grade de um bueiro, determinada a não perder o rastro dele novamente.

Ele seguia na direção do centro da cidade. Vin franziu o cenho, tentando adivinhar para onde ele iria. A Fortaleza Erikeller ficava naquela direção e era uma importante fornecedora de armamentos. Talvez Kelsier planejasse fazer algo para interromper o fornecimento, tornando a Casa Renoux mais vital para a nobreza local.

Vin aterrissou em um telhado e se deteve, observando Kelsier perder-se noite adentro. *Ele está se movendo rápido de novo. Eu...*

Uma mão pousou em seu ombro.

Vin gritou, saltando para trás e avivando o peltre.

Kelsier a olhava com uma sobrancelha arqueada.

— Devia estar na cama, mocinha.

Vin olhou para o lado, na direção da linha de metal.

— Mas...

— Minha bolsa de moedas — disse Kelsier, sorrindo. — Um bom ladrão consegue roubar truques com tanta facilidade quanto rouba tesouros. Passei a ficar mais cuidadoso desde que me seguiu na semana passada. No início, presumi que fosse um Venture Nascido da Bruma.

— Eles têm algum?

— Tenho certeza que sim — disse Kelsier. — A maior parte das Grandes Casas tem, mas seu amigo Elend não é um deles. Não é nem mesmo um Brumoso.

— Como sabe? Ele pode estar escondendo.

Kelsier negou com a cabeça.

— Ele quase morreu alguns anos atrás, em um ataque. Se houve um momento para que demonstrasse seus poderes, teria sido esse.

Vin assentiu, ainda olhando para baixo, sem encarar Kelsier.

Ele suspirou, sentando-se no telhado inclinado, com uma perna pendurada de lado.

— Sente-se.

Vin se sentou ao lado dele. Acima, as brumas frias continuavam a girar, e começava a garoar levemente — o que não era muito diferente da umidade noturna normal.

— Você não pode me seguir assim, Vin — explicou Kelsier. — Lembra-se da nossa conversa sobre confiança?

— Se confiasse em mim, me diria aonde estava indo.

— Não necessariamente — argumentou Kelsier. — Talvez eu apenas não quisesse que você e os outros se preocupassem comigo.

— Tudo o que você faz é perigoso — disse Vin. — Por que nos preocuparíamos mais se nos contasse especificamente?

— Algumas tarefas são mais perigosas do que outras — respondeu Kelsier, em voz baixa.

Vin olhou para o lado, na direção que Kelsier estava seguindo. Na direção do centro da cidade.

Na direção de Kredik Shaw, a Colina das Mil Torres. O palácio do Senhor Soberano.

— Você vai confrontar o Senhor Soberano! — disse Vin. — Semana passada você disse que lhe faria uma visita.

— "Visita" é, talvez, uma palavra forte demais — retrucou Kelsier. — *Vou* para o palácio, mas sinceramente espero não encontrar com o Senhor Soberano. Ainda não estou pronto para ele. De qualquer forma, *você* vai direto para a loja de Trevo.

Vin assentiu.

Kelsier franziu o cenho.

— Vai tentar me seguir de novo, não vai?

Vin pausou, mas assentiu novamente.

— Por quê?

— Porque quero ajudar — disse ela suavemente. — Até agora, minha parte nisso tudo foi essencialmente resumida a ir a uma festa. Mas sou uma Nascida da Bruma, e você mesmo me treinou. Não vou ficar sentada e deixar que todo mundo faça o trabalho perigoso enquanto janto e assisto às pessoas dançarem.

— O que você está fazendo nesses bailes é importante — Kelsier observou.

Vin assentiu, olhando para baixo. Ela o deixaria ir e então o seguiria. Parte da sua razão tinha a ver com o fato de que estava começando a sentir camaradagem por essa gangue, e isso não era como nada que ela já tivesse experimentado. Queria ser parte do que estavam fazendo, queria ajudar.

Outra parte dela sussurrava que Kelsier não estava lhe contando tudo. Ele talvez confiasse nela, talvez não. Mas ele certamente tinha seus segredos. O Décimo Primeiro Metal e, por conseguinte, o Senhor Soberano estavam envolvidos nesses segredos.

Kelsier a olhou nos olhos e deve ter percebido que ela tinha a intenção de segui-lo. Suspirou, reclinando-se para trás.

— Estou falando sério, Vin. Você não pode vir comigo.

— Por que não? — ela perguntou, abandonando os fingimentos. — Se o que está fazendo é tão perigoso, não seria mais seguro ter outro Nascido da Bruma na retaguarda?

— Você ainda não conhece todos os metais — disse Kelsier.

— Só porque você ainda não me ensinou.

— Precisa de mais treino.

— O melhor treino é a prática — rebateu Vin. — Meu irmão me ensinou a roubar me levando em arrombamentos.

Kelsier negou com a cabeça.

— É muito perigoso.

— Kelsier — disse ela em um tom de voz sério —, estamos planejando *derrubar o Império Final*. Não espero viver até o final do ano, de qualquer modo. Você fica dizendo para os outros que é uma vantagem ter dois Nascidos da Bruma na equipe. Bem, não vai ser muita vantagem, a menos que realmente me deixe *ser* uma Nascida da Bruma. Quanto tempo vai me fazer esperar? Até eu "estar pronta"? Acho que isso nunca vai acontecer.

Kelsier a encarou por um momento, então sorriu.

— Quando nos conhecemos, não conseguia fazer com que dissesse uma palavra a maior parte do tempo. Agora está me passando sermões.

Vin corou. Kelsier suspirou, remexendo em sua capa para pegar algo.

— Não acredito que estou considerando isso — murmurou, dando a ela um pedaço de metal.

Vin estudou a minúscula bola de metal prateado. Era tão brilhante e lisa que quase parecia uma gota de líquido, ainda que fosse sólida ao toque.

— Atium — Kelsier disse. — O décimo e mais poderoso metal alomântico conhecido. Essa conta vale mais do que toda a bolsa de boxes que lhe dei.

— Esse pedacinho? — perguntou ela, surpresa.

Kelsier assentiu.

— O atium só vem de um lugar: dos Fossos de Hathsin, onde o Senhor Soberano controla a produção e a distribuição. As Grandes Casas conseguem comprar uma quantidade mensal de atium, e esse é um dos principais meios através do qual o Senhor Soberano as controla. Vá em frente, engula.

Vin olhou o pedaço de metal, incerta de que queria desperdiçar algo tão valioso.

— Não se pode vender isso — explicou Kelsier. — Gangues de ladrões tentaram, mas foram localizadas e executadas. O Senhor Soberano é muito cuidadoso com seu suprimento de atium.

Vin assentiu e engoliu o metal. Imediatamente sentiu uma nova fonte de poder aparecer dentro de si, esperando para ser queimada.

— Muito bem — Kelsier disse, ficando em pé. — Queime assim que eu começar a andar.

Vin assentiu. Assim que ele começou a andar, ela buscou a sua nova fonte de força e a queimou.

Kelsier pareceu esfumaçar levemente diante de seus olhos; então uma imagem transparente, quase espectral, surgiu nas brumas à frente dele. A imagem se parecia exatamente com Kelsier e caminhava alguns passos à sua frente. Uma segunda imagem, ainda mais leve, se desprendeu a partir do duplicado de volta para o próprio Kelsier.

Era como... uma sombra ao contrário. O duplicado fazia tudo o que Kelsier fazia — exceto que a imagem se movia *antes*. Ele se virou e Kelsier seguiu o mesmo caminho.

A boca da imagem começou a se mover. Um segundo depois, Kelsier falou:

— O atium permite que você anteveja um pouco o futuro. Ou, pelo menos, lhe permite ver o que as pessoas vão fazer dentro de uns instantes. Além disso, ele amplia a sua mente, permitindo que lide com a nova informação e que reaja mais rápida e calmamente.

A sombra parou, e Kelsier caminhou até ela, parando também. De repente, a sombra a esbofeteou, e Vin reagiu instintivamente, erguendo a mão bem quando a mão verdadeira de Kelsier começou a se mover. Defendeu o golpe dele no meio do caminho.

— Enquanto estiver queimando atium — ele explicou —, nada pode surpreender você. Pode suspender uma adaga sabendo com confiança que seus inimigos vão direto até ela. Pode se esquivar de ataques com facilidade, porque é capaz de antecipar onde o golpe vai acertar. O atium a torna quase invencível. Amplia a sua mente, tornando-a mais capaz de usar toda e qualquer informação nova.

De repente, dezenas de outras imagens dispararam do corpo de Kelsier. Cada uma saltando em direções distintas, algumas caminhando pelo telhado, outras saltando no ar. Vin soltou o braço dele, erguendo-se e dando um passo para trás, confusa.

— Agora estou queimando atium também — Kelsier disse. — Posso antever os seus movimentos também, e isso muda o que vou fazer... o que, por sua vez, muda o que você vai fazer. As imagens refletem cada uma das ações possíveis que podemos empreender.

— Confuso — disse Vin, observando a mistura caótica de imagens, as mais antigas desaparecendo de maneira constante, e novas aparecendo a todo momento.

Kelsier assentiu.

— A única maneira de se derrotar alguém que esteja queimando atium é queimando-o também. Dessa forma, nenhum dos dois tem vantagem.

As imagens desapareceram.

— O que você fez? — perguntou Vin, com um sobressalto.

— Nada — respondeu Kelsier. — Seu atium deve ter acabado.

Vin percebeu, surpresa, que ele estava certo — o atium se fora.

— Queima tão rápido!

Kelsier assentiu, sentando-se outra vez

— Essa é, provavelmente, a fortuna que você torrou mais rápido, não é?

Vin assentiu, aturdida.

— Parece um desperdício tão grande.

Kelsier deu de ombros.

— O atium só é valioso por causa da Alomancia. Se não o queimássemos, não valeria a fortuna que vale. É claro, uma vez que o queimamos, nós o tornamos ainda mais raro. É uma relação interessante. Pergunte a Ham sobre isso algum dia. Ele adora falar sobre a economia do atium. De todo modo, qualquer Nascido da Bruma que enfrentar, provavelmente, terá atium consigo. Mas são relutantes em usá-lo. Além disso, não o terão engolido ainda. O atium é frágil, e os sucos gástricos o arruínam em questão de horas. Então é necessário equilibrar a linha entre a conservação e a efetividade. Se parecer que seu oponente está usando atium, então é melhor usar o seu também, mas tenha certeza de que ele não a está enganando para que sua reserva não acabe antes da dele.

Vin assentiu.

— Quer dizer que vai me levar com você esta noite?

— Provavelmente vou me arrepender — Kelsier disse, suspirando. — Mas não vejo modo de fazer você ficar para trás... Só se eu amarrá-la, talvez. Mas estou avisando, Vin. Isso pode ser perigoso. *Muito* perigoso. Não pretendo encontrar o Senhor Soberano, mas pretendo me esgueirar dentro da fortaleza dele. Acho que sei onde encontrar uma pista de como derrotá-lo.

Vin sorriu, dando um passo adiante quando Kelsier acenou para que se aproximasse. Ele enfiou a mão em sua bolsa e tirou um frasco, entregando-o a ela. Era como um frasco alomântico normal, exceto que o líquido dentro tinha uma única gota de metal. Aquela conta de atium era muitas vezes maior do que a que ele lhe dera para praticar.

— Não a use a menos que seja obrigada — Kelsier a advertiu. — Precisa de algum outro metal?

Vin assentiu.

— Queimei quase todo o meu aço para vir para cá.

Kelsier lhe deu outro frasco.

— Primeiro, vamos buscar minha bolsa de moedas.

Às vezes me pergunto se estou ficando louco.

Talvez seja devido à pressão de saber que, de algum modo, devo suportar a carga de um mundo inteiro. Talvez seja por causa das mortes que vi, dos amigos que perdi. Dos amigos que fui forçado a matar.

De todo modo, às vezes vejo sombras me seguindo. Criaturas obscuras que não compreendo nem desejo compreender. Serão, talvez, alguma invenção da minha mente sobrecarregada?

14

COMEÇOU A CHOVER LOGO DEPOIS que encontraram a bolsa de moedas. Não era uma chuva pesada, mas parecia diminuir levemente as brumas. Vin estremeceu, puxando o capuz e se agachando ao lado de Kelsier em um telhado. Ele não prestava muita atenção no clima, então ela fez o mesmo. Um pouco de umidade não machucaria — na verdade, provavelmente ajudaria, já que a chuva encobriria os ruídos de sua aproximação.

Kredik Shaw se estendia diante deles. Espigões pontudos e torres escarpadas erguiam-se como escuras garras na noite. Variavam muito em espessura — alguns eram largos o bastante para alojar escadas e grandes salas, outros eram simples varas de aço apontando para o céu. A variedade conferia ao conjunto uma simetria retorcida e inclinada — quase um equilíbrio.

Os espigões e as torres tinham um aspecto agourento no meio da noite úmida e brumosa — como ossos de uma carcaça manchados de cinzas, há muito tempo expostos à intempérie. Olhando para eles, Vin sentiu algo... uma *depressão*, como se só ficar perto do edifício fosse o suficiente para sugar suas esperanças.

— Nosso alvo é um complexo de túneis na base de um dos espigões mais à direita — disse Kelsier, sua voz quase inaudível com o barulho tranquilo da chuva. — Nos dirigiremos a uma sala bem no meio do complexo.

— O que tem lá dentro?

— Não sei — respondeu Kelsier. — É o que vamos descobrir. Uma vez a cada três dias, e hoje não é um deles, o Senhor Soberano visita essa câmara. Fica nela por três horas, então sai. Tentei entrar antes. Há três anos.

— O trabalho — sussurrou Vin. — Aquele em que...

— Fui capturado — assentiu Kelsier. — Sim. Naquela época, pensávamos que o Senhor Soberano estocava riquezas na sala. Não acho mais que seja verdade, mas ainda estou curioso. As visitas dele são muito regulares, muito... estranhas. Há algo naquela sala, Vin. Alguma coisa importante. Talvez contenha o segredo de seu poder e de sua imortalidade.

— Por que precisamos nos preocupar com isso? — perguntou Vin. — Você tem o Décimo Primeiro Metal para derrotá-lo, certo?

Kelsier franziu o cenho levemente. Vin esperou por uma resposta, mas ela não veio.

— Falhei em entrar na última vez, Vin — disse ele. — Chegamos perto, mas com muita facilidade. Quando chegamos, havia Inquisidores do lado de fora da sala. Esperando por nós.

— Alguém contou o que vocês estavam planejando?

Kelsier assentiu.

— Planejamos esse trabalho por meses. Estávamos confiantes demais, mas tínhamos razão para isso. Mare e eu éramos os melhores. O trabalho deveria ter sido perfeito. — Kelsier se virou para Vin. — Esta noite, não planejei nada. Só vamos entrar... silenciaremos qualquer um que tentar nos deter e invadiremos a sala.

Vin ficou quieta, sentindo a chuva fria em suas mãos molhadas e braços úmidos. Então assentiu.

Kelsier sorriu ligeiramente.

— Nenhuma objeção?

Vin negou com a cabeça.

— Fiz você me trazer. Não estou em posição de objetar agora.

Kelsier deu uma risada.

— Acho que tenho passado tempo demais com Brisa. As coisas não me parecem certas até que alguém me diga que sou louco.

Vin deu de ombros. No entanto, conforme se movia pelo telhado, sentiu novamente: a sensação de depressão vinda de Kredik Shaw.

— Há alguma coisa, Kelsier — ela disse. — Este palácio parece... errado, de algum modo.

— É o Senhor Soberano — Kelsier respondeu. — Ele é um Abrandador incrivelmente poderoso. Aplaca as emoções de todos que se aproximam dele. Acenda seu cobre; isso a deixará imune.

Vin assentiu, queimando cobre. E a sensação imediatamente desapareceu.

— Melhor? — perguntou Kelsier.

Vin assentiu novamente.

— Tudo bem, então — disse ele, entregando-lhe um punhado de moedas. — Fique perto de mim e mantenha seu atium à mão... em caso de necessidade.

Com isso, ele se lançou do telhado. Vin o seguiu, e as tiras de seu casaco espalharam a água da chuva. Ela queimou peltre enquanto caía, pousando no chão com as pernas alomanticamente reforçadas.

Kelsier saiu correndo, e ela o seguiu. A velocidade com a qual estava correndo pelos paralelepípedos molhados seria imprudente se seus músculos não estivessem cheios de peltre, reagindo com precisão, força e equilíbrio. Ela correu em meio à noite úmida e brumosa, queimando estanho e cobre — um para ver, outro para se esconder.

Kelsier rodeou o complexo do palácio. Estranhamente, não havia muralha externa. *É claro que não. Quem ousaria atacar o Senhor Soberano?*

Um espaço plano, coberto de paralelepípedos, era tudo o que rodeava a Colina das Mil Torres. Nenhuma árvore, planta ou estrutura para distrair o olhar da perturbadora e assimétrica coleção de asas, torres e espigões de Kredik Shaw.

— Aqui vamos nós — sussurrou Kelsier, e sua voz foi levada até os ouvidos amplificados pelo estanho de Vin. Ele se virou, correndo diretamente na direção de uma parte quadrada do palácio, parecida com um abrigo. Enquanto se aproximavam, Vin viu dois guardas parados em frente a um tipo de portão ornamentado.

Kelsier se lançou sobre os homens em um piscar de olhos, abatendo o primeiro com um golpe de faca. O segundo tentou gritar, mas Kelsier saltou, acertando os dois pés no peito do homem. Atirado para o lado com o chute de força sobre-humana, o guarda se estatelou na parede e caiu no chão. Kelsier estava em pé um segundo depois, usando seu peso contra a porta para abri-la.

Uma fraca luz de lanterna iluminava um corredor de pedra do lado de dentro. Kelsier passou pela porta. Vin diminuiu seu estanho e o seguiu, correndo meio agachada, o coração disparado. Nunca, em todo seu tempo como ladra, fizera algo assim. Sua vida fora de furtos e golpes, não de incursões e assaltos. Enquanto seguia Kelsier pelo corredor — seus pés e capas deixavam um rastro úmido na pedra lisa do chão —, ela desembainhou nervosamente uma adaga de cristal, agarrando o cabo enrolado em couro com a mão suada.

Um homem apareceu no corredor bem na frente deles, saindo do que parecia ser algum tipo de guarita. Kelsier saltou e deu uma cotovelada no estômago do soldado, depois o esmagou contra a parede. Enquanto o guarda caía, Kelsier entrou na sala.

Vin se juntou a ele no caos. Kelsier *puxou* um candelabro de metal do canto até suas mãos, e então começou a girá-lo em torno de si, abatendo um soldado após o outro. Os guardas gritavam, tropeçavam e agarravam bastões em um lado da sala. Uma mesa coberta com pratos meio comidos foi empurrada para o lado enquanto os homens tentavam abrir espaço.

Um soldado se virou na direção de Vin, e ela reagiu sem pensar. Queimou aço e atirou um punhado de moedas. Ela as *empurrou*, e os projéteis saíram em disparada, fincando na pele do guarda, fazendo-o cair.

Ela queimou ferro, *puxando* as moedas de volta para sua mão. Virou-se com o punho ensanguentado, espalhando metal pela sala e derrubando três soldados. Kelsier deu cabo do último, com seu bastão improvisado.

Acabo de matar quatro homens, Vin pensou, atônita. Antes, Reen sempre se encarregara das mortes.

Houve um farfalhar atrás dela. Vin girou e viu outro esquadrão de soldados entrando pela porta diante dela. Ao seu lado, Kelsier largou o candelabro e deu um passo. As quatro lanternas da sala saltaram de seus suportes, correndo diretamente na direção dele. Ele desviou, deixando que as lanternas se chocassem umas contra as outras.

A sala ficou escura. Vin queimou estanho e seus olhos se adaptaram à luz do corredor lá fora. Os guardas, no entanto, pararam de supetão.

Kelsier se postou entre eles em um segundo. Suas adagas reluziram na escuridão. Gritos ecoaram. E, então, tudo ficou em silêncio.

Vin ficou parada, cercada pela morte, as moedas ensanguentadas gotejando através de seus dedos imóveis. Mas ela segurava a adaga com força — ainda que só para firmar seu braço trêmulo.

Kelsier pousou uma das mãos no ombro dela, que se sobressaltou.

— Eram homens maus, Vin — disse ele. — Todo skaa sabe, no fundo de seu coração, que o maior crime de todos é empunhar armas em defesa do Império Final.

Vin assentiu, entorpecida. Sentia-se... errada. Talvez fosse a morte, mas agora que estava dentro do prédio, jurava que podia sentir o poder do Senhor Soberano. Alguma coisa parecia *empurrar* suas emoções, deixando-a mais depressiva, apesar do cobre.

— Venha. Temos pouco tempo. — Kelsier começou a correr de novo, saltando com agilidade sobre os cadáveres. Vin o seguiu.

Eu o forcei a me trazer, ela pensou. *Queria lutar como ele. Tenho que me acostumar com isso.*

Entraram em um segundo corredor, e Kelsier saltou no ar. Deu um solavanco e saiu em disparada. Vin fez o mesmo, saltando, buscando uma âncora mais adiante e usando-a para se empurrar no ar.

Os corredores laterais passavam velozes, zunindo em seus ouvidos amplificados pelo estanho. Mais adiante, dois soldados apareceram. Kelsier golpeou o primeiro com os pés, deu meia-volta e cravou a adaga no pescoço do outro. Ambos caíram.

Nenhum metal, Vin pensou, aterrissando no chão. *Nenhum dos guardas neste palácio usa metal.* Matabrumas, eles eram chamados. Homens treinados para lutar contra alomânticos.

Kelsier deu uma guinada para um corredor lateral, e Vin teve que se apressar para acompanhá-lo. Ela avivou seu peltre, no intuito de que suas pernas se movessem mais rápido. Mais à frente, Kelsier se deteve, e Vin deu um solavanco a fim de parar ao lado dele. À sua direita havia um arco que brilhava com uma luz muito mais resplandecente do que as pequenas lanternas do corredor. Vin apagou seu estanho, seguindo Kelsier pelo arco até a sala.

Seis braseiros ardiam em chamas nos cantos de uma grande câmara abobadada. Ao contrário dos corredores, esta sala era coberta com murais gravados em prata. Cada um deles, obviamente, representava o Senhor Soberano; eram como os vitrais que vira antes, só que menos abstratos. Vin viu uma montanha. Uma grande caverna. Uma mancha de luz.

E algo muito escuro.

Kelsier seguiu em frente, e Vin se virou. O centro da sala era dominado por uma pequena estrutura — um edifício dentro do edifício. Ornamentada, com pedra entalhada e padrões fluidos, a construção de um só andar parecia se alçar reverentemente diante deles. Considerando tudo, a câmara vazia produzia em Vin uma estranha sensação de solenidade.

Kelsier avançou, os pés descalços roçando no suave mármore negro. Vin o seguiu, agachada e nervosa; a sala parecia vazia, mas devia haver outros guardas. Kelsier se aproximou de uma grande porta de carvalho na construção interior. Sua superfície era entalhada com letras que Vin não reconheceu. Ele estendeu o braço e abriu a porta.

Um Inquisidor de Aço estava lá dentro. A criatura sorriu, com os lábios se curvando em uma expressão misteriosa sob os dois enormes pregos que perfuravam seus olhos.

Kelsier se deteve por um breve momento. Então gritou, *"Vin, corra!"*, enquanto a mão do Inquisidor avançava e o agarrava pelo pescoço.

Vin ficou paralisada. Ela viu dois outros Inquisidores com túnicas negras cruzando as entradas em arco. Altos, magros e carecas, eles também usavam pregos e intrincadas tatuagens do Ministério nos olhos.

O Inquisidor mais próximo ergueu Kelsier no ar pelo pescoço.

— Kelsier, o Sobrevivente de Hathsin — disse a criatura, com voz áspera. Então se virou para Vin. — E... você. Estive procurando por você. Permitirei que este aqui morra rapidamente se me disser que nobre a gerou, mestiça.

Kelsier tossiu, debatendo-se para respirar enquanto se agitava sob o aperto da criatura. O Inquisidor se virou, olhando Kelsier com seus olhos perfurados pelos pregos. Kelsier tossiu novamente, como se tentasse dizer algo, e o Inquisidor, curioso, puxou-o um pouco mais para perto.

A mão de Kelsier cravou uma adaga no pescoço da criatura. Enquanto o Inquisidor cambaleava, Kelsier deu um soco em seu antebraço, partindo o osso com um estalo. O Inquisidor o soltou, e Kelsier caiu no chão de mármore, tossindo.

Lutando para respirar, Kelsier olhou para Vin com intensidade.

— Eu disse *corra*! — exclamou, com voz rouca, jogando algo para ela.

Vin estendeu o braço para pegar a bolsa de moedas. Contudo, a bolsa acelerou no ar. Subitamente, ela percebeu que Kelsier não estava jogando para ela, mas *nela*.

A bolsa acertou Vin no peito. *Empurrado* pela Alomancia de Kelsier, o objeto arremessou-a pela sala, fazendo-a passar pelos dois Inquisidores surpresos, até que ela finalmente caiu desajeitada no chão, escorregando no mármore.

Vin levantou a cabeça, ainda atordoada. Na distância, Kelsier ficou em pé. O primeiro Inquisidor não parecia muito preocupado com a adaga em seu pescoço. Os outros dois estavam parados entre ela e Kelsier. Um se virou em sua direção, e Vin ficou paralisada com seu olhar horripilante e anormal.

— *CORRA!* — A palavra ecoou pela câmara abobadada. E, desta vez, finalmente, surtiu efeito.

Vin ficou em pé, cambaleando — o medo a aturdia, gritava com ela, obrigava-a a se mover. Correu até a porta em arco mais próxima, sem saber se era por onde eles tinham vindo. Agarrou a bolsa de moedas de Kelsier e queimou ferro, buscando freneticamente uma âncora no corredor.

Tenho que fugir!

Agarrou o primeiro pedaço de metal que viu e se jogou, lançando-se do chão. Disparou pelo corredor em velocidade descontrolada, o terror avivando seu ferro.

Deu uma guinada repentina, e tudo girou. Acertou o chão em um ângulo estranho — sua cabeça bateu contra a pedra áspera — e caiu de costas, atordoada, perguntando-se o que havia acontecido. A bolsa de moedas... alguém a *puxara*, usando o metal para forçá-la a voltar.

Vin se virou e viu uma forma escura correndo pelo corredor. A túnica do Inquisidor se agitava enquanto ele pousava vagarosamente a uma curta distância de Vin. A criatura avançou, com seu rosto impassível.

Vin avivou seu peltre, clareando sua mente e afastando a dor. Atirou algumas moedas, *empurrando-as* contra o Inquisidor.

Ele ergueu a mão e as moedas congelaram no ar. O *empurrão* de Vin repentinamente a atirou para trás, e ela caiu nas pedras, escorregando.

Ela ouviu as moedas caindo no chão assim que parou de deslizar. Balançou a cabeça, uma dúzia de novos hematomas ardia raivosamente por todo seu corpo. O Inquisidor passou por cima das moedas espalhadas, caminhando na direção dela em ritmo suave.

Tenho que sair daqui! Até mesmo Kelsier tivera medo de encarar o Inquisidor. Se ele não podia lutar contra um, que chances ela teria?

Nenhuma. Vin largou a bolsa de moedas, ficou em pé e saiu correndo, entrando pela primeira porta que encontrou. Não havia ninguém na sala, mas havia um altar dourado no centro. Entre o altar, os quatro candelabros nos cantos e a bagunça de outras parafernálias religiosas, o espaço estava lotado.

Vin se virou, *puxando* um candelabro para si, lembrando-se do truque que Kelsier usara antes. O Inquisidor entrou na sala e, quase se divertindo, ergueu a mão, arrancando o candelabro dela com um *puxão* alomântico.

Ele é muito forte! Vin pensou, horrorizada. Ele provavelmente estava se firmando com um *puxão* contra as braçadeiras da lanterna atrás dele. A força de seus *empurrões* de ferro era muito mais poderosa do que a de Kelsier.

Vin saltou, *empurrando*-se levemente por sobre o altar. Na porta, o Inquisidor se aproximou de uma tigela sobre uma coluna baixa, pegando o que parecia ser um punhado de pequenos triângulos de metal. Eram afiados nos vértices e cortaram a mão da criatura em uma dúzia de lugares. Ele ignorou os ferimentos, erguendo a mão ensanguentada na direção dela.

Vin gritou, escondendo-se atrás do altar enquanto as peças de metal se chocavam na parede ao fundo.

— Você está presa — o Inquisidor disse, com voz áspera. — Venha comigo.

Vin olhou para os lados. Não havia outras portas na sala. Espreitou, encarando o Inquisidor, e uma peça de metal disparou contra o seu rosto. Ela a *empurrou*, mas o Inquisidor era forte demais. Teve que desviar e deixar o metal passar ou o poder dele a prenderia contra a parede.

Preciso de algo para bloqueá-lo. Algo que não seja feito de metal.

Enquanto ouvia o Inquisidor entrar na sala, encontrou o que precisava — um grande livro encadernado em couro, situado ao lado do altar. Ela o agarrou e esperou. Não havia sentido em ser rica se morresse. Pegou o frasco de Kelsier e engoliu o atium, queimando-o em seguida.

A sombra do Inquisidor rodeou o altar, e o Inquisidor real a seguiu um segundo depois. A sombra de atium abriu a mão e uma chuva de minúsculas adagas disparou na direção dela.

Vin levantou o livro quando as adagas reais dispararam. Correu com o livro pelo trajeto da sombra bem quando as adagas de verdade voaram até ela. Pegou cada uma delas, com suas pontas afiadas e chanfradas cravando-se profundamente na capa de couro do livro.

O Inquisidor se deteve, e ela foi recompensada com o que parecia ser um olhar de confusão no rosto retorcido da criatura. Então uma centena de sombras disparou do corpo dele.

Pelo Senhor Soberano!, Vin pensou. Ele também tinha atium.

Sem parar para se preocupar com o que aquilo significava, Vin saltou por cima do altar, carregando o livro como proteção contra novos projéteis. O Inquisidor girou, seus olhos a seguiram enquanto ela escapava pelo corredor.

Um esquadrão de soldados esperava por ela. Mas cada um deles tinha uma sombra-futuro. Vin se desviou deles, mal vendo onde suas armas acertavam, evitando, de algum modo, o ataque de doze homens. Por um momento, quase se esqueceu da dor e do medo — ambos foram substituídos por uma incrível sensação de poder. Ela se esquivou sem esforço, os bastões se agitando sobre ela e ao seu lado, cada um deles errando por centímetros. Ela era invencível.

Abriu caminho entre as fileiras de homens, sem se incomodar em matá-los ou feri-los — só queria escapar. Quando passou pelo último, dobrou uma esquina.

E um segundo Inquisidor, com o corpo se repartindo em imagens-sombras, deu um passo adiante, acertando algo afiado em suas costelas.

Vin perdeu o fôlego por causa da dor. Ouviu um som repugnante quando a criatura arrancou a arma de seu corpo; era uma vara de madeira com uma lâmina de obsidiana afixada na ponta. Vin levou a mão à lateral do corpo, cambaleando para trás, sentindo uma quantidade assustadora de sangue quente jorrar da ferida.

O Inquisidor lhe parecia familiar. *O primeiro, da outra sala*, pensou, em meio à dor. *Isso significa... que Kelsier está morto?*

— Quem é seu pai? — perguntou o Inquisidor.

Vin manteve a mão nas costelas, tentando estancar o sangue. Era um ferimento grande. Um ferimento horrível. Vira outros assim antes. Sempre fatais.

Mas ainda estava viva. *Peltre*, sua mente confusa pensou. *Avive o peltre!*

Fez isso, e o metal deu força ao seu corpo, mantendo-a em pé. Os soldados se afastaram para deixar o segundo Inquisidor se aproximar dela pela lateral. Vin olhou horrorizada para os dois Inquisidores, ambos se dirigiam até ela, o sangue fluía entre seus dedos e pela lateral de seu corpo. O primeiro Inquisidor ainda levava a arma em forma de machado, o fio manchado de sangue. O sangue dela.

Vou morrer, pensou aterrorizada.

E então ela ouviu. Chuva. Era fraco, mas seus ouvidos amplificados pelo estanho captaram o som atrás dela. Deu meia-volta, lançando-se em direção à porta, e foi recompensada com a visão de um arco largo do outro lado da sala. A bruma se espalhava pelo chão da sala, e a chuva acertava as pedras do lado de fora.

Deve ter sido por onde os guardas vieram, ela pensou. Ela manteve o peltre aceso, surpresa em ver o quão bem seu corpo ainda funcionava, e cambaleou até a chuva, instintivamente apertando o livro de couro contra o peito.

— Está pensando em escapar? — perguntou o primeiro Inquisidor atrás dela, com divertimento.

Aturdida, Vin se voltou para o céu e *puxou* uma das muitas torres do palácio. Ouviu o Inquisidor praguejar enquanto se perdia no ar, atirando-se na noite escura.

As mil torres se ergueram ao redor dela. Ela *puxou* uma delas e depois se voltou para outra. A chuva estava forte agora e tornava a noite negra. Não havia bruma para refletir a luz ambiente, e as estrelas estavam ocultas pelas nuvens. Vin não podia ver para onde estava indo; tinha que usar a Alomancia para sentir as pontas metálicas das torres e esperar que não houvesse nada no meio do caminho.

Chocou-se contra um espigão, agarrando-o e parando. *Tenho que atar a ferida...*, pensou, debilmente. Estava começando a ficar mais atordoada, sua cabeça estava enevoada apesar do peltre e do estanho.

Algo acertou o espigão acima dela. Vin escutou um grunhido baixo. Soltou-se no momento exato em que o Inquisidor cortava o ar ao lado dela.

Tinha uma chance. No meio do salto, *puxou*-se para o lado, na direção de uma torre diferente. Ao mesmo tempo, *empurrou* o livro em suas mãos — que tinha pedaços de metal encravados na capa. O livro foi jogado na direção em que ela estava indo anteriormente, suas linhas azuis brilharam fracas na noite. Era o único metal que tinha consigo.

Vin segurou o espigão seguinte com facilidade, tentando fazer o menor ruído possível. Perscrutou a noite, queimando estanho, a chuva se transformou em um trovão em seus ouvidos. Por cima, pareceu escutar o som de algo acertando uma torre na direção em que empurrara o livro.

O Inquisidor caíra em seu truque. Vin suspirou, pendurada no espigão, a chuva encharcando seu corpo. Assegurou-se de que seu cobre ainda estivesse queimando. *Puxou* levemente o espigão para se posicionar melhor, e arrancou um pedaço da camisa para atar o ferimento. Apesar da mente aturdida, não pôde deixar de notar o quão grande era o talho.

Ah, Senhor, pensou. Sem o peltre, teria ficado inconsciente há muito tempo. Estaria morta.

Algo soou na escuridão. Vin sentiu um calafrio, levantando o olhar. Tudo estava negro ao seu redor.

Não pode ser. Ele não pode...

Algo acertou o espigão em que ela estava. Vin gritou, saltando para longe. *Puxou* outro espigão, agarrando-se debilmente a ele, e imediatamente *empurrou* mais uma vez. O Inquisidor a seguiu, os baques soavam à medida que ele pulava de espigão em espigão atrás dela.

Ele me encontrou. Não podia me ver nem me ouvir ou me sentir. Mas me encontrou.

Vin acertou um espigão, segurando-o com uma das mãos, e ficou pendurada. Suas forças estavam quase esgotadas. *Tenho... tenho que fugir... me esconder...*

Suas mãos estavam entorpecidas, assim como sua mente. Seus dedos resvalaram no metal frio e molhado do espigão, e ela sentiu que estava despencando na escuridão.

Caiu com a chuva.

Mas percorreu uma distância curta antes de acertar algo duro — o telhado de uma parte especialmente alta do palácio. Aturdida, ela ficou de joelhos, arrastando-se em busca de um canto.

Me esconder... me esconder... me esconder...

Arrastou-se fracamente até o vão formado por outra torre. Acocorou-se no canto escuro, em meio a uma poça de chuva misturada com cinzas, os braços enrolados em volta do corpo. Estava molhada de chuva e sangue.

Pensou, só por um momento, que talvez tivesse escapado.

Mas uma forma escura aterrissou no telhado. A chuva estava diminuindo, e o estanho revelou a Vin uma cabeça com dois pregos, um corpo envolto em uma túnica escura.

Estava fraca demais para se mexer, fraca demais para fazer algo mais do que tremer na poça de água, a roupa agarrada à sua pele. O Inquisidor se virou em sua direção.

— Que coisinha problemática você é — disse ele. Avançou um passo, mas Vin mal podia ouvir suas palavras.

Estava ficando escuro de novo... não, era a sua mente. Sua visão escurecia, seus olhos se fechavam. Seu ferimento não doía mais. Não conseguia... nem mesmo... pensar...

Ela ouviu um som, como galhos estilhaçados.

E braços a levantaram. Braços mornos, não os braços da morte. Obrigou-se a abrir os olhos.

— Kelsier? — sussurrou.

Mas não era o rosto de Kelsier que olhava para ela, marcado pela preocupação. Era um rosto diferente, mais gentil. Ela suspirou aliviada, perdendo os sentidos enquanto os braços fortes a puxavam para mais perto, fazendo-a se sentir estranhamente segura no meio da terrível tempestade da noite.

Não sei por que Kwaan me traiu. Mesmo agora, esse fato assombra meus pensamentos. Foi ele quem me descobriu; foi o primeiro filósofo de Terris a me chamar de Herói das Eras. Parece ironicamente surreal que agora, depois de sua longa batalha para convencer seus colegas, ele seja o principal homem santo de Terris a pregar contra o meu reino.

15

— VOCÊ A LEVOU? — Dockson quis saber, irrompendo no aposento. — Levou Vin para Kredik Shaw? Ficou completamente maluco?

— Sim — replicou Kelsier. — Vocês estavam certos o tempo todo. Sou um louco. Um lunático. Eu talvez devesse ter morrido nos Fossos e jamais ter voltado para incomodar nenhum de vocês!

Dockson recuou, surpreso com a força das palavras do amigo. Kelsier deu um soco de frustração na mesa, e a madeira se estilhaçou com a força do golpe. Ainda estava queimando peltre; o metal o ajudava a resistir aos vários ferimentos. Sua capa de bruma estava em frangalhos, seu corpo tinha meia dúzia de cortes pequenos. Todo seu lado direito queimava de dor. Tinha um hematoma enorme ali, e tinha sorte de não ter quebrado nenhuma costela.

Ele avivou seu peltre. O fogo em seu interior lhe fez bem, deu foco à sua raiva e ao asco que sentia de si mesmo. Um dos aprendizes trabalhava rapidamente, atando uma bandagem ao redor do corte maior. Trevo estava sentado com Ham em um dos cantos da cozinha. Brisa estava fora, visitando um dos subúrbios.

— Pelo Senhor Soberano, Kelsier — disse Dockson, em voz baixa.

Até Dockson, Kelsier pensou. *Meu amigo mais antigo invoca o nome do Senhor Soberano. O que estamos fazendo? Como podemos encarar isso?*

— Havia três Inquisidores esperando por nós, Dox — disse Kelsier.

Dockson empalideceu.

— E você a *deixou* lá?

— Ela saiu antes de mim. Tentei distrair os Inquisidores o máximo que pude, mas...

— Mas?

— Um dos três a seguiu. Não pude impedir. Os outros dois Inquisidores talvez estivessem só tentando me manter ocupado para que o companheiro deles pudesse encontrá-la.

— Três Inquisidores — Dockson repetiu, aceitando uma taça de conhaque de um dos aprendizes. Tomou a bebida de um só gole.

— Devemos ter feito muito barulho ao entrar — Kelsier falou. — Ou isso, ou já estavam lá por alguma outra razão. E *ainda* não sabemos o que há naquela sala!

A cozinha ficou em silêncio. A chuva do lado de fora voltou a aumentar, atacando o edifício com fúria recriminadora.

— Então... — Ham disse — O que aconteceu com Vin?

Kelsier olhou para Dockson e viu o pessimismo nos olhos dele. Kelsier escapara por um triz, e tinha anos de treinamento. Se Vin ainda estivesse em Kredik Shaw...

Kelsier sentiu uma dor aguda no peito. *Você a deixou morrer também. Primeiro Mare, agora Vin. Quantos mais você levará para a morte antes que isso acabe?*

— Ela pode estar escondida em algum lugar da cidade — disse Kelsier. — Com medo de vir à loja porque os Inquisidores estão atrás dela. Ou... talvez, por algum motivo, tenha voltado a Fellise.

Talvez esteja lá fora, em algum lugar, morrendo sozinha na chuva.

— Ham — falou Kelsier —, você e eu vamos voltar ao palácio. Dox, pegue Lestibournes e visite outras gangues de ladrões. Talvez um dos vigias deles tenha visto alguma coisa. Trevo, mande um aprendiz até a mansão de Renoux para ver se ela foi para lá.

O grupo solene começou a se mexer, mas Kelsier não precisou declarar o óbvio. Ele e Ham não seriam capazes de se aproximar de Kredik Shaw sem dar de cara com patrulhas de guardas. Mesmo que Vin estivesse escondida em algum lugar da cidade, os Inquisidores provavelmente a encontrariam primeiro. Tinham que...

Kelsier parou, e seu movimento súbito fez com que os outros se detivessem. Ouvira alguma coisa.

Passos apressados soaram quando Lestibournes desceu correndo as escadas, entrando no aposento em que estavam, completamente encharcado pela chuva.

— Alguém está chegando! Vindo da noite com o chamado!

— Vin? — perguntou Ham, esperançoso.

Lestibournes negou com a cabeça.

— Homem grande. Túnica.

É isso, então. Eu trouxe a morte para a gangue — trouxe os Inquisidores diretamente até eles.

Ham ficou parado, segurando um bastão de madeira. Dockson desembainhou duas adagas e os seis aprendizes de Trevo se dirigiram para o fundo do aposento com os olhos arregalados de pavor.

Kelsier avivou seus metais.

A porta dos fundos da cozinha se abriu. Uma forma alta e escura, com a túnica molhada, estava parada na chuva. Carregava uma figura enrolada em tecidos nos braços.

— Sazed! — Kelsier exclamou.

— Ela está muito ferida — disse Sazed, entrando rapidamente no aposento, sua túnica elegante escorrendo água da chuva. — Mestre Hammond, preciso de um pouco de peltre. O suprimento dela está esgotado, creio.

Ham saiu apressado enquanto Sazed colocava Vin na mesa da cozinha. A pele dela estava pegajosa e pálida, seu corpo pequeno completamente ensopado.

É tão pequena, Kelsier pensou. *Pouco maior que uma criança. Como pensei em levá-la comigo?*

Ela tinha uma enorme ferida ensanguentada nas costelas. Sazed colocou algo de lado — um grande livro que carregava nos braços além de Vin — para pegar o frasco que Hammond lhe dera. Abriu-o e verteu o líquido pela garganta da garota inconsciente. O aposento permaneceu em silêncio, o som da chuva entrando pela porta ainda aberta.

O rosto de Vin ganhou um pouco de cor, e sua respiração pareceu se estabilizar. Para os sentidos alomânticos potencializados pelo bronze de Kelsier, ela começou a pulsar levemente, com um ritmo não muito diferente de um segundo batimento cardíaco.

— Ah, bom — Sazed falou, desfazendo a atadura improvisada de Vin. — Temia que o corpo dela ainda estivesse muito pouco familiarizado com a Alomancia para queimar metais inconscientemente. Há esperança para ela, creio. Mestre Cladent, preciso de uma panela de água fervente, de algumas ataduras e da bolsa médica que está no meu quarto. Agora, rápido!

Trevo assentiu, acenando para seus aprendizes fazerem o que fora instruído. Kelsier se encolheu enquanto observava Sazed trabalhar. O ferimento era grave — pior do que qualquer um a que ele sobrevivera. O corte descia profundamente até o intestino; era o tipo de ferida que matava lentamente, mas de modo inevitável.

Vin, no entanto, não era uma pessoa comum — o peltre podia manter um alomântico vivo muito tempo depois que o corpo tivesse cedido. Além disso, Sazed não era um curandeiro comum. Ritos religiosos não eram a única coisa que os Guardadores armazenavam em suas memórias misteriosas; suas mentes de metal continham vastas riquezas de informação sobre cultura, filosofia e ciência.

Trevo mandou seus aprendizes saírem do aposento assim que a cirurgia começou. O procedimento exigiu uma quantidade alarmante de tempo, com Ham aplicando pressão no ferimento enquanto Sazed costurava lentamente as vísceras de Vin. Finalmente, Sazed fechou o ferimento externo e aplicou um curativo limpo, então pediu a Ham que levasse a garota gentilmente para a cama.

Kelsier ficou parado, observando Ham levar o corpo fraco e flácido de Vin para fora da cozinha. Então, voltou-se para Sazed, interrogativamente. Dockson, a única outra pessoa ainda no aposento, estava sentado no canto.

Sazed meneou a cabeça gravemente.

— Não sei, mestre Kelsier. Talvez ela sobreviva. Precisamos manter seu suprimento de peltre. Isso ajudará seu corpo a produzir sangue novo. Mesmo assim, vi muitos homens fortes morrerem com ferimentos menores do que este.

Kelsier assentiu.

— Cheguei tarde demais, creio — lamentou Sazed. — Quando descobri que ela havia deixado a mansão de Renoux, vim até Luthadel o mais rápido que pude. Usei uma mente de metal inteira para fazer a viagem com urgência. Mesmo assim, fui lento demais...

— Não, meu amigo — disse Kelsier. — Você fez bem esta noite. Muito melhor do que eu.

Sazed suspirou, então estendeu a mão e passou os dedos pelo grande livro que havia posto de lado antes de começar a cirurgia. O volume estava molhado de água da chuva e sangue. Kelsier o observou, franzindo o cenho.

— O que é isso?

— Não sei — Sazed disse. — Encontrei no palácio, enquanto procurava pela criança. Está escrito em khlenni.

Khlenni, a linguagem de Khlennium — a antiga terra natal do Senhor Soberano antes da Ascensão. Kelsier se animou um pouco.

— Pode traduzir?

— Talvez — disse Sazed, de repente parecendo muito cansado. — Mas... não por enquanto, creio. Depois desta noite, precisarei descansar.

Kelsier assentiu, mandando um dos aprendizes preparar o quarto para Sazed. O terrisano fez um gesto de agradecimento e subiu as escadas, fatigado.

— Ele salvou mais do que a vida de Vin esta noite — Dockson disse, aproximando-se em silêncio por trás. — O que fez foi estúpido, mesmo para você.

— Eu tinha que saber, Dox — ele disse. — Tinha que voltar. E se o atium realmente estiver lá?

— Você disse que não está.

— Disse — Kelsier concordou com um aceno de cabeça —, e tenho quase certeza que não está. Mas e se eu estiver errado?

— Isso não é desculpa — Dockson disse, zangado. — Agora Vin está morrendo e o Senhor Soberano foi alertado sobre a nossa existência. Não foi o suficiente causar a morte de Mare tentando entrar naquela sala?

Kelsier estava muito esgotado para sentir alguma raiva. Suspirou, sentando-se.

— Há algo mais, Dox.

Dockson franziu o cenho.

— Tenho evitado falar sobre o Senhor Soberano para os outros — Kelsier disse. — Mas... estou preocupado. O plano é bom, mas tenho esse terrível pressentimento de que nunca teremos êxito enquanto ele viver. Podemos tomar o dinheiro dele, podemos tomar seus exércitos, podemos fazê-lo sair da cidade... mas ainda me preocupo de não sermos capazes de detê-lo.

Dockson franziu o cenho.

— Está falando sério sobre esse negócio de Décimo Primeiro Metal, então?

Kelsier assentiu.

— Há dois anos tento descobrir um jeito de matá-lo. Já tentaram de tudo... ele ignora ferimentos normais e a decapitação só o irrita. Um grupo de soldados queimou a estalagem em que ele estava, durante uma das primeiras guerras. O Senhor Soberano saiu de lá pouco mais que um esqueleto e se curou em questão de segundos. As histórias sobre o Décimo Primeiro Metal são as únicas que oferecem alguma esperança. Mas não consigo fazer funcionar! Por isso tive que voltar ao palácio. O Senhor Soberano está *escondendo* alguma coisa naquela sala, posso sentir isso. Não consigo deixar de pensar que, se soubermos o que é, seremos capazes de detê-lo.

— Mas não precisava levar Vin com você.

— Ela me seguiu — Kelsier contou. — Fiquei com medo que tentasse entrar por conta própria se eu a deixasse para trás. A garota é cabeça-dura, Dox... esconde bem, mas é absurdamente obstinada quando quer.

Dockson suspirou, então assentiu lentamente.

— E *ainda* não sabemos o que há naquela sala.

Kelsier olhou para o livro que Sazed deixara na mesa. A água da chuva o manchara, mas o volume obviamente havia sido feito para durar. Estava bem amarrado, para impedir que a água molhasse suas folhas, e a capa era de couro bem curtido.

— Não — disse Kelsier finalmente. — Não sabemos. — *Mas temos isso, o que quer que seja.*

— Valeu a pena, Kell? — perguntou Dockson. — Essa façanha insana, realmente valeu a pena que você e a menina quase tenham morrido?

— Não sei — respondeu Kelsier honestamente. Voltou-se para Dockson, encarando os olhos do amigo. — Pergunte mais uma vez assim que soubermos se Vin vai ou não sobreviver.

FIM DA SEGUNDA PARTE

TERCEIRA PARTE

FILHOS DE UM SOL SANGRANDO

Muitos acham que minha jornada começou em Khlennium, aquela grande cidade de maravilhas. Esquecem que eu não era rei quando minha busca começou. Longe disso.

Creio que os homens fariam bem em recordar que minha tarefa não foi iniciada por imperadores, sacerdotes, profetas ou generais. Não começou em Khlennium ou em Kordel, nem veio das grandes nações do leste ou do feroz império do oeste.

Começou em uma pequena cidade sem importância cujo nome não significaria nada para você. Começou com um jovem, filho de um ferreiro, que não se destacava em nada — exceto, talvez, em sua habilidade de se meter em encrenca.

Começou comigo.

16

QUANDO VIN DESPERTOU, A DOR lhe dizia que Reen a espancara mais uma vez. O que ela tinha feito? Tinha sido amigável demais com um dos outros membros da gangue? Tinha feito um comentário tolo, atraindo a ira do líder da gangue? Precisava permanecer quieta, sempre quieta, ficando longe dos outros, nunca chamando a atenção para si. De outro modo, ele a espancaria. Ela tinha que aprender, ele dizia. Tinha que aprender...

Mas a dor parecia forte demais. Pelo que podia lembrar, fazia muito tempo que não se machucava tanto.

Tossiu levemente, abrindo os olhos. Estava deitada em uma cama confortável demais, e um adolescente magricela estava sentado em uma cadeira ao lado dela.

Lestibournes, pensou. *Esse é o nome dele. Estou na loja de Trevo.*

Lestibournes se levantou de um salto.

— Você acordou!

Ela tentou falar, mas só tossiu de novo, e o garoto rapidamente lhe deu um copo de água. Vin bebeu, agradecida, fazendo uma careta por causa da dor na lateral do corpo. De fato, ela sentia como se seu corpo todo tivesse sido profundamente agredido.

— Lestibournes — ela finalmente balbuciou.

— Não com o agora — disse ele. — Kelsier sendo a escolha com o meu nome; mudou para Fantasma.

— Fantasma? — perguntou Vin. — Combina com você. Por quanto tempo dormi?

— Duas semanas — o garoto respondeu. — Espere aqui.

Saiu correndo, e ela o ouviu chamar alguém ao longe.

Duas semanas? Tomou outro gole de água, tentando organizar as lembranças confusas. A luz avermelhada do entardecer brilhava pela janela, preenchendo o quarto. Colocou o copo de lado, checando as costelas, e encontrou uma grande atadura branca.

Foi onde o Inquisidor me atingiu, ela pensou. *Eu devia estar morta.*

A lateral de seu corpo tinha vários hematomas e estava lívida por causa do golpe que levara ao cair do telhado, e seu corpo tinha uma dúzia de outros arranhões, hematomas e cortes. No conjunto das coisas, sentia-se absolutamente terrível.

— Vin! — Dockson exclamou, entrando no quarto. — Está acordada!

— Quase — Vin disse com um gemido, recostando-se em seu travesseiro.

Dockson começou a rir e se aproximou para sentar no banco de Lestibournes.

— Do que você se lembra?

— De quase tudo, acho — ela disse. — Abrimos caminho pelo palácio, mas havia três Inquisidores. Eles nos perseguiram, e Kelsier lutou... — Ela se deteve, olhando para Dockson. — Kelsier? Ele está...?

— Kell está bem — Dockson disse. — Escapou do incidente em melhor estado que você. Ele conhece o palácio muito bem, graças aos planos que fizemos há três anos, e ele...

Vin franziu o cenho quando Dockson se calou.

— O quê?

— Ele disse que os Inquisidores não estavam muito focados em matá-lo. Deixaram um para persegui-lo e mandaram dois atrás de você,

Por quê? Vin pensou. *Será que simplesmente queriam concentrar sua energia no inimigo mais fraco primeiro? Ou há outra razão?* Ela se sentou, pensativa, repassando os acontecimentos daquela noite.

— Sazed — disse Vin por fim. — Ele me salvou. O Inquisidor estava prestes a me matar, mas... Dox, *o que* ele *é*?

— Sazed? — Dockson perguntou. — Essa é uma pergunta que eu provavelmente devia deixá-lo responder.

— Ele está aqui?

Dockson negou com a cabeça.

— Teve que voltar para Fellise. Brisa e Kell estão fora, recrutando, e Ham partiu há uma semana para inspecionar nosso exército. Não voltará em pelo menos um mês.

Vin assentiu, sentindo-se sonolenta.

— Beba o resto de sua água — Dockson sugeriu. — Há algo nela para ajudar com a dor.

Vin ingeriu sua bebida, então deitou de lado e deixou o sono tomá-la novamente.

KELSIER ESTAVA LÁ QUANDO ELA acordou. Sentado no banco ao lado de sua cama, com as mãos unidas e os cotovelos apoiados nos joelhos, observando-a sob a luz fraca de uma lanterna. Sorriu quando ela abriu os olhos.

— Bem-vinda.

Ela imediatamente pegou o copo de água na mesinha de cabeceira.

— Como vai o trabalho?

Ele deu de ombros.

— O exército está crescendo, e Renoux começou a comprar armas e suprimentos. Sua sugestão sobre o Ministério acabou sendo boa: encontramos o contato de Theron e estamos perto de negociar um acordo que nos permitirá colocar um dos nossos como acólito.

— Marsh? — perguntou Vin. — Ele mesmo fará isso?

Kelsier assentiu.

— Ele sempre teve uma... certa fascinação pelo Ministério. Se algum skaa pode imitar um obrigador, esse skaa é Marsh.

Vin assentiu, tomando mais um gole da água. Havia algo diferente em Kelsier. Era sutil, uma leve alteração em seu aspecto e atitude. As coisas haviam mudado durante sua enfermidade.

— Vin — Kelsier disse, hesitante. — Eu lhe devo desculpas. Quase a mataram por minha culpa.

Vin bufou baixinho.

— Não foi culpa sua. Eu o convenci a me levar.

— Não deveria ter sido capaz de me convencer — Kelsier disse. — Minha decisão original, de mandá-la de volta, era a correta. Por favor, aceite as desculpas.

Vin concordou.

— O que precisa que eu faça agora? O trabalho tem que seguir em frente, certo?

Kelsier sorriu.

— De fato. Assim que estiver pronta, eu gostaria que voltasse para Fellise. Criamos uma história falsa de que Lady Valette está doente, mas os rumores começaram a surgir. Quanto antes puder ser vista em carne e osso, melhor.

— Posso ir amanhã.

Kelsier deu uma gargalhada.

— Duvido, mas logo poderá ir. Por enquanto, apenas descanse. — Ele se levantou, pronto para partir.

— Kelsier? — Vin perguntou, fazendo-o parar. Ele se virou, olhando para ela.

Vin lutou para formular o que queria dizer.

— O palácio... os Inquisidores... Não somos invencíveis, somos? — Corou. Parecia estúpido quando dizia dessa forma.

Kelsier, no entanto, sorriu. Pareceu entender o que ela queria dizer.

— Não, Vin — ele disse em voz baixa. — Estamos longe disso.

VIN OBSERVAVA A PAISAGEM PASSANDO pela janela da carruagem. O veículo, vindo da Mansão Renoux, tinha supostamente levado Lady Valette para dar uma volta em Luthadel. Na verdade, não abrigava Vin até se deter brevemente na rua de Trevo. Mas agora as cortinas da janela estavam abertas, mostrando-a novamente ao mundo — supondo que alguém se importasse.

A carruagem fez seu caminho de volta a Fellise. Kelsier tinha razão: teve que descansar mais três dias na loja de Trevo antes de se sentir forte o bastante para fazer a viagem. Em parte, tinha esperado apenas porque temia ter que se espremer para entrar em um vestido de nobre com seus braços machucados e a lateral do corpo ferida.

Ainda assim, sentia-se bem por estar em pé outra vez. Havia algo... estranho em simplesmente estar se recuperando na cama. Um tempo tão longo de descanso não seria dado a um ladrão normal; ou voltavam a trabalhar logo, ou eram abandonados para morrer. Se não podiam trazer dinheiro para comida, não podiam ocupar espaço no covil.

Mas esse não é o único jeito como as pessoas vivem, pensou Vin. Ainda se sentia desconfortável com esse conhecimento. Não importava para Kelsier ou para os outros se ela esgotasse os recursos deles. Não haviam explorado seu estado enfraquecido, haviam cuidado dela, cada um deles passando algum tempo ao lado de sua cama. O mais notável entre os vigilantes tinha sido o jovem Lestibournes. Vin não sentia que o conhecia tão bem e, mesmo assim, Kelsier lhe disse que o garoto passara horas cuidando dela durante o coma.

O que pensar de um mundo onde um líder de gangue se preocupa com os seus? No submundo, cada um era responsável pelo que acontecia a si mesmo — os elementos mais fracos de uma gangue tinham que ser abandonados à morte para não impedir que os outros ganhassem o bastante para sobreviver. Se alguém fosse capturado pelo Ministério, era entregue ao seu destino e esperava-se que não traísse muito os demais. Não se preocupava com a própria culpa em colocar alguém em perigo.

São tolos, a voz de Reen sussurrou. *Todo esse plano vai terminar em desastre — e sua morte será sua culpa por não ter fugido enquanto havia tempo.*

Reen fugiu quando teve chance. Talvez soubesse que os Inquisidores a perseguiriam em algum momento por causa dos poderes que ela possuía sem saber. Ele sempre sabia quando partir — não foi por acidente, ela pensou, que ele não foi massacrado com o resto da gangue de Camon.

E, mesmo assim, ela ignorou os alertas de Reen em sua mente e deixou que a carruagem a levasse até Fellise. Não que se sentisse completamente segura em seu posto na gangue de Kelsier — de certo modo, seu lugar entre eles a estava deixando cada vez mais apreensiva. E se não precisassem mais dela? E se ela se tornasse inútil para eles?

Tinha que provar que podia fazer o que precisavam que ela fizesse. Tinha eventos para comparecer, uma sociedade na qual se infiltrar. Tinha muito trabalho a fazer; não podia se dar ao luxo de passar mais tempo dormindo.

Além disso, precisava voltar às suas sessões de treino alomântico. Apenas alguns meses foram necessários para que ficasse dependente de seus poderes, e ansiava a liberdade de saltar através da bruma, de *puxar* e *empurrar*, abrindo caminho através do céu. Kredik Shaw lhe mostrara que não era invencível, mas o fato de Kelsier ter sobrevivido com pouco mais que uns arranhões provava que era possível se sair muito melhor do que ela. Vin precisava praticar, ganhar força, até que pudesse escapar dos Inquisidores como Kelsier fizera.

A carruagem fez uma curva e se dirigiu para Fellise. A paisagem bucólica e familiar fez Vin sorrir para si mesma. Apoiou-se na janela aberta, sentindo a brisa. Com sorte, alguns transeuntes comentariam que Lady Valette tinha sido vista passeando pela cidade. Chegou à Mansão Renoux pouco depois. Um serviçal abriu a porta da carruagem, e Vin ficou surpresa ao ver o próprio Lorde Renoux esperando do lado de fora da carruagem para ajudá-la a descer.

— Meu senhor? — disse, dando-lhe a mão. — Certamente tem coisas mais importantes de que tratar.

— Besteira — respondeu o homem. — Um lorde deve ter tempo para mimar sua sobrinha favorita. Como foi o passeio?

Ele nunca sai do personagem? Não perguntou sobre os outros em Luthadel nem deu indicação de que sabia de seus ferimentos.

— Foi revigorante, tio — respondeu enquanto subiam os degraus até a porta da mansão. Vin estava grata pelo peltre que queimava levemente em seu estômago, dando forças a suas pernas ainda fracas. Kelsier tinha lhe alertado para não usar muito ou ficaria dependente de seu poder, mas não via alternativa até que estivesse curada.

— Isso é maravilhoso — disse Renoux. — Talvez, assim que se sentir melhor, devêssemos almoçar juntos na sacada do jardim. Tem feito calor ultimamente, apesar da proximidade do inverno.

— Seria agradável — disse Vin. Antes, tinha achado o porte do nobre impostor intimidador. Mas agora, uma vez que entrara no personagem de Lady

Valette, experimentava a mesma calma de antes. Vin, a ladra, não era nada para um homem como Renoux, mas Valette, a *socialite*, era outra questão.

— Ótimo — disse Renoux, parando na entrada do edifício. — Mas vamos deixar isso para outro dia. Por enquanto, você certamente vai preferir descansar de seu passeio.

— Na verdade, meu senhor, eu gostaria de visitar Sazed. Tenho alguns assuntos a discutir com o mordomo.

— Ah — disse Renoux. — Você o encontrará na biblioteca, trabalhando em um de meus projetos.

— Obrigada — respondeu Vin.

Renoux assentiu e se afastou, seu bastão de duelo batendo contra o chão de mármore branco. Vin franziu o cenho, tentando decidir se ele era completamente são. Poderia alguém incorporar um personagem tão completamente?

Você faz isso, Vin lembrou a si mesma. *Quando se torna Lady Valette, mostra um lado completamente diferente de si mesma.*

Ela se virou, avivando o peltre para ajudá-la a subir a escadaria da ala norte. Abaixou a intensidade quando chegou ao topo, retornando à uma queima normal. Como Kelsier dissera, era perigoso avivar metais por um período muito extenso; um alomântico poderia tornar seu corpo rapidamente dependente.

Inspirou algumas vezes — subir as escadas foi difícil, mesmo com o peltre — e então seguiu pelo corredor até a biblioteca. Sazed estava sentado em uma escrivaninha ao lado de um pequeno braseiro de carvão, do outro lado da pequena sala, escrevendo em uma caderneta. Usava sua túnica padrão de mordomo e uns óculos finos na ponta do nariz.

Vin parou na porta, observando o homem que salvara sua vida. *Por que está usando óculos? Já o vi ler sem eles antes*. Ele parecia completamente absorto em seu trabalho, estudando periodicamente um grande volume sobre a mesa e logo na sequência se voltando para o caderno para fazer anotações.

— Você é um alomântico — disse Vin em voz baixa.

Sazed parou de escrever, colocou sua caneta na mesa e se virou.

— O que a faz dizer algo assim, senhora Vin?

— Chegou a Luthadel rápido demais.

— Lorde Renoux mantém vários cavalos mensageiros velozes em seus estábulos. Eu poderia ter usado um deles.

— Você me encontrou no palácio — lembrou Vin.

— Kelsier me contou sobre o plano dele, e eu corretamente presumi que você o seguiria. Localizar você foi um golpe de sorte; um que quase demorei demais para conseguir.

Vin franziu o cenho.

— Você matou o Inquisidor.

— Matar? — perguntou Sazed. — Não, senhora. É preciso muito mais poder do que possuo para matar uma daquelas monstruosidades. Eu simplesmente... o distraí.

Vin ficou parada na porta por um longo momento, tentando imaginar por que Sazed estava sendo tão ambíguo.

— Você é um alomântico ou não?

Ele sorriu, então puxou um banco ao lado da escrivaninha.

— Por favor, sente-se.

Vin fez conforme pedido, cruzando a sala e sentando-se no banco, de costas para uma imensa estante de livros.

— O que pensaria se lhe dissesse que não sou um alomântico? — Sazed perguntou.

— Pensaria que está mentindo — respondeu ela.

— Já me viu mentir antes?

— Os melhores mentirosos são aqueles que dizem a verdade na maior parte das vezes.

Sazed sorriu, encarando-a através dos óculos.

— Isso é verdade, creio eu. Mesmo assim, que provas você tem de que sou um alomântico?

— Você fez coisas que não poderiam ser feitas sem Alomancia.

— Ah? É uma Nascida da Bruma há dois meses e já sabe tudo o que é possível no mundo?

Vin se deteve. Até recentemente, não sabia muita coisa sobre Alomancia. Talvez existissem mais coisas no mundo do que presumia.

Sempre há outro segredo. Palavras de Kelsier.

— Então — disse ela devagar —, o que é *exatamente* um Guardador?

Sazed sorriu.

— Agora, *essa* é uma pergunta muito mais inteligente, senhora. Guardadores são... armazéns. Lembramos de coisas, então elas podem ser usadas no futuro.

— Como religiões — comentou Vin.

Sazed assentiu.

— Verdades religiosas são minha especialidade em particular.

— Mas se lembra de outras coisas também?

Sazed assentiu.

— Como o quê?

— Bem — respondeu Sazed, fechando o livro que estava estudando. — Idiomas, por exemplo.

Vin imediatamente reconheceu o livro coberto de glifos.

— O livro que encontrei no palácio! Como o conseguiu?

— Cruzei com ele enquanto procurava por você — explicou o terrisano. — Está escrito em um idioma muito antigo, um que não é falado há quase um milênio.

— Mas você o fala? — Vin perguntou.

Sazed assentiu.

— O suficiente para traduzi-lo, imagino.

— E... quantos idiomas você conhece?

— Cento e setenta e dois — respondeu Sazed. — A maior parte deles, como o khlenni, não é falada há muito tempo. O movimento unificador do Senhor Soberano, no século quinto, se assegurou disso. O idioma que o povo fala agora é, na verdade, um dialeto distante de Terris, o idioma da minha terra natal.

Cento e setenta e dois, Vin pensou, impressionada.

— Isso parece... impossível. Um homem não seria capaz de lembrar de tanta coisa.

— Não um homem — Sazed a lembrou. — Um Guardador. O que eu faço é similar à Alomancia, mas não é a mesma coisa. Você extrai poderes dos metais. Eu... os uso para criar memórias.

— Como? — perguntou Vin.

Sazed meneou a cabeça.

— Talvez em outra hora, senhora. A minha espécie... nós preferimos manter nossos segredos. O Senhor Soberano nos caça com paixão notável e confusa. Somos muito menos ameaçadores do que os Nascidos da Bruma... mesmo assim, ele ignora os alomânticos e busca nos destruir, odiando o povo de Terris por nossa causa.

— Odiando? — perguntou Vin. — Vocês são mais bem tratados do que os skaas normais. Recebem posições de respeito.

— Isso é verdade, senhora — Sazed concordou. — Mas, de certo modo, os skaas são mais livres. A maior parte dos terrisanos é criada desde o nascimento para ser mordomo. Poucos de nós sobraram, e os criadores do Senhor Soberano controlam nossa reprodução. Nenhum mordomo terrisano tem permissão para ter família ou gerar filhos.

Vin fez um som incrédulo.

— Isso parece difícil de se controlar.

Sazed apoiou a mão na capa do grande livro.

— Não, nem um pouco — ele disse, franzindo o cenho. — Todos os mordomos terrisanos são eunucos, criança. Presumi que soubesse disso.

Vin parou, então corou furiosamente.

— Eu... eu... sinto muito...

— De verdade e sem dúvida, não é preciso nenhuma desculpa. Fui castrado logo após meu nascimento, seguindo o padrão para aqueles que serão mordomos. Frequentemente penso que trocaria facilmente minha vida pela de um skaa comum. Meu povo é menos que um escravo, somos autômatos fabricados, criados por programas de reprodução, treinados desde o nascimento para satisfazer os desejos do Senhor Soberano.

Vin continuou corada, amaldiçoando sua falta de tato. Por que ninguém lhe contara? Sazed, no entanto, não parecia ofendido — ele nunca parecia zangado com nada.

Provavelmente um resultado de sua... condição, pensou Vin. *É o que os criadores devem querer. Mordomos dóceis e calmos.*

— Mas — disse Vin, franzindo o cenho — você é um rebelde, Sazed. Está lutando contra o Senhor Soberano.

— Sou uma espécie de desvio — explicou Sazed. — E meu povo não é tão completamente subjugado quanto o Senhor Soberano pensa, creio. Escondemos os Guardadores embaixo de seu nariz e alguns de nós têm coragem de agir em desacordo com o seu treinamento. — Ele balançou a cabeça. — Fazer isso não é uma coisa fácil. Somos um povo fraco, senhora. Ansiamos por fazer o que nos dizem, somos rápidos em nos submeter. Mesmo eu, a quem você chama de rebelde, imediatamente procurei uma posição de intendência e subserviência. Não somos tão corajosos quanto gostaríamos, creio.

— Foi corajoso o bastante para me salvar — disse Vin.

Sazed sorriu.

— Ah, mas há um elemento de obediência nisso também. Prometi a mestre Kelsier que a manteria em segurança.

Ah, ela pensou. Tinha se perguntado se ele tinha um motivo para suas ações. Afinal, quem arriscaria a vida simplesmente para salvar Vin? Ela ficou sentada por um momento, pensativa, e Sazed voltou para seu livro. Finalmente, ela falou de novo, chamando a atenção do terrisano:

— Sazed?

— Sim, senhora?

— Quem traiu Kelsier três anos atrás?

Sazed pausou, então abaixou sua caneta-tinteiro.

— Os fatos não estão claros, senhora. A maior parte da gangue presume que foi Mare, creio.

— Mare? — perguntou Vin. — A esposa de Kelsier?

Sazed assentiu.

— Aparentemente, ela era a única que poderia tê-lo feito. Além disso, o próprio Senhor Soberano a implicou.

— Mas ela não foi enviada para os Fossos também?

— Ela morreu lá — confirmou Sazed. — Mestre Kelsier é reticente ao falar sobre os Fossos, mas sinto que as cicatrizes que ele traz daquele lugar horrível são muito mais profundas do que as que se vê em seus braços. Não acho que ele chegou a saber se foi ela quem o traiu ou não.

— Meu irmão dizia que qualquer um vai te trair se tiver a oportunidade certa e um motivo bom o bastante.

Sazed franziu o cenho.

— Ainda que uma coisa dessas fosse verdade, eu não gostaria de viver acreditando nisso.

Parece melhor do que o que aconteceu com Kelsier: ser entregue ao Senhor Soberano por alguém que acreditava amar.

— Kelsier está diferente ultimamente — comentou Vin. — Parece mais reservado. É porque se sente culpado pelo que aconteceu comigo?

— Suspeito que em parte seja por isso — disse Sazed. — Contudo, ele também está percebendo que há uma imensa diferença entre liderar um pequeno bando de ladrões e organizar uma grande rebelião. Não pode correr os mesmos riscos que corria antes. O processo o está mudando para melhor, creio.

Vin não tinha tanta certeza. Mas ficou em silêncio, percebendo, com frustração, o quanto estava cansada. Até mesmo ficar sentada em um banco parecia extenuante agora.

— Vá dormir, senhora — disse Sazed, pegando sua caneta e marcando com o dedo o ponto que estava lendo. — Você sobreviveu a algo que provavelmente deveria tê-la matado. Dê a seu corpo o agradecimento que ele merece, deixe-o descansar.

Vin concordou, cansada, se levantou e o deixou escrevendo em silêncio sob a luz do entardecer.

Às vezes me pergunto o que teria acontecido se eu tivesse ficado lá, naquela preguiçosa aldeia em que nasci. Teria me tornado um ferreiro, como meu pai. Talvez tivesse uma família, meus próprios filhos.

Talvez outra pessoa surgisse para carregar este fardo terrível. Alguém que pudesse suportá-lo melhor do que eu. Alguém que merecesse ser um herói.

17

ANTES DE CHEGAR À MANSÃO Renoux, Vin nunca tinha visto um jardim cultivado. Em roubos ou missões de reconhecimento, de vez em quando via plantas ornamentais, mas nunca dera muita atenção — como muitos dos gostos dos nobres, aquilo parecia frívolo para ela.

Não tinha percebido quão belas as plantas podiam ser quando arranjadas com cuidado. A sacada do jardim da Mansão Renoux era uma estrutura oval e comprida com vista para o campo abaixo. O jardim não era grande — exigia muita água e atenção para formar mais do que um estreito perímetro ao redor da parte de trás do edifício.

Mesmo assim, era maravilhoso. Em vez dos tons brancos e marrons mundanos, as plantas cultivadas tinham cores mais fortes e vibrantes — tinham matizes de vermelho, laranja e amarelo, com as cores concentradas nas folhas. Os jardineiros as tinham plantado formando padrões intrincados e bonitos. Mais próximas à sacada, árvores exóticas, com coloridas folhas amarelas, forneciam sombra e protegiam das chuvas de cinzas. Era um inverno muito ameno, e a maior parte das árvores ainda tinha as suas folhas. O ar era fresco, e o farfalhar dos galhos ao vento era relaxante.

Quase relaxante o bastante, de fato, para fazer Vin esquecer o quanto estava aborrecida.

— Gostaria de mais chá? — perguntou Lorde Renoux. Não esperou por uma resposta; simplesmente acenou para um criado se apressar em encher a xícara dela.

Vin estava sentada em uma almofada macia, em uma cadeira de vime projetada para proporcionar conforto. Durante as últimas quatro semanas, cada um de seus caprichos e desejos tinha sido satisfeito. Os criados limpavam tudo, a vestiam, a alimentavam e a ajudavam a se banhar. Renoux se encarregara de garantir que tudo o que ela quisesse fosse feito, e certamente não esperava que fizesse nada extenuante, perigoso ou mesmo remotamente inconveniente.

Em outras palavras, a vida dela estava enlouquecedoramente entediante. Antes, sua estadia na Mansão Renoux era monopolizada pelas aulas de Sazed e pelo treinamento de Kelsier. Dormia durante o dia e tinha contato mínimo com o pessoal da mansão.

Agora, no entanto, a Alomancia — pelo menos do tipo que a permitia saltar noite afora — estava proibida para ela. Seu ferimento estava apenas parcialmente cicatrizado, e se fizesse muito movimento o abriria novamente. Sazed ainda lhe dava aulas de vez em quando, mas o tempo dele era dedicado à tradução do livro. Passava longas horas na biblioteca, debruçado sobre as páginas com um entusiasmo pouco comum.

Ele encontrou uma nova fonte de erudição, Vin pensou. *Para um Guardador, isso é provavelmente tão inebriante quanto uma especiaria rara.*

Tomou seu chá com petulância reprimida, observando os criados mais próximos. Pareciam aves de rapina empoleiradas, esperando uma oportunidade para deixar Vin o mais confortável — e frustrada — possível.

Renoux tampouco era de muita ajuda. A ideia dele de "almoçar" com Vin se resumia a se sentar e cuidar de seus próprios deveres — fazer anotações em cadernetas ou ditar cartas — enquanto comiam. A presença dela parecia importante para ele, mas ele raramente prestava muita atenção nela além de perguntar como fora seu dia.

Ainda assim, ela estava se esforçando para interpretar o papel de nobre empertigada. Lorde Renoux contratara alguns novos criados que não sabiam sobre o trabalho — não o pessoal da casa, mas jardineiros e pedreiros. Kelsier e Renoux estavam preocupados que as outras casas ficassem desconfiadas se não conseguissem colocar nem mesmo alguns criados-espiões nos jardins de Renoux. Kelsier não via isso como um perigo para o trabalho, mas significava que Vin tinha que manter seu personagem em tempo integral.

Não posso acreditar que as pessoas vivam assim, Vin pensou enquanto alguns criados começavam a retirar a comida. *Como as nobres preenchem seus dias com tanto vazio? Não me admira que todos fiquem ansiosos para comparecer àqueles bailes!*

— Sua estadia está agradável, querida? — Renoux perguntou, espiando por sobre uma caderneta.

— Sim, tio — Vin disse, com lábios apertados. — Bastante.

— Devia fazer compras mais tarde — disse Renoux, olhando para ela. — Talvez queira visitar a rua Kenton? Comprar uns brincos novos para substituir essa bijuteria vulgar que está usando?

Vin levou a mão à orelha esquerda, onde ainda usava o brinco de sua mãe.

— Não — respondeu. — Ficarei com esse.

Renoux franziu o cenho, mas não disse mais nada, pois um criado se aproximou e chamou a sua atenção.

— Meu senhor — disse o criado para Renoux —, uma carruagem acaba de chegar de Luthadel.

Vin se levantou. Essa era a forma de os criados dizerem que um membro da gangue havia chegado.

— Ah, muito bem — disse Renoux. — Traga as visitas aqui, Tawnson.

— Sim, meu senhor.

Alguns minutos mais tarde, Kelsier, Brisa, Yeden e Dockson entraram na sacada. Renoux acenou discretamente para os criados, que fecharam as portas de vidro da sacada, dando privacidade à gangue. Vários homens se posicionaram no interior, vigiando para se assegurar de que as pessoas erradas não tivessem a oportunidade de escutar a conversa deles.

— Estamos interrompendo a refeição de vocês? — perguntou Dockson.

— Não! — disse Vin rapidamente, impedindo a resposta de Lorde Renoux. — Sentem-se, por favor.

Kelsier foi até a beira a sacada, olhando para os jardins e campos.

— Bela vista vocês têm aqui.

— Kelsier, isso é aconselhável? — perguntou Renoux. — Alguns dos jardineiros são homens pelos quais não posso atestar.

Kelsier deu uma gargalhada.

— Se conseguirem me reconhecer a essa distância, merecem mais do que as Grandes Casas estão lhes pagando.

Mas se afastou da beira da sacada mesmo assim, indo até a mesa e girando uma cadeira, sentando-se ao contrário. Ao longo das últimas semanas, ele quase voltara ao seu antigo modo de ser. Mas ainda se viam mudanças. Organizava reuniões com mais frequência, discutia mais seus planos com a gangue. Também parecia diferente, mais... pensativo.

Sazed estava certo, Vin pensou. *Nosso ataque no palácio pode ter sido quase mortal para mim, mas mudou Kelsier para melhor.*

— Pensamos em fazer nossa reunião aqui esta semana — disse Dockson —, já que vocês dois raramente conseguem participar.

— Isso foi muito atencioso de sua parte, mestre Dockson — respondeu Lorde Renoux. — Mas sua preocupação é desnecessária. Estamos bem...

— Não — interrompeu Vin. — Não, *nós* não estamos. Alguns de nós precisam de informações. O que aconteceu com a gangue? Como vai o recrutamento?

Renoux olhou para ela com desaprovação. Vin, contudo, o ignorou. *Ele não é realmente um lorde*, disse a si mesma. *É só outro membro da gangue. Minha opinião conta tanto quanto a dele! Agora que os criados se foram, posso falar como quiser.*

Kelsier deu uma risada.

— Bem, o cativeiro a deixou um pouco mais sincera, pelo menos.

— Não tenho nada para *fazer* — Vin confessou. — Isso está me deixando louca.

Brisa colocou sua taça de vinho na mesa.

— Alguns achariam seu lugar invejável, Vin.

— Então *já* devem estar loucos.

— Ah, são quase todos nobres — disse Kelsier. — Então, sim, já são bastante loucos.

— O trabalho — insistiu Vin. — O que está acontecendo?

— O recrutamento ainda está muito lento — contou Dockson. — Mas estamos melhorando.

— Talvez tenhamos que sacrificar nossa segurança para conseguir um número maior de homens — sugeriu Yeden.

Isso é uma mudança também, ela pensou, impressionada pela mostra de civilidade de Yeden. Começara a usar roupas mais bonitas — não um traje completo de nobre como Dockson ou Brisa, mas pelo menos casaco e calça bem cortados, com uma camisa abotoada embaixo, limpa da fuligem.

— Isso não pode ser evitado, Yeden — disse Kelsier. — Felizmente, Ham está fazendo um bom trabalho com as tropas. Recebi uma mensagem dele há alguns dias. Está impressionado com o progresso dos homens.

Brisa fez uma careta.

— Cuidado... Hammond tende a ser um pouco otimista sobre esse tipo de coisa. Se o exército fosse composto por mudos pernetas, ele elogiaria o seu equilíbrio e suas habilidades auditivas.

— Gostaria de ver o exército — disse Yeden ansiosamente.

— Logo — prometeu Kelsier.

— Precisamos infiltrar Marsh no Ministério ainda este mês — Dockson comentou, assentindo para Sazed enquanto o terrisano passava pelos sentinelas e entrava na sacada. — Esperemos que Marsh tenha alguma luz sobre como lidar com os Inquisidores de Aço.

Vin estremeceu.

— Eles são um problema — reconheceu Brisa. — Considerando o que um par deles fez com vocês dois, não invejo ter que tomar o palácio com eles lá dentro. São tão perigosos quanto os Nascidos da Bruma.

— Mais — disse Vin em voz baixa.

— Um exército pode realmente lutar contra eles? — perguntou Yeden, desconfortável. — Quero dizer, supõe-se que sejam imortais, não é?

— Marsh encontrará a resposta — afirmou Kelsier.

Yeden assentiu lentamente, aceitando a palavra do líder.

Sim, ele realmente mudou, pensou Vin. Parece que nem mesmo Yeden conseguira resistir ao carisma de Kelsier por muito tempo.

— Enquanto isso — prosseguiu Kelsier —, gostaria de ouvir o que Sazed descobriu a respeito do Senhor Soberano.

Sazed se sentou, colocando o livro sobre a mesa.

— Direi o que puder, embora esse não seja o livro que imaginei que fosse a princípio. Achei que a senhora Vin tivesse recuperado o texto de alguma religião antiga, mas este é de natureza muito mais mundana.

— Mundana? — perguntou Dockson. — Como?

— É um diário, mestre Dockson — Sazed explicou. — Um registro que parece ter sido escrito pelo Senhor Soberano... ou, pelo menos, pelo homem que se tornou o Senhor Soberano. Até os ensinamentos do Ministério concordam que, antes da Ascensão, ele era mortal. Este livro conta sua vida antes da batalha final no Poço da Ascensão, há mil anos. Em geral, é um registro de suas viagens, uma narrativa sobre as pessoas que conheceu, os lugares que visitou e as provações pelas quais passou durante sua busca.

— Interessante — Brisa comentou. — Mas como isso nos ajuda?

— Não tenho certeza, mestre Ladrian — respondeu Sazed. — Contudo, entender a história real por trás da Ascensão será útil, creio. Ao menos nos dará alguma informação sobre a mente do Senhor Soberano.

Kelsier deu de ombros.

— O Ministério deve achar que é importante. Vin disse que o encontrou em uma espécie de altar no complexo central do palácio.

— O que, é claro — observou Brisa —, não coloca *nenhuma* dúvida em relação à sua autenticidade.

— Não creio que seja uma falsificação, mestre Ladrian — disse Sazed. — Contém um nível impressionante de detalhes, especialmente em relação a questões sem importância, como carregadores e suprimentos. Além disso, o Senhor Soberano que o texto descreve é um homem cheio de conflitos. Se o Ministério fosse inventar um livro para adorá-lo, apresentaria seu deus de uma forma mais... divina, creio.

— Quero lê-lo quando terminar, Saze — disse Dockson.

— Eu também — acrescentou Brisa.

— Alguns dos aprendizes de Trevo de vez em quando trabalham como escribas — comentou Kelsier. — Pediremos que façam cópias para cada um de vocês.

— Grupo habilidoso esse — observou Dockson.

Kelsier assentiu.

— Então, onde isso nos deixa?

Dockson fez um gesto de cabeça na direção de Vin.

— Com a nobreza.

Kelsier franziu o cenho.

— Posso voltar ao trabalho — assegurou Vin rapidamente. — Estou praticamente curada agora.

Kelsier trocou um olhar com Sazed, que sacudiu a cabeça bem de leve. Ele verificava o ferimento dela periodicamente. Pelo jeito, não gostava do que tinha visto.

— Kell — disse Vin —, estou ficando *louca*. Cresci como ladra, lutando por comida e espaço. Não posso ficar sentada e deixar que os criados me paparicquem. — *Além disso, tenho que provar que ainda posso ser útil para essa gangue.*

— Bem — disse Kelsier —, você é uma das razões pelas quais viemos aqui hoje. Há um baile neste fim de semana que...

— Eu vou — decidiu Vin.

Kelsier ergueu um dedo.

— Escute, Vin. Você passou por muita coisa ultimamente, e essa infiltração pode ser perigosa.

— Kelsier — respondeu Vin respondeu categoricamente —, toda a minha *vida* tem sido perigosa. Eu vou.

Kelsier não pareceu estar convencido.

— Ela tem que fazer isso, Kell — observou Dockson. — Primeiro, porque a nobreza vai começar a ficar desconfiada se ela não voltar a comparecer às festas. Segundo, precisamos saber o que ela vir. Ter criados-espiões na equipe não é o mesmo que ter um espião ouvindo as fofocas locais. Sabe disso.

— Tudo bem, então — Kelsier finalmente concordou. — Mas tem que prometer que não vai usar Alomancia física até que Sazed autorize.

MAIS TARDE, NAQUELA NOITE, VIN ainda não conseguia acreditar em como estava ansiosa para ir ao baile. Estava parada, em seu quarto, examinando os vestidos que Dockson lhe trouxera. Desde que fora obrigada a usar o vestuário das nobres por um mês seguido, estava começando a achar os vestidos um pouco mais confortáveis do que antes.

Não que não sejam frívolos, pensou, inspecionando os quatro vestidos. *Toda essa renda, as camadas de tecido... um simples conjunto de camisa e calça é tão mais prático.*

Mesmo assim, *havia* algo especial nos vestidos — algo na beleza deles, como nos jardins lá fora. Quando observados como itens estáticos, como uma planta solitária, os vestidos eram apenas medianamente impressionantes. Contudo, quando pensava em ir ao baile, os vestidos ganhavam novo significado. Eram bonitos, e a tornariam bonita. Eram a face que mostraria para a corte, e queria escolher o modelo certo.

Eu me pergunto se Elend Venture estará lá... Sazed não tinha dito que a maioria dos jovens aristocratas participava de todos os bailes?

Pousou a mão em um dos vestidos, preto com bordados prateados. Combinava com seu cabelo, mas seria muito escuro? A maior parte das mulheres usava vestidos coloridos; os tons mais neutros eram reservados aos trajes masculinos. Olhou o vestido amarelo, mas parecia um pouco... ousado demais. E o branco era muito enfeitado.

Sobrava o vermelho. O decote era mais baixo — não que ela tivesse muito o que mostrar —, mas era lindo. Tinha um pouco de renda e mangas bufantes feitas de tecido translúcido em alguns lugares; gostava daquilo. Mas parecia tão... gritante. Pegou o vestido, sentindo o material suave entre seus dedos, imaginando-se com ele.

Como cheguei a isso?, Vin pensou. *Com essa coisa será impossível me esconder! Essas roupas cheias de babados não são para mim.*

E, mesmo assim... parte dela ansiava em voltar ao baile. A vida cotidiana de uma nobre a frustrava, mas suas lembranças daquela única noite eram sedutoras. Os belos casais dançando, a atmosfera e a música perfeitas, as maravilhosas janelas de cristal...

Nem percebo mais quando estou usando perfume, deu-se conta, chocada. Agora preferia se banhar em água aromatizada todos os dias, e os criados perfumavam suas roupas. Era tudo sutil, mas seria o suficiente para entregá-la quando se esgueirasse.

Seu cabelo havia crescido e fora cuidadosamente cortado pela cabeleireira de Renoux para que caísse sobre suas orelhas, cacheando levemente. Já não parecia tão magra ao espelho, apesar de sua longa enfermidade; as refeições regulares a fizeram ganhar peso.

Estou me tornando... Não sabia o que estava se tornando. Certamente não uma nobre. Mulheres nobres não ficavam aborrecidas quando não podiam sair vagando pela noite. Mesmo assim, não era mais Vin, a garota de rua. Era...

Nascida da Bruma.

Vin colocou cuidadosamente o belo vestido vermelho sobre a cama, então cruzou o quarto para olhar pela janela. O sol estava prestes a se pôr; logo as brumas viriam — embora, como sempre, Sazed colocasse guardas para se assegurar de que ela não sairia em nenhuma traquinagem alomântica não autorizada. Não reclamara das precauções. Ele estava certo: sem vigilância, ela provavelmente teria quebrado sua promessa há muito tempo.

Captou um vislumbre de movimento à direita e mal conseguiu distinguir uma figura em pé na sacada do jardim. Kelsier. Vin ficou parada por um momento, então saiu do quarto.

Kelsier se virou quando ela entrou na sacada. Vin estava relutante em interrompê-lo, mas ele lhe lançou um de seus sorrisos característicos. Ela seguiu em frente, juntando-se a ele na grade de madeira entalhada.

Ele voltou a olhar para o oeste — não para os jardins, mas para além deles. Na direção da vastidão iluminada pelo sol poente, fora da cidade.

— Não parece errado para você, Vin?

— Errado? — perguntou ela.

Kelsier assentiu.

— As plantas secas, o sol abrasador, o céu negro de fumaça.

Vin deu de ombros.

— Como essas coisas podem estar certas ou erradas? Apenas são como são.

— Suponho que sim — concordou Kelsier. — Mas acho que sua mentalidade é parte do que está errado. O mundo não devia ser assim.

Vin franziu o cenho.

— Como sabe?

Kelsier colocou a mão no bolso do casaco e pegou um pedaço de papel. Desdobrou-o gentilmente e o entregou a Vin.

Ela aceitou a folha, segurando-a com cuidado. Era tão antiga e gasta que parecia prestes a rasgar nas dobras. Não continha palavras, só um velho desenho desbotado. Mostrava uma forma estranha — algo como uma planta, ainda que não fosse nenhuma que Vin tivesse visto. Era muito... frágil. Não tinha um caule grosso e as folhas eram muito delicadas. No alto, tinha uma estranha coleção de folhas de cor diferente do resto.

— O nome disso é flor — disse Kelsier. — Costumava crescer nas plantas, antes da Ascensão. Descrições dela aparecem em antigos poemas e histórias, coisas que só Guardadores e sábios rebeldes conhecem agora. Aparentemente, essas plantas eram belas e tinham um aroma agradável.

— Plantas com cheiro? — perguntou Vin. — Como frutas?

— Algo assim, creio eu. Alguns dos relatos afirmam que essas flores se *convertiam* em frutas antes da Ascensão.

Vin ficou em silêncio, franzindo o cenho, tentando imaginar uma coisa dessas.

— Esse desenho pertencia à minha esposa, Mare — disse Kelsier suavemente. — Dockson o encontrou nas coisas dela depois que fomos levados. Ele o guardou, esperando que retornássemos. Deu para mim depois que escapei.

Vin olhou para a imagem outra vez.

— Mare era fascinada pelo período pré-Ascensão — contou Kelsier, ainda olhando fixamente por sobre os jardins. Na distância, o sol tocava o horizonte, ficando de um vermelho ainda mais profundo. — Ela colecionava coisas como esse papel: desenhos e descrições dos velhos tempos. Acho que essa fascinação, além do fato de ela ter sido uma Olho de Estanho, é parte do que a levou até o submundo e até mim. Foi ela quem me apresentou a Sazed, ainda que, nessa época, eu não o tenha incluído na gangue. Ele não estava interessado em roubar.

Vin dobrou o papel.

— E ainda guarda o desenho? Depois... do que ela lhe fez?

Kelsier ficou em silêncio por um momento. Então olhou para ela.

— Escutando atrás das portas de novo, não é? Bom, não importa. Suponho que seja de conhecimento geral.

No horizonte, o sol poente se transformou em uma labareda, sua luz avermelhada iluminando nuvens e fumaça por igual.

— Sim, guardo essa flor — disse Kelsier. — Não tenho muita certeza do porquê. Mas... você deixa de amar alguém só porque essa pessoa o traiu? Acho que não. É isso que faz com que a traição machuque tanto... A dor, a frustração, a raiva... E eu ainda a amava. Ainda amo.

— Como? — perguntou Vin. — Como pode? E como pode confiar nas pessoas? Não aprendeu nada com o que ela fez com você?

Kelsier deu de ombros.

— Acho... acho que se me dessem a escolha de amar Mare, mesmo sabendo da traição, ou nunca tê-la conhecido, escolheria amá-la. Eu me arrisquei e perdi, mas o risco ainda valeu a pena. É o mesmo com os amigos. A desconfiança é saudável em nossa profissão, mas só até certo ponto. Prefiro confiar nos meus homens do que me preocupar com o que acontecerá se me traírem.

— Isso parece tolice — comentou Vin.

— A felicidade é tolice? — perguntou Kelsier, voltando-se para ela. — Onde foi mais feliz, Vin? Na minha gangue ou com Camon?

Ele sabe a resposta. Vin não disse nada.

— Não tenho certeza se Mare me traiu — disse Kelsier, olhando novamente para o pôr do sol. — Ela sempre afirmou que não fez isso.

— E ela foi mandada para os Fossos, certo? — lembrou Vin. — Não faz sentido, se ela se aliou ao Senhor Soberano.

Kelsier balançou a cabeça, ainda olhando ao longe.

— Ela apareceu nos Fossos poucas semanas depois de eu ter sido mandado para lá... fomos separados depois que nos capturaram. Não sei o que aconteceu nesse meio-tempo ou por que ela foi mandada para Hathsin. O fato de ela ter *sido* mandada para a morte indica que talvez não tenha me traído, na realidade, mas... — Ele se voltou para Vin. — Você não o ouviu quando ele nos capturou, Vin. O Senhor Soberano... ele agradeceu a ela. Agradeceu por ela ter me traído. As palavras dele, ditas com um senso de honestidade tão estranho, misturadas com a forma com que o plano foi traçado... bem, foi difícil de acreditar em Mare. Isso não mudou meu amor, no entanto... não no fundo. Quase morri quando ela morreu, um ano mais tarde, espancada pelos senhores de escravos nos Fossos. Naquela noite, depois que o cadáver dela foi levado, eu tive o Estalo.

— Você enlouqueceu? — perguntou Vin.

— Não — respondeu Kelsier. — Estalar é um termo alomântico. Nossos poderes só são latentes no início. Eles só aparecem depois de algum acontecimento traumático. Algo intenso, algo quase mortal. Os filósofos dizem que um homem não pode comandar os metais até que tenha visto a morte e a rejeitado.

— Então... quando aconteceu comigo? — indagou Vin.

Kelsier deu de ombros.

— É difícil dizer. Crescendo como cresceu, você provavelmente teve oportunidades de sobra para ter um Estalo. — Ele assentiu, como se para si mesmo. — No meu caso, foi naquela noite. Sozinho nos Fossos, com meus braços sangrando do dia de trabalho. Mare estava morta, e eu temia ter sido o responsável... que minha falta de fé tivesse tirado suas forças e sua vontade. Ela morreu sabendo que eu questionava sua lealdade. Se eu realmente a amasse, talvez não tivesse nem mesmo questionado. Não sei.

— Mas você não morreu — comentou Vin.

Kelsier negou com a cabeça.

— Decidi que veria o sonho dela tornado realidade. Criaria um mundo no qual haveria flores novamente, um mundo com plantas verdes, um mundo sem fuligem caindo do céu... — Ele se calou e então suspirou. — Eu sei. Sou louco.

— Na verdade — disse Vin baixinho —, meio que faz sentido. Finalmente.

Kelsier sorriu. O sol mergulhava no horizonte e, ainda que sua luz fosse uma labareda a oeste, as brumas começavam a aparecer. Não vinham de um lugar específico, elas apenas... surgiam. Estendiam-se como trepadeiras translúcidas, retorcidas, no céu — curvando-se para a frente e para trás, esticando-se, dançando, derretendo.

— Mare queria ter filhos — disse Kelsier de repente. — Quando nos casamos, há uma década e meia. Eu... não concordava com ela. Queria me tornar o ladrão skaa mais famoso de todos os tempos e achava que não tinha tempo para coisas que me atrasariam. Provavelmente foi bom não termos tido filhos. O Senhor Soberano poderia tê-los encontrado e matado. Ou talvez não... Dox e os outros sobreviveram. Agora, às vezes, desejaria ter uma parte dela comigo. Um filho. Uma filha, talvez, com os mesmos cabelos escuros de Mare e sua teimosia. — Olhou para Vin. — Não quero ser responsável por algo que aconteça com você, Vin. Não outra vez.

Vin franziu o cenho.

— Não vou passar mais tempo trancada nessa mansão.

— Não, suponho que não. Se tentarmos segurá-la mais, provavelmente vai aparecer na loja de Trevo uma noite, depois de fazer algo muito tolo. Somos muito parecidos, você e eu. Só... tenha cuidado.

Vin assentiu.

— Terei.

Ficaram ali por mais alguns minutos, observando as brumas se concentrarem. Finalmente, Kelsier se levantou, alongando o corpo.

— Bem, se isso vale de alguma coisa, estou feliz que tenha decidido se juntar a nós, Vin.

Ela encolheu ombros.

— Para dizer a verdade, eu meio que gostaria de ver uma dessas flores pessoalmente.

Pode-se dizer que as circunstâncias me forçaram a deixar meu lar para trás — se tivesse ficado, eu certamente estaria morto agora. Naqueles dias — fugindo sem saber por que, carregando um fardo que não entendia —, presumi que me perderia em Khlennium e buscaria uma vida de indistinção.

Lentamente começo a entender que o anonimato, como tantas outras coisas, já estava perdido para mim para sempre.

18

ELA DECIDIU USAR O VESTIDO vermelho. Era definitivamente a escolha mais ousada, mas parecia a correta. Afinal, ela estava escondendo seu verdadeiro eu atrás de uma aparência aristocrática; quanto mais visível fosse essa aparência, mais fácil seria para ela se esconder.

Um serviçal abriu a porta da carruagem. Vin respirou profundamente — o peito um pouco apertado pelo corpete especial que estava usando para ocultar suas ataduras —, aceitou a mão do homem e desceu. Alisou o vestido, assentiu para Sazed e se juntou aos outros aristocratas, subindo os degraus da Fortaleza Elariel. Era um pouco menor do que a fortaleza da Casa Venture, mas a Mansão Elariel aparentemente tinha um salão de bailes separado, enquanto a Casa Venture organizava seus encontros no enorme salão principal.

Vin observou as outras nobres e sentiu um pouco da sua confiança desaparecer. Seu vestido era bonito, mas as outras mulheres tinham muito mais do que belos vestidos. Seus cabelos longos e fluidos e seus ares de autossuficiência combinavam com suas figuras enfeitadas. Preenchiam a parte superior de seus vestidos com curvas voluptuosas e moviam-se com elegância no esplendor de rendas de suas saias rodadas. De vez em quando, Vin vislumbrava os pés de algumas mulheres, e elas não usavam simples sapatilhas como ela, mas sapatos de salto alto.

— Por que não tenho um sapato desses? — perguntou, em voz baixa, enquanto subiam as escadarias cobertas de tapetes.

— Andar de salto exige prática, senhora — respondeu Sazed. — Uma vez que acabou de aprender a dançar, seria melhor usar sapatos normais por um tempo.

Vin franziu o cenho, mas aceitou a explicação. A menção de Sazed a respeito da dança, no entanto, aumentou seu desconforto. Lembrara-se da atitude fluida dos dançarinos no último baile. Certamente não seria capaz de fazer igual — mal conhecia os passos básicos.

Não importa, pensou. *Eles não me verão — verão Lady Valette. Supõe-se que ela seja nova e insegura, e todo mundo pensa que esteve doente ultimamente. Faz sentido que seja uma dançarina ruim.*

Com esse pensamento em mente, Vin alcançou o topo da escada sentindo-se um pouco mais segura.

— Devo dizer, senhora — comentou Sazed —, que parece muito menos nervosa desta vez. Na verdade, parece animada. Essa é a atitude adequada para Valette, creio.

— Obrigada — respondeu ela, sorrindo. Ele estava certo: *estava* animada. Animada por fazer parte do trabalho novamente; animada, até mesmo, por estar de volta entre a nobreza, com seu esplendor e graça.

Chegaram ao edifício que abrigava o salão de bailes — uma das várias alas baixas que saíam da fortaleza principal — e um criado pegou seu xale. Vin se deteve por um momento na porta, esperando enquanto Sazed providenciava sua mesa e sua refeição.

O salão de baile Elariel era muito diferente do grande e majestoso salão Venture. O aposento escuro tinha apenas um andar e, ainda que tivesse vários vitrais, todos estavam no teto. Claraboias circulares em forma de roseta brilhavam no alto, iluminadas por pequenas luzes oxídricas no telhado. Cada mesa estava arrumada com velas e, apesar da luz acima, havia uma penumbra intimista em toda a sala. Parecia... privativo, apesar da numerosa quantidade de pessoas no evento.

O cômodo obviamente tinha sido planejado para acomodar festas. Uma pista de dança ocupava o centro, em um nível mais baixo e melhor iluminado do que o resto do ambiente. Havia duas fileiras de mesas circulando a pista: a primeira alguns centímetros acima, a outra mais para trás, cerca de duas vezes mais alta.

Um criado a levou até uma mesa ao fundo da sala. Vin se sentou, Sazed tomou o lugar costumeiro atrás dela e passaram a esperar que a refeição chegasse.

— Como exatamente se supõe que vou conseguir a informação que Kelsier quer? — perguntou baixinho, perscrutando a sala escura. As intensas cores cristalinas dos vitrais projetavam padrões nas mesas e nas pessoas, criando uma atmosfera impressionante, mas tornando difícil distinguir os rostos. Elend estaria em algum lugar entre os participantes da festa?

— Alguns homens a convidarão para dançar esta noite — disse Sazed. — Aceite os convites. Isso lhe dará um pretexto para procurar por eles mais tarde e se misturar em seus grupos. Não precisa participar das conversas, só ouvir. Em bailes futuros, alguns dos jovens talvez passem a lhe convidar para acompanhá-los. Então poderá sentar-se às mesas deles e ouvir todas as discussões.

— Quer dizer, ficar sentada com um homem todo o tempo?

Sazed assentiu.

— Isso não é incomum. Você só dançaria com ele essa noite também.

Vin franziu o cenho. Mas deixou o assunto para lá e voltou a inspecionar a sala. *Provavelmente ele não está aqui — ele disse que evitava bailes quando possível. Mesmo que esteja, estará sozinho. Você não vai...*

Um baque surdo soou, como se alguém tivesse derrubado uma pilha de livros sobre a sua mesa. Vin se sobressaltou, voltando-se a tempo de ver Elend Venture puxando uma cadeira e sentando-se com postura relaxada. Ele se reclinou na cadeira, dobrando-se na direção de um candelabro atrás da mesa, e abriu um livro para começar a ler.

Sazed franziu o cenho. Vin escondeu um sorriso, olhando para Elend. Parecia que ainda não se incomodava em pentear o cabelo e estava mais uma vez vestindo um terno desabotoado. Seu traje não era pedinte, mas não era tão rico quanto os dos outros na festa. Parecia ter sido confeccionado para ser solto e cômodo, desafiando a moda tradicional bem ajustada.

Elend folheou seu livro. Vin esperou pacientemente que reparasse nela, mas ele continuou a ler. Finalmente, Vin ergueu uma sobrancelha.

— Não me lembro de ter lhe dado permissão para se sentar em minha mesa, Lorde Venture — disse.

— Não se preocupe comigo — disse Elend, sem levantar os olhos. — Você tem uma mesa grande. Há bastante espaço para nós dois.

— Talvez para nós dois — disse Vin —, mas não tenho certeza quanto a todos esses livros. Onde os criados colocarão a minha refeição?

— Há um pouco de espaço à sua esquerda — disse Elend distraidamente.

A expressão de preocupação de Sazed aumentou. Ele deu um passo adiante, reunindo os livros e colocando-os no chão ao lado da cadeira de Elend.

Elend continuou a ler. No entanto, ergueu uma das mãos e fez um gesto.

— Vê, agora, por que nunca recorro a criados terrisanos? São insuportavelmente eficientes, devo dizer.

— Sazed não é insuportável — disse Vin com frieza. — É um bom amigo e é, provavelmente, um homem melhor do que você jamais será, Lorde Venture.

Elend finalmente levantou o olhar.

— Eu... sinto muito — disse, com um tom de voz sincero. — Peço desculpas.

Vin assentiu. Elend abriu o livro e começou a ler novamente.

Por que se sentou comigo se só queria ficar lendo?

— O que fazia nessas festas antes de ter a mim para importunar? — perguntou ela, com um tom de voz incomodado.

— E como posso estar importunando você? — perguntou ele. — Quero dizer, de verdade, Valette. Só estou sentado aqui, lendo em silêncio para mim mesmo.

— Na *minha* mesa. Tenho certeza de que consegue uma para você, é o herdeiro Venture. Não que tenha sido claro quanto a esse fato durante nosso último encontro.

— Verdade — Elend concordou. — Mesmo assim, me *lembro* de ter dito que os Venture eram muito irritantes. Só estou tentando me adequar à descrição.

— Foi você quem fez a descrição!

— Convenientemente — Elend disse, sorrindo de leve enquanto lia.

Vin suspirou de frustração, fazendo uma careta.

Elend a olhou por sobre seu livro.

— Este é um vestido esplêndido. Quase tão bonito quanto você.

Vin não soube o que dizer, ficando levemente boquiaberta. Elend sorriu maliciosamente, então voltou para seu livro, os olhos brilhando como se indicasse que fizera o comentário apenas porque sabia que reação provocaria.

Sazed permaneceu em pé perto da mesa, sem se incomodar em dissimular sua desaprovação. Mesmo assim, não disse nada. Elend era obviamente importante demais para ser repreendido por um simples mordomo.

Vin finalmente encontrou sua língua.

— Como é que um homem solteiro como você, Lorde Venture, vem a esses bailes sozinho?

— Ah, não venho — Elend disse. — Minha família em geral tem uma garota ou outra na fila para me acompanhar. O ingresso desta noite é de Lady Stase Blanches, é aquela de vestido verde sentada na fileira de baixo, diante de nós.

Vin olhou do outro lado da sala. Lady Blanches era loira — e linda. Não parava de encarar a mesa de Vin, tentando disfarçar sua expressão de irritação.

Vin corou, afastando o olhar.

— Humm, não deveria estar lá com ela?

— É provável — disse Elend. — Mas, veja, vou lhe contar um segredo. A verdade é que não sou realmente muito cavalheiro. Além disso, *eu* não a convidei: só fui informado sobre quem eu acompanharia quando subi na carruagem.

— Entendo — disse Vin, franzindo o cenho.

— Meu comportamento é, de todas as formas, deplorável. Infelizmente, tenho tendência a esses arrebatamentos de comportamento deplorável. Veja, por exemplo, minha predileção por ler à mesa de jantar. Dê-me licença por um momento, vou buscar algo para beber.

Ele se levantou, guardando o livro no bolso, e caminhou na direção de uma das mesas em que as bebidas eram servidas. Vin o observou partir, ao mesmo tempo incomodada e perplexa.

— Isso não é bom, senhora — disse Sazed, em voz baixa.

— Ele não é *tão* ruim.

— Ele a está usando, senhora — Sazed falou. — Lorde Venture é famoso por sua atitude não convencional e desobediente. Muitas pessoas não gostam dele, precisamente porque faz coisas como essa.

— Como essa?

— Ele se sentou com você porque sabe que isso aborrece a família dele — disse Sazed. — Ah, criança, não quero lhe trazer dor, mas deve entender como são as coisas na corte. Este jovem não está romanticamente interessado em você. É um senhor jovem e arrogante que se irrita com as restrições de seu pai, então se rebela, agindo de forma rude e ofensiva. Sabe que o pai vai acabar cedendo se agir dessa maneira por tempo suficiente.

Vin sentiu o estômago revirar. *Sazed provavelmente está certo. Por que mais Elend me procuraria? Sou exatamente o que ele precisa — alguém de nascimento baixo o suficiente para aborrecer seu pai, mas inexperiente o suficiente para não ver a verdade.*

Sua refeição chegou, mas Vin não tinha mais muito apetite. Começou a mexer na comida quando Elend regressou, colocando uma grande taça cheia de alguma bebida na mesa. Bebia enquanto lia.

Vamos ver como ele reage se eu não interromper sua leitura, pensou Vin, aborrecida, recordando suas lições e comendo com a elegância de uma dama. Não era uma refeição grande — consistia principalmente de deliciosos vegetais preparados com manteiga — e, quanto mais rápido terminasse, mais rápido poderia dançar. Ao menos não teria que ficar sentada com Elend Venture.

Várias vezes enquanto ela comia, o jovem lorde a espiou por sobre seu livro. Ele obviamente esperava que dissesse alguma coisa, mas ela segurou a língua. Enquanto comia sua raiva foi se apaziguando. Olhou para Elend, estudando sua aparência levemente desleixada, observando a ansiedade com que lia seu livro. Poderia este homem estar disfarçando o torto senso de manipulação que Sazed dera a entender? Estaria realmente apenas usando-a?

Qualquer um a trairá, Reen sussurrou. *Todo mundo a trairá.*

Elend parecia tão... autêntico. Parecia uma pessoa real, não uma fachada ou uma máscara. E parecia querer que falasse com ele. Vin considerou uma vitória pessoal quando ele finalmente abaixou o livro e olhou para ela.

— Por que está aqui, Valette? — perguntou.

— Aqui na festa?

— Não, aqui em Luthadel.

— Porque é o centro de tudo — disse Vin.

Elend franziu o cenho.

— Suponho que seja. Mas o império é um lugar grande para ter um centro tão pequeno. Não acho que realmente entendemos o quão grande é. Quanto tempo levou para chegar até aqui?

Vin teve um momento de pânico, mas as lições de Sazed vieram rapidamente à sua mente.

— Quase dois meses pelo canal, com algumas paradas.

— Um tempo tão longo — disse Elend. — Dizem que se leva meio ano para viajar de um extremo do império ao outro e, ainda assim, a maior parte de nós ignora todo esse trajeto exceto por esse pequeno pedaço no centro.

— Eu... — Vin se calou. Com Reen, havia percorrido todo o Domínio Central. Era o menor dos Domínios, no entanto, e nunca visitara os locais mais exóticos do império. Esta área central era boa para ladrões; estranhamente, o local mais próximo do Senhor Soberano também era o que tinha mais corrupção, sem mencionar os mais ricos.

— O que acha da cidade, então? — perguntou Elend.

Vin ponderou como responder àquilo.

— É... suja — disse, com honestidade. Sob a luz fraca, um criado se aproximou para retirar seus pratos. — É suja e lotada. Os skaas são tratados de maneira horrível, mas acho que isso acontece em qualquer lugar.

Elend inclinou a cabeça, lançando um olhar estranho.

Não devia ter mencionado os skaas. Isso não é muito típico dos nobres.

Ele se inclinou para a frente.

— Acha que os skaas daqui são tratados pior do que os da sua plantação? Sempre pensei que estavam melhor na cidade.

— Humm... não tenho certeza. Não ia aos campos com frequência.

— Então, não interagia muito com eles?

Vin deu de ombros.

— Isso importa? São apenas skaas.

— Veja, isso é o que sempre dizemos — comentou Elend. — Mas não sei. Talvez eu seja curioso demais, mas eles me interessam. Já os ouviu falar alguma vez entre si? Falam como pessoas normais?

— O quê? — perguntou Vin. — É claro que sim. Como poderiam falar?

— Bem, sabe o que o Ministério ensina.

Ela não sabia. Mas se dizia respeito aos skaas, provavelmente não era elogioso.

— Tenho como regra nunca acreditar completamente em nada do que o Ministério diz.

Elend inclinou a cabeça.

— Você... não é o que eu esperava, Lady Valette.

— As pessoas raramente são.

— Então me conte sobre os skaas das plantações. Como eles são?

Vin deu de ombros.

— Como os skaas de qualquer outro lugar.

— São inteligentes?

— Alguns são.

— Mas não como você e eu, certo? — perguntou Elend.

Vin hesitou. *Como uma nobre responderia?*

— Não, é claro que não. São skaas. Por que está tão interessado neles?

Elend pareceu... desapontado.

— Por nenhum motivo — disse, recostando-se em sua cadeira e abrindo seu livro. — Acho que alguns daqueles homens querem convidá-la para dançar.

Vin se virou, notando que realmente havia um grupo de jovens parado a poucos metros de sua mesa. Afastaram o olhar assim que ela os encarou. Uns instantes depois, um dos homens apontou para outra mesa, então se aproximou e convidou uma jovem dama para dançar.

— Várias pessoas a notaram, minha senhora — disse Sazed. — Mas não se aproximam. A presença de Lorde Venture os intimida, creio.

Elend bufou.

— Deveriam saber que sou qualquer coisa menos intimidador.

Vin franziu o cenho, mas Elend apenas continuou a ler. *Ótimo!*, ela pensou, voltando-se novamente para os jovens. Olhou um deles nos olhos, sorrindo levemente.

Alguns momentos depois, o jovem se aproximou. Falou com ela em um tom de voz firme e formal.

— Lady Renoux, sou Lorde Melend Liese. Gostaria de dançar?

Vin deu uma olhada em Elend, mas ele não levantou a cabeça de seu livro.

— Adoraria, Lorde Liese — disse Vin, segurando a mão do jovem e se levantando.

Ele a levou até a pista de dança, e, enquanto se aproximavam, o nervosismo de Vin retornou. De repente, uma semana de prática não parecia o suficiente. A música parou, permitindo aos casais sair ou entrar na pista, e Lorde Liese a guiou para a frente.

Vin combateu sua paranoia, lembrando a si mesma que todo mundo via o vestido e a posição social, mas não a ela própria. Olhou nos olhos de Lorde Liese e, para sua surpresa, viu apreensão.

A música começou, assim como a dança. O rosto de Lorde Liese adquiriu uma expressão de consternação. Ela pôde sentir a palma da mão dele suando em suas mãos. *Ora, ele está tão nervoso quanto eu! Talvez ainda mais.*

Liese era mais jovem do que Elend, mais próximo da idade dela. Provavelmente não tinha tanta experiência em bailes — certamente não parecia que dançava muito. Ele se concentrava tanto nos passos que seus movimentos pareciam rígidos.

Faz sentido, Vin percebeu, relaxando e deixando seu corpo se mover do modo que Sazed lhe ensinara. *Os experientes não me convidarão para dançar, não sendo tão nova. Estou abaixo da atenção deles.*

Mas por que Elend prestou atenção em mim? Será simplesmente como Sazed disse, uma trama para irritar seu pai? Então por que ele parece interessado no que tenho a dizer?

— Lorde Liese — disse Vin. — O que sabe sobre Elend Venture?

Liese levantou a cabeça.

— Humm, eu...

— Não se concentre tanto na dança — disse Vin. — Meu instrutor diz que ela flui mais naturalmente se não se tenta com tanto empenho.

Ele corou.

Senhor Soberano!, pensou Vin. *Quão inexperiente é este garoto?*

— Humm, Lorde Venture... — disse Liese. — Não sei. É uma pessoa muito importante. Muito mais importante do que eu.

— Não deixe a linhagem dele intimidá-lo — disse Vin. — Pelo que vi, ele é bem inofensivo.

— Não sei, minha senhora — disse Liese. — A Casa Venture é extremamente influente.

— Sim, bem, Elend não faz jus a essa reputação. Parece gostar muito de ignorar os que estão em sua companhia... ele faz isso com todo mundo?

Liese deu de ombros, dançando mais naturalmente agora que estavam conversando.

— Não sei. Você... parece conhecê-lo melhor do que eu, minha senhora.

— Eu... — Vin se calou. Ela *sentia* como se o conhecesse bem; muito melhor do que deveria após dois breves encontros. Não podia explicar isso muito bem para Liese, no entanto.

Mas talvez... Renoux não disse que encontrou Elend uma vez?

— Ah, Elend é um amigo da família — disse Vin, enquanto rodopiavam sob uma claraboia cristalina.

— Ele é?

— Sim — disse Vin. — Meu tio foi particularmente amável em pedir a Elend que me vigiasse nessas festas, e até agora ele foi um encanto. Mas desejaria que prestasse menos atenção naqueles livros e mais atenção em me apresentar.

Liese se animou e pareceu ficar um pouco menos inseguro.

— Ah. Ora, isso faz sentido.

— Sim — disse Vin. — Elend tem sido como um irmão mais velho para mim durante o tempo que estou em Luthadel.

Liese sorriu.

— Perguntei a você sobre ele porque ele não fala muito de si mesmo — explicou Vin.

— Todos os Venture andam calados ultimamente — comentou Liese. — Desde o ataque em sua fortaleza, há vários meses.

Vin assentiu.

— O que sabe sobre isso?

Liese meneou a cabeça.

— Ninguém me conta nada. — Ele olhou para baixo, novamente para os pés. — Dança muito bem, Lady Renoux. Deve ter participado de muitos bailes em sua cidade natal.

— Não me lisonjeie, meu senhor — disse Vin.

— Não, é verdade. Você é tão... graciosa.

Vin sorriu, sentindo uma pequena onda de confiança.

— Sim — disse Liese, quase para si mesmo. — Você não é nada como Lady Shan disse... — Calou-se com um leve sobressalto, como se percebesse o que estava dizendo.

— O quê? — perguntou Vin.

— Nada — disse Liese, ficando mais corado. — Sinto muito. Não foi nada.

Lady Shan, Vin pensou. *Preciso me lembrar deste nome.*

Interrogou Liese um pouco mais enquanto a dança progredia, mas ele era obviamente muito inexperiente para saber muita coisa. Sim, ele sentia que havia uma tensão crescente entre as casas; embora os bailes continuassem, havia mais e mais ausências, já que as pessoas não participavam de festas oferecidas por seus rivais políticos.

Quando a dança terminou, Vin se sentiu satisfeita com seus esforços. Provavelmente não descobrira nada de muito valor para Kelsier, mas Liese era só o início. Ela chegaria até pessoas mais importantes.

O que significa, pensou Vin, enquanto Liese a levava de volta para sua mesa, *que terei que participar de muitos mais desses bailes*. Não é que os bailes em si fossem desagradáveis, especialmente agora que se sentia mais confiante na dança. Mas ir a bailes significava que teria menos chances de sair nas brumas.

Não que Sazed me deixasse ir, de qualquer maneira, pensou, soltando um suspiro interior, sorrindo educadamente enquanto Liese fazia uma mesura e se retirava.

Elend havia espalhado seus livros pela mesa, e seu recanto estava muito mais iluminado por vários candelabros — aparentemente surrupiados de outras mesas.

Bem, pensou Vin, *pelo menos temos o roubo em comum*.

Elend estava debruçado sobre a mesa, fazendo anotações em um pequeno livro de bolso. Não levantou a cabeça enquanto ela se sentava. Sazed, ela observou, não estava em parte alguma.

— Mandei o terrisano jantar — disse Elend distraidamente enquanto rabiscava. — Não há necessidade de que ele passe fome enquanto você rodopia lá embaixo.

Vin ergueu uma sobrancelha, observando os livros que dominavam sua mesa. Enquanto olhava, Elend empurrou um volume de lado — deixando-o aberto em uma página específica — e puxou outro para mais perto.

— Então, como foi o supracitado rodopio? — perguntou ele.

— Na verdade, foi bem divertido.

— Achei que não fosse muito boa nisso.

— Não era — confessou Vin. — Pratiquei. Você pode achar essa informação surpreendente, mas ficar sentado no fundo da sala lendo livros no escuro não ajuda ninguém a se tornar um dançarino melhor.

— Isso é uma proposta? — perguntou Elend, deixando de lado seu livro e escolhendo outro. — Não é próprio de uma dama convidar um homem para dançar, você sabe.

— Ah, eu não o afastaria de sua leitura — disse Vin, virando um livro em sua direção. Fez uma careta; o texto estava escrito com uma letra de mão pequena e intrincada. — Além disso, dançar com você destruiria todo o trabalho que acabo de fazer.

Elend finalmente levantou a cabeça.

— Trabalho?

— Sim — confirmou Vin. — Sazed estava certo: Lorde Liese acha você intimidador e me achou intimidadora por associação. Podia ser bem desastroso para a vida social de uma jovem dama se todos os homens acreditassem que ela está fora de alcance simplesmente porque um lorde irritante decidiu estudar na mesa dela.

— Então... — disse Elend.

— Então disse para ele que você simplesmente estava me mostrando os costumes da corte. Como se fosse um... irmão mais velho.

— Irmão mais velho? — perguntou Elend, franzindo o cenho.

— *Muito* mais velho — falou Vin, sorrindo. — Quero dizer, você tem, pelo menos, o dobro da minha idade.

— O dobro da sua... Valette, tenho *vinte e um anos*. A menos que seja uma menina *muito* madura de dez anos, não estou nem perto de ter o dobro da sua idade.

— Nunca fui boa em matemática — disse Vin, distraidamente.

Elend suspirou e revirou os olhos. Ali perto, Lorde Liese conversava tranquilamente com seu grupo de amigos, gesticulando na direção de Vin e Elend. Com sorte, um deles a convidaria para dançar em breve.

— Conhece uma tal de Lady Shan? — perguntou Vin como quem não quer nada, enquanto esperava.

Surpreendentemente, Elend ergueu o olhar.

— Shan Elariel?

— Presumo que sim — disse Vin. — Quem é ela?

Elend voltou para seu livro.

— Ninguém importante.

Vin ergueu as sobrancelhas.

— Elend, posso estar fazendo isso há poucos meses, mas até *eu* sei que não se deve acreditar em um comentário como esse.

— Bem... — disse Elend. — Posso estar comprometido com ela.

— Você tem uma noiva? — perguntou Vin, exasperada.

— Não tenho muita certeza. Não temos feito nada a esse respeito há mais de um ano. Provavelmente todo mundo se esqueceu do assunto a essa altura.

Magnífico, pensou Vin.

Um momento depois, um dos amigos de Liese se aproximou. Feliz por se livrar do frustrante herdeiro Venture, Vin se levantou, aceitando a mão do jovem lorde. Enquanto caminhava para a pista de dança, olhou para Elend e o pegou espiando-a sobre o livro. Ele logo voltou à sua pesquisa com ar ostentosamente indiferente.

VIN SENTOU-SE À SUA MESA sentindo um nível notável de exaustão. Resistiu à tentação de tirar os sapatos e massagear os pés; suspeitava que não seria muito próprio de uma dama. Silenciosamente, acendeu seu cobre, então queimou peltre, fortalecendo seu corpo e afastando um pouco da fadiga.

Deixou que o peltre e depois o cobre se apagassem. Kelsier assegurara que, com o cobre aceso, ela não seria identificada como alomântica. Vin não tinha tanta certeza. Com o peltre queimando, suas reações eram muito rápidas, seu corpo muito forte. Parecia para ela que uma pessoa observadora seria capaz de notar tais inconsistências, sendo ou não alomântica.

Com o peltre apagado, sua fadiga retornou. Vinha tentando não depender tanto do peltre. Seu ferimento só doía muito quando virava o corpo sem cuidado, e ela pretendia recuperar sua força por conta própria, se pudesse.

De certo modo, a fadiga desta noite era boa — era o resultado de um extenso período de dança. Agora que os jovens viam Elend como um guardião, em vez de alguém com interesse romântico, não tinham escrúpulos em convidar Vin para dançar. E, com medo de fazer uma declaração política inadequada ao recusar, Vin aceitara todos os pedidos. Há alguns meses, teria rido da ideia de ficar cansada de tanto dançar. Mas os pés machucados, a lateral do corpo dolorida e as pernas cansadas eram apenas parte disso. O esforço de memorizar nomes e casas — sem mencionar o de manter uma conversa amena com cada parceiro de dança — a deixava mentalmente esgotada.

Foi bom que Sazed me tenha feito usar essas sapatilhas em vez de saltos, pensou Vin, soltando um suspiro e tomando um suco gelado. O terrisano ainda não voltara de seu jantar. Curiosamente, Elend tampouco estava à mesa — embora seus livros ainda estivessem espalhados por todos os lados.

Vin observou os volumes. Se parecesse estar lendo, talvez os jovens a deixassem em paz por um momento. Ela estendeu o braço, vasculhando os livros à procura de um candidato provável. O que mais a interessava — a pequena agenda de anotações encadernada em couro de Elend — não estava ali.

Pegou, então, um grande volume azul e puxou-o para o seu lado da mesa. Havia escolhido pela letra grande — seria o papel algo assim tão caro que os escribas precisavam amontoar a maior quantidade possível de linhas em cada página? Vin suspirou, folheando o livro.

Não posso acreditar que as pessoas leiam livros tão grandes, pensou. Apesar da letra grande, cada página estava repleta de palavras. Levaria dias e dias para ler a coisa toda. Reen a ensinara a ler para que fosse capaz de decifrar contratos, anotações e talvez bancar a nobre. Mas o seu treinamento não se estendera a textos tão grandes.

Práticas históricas na norma política imperial, a primeira página dizia. Os capítulos tinham títulos como "O programa de governo do século quinto" e "A ascensão das plantações skaas". Folheou o livro até o final, imaginando que ali estaria o mais interessante. O capítulo final era intitulado "Estrutura política atual".

Até agora, leu,

> *o sistema de plantações tem produzido um governo muito mais estável do que as metodologias prévias. A estrutura dos Domínios, com cada lorde provincial*

a cargo de seus skaas — e responsável por eles — engendrou um ambiente competitivo no qual a disciplina é duramente reforçada.

O Senhor Soberano aparentemente acha esse sistema preocupante, por causa da liberdade que dá à aristocracia. Contudo, a relativa falta de rebelião organizada é indubitavelmente atraente; durante os duzentos anos em que o sistema tem funcionado, não houve um grande levante nos Cinco Domínios Interiores.

É claro que esse sistema político é apenas uma extensão do grande governo teocrático. A independência da aristocracia tem sido temperada por um renovado vigor no fortalecimento dos obrigadores. Não seria aconselhável para nenhum lorde, não importa o quão altivo seja, pensar em si mesmo como acima da lei. A visita de um Inquisidor pode ser feita a qualquer um.

Vin franziu o cenho. Ainda que o texto fosse seco, estava surpresa que o Senhor Soberano permitisse tais discussões analíticas em seu império. Recostou-se em sua cadeira, segurando o livro, mas não leu mais. Estava muito exausta pelas horas que passara tentando tirar informações de seus parceiros de dança.

Infelizmente, a política não prestava atenção ao seu cansaço. Embora tivesse feito o melhor possível para parecer absorta no livro de Elend, uma figura logo se aproximou de sua mesa.

Vin suspirou, preparando-se para outra dança. Logo percebeu, no entanto, que o recém-chegado não era um nobre, mas um mordomo terrisano. Como Sazed, usava uma túnica com desenhos em V sobrepostos e gostava muito de joias.

— Lady Valette Renoux? — perguntou o homem alto, revelando um leve sotaque na voz.

— Sim — disse Vin, hesitante.

— Minha senhora, Lady Shan Elariel requer sua presença à sua mesa.

Requer?, Vin pensou. Não gostou do tom e tinha pouca vontade de conhecer a ex-noiva de Elend. Mas a Casa Elariel era uma das Grandes Casas mais poderosas — provavelmente não se tratava de alguém que se pudesse recusar sem constrangimento.

O terrisano aguardava.

— Está bem — respondeu Vin, levantando-se com toda a graça de que era capaz.

O terrisano conduziu Vin em direção a uma mesa próxima. A mesa estava bem frequentada: havia cinco mulheres sentadas em torno dela, e Vin localizou Shan de imediato. Lady Elariel era obviamente a mulher escultural de longos cabelos escuros. Não estava participando da conversa, mas parecia dominá-la do mesmo modo. Seus braços cintilavam com braceletes cor de lavanda que combinavam com seu vestido, e ela lançou um olhar desdenhoso para Vin quando ela se aproximou.

Aqueles olhos escuros eram penetrantes. Vin sentiu-se exposta diante dela — despida de seu belo vestido, reduzida à garota de rua mais uma vez.

— Deem-nos licença, senhoras — disse Shan. As mulheres logo fizeram como lhes fora ordenado, levantando-se da mesa apressadamente.

Shan pegou um garfo e começou a dissecar e devorar meticulosamente um pequeno pedaço de bolo. Vin ficou parada, insegura. O terrisano se posicionou atrás da cadeira de Shan.

— Pode se sentar — Shan falou.

Estou me sentindo como uma skaa novamente, pensou Vin, sentando-se. *Nobres tratam uns aos outros dessa forma também?*

— Está em uma posição invejável, criança — Shan comentou.

— Como assim? — perguntou Vin.

— Dirija-se a mim como "Lady Shan" — Shan falou, sem mudar o tom de voz. — Ou, talvez, "vossa senhoria".

Shan aguardou, comendo pequenos pedaços de bolo. Finalmente, Vin disse:

— Como assim, vossa senhoria?

— Porque o jovem Lorde Venture decidiu usá-la em seus jogos. Isso significa que você tem a oportunidade de ser usada por mim também.

Vin franziu o cenho. *Lembre-se de permanecer na personagem. Você é a facilmente intimidável Valette.*

— Não seria melhor não ser usada por ninguém, vossa senhoria? — disse Vin, com cautela.

— Bobagem — respondeu Shan. — Mesmo uma simplória inculta como você deve ver a importância de ser útil aos seus superiores. — As palavras dela, assim como o insulto, não tinham veemência; ela parecia simplesmente dar por certo que Vin concordaria.

Vin permaneceu sentada, desconcertada. Nenhum outro membro da nobreza a tratara daquela maneira. É claro, o único membro de uma Grande Casa que conhecera até agora fora Elend.

— Acredito, pelo seu olhar insípido, que aceita seu lugar — prosseguiu Shan. — Faz bem, criança, e talvez eu a deixe se juntar ao meu séquito. Pode aprender muito com as damas de Luthadel.

— Como o quê? — perguntou Vin, tentando afastar a irritação da voz.

— Olhe para si mesma, criança. Tem um cabelo que parece que passou por uma doença terrível, é tão magrela que seu vestido fica solto como um saco. Ser uma nobre em Luthadel exige... perfeição. Não *isso*. — Shan disse a última palavra apontando depreciativamente para Vin.

Vin corou. Havia um estranho poder na atitude aviltante dessa mulher. Com um sobressalto, percebeu que Shan a fazia se lembrar de alguns líderes de gangue que conhecera. Como Camon, o último deles — homens que acertavam uma pessoa sem esperar resistência. Todo mundo sabia que resistir a tais homens só pioraria o golpe.

— O que quer de mim? — perguntou Vin.

Shan ergueu uma sobrancelha enquanto deixava o garfo de lado, com o bolo parcialmente comido. O terrisano recolheu o prato e se afastou com ele.

— Você é realmente uma coisinha pobre de espírito, não é? — perguntou Shan.

Vin trincou o maxilar.

— O que *vossa senhoria* quer de mim?

— Eu lhe direi em algum momento, presumindo que Lorde Venture decida continuar jogando com você.

Vin captou um vislumbre de ódio quando Shan disse o nome de Elend.

— Por enquanto — prosseguiu Shan — conte-me sobre sua conversa com ele esta noite.

Vin abriu a boca para responder. Mas... sentiu que algo estava errado. Captou apenas uma centelha — e não teria notado sem o treinamento com Brisa.

Uma Abrandadora? Interessante.

Shan estava tentando tornar Vin complacente. Para que falasse, talvez? Vin começou a relatar sua conversa com Elend, sem revelar nada de interessante. Mas ainda havia algo estranho — algo no jeito com que Shan brincava com suas emoções. De soslaio, Vin viu o terrisano da mulher voltar da cozinha. Mas, em vez de ir para a mesa de Shan, ele tomou outra direção.

Foi até a mesa de Vin. Parou diante dela e começou a vasculhar os livros de Elend.

O que quer que ele queira, não posso deixar que o encontre.

Vin se levantou subitamente, finalmente provocando uma reação em Shan, que levantou a cabeça, surpresa.

— Acabo de lembrar que mandei o meu terrisano me encontrar em minha mesa! — disse Vin. — Ele ficará preocupado se eu não estiver sentada lá!

— Ah, pelo amor do Senhor Soberano — murmurou Shan entre dentes. — Criança, não há necessidade...

— Sinto muito, vossa senhoria — disse Vin. — Preciso ir.

Era um pouco óbvio, mas foi o melhor que lhe ocorreu na hora. Vin fez uma reverência e se retirou da mesa de Shan, deixando a mulher contrariada para trás. O terrisano era bom — quando Vin deu uns poucos passos, se afastando da mesa de Shan, ele a notou e continuou caminhando, com movimentos impressionantemente calmos.

Vin voltou à sua mesa, perguntando-se se cometera um erro ao deixar Shan de modo tão rude. Mas estava ficando cansada demais para se importar. Quando percebeu que outro grupo de jovens a observava, sentou-se rapidamente, abrindo um dos livros de Elend.

Felizmente, a estratégia funcionou melhor desta vez. Os jovens se afastaram depois de um tempo, deixando Vin em paz, e ela ficou sentada, relaxando um pouco com o livro aberto diante de si. A noite avançava, e o salão de baile estava lentamente começando a se esvaziar.

Os livros, ela pensou, franzindo o cenho, pegando seu suco e dando um gole. *O que o terrisano queria com eles?*

Examinou a mesa atentamente, tentando perceber se algo fora tocado, mas Elend deixara os livros em tal estado de desordem que era difícil dizer. Contudo, um livreto colocado embaixo de outro chamou sua atenção. A maior parte dos outros livros estava aberta em uma página específica, e ela tinha visto Elend lendo-os. Este livro em particular estava fechado — e ela não se lembrava dele tê-lo aberto. Estava ali antes — o reconheceu porque era muito mais fino do que os outros —, então não fora o terrisano que o deixara ali.

Curiosa, Vin estendeu a mão e tirou o livreto debaixo do volume maior. Tinha uma capa de couro negro, e a lombada dizia *Padrões climáticos do Domínio do Norte*. Vin franziu o cenho, revirando o livro nas mãos. Não tinha folha de rosto nem autor. Começava diretamente com o texto.

Quando nos referimos ao Império Final em sua totalidade, um determinado fato é inequívoco. Para uma nação governada por uma divindade autoproclamada, o império tem experimentado um número assustador de erros de liderança colossais. A maioria foi acobertada com sucesso, e só pode ser encontrada nas mentes de metal dos feruquemistas ou nas páginas dos textos banidos. Contudo, só é preciso olhar para o passado próximo para notar tais erros, como o Massacre de Devanex, a revisão da Doutrina das Profundezas e a realocação do povo renate.

O Senhor Soberano não envelhece. Isso, ao menos, é inegável. Este texto, no entanto, se propõe a demonstrar que ele não é, de modo algum, infalível. Durante os dias anteriores à Ascensão, a humanidade sofreu o caos e a incerteza causados por um ciclo sem fim de reis, imperadores e outros monarcas. Seria possível pensar que agora, com um único governante imortal, a sociedade finalmente teria a oportunidade de encontrar estabilidade e iluminação. A notável falta desses atributos no Império Final é o descuido mais grave do Senhor Soberano.

Vin encarou a página. Não conhecia algumas palavras, mas era capaz de captar o que o autor queria dizer. Estava dizendo...

Fechou o livro e rapidamente o colocou de volta no lugar. O que aconteceria se os obrigadores descobrissem que Elend possuía um texto desses? Olhou para os lados. Eles estavam ali, é claro, misturando-se com a multidão como no outro baile, marcados por suas túnicas cinza e os rostos tatuados. Muitos estavam sentados às mesas com os nobres. Amigos? Ou espiões do Senhor Soberano? Ninguém parecia muito confortável quando um obrigador estava por perto.

O que Elend está fazendo com um livro desses? Um nobre poderoso como ele? Por que leria textos que falam mal do Senhor Soberano?

Uma mão pousou em seu ombro, e Vin se virou, queimando peltre e cobre instintivamente em seu estômago.

— Opa — Elend disse, dando um passo para trás e erguendo a mão. — Alguém já disse o quão assustadiça você é, Valette?

Vin relaxou, recostando-se em sua cadeira e apagando seus metais. Elend foi até seu lugar e se sentou.

— Apreciando Heberen?

Vin franziu o cenho, e Elend fez sinal com a cabeça para o livro grande e grosso diante dela.

— Não — Vin disse. — É entediante. Estava só fingindo ler para que os homens me deixassem um pouco em paz.

Elend deu uma risada.

— Agora, veja, está pagando o preço por sua esperteza.

Vin ergueu uma sobrancelha enquanto Elend começava a recolher seus livros, empilhando-os na mesa. Não pareceu notar que ela movera o livro do "clima" e cuidadosamente o colocou no meio da pilha.

Vin afastou os olhos do livro. *Provavelmente não deveria falar para ele sobre Shan — não até conversar com Sazed.*

— Acho que minha esperteza fez bem seu trabalho — disse ela, em vez disso. — Afinal, *eu* vim ao baile para dançar.

— Acho a dança superestimada.

— Não pode permanecer afastado da corte para sempre, Lorde Venture; é o herdeiro de uma casa muito importante.

Ele suspirou, espreguiçando-se e reclinando-se em sua cadeira.

— Suponho que esteja certa — disse, com franqueza surpreendente. — Mas quanto mais tempo eu resistir, mais aborrecido meu pai ficará. Isso, em si, é um objetivo digno.

— Ele não é o único que você machuca — disse Vin. — E as garotas que nunca convidou para dançar porque está ocupado demais vasculhando entre seus livros?

— Que eu me lembre — começou Elend, colocando o último livro por sobre a pilha —, alguém estava fingindo ler a fim de *evitar* dançar. Não acho que as damas tenham problemas em encontrar parceiros mais amigáveis do que eu.

Vin ergueu uma sobrancelha de novo.

— Não tenho problema porque sou nova e de baixa posição. Suspeito que as damas mais próximas do seu status tenham problemas em encontrar parceiros, amigáveis ou não. Pelo que sei, os nobres ficam desconfortáveis ao dançar com mulheres que estão acima de sua posição.

Elend hesitou, claramente buscando um contra-argumento.

Vin se inclinou para a frente.

— O que acontece, Elend Venture? Por que se empenha tanto em evitar seu dever?

— Dever? — perguntou Elend, inclinando-se na direção dela com postura séria. — Valette, isso não é dever. Este baile... isso é inconsequência e distração. Uma perda de tempo.

— E as mulheres? — perguntou Vin. — Também são?

— As mulheres? — repetiu Elend. — As mulheres são como tempestades. São bonitas de se olhar e, algumas vezes, agradáveis de ouvir, mas na maior parte do tempo são pura inconveniência.

Vin sentiu que ficava ligeiramente boquiaberta. Então notou o brilho nos olhos dele e o sorrisinho no canto de seus lábios e se pegou sorrindo também.

— Você fala essas coisas só para me provocar!

O sorriso dele cresceu.

— Sou encantador, eu sei. — Ele se levantou, olhando para ela afetuosamente. — Ah, Valette. Não deixe que a enganem para que se leve muito a sério. Não vale o esforço. Mas devo desejar-lhe uma boa noite. No futuro, tente não deixar que se passem meses entre os bailes que frequenta.

Vin sorriu.

— Pensarei nisso.

— Por favor — disse Elend, curvando-se e recolhendo a alta pilha de livros. Cambaleou por um momento, então recuperou o equilíbrio e colocou a cabeça do lado da pilha. — Quem sabe... um dia desses você até mesmo consiga me fazer dançar.

Vin sorriu, assentindo enquanto o nobre dava meia-volta e partia, circundando o perímetro da segunda fileira do salão de bailes. Logo se encontrou com outros dois jovens. Vin observou curiosamente como um dos homens dava um tapinha amistoso no ombro de Elend, pegando metade dos livros em seguida. Os três saíram juntos, conversando.

Vin não reconheceu os recém-chegados. Estava ali sentada, pensativa, quando Sazed finalmente apareceu por um corredor lateral, e Vin acenou para ele impaciente. Ele se aproximou apressado.

— Quem são aqueles homens com Lorde Venture? — perguntou ela, apontando na direção de Elend.

Sazed apertou os olhos atrás dos óculos.

— Ora... um deles é Lorde Jastes Lekal. O outro é um Hasting, embora não saiba seu nome.

— Parece surpreso.

— As Casas Lekal e Hasting são rivais políticas da Casa Venture, senhora. Os nobres com frequência se encontram em festas menores, após o baile, para fazer alianças... — O terrisano voltou-se para ela. — Mestre Kelsier vai querer ouvir isso, creio. É hora de nos retirarmos.

— Concordo — disse Vin, levantando-se. — Assim como meus pés. Vamos.

Sazed assentiu, e os dois se dirigiram para a porta da frente.

— Por que demorou tanto? — perguntou Vin enquanto esperavam que um criado buscasse o xale dela.

— Voltei várias vezes, senhora — Sazed disse. — Mas você estava sempre dançando. Decidi que seria mais útil conversar com os criados do que ficar parado ao lado de sua mesa.

Vin assentiu, aceitando o xale, e ambos saíram pela entrada da frente e desceram as escadas atapetadas. Sazed vinha atrás dela. O passo de Vin era rápido — queria voltar e contar para Kelsier os nomes que memorizara antes que esquecesse toda a lista. Deteve-se logo abaixo, esperando que um criado trouxesse a carruagem. Enquanto isso, notou algo estranho. Um pequeno distúrbio acontecia a poucos metros, entre as brumas. Deu um passo adiante, mas Sazed colocou uma das mãos em seu ombro, impedindo-a. Uma dama não vagaria pelas brumas.

Ela alcançou seu cobre e seu estanho, mas esperou — o distúrbio se aproximava. Um guarda saiu das brumas, puxando uma pequena forma que se debatia: um menino skaa com a roupa suja e o rosto manchado de fuligem. O soldado fez uma ampla reverência para Vin, desculpando-se com ela enquanto se aproximava de um dos capitães da guarda. Vin queimou estanho para ouvir o que era dito.

— Um garoto das cozinhas — disse o soldado em voz baixa. — Tentando pedir esmola para um nobre dentro de uma carruagem que tinha parado para esperar que os portões se abrissem.

O capitão simplesmente assentiu. O soldado puxou o menino para dentro das brumas novamente, caminhando na direção do pátio distante. O garoto se debatia, e o soldado grunhia de aborrecimento, segurando-o com força. Vin o observou partir, a mão de Sazed ainda em seu ombro, como se tentasse detê-la. É claro que não podia ajudar o menino. Ele não devia ter...

Nas brumas, além da visão das pessoas normais, o soldado desembainhou uma adaga e cortou a garganta do menino. Vin se sobressaltou, chocada, quando os sons do garoto se debatendo cessaram. O guarda largou o corpo, depois agarrou-o por uma perna e começou a arrastá-lo para longe.

Vin ficou parada, aturdida, até que sua carruagem chegou.

— Senhora — Sazed a instou, mas ela simplesmente não reagiu.

Eles o mataram, pensou. *Bem ali, a poucos passos de distância de onde os nobres esperam suas carruagens. Como se a morte não fosse nada fora do normal. Apenas outro skaa abatido. Como um animal.*

Ou menos do que um animal. Ninguém abateria porcos no pátio de uma fortaleza. A postura do guarda enquanto cometia o assassinato indicava que estava irritado demais com o menino se debatendo para esperar por um local mais apropriado. Se alguém da nobreza ao redor de Vin percebeu o acontecimento, não prestou atenção, pois todos mantinham suas conversas enquanto esperavam. Na verdade, todos pareciam um pouco mais tagarelas agora que os gritos haviam parado.

— Senhora — disse Sazed outra vez, empurrando-a para a frente.

Ela se permitiu ser conduzida até a carruagem, sua mente ainda distraída. Parecia um contraste tão impossível. A agradável nobreza, dançando dentro de um salão que cintilava com as luzes e os vestidos. E morte no pátio. Não se importavam? Não sabiam?

Este é o Império Final, Vin, disse a si mesma enquanto a carruagem se punha em marcha. *Não se esqueça das cinzas só porque viu um pouco de seda. Se essas pessoas soubessem que é uma skaa, elas a abateriam com a mesma facilidade que fizeram com aquele pobre menino.*

Era um pensamento preocupante — que a manteve absorta durante toda a viagem de volta para Fellise.

Kwaan e eu nos conhecemos por acaso — no entanto, eu suponho que ele usaria a palavra "providência".

Conheci muitos outros filósofos terrisanos desde aquele dia. Eles são, cada um, homens de grande sabedoria e incrível sagacidade. Homens com uma importância quase palpável.

Mas não Kwaan. Ele é, de certo modo, tão improvável como profeta quanto eu como herói. Nunca teve um ar de sabedoria cerimoniosa — nem era um erudito religioso. Quando nos conhecemos, ele estava estudando um de seus ridículos interesses na grande biblioteca Khlenni — creio que estava tentando determinar se as árvores podiam ou não pensar.

Que ele iria ser quem finalmente descobriu o grande Herói da profecia de Terris é um assunto que teria me feito rir se os fatos tivessem acontecido de maneira um pouco diferente.

19

KELSIER PODIA SENTIR OUTRO ALOMÂNTICO pulsando nas brumas. As vibrações percorreram o seu corpo como ondas rítmicas varrendo uma costa tranquila. Eram fracas, mas inequívocas.

Agachou-se sobre o muro baixo de um jardim, sentindo as vibrações. A volúvel bruma branca continuava a flutuar, comum e plácida — indiferente, exceto a que estava mais próxima de seu corpo, que se enroscava na corrente alomântica de sempre ao redor de seus membros.

Kelsier perscrutou a noite, avivando o estanho e procurando pelo outro alomântico. Pensou ter visto uma figura agachada no alto do muro, à distância, mas não pôde ter certeza. No entanto, reconheceu as vibrações alomânticas. Cada metal, quando queimado, emitia um sinal distinto, reconhecível para quem tinha prática com o bronze. O homem ao longe queimava estanho, assim como os quatro outros que Kelsier sentira se esgueirar ao redor da Fortaleza Tekiel. Os cinco Olhos de Estanho fechavam o perímetro, vigiando na noite, procurando por intrusos.

Kelsier sorriu. As Grandes Casas estavam ficando nervosas. Manter cinco Olhos de Estanho de guarda não seria difícil para uma casa como a Tekiel, mas os nobres alomânticos se ressentiriam de serem obrigados a cumprir os simples deveres de guarda. E, se havia cinco Olhos de Estanho de vigia, as chances eram boas de que vários Brutamontes, Lançamoedas e Atraidores tivessem sido convocados também. Luthadel estava silenciosamente em estado de alerta.

De fato, as Grandes Casas estavam ficando tão cautelosas que Kelsier vinha tendo dificuldades de encontrar brechas em suas defesas. Ele era um homem só; até mesmo os Nascidos da Bruma tinham seus limites. Seu sucesso até agora se devia ao fator surpresa. Mas com cinco Olhos de Estanho de vigia, Kelsier não seria capaz de se aproximar muito da fortaleza sem correr sérios riscos de ser localizado.

Felizmente, Kelsier não precisava testar as defesas de Tekiel esta noite. Em vez disso, arrastou-se pelo muro, na direção do terreno externo. Parou perto do poço do jardim — queimando bronze para se assegurar de que não havia nenhum alomântico por perto —, aproximando-se de um arbusto para recolher um saco grande. Era pesado o suficiente para que tivesse que queimar peltre para levantá-lo e colocá-lo no ombro. Deteve-se por um momento em meio à noite e se esforçou para ouvir os sons nas brumas, então carregou o saco na direção da fortaleza.

Parou perto de uma grande varanda caiada junto a um pequeno espelho d'água. Então, tirou o saco do ombro e deixou o conteúdo — um cadáver recém-morto — cair no chão.

O corpo, que pertencera a um tal de Lorde Charrs Entrone, rolou até parar de cara no chão, com dois ferimentos de adagas gêmeas brilhando em suas costas. Kelsier emboscara o homem meio bêbado em uma rua, do lado de fora de um cortiço skaa, livrando o mundo de outro nobre. Entrone, em particular, não seria lamentado — era famoso por seu senso retorcido de prazer. Lutas de skaas, por exemplo, eram uma de suas diversões favoritas. Era onde passara a noite.

Entrone era, não por coincidência, um importante aliado político da Casa Tekiel. Kelsier deixou o cadáver estendido em seu próprio sangue. Os jardineiros o encontrariam — e assim que os criados se inteirassem da morte, nem toda a obstinação dos nobres manteria isso em silêncio. O assassinato provocaria um alarido, e a culpa imediatamente recairia sobre a

Casa Izenry, rival da Casa Tekiel. A morte suspeita e inesperada de Entrone faria a Casa Tekiel ficar mais cautelosa. Se começassem a bisbilhotar, descobririam que o oponente de apostas de Entrone na luta daquela noite fora Crews Geffenry, um homem cuja casa havia pedido uma forte aliança com os Tekiel. Crews era um conhecido Nascido da Bruma e um lutador habilidoso com facas.

E assim a intriga começaria. A Casa Izenry seria responsável pelo assassinato? Ou, talvez, a morte fora uma tentativa da Casa Geffenry de alarmar ainda mais os Tekiel — e assim encorajá-los a buscar alianças com os nobres mais baixos? Ou haveria uma terceira opção: uma casa que quisesse fortalecer a rivalidade entre Tekiel e Izenry?

Kelsier saltou do muro do jardim, coçando a barba falsa que usava. Na verdade, não importava muito quem a Casa Tekiel decidiria culpar; o propósito real de Kelsier era fazê-los duvidar e se preocupar, trazer desconfiança e incompreensão. O caos era seu aliado mais forte para fomentar uma guerra entre as casas. Quando a guerra finalmente viesse, cada nobre morto seria uma pessoa a menos que os skaas teriam que encarar em sua rebelião.

Assim que se encontrou a uma certa distância da Fortaleza Tekiel, Kelsier lançou uma moeda e subiu nos telhados. De vez em quando se perguntava o que as pessoas nas casas abaixo pensavam quando ouviam os passos vindos de cima. Saberiam que os Nascidos da Bruma achavam seus lares uma estrada conveniente, um lugar por onde podiam se mover sem serem incomodados por guardas ou ladrões? Ou as pessoas atribuíam as batidas aos sempre condenáveis espectros das brumas?

Provavelmente nem percebem. Pessoas sãs estão dormindo quando as brumas saem. Aterrissou em um telhado pontudo, recuperando seu relógio de bolso do lugar em que o escondera, olhou as horas e o guardou novamente — afastando de si o perigoso metal do qual o objeto era feito. Muitos nobres usavam metal de forma ostensiva, uma demonstração tola de bravura. O hábito fora herdado diretamente do Senhor Soberano. Kelsier, no entanto, não gostava de carregar nenhum metal — relógio, anel ou pulseira — desnecessário.

Lançou-se novamente no ar, dirigindo-se para os Labirintos de Fuligem, um bairro pobre skaa no extremo norte da cidade. Luthadel era uma cidade enorme, alastrada; a cada década, mais ou menos, novos setores eram acrescentados, e a muralha da cidade era expandida com o suor e esforço do trabalho skaa. Com a era do advento dos modernos canais, a pedra estava ficando relativamente barata e fácil de transportar.

Fico imaginando por que ele se preocupa com a muralha, Kelsier pensou, movendo-se paralelamente aos telhados da imensa estrutura. *Quem atacaria? O Senhor Soberano controla tudo. Nem mesmo as ilhas ocidentais resistem mais.*

Não havia uma guerra de verdade no Império Final há séculos. A "rebelião" ocasional consistia em nada mais do que alguns milhares de homens escondidos nas montanhas ou cavernas, saindo para deflagrar ataques periódicos. Nem mesmo a rebelião de Yeden se baseava muito na força — contava com o caos de uma guerra entre as casas, junto com o erro estratégico da Guarnição de Luthadel, para ter uma oportunidade. Se chegassem a uma campanha de guerra extensa, Kelsier perderia. O Senhor Soberano e o Ministério do Aço poderiam dispor, literalmente, de milhares de soldados se precisassem.

Porém, havia outro plano. Kelsier não falava dele, mal se atrevia a considerá-lo. Provavelmente não teria nem mesmo uma oportunidade de colocá-lo em prática. Mas se a ocasião chegasse...

Saltou no chão bem do lado externo dos Labirintos de Fuligem, então se enrolou em sua capa de bruma e caminhou pela rua com passos confiantes. Seu contato estava sentado à porta de uma loja fechada, fumando silenciosamente um cachimbo. Kelsier ergueu uma sobrancelha; tabaco era um luxo caro. Ou Hoid era muito extravagante, ou era tão bem-sucedido quanto Dockson dera a entender.

Hoid afastou o cachimbo calmamente e se levantou — embora isso não o tornasse muito mais alto. O sujeito careca e magrelo fez uma profunda reverência em meio à noite brumosa.

— Saudações, meu senhor.

Kelsier se deteve diante do homem, os braços cuidadosamente enfiados na capa de bruma. Ele não queria que um informante de rua soubesse que o nobre desconhecido com quem estava se encontrando tinha as cicatrizes de Hathsin nos braços.

— Você foi muito bem recomendado — disse Kelsier, imitando o jeito de falar arrogante de um nobre.

— Sou um dos melhores, meu senhor.

Qualquer um que sobreviva tanto tempo quanto você deve ser bom, pensou Kelsier. Lordes não gostavam da ideia de outros homens a par de seus segredos. Os informantes geralmente não viviam muito.

— Preciso saber algo, informante — Kelsier disse. — Mas primeiro deve jurar que não falará deste encontro com ninguém.

— É claro, meu senhor — disse Hoid. Provavelmente quebraria a promessa antes que a noite terminasse, outra razão pela qual os informantes não viviam muito. — Há a questão do pagamento...

— Você terá seu dinheiro, skaa — replicou Kelsier.

— É claro, meu senhor — disse Hoid, com um rápido aceno de cabeça. — Pediu informação a respeito da Casa Renoux, creio eu.

— Sim. O que é sabido a esse respeito? Com quais casas está aliada? Preciso saber essas coisas.

— Na verdade, não há muito o que saber, meu senhor — respondeu Hoid. — Lorde Renoux é novo na área e é um homem cuidadoso. Não está fazendo nem aliados, nem inimigos no momento; está comprando muitas armas e armaduras, mas provavelmente está adquirindo de uma ampla variedade de casas e mercadores para, assim, cativar todos eles. Uma tática sábia. Terá, talvez, um excesso de mercadorias, mas também terá um excesso de amigos, não é?

Kelsier bufou.

— Não vejo por que deveria pagar por isso.

— Ele terá muita mercadoria, meu senhor — disse Hoid rapidamente. — O senhor poderá fazer um bom lucro se souber que Renoux está registrando prejuízo.

— Não sou mercador, skaa — disse Kelsier. — Não me importam os lucros ou registros! — *Deixe que engula essa. Agora ele acha que sou de uma Grande Casa, mas, se não tivesse suspeitado por causa da capa de bruma, não mereceria a reputação que tem.*

— É claro, meu senhor — disse Hoid rapidamente. — Há mais, com certeza...

Ah, agora veremos. Será que as ruas sabem que a Casa Renoux está conectada aos rumores de rebelião? Se alguém tivesse descoberto esse segredo, então a gangue de Kelsier estaria em sério perigo.

Hoid tossiu baixinho, estendendo a mão.

— Homem insuportável! — replicou Kelsier, jogando uma bolsa de moedas aos pés de Hoid.

— Sim, meu senhor — disse Hoid, caindo de joelhos e procurando com a mão. — Peço desculpas, meu senhor. Minha visão é fraca. Mal posso ver meus próprios dedos diante do meu rosto.

Esperto, pensou Kelsier, enquanto Hoid encontrava a bolsa e a guardava. O comentário sobre a visão era, sem dúvida, uma mentira — nenhum homem chegaria longe no submundo com tal impedimento. Contudo, um nobre que pensasse que seu informante era meio cego ficaria muito menos paranoico quanto a ser identificado. Não que Kelsier estivesse preocupado — usava um dos melhores disfarces de Dockson. Além da barba, usava um nariz falso, mas realista, juntamente com plataformas nos pés e maquiagem para tornar sua pele mais clara.

— Disse que há mais? — perguntou Kelsier. — Juro, skaa, se não for bom...

— Mas é — disse Hoid rapidamente. — Lorde Renoux está considerando uma união entre sua sobrinha, Lady Valette, e Lorde Elend Venture.

Kelsier ergueu uma sobrancelha. *Não esperava por isso.*

— Isso é bobagem. Venture está *muito* acima de Renoux.

— Os dois jovens foram vistos conversando longamente no baile dos Venture, há um mês.

Kelsier riu, ironicamente.

— Todo mundo sabe disso. Não significa nada.

— Não? — perguntou Hoid. — Todo mundo sabe que Lorde Elend Venture falou muito bem da garota para seus amigos, o grupo de nobres filósofos que frequenta a Pena Quebrada?

— Jovens falam sobre garotas o tempo todo — comentou Kelsier. — Não significa nada. Devolva-me essas moedas.

— Espere! — disse Hoid, parecendo apreensivo pela primeira vez. — Há mais. Lorde Renoux e Lorde Venture têm transações secretas.

O quê?

— É verdade — Hoid prosseguiu. — É uma notícia fresca, eu a ouvi há apenas uma hora. Há uma conexão entre os Renoux e os Venture. E, por alguma razão, Lorde Renoux pôde exigir que Elend Venture fosse designado para vigiar Lady Valette nos bailes. — Ele abaixou a voz. — Até mesmo se sussurra que Lorde Renoux tem algum tipo de... influência sobre a Casa Venture.

O que aconteceu no baile esta noite? Kelsier pensou. Em voz alta, no entanto, disse:

— Isso tudo parece muito fraco, skaa. Não tem nada além de especulações inúteis?

— Não sobre a Casa Renoux, meu senhor — disse Hoid. — Tentei, mas sua preocupação com essa casa é sem sentido! Deveria escolher uma casa mais central na política. Como, por exemplo, a Casa Elariel...

Kelsier franziu o cenho. Ao mencionar Elariel, Hoid estava dando a entender que tinha alguma notícia importante que valeria o pagamento de Kelsier. Parecia que os segredos da Casa Renoux estavam a salvo. Era hora de passar a discussão para as outras casas, para que Hoid não desconfiasse do interesse de Kelsier em Renoux.

— Muito bem — Kelsier concordou. — Mas se isso não valer meu tempo...

— Vale, meu senhor. Lady Shan Elariel é uma Abrandadora.

— Provas?

— Eu a senti tocar minhas emoções, meu senhor — disse Hoid. — Durante um incêndio na Fortaleza Elariel, há uma semana, ela estava acalmando as emoções dos criados.

Kelsier começara esse incêndio. Infelizmente, não se espalhara além do alojamento dos guardas.

— O que mais?

— A Casa Elariel recentemente deu a ela permissão para usar seus poderes em eventos da corte — disse Hoid. — Temem uma guerra entre as casas e querem que ela faça qualquer aliança possível. Ela sempre carrega um fino envelope com lascas de latão na luva direita. Coloque um Buscador perto dela em um baile e verá. Meu senhor, eu não minto! Minha vida como informante depende unicamente da minha reputação. Shan Elariel *é* uma Abrandadora.

Kelsier deteve-se, como se refletisse. A informação era inútil para ele, mas seu propósito original — averiguar as notícias sobre a Casa Renoux — já fora satisfeito. Hoid merecera suas moedas, sabendo disso ou não.

Kelsier sorriu. *Agora é semear um pouco mais de caos.*

— E sobre a relação secreta de Shan com Salmen Tekiel? — perguntou Kelsier, escolhendo ao azar o nome de um jovem nobre. — Acha que ela usa seus poderes para ganhar os favores dele?

— Ah, certamente, meu senhor — disse Hoid rapidamente. Kelsier pôde ver o brilho de excitação nos olhos dele; ele presumia que Kelsier lhe dera um suculento pedaço de fofoca política grátis.

— Talvez tenha sido ela que garantiu para Elariel o acordo com a Casa Hasting semana passada — murmurou Kelsier. Não havia tal acordo.

— Muito provavelmente, meu senhor.

— Muito bem, skaa — disse Kelsier. — Você mereceu as suas moedas. Talvez eu o chame em outra ocasião.

— Obrigado, meu senhor — respondeu Hoid, fazendo uma mesura profunda.

Kelsier derrubou uma moeda e se lançou no ar. Enquanto aterrissava em um telhado, vislumbrou Hoid vasculhando o chão para pegar a moeda. Hoid não teve dificuldade em localizá-la, apesar de sua "visão fraca". Kelsier sorriu e continuou seu caminho. Hoid não mencionara o atraso de Kelsier, mas no próximo encontro não seria tão compreensivo.

Dirigiu-se para leste, até a praça Ahlstrom. Tirou sua capa de bruma, revelando a camisa esfarrapada que usava por baixo. Foi até um beco, onde deixou a capa e o casaco, e encheu as duas mãos de cinzas da esquina. Esfregou os flocos escuros e ásperos nos braços, mascarando suas cicatrizes, e depois no rosto e na barba falsa.

O homem que cambaleou para fora do beco alguns segundos mais tarde era muito diferente do homem que se encontrara com Hoid. A barba, antes arrumada, agora se projetava em um emaranhado despenteado. Algumas mechas haviam sido removidas, dando-lhe um aspecto desigual e doentio. Kelsier mancava, fingindo ser coxo de uma perna, e chamou uma figura parada nas sombras perto da silenciosa fonte da praça.

— Meu senhor? — Kelsier perguntou com voz áspera. — Meu senhor, é você?

Lorde Straff Venture, líder da Casa Venture, era um homem imponente, mesmo para um nobre. Kelsier pôde ver dois guardas parados ao lado dele; o lorde não parecia nem um pouco incomodado pelas brumas — era de conhecimento geral que era um Olho de Estanho. Venture avançou com passo firme, o bastão de duelo batendo no chão ao seu lado.

— Está atrasado, skaa! — disse bruscamente.

— Meu senhor, eu... eu... eu estava esperando no beco, meu senhor, como combinamos!

— Não combinamos nada disso!

— Sinto muito, meu senhor — disse Kelsier novamente, fazendo uma reverência e cambaleando por causa da perna "coxa". — Sinto muito, sinto muito. Estava ali no beco. Não pretendia fazê-lo esperar.

— Não conseguiu nos ver, homem?

— Sinto muito, meu senhor — disse Kelsier. — Minha visão... não é muito boa, sabe. Mal posso ver minhas próprias mãos diante do meu rosto. — *Obrigado pela dica, Hoid.*

Venture bufou, entregando seu bastão de duelo para um guarda, e esbofeteou Kelsier com força.

Kelsier despencou no chão, segurando a bochecha.

— Sinto muito, meu senhor — murmurou novamente.

— Da próxima vez que me deixar esperando, será com o bastão — disse Venture, cortante.

Bem, sei onde ir da próxima vez que precisar de um cadáver para jogar no jardim de alguém, pensou Kelsier, ficando em pé com esforço.

— Agora — disse Venture. — Vamos aos negócios. Que notícia importante é essa que prometeu me dar?

— É sobre a Casa Erikell, meu senhor — respondeu Kelsier. — Sei que Vossa Senhoria fez acordos com ele no passado.

— E?

— Bem, meu senhor, eles o estão trapaceando descaradamente. Estão vendendo suas espadas e bastões para a Casa Tekiel pela metade do preço que você vem pagando!

— Tem alguma prova?

— Só precisa olhar os novos armamentos de Tekiel, meu senhor — disse Kelsier. — Minha palavra é verdadeira. Não tenho nada além da minha reputação! Se não tenho isso, não tenho minha vida.

E não estava mentindo. Ou, pelo menos, não completamente. Seria inútil para Kelsier espalhar uma informação que Venture poderia confirmar ou descartar com facilidade. Algo do que dissera era verdade — Tekiel estava dando uma ligeira vantagem a Erikell. Kelsier estava exagerando, naturalmente. Se jogasse bem suas cartas, poderia iniciar um desentendimento entre Erikell e Venture, ao mesmo tempo em que deixaria Venture com ciúmes de Tekiel. E se Venture fosse até Renoux em busca de armas, em vez de até Erikell... bem, isso seria apenas um benefício colateral.

Straff Venture bufou. Sua casa era poderosa — incrivelmente poderosa — e não dependia de nenhuma indústria ou empresa específica para manter suas riquezas. Era uma posição muito difícil de se alcançar no Império Final, considerando os impostos do Senhor Soberano e o custo do atium. O que também fazia dos Venture uma ferramenta poderosa para Kelsier. Se pudesse dar a este homem a mistura certa de verdade e ficção...

— Isso tem pouca utilidade para mim — Venture disse, de repente. — Vamos ver o quanto você *realmente* sabe, informante. Conte-me sobre o Sobrevivente de Hathsin.

Kelsier se imobilizou.

— Perdão, meu senhor?

— Quer ser pago? — perguntou Venture. — Bem, conte-me sobre o Sobrevivente. Os rumores dizem que ele voltou a Luthadel.

— São só rumores, meu senhor — Kelsier disse rapidamente. — Nunca vi esse tal Sobrevivente, mas duvido que esteja em Luthadel... se é que ainda vive.

— Ouvi dizer que ele se juntou à rebelião skaa.

— Sempre há tolos sussurrando sobre a rebelião skaa, meu senhor — disse Kelsier. — E sempre há aqueles que tentam usar o nome do Sobrevivente, mas não acredito que algum homem possa ter sobrevivido aos Fossos. Posso buscar mais informações sobre isso, se desejar, mas temo que fique desapontado com o que eu encontrar. O Sobrevivente está morto; o Senhor Soberano... ele não permite tais descuidos.

— É verdade — concordou Venture pensativo. — Mas os skaas parecem convencidos sobre esses rumores sobre um "Décimo Primeiro Metal". Já ouviu falar disso, informante?

— Ah, sim — disse Kelsier, dissimulando a surpresa. — Uma lenda, meu senhor.

— Uma sobre a qual nunca ouvi falar — comentou Venture. — E presto *muita* atenção nessas coisas. Isso não é uma lenda. Alguém particularmente esperto está manipulando os skaas.

— Uma... conclusão interessante, meu senhor — disse Kelsier.

— De fato — concordou Venture. — E, presumindo que o Sobrevivente *tenha* morrido nos Fossos se alguém se apoderou de seu cadáver... seus ossos... há meios de imitar a aparência de um homem. Sabe do que estou falando?

— Sim, meu senhor — confirmou Kelsier.

— Investigue isso — ordenou Venture. — Não me importam suas fofocas, traga-me algo sobre este homem, ou o que quer que ele seja, que lidera os skaas. *Então* receberá algum dinheiro meu.

Venture deu meia-volta na escuridão, acenando para seus homens e deixando um pensativo Kelsier para trás.

KELSIER CHEGOU À MANSÃO RENOUX pouco tempo depois; o caminho de estacas entre Fellise e Luthadel tornava a viagem entre as duas cidades muito rápida. Não fora ele quem colocara as estacas; não sabia quem fora. Com frequência se perguntava o que faria se, enquanto viajava por aquele caminho, encontrasse outro Nascido da Bruma viajando na direção contrária.

Provavelmente ignoraríamos um ao outro, Kelsier pensou enquanto aterrissava no quintal da Mansão Renoux. *Somos muito bons nisso.*

Espiou a mansão iluminada pelas lanternas através das brumas, enquanto sua capa de bruma recuperada se agitava suavemente com o vento. A carruagem vazia indicava que Vin e Sazed haviam retornado da Casa Elariel. Kelsier os encontrou lá dentro, esperando na sala de estar e falando em voz baixa com Lorde Renoux.

— Esse é um novo visual para você — observou Vin quando Kelsier entrou na sala. Ela ainda usava o vestido, um belo vestido vermelho, embora se sentasse com uma postura pouco adequada para uma dama, com as pernas dobradas sob o corpo.

Kelsier sorriu para si mesmo. *Há algumas semanas, ela teria tirado o vestido assim que chegasse. Ainda vamos transformá-la em uma dama.* Sentou-se, coçando a barba falsa manchada de fuligem.

— Fala sobre isso? Ouvi dizer que as barbas logo vão voltar à moda. Só estou tentando me manter na vanguarda.

Vin fez uma careta.

— Na vanguarda da moda dos pedintes, talvez.

— Como foi a noite, Kelsier? — perguntou Lorde Renoux.

Kelsier deu de ombros.

— Como a maioria das noites. Felizmente, parece que a Casa Renoux permanece livre de suspeitas... embora eu mesmo seja uma espécie de preocupação para alguns nobres.

— Você? — perguntou Renoux.

Kelsier assentiu enquanto um criado lhe trazia uma toalha úmida e morna para limpar o rosto e os braços — embora não tivesse certeza se estavam preocupados com seu conforto ou com as cinzas que poderia deixar nos móveis. Limpou os braços, expondo as cicatrizes esbranquiçadas, e começou a tirar a barba.

— Parece que os skaas em geral se inteiraram da história do Décimo Primeiro Metal — ele prosseguiu. — Alguns nobres ouviram os rumores crescentes, e os mais inteligentes estão ficando preocupados.

— Como isso nos afeta? — perguntou Renoux.

Kelsier deu de ombros.

— Vamos espalhar rumores contrários para fazer a nobreza se concentrar mais em si mesma e menos em mim. Embora, divertida e ironicamente, Lorde Venture tenha me encorajado a procurar informações sobre mim mesmo. Pode-se ficar muito confuso com esse tipo de atuação... não sei como consegue, Renoux.

— É o que sou — disse o kandra, simplesmente.

Kelsier deu de ombros novamente, voltando-se para Vin e Sazed.

— Então, como foi a noite?

— Frustrante — respondeu Vin, com um tom de voz mal-humorado.

— A senhora Vin está um pouquinho aborrecida — Sazed comentou. — Quando voltávamos para Luthadel, ela me contou os segredos que reunira enquanto dançava.

Kelsier deu uma risada.

— Nada muito interessante?

— Sazed já sabia tudo! — Vin replicou. — Passei horas rodopiando e jogando conversa fora com aqueles homens e não consegui nada que valesse alguma coisa!

— Dificilmente, Vin — Kelsier disse, arrancando o último pedaço de barba falsa. — Você fez alguns contatos, foi vista e praticou sua conversa. Quanto à informação... bem, ninguém vai lhe dizer nada importante ainda. Vamos dar tempo ao tempo.

— Quanto tempo?

— Agora que está se sentindo mais segura, poderá participar dos bailes com mais regularidade. Depois de alguns meses, terá estabelecido contatos suficientes para começar a encontrar o tipo de informação de que precisamos.

Vin assentiu, suspirando. Não parecia mais tão contrariada com a ideia de frequentar regularmente os bailes, no entanto.

Sazed limpou a garganta.

— Mestre Kelsier, sinto que devo mencionar algo. Nossa mesa contou com a presença de Lorde Elend Venture a maior parte da noite, embora a senhora Vin tenha encontrado um meio de tornar as atenções dele menos ameaçadoras para a corte.

— Sim — Kelsier disse —, agora entendo. O que falou para aquelas pessoas, Vin? Que Renoux e Venture eram amigos?

Vin empalideceu levemente.

— Como sabe?

— Sou misteriosamente poderoso — disse Kelsier com um aceno de mão. — De qualquer modo, todo mundo pensa que a Casa Renoux e a Casa Venture têm acordos comerciais secretos. Provavelmente presumem que Venture esteja estocando armas.

Vin franziu o cenho.

— Não queria que chegasse tão longe.

Kelsier assentiu, esfregando a cola do queixo.

— Assim é a corte, Vin. As coisas saem de controle rapidamente. Mas isso não é um grande problema... embora signifique que terá que ser muito cuidadoso ao lidar com a Casa Venture, Lorde Renoux. Veremos que tipo de reação eles vão ter aos comentários de Vin.

Lorde Renoux assentiu.

— De acordo.

Kelsier bocejou.

— Agora, se não há mais nada, bancar o nobre e o pedinte na mesma noite me deixou terrivelmente cansado...

— Há outra coisa, mestre Kelsier — disse Sazed. — No fim da noite, a senhora Vin viu Lorde Elend Venture deixando o baile com os jovens lordes das Casas Lekal e Hasting.

Kelsier franziu o cenho.

— É uma combinação estranha.

— Foi o que pensei — concordou Sazed.

— Provavelmente ele só está tentando irritar o pai — murmurou Kelsier. — Confraternizar com o inimigo em público...

— Talvez — Sazed ponderou. — Mas os três pareciam ser bons amigos.

Kelsier assentiu, levantando-se.

— Investigue isso melhor, Sazed. Há uma chance de que Lorde Venture e seu filho estejam tentando nos fazer de bobos.

— Sim, mestre Kelsier — disse Sazed.

Kelsier deixou a sala, se espreguiçando e entregando sua capa de bruma para um criado. Enquanto subia a escada leste, ouviu passos rápidos. Virou-se e encontrou Vin seguindo-o, segurando o deslumbrante vestido vermelho para não tropeçar nos degraus.

— Kelsier — ela disse baixinho. — Há algo mais. Algo sobre o que eu gostaria de falar.

Kelsier ergueu uma sobrancelha. *Algo que ela não quer que nem Sazed escute?*

— No meu quarto — disse, e ela o seguiu pelas escadas até o aposento.

— Do que se trata? — perguntou enquanto ela fechava a porta atrás de si.

— Lorde Elend — Vin disse, abaixando o olhar, parecendo um pouco envergonhada. — Sazed já não gosta dele, então não quis mencionar isso na frente dos demais. Mas achei algo estranho essa noite.

— O quê? — Kelsier perguntou, curioso, apoiando-se em sua escrivaninha.

— Elend estava com uma pilha de livros — começou Vin.

Usando o primeiro nome, Kelsier pensou, contrariado. *Está* mesmo *se apaixonando pelo garoto.*

— Ele é conhecido por ler muito — prosseguiu Vin —, mas alguns daqueles livros... bem, quando ele foi embora, dei uma olhada neles.

Boa garota. As ruas lhe deram ao menos bons instintos.

— Um deles chamou a minha atenção — ela disse. — O título dizia alguma coisa sobre o clima, mas o texto dentro dele falava sobre o Império Final e suas falhas.

— É mesmo? O que dizia exatamente?

Vin deu de ombros.

— Alguma coisa sobre como, uma vez que o Senhor Soberano é imortal, seu império deveria ser mais avançado e pacífico.

Kelsier sorriu.

— *O Livro do Falso Amanhecer*. Qualquer Guardador pode citar o texto inteiro para você. Não achava que ainda existisse alguma cópia física. O autor, Deluse Couvre, escreveu alguns outros livros ainda mais condenáveis. Embora ele não blasfeme contra a Alomancia, os obrigadores abriram uma exceção no caso dele e o penduraram em um gancho do mesmo jeito.

— Bem — disse Vin —, Elend tem uma cópia. Acho que uma das nobres estava tentando encontrar o livro. Vi um dos criados dela remexendo os volumes.

— Qual nobre?

— Shan Elariel.

Kelsier assentiu.

— Ex-noiva. Provavelmente estava procurando alguma coisa com a qual chantagear o garoto Venture.

— Acho que ela é uma alomântica, Kelsier.

Kelsier assentiu, pensando distraidamente sobre a informação.

— É uma Abrandadora. Ela provavelmente teve uma boa ideia com esses livros... se o herdeiro Venture está lendo um livro como o *Falso Amanhecer*, sem mencionar a tolice de carregá-lo por aí...

— É tão perigoso assim? — perguntou Vin.

Kelsier deu de ombros.

— Só um pouco. É um livro antigo e, na verdade, não encoraja a rebelião, então poderia passar.

Vin franziu o cenho.

— O livro parecia bem crítico ao Senhor Soberano. Ele permite que a nobreza leia coisas assim?

— Na verdade, ele não "permite" que façam essas coisas — disse Kelsier. — Mas algumas vezes ignora quando o fazem. Banir livros é um negócio complicado, Vin... quanto mais alvoroço o Ministério faz com relação a um texto, mais atenção ele chama, e mais pessoas ficarão tentadas a lê-lo. O *Falso Amanhecer* é um volume obscuro, e, ao *não* proibi-lo, o Ministério o condenou ao anonimato.

Vin assentiu lentamente.

— Além disso — Kelsier continuou —, o Senhor Soberano é muito mais leniente com a nobreza do que com os skaas. Ele os vê como os filhos de seus amigos e aliados há muito mortos, os homens que supostamente o ajudaram a derrotar as Profundezas. De vez em quando ele os deixa ter certos gostos como ler textos irritáveis ou assassinar familiares.

— Então... o livro não é motivo de preocupação? — perguntou Vin.

Kelsier deu de ombros.

— Não diria isso, tampouco. Se o jovem Elend tem o *Falso Amanhecer*, pode ser que tenha outros livros que *sejam* expressamente proibidos. Se os obrigadores tivessem provas disso, entregariam o jovem Elend aos Inquisidores... sendo nobre ou não. A questão é: como se assegurar de que isso aconteça? Se o herdeiro Venture fosse executado, certamente aumentaria a confusão política de Luthadel.

Vin empalideceu visivelmente.

Sim, Kelsier pensou com um suspiro interno. *Ela definitivamente está se apaixonando por ele. Eu devia ter previsto algo assim. Mandar uma garota jovem e bonita entre os nobres? Um abutre ou outro ia se lançar sobre ela.*

— Não contei isso para que ele acabe morto, Kelsier! — exclamou ela. — Pensei, talvez... bem, ele está lendo livros proibidos e parece ser um bom homem. Talvez possamos usá-lo como um aliado ou algo assim.

Ah, criança, Kelsier pensou. *Espero que não se machuque muito quando ele a descartar. Devia ser mais esperta do que isso.*

— Não conte com isso — disse Kelsier, com um tom de voz alto. — Lorde Elend pode estar lendo livros proibidos, mas isso não faz dele um amigo. Sempre existiram nobres como ele; jovens filósofos e sonhadores que acham que estão tendo ideias originais. Gostam de beber com os amigos e criticar o Senhor Soberano; mas, em seus corações, ainda são nobres. Nunca enfrentarão o sistema.

— Mas...

— Não, Vin — Kelsier a interrompeu. — Precisa confiar em mim. Elend Venture não se importa conosco ou com os skaas. É um cavalheiro anarquista porque isso é elegante e excitante.

— Ele me falou sobre os skaas — disse Vin. — Queria saber se eram inteligentes e se agiam como pessoas de verdade.

— E o interesse dele era compassivo ou intelectual?

Ela hesitou, incerta de como responder.

— Vê? — apontou Kelsier. — Vin, esse homem *não* é nosso aliado. De fato, me lembro de ter dito claramente para ficar longe dele. Quanto mais tempo passar com Elend Venture, mais colocará nossa operação, e seus companheiros de gangue, em risco. Entendido?

Vin abaixou o olhar, assentindo.

Kelsier suspirou. *Por que suspeito que ficar longe dele é a última coisa que ela pretende fazer? Maldição — não tenho tempo para lidar com isso agora.*

— Vá dormir um pouco — disse. — Falaremos mais sobre isso depois.

Não é uma sombra.

Essa coisa obscura que me segue — e que só eu posso ver — não é realmente uma sombra. É escura e translúcida, mas não tem o contorno sólido de uma sombra. É insubstancial — fina e disforme. Como se fosse feita de névoa escurecida.

Ou de bruma, talvez.

20

VIN ESTAVA FICANDO CADA VEZ mais cansada da paisagem entre Luthadel e Fellise. Fizera a mesma viagem pelo menos uma dúzia de vezes durante as últimas semanas — observando as mesmas colinas marrons, as árvores desalinhadas e o tapete de vegetação rasteira. Estava começando a sentir como se pudesse identificar cada solavanco da estrada.

Participara de numerosos bailes — mas eles eram apenas o começo. Almoços, piqueniques e outras formas de entretenimento social eram igualmente populares. Com frequência, Vin viajava entre as cidades duas ou três vezes por dia. Aparentemente, as nobres jovens não tinham nada melhor para fazer do que ficar sentadas em carruagens durante seis horas por dia.

Vin suspirou. Próximo dali, um grupo de skaas trabalhava perto de um canal, empurrando uma grande barca para Luthadel. Sua vida podia ser muito pior.

Mesmo assim, sentia-se frustrada. Era meio-dia, mas não havia nenhum evento importante até a noite, então não tinha para onde ir, a não ser voltar para Fellise. Pensou no quão mais rápido faria a viagem se usasse o caminho de estacas. Sentia falta de saltar nas brumas novamente, mas Kelsier ainda estava relutante em continuar seu treinamento. Permitia que ela saísse por um curto período, cada noite, para manter suas habilidades, mas ela não tinha permissão para dar saltos extremos e excitantes. Apenas alguns movimentos básicos — geralmente *empurrar* e *puxar* pequenos objetos sem sair do chão.

Estava começando a ficar cada vez mais frustrada com sua fraqueza contínua. Já haviam se passado mais de três meses desde seu encontro com o Inquisidor; o pior do inverno se fora sem nenhum floco de neve. Quanto tempo levaria para se recuperar?

Pelo menos posso ir aos bailes, pensou. Apesar de seu aborrecimento com as constantes viagens, Vin começava a gostar de seus deveres. Fingir ser uma nobre era, na verdade, muito menos tenso do que o trabalho normal de um ladrão. É verdade que sua vida correria perigo se seu segredo fosse descoberto, mas, por enquanto, a nobreza parecia disposta a aceitá-la — e a dançar, jantar e conversar com ela. Era uma vida boa — um pouco sem emoção, mas seu regresso à Alomancia, cedo ou tarde, consertaria isso.

Isso a deixava com duas frustrações. A primeira era sua incapacidade de conseguir informações úteis; estava ficando cada vez mais irritada quando evitavam suas perguntas. Estava adquirindo experiência o bastante para se dar conta de que havia muita intriga acontecendo, mesmo assim ainda não permitiam que fizesse parte daquilo.

Mesmo assim, ainda que sua posição de forasteira fosse incômoda, Kelsier tinha confiança de que isso mudaria com o tempo. O segundo maior aborrecimento de Vin não era exatamente tão fácil de se lidar. Lorde Elend Venture estivera ausente em vários bailes durante as últimas semanas e ainda não voltara a passar a noite toda com ela. Ainda que raramente se sentasse sozinha agora, estava começando a perceber rapidamente que nenhum dos outros nobres tinha a mesma... profundidade de Elend. Nenhum deles tinha sua sagacidade divertida ou seus olhos honestos e curiosos. Os outros não pareciam *reais*. Não como ele.

Ele não parecia querer evitá-la. Mas também não parecia fazer muito esforço para passar algum tempo com ela.

Será que o interpretei mal?, ela se perguntou enquanto a carruagem chegava a Fellise. Elend era muito difícil de compreender algumas vezes.

Infelizmente, sua aparente indecisão não mudara o temperamento de sua ex-noiva. Vin estava começando a perceber por que Kelsier a avisara para evitar chamar a atenção de alguém importante demais. Por sorte, não se encontrava com Shan Elariel com frequência — mas quando isso acontecia, Shan aproveitava qualquer ocasião para ridicularizar, insultar ou menosprezar Vin. Fazia isso de maneira calma e aristocrática, e seu porte lembrava a Vin o quão inferior ela era.

Talvez eu esteja começando a ficar muito apegada à minha personagem Valette, Vin pensou. Valette era apenas uma fachada; ela deveria ser todas as coisas que Shan dizia. Mesmo assim, os insultos doíam.

Vin sacudiu a cabeça, afastando tanto Shan quanto Elend de sua mente. As cinzas tinham caído durante toda sua viagem até a cidade e, embora tivessem parado, seu efeito era visível nos pequenos redemoinhos e correntes negras que se revolviam pelas ruas da cidade. Os trabalhadores skaas andavam de um lado para o outro, recolhendo a fuligem em caixotes e levando-as para fora da cidade. De vez em quando, tinham que se apressar para abrir caminho para a carruagem de algum nobre que passava, já que nenhum veículo se incomodava em diminuir a velocidade para os trabalhadores.

Pobrezinhos, pensou Vin, passando por um grupo de crianças esfarrapadas que sacudia os choupos para que as cinzas caíssem e pudessem ser varridas — não ficaria bem um nobre passar por ali e receber um monte inesperado de fuligem acumulada em sua cabeça, então as crianças sacudiam as árvores aos pares, fazendo cair furiosas descargas pretas nelas mesmas. Cuidadosos capatazes com bastões caminhavam pela rua, de um extremo ao outro, para se assegurar de que o trabalho continuasse.

Elend e os outros, pensou, *eles não devem entender o quão ruim é a vida para um skaa. Vivem em suas belas fortalezas, dançando, sem realmente entender a extensão da opressão do Senhor Soberano.*

Podia ver beleza na nobreza — não era como Kelsier, que a odiava por completo. Alguns nobres pareciam bem gentis ao seu modo, e ela estava começando a pensar que algumas das histórias que os skaas contavam sobre a crueldade deles devia ser exagero. Mesmo assim, quando via acontecimentos como o da execução daquele pobre menino, ou as crianças skaas, tinha que se perguntar: como a nobreza não via? Como não entendia?

Ela suspirou, afastando o olhar dos skaas enquanto a carruagem finalmente chegava à Mansão Renoux. Imediatamente notou uma grande reunião no pátio interno e agarrou um frasco novo de metais, preocupada que o Senhor Soberano tivesse enviado soldados para prender Lorde Renoux. Mas ela rapidamente percebeu que a multidão não era formada por soldados, mas por skaas em roupas simples de trabalho.

A carruagem cruzou os portões, e Vin ficou ainda mais confusa. Caixas e sacos estavam empilhados entre os skaas — muitos dos quais manchados de fuligem pela recente chuva de cinzas. Os trabalhadores estavam alvoraçados e equipados, carregando uma série de carroças. A carruagem de Vin parou diante da mansão, e ela não esperou que Sazed abrisse a porta. Saltou do veículo por conta própria, segurando o vestido e correndo até Kelsier e Renoux, que supervisionavam a operação.

— Vão mandar suprimentos para as cavernas *daqui*? — perguntou Vin entredentes quando alcançou os dois homens.

— Faça uma reverência, criança — disse Lorde Renoux. — Mantenha as aparências enquanto estivermos sendo vistos.

Vin fez como lhe foi ordenado, contendo a irritação.

— É claro que sim, Vin — disse Kelsier. — Renoux tem que fazer *alguma coisa* com todas as armas e suprimentos que vem reunindo. As pessoas vão começar a ficar desconfiadas se não virem que ele as envia para algum lugar.

Renoux assentiu.

— Supostamente, estamos mandando tudo pelas barcas do canal para minha plantação no oeste. Mas as barcas vão parar para descarregar suprimentos, e muitos dos homens, nas cavernas da rebelião. As barcas e alguns homens seguirão em frente para manter as aparências.

— Nossos soldados não sabem que Renoux faz parte do plano — disse Kelsier, sorrindo. — Acham que é um nobre que estou subornando. Além disso, será uma boa oportunidade para inspecionarmos o exército. Depois de uma semana ou mais naquelas cavernas, retornaremos para Luthadel em uma das barcas de Renoux voltando para o leste.

— Nós? — perguntou Vin, repentinamente, imaginando as semanas na barca, observando o mesmo cenário tedioso, dia após dia, após dia, enquanto viajavam. Isso podia ser bem pior do que ir e vir entre Luthadel e Fellise.

Kelsier ergueu uma sobrancelha.

— Parece preocupada. Pelo visto, alguém está gostando de frequentar bailes e festas.

Vin corou.

— Eu só pensei que devia ficar aqui. Quer dizer, depois de todo o tempo que perdi quando fiquei doente, eu...

Kelsier levantou a mão, rindo.

— Você vai ficar; somos Yeden e eu que vamos. Preciso inspecionar as tropas, e Yeden vai se encarregar de vigiar o exército para que Ham possa voltar a Luthadel. Também levaremos meu irmão conosco e o deixaremos no ponto de encontro com os acólitos do Ministério, em Vennias. Ainda bem que você voltou; quero que passe algum tempo com ele antes da nossa partida.

Vin franziu o cenho.

— Com Marsh?

Kelsier assentiu.

— Ele é um Brumoso Buscador. Bronze é um dos metais menos úteis, especialmente para um Nascido da Bruma completo, mas Marsh disse que pode lhe mostrar alguns truques. Essa será provavelmente sua última chance de treinar com ele.

Vin olhou a caravana.

— Onde ele está?

Foi a vez de Kelsier franzir o cenho.

— Está atrasado.

É de família, suponho.

— Ele deve chegar logo, criança — disse Lorde Renoux. — Talvez queira descansar um pouco lá dentro?

Tenho tido muito descanso ultimamente, ela pensou, controlando o aborrecimento. Em vez de entrar na mansão, ficou andando pelo pátio, observando os produtos e os trabalhadores que guardavam os suprimentos em carroças para transportá-los até as docas do canal local. O terreno era bem cuidado e, mesmo que as cinzas ainda não tivessem sido limpas, a grama cortada permitia que não tivesse que levantar muito o vestido para não arrastá-lo pela sujeira.

Além disso, a cinza era surpreendentemente fácil de tirar das roupas. Com a lavagem adequada e um pouco de sabão caro, até mesmo um traje branco podia se livrar das cinzas. Por isso, a nobreza sempre tinha a roupa com aparência de nova. Era uma coisa simples e fácil que dividia os skaas e a aristocracia.

Kelsier está certo, pensou Vin. *Estou começando a gostar de ser uma nobre*. E estava preocupada com as mudanças que seu novo estilo de vida estava encorajando. Antes, seus problemas eram relacionados a coisas como fome e espancamentos — agora se relacionavam com viagens longas de carruagem e companheiros que chegavam tarde aos compromissos. O que uma transformação como essa faria a uma pessoa?

Suspirou para si mesma, caminhando entre os suprimentos. Algumas das caixas estavam cheias de armas — espadas, bastões de guerra, arcos — mas a maior parte do material era de alimentos. Kelsier dizia que manter um exército exigia muito mais grãos do que aço.

Passou os dedos por uma pilha de caixas, com cuidado para não remover a cinza que estava em cima. Ela sabia que uma barca seria enviada naquele dia, mas não esperava que Kelsier fosse junto. Ele provavelmente tomara a decisão de ir pouco tempo atrás — mesmo o novo e mais responsável Kelsier continuava sendo um homem impulsivo. Talvez fosse um bom atributo para um líder. Não tinha medo de incorporar novas ideias, não importava quando lhe ocorressem.

Talvez eu devesse pedir para ir com ele, Vin pensou, indolente. *Estive interpretando a nobre por tempo demais ultimamente*. Outro dia, pegara-se sentada com as costas eretas na carruagem, com uma postura empertigada, apesar do fato de estar sozinha. Temia estar perdendo seus instintos — ser Valette estava se tornando quase tão natural quanto ser Vin.

Mas não podia partir. Tinha um almoço com Lady Flavine, sem mencionar o baile Hasting — seria o evento social do mês. Se Valette estivesse ausente, seriam necessárias semanas para reparar o dano. Além disso, sempre havia Elend, que provavelmente se esqueceria dela se voltasse a desaparecer.

Ele já a esqueceu, disse para si mesma. *Mal falou com você nas últimas três festas. Mantenha a cabeça erguida, Vin. Isso é só outro golpe — um jogo, como os que fazia antes. Está construindo sua reputação para conseguir informação, não para flertar e brincar*.

Assentiu para si mesma, resoluta. Ao seu lado, alguns skaas carregavam uma das carroças. Vin permaneceu ao lado de uma grande pilha de caixas e observou os homens trabalharem. Segundo Dockson, o recrutamento do exército estava melhorando.

Estamos ganhando força, pensou Vin. *Acho que a notícia está se espalhando*. Isso era bom — presumindo que não se espalhasse rápido *demais*.

Ela observou os carregadores por um momento, sentindo algo... estranho. Pareciam desconcentrados. Depois de alguns momentos, foi capaz de determinar a fonte de distração deles. Não paravam de olhar para Kelsier, sussurrando enquanto trabalhavam. Vin se aproximou — mantendo-se do outro lado das caixas — e queimou estanho.

— ... Não, é ele, com certeza — um dos homens sussurrava. — Vi as cicatrizes.

— Ele é alto — disse outro.

— É claro que é. O que esperava?

— Ele falou na reunião em que fui recrutado — outro falou. — O Sobrevivente de Hathsin. — Havia assombro em sua voz.

Os homens se afastaram para reunir mais caixas. Vin inclinou a cabeça, então começou a se mover entre os trabalhadores para os ouvir. Nem todos falavam sobre Kelsier, mas um número surpreendente, sim. Também ouviu várias referências ao Décimo Primeiro Metal.

Então é por isso, pensou Vin. *Não é a rebelião que está ganhando adeptos — Kelsier está*. Os homens falavam dele em um tom de voz baixo, quase reverente. Por alguma razão, aquilo deixou Vin desconfortável. Nunca seria capaz de ouvir coisas similares ditas a seu respeito. Mesmo assim, Kelsier lidava bem com aquilo; seu ego carismático provavelmente alimentava ainda mais os rumores.

Eu me pergunto se ele será capaz de deixar isso para trás quando tudo estiver terminado. Os outros membros da gangue obviamente não tinham interesse na liderança, mas Kelsier parecia gostar dela. Ele realmente deixaria a rebelião skaa tomar conta da situação? Algum homem seria capaz de renunciar a esse tipo de poder?

Vin franziu o cenho. Kelsier era um bom homem; provavelmente seria um bom governante. Contudo, se tentasse assumir o controle, isso teria cheiro de traição — um desrespeito às promessas que havia feito a Yeden. Ela não queria ver algo assim vindo de Kelsier.

— Valette — Kelsier chamou.

Vin se sobressaltou, sentindo-se um pouco culpada. Kelsier apontou para uma carruagem que estava parando no pátio da mansão. Marsh chegara. Ela voltou enquanto a carruagem estacionava e alcançou Kelsier ao mesmo tempo que Marsh.

Kelsier sorriu, acenando com a cabeça na direção de Vin.

— Só estaremos prontos para partir daqui a pouco — disse para Marsh. — Se tiver tempo, poderia mostrar à menina algumas coisas?

Marsh virou-se para ela. Partilhava a constituição magra e o cabelo loiro de Kelsier, mas não era tão bonito. Talvez fosse a falta de sorrisos.

Ele apontou para o balcão principal da mansão.

— Espere por mim lá em cima.

Vin abriu a boca para responder, mas algo na expressão de Marsh a fez voltar a fechá-la. Ele a fazia se lembrar dos velhos tempos, há vários meses, quando não questionava seus superiores. Ela se virou, deixando os três, e dirigiu-se para a mansão.

Era um trajeto curto até o balcão. Quando chegou, puxou uma cadeira e sentou-se ao lado da grade de madeira caiada. O balcão já tinha sido limpo das cinzas. Lá embaixo, Marsh ainda estava conversando com Kelsier e Renoux. No horizonte além deles, além da caravana que se espalhava, Vin podia ver as colinas ermas fora dos limites da cidade, iluminadas pela luz vermelha do sol.

Apenas alguns meses interpretando a nobre, e já acho que alguma coisa que não é cultivada é inferior. Nunca pensara na paisagem como erma durante os anos em que viajara com Reen. *E Kelsier disse que toda a terra costumava ser mais fértil do que o jardim de um nobre*.

Ele pensava em recuperar essas coisas? Os Guardadores podiam memorizar idiomas e religiões, mas não podiam criar sementes de plantas extintas há muito tempo. Não podiam fazer as cinzas pararem de cair ou as brumas irem embora. O mundo realmente mudaria tanto se o Império Final se fosse?

Além disso, o Senhor Soberano não tinha *algum* direito sobre tudo aquilo? Ele derrotara as Profundezas, ou pelo menos era o que afirmava. Salvara o mundo, o que — de uma maneira torpe e estranha — fazia com que ele fosse seu. Que direito tinham de tentar tirar dele?

Ela se perguntava essas coisas com frequência, embora não expressasse suas preocupações para os demais. Todos pareciam comprometidos com o plano de Kelsier; alguns até compartilhavam de sua visão. Mas Vin estava mais hesitante. Aprendera, como Reen lhe ensinara, a ser cética com o otimismo.

E se havia um plano sobre o qual se podia ficar hesitante, era este.

Contudo, ela já passara do ponto de questionar a si mesma. Sabia a razão pela qual permanecia na gangue. Não era o plano; eram as pessoas. Gostava de Kelsier. Gostava de Dockson, Brisa e Ham. Gostava até mesmo do estranho Fantasma e de seu tio excêntrico. Era uma gangue como nenhuma outra com a qual trabalhara antes.

É uma boa razão para deixar que a matem?, perguntou a voz de Reen.

O pensamento a fez parar. Ultimamente vinha escutando os sussurros do irmão em sua mente com menos frequência, mas eles ainda estavam ali. Os ensinamentos de Reen, gravados nela durante 16 anos, não podiam ser descartados tão facilmente.

Marsh chegou ao balcão alguns momentos depois. Encarando-a com aqueles olhos duros, então falou.

— Pelo visto, Kelsier espera que eu passe a tarde treinando você em Alomancia. Vamos começar.

Vin assentiu.

Marsh a observou, obviamente esperando mais como resposta. Vin sentou-se em silêncio. *Não é o único que pode ser conciso, amigo.*

— Muito bem — Marsh disse, sentando-se ao lado dela, descansando um braço na grade do balcão. A voz dele soava um pouco menos aborrecida quando prosseguiu. — Kelsier diz que você passou muito pouco tempo treinando as habilidades mentais internas. Correto?

Vin assentiu novamente.

— Suspeito que muitos Nascidos da Bruma plenos negligenciam esses poderes — Marsh comentou. — E é um erro. Bronze e cobre podem não ser tão espalhafatosos quanto outros metais, mas podem ser muito poderosos nas mãos de alguém devidamente treinado. Os Inquisidores trabalham com a manipulação do bronze, e os Brumosos do submundo sobrevivem por causa da confiança no cobre. Dos dois poderes, o bronze é de longe muito mais sutil. Posso ensinar como usá-lo adequadamente... se praticar o que lhe mostrar, então terá uma vantagem que muitos Nascidos da Bruma dispensam.

— Mas os outros Nascidos da Bruma não sabem queimar cobre? — perguntou Vin. — De que serve aprender sobre o bronze se todo mundo com quem você luta é imune a esse poder?

— Vejo que já pensa como um deles — comentou Marsh. — Nem todo mundo é Nascido da Bruma, garota; de fato, pouquíssimos são. E, apesar do que seu tipo gosta de pensar, os Brumosos normais também podem matar pessoas. Saber que o homem que a ataca é um Brutamontes em vez de um Lançamoedas pode salvar sua vida.

— Certo — concordou Vin.

— O bronze também ajuda a identificar Nascidos da Bruma — explicou Marsh. — Se você vir alguém usando Alomancia quando não há um Esfumaçador por perto e não sentir nenhum pulso alomântico, então saberá que essa pessoa é uma Nascida da Bruma... ou isso ou um Inquisidor. Em ambos os casos você deveria fugir.

Vin assentiu em silêncio, o ferimento na lateral de seu corpo latejava levemente.

— Há grandes vantagens em queimar bronze, em vez de simplesmente sair por aí com o cobre aceso. Certo, você se Esfumaça usando cobre... mas de certa maneira isso também a deixa cega. O cobre a torna imune a ter suas emoções *empurradas* ou *puxadas*.

— Mas isso é uma coisa boa.

Marsh inclinou a cabeça ligeiramente.

— Ah é? E qual seria uma vantagem maior? Estar imune, e ignorante, à presença de um Abrandador? Ou, em vez disso, saber, por causa de seu bronze, exatamente quais emoções ele está tentando suprimir?

— É possível ver algo tão específico?

Marsh assentiu.

— Com cuidado e prática, você pode aprender a reconhecer mudanças pequenas nos movimentos alomânticos de seus oponentes. Pode identificar com precisão quais partes da emoção de uma pessoa um Abrandador ou um Tumultuador pretendem influenciar. Também será capaz de dizer quando alguém está avivando seus metais. Se ficar bem habilidosa, poderá dizer quando estão ficando sem metais.

Vin considerou as implicações daquilo.

— Você está começando a ver as vantagens — disse Marsh. — Ótimo. Agora queime bronze.

Vin o fez. Imediatamente sentiu duas pancadas rítmicas no ar. Os pulsos mudos percorreram seu corpo como batidas de dois tambores distantes. Eram misturados e confusos.

— O que está sentindo? — perguntou Marsh.

— Eu... acho que há dois metais diferentes sendo queimados. Um vem de Kelsier, lá embaixo; o outro está vindo de você.

— Bom — disse Marsh, aprovando. — Você tem praticado.

— Não muito — admitiu Vin.

Ele arqueou uma sobrancelha.

— Não muito? Já consegue determinar a origem dos pulsos. Isso exige prática.

Vin deu de ombros.

— Parece natural para mim.

Marsh ficou em silêncio por um momento.

— Muito bem — disse, depois de um tempo. — E os dois pulsos são diferentes?

Vin se concentrou, franzindo o cenho.

— Feche os olhos — disse Marsh. — Afaste outras distrações. Concentre-se somente nos pulsos alomânticos.

Vin obedeceu. Não era como ouvir — não realmente. Teve que se concentrar para distinguir algo específico nos pulsos. Um parecia... que batia contra ela. O outro, uma sensação estranha, era como se a *puxasse* em sua direção a cada batida.

— Um está *puxando* metal, não é? — perguntou Vin, abrindo os olhos. — Esse é Kelsier. Você está *empurrando*.

— Muito bem — Marsh disse. — Ele está queimando ferro, como lhe pedi que fizesse, para que você pudesse praticar. Eu, é claro, estou queimando bronze.

— Todos eles são assim? — perguntou Vin. — Parecem diferentes, quer dizer?

Marsh assentiu.

— É possível distinguir um *puxão* de metal de um *empurrão* de metal pela assinatura alomântica. Na verdade, foi assim que alguns metais foram originalmente divididos em categorias. Não é intuitivo, por exemplo, que o estanho *puxe* enquanto o peltre *empurre*. Não pedi que abrisse os olhos.

Vin os fechou novamente.

— Concentre-se nos pulsos — Marsh falou. — Tente distinguir seus comprimentos. Pode notar a diferença entre eles?

Vin franziu o cenho. Concentrou-se o mais que pôde, mas a sensação que tinha dos metais parecia... confusa. Indistinta. Depois de alguns minutos, os comprimentos dos diferentes pulsos ainda pareciam os mesmos para ela.

— Não consigo sentir nada — disse, decepcionada.

— Bom — Marsh disse terminantemente —, tive que praticar seis meses para distinguir os comprimentos dos pulsos... se você tivesse feito isso na primeira tentativa, eu teria me sentido incompetente.

Vin abriu os olhos.

— Por que me pediu para fazer isso, então?

— Porque você precisa praticar. Se já consegue distinguir *puxar* metais de *empurrar* metais... bem, aparentemente tem talento. Talvez tanto talento quanto Kelsier anda se gabando que você tem.

— O que eu deveria ter visto, então? — perguntou Vin.

— Com o tempo, você será capaz de sentir dois comprimentos diferentes de pulso. Metais internos, como bronze e cobre, emitem pulsos mais longos do que metais externos, como ferro e aço. A prática também lhe permitirá sentir os três padrões dentro dos pulsos: um para metais físicos, um para metais mentais e um para os dois metais maiores. Comprimento de pulso, grupo metálico e variação *empurrão-puxão*... uma vez que saiba essas três coisas, será capaz de dizer exatamente quais metais seu oponente está queimando. Um pulso longo que bata contra você e tenha um padrão rápido será peltre: o metal físico de *empurrão* interno.

— Por que tais nomes? — perguntou Vin. — Externo e interno?

— Os metais vêm em grupos de quatro. Ou pelos menos, os oito inferiores fazem isso. Dois metais externos, dois metais internos; um de cada *empurra*, um de cada *puxa*. Com ferro, você *puxa* algo externo a você, com aço, *empurra* algo externo a você. Com estanho, *puxa* algo dentro de si mesma, com peltre *empurra* algo dentro de si.

— Mas bronze e cobre — comentou Vin —, Kelsier os chamou de metais internos, mas parecem que afetam coisas externas. O cobre impede as pessoas de senti-lo quando usam Alomancia.

Marsh negou com a cabeça.

— O cobre não muda seus oponentes, muda algo dentro de você que tem um efeito em seus oponentes. É por isso que é um metal interno. O latão, no entanto, altera as emoções de outra pessoa diretamente: e é um metal externo.

Vin assentiu, pensativa. Então se virou, olhando na direção de Kelsier.

— Você sabe muita coisa sobre todos os metais, mas é apenas um Brumoso, certo?

Marsh assentiu. Não parecia que pretendia responder, no entanto.

Vamos tentar uma coisa, então, Vin pensou, apagando seu bronze. Começou a queimar cobre levemente para mascarar sua Alomancia. Marsh não reagiu: em vez disso, continuou a olhar para Kelsier e a caravana.

Devo estar invisível aos sentidos dele, ela pensou, queimando cuidadosamente tanto zinco quanto latão. Projetou-se, como Brisa a ensinara a fazer, e tocou sutilmente as emoções de Marsh. Suprimiu a desconfiança e as inibições dele, ao mesmo tempo que aumentou seu sentimento de melancolia. Teoricamente, isso o deixaria mais disposto a falar.

— Deve ter aprendido em algum lugar — perguntou Vin com cuidado. *Ele verá o que fiz, certamente. Vai ficar zangado e...*

— Tive o Estalo quando era muito jovem — disse Marsh. — Tive muito tempo para praticar.

— Assim como muita gente — comentou Vin.

— Eu... tive meus motivos. São difíceis de explicar.

— Sempre são — retrucou Vin, aumentando levemente sua pressão alomântica.

— Sabe como Kelsier se sente a respeito dos nobres? — perguntou Marsh, virando-se para ela, os olhos como gelo.

Olhos de ferro, ela pensou. *Como disseram*. Assentiu em resposta.

— Bem, sinto o mesmo em relação aos obrigadores — ele disse, afastando o olhar. — Farei qualquer coisa para feri-los. Eles levaram nossa mãe... foi quando tive o Estalo e jurei destruí-los. Então me juntei à rebelião e comecei a aprender tudo o que podia sobre Alomancia. Os Inquisidores a usam, então eu tinha que entendê-la... entender tudo o que pudesse, ser o *melhor* que pudesse e... você está me *abrandando*?

Vin sobressaltou-se, apagando abruptamente seus metais. Marsh voltou-se novamente para ela, com a expressão fria.

Fuja!, pensou Vin. E ela quase o fez. Era bom ver que os antigos instintos ainda estavam ali, mesmo que um pouco enterrados.

— Sim — disse humildemente.

— Você *é* boa — Marsh comentou. — Não teria percebido se não tivesse começado a divagar. Pare com isso.

— Já parei.

— Bom — disse Marsh —, é a segunda vez que altera minhas emoções. Nunca mais faça isso.

Vin estranhou.

— Segunda vez?

— A primeira foi na minha loja, há oito meses.

É verdade. Por que não me lembrei dele?

— Sinto muito.

Marsh balançou a cabeça, e finalmente se virou.

— Você é uma Nascida da Bruma... é o que faz. Ele faz a mesma coisa. — disse, olhando para Kelsier.

Ficaram em silêncio por alguns segundos.

— Marsh? — perguntou Vin. — Como sabia que eu era uma Nascida da Bruma? Eu só sabia *abrandar* naquela época.

— Não, sabia mais do que isso. Você conhecia os outros metais instintivamente. Estava queimando peltre e estanho naquele dia... só um pouquinho, quase não dava para notar. Provavelmente conseguia os metais da água e dos talheres. Alguma vez se perguntou como sobreviveu quando tantos outros morreram?

Vin refletiu sobre isso. *Sobrevivi a um monte de espancamentos. A vários dias sem comida, a noites passadas nos becos durante a chuva ou no meio das cinzas...*

Marsh concordou com a cabeça.

— Poucas pessoas, incluindo Nascidos da Bruma, são tão sintonizadas com a Alomancia a ponto de serem capazes de queimar metais instintivamente. Foi o que me fez ficar interessado em você... foi por isso que fiquei de olho em você e disse para Dockson onde encontrá-la. E... está *empurrando* minhas emoções de novo?

Vin negou com a cabeça.

— Eu juro.

Marsh franziu o cenho, observando-a com um de seus olhares duros como pedra.

— Tão austero — disse Vin suavemente. — Como meu irmão.

— Eram próximos?

— Eu o odiava — sussurrou Vin.

Marsh deteve-se, então se virou.

— Entendo.

— Odeia Kelsier?

Marsh negou com a cabeça.

— Não, não o odeio. Ele é frívolo e cheio de si, mas é meu irmão.

— E isso é o bastante? — Vin perguntou.

Marsh assentiu.

— Tenho... dificuldade em entender isso — disse Vin honestamente, olhando os skaas, as caixas e os sacos.

— Seu irmão não a tratava bem, presumo.

Vin concordou com a cabeça.

— E quanto a seus pais? — Marsh perguntou. — Um era nobre. E sua mãe?

— Louca — explicou Vin. — Ouvia vozes. Ficou tão mal que meu irmão tinha medo de que ficássemos sozinhos com ela. Mas, é claro, não tinha opção...

Marsh permaneceu em silêncio, sem comentar. *Como isso se voltou contra mim?*, Vin pensou. *Ele não é um Abrandador, mesmo assim está conseguindo mais de mim do que consegui dele.*

Mesmo assim, era bom falar sobre isso, finalmente. Vin ergueu a mão, mexendo no brinco sem perceber.

— Não me lembro disso — confessou ela. — Mas Reen disse que chegou um dia e encontrou minha mãe coberta de sangue. Ela matara minha irmãzinha. De um jeito horrível. Em mim, no entanto, não tocou... exceto para me dar o brinco. Reen disse... ele disse que ela estava me segurando no colo, balbuciando e me proclamando rainha, com o cadáver da minha irmã aos nossos pés. Ele me tirou da minha mãe, e ela fugiu. Ele salvou a minha vida, provavelmente. Acho que foi em parte por isso que fiquei com ele, suponho. Até quando as coisas iam mal. — Olhou para Marsh. — Você não sabe a sorte de ter Kelsier como irmão.

— Imagino que sim — Marsh concordou. — Eu só... gostaria que ele não tratasse as pessoas como joguetes. Sou conhecido por matar obrigadores, mas assassinar homens só porque são nobres... — Marsh negou com a cabeça. — E não é só isso. Ele gosta que as pessoas o adorem.

Tinha razão nisso. Mas Vin também detectou outra coisa em sua voz. Ciúmes? *Você é o irmão mais velho, Marsh. Era o responsável — e se juntou à rebelião em vez de trabalhar com os ladrões. Deve machucar saber que Kelsier era aquele de quem todos gostavam.*

— Mesmo assim — Marsh disse —, ele está melhorando. Os Fossos o mudaram. A morte dela... o mudou.

O que será isso?, Vin pensou, levantando levemente a cabeça. Havia definitivamente outra coisa ali. Dor. Uma dor profunda, mais do que um homem devia sentir por uma cunhada.

Então é isso. Não era "todo mundo" que gostava mais de Kelsier, era uma pessoa em particular. Alguém que você amava.

— De qualquer forma — disse Marsh, a voz ficando mais firme. — A arrogância do passado está no passado. Este plano dele é insano, e tenho certeza de que, em parte, está fazendo isso para enriquecer, mas... bem, ele não tinha por que ajudar a rebelião. Está tentando fazer algo bom... embora provavelmente vá acabar morto.

— Por que se juntar a isso se tem tanta certeza de que ele vai fracassar?

— Porque ele vai me colocar no Ministério — explicou Marsh. — As informações que eu reunir lá vão ajudar a rebelião séculos depois que Kelsier e eu estivermos mortos.

Vin assentiu, olhando para o pátio. Então continuou, hesitante:

— Marsh, não acho que a arrogância esteja *totalmente* no passado. A maneira como ele está se colocando entre os skaas... o jeito que começam a olhar para ele...

— Eu sei — Marsh falou. — Começou com essa coisa do Décimo Primeiro Metal. Não creio que tenhamos que nos preocupar... É só Kelsier jogando, como de costume.

— Isso faz com que eu me pergunte por que ele vai nessa viagem — questionou Vin. — Ficará fora de ação por mais de um mês.

Marsh balançou a cabeça.

— Ele terá todo um exército cheio de homens diante do qual atuar. Além disso, precisa sair da cidade. Sua reputação está crescendo descontroladamente, e a nobreza está começando a ficar muito interessada no Sobrevivente. Se começarem a correr rumores de que um homem com cicatrizes nos braços está hospedado com Lorde Renoux...

Vin assentiu, entendendo.

— Agora mesmo — Marsh prosseguiu —, ele está se fazendo passar por um parente distante de Renoux. O homem tem que partir antes que alguém o relacione com o Sobrevivente. Quando Kell voltar, terá que chamar pouca atenção... esgueirar-se para dentro da mansão, em vez de subir os degraus, e manter o capuz levantado quando estiver em Luthadel.

Marsh calou-se, então se levantou.

— De qualquer modo, já lhe ensinei o básico. Agora precisa praticar. Sempre que estiver com Brumosos, peça para que queimem seus metais para você se concentrar nos pulsos alomânticos. Se nos encontrarmos novamente, eu lhe mostrarei mais, mas não há nada mais que possamos fazer até que você tenha praticado.

Vin assentiu, e Marsh saiu pela porta sem se despedir. Alguns momentos depois, ela o viu se aproximar de Kelsier e Renoux novamente.

Eles realmente não se odeiam, pensou Vin, apoiando os dois braços na grade do balcão. *Como será isso?* Depois de pensar um pouco, decidiu que o conceito de amor fraterno era um pouco como o comprimento dos pulsos alomânticos que supostamente deveria procurar — algo desconhecido demais para entender naquele momento.

"O Herói das Eras não será um homem, mas uma força. Nenhuma nação o reclamará, nenhuma mulher o possuirá e nenhum rei poderá matá-lo. Ele não pertencerá a ninguém, sequer a si mesmo."

21

KELSIER ESTAVA SENTADO, EM SILÊNCIO, lendo enquanto o barco seguia lentamente pelo canal para o Norte. *Às vezes me preocupo que não seja o herói que todos acham que sou*, o texto dizia.

Que prova temos? As palavras de homens mortos há muito tempo, só agora consideradas proféticas? Mesmo que aceitemos as profecias, apenas tênues interpretações as ligam a mim. Seria a minha defesa da Montanha de Verão realmente o "fardo pelo qual o Herói será condecorado"? Meus vários casamentos poderiam me dar "vínculos sem laços de sangue com os reis do mundo", se se olhar do jeito certo. Há dúzias de frases similares que poderiam se referir aos acontecimentos da minha vida. Mas, uma vez mais, tudo poderia ser apenas coincidência.

Os filósofos asseguram-me que este é o momento, que os sinais foram cumpridos. Mas ainda me pergunto se não pegaram o homem errado. Tantas pessoas dependem de mim. Dizem que tenho o futuro do mundo inteiro nos braços.

O que pensariam se soubessem que o seu campeão — o Herói das Eras, seu salvador — duvida de si mesmo?

Talvez não ficassem nem um pouco surpresos, afinal. De certo modo, é isso o que mais me preocupa. Talvez, em seus corações, eles duvidem — assim como eu. Quando me olham, será que veem um mentiroso?

Rashek parece pensar que sim. Sei que não devia deixar que um simples carregador me perturbasse. Contudo, ele é de Terris, de onde as profecias se originaram. Se alguém pudesse identificar uma fraude, não seria ele?

Não obstante, continuo minha viagem, indo aonde os augúrios escritos proclamam que encontrarei meu destino — caminhando, sentindo os olhos de Rashek em minhas costas. Ciumentos. Zombadores. Cheios de ódio.

No fundo, me preocupa que minha arrogância destrua a todos nós.

Kelsier baixou o livreto, sua cabine se sacudia levemente com os esforços dos remadores do lado de fora. Estava contente que Sazed tivesse providenciado uma cópia dos trechos traduzidos do diário de viagem do Senhor Soberano antes da partida do comboio de barcos. Havia muito pouco o que fazer durante a viagem.

Por sorte, o diário era fascinante. Fascinante e sombrio. Era perturbador ler palavras originalmente escritas pelo Senhor Soberano. Para Kelsier, o Senhor Soberano era menos um homem e mais uma... criatura. Uma força maligna que precisava ser destruída.

Ainda assim, a pessoa apresentada no diário parecia completamente mortal. Questionava-se e ponderava — parecia um homem profundo e, até mesmo, de caráter.

Ainda que seja melhor não confiar muito na narrativa, Kelsier pensou, passando os dedos pela página. *Os homens raramente veem suas próprias ações como injustificadas.*

Mesmo assim, a história do Senhor Soberano fazia Kelsier se lembrar das lendas que ouvira — histórias sussurradas pelos skaas, discutidas pelos nobres e memorizadas pelos Guardadores. Dizia-se que antigamente, antes da Ascensão, o Senhor Soberano tinha sido o maior dos homens. Um líder amado, um homem a quem se confiou o destino de toda a humanidade.

Infelizmente, Kelsier sabia como a história acabava. O próprio Império Final era o legado do diário. O Senhor Soberano não salvara a humanidade; em vez disso, ele a escravizara. Ler uma narrativa em primeira mão, ver as dúvidas e lutas internas do Senhor Soberano, só tornava a história muito mais trágica.

Kelsier pegou o livreto para continuar a ler, mas o barco começou a reduzir a velocidade. Olhou pela janela da cabine, contemplando o canal. Dúzias de homens seguiam pelo pequeno caminho paralelo, puxando as quatro barcaças e os dois barcos que formavam o comboio. Era uma forma eficaz, ainda que trabalhosa, de viajar; os homens que tiravam os barcos do canal podiam mover centenas de quilos a mais de peso do que se fossem obrigados a carregar a carga.

Os trabalhadores que puxavam tiveram que parar. Adiante, Kelsier pôde ver um mecanismo de comportas, além do qual o canal se bifurcava. Um tipo de encruzilhada de caminhos de água. *Finalmente*, Kelsier pensou. Suas semanas de viagem haviam acabado.

Kelsier não esperou por um mensageiro. Simplesmente subiu até o convés e pegou algumas moedas de sua bolsa. *Hora de ostentar um pouco*, pensou, deixando cair uma moeda no chão de madeira. Queimou aço e se *empurrou* no ar.

Lançou-se para cima de forma angular, rapidamente ganhando altura até que pudesse ver toda a fila de homens — metade puxando os barcos, metade caminhando e esperando seu turno. Kelsier voou em arco, derrubando outra moeda enquanto passava sobre uma das barcaças de suprimentos, e *empurrando* contra ela ao começar a descer. Os soldados recrutados olharam para cima, apontando com admiração enquanto Kelsier passava por sobre o canal.

Kelsier queimou peltre, fortalecendo seu corpo enquanto caía com um baque no convés do barco que liderava o comboio.

Yeden saiu de sua cabine, surpreso.

— Lorde Kelsier! Já, hum, chegamos à encruzilhada.

— Posso ver que sim — disse Kelsier, contemplando a fila de barcos.

Os homens nas margens dos canais conversavam animados, apontando para ele. Parecia estranho usar Alomancia tão claramente, em plena luz do dia e diante de tantas pessoas.

Não posso evitar, pensou. *Esta visita é a última oportunidade que os homens terão de me ver em meses. Preciso impressioná-los, dar algo a que possam se apegar, se é que tudo isso vai funcionar.*

— Vamos ver se o grupo das cavernas chegou para nos encontrar? — perguntou Kelsier, voltando-se para Yeden.

— É claro — disse Yeden, mandando um criado puxar seu barco para a lateral do canal e estender a prancha. Ele parecia animado; realmente era um homem sério, e Kelsier respeitava isso, ainda que lhe faltasse um pouco de presença.

A maior parte da minha vida tive o problema oposto, Kelsier pensou, com diversão, saindo do barco com Yeden. *Muita presença e pouca seriedade*.

Os dois caminharam entre a fila de trabalhadores pelo canal. Perto dos homens, um dos Brutamontes de Ham — assumindo o papel de capitão da guarda de Kelsier — os saudou.

— Chegamos à encruzilhada, Lorde Kelsier.

— Posso ver que sim — Kelsier repetiu. Um denso bosque de bétulas erguia-se diante deles, subindo uma ladeira até as colinas. Os canais eram afastados dos bosques — havia melhores fontes de madeira em outras partes do Império Final. A floresta era deixada em paz, ignorada pela maioria.

Kelsier queimou estanho, estremecendo levemente com a luz do sol que de súbito cegava. Seus olhos se ajustaram à claridade, e ele pôde captar detalhes — e um pouco de movimento — na floresta.

— Ali — disse, lançando uma moeda no ar e a *empurrando*. A moeda disparou em frente e acertou uma árvore. Respondendo ao sinal pré-combinado, um pequeno grupo de homens camuflados surgiu por entre as árvores, cruzando a terra manchada de cinzas em direção ao canal.

— Lorde Kelsier — disse o primeiro dos homens a chegar, o saudando. — Meu nome é capitão Demoux. Por favor, reúna os recrutas e venha comigo; o General Hammond está ansioso para vê-lo.

O "CAPITÃO" DEMOUX ERA UM homem jovem demais para ser tão disciplinado. Mal tinha vinte anos e liderava uma pequena tropa de homens com um nível de solenidade que poderia ter parecido arrogância se fosse menos competente.

Homens mais jovens do que ele lideraram soldados em batalha, pensou Kelsier. *Só porque eu era um almofadinha mimado na idade dele não quer dizer que todo mundo seja assim. Veja a pobre Vin — só 16 anos e já rivaliza com Marsh em seriedade.*

Eles deram uma volta pela floresta — por ordens de Ham, cada soldado seguia um caminho diferente para evitar deixar rastros. Kelsier olhou os duzentos homens que o seguiam, franzindo o cenho levemente. O rastro deles provavelmente seria muito visível, mas havia pouco o que fazer a esse respeito — os movimentos de tantos homens seriam quase impossíveis de mascarar.

Demoux diminuiu o ritmo e acenou, e vários membros de sua tropa seguiram em frente; não tinham nem metade do senso de decoro militar de seu líder. Mesmo assim, Kelsier estava impressionado. Da última vez que os visitara, os homens estavam tipicamente desorganizados e descoordenados, como a maior parte dos skaas foras da lei. Ham e seus oficiais tinham feito um bom trabalho.

Os soldados afastaram alguns arbustos falsos, revelando uma fenda no chão. Era escuro lá dentro, e as paredes eram de granito cristalino. Não era uma caverna normal na encosta da montanha, mas um simples rasgo no chão que levava diretamente para baixo.

Kelsier parou, contemplando a rachadura escura na pedra. Estremeceu levemente.

— Kelsier? — perguntou Yeden, franzindo o cenho. — O que foi?

— Isso me lembra os Fossos. Eram assim... fendas no chão.

Yeden empalideceu levemente.

— Ah. Eu, ah...

Kelsier gesticulou com desdém.

— Sabia que esse momento chegaria. Desci naquelas cavernas todos os dias por um ano, e sempre saí. Eu as derrotei. Não têm nenhum poder sobre mim.

Para provar suas palavras, avançou e entrou na fenda estreita. Era larga o bastante para que um homem passasse por ela. Enquanto descia, Kelsier viu os soldados — tanto os do esquadrão de Demoux quanto os novos recrutas — o observarem. Tinha falado alto intencionalmente, para que todos ouvissem.

Deixe-os ver minha fraqueza, e deixe que me vejam superá-la.

Eram pensamentos corajosos. Entretanto, assim que submergiu da superfície, era como se estivesse novamente nos Fossos. Esmagado entre duas paredes de pedra, buscando apoio para descer com dedos trêmulos. Frio, umidade, escuridão. O atium tinha que ser recuperado pelos escravos. Os alomânticos poderiam ser mais efetivos, mas usar algumas formas de Alomancia perto dos cristais de atium os estilhaçava. Então, o Senhor Soberano usava condenados. Obrigava-os a descer nos Fossos. Obrigava-os a se arrastar para baixo, sempre para baixo...

Kelsier forçou-se a continuar. Aquilo não era Hathsin. A fenda não desceria durante horas, e não haveria buracos revestidos de cristal onde enfiar os braços arranhados e sangrando — esticando-se para procurar geodos de atium em seu interior. Um geodo; isso comprava mais uma semana de vida. Vida sob os chicotes dos capatazes. Vida sob o governo de um deus sádico. Vida sob um sol que ficara vermelho.

Mudarei as coisas para os outros, Kelsier pensou. *Eu as tornarei melhores!*

A descida foi difícil para ele, mais difícil do que teria admitido. Felizmente, a fenda logo se abriu em uma caverna mais larga, e Kelsier teve um vislumbre da luz abaixo. Deixou-se cair o restante do caminho, aterrissando em um chão de pedra irregular e sorrindo para o homem que estava parado, esperando.

— Que inferno de entrada você tem aqui, Ham — disse Kelsier, tirando o pó das mãos.

Ham sorriu.

— Devia ver o banheiro.

Kelsier gargalhou, movendo-se para abrir espaço para os demais. Vários túneis naturais partiam da câmara, e uma pequena escada de corda estava pendurada até o pé da fenda para facilitar a subida. Yeden e Demoux logo desceram pela escada até a caverna, as roupas arranhadas e sujas da descida. Não era uma entrada fácil. Essa, no entanto, era a ideia.

— É bom vê-lo, Kell — disse Ham. Era estranho vê-lo com outra roupa que não uma túnica sem mangas. De fato, seus trajes militares pareciam um tanto formais, com linhas quadradas e botões na parte dianteira. — Quantos me trouxe?

— Mais de 240.

Ham ergueu as sobrancelhas.

— O recrutamento está melhorando, hein?

— Finalmente — Kelsier disse, assentindo.

Os soldados começaram a chegar à caverna, e vários dos ajudantes de Ham avançaram para ajudar os recém-chegados e encaminhá-los por um túnel lateral.

Yeden se juntou a Kelsier e Ham.

— Esta caverna é surpreendente, Lorde Kelsier! Nunca estive em uma delas pessoalmente. Não me admira que o Senhor Soberano ainda não tenha encontrado os homens aqui embaixo!

— O complexo é completamente seguro — disse Ham, com orgulho. — Há somente três entradas, todas elas são fendas como essas. Com suprimentos adequados, podemos manter este lugar indefinidamente contra forças invasoras.

— Além disso — disse Kelsier —, este não é o único complexo de cavernas sob essas montanhas. Mesmo que o Senhor Soberano esteja determinado em nos destruir, seu exército passaria semanas procurando por nós e não nos encontraria.

— Incrível — disse Yeden. Virou-se, olhando para Kelsier. — Estava errado sobre você, Lorde Kelsier. Esta operação... esse exército... bem, está fazendo algo impressionante aqui.

Kelsier sorriu.

— Na verdade, estava certo sobre mim. Acreditou em mim quando isso começou... só estamos aqui por sua causa.

— Eu... acho que sim, não? — disse Yeden, sorrindo.

— De qualquer modo — Kelsier disse —, aprecio o voto de confiança. Provavelmente vai levar um tempo até que todos esses homens desçam pela fenda... você se importaria de comandar as coisas por aqui? Eu gostaria de falar um pouco com Hammond.

— É claro, Lorde Kelsier. — Havia respeito, até mesmo um pouco de adulação, na voz de Yeden.

Kelsier fez um sinal com a cabeça para que fossem para o lado. Ham franziu levemente o cenho, pegando uma lanterna, e seguiu Kelsier para fora da primeira câmara. Entraram em um túnel lateral e, assim que se afastaram o suficiente para não serem ouvidos, Ham se deteve para olhar para trás.

Kelsier parou, erguendo uma sobrancelha.

Ham fez um gesto com a cabeça na direção da entrada da câmara.

— Yeden certamente está mudado.

— Tenho esse efeito sobre as pessoas.

— Deve ser sua assombrosa humildade — comentou Ham. — Estou falando sério, Kell. Como faz isso? Aquele homem praticamente odiava você; agora ele o olha como uma criança idolatrando o irmão mais velho.

Kelsier deu de ombros.

— Yeden nunca foi parte de uma equipe de verdade antes... acho que começou a perceber que realmente podemos ter chance. Em pouco mais de seis meses, reunimos uma rebelião maior do que ele jamais viu. Esse tipo de resultado pode converter o mais teimoso dos homens.

Ham não pareceu convencido. Mas finalmente deu de ombros, voltando a andar.

— Sobre o que queria falar?

— Na verdade, eu gostaria de visitar as outras duas entradas, se for possível — disse Kelsier.

Ham assentiu, apontando para um túnel lateral e indicando o caminho. O túnel, como quase todos os demais, não fora cavado por mãos humanas; era um desenvolvimento natural do complexo de cavernas. Havia centenas de sistemas similares de cavernas no Domínio Central, embora a maior parte deles não fosse tão grande. E só um — os Fossos de Hathsin — tinha geodos de atium.

— De qualquer forma, Yeden está certo — comentou Ham, espremendo-se em um espaço estreito no túnel. — Você escolheu um lugar magnífico para esconder essas pessoas.

Kelsier assentiu.

— Vários grupos rebeldes têm usado esses complexos de cavernas nas montanhas durante séculos. Estão assustadoramente perto de Luthadel, mas o Senhor Soberano nunca liderou uma incursão de êxito contra ninguém aqui. Ele apenas ignora o lugar... uma de suas muitas falhas, provavelmente.

— Não duvido — concordou Ham. — Com todos os cantos e gargalos aqui embaixo, seria um lugar desagradável para se lutar uma batalha.

Ele saiu da passagem, entrando em outra caverna pequena. Esta também tinha uma fenda no teto, por onde passava uma tênue luz do sol. Uma tropa de dez soldados estava de guarda no local e bateu continência quando Ham entrou.

Kelsier assentiu, aprovando.

— Dez homens o tempo todo?

— Em cada uma das três entradas — Ham confirmou.

— Ótimo — Kelsier disse. Seguiu em frente, inspecionando os soldados. Tinha arregaçado as mangas, deixando as cicatrizes à vista, e pôde perceber que os homens olhavam para elas. Não sabia realmente o que inspecionar, mas tentou parecer judicioso. Examinou as armas — bastões para oito homens, espadas para dois — e tirou a poeira de alguns ombros, embora nenhum dos homens usasse uniforme.

Finalmente, virou-se para um soldado que usava uma insígnia no ombro.

— Quem deixa sair das cavernas, soldado?

— Só homens que tenham uma carta com o selo do próprio General Hammond, senhor!

— Sem exceções? — perguntou Kelsier.

— Sem, senhor!

— E se eu quisesse sair agora?

O homem hesitou.

— Ah...

— Você me deteria! — disse Kelsier. — Ninguém é isento, soldado. Nem eu, nem seu companheiro de alojamento, nem um oficial... ninguém. Sem aquele selo, não sai!

— Sim, senhor! — respondeu o soldado.

— Bom homem — disse Kelsier. — Se todos os seus soldados forem bons assim, General, então o Senhor Soberano tem boas razões para temer.

Os soldados estufaram o peito de leve com as palavras dele.

— Continuem, homens — disse Kelsier, acenando para Ham segui-lo enquanto deixava o local.

— Isso foi gentil da sua parte — disse Ham em voz baixa. — Estavam esperando sua visita há semanas.

Kelsier deu de ombros.

— Só queria ver se estavam guardando bem a fenda. Agora que tem mais homens, quero que coloque guardas em cada túnel que leva a essas cavernas de saída.

Ham assentiu.

— Parece um pouco extremo.

— Faça o que estou pedindo — Kelsier disse. — Um único desertor ou alguém descontente poderia entregar todos nós ao Senhor Soberano. É bom que ache que poderia defender esse lugar se isso acontecesse, mas se houvesse um exército acampado do lado de fora, prendendo você aqui dentro, este exército se tornaria absolutamente inútil para nós.

— Certo — Ham concordou. — Quer ver a terceira entrada?

— Por favor — Kelsier disse.

Ham assentiu, levando-o até outro túnel.

— Ah, mais uma coisa — disse Kelsier, depois de dar alguns passos. — Reúna um grupo de cem homens de confiança e mande-os percorrer a floresta. Se alguém vier procurar por nós, não seremos capazes de esconder o fato de que várias pessoas passaram pela área. Contudo, precisamos confundir as trilhas para que não levem a lugar nenhum.

— Boa ideia.

— Sou cheio delas — disse Kelsier enquanto entravam em outra câmara, muito maior do que as duas anteriores. Não era uma caverna de entrada, mas uma sala de treinamento.

Havia grupos de homens armados com espadas ou bastões, combatendo sob o olhar de instrutores uniformizados. Os uniformes dos oficiais foram ideia de Dockson. Não podiam se dar ao luxo de vestir todos os homens — seria caro demais —, e conseguir tantos uniformes levantaria suspeitas. Contudo, ver seus líderes uniformizados talvez ajudasse a dar aos homens uma sensação de coesão.

Ham se deteve na entrada da caverna em vez de prosseguir. Olhou os soldados e falou em voz baixa.

— Precisamos falar sobre isso em algum momento, Kell. Os homens estão começando a se sentir soldados, mas... bem, são skaas. Passaram a vida toda trabalhando nas fábricas ou nos campos. Não sei como vão se sair quando estiverem no campo de batalha.

— Se fizermos tudo direito, não terão que lutar muito — Kelsier disse. — Os Fossos são guardados apenas por uns duzentos soldados... o Senhor Soberano não pode deixar muitos homens lá para não dar pistas sobre a importância do lugar. Nossos mil homens podem tomar os Fossos com facilidade e se retirar assim que a Guarnição chegar. Os outros nove mil talvez tenham que encarar algumas tropas de guarda das Grandes Casas e os soldados do palácio, mas devemos contar com a superioridade numérica.

Ham assentiu, embora seus olhos ainda parecessem incertos.

— O que foi? — perguntou Kelsier, apoiando-se contra a boca lisa e cristalina da intersecção de cavernas.

— E quando tivermos terminado com eles, Kell? — perguntou Ham. — Quando tivermos nosso atium, daremos a cidade, e o exército, para Yeden. E aí?

— Isso é com Yeden — disse Kelsier.

— Serão massacrados — disse Ham em voz baixa. — Dez mil homens não poderão defender Luthadel contra todo o Império Final.

— Pretendo dar a eles uma chance melhor do que pensa, Ham — comentou Kelsier. — Se pudermos virar os nobres uns contra os outros e desestabilizar o governo...

— Talvez — Ham disse, parecendo ainda não estar convencido.

— Você concordou com o plano, Ham — o lembrou Kelsier. — Era isso o que pretendíamos todo o tempo. Reunir um exército e entregá-lo a Yeden.

— Eu sei — Ham suspirou e apoiou-se na parede da caverna. —Acho... bem, é diferente agora... agora que venho liderando-os. Talvez eu não seja a pessoa ideal para estar a cargo disso. Sou um guarda-costas, não um general.

Sei como se sente, meu amigo, pensou Kelsier. *Sou um ladrão, não um profeta. Algumas vezes, temos que fazer o que o trabalho exige.*

Kelsier colocou uma mão no ombro de Ham.

— Fez um belo trabalho aqui.

Ham olhou para ele com um olhar questionador.

— Fiz?

— Trouxe Yeden para substituir você. Dox e eu decidimos que seria melhor revezá-lo no comando do exército... dessa forma, a tropa se acostumará a tê-lo como líder. Além disso, precisamos de você em Luthadel. Alguém tem que visitar a Guarnição e reunir informações, e você é o único com contatos na força militar.

— Então vou voltar com você? — perguntou Ham.

Kelsier assentiu.

Ham pareceu cabisbaixo por um momento, então relaxou, sorrindo.

— Finalmente ficarei livre deste uniforme! Mas acha que Yeden vai dar conta?

— Você mesmo disse que ele mudou muito nos últimos meses. E ele é realmente um excelente administrador; fez um belo trabalho com a rebelião desde que meu irmão partiu.

— Acho que sim...

Kelsier sacudiu a cabeça com pesar.

— Somos poucos, Ham. Você e Brisa são dois dos poucos nos quais sei que posso confiar, e preciso de você em Luthadel. Yeden não é perfeito para o trabalho aqui, mas o exército será dele em algum momento. Pode ser bom deixá-lo liderar por um tempo. Além disso, isso lhe dará algo para fazer; está ficando um pouco inquieto com sua posição no grupo. — Kelsier sorriu, com graça. — Acho que tem ciúmes da atenção que dou para os outros.

Ham sorriu.

— Isso é que *é* mudança.

Começaram a andar novamente, deixando a câmara de treinamento para trás. Entraram em outro sinuoso túnel de pedra, mas este levava levemente para baixo. A lanterna de Ham fornecia a única luz.

— Sabe — disse Ham, após alguns minutos de caminhada —, há algo agradável neste lugar. Você provavelmente já percebeu, mas às vezes há beleza aqui embaixo.

Kelsier não notara. Olhou para um lado enquanto andavam. Uma extremidade da câmara tinha sido formada por minerais que gotejavam do teto, finas estalactites e estalagmites — como pingentes sujos —, que se misturavam para formar uma espécie de balaústre. Os minerais reluziam sob a luz de Ham, e o caminho diante deles parecia petrificado na forma de um rio fundido.

Não, Kelsier pensou. *Não, não vejo a beleza, Ham*. Outros homens podiam ver arte nas camadas de cor e rocha fundida. Kelsier via apenas os Fossos. Cavernas sem fim, a maioria delas direto para baixo. Fora forçado a se mover através de fendas, avançando na escuridão, sem uma única luz para iluminar seu caminho.

Com frequência, considerara não subir de volta. Mas então encontrava um cadáver nas cavernas — o corpo de outro prisioneiro, um homem que se perdera ou que simplesmente desistira. Kelsier tocava seus ossos e prometia para si mesmo que viveria mais. A cada semana tinha que encontrar um geodo de atium. A cada semana tinha que evitar a execução por espancamentos brutais.

Exceto na última vez. Não merecia estar vivo — devia ter sido morto. Mas Mare lhe dera um geodo de atium, prometendo que tinha encontrado dois naquela semana. Só depois que entregou o mineral, descobriu que ela mentira. Ela seria espancada até a morte no dia seguinte. Espancada até a morte diante dele.

Naquela noite, Kelsier tivera o Estalo, adquirindo seus poderes como Nascido da Bruma. Naquela noite, homens morreram.

Muitos homens.

O Sobrevivente de Hathsin. Um homem que não deveria estar vivo. Mesmo depois de vê-la morrer, não consegui decidir se ela me traíra ou não. Ela me deu o geodo por amor? Ou por culpa?

Não, ele não podia ver beleza nas cavernas. Outros homens teriam ficado loucos nos Fossos, traumatizados por lugares pequenos e fechados. Aquilo não acontecera com Kelsier. No entanto, sabia que não importavam as maravilhas que os labirintos escondessem — não importava o quão surpreendentes fossem as vistas ou a delicadeza das belezas —, ele nunca as reconheceria. Não com Mare morta.

Não posso mais pensar nisso, Kelsier decidiu, enquanto a caverna parecia ficar mais escura ao seu redor. Olhou para o lado.

— Tudo bem, Ham. Vá em frente. Diga-me o que está pensando.

— De verdade? — disse Ham, ansioso.

— Sim — respondeu Kelsier, resignado.

— Tudo bem — disse Ham. — Então, eis o que está me preocupando ultimamente: os skaas são diferentes dos nobres?

— É claro que são — disse Kelsier. — A aristocracia tem dinheiro e terra; os skaas não têm nada.

— Não falo do ponto de vista econômico. Estou falando sobre diferenças físicas. Sabe o que os obrigadores dizem, certo?

Kelsier assentiu.

— Bem, é verdade? Quer dizer, os skaas realmente têm um monte de filhos, e ouvi dizer que os aristocratas têm problemas em reproduzir.

A isto se dava o nome de O Equilíbrio. Supostamente era a forma pela qual o Senhor Soberano se assegurava de que não existissem nobres demais para os skaas sustentarem, e o jeito pelo qual tinha certeza de que, apesar dos espancamentos e das mortes aleatórias, sempre haveria skaas suficientes para plantar os alimentos e trabalhar nas fábricas.

— Sempre presumi que fosse falácia do Ministério — disse Kelsier com sinceridade.

— Conheci mulheres skaas que tinham mais de uma dúzia de filhos — comentou Ham. — Mas não posso nomear nenhuma família nobre importante com mais do que três.

— É apenas cultural.

— E a diferença de estatura? Dizem que era possível distinguir um skaa de um nobre só de olhar para eles. Isso mudou, provavelmente por causa da mestiçagem, mas a maior parte dos skaas é baixa.

— Isso é nutricional. Os skaas não comem o suficiente.

— E quanto à Alomancia?

Kelsier franziu o cenho.

— Tem que admitir que há uma diferença física aí — assegurou Ham. — Os skaas nunca se tornam Brumosos, a menos que tenham sangue aristocrático em algum lugar das cinco últimas gerações.

Aquilo pelo menos era verdade.

— Os skaas pensam diferente dos nobres, Kell — disse Ham. — Esses soldados são meio tímidos, e esses são os corajosos! Yeden está certo sobre a população skaa em geral; ela nunca vai se rebelar. E se... e se houver realmente alguma diferença física em nós? E se os nobres estiverem *certos* em nos governar?

Kelsier se imobilizou no meio do corredor.

— Não está falando sério.

Ham também parou.

— Acho... que não. Mas me pergunto algumas vezes. Os nobres têm a Alomancia, certo? Talvez tenham sido feitos para comandar.

— Feitos por quem? Pelo Senhor Soberano?

Ham deu de ombros.

— Não, Ham — assegurou Kelsier. — Isso não está certo. *Isso* não está certo. Sei que é difícil de ver... as coisas têm sido desse jeito há muito tempo... mas alguma coisa muito séria está errada com o modo de vida dos skaas. *Tem* que acreditar nisso.

Lentamente, Ham assentiu.

— Vamos — Kelsier falou. — Quero visitar a outra entrada.

A SEMANA PASSOU LENTAMENTE. KELSIER inspecionou as tropas, o treinamento, a comida, as armas, os suprimentos, os batedores, os guardas e tudo o mais que conseguisse pensar. E o mais importante: visitou os homens. Cumprimentou-os e encorajou-os — e assegurou-se de usar Alomancia com frequência diante deles.

Ainda que muitos skaas tivessem ouvido falar sobre "Alomancia", poucos sabiam especificamente o que se podia fazer com ela. Nobres Brumosos raramente usavam seus poderes diante do povo, e mestiços precisavam ser ainda mais cuidadosos. Skaas normais, mesmo skaas da cidade, não conheciam coisas como *empurrar* aço ou queimar peltre. Quando viram Kelsier voando pelos ares ou duelando com força sobrenatural, atribuíram à "mágica alomântica" desconhecida. Kelsier não se importava nem um pouco com o mal-entendido.

Apesar das atividades da semana, no entanto, nunca esqueceu sua conversa com Ham.

Como ele pode se questionar se os skaas são inferiores?, Kelsier pensou, cutucando sua comida, sentado na mesa alta colocada na caverna de reuniões. A imensa "sala" era grande o bastante para conter todo o exército de sete mil homens, embora muitos ocupassem as câmaras laterais ou os túneis. A mesa alta estava em uma formação rochosa no fundo do ambiente.

Provavelmente estou me preocupando demais. Ham era propenso a pensar em coisas que nenhum outro homem consideraria; aquele era apenas outro de seus dilemas filosóficos. De fato, já parecia ter esquecido suas preocupações anteriores. Ria com Yeden, desfrutando sua refeição.

Quanto a Yeden, o desengonçado líder rebelde parecia especialmente satisfeito com seu uniforme de general e passara a semana anotando o que Ham falava sobre as operações do exército. Parecia encaixar-se muito naturalmente em seus deveres.

De fato, Kelsier parecia ser o único que não estava aproveitando o banquete. As comidas daquela noite — trazidas nas barcas especialmente para a ocasião — eram humildes para os padrões da aristocracia, mas eram muito mais elegantes que os alimentos com os quais os soldados estavam acostumados. Os homens saboreavam a refeição com alegre rudeza, bebendo sua pequena parcela de cerveja e celebrando o momento.

E, mesmo assim, Kelsier se preocupava. Aqueles homens achavam que estavam lutando pelo quê? Pareciam entusiasmados com o treinamento, mas isso também podia ser devido às refeições regulares. Realmente acreditavam que mereciam derrubar o Império Final? Será que achavam que os skaas eram inferiores aos nobres?

Kelsier podia sentir as reservas deles. Muitos percebiam o perigo iminente, e só as regras estritas os impediam de fugir. Ainda que estivessem ansiosos para falar sobre o treinamento, evitavam falar sobre a tarefa final — a tomada do palácio e das muralhas da cidade e o enfrentamento da Guarnição de Luthadel.

Não acreditam que terão êxito, Kelsier supôs. *Precisam de confiança. Os rumores sobre mim são um começo, mas...*

Deu uma cotovelada em Ham, para chamar sua atenção.

— Há algum homem aqui com problemas de disciplina? — Kelsier perguntou, em voz baixa.

Ham franziu o cenho para a estranha pergunta.

— Há alguns. Penso que sempre há dissidentes em um grupo tão grande.

— Alguém em particular? — Kelsier perguntou. — Homens que quiseram partir? Preciso de alguém que tenha se destacado por sua oposição ao que estamos fazendo.

— Há alguns na prisão agora mesmo — comentou Ham.

— Alguém mais? — Kelsier questionou. — De preferência, alguém sentado a uma mesa que possamos ver?

Ham pensou por um momento, perscrutando a multidão.

— O homem sentado à segunda mesa, com manto vermelho. Foi pego tentando escapar há algumas semanas.

O homem em questão era esquelético e inquieto; estava sentado à mesa com uma postura encurvada e solitária.

Kelsier negou com a cabeça.

— Preciso de alguém um pouco mais carismático.

Ham coçou o queixo. Então apontou com a cabeça na direção de outra mesa.

— Bilg. O grandalhão sentado à quarta mesa, à direita.

— Já o vi — disse Kelsier. Bilg era um homem musculoso e barbudo, usava um colete.

— É esperto demais para ser insubordinado — explicou Ham —, mas tem criado problemas em surdina. Não acha que temos chance contra o Império Final. Eu o prenderia, mas não posso punir um homem por expressar temor... se eu fizesse isso teria que fazer o mesmo com metade do exército. Além disso, é um guerreiro bom demais para ser descartado levianamente.

— É perfeito — disse Kelsier. Queimou zinco e olhou na direção de Bilg. Ainda que o zinco não lhe permitisse ler as emoções do homem, era possível, enquanto queimava o metal, isolar um indivíduo para *abrandá-lo* ou *tumultuá-lo*, assim como era possível isolar um único pedaço de metal entre centenas para *empurrar*.

Mesmo assim, era difícil separar Bilg de uma multidão tão grande, então Kelsier focou na mesa inteira, mantendo as emoções dos homens que estavam lá "à mão" para usá-las mais tarde. Então se levantou. Aos poucos, a caverna ficou em silêncio.

— Homens, antes de partir, gostaria de expressar uma última vez o quanto fiquei impressionado com esta visita. — Suas palavras ecoaram pelo ambiente, amplificadas pela acústica natural da caverna. — Estão se tornando um belo exército — prosseguiu. — Peço desculpas por roubar o General Hammond, mas deixo um homem muito competente no lugar dele. Muitos de vocês conhecem o General Yeden... sabem de seus muitos anos servindo como líder da rebelião. Confio nas habilidades dele para treiná-los nos deveres militares.

Começou a *tumultuar* Bilg e seus companheiros, inflamando suas emoções, contando com o fato de que já sentiam desagrado.

— A tarefa dada a vocês é grande — disse Kelsier, sem olhar Bilg. — Os skaas de Luthadel, na verdade, a maioria dos skaas de todos os lugares, não têm ideia do que vocês estão prestes a fazer por eles. Não estão cientes do treinamento que estão suportando nem das batalhas que se preparam para lutar. Contudo, colherão as recompensas. Algum dia, eles os chamarão de heróis.

Tumultuou ainda mais as emoções de Bilg.

— A Guarnição de Luthadel é forte — continuou Kelsier. — Mas podemos derrotá-la... sobretudo se tomarmos as muralhas da cidade rapidamente. Não se esqueçam do porquê vieram aqui. Não se trata simplesmente de aprender a brandir uma espada ou usar um elmo. Esta é uma revolução que o mundo jamais viu: trata-se de tomar o governo para si, de expulsar o Senhor Soberano. Não percam seu objetivo de vista.

Kelsier se interrompeu. Com o canto dos olhos, pôde ver a expressão sombria dos homens na mesa de Bilg. Finalmente, em meio ao silêncio, ouviu um comentário murmurado na mesa — levado pela acústica da caverna a vários ouvidos.

Kelsier franziu o cenho, virando-se na direção de Bilg. A caverna inteira pareceu ficar mais quieta.

— Disse alguma coisa? — perguntou Kelsier. *Agora, o momento da decisão. Ele vai resistir ou se acovardará?*

Bilg devolveu o olhar. Kelsier *tumultuou* o homem com seu poder. Sua recompensa veio quando Bilg se levantou, com o rosto vermelho.

— Sim, *senhor* — o homem musculoso replicou. — Eu disse alguma coisa. Disse que alguns de nós não perderam o "objetivo" de vista. Pensamos nele todos os dias.

— E por que isso? — Kelsier perguntou. Os sussurros começaram a aumentar no fundo da caverna, enquanto os soldados passavam a notícia para os que estavam longe demais para escutar.

Bilg inspirou profundamente.

— Porque, *senhor*, achamos que está nos mandando para o suicídio. Os exércitos do Império Final são maiores do que a guarnição. Não importa que tomemos as muralhas; seremos massacrados em algum momento, de qualquer maneira. Não se derruba um império com alguns milhares de soldados.

Perfeito, Kelsier pensou. *Sinto muito, Bilg. Mas alguém precisava dizer isso, e certamente não seria eu.*

— Vejo que temos uma discordância — disse Kelsier em voz alta. — *Eu* acredito nesses homens e no propósito deles.

— Eu acredito que você é um tolo iludido — gritou Bilg. — E eu fui um tolo ainda maior ao vir para essas malditas cavernas. Se tem tanta certeza da nossa chance, por que ninguém pode partir? Estamos presos aqui até que nos mande para a morte!

— Você me insulta — replicou Kelsier. — Sabe muito bem por que os homens não têm permissão para sair. Por que quer sair, soldado? Está tão ansioso assim para vender seus companheiros para o Senhor Soberano? Alguns boxes fáceis em troca de sete mil vidas?

O rosto de Bilg ficou ainda mais vermelho.

— Nunca faria uma coisa dessas, mas certamente não deixarei que me mande para a morte tampouco! Este exército é um desperdício.

— O que está falando é traição — disse Kelsier, observando a multidão. — Não é adequado que um general brigue com um homem sob seu comando. Há algum soldado aqui disposto a defender a honra desta rebelião?

Duas dúzias de homens ficaram de pé. Kelsier observou um em particular. Era menor que os demais, mas tinha o ardor simples que Kelsier notara antes.

— Capitão Demoux.

Imediatamente, o jovem capitão deu um salto adiante.

Kelsier pegou sua espada e a jogou para o homem.

— Sabe usar uma espada, rapaz?

— Sim, senhor!

— Alguém traga uma arma para Bilg e um par de casacos estofados. — Kelsier voltou-se para Bilg. — Os nobres têm uma tradição. Quando dois deles têm uma disputa, acertam isso com um duelo. Derrote meu campeão e estará livre para partir.

— E se ele me derrotar? — perguntou Bilg.

— Então você estará morto — respondeu Kelsier.

— Estou morto se ficar — disse Bilg, aceitando uma espada de um soldado próximo. — Aceito os termos.

Kelsier assentiu, fazendo sinal para que afastassem as mesas e abrissem espaço. Os homens começaram a se levantar, aglomerando-se nas laterais para ver a disputa.

— Kell, o que está fazendo? — sibilou Ham ao seu lado.

— Algo que precisa ser feito.

— Precisa ser... Kelsier, aquele garoto não é páreo para Bilg! Confio em Demoux, foi por isso que o promovi, mas ele não é um grande guerreiro. Bilg é um dos melhores espadachins do exército!

— Os homens sabem disso? — perguntou Kelsier.

— É claro — falou Ham. — Acabe com isso. Demoux é quase da metade do tamanho de Bilg... está em desvantagem em alcance, força e habilidade. Vai ser massacrado!

Kelsier ignorou o pedido. Ficou sentado em silêncio enquanto Bilg e Demoux experimentavam suas espadas e dois soldados atavam as couraças de couro neles. Quando terminaram, Kelsier acenou com uma mão, indicando que a batalha começasse.

Ham grunhiu.

Seria uma luta curta. Os dois homens usavam espadas longas e pouca armadura. Bilg avançou com confiança, fazendo alguns movimentos de teste na direção de Demoux. O garoto, pelo menos, era competente — bloqueou os golpes, mas revelou grande parte de suas habilidades ao fazer isso.

Inspirando profundamente, Kelsier queimou aço e ferro.

Bilg brandiu a espada, e Kelsier empurrou a lâmina para o lado, dando espaço para Demoux escapar. O garoto tentou uma estocada, mas Bilg a deteve com facilidade. O guerreiro maior atacou com um empurrão, fazendo Demoux cambalear para trás. Demoux tentou saltar para desviar do último golpe, mas foi lento demais. Não conseguiu evitar que a lâmina caísse.

Kelsier avivou o ferro — estabilizando-se ao *puxar* um suporte de lanterna atrás de si — e agarrou os botões de ferro do colete de Demoux. Kelsier *puxou* enquanto Demoux saltava, afastando o garoto de Bilg em um pequeno arco.

Demoux aterrissou com um tropeço desajeitado, e a espada de Bilg acertou o chão de pedra. Bilg levantou o olhar com surpresa, e um murmúrio de assombro percorreu a multidão.

O grandalhão grunhiu, avançando com a espada no alto. Demoux bloqueou o golpe poderoso, mas Bilg arrancou a arma das mãos do garoto com um golpe sem esforço. Bilg atacou novamente, e Demoux levantou a mão em defesa instintiva.

Kelsier *empurrou*, segurando a espada de Bilg no meio do golpe. Demoux ficou parado, com a mão levantada, como se tivesse detido a arma com o pensamento. Os dois ficaram nesta posição por um momento, Bilg tentando forçar a espada para frente, Demoux encarando sua mão com admiração. Endireitando-se um pouco, Demoux tentou forçar a mão para frente.

Kelsier *empurrou*, atirando Bilg para trás. O guerreiro maior caiu no chão com um grito de surpresa. Quando se levantou, um segundo mais tarde, Kelsier não precisou *tumultuar* suas emoções para deixá-lo zangado. Gritou de ira, agarrando a espada com as duas mãos e correndo na direção de Demoux.

Alguns homens não sabem quando desistir, pensou Kelsier quando Bilg golpeou.

Demoux começou a desviar. Kelsier *empurrou* o garoto para o lado, tirando-o do caminho. Então Demoux se virou, agarrou a própria arma com as duas mãos e atacou Bilg. Kelsier agarrou a arma de Demoux no meio do golpe e a *empurrou* com força, acelerando o aço com uma poderosa queima de ferro.

As espadas se chocaram, e o golpe de Demoux, melhorado por Kelsier, arrancou a arma das mãos de Bilg. Houve um estalido alto, e o grande patife caiu — completamente sem equilíbrio pela força do golpe de Demoux. A arma de Bilg ricocheteou no chão de pedra a uma curta distância.

Demoux avançou, erguendo a arma sobre o aturdido Bilg. E, então, parou. Kelsier queimou ferro, com a intenção de *empurrar* a arma para baixo, para forçar o golpe mortal, mas Demoux resistiu.

Este homem devia morrer, pensou Kelsier, furioso. No chão, Bilg grunhiu baixo. Kelsier mal viu seu braço retorcido, os ossos destruídos pelo poderoso golpe. Estava sangrando.

Não, pensou Kelsier. *É o bastante.*

Soltou a espada de Demoux. O rapaz abaixou a arma, encarando Bilg. Então, Demoux levantou as mãos e as olhou com assombro; seus braços tremiam levemente.

Kelsier levantou-se, e a multidão ficou em silêncio mais uma vez.

— Acham que eu os enviaria contra o Senhor Soberano despreparados? — Kelsier perguntou em voz alta. — Acham que eu os enviaria para a morte? Vocês lutam pelo que é justo, homens! Lutam por *mim*. Não os deixarei desamparados quando marcharem contra os soldados do Império Final. — Kelsier ergueu a mão, segurando uma pequena barra de metal. — Já ouviram falar disso, não? Conhecem os rumores sobre o Décimo Primeiro Metal? Bem, eu o tenho... e eu o usarei. O Senhor Soberano morrerá!

Os homens começaram a ovacionar.

— Esta não é nossa única ferramenta! — gritou Kelsier. — Vocês, soldados, têm um poder inenarrável dentro de si! Ouviram falar das magias secretas que o Senhor Soberano usa? Bem, temos algumas nossas! Banqueteiem-se, soldados, e não temam a batalha que está por vir. Anseiem-na!

A sala irrompeu em uma salva de palmas, e Kelsier fez sinal para que servissem mais cerveja. Alguns criados correram para ajudar a tirar Bilg do caminho.

Quando Kelsier se sentou, Ham tinha uma profunda ruga na testa.

— Não gosto disso, Kell — disse ele.

— Eu sei — disse Kelsier, em voz baixa.

Ham estava prestes a falar mais alguma coisa, mas Yeden se inclinou diante deles.

— Isso foi assombroso! Eu... Kelsier, não sabia! Devia ter me dito que podia passar seus poderes para os demais. Como, com essas habilidades, poderemos perder?

Ham colocou uma mão no ombro de Yeden, empurrando o homem de volta ao seu assento.

— Coma — ordenou. Então, voltou-se para Kelsier, aproximando sua cadeira e falando em voz baixa. — Você acaba de mentir para todo o meu exército, Kell.

— Não, Ham. — disse Kelsier. — Menti para o *meu* exército.

O rosto de Ham ficou mais sombrio.

Kelsier suspirou.

— Foi só uma mentira parcial. Eles não precisam ser guerreiros; só parecer ameaçadores por tempo suficiente para que possamos pegar o atium. Com isso, podemos subornar a Guarnição, e nossos homens não terão que lutar. Isso é praticamente a mesma coisa que prometi a eles.

Ham não respondeu.

— Antes de partirmos — disse Kelsier —, quero selecionar algumas poucas dúzias dos nossos soldados mais dedicados e dignos de confiança. Nós os mandaremos para Luthadel, sob o juramento de não revelar a localização do exército, para que possam espalhar a notícia do que aconteceu esta noite entre os skaas.

— Então isso tem a ver com o seu ego? — retrucou Ham.

Kelsier negou com a cabeça.

— Às vezes temos que fazer coisas que achamos desagradáveis, Ham. Meu ego pode ser considerável, mas trata-se de uma coisa inteiramente diferente.

Ham permaneceu sentado por um momento, então se concentrou em sua refeição. Não comeu, no entanto — ficou apenas encarando o sangue no chão diante da mesa alta.

Ah, Ham, Kelsier pensou. *Gostaria de poder lhe explicar tudo.*

Tramas por trás de tramas, planos além de planos.

Sempre havia outro segredo.

No início, havia aqueles que não acreditavam que as Profundezas fossem um perigo sério, pelo menos não para eles. Contudo, ela trouxe consigo uma influência maligna que tenho visto infectar quase todos os cantos da terra. As espadas de meus exércitos são inúteis contra ela. Grandes cidades se curvam ao seu poder. As colheitas se perdem e o solo morre.

É contra isso que luto. Esse é o monstro que tenho que derrotar. Temo ter demorado demais. Já aconteceu tanta destruição que temo pela sobrevivência da humanidade.

Será esse o verdadeiro fim do mundo, como muitos filósofos predizem?

22

CHEGAMOS A TERRIS NO COMEÇO *desta semana*, Vin leu,

e tenho que dizer que achei a zona rural linda. As grandes montanhas ao norte — com seus cumes repletos de neve e coberturas florestais — se erguem como deuses guardiões sobre esta terra de fertilidade verde. Minhas próprias terras ao sul são, em geral, planas; acho que pareceriam menos lúgubres se tivessem algumas montanhas para variar o terreno.

O povo aqui é formado principalmente por pastores — ainda que lenhadores e fazendeiros não sejam incomuns. É uma terra pastoral, com certeza. Parece estranho que um lugar tão marcadamente agrícola tenha produzido as profecias e teologias nas quais o mundo inteiro se baseia atualmente.

Escolhemos um grupo de carregadores terrisanos para nos guiar pelas difíceis passagens nas montanhas. Entretanto, esses não são homens comuns. As histórias parecem verdadeiras — alguns terrisanos têm uma habilidade excepcional que é muito intrigante.

De algum modo, eles podem acumular suas forças para usá-las no dia seguinte. À noite, antes de dormir, passam uma hora deitados em seus sacos de dormir e, durante esse tempo, parecem ficar repentinamente muito frágeis na aparência — quase como se tivessem envelhecido meio século. No entanto, quando despertam na manhã seguinte, tornaram-se bastante musculosos. Aparentemente o poder deles tem algo a ver com os braceletes e brincos de metal que sempre usam.

O líder dos carregadores chama-se Rashek, e ele é um tanto quanto taciturno. Apesar disso, Braches — inquisitivo como sempre — prometeu interrogá-lo, na esperança de descobrir exatamente como esta maravilhosa capacidade de estocar forças é obtida.

Amanhã começaremos a fase final da nossa peregrinação — as Montanhas Distantes de Terris. Ali, com sorte, encontrarei paz — tanto para mim quanto para nossa pobre terra.

Enquanto lia sua cópia do diário de viagem, Vin rapidamente chegou a várias conclusões. Primeiro era a firme crença de que *não* gostava de ler. Sazed não dera ouvidos às suas reclamações; apenas dizia que ela não tinha praticado o bastante. Será que não via que ler dificilmente seria uma habilidade tão prática quanto manejar uma adaga ou usar Alomancia?

Mesmo assim, continuou a leitura, seguindo as ordens dele — nem que fosse para provar só por teimosia que era capaz disso. Muitas das palavras do diário de viagem eram difíceis para ela, e tinha que ir para uma área isolada da Mansão de Renoux, onde pudesse ler em voz alta, tentando decifrar o estranho estilo de escrita do Senhor Soberano.

A leitura continuada a levou a uma segunda conclusão: o Senhor Soberano era muito mais chorão do que qualquer deus deveria ser. Quando as páginas do diário não estavam cheias de anotações entediantes sobre suas viagens, estavam, em vez disso, repletas de contemplações internas e longas divagações moralistas. Vin estava começando a desejar jamais ter encontrado aquele livro.

Suspirou, ajeitando-se na cadeira de vime. Uma brisa fria do início da primavera soprava pelos jardins, passando pela pequena nascente do riacho à sua esquerda. O ar estava confortavelmente úmido, e as árvores a protegiam do sol da tarde. Ser nobre — ou mesmo se fingir de nobre — certamente tinha suas vantagens.

Um som baixo de passos soou atrás dela. Era distante, mas Vin pegara o hábito de queimar um pouco de estanho todo o tempo. Virou-se, lançando um olhar dissimulado por sobre o ombro.

— Fantasma? — disse, surpresa, quando o jovem Lestibournes apareceu no caminho do jardim. — O que está fazendo aqui?

Fantasma parou, ruborizado.

— Estando com o Dox para vir e estar sem o ficar.

— Dockson? — Vin perguntou. — Ele também está aqui? — *Talvez tenha notícias de Kelsier!*

Fantasma assentiu, aproximando-se.

— Armas para o pegando, dando para o tempo de ser.

Vin ergueu uma sobrancelha.

— Agora me perdi.

— Precisamos repartir algumas armas — Fantasma disse, lutando para não falar em seu dialeto. — Guardando elas aqui por um tempo.

— Ah — Vin disse, levantando-se e alisando o vestido. — Eu devia ir vê-lo.

Fantasma pareceu apreensivo de repente, corando novamente, e Vin inclinou a cabeça.

— Há algo mais?

Com um movimento súbito, Fantasma colocou a mão no bolso do colete e tirou algo. Vin avivou seu peltre em resposta, mas o item era simplesmente um lenço rosa e branco. Fantasma o entregou para ela.

Vin o aceitou, hesitante.

— Para que é isso?

Fantasma corou novamente, então se virou e foi embora.

Vin o viu partir, aturdida. Olhou o lenço. Era feito de renda suave, mas não parecia haver nada de incomum nele.

Esse é um garoto estranho, pensou, guardando o lenço na manga. Pegou sua cópia do diário de viagem e começou a andar pelo caminho do jardim. Estava ficando tão acostumada a usar vestidos que quase não precisava prestar atenção para impedir que as camadas inferiores roçassem na vegetação rasteira ou nas pedras.

Suponho que isso, em si, seja uma habilidade valiosa, Vin pensou enquanto chegava à entrada do jardim sem ter enganchado o vestido em um único ramo. Abriu a porta de vidro e parou diante do primeiro criado que encontrou.

— Mestre Delton chegou? — perguntou, usando o nome falso de Dockson. Ele interpretava o papel de um dos contatos comerciais de Renoux em Luthadel.

— Sim, minha senhora — disse o criado. — Está em reunião com Lorde Renoux.

Vin deixou o criado partir. Ela provavelmente poderia ter participado da reunião, mas aquilo não soaria bem. Lady Valette não tinha motivos para estar presente em uma reunião comercial entre Renoux e Delton.

Vin mordeu o lábio inferior, pensativa. Sazed sempre lhe dizia que tinha que manter as aparências. *Muito bem*, ela pensou. *Vou esperar. Talvez Sazed possa me dizer o que esse garoto maluco espera que eu faça com esse lenço.*

Foi até a biblioteca do andar de cima, mantendo um agradável sorriso, próprio de uma dama, tentando internamente adivinhar sobre o que Renoux e Dockson estavam conversando. Trazer as armas era uma desculpa; Dockson não precisava vir pessoalmente para fazer algo tão mundano. Talvez Kelsier estivesse atrasado. Ou, talvez, Dockson finalmente tivesse conseguido fazer contato com Marsh, o irmão de Kelsier, informando que, juntamente com os outros novos iniciados dos obrigadores, devia chegar logo a Luthadel.

Dockson e Renoux podiam ter mandado me chamar, pensou aborrecida. Valette frequentemente entretinha os convidados com seu tio.

Balançou a cabeça. Apesar de Kelsier a ter nomeado um membro pleno da gangue, os outros obviamente ainda a viam como uma criança. Eram amigáveis e receptivos, mas não pensavam em incluí-la. Não devia ser intencional, mas nem por isso era menos frustrante.

A luz brilhava na biblioteca à frente. De fato, Sazed estava sentado lá dentro, traduzindo as últimas páginas do diário de viagem. Levantou a cabeça quando Vin entrou, sorrindo e fazendo uma reverência respeitosa.

Tampouco está de óculos desta vez, Vin observou. *Por que os usou por aquele breve período de tempo?*

— Senhora Vin — disse ele, levantando-se e pegando uma cadeira para ela. — Como vão seus estudos do diário?

Vin olhou as páginas frouxamente encadernadas que tinha nas mãos.

— Bem, eu suponho. Não vejo por que tenho que me preocupar em ler isso... deu cópias para Kell e Brisa também, não deu?

— É claro — disse Sazed, colocando a cadeira dela ao lado da escrivaninha. — Contudo, mestre Kelsier pediu que cada membro da gangue lesse essas páginas. Está correto em fazer isso, creio. Quanto mais olhos percorrerem essas palavras, mais provável é que descubramos os segredos ocultos nelas.

Vin suspirou levemente, alisando o vestido e se sentando. Sua roupa branca e azul era bonita — embora destinada para uso diário, era apenas um pouco menos luxuosa do que um de seus vestidos de baile.

— Deve admitir, senhora — Sazed disse enquanto se sentava —, que o texto é surpreendente. Esta obra é o sonho de um Guardador. Ora, estou descobrindo coisas sobre minha cultura que nem suspeitava!

Vin assentiu.

— Estou na parte em que chegam a Terris. — *Com sorte, a parte seguinte terá menos listas de suprimentos. Honestamente, para um deus maligno da escuridão, ele com certeza consegue ser bem enfadonho.*

— Sim, sim — disse Sazed com um entusiasmo incomum. — Viu o que ele disse, como descreve Terris como um lugar de "fertilidade verde"? As lendas dos Guardadores falam disso. Terris agora é uma tundra de terra congelada; ora, quase nenhuma planta consegue sobreviver ali. Mas antigamente era verde e linda, como o texto diz.

Verde e linda, Vin pensou. *Por que verde seria linda? Seria como ter plantas azuis ou púrpura — algo apenas estranho.*

Contudo, havia algo no diário que a deixara curiosa — algo que tanto Sazed quanto Kelsier não tinham querido mencionar.

— Li a parte em que o Senhor Soberano contrata uns carregadores terrisanos — disse Vin, com cuidado. — Falou sobre como ficam mais fortes durante o dia porque se deixam enfraquecer à noite.

Sazed pareceu subitamente menos animado.

— Sim, de fato.

— Sabe algo sobre isso? Tem a ver com ser um Guardador?

— Tem — confirmou Sazed. — Mas isso deve permanecer um segredo, creio. Não que não seja digna de confiança, senhora Vin. Contudo, quanto menos gente souber sobre os Guardadores, menos rumores se espalharão sobre nós. É melhor que o Senhor Soberano comece a acreditar que nos destruiu completamente, como foi seu objetivo nos últimos mil anos.

Vin encolheu os ombros.

— Tudo bem. Com sorte, nenhum dos segredos que Kelsier quer que descubramos neste texto está relacionado com os poderes terrisanos... se estão, eu os deixei passar completamente.

Sazed ergueu uma sobrancelha.

— Ah, certo — Vin disse, despreocupadamente, folheando as páginas que ainda não tinha lido. — Parece que ele passa um bom tempo falando sobre os terrisanos. Acho que não poderei ajudar com muita coisa quando Kelsier voltar.

— Tem razão — disse Sazed lentamente. — Ainda que expresse isso de maneira um pouco melodramática.

Vin sorriu descaradamente.

— Ah, bem — Sazed falou, soltando um suspiro —, não devíamos tê-la deixado passar tanto tempo com mestre Brisa, creio.

— Os homens no diário de viagem — Vin disse. — São Guardadores?

Sazed assentiu.

— Aqueles que agora chamamos de Guardadores eram mais comuns naquela época; talvez até mais comuns do que os Brumosos são entre a nobreza moderna. Nossa arte é a chamada de "Feruquemia", ela confere a habilidade de estocar certos atributos físicos dentro de pedaços de metal.

Vin franziu o cenho.

— Vocês também queimam metais?

— Não, senhora — disse Sazed, negando com a cabeça. — Feruquemistas não são como alomânticos; não "queimamos" nossos metais. Nós os usamos como depósitos. Cada pedaço de metal, dependendo do tamanho e da liga, pode armazenar uma qualidade física específica. O Feruquemista conserva um atributo e recorre a essa reserva posteriormente.

— Atributo? — Vin perguntou. — Como força?

Sazed assentiu.

— No texto, os carregadores terrisanos se enfraquecem durante a noite, acumulando força em seus braceletes para usá-la no dia seguinte.

Vin observou o rosto de Sazed.

— É por isso que usa tantos brincos!

— Sim, senhora — ele confirmou, arregaçando as mangas. Sob sua túnica, usava grossos braceletes de ferro ao redor do antebraço. — Mantenho algumas de minhas reservas escondidas; mas o uso de anéis, brincos e outras joias sempre foi parte da cultura de Terris. Uma vez, o Senhor Soberano tentou proibir que os terrisanos tocassem ou possuíssem qualquer metal; na verdade, tentou tornar o uso do metal um privilégio dos nobres, e não dos skaas.

Vin franziu o cenho.

— Isso é estranho — disse. — Seria possível pensar que a nobreza *não ia querer* usar metais, porque isso os torna vulneráveis à Alomancia.

— De fato — concordou Sazed. — Contudo, tem sido uma longa moda imperial acentuar os trajes de alguém com metal. Começou, eu suponho, com o desejo do Senhor Soberano de negar aos terrisanos o direito de tocar em metais. Ele próprio começou a usar anéis e braceletes de metal, e a nobreza sempre seguiu sua moda. Nos dias de hoje, os mais ricos com frequência usam metal como símbolo de poder e orgulho.

— Parece uma tolice — comentou Vin.

— Em geral a moda é — Sazed falou. — De qualquer modo, a trama falhou. Muitos nobres usam apenas madeira pintada de modo a parecer metal, e Terris conseguiu resistir ao descontentamento do Senhor Soberano quanto a esse assunto. É simplesmente impraticável impedir que mordomos manejem metal. Isso não impede que o Senhor Soberano continue tentando exterminar os Guardadores, no entanto.

— Ele teme vocês.

— E nos odeia. Não apenas os Feruquemistas, mas todos os terrisanos. — Sazed apoiou a mão em um trecho ainda não traduzido do texto. — Espero encontrar esse segredo aqui também. Ninguém se recorda por que o Senhor Soberano persegue o povo de Terris, mas suspeito que tenha algo a ver com esse carregador; o líder deles, Rashek, parece ser um homem muito obstinado. O Senhor Soberano fala com frequência sobre ele na narrativa.

— Ele menciona a religião — comentou Vin. — A religião de Terris. Algo sobre profecias?

Sazed negou com a cabeça.

— Não posso responder a essa pergunta, senhora, pois não sei mais sobre a religião de Terris do que você.

— Mas você compila religiões — espantou-se Vin. — Não conhece a sua própria?

— Não — Sazed respondeu, em um tom sombrio. — Veja, senhora, foi por isso que os Guardadores foram criados. Há séculos, meu povo escondeu os últimos Feruquemistas de Terris. Os expurgos do Senhor Soberano estavam ficando muito violentos; isso foi antes de ele começar o programa reprodutor. Antes, não éramos mordomos ou criados... não éramos nem mesmo skaas. Éramos algo a ser destruído. Mesmo assim, alguma coisa impediu que o Senhor Soberano nos aniquilasse por completo. Não sei por quê... talvez pensassem que genocídio era uma punição gentil demais. De qualquer modo, ele conseguiu destruir nossa religião durante os dois primeiros séculos de seu governo. A organização dos Guardadores foi formada durante o século seguinte, e seus membros se dedicaram a descobrir o que havia sido perdido e recordar para o futuro.

— Com Feruquemia?

Sazed assentiu, passando os dedos no bracelete de seu braço direito.

— Este aqui é feito de cobre; permite o armazenamento de lembranças e pensamentos. Cada Guardador carrega vários braceletes desses, cheios de conhecimento: canções, contos, orações, histórias e idiomas. Muitos Guardadores têm uma área particular de interesse, a minha é a religião, mas todos nós lembramos a coleção inteira. Se apenas um de nós sobreviver, até a morte do Senhor Soberano, então as pessoas no mundo serão capazes de recuperar tudo o que foi perdido. — Ele se deteve, então baixou a manga. — Bem, não *tudo* o que foi perdido. Ainda há coisas que estão faltando.

— Sua própria religião — disse Vin, em voz baixa. — Nunca a encontraram, não é?

Sazed negou com a cabeça.

— O Senhor Soberano dá a entender em seu diário que foram nossos profetas quem o conduziram até o Poço da Ascensão, mas até esta informação é nova para nós. Em que acreditavam? O que ou a quem adorávamos? De onde esses profetas terrisanos vieram e como previam o futuro?

— Eu... sinto muito.

— Vamos continuar a procurar, senhora. Encontraremos nossas respostas em algum momento, creio. E mesmo que não consigamos, ainda teremos proporcionado um serviço de valor incalculável para a humanidade. Outras pessoas nos consideram dóceis e servis, mas temos lutado contra ele do nosso modo.

Vin assentiu.

— Então, que outras coisas consegue armazenar? Força e lembranças. O que mais?

Sazed olhou para ela.

— Já falei demais, creio. Você entende a mecânica do que fazemos... Se o Senhor Soberano mencionar essas coisas no texto, não ficará confusa.

— Visão — disse Vin, erguendo a cabeça. — Por isso usou óculos por algumas semanas depois de me resgatar. Precisava ver melhor naquela noite em que me salvou, então usou seu estoque. Aí passou algumas semanas com a visão fraca, até conseguir recarregá-la.

Sazed não respondeu ao comentário. Pegou a caneta, obviamente pretendendo voltar à sua tradução.

— Há algo mais, senhora?

— Na verdade, sim — disse Vin, tirando o lenço de sua manga. — Tem alguma ideia do que seja isso?

— Parece ser um lenço, senhora.

Vin ergueu uma sobrancelha bem-humorada.

— Muito engraçado. Tem passado tempo demais com Kelsier, Sazed.

— Eu sei — disse ele, com um suspiro. — Ele me corrompeu, creio. Apesar disso, não entendo sua pergunta. O que há de diferente neste lenço em particular?

— Isso é o que *eu* quero saber — disse Vin. — Fantasma me deu ele hoje mais cedo.

— Ah, faz sentido, então.

— O quê? — Vin exigiu saber.

— Na sociedade nobre, senhora, um lenço é o presente tradicional que um jovem dá a uma dama que deseja cortejar seriamente.

Vin olhou o lenço com espanto.

— O *quê*? Esse garoto está louco?

— A maior parte dos jovens da idade dele é louca de alguma maneira, creio — disse Sazed, com um sorriso. — Contudo, isso não é nem um pouco inesperado. Não percebeu como ele a encara quando entra na sala?

— Só pensei que ele fosse esquisito. Em que está pensando? É tão mais jovem do que eu.

— O garoto tem 15 anos, senhora. Isso o torna apenas um ano mais jovem do que a senhora.

— Dois — disse Vin. — Completei 17 na semana passada.

— Mesmo assim, ele não é muito mais jovem.

Vin revirou os olhos.

— Não tenho tempo para as atenções dele.

— Alguém poderia pensar, senhora, que deveria apreciar as oportunidades que tem. Nem todo mundo é tão afortunado.

Vin conteve uma careta. *Ele é um eunuco, sua tola.*

— Sazed, sinto muito. Eu...

Sazed fez um sinal com a mão.

— É algo que nunca conheci o bastante para sentir falta, senhora. Talvez eu seja afortunado... a vida no submundo não facilita o sustento de uma família. Ora, o pobre mestre Hammond está longe de sua esposa há meses.

— Ham é *casado*?

— Certamente — Sazed disse. — Assim como mestre Yeden, creio. Eles protegem suas famílias afastando-as das atividades do submundo, mas isso requer passar longos períodos afastados.

— Quem mais? — perguntou Vin. — Brisa? Dockson?

— Mestre Brisa é um tanto quanto... automotivado para ter uma família, creio. Mestre Dockson não fala de sua vida sentimental, mas suspeito que haja algo doloroso em seu passado. Isso não é incomum nos skaas rurais, é claro.

— Dockson é de uma plantação? — perguntou Vin surpresa.

— De fato. Nunca passou o tempo conversando com seus amigos, senhora?

Amigos. Tenho amigos. Era um conceito estranho.

— De qualquer modo — disse Sazed —, devo prosseguir com meu trabalho. Perdoe-me por parecer tão desinteressado, mas estou quase acabando a tradução...

— É claro — Vin falou, levantando-se e alisando o vestido. — Obrigada.

ENCONTROU DOCKSON SENTADO NO ESCRITÓRIO de convidados, escrevendo silenciosamente em um pedaço de papel, com uma pilha de documentos perfeitamente organizada na escrivaninha. Usava o traje padrão de um nobre e sempre parecia mais confortável nessas roupas do que os demais. Kelsier era elegante, Brisa era imaculado e extravagante, mas Dockson... simplesmente parecia natural naquelas roupas.

Ele levantou o olhar quando ela entrou.

— Vin? Sinto muito... devia ter pedido para que a chamasse. Por algum motivo, presumi que estava fora.

— Estou fora com frequência ultimamente — disse ela, fechando a porta atrás de si. — Fiquei em casa hoje; ouvir os nobres tagarelar no almoço pode ser um pouco irritante.

— Posso imaginar — disse Dockson, sorrindo. — Sente-se.

Vin assentiu, entrando no aposento. Era um lugar silencioso, decorado com cores cálidas e madeiras densas. Ainda havia alguma luz lá fora, mas Dockson já fechara as cortinas e estava trabalhando sob a luz de velas.

— Alguma notícia de Kelsier? — perguntou Vin ao se sentar.

— Não — disse Dockson, colocando o documento de lado. — Mas é de se esperar. Ele não ia ficar muito tempo nas cavernas, então mandar um mensageiro de volta teria sido um pouco estúpido... como alomântico, ele conseguiria voltar antes que um homem a cavalo. De qualquer modo, suspeito que atrasará alguns dias. Afinal, é de Kell que estamos falando.

Vin assentiu e ficou em silêncio por um momento. Não passava tanto tempo com Dockson quanto passava com Kelsier e Sazed — ou mesmo com Ham e Brisa. No entanto, ele parecia um homem gentil. Muito constante e muito esperto. Enquanto a maioria dos demais contribuía com algum tipo de poder alomântico, Dockson era valioso por causa da simples capacidade de organização.

Quando algo precisava ser comprado — como os vestidos de Vin —, Dockson se encarregava de fazê-lo. Quando um edifício precisava ser alugado, suprimentos adquiridos ou uma autorização garantida, Dockson fazia acontecer. Não estava no *front*, enganando os nobres, lutando nas brumas ou recrutando soldados. Mas, sem ele, Vin suspeitava que toda a gangue se despedaçaria.

É um bom homem, ela disse para si mesma. *Não vai se incomodar se eu perguntar*.

— Dox, como era viver em uma plantação?

— Hummm... A plantação?

Vin assentiu.

— Você cresceu em uma, certo? É um skaa rural?

— Sim — confirmou Dockson. — Ou pelo menos era. Como era? Não sei ao certo como responder, Vin. Era uma vida dura, mas a maioria dos skaas tem vidas duras. Eu não tinha permissão para deixar a plantação ou mesmo sair da choupana comunitária sem autorização. Comíamos com mais regularidade do que muitos skaas das ruas, mas trabalhávamos tão duro quanto os operários das fábricas. Talvez mais. As plantações são diferentes das cidades. Lá, todo senhor é seu próprio mestre. Tecnicamente, o Senhor Soberano é dono dos skaas, mas os nobres os alugam e têm permissão para matar quantos quiserem. Cada lorde só tem que se assegurar de entregar suas colheitas.

— Você parece tão... impassível sobre isso — comentou Vin.

Dockson deu de ombros.

— Faz um tempo desde que vivi lá, Vin. Não sei se a plantação era muito traumática. Era apenas a vida... não conhecíamos nada melhor. De fato, agora sei que, entre os lordes das plantações, o meu era, na verdade, bastante brando.

— Por que partiu, então?

Dockson hesitou.

— Aconteceu... uma coisa — disse, sua voz ficando quase melancólica. — Conhece aquela lei que diz que um lorde pode deitar com qualquer mulher skaa que deseje?

Vin assentiu.

— Ele simplesmente tem que matá-la assim que terminar.

— Ou pouco depois — disse Dockson. — Rápido o suficiente para que ela não dê à luz nenhum filho mestiço.

— O lorde levou a mulher que você amava, então?

Dockson assentiu.

— Não falo muito sobre isso. Não porque não consiga, mas porque acho que seria inútil. Não sou o único skaa a perder a amada para a luxúria ou mesmo a indiferença de um lorde. Na verdade, aposto que teria problemas em encontrar um skaa que *não* teve um ente querido assassinado pela aristocracia. É só... como as coisas são.

— Quem era ela? — perguntou Vin.

— Uma garota da plantação. Como eu disse, minha história não é nada original. Lembro de... me esgueirar entre as choupanas à noite para passar algum tempo com ela. Toda a comunidade nos ajudava, nos escondendo dos capatazes... Eu não podia sair depois que escurecia, entende? Encarei as brumas pela primeira vez por ela, e, ainda que muitos me julgassem um idiota por sair à noite, outros superaram suas superstições e me encorajaram. Acho que o romance os inspirava; Kareien e eu recordamos a todos que havia algo pelo que viver. Quando Kareien foi levada pelo Lorde Devinshae... o cadáver dela retornou na manhã seguinte para o enterro... Algo simplesmente... morreu nas choupanas dos skaas. Parti na noite seguinte. Não sabia se havia uma vida melhor, mas não podia ficar, não com a família de Kareien ali, não com Lorde Devinshae nos vendo trabalhar...

Dockson suspirou, balançando a cabeça. Vin finalmente pôde ver alguma emoção em seu rosto.

— Sabe — disse ele —, às vezes me surpreende que nos preocupemos em tentar. Com tudo o que fizeram conosco, as mortes, as torturas, as agonias, seria de se esperar que desistíssemos de coisas como esperança e amor. Mas não desistimos. Os skaas ainda se apaixonam. Ainda tentam ter suas famílias... e ainda lutam. Quer dizer, aqui estamos... lutando a guerrinha insana de Kell, resistindo a um deus que sabemos que vai massacrar todos nós.

Vin ficou sentada ali, tentando compreender o horror do que ele descrevia.

— Eu... pensei que tinha dito que seu lorde era gentil.

— Ah, ele era — Dockson disse. — Lorde Devinshae raramente espancava os skaas até a morte e só expurgava os velhos quando a população estava completamente fora de controle. Tinha uma reputação impecável entre a nobreza. Você provavelmente o viu em algum dos bailes; ele esteve recentemente em Luthadel para passar o inverno, entre as temporadas da plantação.

Vin se sentiu gelar.

— Dockson, isso é horrível! Como permitem um monstro desses entre eles?

Dockson franziu o cenho, então se inclinou levemente para frente, apoiando os braços na escrivaninha.

— Vin, eles são *todos* assim.

— Sei o que alguns dos skaas dizem, Dox — Vin falou. — Mas as pessoas nos bailes não são assim. Eu estive com eles, dancei com eles. Dox, vários deles são boas pessoas. Não acho que percebem quão terríveis as coisas são para os skaas.

Dockson olhou para ela com uma expressão estranha.

— Estou realmente ouvindo isso de você, Vin? Por que acha que estamos lutando contra eles? Não percebe as coisas que essas pessoas, todas essas pessoas, são capazes de fazer?

— Crueldade, talvez — disse Vin. — E indiferença. Mas não são monstros, não todos eles... não como o lorde da sua antiga plantação.

Dockson balançou a cabeça de novo.

— Não está vendo com clareza, Vin. Um nobre pode estuprar e matar uma mulher skaa em uma noite e ser elogiado por sua moralidade e virtude no dia seguinte. Os skaas simplesmente não são pessoas para eles. As nobres nem consideram traição quando seus lordes dormem com uma mulher skaa.

— Eu... — Vin não soube o que dizer, cada vez mais insegura. Essa era uma área da cultura nobre que não queria confrontar. Os espancamentos ela talvez pudesse perdoar, mas isso...

— Está deixando que a iludam, Vin — disse Dockson. — Coisas como essas são menos visíveis nas cidades por causa dos prostíbulos, mas os assassinatos ainda acontecem. Alguns bordéis usam mulheres de nascimento muito baixo, mas nobre. A maioria simplesmente mata suas prostitutas skaas periodicamente para aplacar os Inquisidores.

Vin se sentiu meio fraca.

— Eu... sei sobre os bordéis, Dox. Meu irmão sempre ameaçou me vender para um deles. Mas, só porque os bordéis existem, não significa que todos os homens os frequentem. Há muitos trabalhadores que não visitam as casas de prostituição dos skaas.

— Os nobres são diferentes, Vin — disse Dockson com severidade. — São criaturas horríveis. Por que acha que não me importo quando Kelsier os mata? Por que acha que estou trabalhando para derrubar o governo deles? Devia perguntar para algum dos meninos bonitos com quem dança com que frequência dormem com uma mulher skaa que sabem que será morta algum tempo depois. Todos já fizeram isso, em um momento ou outro.

Vin abaixou o olhar.

— Eles não podem ser redimidos, Vin — disse Dockson. Não parecia tão apaixonado pelo tema quanto Kelsier; parecia meramente... resignado. — Não acho que Kell ficará feliz até que estejam todos mortos. Duvido que cheguemos tão longe, ou mesmo que seja possível, mas eu, por exemplo, ficaria mais do que feliz em ver a sociedade deles colapsar.

Vin permaneceu em silêncio. *Não podem ser todos assim*, pensou. *São tão bonitos, tão distintos. Elend jamais tomaria e mataria uma mulher skaa... não é?*

Durmo apenas algumas horas por noite. Devemos prosseguir, viajar o máximo que pudermos a cada dia — mas quando finalmente me deito, encontro um sono esquivo. Os mesmos pensamentos que me preocupam durante o dia se agravam com a tranquilidade da noite.

E, acima de tudo, eu ouço os sons retumbantes vindos de cima, os pulsos das montanhas. Atraindo-me a cada batida.

23

— ESTÃO DIZENDO QUE AS mortes dos irmãos Geffenry foram uma retaliação pelo assassinato de Lorde Entrone — disse Lady Kliss, em voz baixa.

Atrás do grupo de Vin, os músicos tocavam no palco, mas a noite já estava bem avançada, e poucas pessoas dançavam.

O círculo de nobres que rodeava Lady Kliss franziu o cenho com a notícia. Eram cerca de seis, incluindo Vin e seu acompanhante — um tal de Milen Davenpleu, um jovem herdeiro de uma casa menor.

— Kliss, sério — disse Milen. — As casas Geffenry e Tekiel são aliadas. Por que Tekiel assassinaria dois nobres Geffenry?

— De fato, por quê? — indagou Kliss, inclinando-se para frente de modo conspiratório, seu enorme coque loiro balançando levemente. Kliss nunca mostrara muito senso de moda. Era uma excelente fonte de fofocas, no entanto. — Lembra quando Lorde Entrone foi encontrado morto nos jardins de Tekiel? — ela perguntou. — Bem, *parecia* óbvio que um dos inimigos da Casa Tekiel o matara. Mas a Casa Geffenry vem requerendo uma aliança com Tekiel... aparentemente uma facção dentro da casa pensou que se algo acontecesse para inflamar os Tekiel, eles ficariam mais predispostos a buscar aliados.

— Está dizendo que Geffenry matou um aliado Tekiel *de propósito*? — perguntou René, o acompanhante de Kliss, enrugando a testa larga, pensativo.

Kliss deu um tapinha no braço de René.

— Não se preocupe muito com isso, querido — aconselhou-o, então voltou ansiosamente à conversa. — Não vê? Ao matar secretamente Lorde Entrone, Geffenry esperava conseguir a aliança de que precisava. *Isso* lhe daria acesso às rotas de canais dos Tekiel para as planícies orientais.

— Mas se deram mal — disse Milen, pensativo. — Tekiel descobriu o ardil e matou Ardous e Callins.

— Dancei com Ardous algumas vezes no último baile — comentou Vin. *Agora ele está morto, seu cadáver abandonado nas ruas do lado de fora de um cortiço skaa.*

— Verdade? — perguntou Milen. — Ele era bom?

Vin deu de ombros.

— Não muito. — *É tudo o que consegue perguntar, Milen? Um homem está morto e só o que quer saber é se gostei dele mais do que de você?*

— Bem, agora ele está dançando com os vermes — disse Tyden, o último homem do grupo.

Milen deixou escapar uma risada forçada, mais do que o comentário merecia. As tentativas de Tyden de fazer humor, em geral, deixavam a desejar. Parecia o tipo que se sentiria mais em casa com os rufiões da gangue de Camon do que com os nobres no salão de bailes.

É claro, Dox diz que, no fundo, todos são assim.

A conversa de Vin com Dockson ainda dominava seus pensamentos. Quando começara a ir aos bailes, naquela primeira noite — a noite em que quase fora morta —, pensara sobre o quão falso tudo parecia. Como se esquecera daquela impressão original? Como se deixara envolver e começara a admirar a atitude e o esplendor deles?

Agora, o braço de cada nobre ao redor de sua cintura a fazia ranger os dentes — como se pudesse sentir a podridão em seus corações. Quantos skaas Milen matara? E quanto a Tyden? Parecia o tipo que apreciava uma noite com putas.

Mas, mesmo assim, continuava a jogar. Finalmente usara o vestido preto naquela noite, sentindo, de algum modo, necessidade de se diferenciar das outras mulheres, com suas cores vivas e sorrisos ainda mais vivos. Contudo, ela não podia evitar a companhia dos outros; Vin finalmente começara a ganhar a confiança de que sua gangue precisava. Kelsier ficaria satisfeito em saber que seu plano com relação à Casa Tekiel estava funcionando, e aquela não era a única coisa que conseguira descobrir. Tinha dúzias de pequenos fuxicos que seriam de uso vital para os esforços da gangue.

Um desses fuxicos era sobre a Casa Venture. A família estava se entrincheirando para o que se acreditava ser uma prolongada guerra entre as casas; o fato de Elend participar de muito menos bailes do que antes era uma evidência disso. Não que Vin se importasse. Quando ele aparecia, em geral a evitava, e ela não queria falar com ele de forma alguma. As lembranças do que Dockson dissera a faziam suspeitar que poderia ter dificuldade em manter uma atitude cortês com Elend.

— Milen? — chamou Lorde René. — Ainda está planejando se juntar a nós na partida de cartas amanhã?

— É claro, René — confirmou Milen.

— Você não prometeu que ia da última vez? — perguntou Tyden.

— Estarei lá — Milen assegurou. — Aconteceu um imprevisto da última vez.

— E não vai acontecer de novo? — Tyden questionou. — Sabe que não podemos jogar a menos que tenhamos um quarto homem. Se você não for, podemos convidar outra pessoa...

Milen suspirou, então levantou a mão, gesticulando bruscamente. O movimento chamou a atenção de Vin — ela não estava prestando muita atenção na conversa. Olhou para o lado e quase pulou de susto quando viu um obrigador se aproximar do grupo.

Até agora tinha conseguido evitar os obrigadores nos bailes. Depois de seu primeiro encontro com um alto prelado, há alguns meses — e o subsequente confronto com um Inquisidor — ficara apreensiva de se aproximar de algum.

O obrigador foi até a mesa, sorrindo de um jeito meio assustador. Talvez fossem os braços cruzados, com as mãos ocultas dentro das mangas cinzentas. Talvez fossem as tatuagens ao redor dos olhos, enrugadas na pele idosa. Talvez fosse o jeito com que aqueles olhos a miravam, como se pudessem ver através de seu disfarce. Não era simplesmente um nobre: era um *obrigador*, os olhos do Senhor Soberano, aquele que aplicava Sua lei.

O obrigador parou perto do grupo. Suas tatuagens o identificavam como um membro do Cantão da Ortodoxia, o principal braço burocrático do Ministério. Olhou para o grupo, falando com voz suave:

— Pois não?

Milen pegou algumas moedas.

— Prometo me encontrar com esses dois para uma partida de cartas amanhã — disse, entregando as moedas para o obrigador idoso.

Para Vin parecia um motivo estúpido para chamar um obrigador. O obrigador, no entanto, não riu ou destacou a frivolidade da demanda. Simplesmente deu um sorriso, guardando as moedas com a mesma destreza de qualquer ladrão.

— Sou testemunha disso, Lorde Milen — disse.

— Satisfeitos? — Milen perguntou para os outros dois.

Eles assentiram.

O obrigador deu meia-volta, sem lançar um segundo olhar para Vin, e se afastou. Ela soltou a respiração, silenciosamente, observando a forma que partia.

Eles devem saber tudo o que acontece na corte, ela percebeu. *Se a nobreza os chama para testemunhar coisas tão simples...* Quanto mais sabia sobre o Ministério, mais percebia quão esperto o Senhor Soberano fora ao organizá-lo. Eles testemunhavam cada contrato comercial; Dockson e Renoux tinham que lidar com obrigadores quase todo dia. Só eles podiam autorizar casamentos, divórcios, compras de terrenos ou ratificar títulos de herança. Se um obrigador não testemunhasse um acontecimento, este não tinha acontecido; e se um deles não selasse um documento, então ele bem que podia não ter sido escrito.

Vin balançou a cabeça, enquanto a conversa passava para outros assuntos. Fora uma longa noite, e a mente dela estava cheia de informações para anotar no caminho de volta a Fellise.

— Desculpe-me, Lorde Milen — disse ela, colocando uma mão no braço dele, embora tocá-lo a fizesse estremecer levemente. — Penso que talvez seja hora de me retirar.

— Eu a acompanharei até sua carruagem — disse ele.

— Isso não será necessário — disse ela, com doçura. — Quero me refrescar e, de qualquer maneira, preciso esperar pelo meu terrisano. Vou me sentar à nossa mesa.

— Está bem — disse ele, assentindo respeitosamente.

— Pode ir se quiser, Valette — Kliss falou. — Mas então nunca saberá as notícias que tenho sobre o Ministério...

Vin deteve-se.

— Que notícias?

Os olhos de Kliss brilharam, e ela olhou de relance para o obrigador que se afastava.

— Os Inquisidores estão zumbindo como insetos. Atacaram *o dobro* da quantidade normal de bandos de ladrões skaas nesses últimos meses. Nem mesmo os fazem prisioneiros para execuções; simplesmente matam todos.

— Como sabe disso? — perguntou Milen, cético. Ele parecia tão elegante e nobre. Ninguém jamais suspeitaria o que ele realmente era.

— Tenho minhas fontes — disse Kliss, com um sorriso. — Ora, os Inquisidores acharam outra gangue esta mesma tarde. Um quartel-general não muito longe daqui.

Vin sentiu um calafrio. Não estavam *muito* longe da loja de Trevo... *Não, não podem ser eles. Dockson e o resto são espertos demais. Mesmo sem Kelsier na cidade, eles estarão a salvo.*

— Malditos ladrões — cuspiu Tyden. — Os malditos skaas não sabem o lugar deles. A comida e as roupas que lhes damos não são um roubo suficiente aos nossos bolsos?

— É surpreendente que as criaturas consigam mesmo sobreviver como ladrões — disse Carlee, a jovem esposa de Tyden, com sua habitual voz ronronante. — Não imagino que tipo de incompetente se deixaria ser roubado por um skaa.

Tyden corou, e Vin o olhou com curiosidade. Carlee raramente falava, exceto para dar alguma cutucada no marido. *Ele deve ter sido roubado. Um golpe, talvez?*

Armazenando a informação para investigação posterior, Vin se virou para ir embora — um movimento que a colocou cara a cara com uma recém-chegada ao grupo: Shan Elariel.

A ex-noiva de Elend estava imaculada, como sempre. Seu longo cabelo castanho-avermelhado tinha um brilho quase luminoso, e sua bela figura só fez Vin se lembrar do quão magra estava. Cheia de si, de um jeito que tornaria insegura a mais confiante das pessoas, Shan era — como Vin começava a perceber — exatamente o que a maior parte da aristocracia considerava uma mulher perfeita.

Os homens no grupo de Vin a saudaram respeitosamente com a cabeça, e as mulheres fizeram uma reverência, honradas em ter alguém tão importante participando da conversa. Vin olhou para o lado, tentando escapar, mas Shan estava parada à sua frente.

Shan sorriu.

— Ah, Lorde Milen — disse para o acompanhante de Vin —, é uma pena que seu encontro original desta noite tenha ficado doente. Parece que lhe sobraram poucas opções.

Milen corou, o comentário de Shan o colocou habilmente em uma situação difícil. Defenderia Vin, atraindo, possivelmente, a ira de uma mulher muito poderosa? Ou, em vez disso, concordaria com Shan e insultaria sua acompanhante?

Optou pela saída covarde: ignorou o comentário.

— Lady Shan, é um prazer que tenha se juntado a nós.

— De fato — disse Shan, tranquilamente, os olhos brilhando de prazer enquanto observava o desconforto de Vin.

Mulher maldita!, Vin pensou. Parecia que toda vez que Shan ficava entediada, procurava por Vin para envergonhá-la por esporte.

— Contudo — prosseguiu Shan —, sinto não ter vindo para conversar. Por mais desagradável que seja, tenho assuntos a tratar com a criança Renoux. Podem nos dar licença?

— É claro, minha senhora — disse Milen, retrocedendo. — Lady Valette, obrigado pela companhia esta noite.

Vin assentiu para ele e os demais, sentindo-se um pouco como um animal ferido abandonado pelo rebanho. Não queria *mesmo* ter que lidar com Shan hoje.

— Lady Shan — disse Vin assim que ficaram sozinhas —, acho que seu interesse em mim é infundado. Não tenho passado muito tempo com Elend ultimamente.

— Eu sei — Shan respondeu. — Parece que superestimei sua competência, criança. Qualquer um pensaria que, uma vez que ganhou os favores de um homem tão mais importante que você, não o deixaria escapar tão facilmente.

Ela não devia estar com ciúmes?, pensou Vin, contendo um calafrio enquanto sentia o toque inevitável da Alomancia de Shan em suas emoções. *Nao deveria me odiar por ocupar seu lugar?*

Mas os nobres não eram assim. Vin não fora nada além de uma diversão momentânea. Shan não estava interessada em reconquistar o afeto de Elend; só buscava uma forma de se vingar do homem que a menosprezara.

— Uma garota inteligente se colocaria em uma posição onde pudesse usar a única vantagem que tem — prosseguiu Shan. — Se acha que qualquer outro nobre importante vai prestar atenção em você, está enganada. Elend gosta de escandalizar a corte... e então, naturalmente, escolheu fazer isso com a mulher mais rústica e estúpida que pôde encontrar. Aproveite esta oportunidade, não terá outra tão cedo.

Vin rangeu os dentes para não responder aos insultos e à Alomancia; Shan obviamente era especialista em obrigar as pessoas a aceitar qualquer abuso que quisesse cometer.

— Agora — disse Shan —, exijo informações sobre certos textos que Elend tem com ele. Você *sabe* ler, não?

Vin assentiu bruscamente.

— Ótimo — continuou Shan. — Tudo o que precisa fazer é memorizar os títulos dos livros... não os olhe nas capas, elas podem ser ilusórias. Leias as primeiras páginas e depois me informe.

— E se, em vez disso, eu contar para Elend o que está planejando?

Shan deu uma gargalhada.

— Minha querida, você não *sabe* o que estou planejando. Além disso, parece que está fazendo algum progresso na corte. Certamente percebe que *me* trair não é algo que possa sequer pensar em fazer.

Com isso, a mulher se afastou, reunindo imediatamente uma coleção de interesseiros nobres nos arredores. O abrandamento de Shan enfraqueceu, e Vin sentiu a frustração e a raiva crescerem. Houve uma época em que simplesmente teria saído correndo, com o ego ferido demais para se incomodar com os insultos de Shan. Nesta noite, no entanto, desejou poder revidar.

Acalme-se. Isso é bom. Você se tornou uma peça nos planos das Grandes Casas — grande parte da nobreza menor provavelmente sonharia com uma oportunidade dessas.

Suspirou, voltando para a mesa que partilhara com Milen, agora vazia. O baile desta noite acontecera na maravilhosa Fortaleza Hasting. Sua alta e redonda torre central era rodeada por seis torres auxiliares, cada uma delas a pouca distância do edifício principal e conectada por uma ponte pênsil. Todas as sete torres eram adornadas com padrões sinuosos de vidro colorido.

O salão de baile ficava no alto da ampla torre central. Felizmente, um sistema de plataformas com polias movimentadas por skaas evitava que os convidados tivessem que fazer todo o caminho até o andar superior. A sala em si não era tão espetacular quanto algumas que Vin visitara — apenas uma câmara quadrada, com teto abobadado e vitrais ao redor do perímetro.

Engraçado como é fácil se acostumar, pensou Vin. *Talvez seja por isso que os nobres conseguem fazer essas coisas tão terríveis. Estão matando há tanto tempo que isso já não os inquieta mais.*

Pediu a um criado que fosse chamar Sazed e se sentou para descansar os pés. *Gostaria que Kelsier se apressasse e voltasse logo*, pensou. A gangue, incluindo Vin, parecia menos motivada sem ele por perto. Não que não quisesse trabalhar, mas a inteligência ágil e o otimismo de Kelsier simplesmente a ajudavam a seguir adiante.

Ergueu a cabeça preguiçosamente, e seus olhos viram Elend Venture parado a uma curta distância, conversando com um pequeno grupo de jovens nobres. Ela ficou paralisada. Parte dela — a parte que era Vin — queria sair correndo e se esconder. Caberia embaixo da mesa, com vestido e tudo.

Estranhamente, descobriu que seu lado Valette era mais forte. *Preciso falar com ele*, pensou. *Não por causa de Shan, mas porque tenho que descobrir a verdade. Dockson está exagerando.* Tem *que estar.*

Quando se tornara tão desejosa de confronto? Enquanto se levantava, Vin se surpreendeu com sua firme resolução. Cruzou o salão de baile — ajeitando brevemente seu vestido preto enquanto caminhava. Um dos companheiros de Elend lhe deu um tapinha no ombro, acenando com a cabeça na direção de Vin. Elend se virou, e os outros dois homens se afastaram.

— Ora, Valette — disse quando ela parou à sua frente. — Cheguei tarde. Não sabia que estava aqui.

Mentiroso. É claro que sabia. Valette não perderia o baile dos Hastings. Como abordá-lo? Como perguntar?

— Você tem me evitado — disse.

— Não, eu não diria isso. Só tenho estado ocupado. Assuntos da Casa, você sabe. Além disso, eu a avisei que era rude, e... — Ele se calou. — Valette? Está tudo bem?

Vin percebeu que estava fungando levemente, e sentiu uma lágrima em sua bochecha. *Idiota!*, pensou, secando os olhos com o lenço de Lestibournes. *Vai arruinar sua maquiagem!*

— Valette, está tremendo! — disse Elend preocupado. — Aqui, vamos até o terraço tomar um ar fresco.

Ela deixou que ele a levasse para longe dos sons da música e das conversas, e saíram no ar escuro e tranquilo. O terraço — um dos muitos que se sobressaíam do alto da torre central Hasting — estava vazio. Uma única lanterna de pedra iluminava parte da balaustrada, e algumas plantas de bom gosto enfeitavam os cantos.

As brumas flutuavam no ar, dominantes como sempre, embora o terraço estivesse próximo o bastante do calor da fortaleza para enfraquecê-las. Elend não prestou atenção a isso. Como a maioria dos nobres, considerava o medo das brumas uma tola superstição skaa — o que, Vin supunha, estava certo.

— Agora, o que é isso? — perguntou Elend. — Vou admitir que tenho ignorado você. Sinto muito. Você não merecia, eu apenas... bem, me pareceu que estava se enturmando tão bem, que não precisava de um causador de problemas como eu para...

— Já dormiu com uma mulher skaa? — perguntou Vin.

Elend ergueu as duas sobrancelhas, surpreso.

— É *disso* que se trata? Quem lhe contou isso?

— Já? — Vin exigiu saber.

Elend hesitou, apertando os lábios.

Senhor Soberano. É verdade.

— Sente-se — disse Elend, puxando uma cadeira para ela.

— É verdade, não é? — disse Vin, sentando-se. — Já fez isso. Ele estava certo, vocês *todos* são monstros.

— Eu... — Ele apoiou uma mão no braço de Vin, mas ela o puxou, só para sentir uma lágrima escorrer pelo rosto e molhar seu vestido. Levantou a mão, secando os olhos e manchando o lenço de maquiagem. — Aconteceu quando eu tinha 13 anos — disse Elend em voz baixa. — Meu pai pensou que era hora de eu me tornar "um homem". Não sabia que iam matar a garota depois, Valette. Honestamente, não sabia.

— E depois disso? — ela quis saber, ficando zangada. — Quantas garotas já assassinou, Elend Venture?

— Nenhuma! Nunca mais, Valette. Não depois que descobri o que aconteceu da primeira vez.

— Espera que eu acredite em você?

— Não sei — disse Elend. — Olhe, sei que entre as mulheres da corte é costume rotular todos os homens de brutos, mas tem que acreditar em mim. Nem todos nós somos assim.

— Ouvi dizer que eram — observou Vin.

— Quem? A nobreza rural? Valette, eles não nos conhecem. Têm inveja porque controlamos a maior parte dos sistemas de canais... e eles têm direito de se sentir assim. A inveja deles não nos torna pessoas terríveis, no entanto.

— Qual a porcentagem? — perguntou Vin. — Quantos nobres fazem essas coisas?

— Talvez um terço — disse Elend. — Não tenho certeza. Não são os tipos com os quais passo meu tempo.

Queria acreditar nele, e esse desejo deveria tê-la tornado mais cética. Mas, olhando naqueles olhos — que sempre lhe pareceram tão honestos —, sentiu-se vacilar. Pela primeira vez desde que conseguia se lembrar, deixou completamente de lado os sussurros de Reen e simplesmente acreditou.

— Um terço — murmurou. *Tantos. Mas é melhor do que todos eles*. Secou os olhos, e Elend olhou seu lenço.

— Quem lhe deu isso? — perguntou, curioso.

— Um pretendente — respondeu Vin.

— É ele quem está lhe contando essas coisas sobre mim?

— Não, esse foi outro — disse Vin. — Ele... disse que todos os nobres... ou melhor, todos os nobres de Luthadel são pessoas terríveis. Disse que as mulheres da corte nem consideram traição quando seus homens dormem com prostitutas skaas.

Elend bufou.

— Então seu informante precisa conhecer melhor as mulheres. Eu a desafio a encontrar uma dama que não se incomode quando o marido flerta com outra, seja skaa ou nobre.

Vin assentiu, inspirando profundamente e se acalmando. Sentia-se ridícula... mas também se sentia em paz. Elend se ajoelhou ao lado da cadeira dela, ainda obviamente preocupado.

— Então — ela disse —, seu pai faz parte desse terço?

Elend ficou vermelho sob a luz tênue e abaixou a cabeça.

— Ele gosta de todos os tipos de amantes; skaa, nobre, não importa. Ainda penso sobre aquela noite, Valette. Gostaria... não sei.

— Não foi sua culpa, Elend — disse ela. — Você era um menino de 13 anos fazendo o que o pai mandara.

Elend afastou o olhar, mas ela já vira a raiva e a culpa nos olhos dele.

— Alguém precisa impedir que esse tipo de coisa aconteça — disse em voz baixa, e Vin se assombrou com a intensidade de sua voz.

Este é um homem que se importa, pensou. *Um homem como Kelsier ou como Dockson. Um bom homem. Por que não conseguem ver isso?*

Finalmente, Elend suspirou, ficando em pé e puxando uma cadeira para si. Sentou-se, o cotovelo apoiado na balaustrada, passando a mão pelo cabelo despenteado.

— Bem — ele observou —, você provavelmente não é a primeira dama que faço chorar em um baile, mas *é* a primeira que fiz chorar com quem sinceramente me importo. Minha proeza cavalheiresca alcançou novas profundidades.

Vin sorriu.

— Não é você — disse ela, reclinando-se em seu assento. — É que... esses meses têm sido cansativos. Quando soube dessas coisas, não consegui lidar com isso.

— A corrupção em Luthadel precisa ser enfrentada — disse Elend. — O Senhor Soberano nem mesmo vê isso... não quer ver.

Vin assentiu, então encarou Elend.

— Por que exatamente você *tem* me evitado nos últimos tempos?

Elend corou novamente.

— Imaginei que tinha novos amigos o bastante para mantê-la ocupada.

— O que isso quer dizer?

— Não gosto de um monte de gente com quem tem passado seu tempo, Valette — disse Elend. — Você conseguiu se encaixar muito bem na sociedade de Luthadel, e eu, em geral, acho que jogos políticos mudam as pessoas.

— É fácil falar — replicou Vin. — Especialmente quando se está no *alto* da estrutura política. Pode se dar ao luxo de ignorar a política... alguns de nós não são tão afortunados.

— Suponho que sim.

— Além disso — prosseguiu Vin —, você faz o jogo político tão bem quanto os demais. Ou vai me dizer que seu interesse inicial em mim não foi disparado pelo desejo de irritar seu pai?

Elend ergueu as mãos.

— Tudo bem, me considere devidamente castigado. Fui um tolo e um imbecil. É de família.

Vin suspirou, acomodando-se em seu assento e sentindo o sussurro frio da bruma em seu rosto úmido de lágrimas. Elend não era um monstro; acreditava nele. Talvez fosse uma tola, mas Kelsier a estava afetando. Estava começando a confiar nas pessoas que a rodeavam, e não havia ninguém em quem quisesse confiar mais do que em Elend Venture.

E, quando não estava diretamente relacionado a Elend, ela achava os horrores do relacionamento entre nobres e skaas mais fáceis de lidar. Mesmo que houvesse um terço de nobres assassinando mulheres skaas, ainda havia, provavelmente, algo recuperável nessa sociedade. A nobreza não tinha que ser expurgada — essa era a estratégia *deles*. Vin teria que se assegurar que esse tipo de coisa não acontecesse, não importava a linhagem da pessoa.

Senhor Soberano, pensou. *Estou começando a pensar como os outros — é quase como se eu achasse que podemos mudar as coisas.*

Olhou para Elend, que estava sentado de costas para as brumas. Parecia melancólico.

Eu lhe trouxe más lembranças, pensou Vin, sentindo-se culpada. *Não me admira que odeie tanto o pai*. Desejou fazer algo para ajudá-lo a se sentir melhor.

— Elend — ela disse, chamando a atenção dele. — Eles são como nós.

Ele ergueu os olhos para ela.

— O quê?

— Os skaas rurais — disse Vin. — Você me perguntou sobre eles uma vez. Tive medo, então agi com o comportamento adequado a uma nobre... mas você pareceu desapontado quando não tive mais o que dizer.

Ele se inclinou para frente.

— Então, você *passava* o tempo com os skaas?

Vin assentiu.

— Muito tempo. Tempo demais, se perguntar para minha família. Pode ser por isso que me mandaram para cá. Conheci alguns skaas muito bem... um homem mais velho, em particular. Ele perdeu alguém, uma mulher que amava, para um nobre que queria uma coisa bonita para se divertir à noite.

— Em sua plantação?

Vin negou com a cabeça rapidamente.

— Ele fugiu e chegou até as terras do meu pai.

— E você o escondeu? — perguntou Elend, surpreso. — Supostamente, os skaas fugitivos devem ser executados!

— Guardei o segredo dele — contou Vin. — Não o conhecia há muito tempo, mas... bem, posso assegurar uma coisa, Elend: o amor dele era tão forte quanto o de qualquer nobre. Mais forte que o da maioria dos que vivem aqui em Luthadel, certamente.

— E a inteligência? — perguntou Elend, ansioso. — Eles pareciam... lentos?

— É claro que não — replicou Vin. — Eu diria, Elend Venture, que conheci vários skaas mais espertos que você. Podem não ter educação, mas ainda são inteligentes. E estão furiosos.

— Furiosos? — perguntou ele.

— Alguns deles — contou Vin. — Pelo jeito que são tratados.

— Eles sabem, então? Sobre as desigualdades entre nós e eles?

— Como não saberiam? — disse Vin, erguendo o lenço para secar o nariz. Mas deteve-se quando notou quanta maquiagem havia nele.

— Aqui — disse Elend, entregando-lhe seu próprio lenço. — Conte mais. Como sabe essas coisas?

— Eles me contaram — falou Vin. — Confiavam em mim. Sei que estavam furiosos porque reclamavam sobre suas vidas. Sei que eram inteligentes por causa das coisas que escondiam da nobreza.

— Como o quê?

— Como a rede do submundo — contou Vin. — Os skaas ajudam os fugitivos a viajar pelos canais, de plantação em plantação. Os nobres não percebem porque nunca prestam atenção aos rostos dos skaas.

— Interessante.

— Além disso — Vin prosseguiu —, há gangues de ladrões. Imagino que esses skaas sejam ainda mais espertos, já que são capazes de se esconder dos obrigadores e da nobreza, roubando as Grandes Casas bem debaixo do nariz do Senhor Soberano.

— Sim, eu sei — disse Elend. — Eu gostaria de conhecer um deles, para perguntar como conseguem se esconder tão bem. Devem ser fascinantes.

Vin quase continuou falando, mas mordeu a língua. *Provavelmente já falei demais.*

Elend olhou para ela.

— Você é fascinante também, Valette. Deveria ter imaginado que não se deixaria corromper pelo resto deles. Talvez seja capaz de corrompê-los, em vez disso.

Vin sorriu.

— Mas — disse Elend, levantando-se —, preciso ir embora. Na verdade vim à festa esta noite com um propósito específico... alguns de meus amigos vão se reunir.

É verdade!, pensou Vin. *Um dos homens com quem Elend se encontrou antes — aqueles que Kelsier e Sazed acharam estranho que fossem amigos dele — era um Hasting.*

Vin se levantou também, devolvendo o lenço a Elend.

Ele não o aceitou.

— Talvez queira ficar com ele. Não pretendia ser simplesmente funcional.

Vin olhou para o lenço. *Quando um nobre quer cortejar uma dama seriamente, ele lhe dá um lenço.*

— Ah! — exclamou, guardando-o. — Obrigada.

Elend sorriu, aproximando-se.

— Aquele outro homem, quem quer que seja, pode ter levado vantagem por causa da minha tolice. Mesmo assim, não sou tão tolo para deixar passar a oportunidade de dar a ele um pouco de competição. — Piscou, fazendo uma leve reverência, e voltou para o salão de baile.

Vin esperou por alguns segundos, então deu alguns passos e entrou pela porta do terraço. Elend estava com os mesmos dois jovens de antes — um Lekal e um Hasting, inimigos políticos da Casa Venture. Os três detiveram-se por um instante, então se dirigiram para uma das escadas situadas ao lado da sala.

Essas escadas só levam a um lugar, pensou Vin, entrando no aposento. *Para as torres auxiliares.*

— Senhora Vallete?

Vin sobressaltou-se, virando-se a tempo de ver Sazed se aproximar.

— Já está pronta para ir? — perguntou ele.

Vin aproximou-se dele rapidamente.

— Lorde Elend Venture desapareceu por aquela escada, com Hasting e Lekal.

— Interessante — disse Sazed. — E por que... senhora, o que aconteceu com sua maquiagem?

— Não importa — disse Vin. — Acho que devia segui-los.

— Esse é *outro* lenço, senhora? — perguntou Sazed. — Tem estado ocupada.

— Sazed, está me ouvindo?

— Sim, senhora. Suponho que poderia segui-los, se quisesse, mas isso seria muito evidente. Não creio que seja o melhor método para conseguir informação.

— Eu não os seguiria abertamente — disse Vin, em voz baixa. — Usaria Alomancia. Mas, preciso da sua permissão para isso.

— Eu... compreendo. E como está seu ferimento?

— Está curado há décadas. — assegurou Vin. — Nem o noto mais.

Sazed suspirou.

— Muito bem. Mestre Kelsier pretendia recomeçar seu treinamento com seriedade assim que regressasse, de qualquer modo. Apenas... tenha cuidado. É uma coisa ridícula para se dizer a uma Nascida da Bruma, creio, mas peço assim mesmo.

— Terei — prometeu Vin. — Eu o encontrarei naquele terraço em uma hora.

— Boa sorte, senhora — disse Sazed.

Vin já estava correndo em direção ao terraço. Dobrou a esquina e parou diante da balaustrada de pedra e das brumas além. O belo e rodopiante vazio. *Faz muito tempo*, pensou, procurando em sua manga e agarrando um frasco de metais. Engoliu com ansiedade e pegou um pequeno punhado de moedas.

Então subiu alegremente na balaustrada e se atirou nas brumas escuras.

O estanho lhe deu visão enquanto o vento agitava seu vestido. O peltre lhe deu força enquanto voltava os olhos para a muralha que corria entre a torre e o edifício principal. O aço lhe deu poder quando jogou uma moeda para baixo, mandando-a para a escuridão.

Saltou no ar. A resistência do vento revolveu seu vestido, e sentiu como se estivesse puxando um fardo de tecido atrás de si, mas sua Alomancia lhe deu força suficiente para lidar com isso. A torre de Elend era a próxima; precisava chegar na ponte pênsil que a ligava à torre central. Vin avivou seu aço, *empur-*

rando-se um pouco mais alto, então lançou outra moeda para trás. Quando a moeda atingiu a muralha, ela a usou para pegar impulso para frente.

Chocou-se contra o alvo um pouco baixo demais — as dobras do tecido amortecendo o golpe —, mas conseguiu agarrar a borda da ponte acima. Uma Vin sem aprimoramento teria tido problemas para subir na ponte, mas a Vin, a alomântica, conseguiu facilmente.

Agachou-se com seu vestido preto, movendo-se silenciosamente pela ponte. Não havia guardas, mas a torre à sua frente tinha um posto de guarda iluminado na base.

Não posso ir por ali, pensou, olhando para cima. A torre parecia ter vários quartos, e alguns deles estavam com a luz acesa. Vin derrubou uma moeda e se catapultou para cima, então *puxou* uma guarnição de janela e se lançou, até aterrissar com suavidade em um peitoral de pedra. Os postigos estavam fechados, e ela teve que se aproximar, avivando o estanho para escutar o que estava acontecendo lá dentro.

— ... bailes sempre duram até tarde da noite. Provavelmente teremos que fazer turno duplo.

Guardas, pensou Vin, saltando e *empurrando* o alto da janela, que balançou quando ela disparou pela lateral da torre. Pegou a base do peitoral da janela seguinte e a escalou.

— ... não lamento meu atraso — disse uma voz familiar lá dentro. Elend. — Acontece que ela é mais atraente do que você, Telden.

Uma voz masculina gargalhou.

— O poderoso Elend Venture, finalmente capturado por um rostinho bonito.

— Ela é mais do que isso, Jastes — disse Elend. — Tem um bom coração... ajudava skaas fugitivos na plantação dela. Acho que deveríamos trazê-la para conversar conosco.

— Sem chance — disse uma voz masculina profunda. — Olhe, Elend, não me importa se quer falar sobre filosofia. Que inferno, posso até beber uns drinques com você quando quiser fazer isso. Mas não vou deixar que qualquer um venha se juntar a nós.

— Concordo com Telden — disse Jastes. — Cinco são o bastante.

— Vejam bem — ponderou Elend —, não acho que estejam sendo justos.

— Elend... — disse outra voz, suplicante.

— Tudo bem — Elend desistiu. — Telden, leu o livro que lhe dei?

— Tentei — confessou Telden. — Mas é um pouco grosso.

— Mas é bom, certo? — perguntou Elend.

— Bom o bastante — concordou Telden. — Entendo por que o Senhor Soberano o odeia tanto.

— Os trabalhos de Redalevin são melhores — apontou Jastes. — Mais concisos.

— Não quero ser do contra — comentou uma quinta voz —, mas isso é tudo o que vamos fazer? Ler?

— O que há de errado em ler? — perguntou Elend.

— É um pouco entediante — disse a quinta voz.

Bom homem, pensou Vin.

— Entediante? — admirou-se Elend. — Cavalheiros, essas ideias, essas palavras, são *tudo*. Esses homens sabiam que seriam executados por causa delas. Não conseguem sentir a paixão deles?

— Paixão, sim — disse a quinta voz. — Utilidade, não.

— Podemos mudar o mundo — assegurou Jastes. — Dois de nós somos herdeiros das casas, os outros três são os segundos na linha de sucessão.

— Algum dia, estaremos no comando — disse Elend. — Se colocarmos essas ideias em prática... justiça, diplomacia, moderação... podemos exercer pressão até mesmo sobre o Senhor Soberano!

A quinta voz bufou.

— Você pode ser o herdeiro de uma casa poderosa, Elend, mas o resto de nós não é tão importante. Telden e Jastes provavelmente nunca herdarão nada, e Kevoux, sem ofensa, dificilmente terá influência. Não podemos mudar o mundo.

— Podemos mudar a forma como nossas casas trabalham — assegurou Elend. — Se as casas pararem de brigar, talvez ganhemos algum poder real no governo; em vez de simplesmente nos sujeitar aos caprichos do Senhor Soberano.

— A cada ano a nobreza fica mais fraca — concordou Jastes. — Nossos skaas pertencem ao Senhor Soberano, assim como nossas terras. Os obrigadores dele determinam com quem podemos nos casar e no que devemos acreditar. Até mesmo nossos canais são oficialmente propriedade "dele". Assassinos do Ministério matam homens que falam muito abertamente ou que têm muito sucesso. Isso não é jeito de se viver.

— Concordo com você — disse Telden. — A tagarelice de Elend sobre desigualdade de classe me parece uma tolice, mas posso ver a importância de formar uma frente unida contra o Senhor Soberano.

— Exatamente — disse Elend. — É isso o que temos que...

— Vin! — uma voz sussurrou.

Vin sobressaltou-se, quase caindo do beiral da janela com o susto. Olhou ao redor, alarmada.

— Aqui em cima — sussurrou a voz.

Ela olhou para cima. Kelsier estava pendurado em outro beiral de janela. Ele sorriu, piscando para ela, então fez um sinal com a cabeça na direção da ponte pênsil abaixo.

Vin olhou para o aposento de Elend, enquanto Kelsier saltava pelas brumas ao lado dela. Finalmente, ela se *empurrou* e seguiu Kelsier para baixo, usando a mesma moeda para desacelerar sua descida.

— Você voltou! — disse ansiosamente enquanto aterrissava.

— Cheguei esta tarde.

— O que está fazendo aqui?

— Checando nosso amigo ali — disse Kelsier. — Não parece que mudou muito desde a última vez.

— Última vez?

Kelsier assentiu.

— Espiei o grupinho algumas vezes depois que me falou sobre eles. Não devia ter me incomodado... não são uma ameaça. Só um bando de nobres se reunindo para beber e debater.

— Mas eles querem derrubar o Senhor Soberano!

— Dificilmente — disse Kelsier, com uma bufada de desprezo. — Estão apenas fazendo o que os nobres fazem: planejando alianças. Não é incomum que a geração seguinte comece a planejar as coalizões de suas casas antes de chegarem ao poder.

— Isso é diferente — disse Vin.

— Ahn? — disse Kelsier, divertido. — Já é nobre há tanto tempo que consegue afirmar isso?

Ela corou, e ele deu uma gargalhada, colocando um braço amigável ao redor dos ombros dela.

— Ah, não fique assim. Eles parecem bons rapazes, para nobres. Prometo não matar nenhum deles, tudo bem?

Vin assentiu.

— Talvez possamos encontrar uma utilidade para eles... parecem ser mais mente aberta que os demais. Só não quero que fique desapontada, Vin. Ainda são nobres. Talvez consigam evitar ser o que são, mas isso não muda a natureza deles.

Exatamente como Dockson, Vin pensou. *Kelsier presume o pior sobre Elend.* Mas ela realmente teria algum motivo para pensar diferente? Para lutar uma batalha como a de Kelsier e Dockson, provavelmente seria mais eficaz — e mais recomendável para a consciência — presumir que todos os inimigos fossem malvados.

— O que aconteceu com sua maquiagem, a propósito? — perguntou Kelsier.

— Não quero falar sobre isso — disse Vin, pensando em sua conversa com Elend.

Por que tive que chorar? Como sou idiota! E o jeito que deixei escapar a pergunta sobre ele dormir com uma skaa...

Kelsier deu de ombros.

— Tudo bem, então. Devíamos ir embora... duvido que o jovem Venture e seus companheiros discutam algo relevante.

Vin olhou para ele.

— Eu os ouvi em três ocasiões distintas, Vin — argumentou Kelsier. — Posso resumir para você se quiser.

— Tudo bem — disse ela, com um suspiro. — Mas disse a Sazed que o encontraria na festa.

— Volte, então — concordou Kelsier. — Prometo não contar a ele que estava espiando por aí e usando Alomancia.

— Ele disse que eu podia — Vin se defendeu.

— Disse?

Ela assentiu.

— Erro meu — Kelsier falou. — Provavelmente devia pedir para Sazed lhe conseguir uma capa antes de deixar a festa... tem cinzas por todo o vestido. Eu os encontrarei na loja de Trevo. A carruagem pode deixar você e Sazed lá e então prosseguir para fora da cidade. Isso manterá as aparências.

Vin assentiu mais uma vez, e Kelsier lhe deu uma piscadela, antes de saltar da ponte para dentro das brumas.

No fim, devo confiar em mim mesmo. Vi homens arrancarem de si a capacidade de reconhecer a verdade e a bondade, e não acho que eu seja um deles. Ainda vejo as lágrimas nos olhos de uma criança e sinto a dor de seu sofrimento.

Se alguma vez perder isso, então saberei que fui além da esperança de redenção.

24

KELSIER JÁ ESTAVA NA LOJA quando Vin e Sazed chegaram. Estava sentado com Ham, Trevo e Fantasma na cozinha, desfrutando de uma bebida noturna.

— Ham! — exclamou Vin ao entrar pela porta dos fundos. — Você voltou!

— Sim! — disse ele, feliz, erguendo sua taça.

— Parece que está fora há uma eternidade!

— Nem me diga — disse Ham, em um tom sincero.

Kelsier começou a rir, levantando-se para encher sua taça.

— Ham está um pouco cansado de brincar de general.

— Tinha que usar uniforme — reclamou Ham, espreguiçando-se. Agora usava seu colete e calça costumeiros. — Nem mesmo os skaas das plantações têm que suportar esse tipo de tortura.

— Tente usar um vestido de gala um dia desses — comentou Vin, sentando-se. Havia limpado a parte dianteira de seu vestido, e não parecia tão mal quanto temera. A cinza preta ainda aparecia um pouco no tecido escuro, e as fibras estavam ásperas onde ela as esfregara contra a pedra, mas quase não se notava nenhuma das duas coisas.

Ham gargalhou.

— Parece que você se transformou em uma perfeita jovem dama enquanto estive fora.

— Dificilmente — respondeu Vin, enquanto Kelsier lhe oferecia uma taça de vinho. Ela a ergueu por um momento, então deu um gole.

— A senhora Vin está sendo modesta, mestre Hammond — disse Sazed, sentando-se. — Está ficando bastante proficiente nas artes da corte... melhor do que muitos nobres de verdade que conheci.

Vin corou, e Ham gargalhou novamente.

— Humildade, Vin? Onde aprendeu um mau hábito como esse?

— Não de mim, certamente — disse Kelsier, oferecendo a Sazed uma taça de vinho. O terrisano ergueu a mão em uma recusa respeitosa.

— É claro que ela não aprendeu de *você*, Kell — concordou Ham. — Talvez Fantasma lhe tenha ensinado. Ele parece ser o único da gangue que sabe manter a boca fechada, não é, garoto?

Fantasma corou, obviamente tentando evitar olhar para Vin.

Terei que falar com ele em algum momento, ela pensou. *Mas não esta noite. Kelsier está de volta, e Elend não é um assassino — esta é uma noite para relaxar.*

Passos soaram nas escadas e, no momento seguinte, Dockson entrou no aposento.

— Uma festa? E ninguém manda me chamar?

— Você parecia ocupado — justificou Kelsier.

— Além disso — acrescentou Ham —, sabemos que é responsável demais para beber com um bando de patifes como nós.

— *Alguém* tem que manter essa gangue funcionando — Dockson disse alegremente, servindo-se de uma taça. Deteve-se, franzindo o cenho ao olhar para Ham. — Esse colete me parece familiar.

Ham sorriu.

— Arranquei as mangas do casaco do uniforme.

— Você não fez isso! — disse Vin, com um sorriso.

Ham assentiu, parecendo satisfeito consigo mesmo.

Dockson suspirou, ainda enchendo sua taça.

— Ham, essas coisas custam dinheiro.

— Tudo custa dinheiro — disse Ham. — Mas, o que *é* dinheiro? Uma representação física do conceito abstrato do esforço. Bem, usar aquele uniforme por tanto tempo foi um belo esforço. Diria que esse colete e eu estamos quites agora.

Dockson só revirou os olhos. Na sala principal, a porta da frente da loja se abriu e se fechou, e Vin ouviu Brisa saudar o aprendiz que montava guarda.

— A propósito, Dox — disse Kelsier, com as costas apoiadas em um armário —, vou precisar de algumas "representações físicas do conceito de esforço" para mim. Gostaria de alugar um pequeno armazém para realizar algumas das minhas reuniões com informantes.

— Isso provavelmente pode ser arranjado — disse Dockson. — Presumindo que consigamos manter o orçamento do guarda-roupa de Vin sob controle, eu... — Ele parou de falar, olhando para Vin. — O que fez com esse vestido, mocinha!

Vin corou, encolhendo-se em sua cadeira. *Talvez esteja um pouco mais perceptível do que eu imaginava.*

Kelsier gargalhou.

— Talvez tenha que se acostumar com a roupa suja, Dox. Vin voltou aos deveres de Nascida da Bruma esta noite.

— Interessante — comentou Brisa, entrando na cozinha. — Posso sugerir que evite lutar contra três Inquisidores de Aço desta vez?

— Farei o melhor possível — respondeu ela.

Brisa aproximou-se da mesa e escolheu uma cadeira, sentando-se com sua postura característica. O homem corpulento ergueu o bastão de duelo, apontando-o para Ham.

— Vejo que meu período de respiro intelectual chegou ao fim.

Ham sorriu.

— Pensei em algumas questões desagradáveis enquanto estava fora e as guardei para você, Brisa.

— Estou morrendo de curiosidade — respondeu Brisa. Virou seu bastão para Lestibournes. — Fantasma, bebida.

Fantasma correu e serviu a ele uma taça de vinho.

— É um rapaz tão bom — observou Brisa, aceitando a bebida. — Quase não tenho que cutucá-lo alomanticamente. Se o resto de vocês, rufiões, fosse tão amável...

Fantasma franziu o cenho.

— Melhorando o não do brincando sem.

— Não tenho ideia do que disse, criança — respondeu Brisa. — Então, simplesmente vou fingir que foi coerente e seguir em frente.

Kelsier revirou os olhos.

— Perdendo a força do aperto — disse. — Não sem precisando de cuidado.

— Cavalgando a irritação das remoções do certo. — Fantasma assentiu.

— O que vocês dois estão balbuciando? — perguntou Brisa de mau humor.

— Sendo o ser da brilhanteza — prosseguiu Fantasma. — Cortar o ter de querer isso.

— Sempre sendo o fazer isso — concordou Kelsier.

— Sempre sendo o desejo de tendo o ter — Ham acrescentou, sorrindo. — Brilhando de desejo de sendo o não.

Brisa virou-se para Dockson, exasperado.

— Acho que nossos companheiros finalmente ficaram malucos, caro amigo.

Dockson deu de ombros. Então, com um rosto perfeitamente impassível, disse:

— Não ser é ser querendo.

Brisa ficou quieto, estarrecido, enquanto a sala explodia em gargalhadas. Brisa revirou os olhos, indignado, sacudindo a cabeça e murmurando sobre a infantilidade da gangue.

Vin quase se engasgou com o vinho de tanto rir.

— O que você disse? — perguntou ela para Dockson quando ele se sentou ao seu lado.

— Não tenho certeza — confessou ele. — Mas soava bem.

— Não acho que tenha dito coisa alguma, Dox — disse Kelsier.

— Ah, ele disse alguma coisa — comentou Fantasma. — Só não *significou* nada.

Kelsier gargalhou.

— Costuma ser assim grande parte do tempo. Descobri que é possível ignorar metade do que Dox diz e não se perde muita coisa... exceto, talvez, a reclamação ocasional de que se está gastando muito dinheiro.

— Ei! — Dockson exclamou. — Preciso assinalar, mais uma vez, que *alguém* deve ser responsável? Honestamente, do jeito que gastam...

Vin sorriu. Até mesmo as reclamações de Dockson pareciam amáveis. Trevo estava sentado em silêncio perto da parede, parecendo tão grosseiro como sempre, mas Vin captou um relance de sorriso em seus lábios. Kelsier levantou-se e abriu outra garrafa de vinho, enchendo as taças de todos enquanto contava sobre os preparativos do exército skaa.

Vin sentia-se... contente. Enquanto bebia seu vinho, viu a porta aberta que levava à oficina escura. Imaginou, por um momento, que podia ver uma figura nas sombras — uma garota magrela e assustada, desconfiada, receosa. O cabelo da garota era desgrenhado e curto, e ela usava uma camisa simples e suja e calça marrom.

Vin lembrou-se de sua segunda noite na loja de Trevo, quando ficara parada na porta da oficina, no escuro, observando os demais compartilhando um bate-papo noturno. Realmente fora aquela garota — aquela que se escondia na escuridão fria, observando as risadas e a amizade com inveja oculta, mas sem jamais ousar se juntar a isso?

Kelsier fez algum comentário jocoso que arrancou gargalhadas de todos os presentes.

Você está certo, Kelsier, pensou Vin, com um sorriso. *Isso é melhor*.

Ainda não era como eles — não completamente. Seis meses não conseguiam silenciar os sussurros de Reen, e ela não conseguia se imaginar sendo tão confiante quanto Kelsier. Mas... finalmente conseguia entender, pelo menos um pouquinho, por que ele trabalhava daquele jeito.

— Tudo bem — disse Kelsier, puxando uma cadeira e se sentando ao contrário. — Parece que o exército estará pronto a tempo, e Marsh está em seu posto. Precisamos continuar com o plano. Vin, notícias do baile?

— A Casa Tekiel está vulnerável — ela contou. — Seus aliados se dispersam e os abutres se aproximam. Há boatos de que dívidas e negócios perdidos obrigarão Tekiel a vender sua fortaleza no final do mês. Não pode se dar ao luxo de continuar pagando os impostos que o Senhor Soberano exige pelo edifício.

— O que efetivamente elimina uma Grande Casa inteira da cidade — comentou Dockson. — A maior parte da nobreza Tekiel, incluindo Brumosos e Nascidos da Bruma, terá que se mudar para as plantações para tentar se recompor de suas as perdas.

— Ótimo — Ham comemorou. Qualquer casa nobre que pudessem afastar da cidade tornaria os planos deles mais fáceis.

— Ainda sobram nove Grandes Casas na cidade — observou Brisa.

— Mas estão começando a matar uns aos outros à noite — disse Kelsier. — Estão a um passo de uma guerra declarada. Suspeito que veremos um êxodo começar muito em breve... qualquer um que não esteja disposto a arriscar ser assassinado para manter o domínio em Luthadel partirá da cidade por alguns anos.

— As casas fortes não parecem muito assustadas, no entanto — prosseguiu Vin. — Ou ao menos continuam oferecendo bailes.

— Ah, eles continuarão a fazer isso até o fim — assegurou Kelsier. — Os bailes são grandes pretextos para encontrar aliados e ficar de olho nos inimigos. As guerras entre as casas são essencialmente políticas e, por isso, exigem campos de batalha políticos.

Vin assentiu.

— Ham — continuou Kelsier —, precisamos ficar de olho na Guarnição de Luthadel. Ainda está planejando visitar seus contatos militares amanhã?

Ham assentiu.

— Não posso prometer nada, mas devo conseguir retomar algumas conexões. Dê-me um pouco de tempo, e descobrirei o que os militares sabem.

— Ótimo — disse Kelsier.

— Gostaria de ir com ele — pediu Vin.

Kelsier olhou para ela, surpreso.

— Com Ham?

Vin assentiu.

— Ainda não treinei com um Brutamontes. Ham provavelmente poderá me mostrar algumas coisas.

— Você já sabe como queimar peltre — lembrou Kelsier. — Praticamos isso.

— Eu sei — Vin falou. Como poderia explicar? Ham praticava exclusivamente com peltre; deveria ser melhor nisso do que Kelsier.

— Ah, pare de importunar a criança — Brisa falou. — Provavelmente só está cansada de bailes e festas. Deixe-a ser uma garota de rua normal de novo por um tempo.

— Tudo bem — disse Kelsier, revirando os olhos. Serviu-se de outra taça de vinho. — Brisa, como seus Abrandadores se sairiam se você tivesse que partir por um período?

Brisa deu de ombros.

— Eu sou, é claro, o membro mais efetivo da equipe. Mas *eu* os treinei; eles recrutarão bem sem mim, especialmente agora que as histórias sobre o Sobrevivente estão ficando populares.

— A propósito: precisamos falar sobre isso, Kell — disse Dockson, franzindo o cenho. — Não tenho certeza se gosto desse misticismo sobre você e o décimo primeiro metal.

— Podemos discutir isso mais tarde — respondeu Kelsier.

— Por que pergunta sobre meus homens? — perguntou Brisa. — Finalmente ficou com tanta inveja do meu senso impecável de moda que decidiu me despedir?

— Pode-se dizer que sim — comentou Kelsier. — Estava pensando em mandá-lo substituir Yeden por alguns meses.

— Substituir Yeden? — perguntou Brisa, surpreso. — Quer que *eu* lidere o exército?

— Por que não? — Kelsier devolveu a pergunta. — Você é muito bom em dar ordens.

— Dos bastidores, meu caro — disse Brisa. — Não fico na frente do palco. Ora, eu seria um *general*. Tem alguma ideia do quão burlesco isso soa?

— Só pense nisso — pediu Kelsier. — Nosso recrutamento deve estar terminado até então, e você poderia ser mais efetivo se fosse até as cavernas e deixasse Yeden voltar para preparar os contatos aqui.

Brisa franziu o cenho.

— Suponho que sim.

— Independentemente disso — falou Kelsier, levantando-se —, não acho que tenhamos tomado vinho *suficiente*. Fantasma, seja um bom garoto e busque outra garrafa na adega, sim?

O garoto assentiu, e a conversa retornou para assuntos mais leves. Vin se acomodou em sua cadeira, sentindo o calor da estufa a carvão no meio do aposento, contente pela oportunidade de simplesmente desfrutar a paz, de não ter que se preocupar, lutar ou planejar.

Se Reen pudesse ter conhecido algo assim, pensou ela, distraída, passando os dedos em seu brinco. *Talvez então as coisas tivessem sido diferentes para ele. Para nós.*

HAM E VIN SAÍRAM NO dia seguinte para visitar a Guarnição de Luthadel.

Depois de tantos meses interpretando uma nobre, Vin pensara que seria estranho usar roupas da rua novamente. Mas, na verdade, não foi. Bom, era um pouco *diferente* — não tinha que se preocupar em sentar adequadamente ou em andar de um jeito que o vestido não roçasse nas paredes ou no chão sujo. Mesmo assim, suas roupas mundanas ainda lhe pareciam naturais.

Usava uma camisa folgada branca, enfiada dentro da calça marrom simples, e um colete de couro. Seu cabelo ainda crescendo ficou preso sob um gorro. As pessoas nas ruas a tomariam por um garoto, embora Ham não achasse que isso importava.

E realmente não importava. Vin se acostumara a ter pessoas observando-a e avaliando-a, mas ninguém na rua se incomodava em lhe lançar um olhar de relance. Trabalhadores skaas, nobres de baixo nascimento despreocupados e até mesmo skaas bem-posicionados como Trevo — todos a ignoravam.

Quase me esqueci de como era ser invisível, pensou Vin. Felizmente, as antigas atitudes — olhar para baixo enquanto caminhava, sair do caminho das pessoas, encolher-se para não chamar a atenção — voltaram com facilidade. Tornar-se Vin, a skaa das ruas, parecia tão simples quanto recordar uma melodia antiga e familiar que se costumava cantarolar.

Na verdade, isso é apenas outro disfarce, Vin pensou enquanto andava ao lado de Ham. *Minha maquiagem é uma camada fina de cinzas, cuidadosamente espalhada nas bochechas. Meu vestido é essa calça manchada para parecer velha e usada.*

Quem, então, ela era de verdade? Vin, a garota de rua? Valette, a dama? Nenhuma das duas? Algum de seus amigos realmente a conhecia? Ela realmente se conhecia?

Ah, como senti falta deste lugar comentou Ham, caminhando alegremente ao lado dela. Ham sempre parecia feliz. Vin não conseguia imaginá-lo insatisfeito, apesar do que dissera sobre o tempo que passou liderando o exército. — É meio estranho — prosseguiu, voltando-se para Vin. Ele não andava com o mesmo ar cuidadoso de submissão que ela cultivara nem parecia se preocupar em não se destacar dos outros skaas. — Provavelmente não deveria sentir falta deste lugar... quer dizer, Luthadel é a cidade mais suja e abarrotada do Império Final. Mas, há algo nela...

— É aqui que sua família vive? — perguntou Vin.

— Não. — Ham balançou a cabeça. — Eles vivem em uma cidade pequena nas redondezas. Minha esposa é costureira lá. Ela diz para as pessoas que faço parte da Guarnição de Luthadel.

— Sente falta deles?

— É claro que sim. É duro... só consigo passar alguns meses seguidos com eles por vez... mas é melhor assim. Se eu for morto em serviço, os Inquisidores terão dificuldade de rastrear minha família. Não contei nem para Kell em que cidade vivem.

— Acha que o Ministério se daria a esse trabalho? — Vin perguntou. — Digo, você já estaria morto.

— Sou um Brumoso, Vin... isso significa que todos os meus descendentes terão algum sangue nobre. Meus filhos podem se tornar alomânticos, assim como os filhos deles. Não, quando os Inquisidores matam um Brumoso, eles se asseguram de eliminar sua prole também. O único jeito de manter minha família em segurança é ficar longe deles.

— Você podia simplesmente não usar Alomancia — sugeriu Vin.

Ham negou com a cabeça.

— Não sei se poderia fazer isso.

— Por causa do poder?

— Não, por causa do dinheiro — disse Ham em um tom franco. — Brutamontes, ou Braços de Peltre, como a nobreza prefere chamá-los, são os Brumosos mais procurados. Um Brutamontes competente pode deter meia dúzia de homens normais e pode levantar mais, suportar mais e se mover mais rápido do que qualquer outro músculo contratado. Essas coisas significam muito quando você precisa manter sua equipe pequena. Misture uns dois Lançamoedas com uns cinco Brutamontes e terá um pequeno exército móvel. Há homens que pagam muito por uma proteção dessas.

Vin assentiu.

— Entendo que o dinheiro seja tentador.

— É mais do que tentador, Vin. Minha família não precisa viver em cortiços abarrotados de skaas nem precisa se preocupar em morrer de fome. Minha esposa só trabalha para manter as aparências... eles têm uma vida boa para um skaa. Assim que eu tiver o suficiente, partiremos do Domínio Central. Há lugares no Império Final que muita gente não conhece... lugares onde um homem com dinheiro suficiente pode ter a vida de um nobre. Lugares onde você pode parar de se preocupar e simplesmente viver.

— Isso parece... atraente.

Ham assentiu, virando-se e entrando em uma via maior na direção dos portões principais da cidade.

— Tirei esse sonho de Kell, na verdade. Era o que ele sempre dizia que queria fazer. Só espero ter mais sorte do que ele teve.

Vin franziu o cenho.

— Todo mundo diz que ele era rico. Por que não foi embora, então?

— Não sei — respondeu Ham. — Sempre havia outro trabalho... sempre maior do que o anterior. Acho que quando se é um líder de gangue como ele, o jogo pode ficar viciante. Em pouco tempo, o dinheiro não parecia importar. Depois de um tempo, ele ouviu dizer que o Senhor Soberano estava guardando algum segredo de valor incalculável naquele santuário. Se ele e Mare tivessem ido embora antes daquele trabalho... mas, bem, não foram. Não sei... talvez não fossem felizes vivendo vidas nas quais *não* tivessem que se preocupar.

A ideia pareceu intrigá-lo, e Vin pôde ver outra de suas "questões" tomando forma na mente dele.

Acho que quando se é um líder de gangue como ele, o jogo pode ficar viciante.

Suas apreensões anteriores retornaram. O que aconteceria se Kelsier tomasse o trono imperial para si? Provavelmente não seria tão mau quanto o Senhor Soberano, mas... Vin lera o diário de viagens. O Senhor Soberano não havia sido sempre um tirano. Fora um bom homem antigamente. Um bom homem cuja vida dera errado.

Kelsier é diferente, Vin disse para si mesma, energicamente. *Ele fará a coisa certa.*

Mesmo assim, vacilava. Ham podia não entender, mas Vin podia ver a tentação. Apesar da depravação dos nobres, havia algo inebriante na alta sociedade. Vin fora cativada pela beleza, pela música, pela dança. A fascinação dela não era a mesma de Kelsier — não estava interessada em jogos políticos ou mesmo em trapaças —, mas podia entender por que ele ficara relutante em deixar Luthadel para trás.

Aquela relutância destruíra o antigo Kelsier. Mas produzira algo melhor — um Kelsier mais determinado, menos egoísta. Com sorte.

É claro, seus planos anteriores custaram a vida da mulher que amava. É por isso que odeia tanto a nobreza?

— Ham? — perguntou. — Kelsier sempre odiou os nobres?

Ham assentiu.

— É pior agora, no entanto.

— Ele me assusta de vez em quando. Parece querer matar *todos* eles, não importa quem sejam.

— Estou preocupado com isso também — confessou Ham. — Esse negócio de Décimo Primeiro Metal... é quase como se ele estivesse fazendo de si mesmo algum tipo de homem sagrado. — Seus olhos encontraram os dela. — Não se preocupe muito. Brisa, Dox e eu já conversamos sobre isso. Vamos confrontar Kelsier, ver se podemos controlá-lo um pouco. Ele tem boas intenções, mas tem a tendência de passar um pouco do ponto algumas vezes.

Vin assentiu. Adiante, estava a costumeira fila lotada de pessoas esperando permissão para passar pelos portões da cidade. Ham e ela passaram em silêncio pelo grupo solene — trabalhadores sendo enviados para as docas, homens que iam trabalhar em uma das fábricas do outro lado do rio ou no lago, nobres menores desejando viajar. Todos tinham que ter um bom motivo para deixar a cidade; o Senhor Soberano controlava rigidamente as viagens dentro de seu reino.

Pobrezinhos, Vin pensou ao passar por um grupo pedinte de crianças carregando baldes e escovas — provavelmente iam subir a muralha e limpar o líquen produzido pelas brumas nos parapeitos. Adiante, perto dos portões, um oficial praguejou e empurrou um homem para fora da fila. O trabalhador skaa caiu com força no chão, mas ficou em pé depois de um tempo e se arrastou até o final da fila. Era provável, se não tivesse permissão para sair da cidade, que não fosse capaz de trabalhar naquele dia — e não ter trabalho significava não ter fichas de refeição para sua família.

Vin seguiu Ham além dos portões, entrando em uma rua paralela à muralha da cidade, no fim da qual era possível ver um grande complexo de edifícios. Vin nunca vira os quartéis-generais da Guarnição antes; a maior parte dos membros de gangue tendia a ficar a uma boa distância dali. Contudo, conforme se aproximava, ficou impressionada pela aparência defensiva da construção. Havia grandes pontas de ferro no alto da muralha que cercava todo o complexo. Os edifícios lá dentro eram imensos e fortificados. Soldados postados nos portões olhavam os passantes com hostilidade.

Vin deteve-se.

— Ham, como vamos entrar *lá*?

— Não se preocupe — respondeu ele, parando ao lado dela. — Sou conhecido na Guarnição. Além disso, não são tão maus quanto parecem... os membros da Guarnição só fazem cara feia para intimidar. Como pode imaginar, não são bem-apreciados. A maior parte dos soldados aqui é skaa; homens que, em troca de uma vida melhor, venderam-se para o Senhor Soberano. Toda vez que há distúrbios de skaas em uma cidade, a guarnição local é atacada com dureza pelos descontentes. Por isso a fortificação.

— Então... conhece esses homens?

Ham assentiu.

— Não sou como Brisa ou Kell, Vin... não posso colocar uma máscara e fingir. Sou quem sou. Esses soldados não sabem que sou um Brumoso, mas sabem que trabalho no submundo. Conheço a maior parte desses caras há anos; eles sempre tentaram me recrutar. Em geral têm melhor sorte recrutando gente como eu, que já são párias da sociedade, para se juntar às suas fileiras.

— Mas você vai traí-los — disse Vin em voz baixa, puxando Ham para o lado da rua.

— Trair? — questionou ele. — Não, não será traição. Esses homens são mercenários, Vin. São contratados para lutar e atacarão amigos, até parentes, em um tumulto ou rebelião. Soldados aprendem a entender esse tipo de coisa. Podemos ser amigos, mas quando a luta começa, nenhum de nós hesitará em matar o outro.

Vin assentiu lentamente. Parecia... duro. *Mas é assim que a vida é. Dura. Essa parte dos ensinamentos de Reen não era mentira.*

— Pobres rapazes — comentou Ham, olhando para a Guarnição. — Poderíamos usar homens como eles. Antes de partir para as cavernas, conseguí recrutar uns poucos que achei receptivos. O resto... bem, eles escolheram seu caminho. Como eu, só estão tentando dar a seus filhos uma vida melhor; a diferença é que estão dispostos a trabalhar para *ele* a fim de fazer isso.

Ham se voltou para ela.

— Tudo bem, quer algumas dicas para queimar peltre?

Vin assentiu, ansiosa.

— Os soldados, em geral, me deixam treinar com eles — falou Ham. — Pode me observar lutar; queime bronze para ver quando eu estiver usando Alomancia. A primeira e mais importante coisa que precisa saber sobre os Braços de Peltre é quando usar seu metal. Percebi que jovens alomânticos tendem a sempre avivar seu peltre, pensando que quanto mais fortes ficarem, melhor. Contudo, nem sempre você quer usar o máximo de força que pode em cada golpe. A força é parte da luta, mas não é a única parte. Se você sempre acerta o mais forte possível, vai se cansar mais rápido, e isso dará ao seu oponente informações sobre suas limitações. Um homem esperto acerta com força máxima no *fim* da batalha, quando seu oponente está enfraquecido. E, em uma batalha extensa, como uma guerra, o soldado mais esperto é aquele que sobrevive mais. É o homem que sabe se controlar.

Vin assentiu.

— Mas você não se cansa mais devagar quando usa Alomancia?

— Sim — confirmou Ham. — De fato, um homem com peltre suficiente pode manter uma luta com eficácia quase máxima por horas. Mas recorrer ao peltre desse jeito requer prática, e você ficará sem metal em algum momento. Quando isso acontecer, a fadiga o matará. De qualquer modo, o que estou tentando explicar é que, em geral, é melhor variar a intensidade com que queima o peltre. Se usar mais força do que precisa, pode se desequilibrar. Além disso, tenho visto Brutamontes que se apoiam tanto em seu peltre que descuidam do treinamento e da prática. O peltre aumenta suas habilidades físicas, mas não sua habilidade inata. Se não souber usar uma arma, ou se não tiver prática para pensar rapidamente em uma luta, você perderá, não importa o quão forte seja. Preciso ser muito cuidadoso com a Guarnição, já que não quero que saibam que sou um alomântico. Ficará surpresa com o quão frequentemente isso é importante. Observe como uso o peltre. Não o avivarei só para conseguir força; se eu tropeçar, eu o queimarei para me dar um senso instantâneo de equilíbrio. Quando esquivar, talvez eu o queime para me ajudar a desviar com um pouco mais de rapidez. Há dúzias de pequenos truques que pode usar quando se sabe que é necessário um impulso.

Vin assentiu.

— Tudo bem — recomeçou Ham. — Vamos lá, então. Direi aos soldados que você é filha de um parente. Parece jovem o bastante para sua idade, não pensarão duas vezes. Observe a luta e depois conversaremos.

Vin assentiu novamente, e os dois se aproximaram da Guarnição. Ham acenou para um dos guardas.

— Ei, Bevidon. Estou de folga. Sertes está por aí?

— Ele está aqui, Ham — Bevidon confirmou. — Mas não creio que seja o melhor dia para praticar.

Ham ergueu uma sobrancelha.

— Ahn?

Bevidon trocou um olhar com um dos outros soldados.

— Vá buscar o capitão — disse para o homem.

Alguns momentos depois, um soldado parecendo ocupado se aproximou pela lateral do edifício, acenando assim que viu Ham. Seu uniforme tinha algumas faixas coloridas a mais e alguns pedaços de metal dourado no ombro.

— Ham — disse o recém-chegado, atravessando o portão.

— Sertes — respondeu Ham com um sorriso, apertando a mão do homem. — Agora é capitão?

— Aconteceu no mês passado — disse Sertes, acenando com a cabeça. E então olhou para Vin.

— É minha sobrinha — Ham apresentou. — Boa menina.

Sertes assentiu.

— Podemos falar a sós por um momento, Ham?

Ham deu de ombros e se deixou levar para um lugar mais reservado ao lado dos portões do complexo. A Alomancia de Vin permitia que ouvisse o que estavam dizendo. *O que seria de mim sem o estanho?*

— Olhe, Ham — explicou Sertes. — Não poderá vir treinar por enquanto. A Guarnição vai estar... ocupada.

— Ocupada? — perguntou Ham. — Com o quê?

— Não posso dizer — Sertes respondeu. — Mas... bem, realmente nos seria útil um soldado como você agora.

— Para combater?

— Sim.

— Deve ser algo sério se está chamando a atenção da Guarnição inteira.

Sertes ficou em silêncio por um momento, então falou em voz bem baixa — tão baixa que Vin teve que se esforçar para ouvir.

— Uma rebelião bem aqui no Domínio Central. Acabamos de saber. Um exército de skaas rebeldes apareceu e atacou a Guarnição de Holstep, ao norte.

Vin sentiu um súbito calafrio.

— *O quê?* — exclamou Ham.

— Devem ter vindo das cavernas daquela região — o soldado disse. — A última notícia é que as fortificações de Holstep estão aguentando... mas, Ham, são apenas mil homens. Precisam desesperadamente de reforços, e os koloss nunca chegarão a tempo. A Guarnição de Valtroux mandou cinco mil soldados, mas não vamos deixar isso com eles. Aparentemente é uma força grande de rebeldes, e o Senhor Soberano nos deu permissão para ajudar.

Ham assentiu.

— Então, o que me diz? — Sertes perguntou. — Uma luta de verdade, Ham. Pagamento de batalha verdadeira. Um homem com suas habilidades seria realmente útil para nós. Posso torná-lo um oficial agora mesmo, dar-lhe seu próprio esquadrão.

— Eu... eu tenho que pensar nisso — respondeu Ham. Não era muito bom em esconder suas emoções, e sua surpresa pareceu pouco convincente para Vin. Sertes, no entanto, não pareceu perceber.

— Não demore muito — Sertes falou. — Planejamos marchar em duas horas.

— Não demorarei — Ham garantiu, parecendo desconcertado. — Deixe-me levar minha sobrinha e buscar algumas coisas. Estarei de volta antes que partam.

— Bom homem — disse Sertes, e Vin pode vê-lo dar um tapinha no ombro de Ham.

Nosso exército está exposto, Vin pensou, horrorizada. *Não estão prontos! Supunha-se que tomariam Luthadel na surdina, rapidamente — não encarar a guarnição de frente.*

Aqueles homens vão ser massacrados! O que aconteceu?

Nenhum homem morre pela minha mão ou por meu comando sem que eu deseje que tivesse existido outro meio. Mesmo assim, eu os mato. Às vezes desejo não ser tão irremediavelmente realista.

25

KELSIER COLOCOU OUTRO CANTIL EM sua bolsa.

— Brisa, faça uma lista de todos os esconderijos onde você e eu recrutamos. Avise-os que o Ministério logo conseguirá prisioneiros que poderão delatá-los.

Brisa assentiu, abstendo-se desta vez de fazer qualquer observação. Atrás dele, os aprendizes corriam por toda a loja de Trevo, reunindo e preparando os suprimentos que Kelsier ordenara.

— Dox, essa loja deve estar segura, a menos que capturem Yeden. Mantenha todos os três Olhos de Estanho de Trevo de vigia. Se houver algum problema, leve-os para o refúgio.

Dockson assentiu, concordando, enquanto dava ordens apressadas para os aprendizes. Um já havia partido, levando um aviso para Renoux. Kelsier achava que a mansão estaria a salvo — só um grupo de barcaças partira de Fellise, e os homens que estavam nele pensavam que Renoux não era parte do plano. Renoux não deveria partir a menos que fosse absolutamente necessário; seu desaparecimento exigiria afastar tanto ele quanto Valette de suas posições cuidadosamente preparadas.

Kelsier enfiou um punhado de provisões em sua bolsa e a colocou nas costas.

— E quanto a mim, Kell? — perguntou Ham.

— Vai voltar para a guarnição, como prometeu. Foi uma boa ideia: precisamos de um informante lá dentro.

Ham franziu o cenho, apreensivo.

— Não tenho tempo para lidar com seus nervos agora, Ham — disse Kelsier. — Não precisa enganar, só ser você mesmo e ouvir.

— Não vou me voltar contra a guarnição se estiver com eles — disse ele. — Eu ouvirei, mas não vou atacar homens que pensam que sou aliado deles.

— Tudo bem — disse Kelsier, brevemente. — Mas sinceramente espero que encontre um jeito de não matar nenhum dos nossos soldados tampouco. Sazed!

— Sim, mestre Kelsier?

— Quanta velocidade tem armazenada?

Sazed corou levemente, olhando para as várias pessoas que corriam pelos corredores.

— Talvez duas ou três horas. É um atributo muito difícil de acumular.

— Não é o bastante — disse Kelsier. — Irei sozinho. Dox estará no comando até que eu volte.

Kelsier virou-se em direção à porta e hesitou. Vin estava parada atrás dele com a mesma calça, gorro e camisa que usara na visita à guarnição. Tinha uma bolsa como a dele pendurada no ombro e olhava para cima, desafiadora.

— Vai ser uma viagem difícil, Vin — disse a ela. — Você nunca fez nada assim antes.

— Tudo bem.

Kelsier assentiu. Tirou seu baú de debaixo da mesa, abriu e entregou a Vin uma bolsinha com contas de peltre. Ela aceitou, sem comentários.

— Engula cinco contas dessas.

— *Cinco*?

— Por enquanto — disse Kelsier. — Se precisar de mais, me avise para que paremos de correr.

— Correr? — perguntou a garota. — Não vamos tomar um barco no canal?

Kelsier franziu o cenho.

— Por que *nós* precisaríamos de um barco?

Vin olhou para a bolsa, então agarrou um copo de água e começou a engolir as contas.

— Assegure-se de ter água suficiente na bolsa — orientou Kelsier. — Leve o máximo que conseguir carregar. — Afastou-se dela, andando até Dockson e colocando uma mão em seu ombro. — Faltam cerca de três horas para o anoitecer. Se nos esforçarmos, estaremos lá amanhã ao meio-dia.

Dockson assentiu.

— Pode ser que dê tempo.

Talvez, pensou Kelsier. *A guarnição Valtroux está só a três dias de marcha de Holstep. Mesmo cavalgando toda a noite, um mensageiro chegaria a Luthadel em menos de dois dias. Quando eu alcançar o exército...*

Dockson obviamente podia ler a preocupação nos olhos de Kelsier.

— De qualquer modo, o exército é inútil para nós agora — disse ele.

— Eu sei — concordou Kelsier. — Trata-se apenas de salvar a vida daqueles homens. Mandarei notícias assim que puder.

Dockson assentiu.

Kelsier deu meia-volta, queimando peltre. Sua bolsa repentinamente ficou mais leve, como se estivesse vazia.

— Queime seu peltre, Vin. Estamos partindo.

Ela assentiu, e Kelsier notou um pulso vindo dela.

— Inflame-o — ordenou, pegando duas capas de bruma de seu baú e jogando uma para ela. Colocou a outra e atravessou a cozinha, abrindo a porta dos fundos. O sol vermelho sobre suas cabeças estava brilhante. Os frenéticos membros da gangue se detiveram por um momento, voltando-se para observar Kelsier e Vin deixarem o edifício.

A garota se apressou para andar ao lado de Kelsier.

— Ham me disse que eu deveria usar o peltre só quando precisasse... disse que é melhor ser sutil.

Kelsier se virou para encarar a garota.

— Não é hora de sutilezas. Fique perto de mim, tente manter o ritmo e assegure-se de não ficar sem peltre.

Vin assentiu, subitamente parecendo um pouco apreensiva.

— Certo — disse Kelsier, respirando profundamente. — Vamos.

KELSIER CORREU PELO BECO COM velocidade sobre-humana. Vin se colocou em movimento, seguindo-o até a rua. O peltre era um fogo vivo em seu interior. Aceso como estava, ela provavelmente consumiria as cinco contas em menos de uma hora.

A rua estava cheia de skaas trabalhadores e de carruagens de nobres. Kelsier ignorou o tráfego, disparando para o meio da rua, mantendo sua velocidade absurda. Vin o seguiu, sentindo-se cada vez mais preocupada sobre em quê havia se metido.

Não posso deixá-lo sozinho, ela pensou. É claro, da última vez que forçara Kelsier a levá-la com ele, acabara meio morta em uma cama por mais de um mês.

Kelsier se movia entre as carruagens, abrindo caminho entre pedestres, descendo a rua como se fosse feita só para ele. Vin o seguia o melhor que podia, o chão virara um borrão sob seus pés, as pessoas passavam rápido demais para que pudesse ver seus rostos. Alguns deles gritavam depois que ela passava, com vozes aborrecidas. Um par deles, no entanto, quase engasgou de susto, guardando silêncio.

As capas, Vin pensou. *É por isso que as estamos usando — é por isso que sempre as usamos. Quando veem as capas de brumas os nobres sabem que devem sair do caminho.*

Kelsier virou, correndo diretamente na direção dos portões ao norte da cidade. Vin o seguiu. Kelsier não diminuiu a velocidade conforme se aproximavam dos portões, e as filas de pessoas começaram a surgir. Guardas do posto de inspeção se voltaram com rostos surpresos.

Kelsier saltou.

Um dos guardas de armadura foi amassado no chão, soltando um grito, esmagado pelo peso alomântico de Kelsier enquanto o líder da gangue passava sobre sua cabeça. Vin inspirou, jogou uma moeda para se impulsionar e saltou. Esquivou-se com facilidade de um segundo guarda, que olhava surpreso para cima, enquanto seu companheiro se contorcia no chão.

Vin *empurrou* a armadura do soldado, atirando-se mais alto no ar. O homem cambaleou, mas permaneceu em pé — Vin não era nem de perto tão pesada quanto Kelsier.

Ela saltou por sobre as muralhas, ouvindo os gritos de surpresa dos soldados que patrulhavam no topo. Só podia esperar que ninguém a reconhecesse. Não era provável. Embora seu gorro tivesse escapado enquanto voava pelos ares, aqueles que conheciam Valette, a dama da corte, provavelmente nunca a ligariam a uma Nascida da Bruma usando calças sujas.

A capa de Vin agitava-se raivosamente no ar. Kelsier completou seu arco antes dela e começou a descer, Vin logo o seguiu. Parecia muito estranho usar Alomancia à luz do dia. Antinatural, até. Vin cometeu o erro de olhar para baixo enquanto caía. Em vez dos reconfortantes redemoinhos de brumas, viu o chão muito abaixo.

Tão alto!, Vin pensou, horrorizada. Felizmente, não estava muito desorientada e *empurrou* a moeda que Kelsier usara para aterrissar. Reduziu a velocidade de sua descida até um nível administrável antes de saltar na terra coberta de cinzas.

Kelsier imediatamente seguiu para a estrada. Vin o seguiu, ignorando mercadores e viajantes. Agora que estavam fora da cidade, Vin pensou que Kelsier poderia ir mais devagar. Mas ele não o fez. Acelerou.

E, repentinamente, ela entendeu. Kelsier não pretendia andar ou mesmo correr até as cavernas.

Ele planejava ir disparado por todo o caminho até lá.

Era uma viagem de duas semanas pelo canal. Quanto tempo levariam? Estavam se movendo rápido, terrivelmente rápido. Mais devagar do que um cavalo a galope, sem dúvida, mas certamente nenhum cavalo poderia manter um galope desses por muito tempo.

Vin não sentia fadiga enquanto corria. Recorria ao peltre, passando só uma parte do esforço para seu corpo. Mal podia sentir suas pisadas no chão, e, com uma reserva tão grande de peltre, sentia que poderia manter a velocidade por um bom tempo.

Alcançou Kelsier, ficando ao seu lado.

— Isso é mais fácil do que eu pensava.

— O peltre aumenta seu equilíbrio — explicou Kelsier. — Do contrário, estaria tropeçando agora mesmo.

— O que acha que encontraremos? Nas cavernas, quer dizer.

Kelsier negou com a cabeça.

— Não fale. Poupe suas forças.

— Mas não estou me sentindo nem um pouco cansada!

— Veremos o que diz daqui a 16 horas — comentou Kelsier, acelerando mais enquanto se afastava da estrada, seguindo por um caminho lateral ao canal Luth-Davn.

Dezesseis horas!

Vin afastou-se um pouco de Kelsier, dando-se espaço suficiente para correr. Kelsier aumentou sua velocidade até alcançar um ritmo enlouquecedor. Ele estava certo: em qualquer outro contexto, ela teria tropeçado facilmente na estrada irregular. Mas com o peltre e o estanho guiando-a, conseguia ficar em pé — embora fazer isso exigisse cada vez mais atenção, conforme escurecia e as brumas saíam.

De vez em quando, Kelsier atirava uma moeda e se lançava de uma colina para outra. Mas na maior parte do tempo corria em ritmo regular, sem se afastar do canal. As horas passavam, e Vin começava a sentir a fadiga que ele tinha dito que ela sentiria. Ela mantinha a velocidade, mas podia sentir algo no fundo — uma resistência interior, uma ânsia de parar e descansar. Apesar do poder do peltre, seu corpo estava ficando sem forças.

Assegurava-se de nunca deixar a reserva de peltre acabar. Temia que, se isso acontecesse, a fadiga se apoderasse dela com tanta força que não seria capaz de voltar a caminhar. Kelsier também ordenara que bebesse uma quantidade descomunal de água, mesmo que não tivesse sede.

A noite estava cada vez mais escura e silenciosa, sem nenhum viajante que se atrevesse a encarar as brumas. Passaram por barcos e barcaças atracados nos canais para passar a noite, assim como por acampamentos ocasionais dos viajantes, com suas tendas próximas umas das outras para se protegerem das brumas. Por duas vezes viram espectros das brumas na estrada, o primeiro deles deu um terrível susto em Vin. Kelsier simplesmente passou por ele — ignorando os horríveis e translúcidos restos de pessoas e animais que haviam sido ingeridos, os ossos agora formando o esqueleto do próprio espectro.

Mas ele continuou correndo. O tempo ficou difuso, e a correria passou a dominar tudo o que Vin era e fazia. Mover-se exigia tanta atenção que ela mal se concentrava em Kelsier, que ia diante dela nas brumas. Continuava a colocar um pé na frente do outro, seu corpo permanecendo forte — embora, ao mesmo tempo, se sentisse incrivelmente esgotada. Cada passo, por mais rápido que fosse, tornava-se uma tarefa. Começou a ansiar por descanso.

Kelsier não lhe deu nenhum descanso. Continuava correndo, forçando-a a segui-lo, mantendo uma velocidade incrível. O mundo de Vin tornou-se uma coisa atemporal de dor forçada e exasperação crescente. Reduziam o ritmo ocasionalmente para beber água ou engolir mais contas de peltre — mas ela nunca parava de correr. Era como... como se não *conseguisse* parar. Vin deixou a exaustão dominar sua mente. Avivar o peltre era tudo. Ela não era mais nada.

A luz a surpreendeu. O sol começava a nascer, as brumas desapareciam. Mas Kelsier não deixou que a iluminação o detivesse. Como conseguia? Tinham que correr. Tinham apenas... que... seguir... correndo...

VOU MORRER.

Não era a primeira vez que o pensamento passava pela cabeça de Vin enquanto corria. De fato, a ideia estava rondando sua mente, cutucando seu cérebro como uma ave carniceira. Continuou se movendo. Correndo.

Odeio correr, pensou. *É por isso que sempre vivi na cidade, não no campo. Para que não tivesse que correr.*

Algo dentro dela sabia que o pensamento não fazia nenhum sentido. Contudo, no momento a lucidez não era uma de suas virtudes.

Odeio Kelsier também. Ele só continua correndo. Quanto tempo já se passou desde que o sol nasceu? Minutos? Horas? Semanas? Anos? Juro que não sei...

Kelsier diminuiu o ritmo até parar diante dela na estrada.

Vin estava tão aturdida que quase colidiu com ele. Tropeçou, reduzindo a velocidade a duras penas, como se tivesse esquecido como fazer outra coisa que não correr. Parou e encarou os próprios pés, estupefata.

Isso está errado, ela pensou. *Não posso simplesmente ficar parada aqui. Preciso me mover.*

Sentiu que começava a se mover novamente, mas Kelsier a segurou. Ela lutou para se livrar dele, resistindo debilmente.

Descanse, algo dentro dela disse. *Relaxe. Você esqueceu como é, mas é tão bom...*

— Vin! — ordenou Kelsier. — Não apague seu peltre. Mantenha-o queimando ou vai ficar inconsciente!

Vin balançou a cabeça, desorientada, tentando entender o que ele tinha dito.

— Estanho! — ordenou ele. — Avive-o. Agora!

Ela o fez. Uma dor de cabeça que ela quase havia esquecido explodiu instantaneamente em seu crânio, e ela teve que fechar os olhos contra a luz do sol ofuscante. Suas pernas doíam, e seus pés estavam ainda piores. Mas a repentina onda de percepção sensorial restaurou sua sanidade, e ela pestanejou olhando para Kelsier.

— Melhor? —perguntou ele.

Ela assentiu.

— Acaba de fazer algo incrivelmente injusto com seu corpo — explicou Kelsier. — Devia ter desmoronado há horas, mas tinha peltre para mantê-lo em movimento. Vai se recuperar... vai ficar até melhor em se forçar desta maneira... mas neste momento tem que continuar queimando peltre e permanecer desperta. Podemos dormir mais tarde.

Vin assentiu novamente.

— Por que... — Sua voz falhou quando tentou falar. — Por que paramos?

— Ouça.

Ela ouviu. Ouviu... vozes. Gritos.

Olhou para ele.

— Uma batalha?

Kelsier assentiu.

— A cidade de Holstep está a uma hora ao norte, mas acho que encontramos o que procurávamos. Vamos.

Ele a soltou, derrubou uma moeda e saltou por cima do canal. Vin o seguiu enquanto ele corria até uma colina próxima. Kelsier se agachou, espiando o outro lado. Então se levantou, encarando algo a leste. Vin subiu na colina e viu a batalha — tal como era — com facilidade, a distância. Uma mudança no vento trouxe os odores até seu nariz.

Sangue. O vale lá embaixo estava semeado de cadáveres. Homens ainda lutavam do outro lado — um pequeno grupo maltrapilho, com roupas variadas, cercado por um exército muito maior e uniformizado.

— Chegamos muito tarde — Kelsier falou. — Nossos homens devem ter acabado com a Guarnição de Holstep e devem ter tentado voltar para as cavernas. Mas a cidade de Valtroux está a poucos dias de distância, e a guarnição deles tem cinco mil homens. Esses soldados chegaram aqui antes de nós.

Apertando os olhos e usando o estanho, apesar da luz, Vin pôde ver que ele estava certo. O exército maior usava uniformes imperiais, e a fileira de cadáveres era indicativa de algo, eles tinham emboscado os soldados skaas enquanto se deslocavam. O exército deles não tivera nenhuma chance. Enquanto assistiam, Vin viu skaas começarem a levantar seus braços, mas os soldados continuavam a matá-los. Alguns dos camponeses restantes lutavam desesperadamente, mas caíam quase com a mesma rapidez.

— É um massacre — disse Kelsier irado. — A Guarnição Valtroux deve ter recebido ordens de acabar com todo o grupo. — Ele deu um passo adiante.

— Kelsier! — Vin exclamou, segurando o braço dele. — O que está fazendo?

Ele se virou para ela.

— Ainda há homens lá embaixo. Meus homens.

— O que vai fazer? Atacar um exército inteiro? Qual o propósito disso? Seus rebeldes não têm Alomancia... não podem sair correndo rapidamente. Não pode deter um exército inteiro, Kelsier.

Ele se soltou da mão dela; Vin não tinha forças para segurá-lo. Perdeu o equilíbrio e caiu no áspero chão preto, levantando uma nuvem de cinzas. Kelsier começou a descer a colina na direção do campo de batalha.

Vin conseguiu ficar de joelhos.

— Kelsier — disse ela, tremendo pela fadiga. — Não somos invencíveis, lembra?

Ele diminuiu o ritmo, então se imobilizou.

— *Você* não é invencível — ela sussurrou. — Não pode deter todos eles. Não pode salvar aqueles homens.

Kelsier ficou parado, em silêncio, com os punhos fechados. Então, lentamente, abaixou a cabeça. Ao longe, o massacre continuava, embora não sobrassem muitos rebeldes.

— As cavernas — sussurrou Vin. — Nossas forças devem ter deixado homens para trás, certo? Talvez eles possam nos dizer por que o exército se expôs. Talvez possa salvar os que restaram. Os homens do Senhor Soberano certamente vão procurar o quartel-general do exército... se é que já não estão tentando.

Kelsier assentiu.

— Certo. Vamos.

KELSIER DESCEU ATÉ A CAVERNA. Teve que avivar o estanho para ver alguma coisa na escuridão, iluminada apenas pela parca luz do sol refletida de cima. O raspar de Vin na fenda acima soou trovejante em seus ouvidos amplificados. Na caverna em si... nada. Nenhum som, nenhuma luz.

Então ela estava errada, pensou Kelsier. *Ninguém ficou para trás.*

Kelsier soltou a respiração lentamente, tentando encontrar uma válvula de escape para sua frustração e sua raiva. Havia abandonado os homens no campo de batalha. Balançou a cabeça, negando o que a lógica lhe dizia no momento. Sua raiva ainda estava muito latente.

Vin saltou no chão ao lado dele, sua figura não mais do que uma sombra para seus olhos.

— Vazia — declarou ele, sua voz ecoando na caverna. — Você estava errada.

— Não — Vin sussurrou. — Ali.

De repente, ela começou a correr com a agilidade de um gato. Kelsier a chamou na escuridão, rangeu os dentes e então se orientou pelo som por um dos corredores.

— Vin, volte aqui! Não há nada...

Kelsier se deteve. Mal pôde distinguir um lampejo de luz à sua frente, no corredor. *Maldição! Como ela viu isso de tão longe?*

Ainda podia ouvir Vin adiante. Avançou com mais cuidado, checando suas reservas de metal, preocupado com alguma armadilha que pudesse ter sido deixada pelos agentes do Ministério. Enquanto se aproximava da luz, uma voz chamou.

— Quem está aí? Diga a senha!

Kelsier continuou a andar, a luz ficando brilhante o suficiente para que pudesse ver uma figura na contraluz, empunhando uma lança no corredor em frente. Vin esperava na escuridão, acocorada. Olhou para Kelsier de modo interrogativo quando ele passou ao seu lado. Ela parecia ter se recuperado do desgaste pelo uso do peltre, por enquanto. Quando finalmente parassem para descansar, no entanto, ela o sentiria.

— Posso ouvir você! — disse o guarda, ansiosamente. A voz soava levemente familiar. — Identifique-se.

Capitão Demoux, Kelsier percebeu. *Um dos nossos. Não é uma armadilha.*

— Diga a senha! — ordenou Demoux.

— Não preciso de senha — disse Kelsier, avançando até a luz.

Demoux abaixou sua lança.

— Lorde Kelsier? Você veio... Quer dizer que nosso exército teve êxito?

Kelsier ignorou a questão.

— Por que não está guardando a entrada ali atrás?

— Nós... pensamos que seria mais defensivo nos retirarmos para o interior do complexo, meu senhor. Não há muitos de nós.

Kelsier olhou para trás, na direção do corredor de entrada. *Quanto tempo até os homens do Senhor Soberano conseguirem capturar alguém disposto a falar? Vin estava certa no fim das contas — precisamos manter esses homens a salvo.*

Vin se levantou e se aproximou, observando o jovem soldado com aqueles olhos tranquilos dela.

— Quantos de vocês estão aqui?

— Cerca de dois mil — disse Demoux. — Nós... estávamos errados, meu senhor. Sinto muito.

Kelsier olhou para ele.

— Errados?

— Pensamos que o General Yeden estava agindo precipitadamente — disse Demoux, corando de vergonha. — Ficamos para trás. Nós... pensamos que estávamos sendo leais a você, e não a ele. Mas devíamos ter ido com o resto do exército.

— O exército está morto — Kelsier disse, bruscamente. — Reúna seus homens, Demoux. Precisamos partir *agora*.

NAQUELA NOITE, SENTADO EM UM tronco de árvore, com as brumas se reunindo ao seu redor, Kelsier finalmente se forçou a confrontar os acontecimentos do dia.

Estava sentado com as mãos juntas, escutando os últimos e fracos sons dos homens de seu exército se preparando para deitar. Felizmente, alguém pensara em preparar o grupo para uma partida rápida. Cada homem tinha um colchonete, uma arma e comida suficiente para duas semanas. Assim que Kelsier descobrisse quem fora tão previdente, pretendia dar ao homem uma boa promoção.

Não que houvesse muito para se comandar. Os dois mil homens restantes incluíam um número grande demais de soldados que tinha ultrapassado ou estava muito longe de seu auge — homens sábios o bastante para ver que o plano de Yeden era insano, ou jovens o bastante para ficarem assustados.

Kelsier meneou a cabeça. *Tantos mortos*. Haviam reunido quase sete mil soldados antes daquele fiasco, mas a maior parte estava morta. Aparentemente, Yeden decidira "testar" o exército, atacando a Guarnição Holstep à noite. O que o levara a uma decisão tão tola?

Eu, Kelsier pensou. *Isso é minha culpa*. Ele lhes prometera ajuda sobrenatural. Promovera a si mesmo, tornara Yeden parte da gangue e falara com demasiada naturalidade sobre fazer o impossível. Seria mesmo de se estranhar que Yeden tivesse pensado que poderia atacar o Império Final de frente, considerando a confiança que Kelsier lhe dera? Seria mesmo de se estranhar que os soldados fossem com ele, considerando as promessas que Kelsier fizera?

Agora os homens estavam mortos, e Kelsier era o responsável. A morte não era novidade para ele. Nem o fracasso — não mais. Mas não conseguia impedir que aquilo lhe causasse um aperto no estômago. É verdade que haviam morrido lutando contra o Império Final, o que era a melhor morte que um skaa podia esperar — contudo, o fato era que provavelmente haviam morrido esperando algum tipo de proteção divina de Kelsier... e isso era perturbador.

Você sabia que isso seria difícil, disse para si mesmo. *Compreendia o fardo que estava colocando sobre si mesmo.*

Mas que direito tinha? Até mesmo os membros de sua própria gangue — Ham, Brisa e os outros — presumiam que o Império Final era invencível. Eles concordaram em participar por causa de sua fé em Kelsier, porque ele lhes havia contado seu plano como se fosse um golpe de ladrões. Bem, agora o patrão daquele trabalho estava morto; um batedor enviado ao campo de batalha, para o bem ou para o mal, pôde confirmar a morte de Yeden. Os soldados colocaram sua cabeça em uma lança, ao lado da estrada, juntamente com vários oficiais de Ham.

O trabalho estava acabado. Haviam fracassado. O exército se fora. Não haveria rebelião nem tomada da cidade.

Ouviu passos se aproximando. Kelsier levantou o olhar, perguntando-se se teria forças para ficar de pé. Vin estava deitada, encolhida, ao lado de seu tronco, dormindo no chão duro, usando apenas a capa de bruma como colchão. O uso extensivo do peltre cobrara seu preço à garota, e ela colapsara no momento em que Kelsier deu a noite por encerrada. Gostaria de fazer o mesmo. Mas era muito mais experiente com o uso de peltre do que ela. Seu corpo cederia em algum momento, mas ainda conseguia aguentar um pouco mais.

Uma figura apareceu entre as brumas, mancando na direção de Kelsier. O homem era velho, mais velho que qualquer um dos que Kelsier recrutara. Devia fazer parte da rebelião desde antes — um dos skaas que vivia nas cavernas antes de Kelsier tomá-las.

O homem escolheu uma pedra grande ao lado do toco de Kelsier, sentando-se e soltando um suspiro. Era incrível que alguém tão velho conseguisse se manter em pé. Kelsier havia feito o grupo se mover com passos rápidos, com a intenção de distanciá-lo o máximo possível do complexo de cavernas.

— Os homens vão dormir mal — disse o velho. — Não estão acostumados a ficar nas brumas.

— Eles não têm muita escolha — comentou Kelsier.

O velho balançou a cabeça.

Suponho que não. — Ficou sentado por um momento, com os olhos idosos ilegíveis. — Não me reconhece, não é?

Kelsier buscou em sua memória.

— Sinto muito. Eu o recrutei?

— De certo modo. Eu era um dos skaas da plantação de Lorde Tresting.

Kelsier ficou levemente boquiaberto, enfim vendo uma pequena familiaridade no homem careca e de postura cansada e, mesmo assim, de algum modo forte.

— O velho com quem me sentei naquela noite. Seu nome é...

— Mennis. Depois que matou Tresting nos retiramos para as cavernas, onde os rebeldes nos acolheram. Com o tempo, vários partiram para procurar outras plantações. Alguns de nós ficaram.

Kelsier assentiu.

— Você está por trás disso, não está? — ele disse, gesticulando na direção do acampamento. — Dos preparativos.

Mennis deu de ombros.

— Alguns de nós podem lutar, outros podem fazer outras coisas.

Kelsier se inclinou para a frente.

— O que aconteceu, Mennis? Por que Yeden fez isso?

Mennis apenas balançou a cabeça.

— Embora se espere que os jovens sejam tolos, descobri que um pouco de idade pode tornar um homem ainda mais tolo do que quando era criança. Yeden... bem, ele era o tipo que se impressionava com facilidade. Tanto por você quanto pela reputação que deixou para ele. Alguns dos generais acharam que seria uma boa ideia dar aos homens alguma experiência prática em batalhas e imaginaram que uma incursão noturna à Guarnição Holstep seria um movimento inteligente. Pelo jeito, foi mais difícil do que pensaram.

Kelsier negou com a cabeça.

— Mesmo que tivessem tido sucesso, expor o exército o teria inutilizado para nós.

— Eles acreditavam em você — disse Mennis, em voz baixa. — Pensavam que não fracassariam.

Kelsier suspirou e recostou a cabeça, encarando as brumas inconstantes. Soltou lentamente a respiração, o ar se misturando com as correntes sobre sua cabeça.

— Então, o que vai ser de nós? — perguntou Mennis.

— Vamos dividi-los — disse Kelsier —, levá-los de volta a Luthadel em pequenos grupos e misturá-los entre a população skaa.

Mennis assentiu. Parecia cansado — exausto —, mesmo assim não se rendia. Kelsier podia entender o sentimento.

— Lembra-se de nossa conversa na plantação de Tresting? — perguntou Mennis.

— Um pouco — Kelsier disse. — Tentou me dissuadir de causar problemas.

— Mas isso não o deteve.

— Causar problemas é a única coisa na qual sou bom, Mennis. Você se ressente do que fiz lá, no que o forcei a se tornar?

Mennis assentiu com um ar sombrio.

— Mas, de certo modo, sou grato por esse ressentimento. Acreditava que minha vida tinha acabado... eu acordava a cada dia esperando não ter forças para me levantar. Mas... bem, encontrei propósito novamente nas cavernas. Por isso, sou grato.

— Mesmo depois do que fiz com o exército?

Mennis bufou.

— Não se dê tanta importância, jovem. Aqueles soldados *se* mataram. Você pode ter sido a motivação deles, mas não tomou a decisão por eles. Em todo caso, essa não é a primeira rebelião skaa a ser massacrada. Nem de longe. De certo modo, você conseguiu muita coisa: reuniu um exército de tamanho considerável, o armou e o treinou além do que qualquer um poderia esperar. As coisas aconteceram um pouco mais rapidamente do que imaginava, mas devia ter orgulho de si mesmo.

— Orgulho? — perguntou Kelsier, levantando-se para extravasar um pouco de sua agitação. — Esse exército, supostamente, devia ajudar a derrubar o Império Final, não ser morto em uma batalha inútil em um vale a semanas de distância de Luthadel.

— Derrubar o... — Mennis olhou para cima, franzindo o cenho. — Realmente esperava fazer uma coisa dessas?

— É claro — confirmou Kelsier. — Por que mais reunir um exército como esse?

— Para resistir — Mennis disse. — Para lutar. Foi por isso que esses rapazes vieram para as cavernas. Não importava se ganhavam ou perdiam, a questão era fazer alguma coisa, qualquer coisa, para lutar contra o Senhor Soberano.

Kelsier se virou.

— Você esperava que o exército perdesse desde o início?

— Que outro final teria? — perguntou Mennis. Ficou em pé, balançando a cabeça. — Alguns podem ter sonhado com um fim diferente, rapaz, mas o Senhor Soberano não pode ser derrotado. Uma vez, eu lhe dei um conselho... disse para ser cuidadoso com as batalhas que escolhia lutar. Bem, percebi que essa batalha *valia a pena*. Agora, deixe-me dar outro conselho, Kelsier, Sobrevivente de Hathsin. Saiba quando desistir. Você fez bem, melhor do que qualquer um esperaria. Aqueles skaas mataram uma guarnição inteira de soldados antes de serem pegos e destruídos. Essa é a maior vitória vista pelos skaas em décadas, talvez em séculos. Agora é o momento de se retirar.

Com isso, o velho fez um aceno respeitoso com a cabeça e se dirigiu para o centro do acampamento.

Kelsier ficou parado, estupefato. *A maior vitória vista pelos skaas em décadas...*

Era contra isso que tinha que lutar. Não apenas contra o Senhor Soberano ou contra a nobreza. Lutava contra mil anos de condicionamento, mil anos de uma vida em uma sociedade que rotularia a morte de cinco mil homens como uma "grande vitória". A vida era tão desesperada para os skaas, que eles tinham se reduzido a encontrar conforto em derrotas esperadas.

— Essa não foi uma vitória, Mennis — sussurrou Kelsier. — Eu lhe *mostrarei* uma vitória.

Forçou-se a sorrir — não de alegria ou de satisfação. Sorria a despeito do luto que sentia pelas mortes de seus homens; sorria porque era o que fazia. Era como provava ao Senhor Soberano — e a si mesmo — que não estava derrotado.

Não, não se retiraria. Ainda não tinha acabado. Longe disso.

FIM DA TERCEIRA PARTE

QUARTA PARTE

DANÇARINOS EM UM MAR DE BRUMA

Estou ficando tão cansado.

26

VIN ESTAVA DEITADA EM SUA cama na loja de Trevo, sentindo a cabeça latejar.

Felizmente, a dor estava diminuindo. Ainda podia se lembrar de como acordara, naquela primeira manhã terrível; a dor tão forte que mal conseguia pensar e muito menos se mexer. Não fazia ideia como Kelsier conseguiu seguir em frente, liderando o resto do exército até um local seguro.

Já fazia mais de duas semanas. Quinze dias inteiros, e a cabeça dela *ainda* doía. Kelsier tinha lhe dito que era bom para ela. Que precisava praticar o "impulso de peltre", para treinar seu corpo para funcionar além do que se imaginava possível. Apesar do que ele lhe dissera, Vin duvidava que alguma coisa que doesse tanto pudesse de algum modo ser "bom para ela".

Mas podia vir a ser uma habilidade bem útil. Ela conseguia reconhecer isso, agora que sua cabeça não latejava tanto. Kelsier e ela tinham sido capazes de chegar ao campo de batalha em um único dia. A viagem de volta durara duas semanas.

Vin levantou-se, espreguiçando-se, cansada. Haviam chegado há menos de um dia. Kelsier provavelmente ficara acordado metade da noite explicando os acontecimentos para os outros membros da gangue. Mas Vin ficara feliz em ir direto para a cama. As noites que passara dormindo na terra dura a fizeram perceber que uma cama confortável era um luxo com o qual começara a se acostumar.

Bocejou, esfregou as têmporas novamente, vestiu um robe e foi para o banheiro. Ficou feliz em ver que os aprendizes de Trevo haviam se lembrado de preparar seu banho. Trancou a porta, tirou a roupa e entrou na água morna e levemente perfumada. Realmente tinha pensado, em algum momento, que aqueles odores eram desagradáveis? O cheiro a tornava menos discreta, é verdade, mas parecia um preço muito baixo a se pagar para se livrar da sujeira e do lodo que se acumularam durante a viagem.

Ainda achava o cabelo comprido um incômodo. Ela o lavou e o desembaraçou, perguntando-se como as mulheres da corte conseguiam manter aqueles cabelos que chegavam até a cintura. Quanto tempo passavam sob os cuidados de uma criada, penteando-os e arrumando-os? O cabelo de Vin não chegava aos seus ombros e já a aborrecia deixá-lo tão comprido. Ele voava e acertava seu rosto quando saltava, sem mencionar que era algo que seus inimigos podiam agarrar.

Assim que terminou o banho, voltou para o quarto, vestiu algo prático e desceu as escadas. Os aprendizes trabalhavam na oficina e as criadas, no andar de cima, mas a cozinha estava tranquila. Trevo, Dockson, Ham e Brisa estavam tomando o desjejum. Levantaram as cabeças quando Vin entrou.

— O que foi? — disse, rabugenta, parando na porta. O banho havia aliviado um pouco a dor de cabeça, mas sua nuca ainda latejava de leve.

Os quatro homens trocaram olhares. Ham falou primeiro.

— Estávamos discutindo o status do plano, agora que nosso empregador e nosso exército se foram.

Brisa ergueu uma sobrancelha.

— Status? É um jeito interessante de colocar a questão, Hammond. Eu teria dito "inviabilidade" em vez disso.

Trevo grunhiu assentindo, e os quatro voltaram-se para ela, aparentemente esperando sua reação.

Por que se incomodam tanto com o que acho?, ela pensou, entrando na cozinha e pegando uma cadeira.

— Quer algo para comer? — perguntou Dockson, levantando-se. — As criadas de Trevo prepararam alguns rocamboles da baía para nós...

— Cerveja — disse Vin.

Dockson hesitou.

— Não é nem meio-dia.

— Cerveja. Agora. Por favor. — Vin inclinou-se para a frente, dobrando os braços na mesa e descansando a cabeça sobre eles.

Ham teve coragem de dar uma gargalhada.

— Ressaca de peltre?

Vin assentiu.

— Vai passar — ele assegurou.

— Se eu não morrer antes — ela resmungou.

Ham gargalhou de novo, mas a frivolidade pareceu forçada. Dox entregou-lhe uma caneca e se sentou, olhando para os outros.

— Então, Vin. O que *você* acha?

— Não sei — disse ela, com um suspiro. — O exército estava bem no centro de tudo, certo? Brisa, Ham e Yeden passaram todo o tempo recrutando; Dockson e Renoux trabalharam nos suprimentos. Agora que os soldados se foram... bem, isso só nos deixa com o trabalho de Marsh no Ministério e os ataques de Kell contra a nobreza... E nada disso são coisas para as quais precisam de nós. A gangue se tornou inútil.

A sala ficou em silêncio.

— Ela tem um jeito bem deprimente de expressar a coisa toda — comentou Dockson.

— Ressaca de peltre faz isso com a pessoa — observou Ham.

— Quando *você* voltou, falando nisso? — perguntou Vin.

— Na noite passada, depois que você foi dormir — Ham disse. — A guarnição mandou os soldados temporários de volta mais cedo para que não tivessem que nos pagar.

— Ainda estão lá, então? — Dockson perguntou.

Ham assentiu.

— Caçando o resto do nosso exército. A Guarnição de Luthadel liberou as tropas de Valtroux, que estavam bem maltratadas pela batalha. A maior parte das tropas de Luthadel vai ficar fora por um bom tempo, ainda procurando rebeldes... aparentemente, vários grupos grandes se separaram do nosso exército principal e fugiram antes que a batalha começasse.

A conversa caiu em silêncio mais uma vez. Vin bebeu a cerveja, mais para dar coragem do que por acreditar que isso a faria se sentir melhor. Alguns minutos mais tarde, passos soaram nas escadas.

Kelsier entrou na cozinha.

— Bom dia para todos — disse, com sua animação costumeira. — Rocamboles da baía de novo, pelo que vejo. Trevo, você realmente precisa contratar criadas mais criativas. — Apesar do comentário, agarrou um rocambole cilíndrico e deu uma grande mordida, então sorriu agradavelmente antes de pegar algo para beber.

A gangue permaneceu em silêncio. Os homens trocavam olhares. Kelsier ficou em pé, apoiado no armário enquanto comia.

— Kell, temos que conversar — disse Dockson, finalmente. — O exército se foi.

— Sim — disse Kelsier, entre dentadas. — Eu percebi.

— O trabalho está acabado, Kelsier — disse Brisa. — Foi uma boa tentativa, mas fracassamos.

Kelsier franziu o cenho, abaixando o rocambole.

— Fracassamos? O que o faz dizer isso?

— O exército se foi, Kell — repetiu Ham.

— O exército era apenas uma peça dos nossos planos. Tivemos um contratempo, é verdade... mas dificilmente estamos acabados.

— Ah, pelo amor do Senhor Soberano, homem! — disse Brisa. — Como pode ficar aí parado, tão animado? Nossos homens estão *mortos*. Não se importa com isso?

— Eu me importo, Brisa — disse Kelsier, em um tom sério. — Mas o que está feito está feito. Temos que continuar.

— Exatamente! — disse Brisa. — Deixar para lá esse seu "trabalho" insano. É hora de desistir. Sei que não gosta disso, mas é a pura verdade!

Kelsier colocou seu prato no balcão.

— Não me *abrande*, Brisa. *Jamais* me *abrande*.

Brisa encolheu-se de leve, a boca meio aberta.

— Tudo bem — disse, por fim. — Não usarei Alomancia; só usarei a verdade. Sabe o que acho? Acho que nunca pretendeu pegar aquele atium. Acho que nos usou. Você nos prometeu riquezas para que nos juntássemos a você, mas nunca teve a intenção de nos tornar ricos. Isso tudo é pelo seu ego... para se tornar o líder de gangue mais famoso que jamais existiu. *É por isso* que andou espalhando todos esses rumores, fazendo todo esse recrutamento. Você já conhece a riqueza... agora quer se tornar uma lenda.

Brisa ficou em silêncio, com um olhar duro. Kelsier ficou parado, com os braços cruzados, olhando para a gangue. Vários desviaram o olhar, seus olhos envergonhados provavam que tinham pensado o mesmo que Brisa. Vin era um deles. O silêncio persistiu, todos esperando uma refutação.

Passos soaram na escada novamente, e Fantasma irrompeu cozinha adentro.

— Desejando o cuidado e se levantando para ver! Uma reunião, na praça da fonte!

Kelsier não pareceu surpreso com o anúncio do rapaz.

— Uma reunião na praça da fonte? — disse Ham, lentamente. — Isso significa...

— Vamos — disse Kelsier, endireitando o corpo. — Temos que ver.

— PREFIRO NÃO FAZER ISSO, Kell — disse Ham. — Evito essas coisas por um motivo.

Kelsier o ignorou. Colocou-se na frente do grupo; todos — inclusive Brisa — estavam vestidos com roupas e capas comuns de skaas. Uma leve chuva de cinzas havia começado, e flocos descuidados caíam do céu, como folhas caindo de uma árvore invisível.

Grupos grandes de skaas ocupavam a rua, a maior parte deles trabalhadores de fábricas ou moinhos. Vin só conhecia um motivo pelo qual os trabalhadores eram liberados e enviados para se reunir na praça central da cidade.

Execuções.

Nunca assistira a nenhuma. Supostamente, todos os homens da cidade — skaas ou nobres — deviam assistir às cerimônias de execução, mas gangues de ladrões sabiam como permanecer escondidas. Sinos tocavam ao longe, anunciando o evento, e obrigadores vigiavam nas laterais das ruas. Eles entravam nas fábricas, nos moinhos e nas casas aleatoriamente, procurando por quem desobedecesse ao chamado, castigando-os com a morte. Reunir essa quantidade imensa de gente era um enorme empreendimento — mas, de certa forma, fazer as coisas desse jeito funcionavam para provar quão poderoso o Senhor Soberano era.

As ruas estavam ficando cada vez mais abarrotadas enquanto a gangue de Vin se aproximava da praça da fonte. Os telhados dos edifícios estavam lotados, e as pessoas enchiam as ruas, empurrando para a frente. *Não é possível que caibam todos*. Luthadel não era como a maior parte das outras cidades; sua população era enorme. Mesmo que somente os homens estivessem presentes, não havia como todo mundo conseguir ver as execuções.

Mesmo assim, eles vinham. Uns porque era exigido, outros porque não tinham que trabalhar enquanto assistiam, e outros ainda — Vin suspeitava — porque tinham aquela curiosidade mórbida que todos os homens possuíam.

Conforme a multidão aumentava, Kelsier, Dockson e Ham começaram a abrir caminho para a gangue entre os curiosos. Alguns skaas expressavam ressentimento, embora muitos tivessem olhares opacos e complacentes. Alguns pareciam surpresos — até mesmo entusiasmados — quando viram Kelsier, embora suas cicatrizes não estivessem à vista. Esses abriam caminho ansiosamente.

Depois de um tempo, a gangue chegou até a fila de edifícios que rodeava a praça. Kelsier escolheu um, apontando com um movimento de cabeça, e Dockson avançou. O homem na porta tentou barrar sua entrada, mas Dox apontou para o telhado, sacudindo sua bolsa de moedas sugestivamente. Alguns minutos mais tarde, a gangue tinha o telhado inteiro para si.

— Por favor, Trevo, nos *Esfumace* — Kelsier disse em voz baixa.

O deformado artesão assentiu, tornando o grupo invisível para os sentidos alomânticos do bronze. Vin aproximou-se da beirada do telhado, agachando-se e colocando as mãos no pequeno beiral de pedra enquanto perscrutava a praça abaixo.

— Tantas pessoas...

— Você viveu toda sua vida em cidades, Vin — disse Ham, parado perto dela. — Certamente já viu multidões antes.

— Sim, mas...

Como podia explicar? A massa compactada e instável não se parecia com nada que havia visto. Era enorme, quase sem fim, seu rastro enchia todas as ruas que levavam até a praça central. Os skaas estavam tão comprimidos, que ela se perguntava como tinham espaço para respirar.

Os nobres estavam no centro da praça, separados dos skaas por soldados. Estavam perto do pátio da fonte central, que se erguia a cerca de um metro e meio do resto da praça. Alguém construíra assentos para a nobreza, e ali estavam, como se fossem assistir a um espetáculo ou a uma corrida de cavalos. Muitos tinham criados segurando guarda-sóis contra as cinzas, mas a chuva era fraca o bastante para que alguns a ignorassem.

Parados ao lado dos nobres estavam os obrigadores — os comuns, com túnicas cinza; os Inquisidores, de preto. Vin estremeceu. Havia oito Inquisidores, suas formas esguias destacando-se uma cabeça acima dos obrigadores. Mas não era só a altura que separava as criaturas sombrias de seus companheiros. Havia um ar, uma postura diferente nos Inquisidores de Aço.

Vin se virou, começando a estudar os obrigadores comuns. A maioria usava suas túnicas administrativas com orgulho — quanto mais alta a posição, mais elegante era a túnica. Vin apertou os olhos, queimando estanho, e reconheceu um rosto familiar.

— Ali — disse ela, apontando. — Aquele é meu pai.

Kelsier animou-se.

— Onde?

— Na frente dos obrigadores — Vin falou. — O mais baixo, com a túnica com estola dourada.

Kelsier ficou em silêncio.

— *Aquele* é seu pai? — ele finalmente perguntou.

— Quem? — perguntou Dockson, apertando os olhos. — Não consigo ver os rostos deles.

— Tevidian — Kelsier disse.

— O *Sumo Prelado*? — Dockson perguntou, chocado.

— O quê? — Vin perguntou. — Quem é esse?

Brisa gargalhou.

— O Sumo Prelado é o líder do Ministério, minha querida. É o mais importante dos obrigadores do Senhor Soberano... tecnicamente, tem uma posição mais alta até do que os Inquisidores.

Vin sentou-se, estupefata.

— O Sumo Prelado — murmurou Dockson, balançando a cabeça. — Isso fica cada vez melhor.

— Olhem! — Fantasma disse de repente, apontando.

A multidão de skaas começou a se agitar. Vin presumiu que estavam compactados demais para se moverem, mas aparentemente estava errada. As pessoas começaram a retroceder, abrindo um largo corredor que levava até a plataforma central.

O que os faria...

Então ela sentiu. O entorpecimento opressor, como um enorme cobertor apertado, deixando-a sem ar, roubando sua vontade. Imediatamente queimou cobre. Mesmo assim, como antes, jurava que podia sentir o Senhor Soberano *abrandando-a*, apesar do metal. Sentia-o aproximar-se, tentando fazê-la perder toda a vontade, todo o desejo, toda a força emocional.

— Ele está vindo — sussurrou Fantasma, agachado ao lado dela.

Uma carruagem preta puxada por dois enormes garanhões brancos surgiu de uma rua lateral. Percorreu o corredor entre os skaas, movendo-se com um senso de... inevitabilidade. Vin viu várias pessoas serem empurradas e espremidas durante a sua passagem, e suspeitou que se alguém caísse no caminho da carruagem, o veículo nem ao menos reduziria a velocidade enquanto esmagava a pessoa até a morte.

Os skaas se apertaram um pouco mais enquanto o Senhor Soberano chegava, uma onda visível percorreu a multidão, a postura das pessoas foi ficando caída enquanto sentiam seu poderoso *abrandamento*. O som dos sussurros e conversas ao fundo se apagou, e um silêncio sobrenatural se apoderou da imensa praça.

— Ele é tão poderoso — disse Brisa. — No meu melhor dia, só consigo aplacar uns duzentos homens. Deve ter dezenas de milhares aqui!

Fantasma olhou por cima do pequeno peitoral do telhado.

— Isso me faz querer cair. Só me deixar...

Sua voz hesitou. Então ele sacudiu a cabeça, como se despertasse. Vin franziu o cenho. Algo parecia diferente. Apagou seu cobre e percebeu que não podia mais sentir o *abrandamento* do Senhor Soberano. O sentimento de horrível depressão — a desesperança e o vazio — havia desaparecido estranhamente. Fantasma ergueu a cabeça, e o resto da gangue se endireitou um pouco.

Vin olhou ao redor. Os skaas lá embaixo não pareciam ter mudado. No entanto, seus amigos...

Seus olhos encontraram Kelsier. O líder da gangue estava parado, ereto, encarando resolutamente a carruagem que se aproximava, com uma expressão de concentração no rosto.

Ele está tumultuando *nossas emoções*, percebeu Vin. *Está contra-atacando o poder do Senhor Soberano.* Era obviamente difícil para Kelsier proteger até mesmo seu pequeno grupo.

Brisa está certo, Vin pensou. *Como podemos lutar contra algo assim? O Senhor Soberano está* abrandando *centenas de milhares de pessoas de uma só vez!*

Mas Kelsier continuou se esforçando. Só por acaso, Vin acendeu seu cobre. Então queimou zinco e tentou ajudar Kelsier, *tumultuando* as emoções daqueles ao seu redor. Era como se estivesse *empurrando* uma parede imensa e imóvel. Mesmo assim, deve ter ajudado, pois Kelsier relaxou levemente e lhe lançou um olhar de agradecimento.

— Olhem — disse Dockson, provavelmente inconsciente da batalha invisível que ocorria ao redor dele. — As carroças dos prisioneiros. — Apontou para um grupo de dez grandes carroças com grades que passava pelo corredor atrás do Senhor Soberano.

— Reconhece algum deles? — disse Ham, inclinando-se para a frente.

— Eu não o que vendo — Fantasma disse, parecendo inquieto. — Tio, você realmente o queimar, certo?

— Sim, meu cobre está aceso — disse Trevo, de mau humor. — Está em segurança. De qualquer modo, estamos longe o suficiente do Senhor Soberano para que não faça diferença. A praça é enorme.

Fantasma assentiu e obviamente começou a queimar estanho. Um momento depois, negou com a cabeça.

— Não do reconhecendo ninguém.

— Não esteve em muitos dos recrutamentos, no entanto, Fantasma. — comentou Ham, apertando os olhos.

— Verdade — respondeu Fantasma. Embora seu sotaque permanecesse, estava claramente fazendo um esforço para não falar em seu dialeto.

Kelsier aproximou-se da beirada, fazendo sombra nos olhos com uma mão.

— Posso ver os prisioneiros. Não, não reconheço nenhum dos rostos. Não são soldados cativos.

— Quem, então? — perguntou Ham.

— A maioria mulheres e crianças, parece — respondeu Kelsier.

— As famílias dos soldados? — perguntou Ham, horrorizado.

Kelsier negou com a cabeça.

— Duvido. Não teriam tido tempo de identificar os skaas mortos.

Ham franziu o cenho, parecendo confuso.

— Pessoas aleatórias, Hammond — falou Brisa, com um suspiro silencioso. — Exemplos... execuções ao acaso a fim de punir os skaas por abrigar rebeldes.

— Não, tampouco isso — disse Kelsier. — Duvido que o Senhor Soberano saiba, ou se importe, que a maior parte daqueles homens foi recrutada aqui em Luthadel. Provavelmente presume que foi outra rebelião do campo. Isso... isso é um jeito de fazer todos se lembrarem de quem está no controle.

A carruagem do Senhor Soberano subiu por uma plataforma até o pátio central. O veículo ameaçador parou bem no meio da praça, mas o Senhor Soberano permaneceu lá dentro.

As carroças dos prisioneiros também pararam, e um grupo de obrigadores e soldados começou a descarregá-las. A cinza preta continuava caindo enquanto o primeiro grupo de prisioneiros — a maioria se debatendo debilmente — era arrastado até a plataforma elevada central. Um Inquisidor dirigia os trabalhos, indicando que os prisioneiros fossem reunidos ao lado de cada uma das quatro fontes em forma de bacia da plataforma.

Quatro prisioneiros foram obrigados a ficar de joelhos — um ao lado de cada fonte — e quatro Inquisidores levantaram machados de obsidiana. Os quatro machados caíram e as quatro cabeças rolaram. Os corpos, ainda presos pelos soldados, foram mantidos até esvaziarem seu sangue nas bacias das fontes.

As fontes começaram a cintilar, vermelhas, enquanto jorravam no ar. Os soldados jogaram os corpos de lado e trouxeram mais quatro pessoas.

Fantasma afastou o olhar, enojado.

— Por que... por que Kelsier não faz alguma coisa? Para salvando, quero dizer?

— Não seja tolo — respondeu Vin. — Há *oito* Inquisidores lá embaixo... sem mencionar o Senhor Soberano em pessoa. Kelsier seria um idiota se tentasse alguma coisa.

Apesar de que eu não ficaria surpresa se ele estivesse pensando nisso, pensou ela, lembrando-se de quando Kelsier estava prestes a enfrentar um exército inteiro sozinho. Olhou para ele. Parecia que Kelsier estava se forçando a recuar — as mãos segurando a chaminé ao seu lado com tanta força que os nós dos dedos estavam esbranquiçados —, para não sair correndo e impedir as execuções.

Fantasma cambaleou até outra parte do telhado, onde pôde vomitar sem derramar bílis nas pessoas abaixo. Ham gemeu levemente, e até Trevo parecia entristecido. Dockson observava a cena solenemente, como se testemunhar mortes fosse uma espécie de vigília. Brisa apenas balançava a cabeça.

Kelsier, no entanto... Kelsier estava irado. O rosto vermelho, os músculos tensos, os olhos queimando.

Mais quatro mortes, uma delas, uma criança.

— Esse — disse Kelsier, zangado, acenando com a mão na direção da praça central. — *Esse* é nosso inimigo. Não há espaço para dúvida aqui, não há volta atrás. Isso não é um trabalho simples, que pode ser descartado quando nos deparamos com contratempos inesperados.

Mais quatro mortes.

— Olhem para eles! — exigiu Kelsier, apontando para os palcos cheios de nobres. A maior parte deles parecia entediada; e alguns pareciam estar se divertindo, virando-se e brincando uns com os outros enquanto as decapitações prosseguiam.

— Sei que me questionam — continuou Kelsier, voltando-se para a gangue. — Acham que sou duro demais com a nobreza, acham que gosto demais de matá-los. Mas, honestamente, podem ver aqueles homens rindo e me dizer que não *merecem* morrer nas minhas lâminas? Só faço justiça.

Mais quatro mortes.

Vin vasculhou os palcos com olhos amplificados pelo estanho. Encontrou Elend sentado entre um grupo de jovens. Nenhum deles estava rindo, e não eram os únicos. É verdade, muitos dos nobres faziam graça com a experiência, mas havia uma minoria que parecia horrorizada.

Kelsier prosseguiu.

— Brisa, você me perguntou sobre o atium. Serei honesto. Nunca foi meu objetivo. Reuni essa gangue porque queria mudar as coisas. Vamos nos apoderar do atium... precisamos dele para apoiar o novo governo...

mas este trabalho não é para me tornar, ou nenhum de vocês, rico. Yeden está morto. Ele era nosso pretexto... para que pudéssemos fazer algo bom enquanto fingíamos ser simples ladrões. Agora que ele se foi, vocês podem desistir se quiserem. Desistam. Mas isso não vai mudar nada. A luta vai continuar. Homens ainda vão morrer. Vocês só estarão ignorando isso.

Mais quatro mortes.

— É tempo de acabar com essa farsa — disse Kelsier, encarando um de cada vez. — Se vamos fazer isso agora, temos que ser sinceros e leais conosco. Temos que admitir que não é por dinheiro. É para deter *isso*. — Apontou para o pátio com as fontes vermelhas: um sinal visível de morte para os milhares de skaas que estavam longe demais para ver o que estava acontecendo.

— Pretendo continuar minha luta — afirmou Kelsier em voz baixa. — Percebo que alguns de vocês questionam minha liderança. Acham que estou me promovendo entre os skaas. Sussurram que estou me transformando em outro Senhor Soberano... acham que meu ego é mais importante para mim do que derrubar o império.

Quando ele ficou em silêncio, Vin viu culpa nos olhos de Dockson e dos outros. Fantasma se juntou novamente ao grupo, ainda parecendo um pouco enojado.

Mais quatro mortes.

— Estão errados — falou Kelsier baixinho. — Têm que confiar em mim. Vocês me deram sua confiança quando começamos este plano, apesar do quão perigosas as coisas pareciam. Ainda preciso dessa confiança! Não importa como as coisas pareçam, não importa quão terríveis sejam as perspectivas, temos que continuar lutando.

Mais quatro mortes.

O grupo lentamente se voltou na direção de Kelsier. Resistir à pressão do Senhor Soberano sobre suas emoções já não parecia tão difícil para Kelsier, embora Vin tivesse deixado que seu zinco se apagasse.

Talvez... talvez ele possa fazer isso, pensou Vin. Se, alguma vez, existisse um homem capaz de derrotar o Senhor Soberano, esse homem seria Kelsier.

— Não escolhi vocês pela competência — disse Kelsier. — Embora certamente sejam habilidosos. Escolhi cada um de vocês especificamente porque sei que são homens de consciência. Ham, Brisa, Dox, Trevo... são homens com fama de honestos, até mesmo de caridosos. Sabia que se esse plano tivesse êxito, eu precisaria de homens que realmente *se importam.* Não, Brisa, isso não é por causa de dinheiro ou glória. Isso é por causa de uma guerra... uma guerra que temos lutado por mil anos, uma guerra que pretendo terminar. Podem ir se quiserem. Sabem que eu os deixarei partir sem perguntas ou exigências se desejarem. No entanto — disse, o olhar ficando duro —, se ficarem, têm que prometer que vão parar de questionar minha autoridade. Podem expressar preocupações sobre o trabalho, mas não existirão mais reuniões sussurradas sobre minha liderança. Se ficarem, vão me seguir. Entendido?

Um por um, ele encarou os membros da gangue. Cada um deles assentiu.

— Não acho que questionamos você de verdade, Kell — disse Dockson. — Só estávamos... preocupados, e acho que com razão. O exército era grande parte dos nossos planos.

Kelsier acenou com a cabeça em direção ao norte, para os portões principais da cidade.

O que vê ao longe, Dox?

— Os portões da cidade?

— E o que está diferente neles agora?

Dockson deu de ombros.

— Nada fora do normal. Estão com um pouco de falta de pessoal, mas...

— Por quê? — interrompeu Kelsier. — Por que estão com falta de pessoal?

Dockson pensou por um segundo.

— Porque a guarnição se foi?

— Exatamente — Kelsier concordou. — Ham diz que a guarnição pode ficar fora, perseguindo os remanescentes do nosso exército, por meses, e só cerca de dez por cento dos homens ficaram para trás. Faz sentido... deter rebeldes é o tipo de coisa para a qual a guarnição foi criada. Luthadel ficaria exposta, mas ninguém jamais atacou Luthadel. Ninguém jamais faria isso.

Um entendimento silencioso atravessou os membros da gangue.

— Parte do nosso plano para tomar a cidade se cumpriu — prosseguiu Kelsier. — Tiramos a Guarnição de Luthadel. O custo foi maior do que esperávamos... muito maior do que devia ter sido. Pelos Deuses Esquecidos, eu queria que esses garotos não tivessem morrido. Infelizmente, não podemos mudar isso agora... só podemos aproveitar a oportunidade que isso nos deu. O plano ainda está em pé... a principal força pacificadora da cidade se foi. Se a guerra entre as casas começar, o Senhor Soberano terá dificuldades para detê-la. Presumindo que queira. Por alguma razão, ele tende a se afastar e a deixar que a nobreza lute entre si a cada cem anos mais ou menos. Talvez pense que deixá-los pular uns nas gargantas dos outros os mantenha longe da própria garganta.

— Mas, e se a guarnição voltar? — perguntou Ham.

— Se eu estiver certo — disse Kelsier—, o Senhor Soberano os manterá perseguindo os sobreviventes do nosso exército por vários meses, dando à nobreza a oportunidade de soltar um pouco da pressão. Só que ele vai acabar com um pouco mais do que esperava. Quando a guerra entre as casas começar, vamos usar o caos para tomar o palácio.

— Com que exército, meu caro? — perguntou Brisa.

— Ainda temos alguns soldados — lembrou Kelsier. — Além disso, temos tempo para recrutar mais. Teremos que ser cuidadosos... não podemos usar as cavernas, então teremos que esconder nossas tropas na cidade. Isso provavelmente vai significar números menores. Contudo, isso não será um problema... veja só: a guarnição vai voltar cedo ou tarde.

Os membros do grupo trocaram olhares enquanto as execuções prosseguiam lá embaixo. Vin estava sentada, em silêncio, tentando decidir o que Kelsier queria dizer com aquela declaração.

— Exatamente, Kell — disse Ham lentamente. — A guarnição vai voltar, e não teremos um exército grande o bastante para lutar contra ela.

— Mas *teremos* o tesouro do Senhor Soberano — disse Kelsier, sorrindo. — O que sempre fala sobre essas Guarnições, Ham?

O Brutamontes olhou para ele, então sorriu também.

— Que são mercenários.

— Tomar o dinheiro do Senhor Soberano — disse Kelsier— significa tomar seu exército também. Isso ainda pode dar certo, cavalheiros. Ainda podemos *fazer* dar certo.

A gangue pareceu ficar mais confiante. Vin, no entanto, voltou os olhos na direção da praça. As fontes estavam tão vermelhas que pareciam completamente cheias de sangue. Acima daquilo tudo, o Senhor Soberano observava de dentro de sua carruagem preta. As janelas estavam abertas, e — mesmo com estanho — Vin mal pôde ver uma silhueta sentada no interior do veículo.

Este é o nosso inimigo verdadeiro, ela pensou. *Não a guarnição ausente nem os Inquisidores com seus machados. Aquele homem. O do livro de viagens.*

Temos que encontrar um jeito de derrotá-lo, ou tudo mais que fizermos será inútil.

Creio que finalmente descobri por que Rashek se ressente tanto de mim. Ele não crê que um forasteiro como eu — um estrangeiro — possa ser o Herói das Eras. Crê que, de algum modo, enganei os filósofos, que uso as marcas do Herói injustamente.

Segundo Rashek, só um terrisano de puro sangue poderia ter sido escolhido como Herói. Estranhamente, me sinto mais determinado por causa de seu ódio. Preciso provar a ele que posso realizar essa tarefa.

27

UM GRUPO DESANIMADO RETORNOU À loja de Trevo naquela tarde. As execuções duraram horas. Não houve denúncias, nenhuma explicação do Ministério ou do Senhor Soberano — apenas execução após execução, após execução. Assim que acabaram os cativos, o Senhor Soberano e seus obrigadores partiram, deixando uma pilha de cadáveres sobre a plataforma e a água sangrenta jorrando das fontes.

Enquanto a gangue de Kelsier voltava para a cozinha, Vin percebeu que a dor de cabeça não a incomodava mais. Sua dor agora parecia... insignificante. Os rocamboles da baía ainda estavam sobre a mesa, cuidadosamente cobertos por uma das criadas. Ninguém os comeu.

— Tudo bem — disse Kelsier, tomando seu lugar de costume, apoiado contra o armário. — Vamos planejar isso. Como devemos proceder?

Dockson alcançou uma pilha de papéis no canto da sala, voltou e se sentou.

— Com a guarnição fora, nosso foco principal se torna a nobreza.

— De fato — concordou Brisa. — Se realmente pretendemos tomar o tesouro com uns poucos soldados, então certamente vamos precisar de alguma coisa para distrair a guarda do palácio e impedir que a nobreza tome a cidade de nós. A guerra entre as casas, portanto, é de suma importância.

Kelsier assentiu.

— Exatamente o que eu acho.

— Mas o que acontece quando a guerra entre as casas acabar? — perguntou Vin. — Algumas estarão no topo, e teremos que lidar com elas.

Kelsier negou com a cabeça.

— Não pretendo que a guerra entre as casas acabe jamais, Vin... pelo menos não por um longo tempo. O Senhor Soberano dita as leis e o Ministério fiscaliza seus seguidores, mas a nobreza é quem realmente força os skaas a trabalhar. Então, se derrubarmos casas nobres suficientes, o governo talvez caia por conta própria. Não podemos lutar contra o Império Final em seu conjunto: ele é grande demais. Mas talvez sejamos capazes de esfacelá-lo e de fazer com que os pedaços lutem uns contra os outros.

— Temos que colocar tensão financeira nas Grandes Casas — disse Dockson, remexendo em seus papéis. — A aristocracia é, antes de mais nada, uma instituição financeira, e a falta de fundos derruba *qualquer* casa.

— Brisa, podemos usar alguns de seus disfarces — sugeriu Kelsier. — Até agora, fui o único do grupo trabalhando na guerra entre as casas... mas se vamos tentar tomar a cidade antes que a guarnição retorne, vamos precisar aumentar nossos esforços.

Brisa suspirou.

— Muito bem. Só temos que ser extremamente cuidadosos para ter certeza de que ninguém me reconheça acidentalmente como alguém que eu não devia ser. Não posso ir a festas ou eventos... mas provavelmente posso fazer visitas individuais às casas.

— O mesmo vale para você, Dox — disse Kelsier.

— Imaginei isso — respondeu Dockson.

— Será perigoso para ambos — comentou Kelsier. — A velocidade será essencial. Vin continuará sendo nossa espiã... e quem sabe vai começar a espalhar algumas informações equivocadas. Alguma coisa que inquiete a nobreza.

Ham assentiu.

— Devemos centrar nossas atenções no topo, então.

— De fato — concordou Brisa. — Se conseguirmos fazer as casas mais poderosas parecerem vulneráveis, então seus inimigos as atacarão rapidamente. Só depois que as casas poderosas caírem é que vão perceber que são *elas* quem realmente mantêm a economia.

A sala ficou em silêncio por um segundo, então várias cabeças se voltaram para Vin.

— O quê? — perguntou ela.

— Estão falando sobre a Casa Venture, Vin — explicou Dockson. — É a mais poderosa das Grandes Casas.

Brisa assentiu.

— Se os Venture caírem, todo o Império Final sentirá o tremor.

Vin ficou em silêncio por um momento.

— Nem todos são más pessoas — disse, por fim.

— Talvez — disse Kelsier. — Mas Lorde Straff Venture certamente é, e sua família está no topo do Império Final. A Casa Venture precisa cair... e você já tem passe livre com um de seus membros mais importantes.

Pensei que quisesse que eu ficasse longe de Elend, pensou ela, incomodada.

— Apenas mantenha os olhos abertos, criança — disse Brisa. — Veja se consegue que o rapaz fale das finanças de sua casa. Encontre-nos um ponto de apoio e faremos o resto.

Isso é exatamente como os jogos que Elend tanto odeia. No entanto, as execuções ainda estavam frescas em sua mente. Aquele tipo de coisa tinha que parar. Além disso, o próprio Elend dissera que não gostava muito de seu pai ou de sua casa. Talvez... talvez pudesse pensar em algo.

— Verei o que posso fazer — disse ela.

Uma batida soou na porta da frente, atendida por um dos aprendizes. Alguns momentos mais tarde, Sazed — vestido com uma capa skaa para esconder suas feições — entrou na cozinha.

Kelsier olhou o relógio.

— Está adiantado, Saze.

— Tento fazer disso um hábito, mestre Kelsier — respondeu o terrisano.

Dockson ergueu uma sobrancelha.

— Um hábito que mais alguém podia adotar.

Kelsier bufou.

— Se você sempre chega na hora, quer dizer que não tem nada melhor para fazer. Saze, como estão os homens?

— Tão bem quanto o esperado, mestre Kelsier — respondeu Sazed. — Mas não podemos escondê-los nos armazéns de Renoux para sempre.

— Eu sei — disse Kelsier. — Dox, Ham, preciso que trabalhem nesse problema. Há dois mil homens sobreviventes em nosso exército; quero que os tragam para Luthadel.

Dockson assentiu, pensativo.

— Encontraremos um jeito.

— Quer que continuemos a treiná-los? — perguntou Ham.

Kelsier assentiu.

— Então teremos que escondê-los em esquadrões — disse ele. — Não temos os recursos para treinar os homens individualmente. Diria... uns duzentos homens por equipe? Escondidos em cortiços perto uns dos outros?

— Assegure-se de que nenhuma equipe saiba das demais — disse Dockson — nem que ainda pretendemos tomar o palácio. Com nossos homens na cidade, há uma chance de que alguns deles, eventualmente, sejam capturados pelos obrigadores por um motivo ou outro.

Kelsier assentiu.

— Diga a cada grupo que ele foi o único que não debandou e que está sendo treinado novamente só para o caso de ser necessário em algum momento futuro.

— Você também disse que o recrutamento precisava continuar — disse Ham.

Kelsier assentiu.

— Quero ter pelo menos o dobro de soldados antes de tentar colocar isso em prática.

— Isso vai ser difícil — comentou Ham —, considerando o fracasso do nosso exército.

— Que fracasso? — perguntou Kelsier. — Conte a verdade: que nosso exército teve êxito em neutralizar a guarnição.

— Embora a maior parte dos homens tenha morrido fazendo isso — disse Ham.

— Podemos pular essa parte — afirmou Brisa. — As pessoas estarão zangadas com as execuções... isso pode torná-las mais dispostas a nos ouvir.

— Reunir mais tropas será nossa principal tarefa nos poucos meses que se seguirem, Ham — decidiu Kelsier.

— Não é muito tempo — disse Ham —, mas verei o que posso fazer.

— Ótimo — disse Kelsier. — Sazed, o bilhete chegou?

— Chegou, mestre Kelsier — disse Sazed, tirando uma carta de dentro de sua capa e entregando-a a ele.

— E o que seria isso? — perguntou Brisa, curioso.

— Uma mensagem de Marsh — disse Kelsier, abrindo a carta e passando os olhos por seu conteúdo. — Ele está na cidade e tem notícias.

— Que notícias? — perguntou Ham.

— Não diz — respondeu Kelsier, agarrando um rocambole da baía. — Mas deu instruções de onde encontrá-lo esta noite. — Atravessou a cozinha, pegando uma capa skaa. — Vou explorar o lugar antes que fique escuro. Você vem, Vin?

Ela assentiu, ficando em pé.

— O restante de vocês, continue trabalhando no plano — pediu Kelsier. — Dentro de dois meses, quero que esta cidade esteja tão tensa que, quando finalmente se romper, o Senhor Soberano não seja capaz de juntar os pedaços.

— HÁ ALGO QUE NÃO está nos contando, não é? — disse Vin, afastando o olhar da janela e voltando-se para Kelsier. — Uma parte do plano.

Kelsier lançou um olhar para ela na escuridão. O ponto de encontro escolhido por Marsh era um edifício abandonado dentro das Torções, um dos bairros mais empobrecidos dos skaas. Kelsier havia localizado um segundo edifício abandonado em frente àquele em que iam se encontrar, e Vin e ele esperavam no último andar, vigiando a rua e procurando por sinais de Marsh.

— Por que acha isso? — perguntou Kelsier, por fim.

— Por causa do Senhor Soberano — disse Vin, cutucando um pedaço de madeira podre do batente da janela. — Senti o poder dele hoje. Não acho que os outros conseguiram sentir, não como um Nascido da Bruma consegue. Mas sei que você também deve ter sentido. — Levantou a cabeça, olhando Kelsier nos olhos. — Ainda está planejando tirá-lo da cidade antes que tentemos tomar o palácio, certo?

— Não se preocupe com o Senhor Soberano — disse Kelsier. — O Décimo Primeiro Metal cuidará dele.

Vin franziu o cenho. Lá fora, o sol se punha com um brilho feroz de frustração. As brumas logo chegariam, e supostamente Marsh chegaria pouco tempo depois.

O Décimo Primeiro Metal, pensou ela, lembrando-se do ceticismo com o qual os outros membros da gangue olhavam para ele.

— É real? — Vin perguntou.

— O Décimo Primeiro Metal

? É claro que é... eu o mostrei para vocês, lembra?

— Não é o que quero dizer — respondeu ela. — As lendas são reais? Está mentindo?

Kelsier se virou na direção dela, franzindo o cenho de leve. Então sorriu.

— É uma garota muito direta, Vin.

— Eu sei.

O sorriso de Kelsier aumentou.

— A resposta é não. Não estou mentindo. As lendas são reais, embora eu tenha levado um tempo para encontrá-las.

— E aquele pedaço de metal que nos mostrou é realmente o Décimo Primeiro Metal?

— Acho que sim — afirmou Kelsier.

— Mas não sabe como usá-lo.

Kelsier pareceu considerar a pergunta dela por um momento, então negou com a cabeça.

— Não. Não sei.

— Isso não é muito reconfortante.

Kelsier deu de ombros, virando-se para olhar pela janela.

— Mesmo que eu não descubra o segredo a tempo, duvido que o Senhor Soberano será um problema tão grande quanto pensa. Ele é um alomântico poderoso, mas não sabe tudo... se soubesse, estaríamos mortos agora mesmo. Ele não é onipotente tampouco... se fosse, não precisaria executar todos aqueles skaas para tentar assustar a cidade e deixá-la submissa. Não sei o que ele é... mas acho que é mais humano do que deus. As palavras naquele livro de viagem... são as palavras de uma pessoa normal. Seu poder verdadeiro vem dos exércitos e da fortuna. Se tirarmos isso dele, não será capaz de fazer nada para impedir que o império entre em colapso.

Vin franziu o cenho.

— Ele pode não ser um deus, mas... é alguma coisa, Kelsier. Algo diferente. Hoje, quando ele estava na praça, eu pude sentir o toque dele em minhas emoções mesmo enquanto queimava cobre.

— Isso não é possível, Vin — disse Kelsier, negando com a cabeça. — Se fosse, os Inquisidores poderiam sentir a Alomancia quando um Esfumaçador estivesse por perto. Se fosse assim, não acha que teriam caçado e matado todos os skaas Brumosos?

Vin encolheu os ombros.

— Você sabe que o Senhor Soberano é forte — disse Kelsier —, e sente como se *devesse* ser capaz de senti-lo. Isso é tudo.

Talvez ele esteja certo, pensou Vin, tirando outro pedaço do batente da janela. *Ele é um alomântico há mais tempo do que eu, afinal. Mas... eu senti alguma coisa, não senti? E o Inquisidor que quase me matou — ele me encontrou na escuridão e na chuva de alguma forma. Ele deve ter sentido alguma coisa.*

Deixou o assunto de lado, no entanto.

— O Décimo Primeiro Metal. Não podíamos só experimentá-lo e ver o que faz?

— Não é tão simples — explicou Kelsier. — Lembra que lhe disse para nunca queimar um metal que não fosse um dos dez?

Vin assentiu.

— Queimar outro metal pode ser mortal — Kelsier falou. — Até mesmo usar a proporção errada em uma liga de metal pode fazer mal. Se eu estiver errado sobre o Décimo Primeiro Metal...

— Ele o matará — disse Vin em voz baixa.

Kelsier assentiu.

Então você não tem tanta certeza quanto dá a entender, ela concluiu. *De outra forma, já o teria experimentado.*

— É isso o que quer encontrar no livro de viagem — Vin disse. — Uma pista sobre como usar o Décimo Primeiro Metal.

Kelsier assentiu.

— Temo que não tenhamos sorte a esse respeito. Até agora, o livro de viagem não mencionou Alomancia nenhuma.

— Embora fale com frequência sobre Feruquemia — comentou Vin.

Kelsier olhou para ela enquanto se apoiava na janela, com o ombro contra a parede.

— Então Sazed lhe falou sobre isso?

Vin abaixou a cabeça.

— Eu... meio que o forcei.

Kelsier gargalhou.

— Eu me pergunto que monstro criei ao ensiná-la sobre Alomancia. Por acaso meu treinador disse a mesma coisa sobre mim.

— Ele estava certo em se preocupar.

— É claro que estava.

Vin sorriu. Lá fora, a luz do sol quase se fora, e montes diáfanos de bruma começavam a se formar no ar. Erguiam-se como fantasmas, ficando lentamente mais espessas, estendendo sua preponderância conforme a noite se aproximava.

— Sazed não teve tempo de me contar muita coisa sobre a Feruquemia — disse Vin, cuidadosamente. — Que tipo de coisas ela pode fazer? — Esperou, nervosa, presumindo que Kelsier a pegaria mentindo.

— A Feruquemia é completamente interna — explicou Kelsier. — Pode proporcionar algumas das coisas que conseguimos com peltre e estanho: força, resistência, visão... mas cada atributo tem que ser armazenado separadamente. Também pode amplificar um monte de outras coisas; coisas que a Alomancia não pode fazer. Memória, velocidade física, clareza de pensamento... até algumas coisas estranhas, como peso físico ou idade, podem ser alteradas pela Feruquemia.

— Então é mais poderosa do que a Alomancia?

Kelsier deu de ombros.

— A Feruquemia não tem nenhum poder externo; não pode *empurrar* e *puxar* emoções nem pode *empurrar* aço ou *puxar* ferro. E sua maior limitação é que você tem que armazenar todas as habilidades extraindo-as de seu próprio corpo. Quer ser duas vezes mais forte por um tempo? Bem, você tem que passar várias horas enfraquecido para armazenar a força. Quer armazenar a capacidade de se curar rapidamente? Então precisa passar muito tempo doente. Na Alomancia, os metais em si são nosso combustível; em geral conseguimos fazer as coisas enquanto tivermos metal suficiente para queimar. Na Feruquemia, os metais são apenas dispositivos de depósito; seu próprio corpo é o combustível real.

— Então, é só roubar os depósitos de metais de outro, certo? — perguntou Vin.

Kelsier negou com a cabeça.

— Não funciona... os Feruquemistas só conseguem acessar depósitos de metais que eles mesmos criaram.

— Ah.

Kelsier assentiu.

— Então, não. Eu não diria que a Feruquemia é mais poderosa que a Alomancia. Ambas têm vantagens e limitações. Por exemplo, um alomântico só pode avivar um metal até determinado ponto, então sua força máxima é limitada. Os Feruquemistas não têm esse tipo de limitação; se um Feruquemista tem força suficiente armazenada para ser duas vezes mais forte durante uma hora, ele pode, em vez disso, escolher ser *três* vezes mais forte por um período mais curto... ou quatro, cinco, seis vezes mais forte por períodos ainda menores.

Vin franziu o cenho.

— Isso parece uma vantagem muito grande.

— Verdade — disse Kelsier, remexendo em sua capa e pegando um frasco com várias contas de atium. — Mas nós temos *isso*. Não importa que um Feruquemista seja tão forte quanto cinco homens ou tão forte quanto cinquenta homens... se eu souber o que ele vai fazer em seguida, vou derrotá-lo.

Vin assentiu.

— Aqui — Kelsier disse, abrindo o frasco e pegando uma das contas. Pegou outro frasco, este cheio de solução normal de álcool, e jogou a conta nele. — Tome uma. Pode precisar.

— Esta noite? — perguntou Vin, aceitando o frasco.

Kelsier assentiu.

— Mas é apenas Marsh.

— Pode ser — ele disse. — Mas talvez os obrigadores o tenham capturado e o forçado a escrever aquela carta. Talvez eles o tenham seguido e capturado depois que ele a escreveu e o torturaram para descobrir sobre nosso encontro. Marsh está em um lugar muito perigoso... pense que ele está fazendo o mesmo que você naqueles bailes, só que em vez de nobres ele está rodeado de obrigadores e Inquisidores.

Vin estremeceu.

— Acho que você tem razão — disse, guardando a conta de atium. — Sabe, algo deve estar errado comigo... já nem paro para pensar no quanto isso vale.

Kelsier não respondeu imediatamente.

— Tenho problemas para esquecer o quanto vale — disse em voz baixa.

— Eu... — Vin se calou, olhando para as mãos dele. Normalmente Kelsier usava camisas de manga longa e, agora, luvas; sua reputação estava tornando perigoso que suas cicatrizes características ficassem visíveis ao público. Mesmo assim, Vin sabia que estavam ali. Como milhares de pequenos arranhões brancos, uns sobre os outros.

— De qualquer modo — prosseguiu Kelsier —, está certa sobre o livro de viagens. Eu esperava que mencionasse o Décimo Primeiro Metal. Mas a Alomancia sequer é mencionada em comparação à Feruquemia. Os dois poderes são similares em muitos aspectos; o esperado é que ele os comparasse.

— Talvez temesse que alguém lesse o livro e não quis revelar que era um alomântico.

Kelsier assentiu.

— Talvez. Também é possível que ainda não tivesse tido o Estalo. O que quer que tenha acontecido nas Montanhas de Terris, converteu-o de herói a tirano; talvez também tenha despertado seus poderes. Não saberemos, creio, até que Sazed termine a tradução.

— Ele está no fim?

Kelsier assentiu.

— Falta só um pouco... a parte importante, esperamos. Eu estou um pouco frustrado com o texto até agora. O Senhor Soberano sequer diz o que deve realizar naquelas montanhas! Afirma que está fazendo algo para proteger o mundo inteiro, mas isso pode ser apenas seu ego falando.

Para mim, ele não parece muito egóico no texto, pensou Vin. *Parece meio que o oposto, na verdade.*

— De qualquer forma — prosseguiu Kelsier —, saberemos mais assim que as últimas partes estejam traduzidas.

Estava ficando escuro lá fora, e Vin teve que acender seu estanho para conseguir enxergar melhor. A rua além de sua janela ficou visível, adotando a estranha mistura de sombra e luz, resultado da visão ampliada pelo estanho. Sabia que estava escuro, logicamente. Ainda assim, podia ver. Não como fazia na luz normal — tudo estava apagado — mas era uma visão de todas as formas.

Kelsier checou seu relógio de bolso.

— Quanto falta? — perguntou Vin.

— Meia hora — disse Kelsier. — Presumindo que ele seja pontual... do que eu duvido. Ele *é* meu irmão, no fim das contas.

Vin assentiu, mudando de posição para apoiar os braços cruzados no parapeito quebrado da janela. Embora fosse uma pequena porção, sentia-se confortável tendo o atium que Kelsier lhe dera.

Pensar no atium a fez se lembrar de algo importante. Algo que a incomodara em várias ocasiões.

— Você nunca me ensinou o nono metal! — ela o acusou, virando-se.

Kelsier deu de ombros.

— Eu disse para você que não era muito importante.

— Mesmo assim. Qual é? Alguma liga de atium, presumo?

Kelsier negou com a cabeça.

— Não, os dois últimos metais não seguem o mesmo padrão dos oito básicos. O nono metal é o ouro.

— Ouro? — perguntou Vin. — É isso? Eu podia ter experimentado há muito tempo por conta própria.

Kelsier começou a rir.

— Se quisesse fazer isso. Queimar ouro é uma experiência um pouco... desconfortável.

Vin estreitou os olhos, então voltou a olhar pela janela. *Veremos*, pensou.

— Vai experimentar de qualquer maneira, não vai? — disse Kelsier, sorrindo.

Vin não respondeu.

Kelsier suspirou, remexendo em sua bolsa e pegando uma moeda de ouro e uma lima.

— Você provavelmente devia ter uma dessas — ele disse, mostrando-lhe a lima. — Contudo, quando recolher metal por conta própria, queime só um pouquinho primeiro, para ter certeza de que é puro ou é a liga correta.

— E se não for? — perguntou Vin.

— Você saberá — prometeu Kelsier, começando a limar a moeda. — Lembra aquela dor de cabeça que teve depois do uso prolongado de peltre?

— Sim.

— Metal ruim é pior — disse Kelsier. — Muito pior. Compre seus metais sempre que puder... em toda cidade você vai encontrar um pequeno grupo de comerciantes que proporcionam metais em pó para alomânticos. Esses comerciantes têm interesse documentado em assegurar que seus metais sejam puros... um Nascido da Bruma maldisposto, com dor de cabeça, não é exatamente o tipo de cliente insatisfeito com quem alguém gostaria de lidar. — Kelsier terminou de limar e recolheu algumas pequenas lascas de ouro em um pedacinho de tecido. Pegou uma entre os dedos e a engoliu.

— Esse é bom — disse ele, entregando o tecido para ela. — Vá em frente... só se lembre: queimar o nono metal é uma experiência estranha.

Vin assentiu, repentinamente se sentindo um pouco apreensiva. *Nunca saberá se não experimentar*, pensou e enfiou as lascas minúsculas na boca. Engoliu-as com um pouco da água de seu cantil.

Uma nova reserva de metal apareceu dentro dela — desconhecida e diferente das nove que conhecia. Olhou para Kelsier, respirou fundo e queimou o ouro.

Estava em dois lugares ao mesmo tempo. Podia se ver... e podia se ver.

Uma delas era uma mulher estranha, mudada e transformada da garota que sempre fora. Essa garota tinha sido cautelosa e cuidadosa — uma garota que nunca queimaria um metal desconhecido se baseando apenas na palavra de um homem. Aquela mulher era tola; tinha esquecido muitas das coisas que a fizeram sobreviver até agora. Bebia soluções preparadas por outros. Confraternizava com estranhos. Não vigiava aqueles que a rodeavam. Ainda era muito mais cuidadosa do que a maior parte das pessoas, mas perdera muito.

A outra era alguém que sempre detestara em segredo. Uma criança, na realidade. Magra a ponto de ser esquelética, solitária, cheia de ódio e desconfiada. Não amava ninguém, e ninguém a amava. Sempre dissera para si mesma, em silêncio, que não se importava. Havia algo pelo que valesse a pena viver? Tinha que haver. A vida não podia ser tão patética quanto parecia. No entanto, era. Não havia nada mais.

Vin era as duas. Estava parada em dois lugares, movendo os dois corpos, sendo tanto a garota quanto a mulher. Estendeu a mão hesitante, insegura — de ambas — e tocou o rosto delas.

Vin ofegou, e o efeito acabou. Sentiu uma corrente súbita de emoções, um sentimento de vazio e confusão. Não havia cadeiras no aposento, então ela simplesmente se acocorou no chão, sentando-se de costas para a parede, abraçando os joelhos.

Kelsier se aproximou, abaixando-se para colocar uma mão no ombro dela.

— Está tudo bem.

— O que foi aquilo? — ela sussurrou.

— Ouro e atium são complementos, assim como os outros pares de metal — Kelsier disse. — O atium a deixa ver, ainda que marginalmente, o futuro. O ouro trabalha de maneira similar, mas lhe permite ver o passado. Ou, ao menos, dá um vislumbre de outra versão de você mesma, se as coisas foram diferentes no passado.

Vin estremeceu. A experiência de ser duas pessoas ao mesmo tempo, de ver a si mesma duas vezes, havia sido perturbadora. Seu corpo ainda tremia, e sua mente não parecia... bem.

Felizmente, a sensação parecia estar desaparecendo.

— Lembre-me de escutá-lo no futuro — ela disse. — Pelo menos quando for sobre Alomancia.

Kelsier gargalhou.

— Tentei tirar isso da sua cabeça o quanto pude. Mas tinha que experimentar em algum momento. Você vai superar.

Vin assentiu.

— Já... quase passou. Mas não era apenas uma visão, Kelsier. Era *real*. Eu a toquei, a outra eu.

— Pode parecer que sim — Kelsier explicou. — Mas ela não estava aqui... eu não consegui vê-la, ao menos. É uma alucinação.

— As visões do atium são mais do que alucinações — Vin disse. — As sombras realmente mostram o que as pessoas vão fazer.

— É verdade — Kelsier concordou. — Não sei. O ouro é estranho, Vin. Não acho que alguém o entenda. Meu treinador, Gemmel, dizia que a sombra do ouro era uma pessoa que não existe... mas que poderia existir. Uma pessoa na qual você poderia ter se tornado se não tivesse tomado certas decisões. É claro, Gemmel era um pouco disparatado, então não tenho certeza se acredito em tudo o que ele disse.

Vin assentiu. Contudo, era improvável que quisesse descobrir mais sobre o ouro em algum momento próximo. Não pretendia nem mesmo queimá-lo novamente se pudesse evitar. Continuou sentada, deixando suas emoções se recuperarem por um momento, e Kelsier voltou-se para a janela. Depois de um tempo, ele fez um gesto.

— Ele está aqui? — perguntou ela, ficando em pé.

Kelsier assentiu.

— Quer ficar aqui e descansar mais um pouco?

Vin negou com a cabeça.

— Tudo bem, então — disse ele, colocando seu relógio de bolso, a lima e outros metais no parapeito da janela. — Vamos.

Não saíram pela janela — Kelsier queria permanecer discreto, embora essa parte das Torções fosse tão deserta que Vin não tivesse certeza de por quê se incomodar. Deixaram o edifício por um conjunto de escadas pouco confiáveis e cruzaram a rua em silêncio.

O edifício que Marsh escolhera estava ainda mais em ruínas do que aquele que Vin e Kelsier haviam usado como esconderijo. A porta da frente já não existia, embora Vin pudesse ver seus restos no chão. O interior cheirava a pó e fuligem, e ela teve que conter um espirro.

Uma figura parada do outro lado da sala deu meia-volta com o barulho.

— Kell?

— Sou eu — disse Kelsier. — E Vin.

Conforme Vin se aproximou, pôde ver Marsh se esgueirando na escuridão. Era estranho vê-lo, sentindo como se tivesse plena visão, mesmo sabendo que, para ele, Kelsier e ela não eram nada mais do que sombras. A parede ao fundo do edifício despencara, e a bruma entrava livremente no aposento, quase tão densa quanto do lado de fora.

— Você tem tatuagens do Ministério! — Vin disse, encarando Marsh.

— É claro — Marsh respondeu, com voz tão severa quanto sempre. — Tive que fazer antes de me juntar à caravana. Tinha que tê-las para interpretar o papel de acólito.

Não eram grandes, já que ele estava interpretando um obrigador de baixa posição. Linhas escuras rodeando os olhos, correndo pelo rosto como se fossem pedaços de relâmpagos. Havia uma única linha, muito mais grossa, em vermelho vivo, correndo pela lateral de seu rosto. O padrão era inconfundível para Vin: essas eram linhas de um obrigador que pertencia ao Cantão da Inquisição. Marsh não só se infiltrara no Ministério, como escolhera o lugar mais perigoso para fazê-lo.

— Mas você ficará com isso para sempre — comentou Vin. — São tão características... onde quer que você vá, será conhecido como um obrigador ou uma fraude.

— É parte do preço que ele pagou para se infiltrar no Ministério, Vin — disse Kelsier, em voz baixa.

— Não importa — Marsh falou. — Eu não tinha muita vida antes disso, de qualquer maneira. Então, podemos nos apressar? Sou esperado em outro lugar em breve. Obrigadores têm uma vida ocupada, e só tenho alguns minutos.

— Tudo bem — disse Kelsier. — Presumo que sua infiltração correu bem, então?

— Correu bem — disse Marsh, laconicamente. — Bem demais, na verdade... acho que me distingui no grupo. Presumi que estaria em desvantagem, já que não tive os mesmos cinco anos de treinamento dos outros acólitos. Assegurei-me de responder às questões o mais corretamente possível e de fazer meus deveres com precisão. Contudo, aparentemente, eu sabia mais sobre o Ministério do que alguns de seus membros. Com certeza sou mais competente do que esse bando de recém-chegados, e os prelados notaram isso.

Kelsier gargalhou.

— Você sempre foi um crânio de ferro.

Marsh bufou suavemente.

— De qualquer modo, meus conhecimentos, sem mencionar minhas habilidades como Buscador, já me valeram uma reputação destacada. Não tenho certeza do quanto quero que os prelados prestem atenção em mim; o passado que forjamos soa um pouco inconsistente quando um Inquisidor está interrogando você.

Vin franziu o cenho.

— Disse a eles que é um Brumoso?

— É claro que disse — explicou Marsh. — O Ministério, e particularmente o Cantão da Inquisição, recruta nobres Buscadores com diligência. O fato de eu ser um deles é suficiente para impedir que façam muitas perguntas sobre meu passado. Estão felizes o bastante por me terem, apesar de eu ser um pouco mais velho que a maioria dos acólitos.

— Além disso — disse Kelsier —, ele precisava contar a eles que era um Brumoso para que pudesse entrar nas seitas mais secretas do Ministério. A maior parte dos obrigadores de alta patente é composta por Brumosos de um tipo ou de outro. Tendem a ser favoráveis com a própria espécie.

— Com bons motivos — disse Marsh, falando rapidamente. — Kell, o Ministério é muito mais competente do que imaginávamos.

— O que quer dizer?

— Eles usam seus Brumosos — respondeu Marsh. — E fazem um *bom* uso deles. Têm bases por toda a cidade: estações de *abrandamento*, como as chamam. Cada uma delas contém um par de Abrandadores do Ministério cujo único dever é estender uma influência mitigadora ao redor deles, acalmando e deprimindo as emoções de todo mundo na área.

Kelsier assobiou baixinho.

— Quantas?

— Dúzias — contou Marsh. — Concentradas nas áreas skaas da cidade. Sabem que os skaas estão com o moral abalado, mas querem se assegurar de que as coisas continuem como estão.

— Maldição! — disse Kelsier. — Sempre pensei que os skaas dentro de Luthadel pareciam ainda mais abatidos que os outros. Não me admira que tivemos tanto trabalho para recrutar. As emoções das pessoas estão sob *abrandamento* constante!

Marsh assentiu.

— Os Abrandadores do Ministério são bons, Kell... *muito* bons. Melhores até do que Brisa. Tudo o que fazem é *abrandar* o dia todo, todo dia. E, já que não estão tentando conseguir nada em específico, e sim mantendo as emoções extremas sob controle, são muito difíceis de serem notados. Cada equipe tem um Esfumaçador para mantê-los escondidos, assim como um Buscador para encontrar alomânticos de passagem. Aposto que é onde os Inquisidores conseguem um monte de pistas: a maior parte do nosso povo é esperta o bastante para não queimar quando sabe que há um obrigador na área, mas fica mais relaxada nos bairros pobres.

— Você consegue uma lista das estações? — perguntou Kelsier. — Precisamos saber onde esses Buscadores estão, Marsh.

Marsh assentiu.

— Vou tentar. Estou a caminho de uma estação agora mesmo... eles sempre fazem troca de pessoal à noite, para manter o segredo deles. Os postos superiores se interessaram em mim e vão me deixar visitar algumas das estações para que eu me familiarize com o trabalho. Verei se consigo a lista para você.

Kelsier assentiu na escuridão.

— Só... não faça nada estúpido com a informação, está bem? — pediu Marsh. — Temos que ser cuidadosos, Kell. O Ministério tem mantido essas estações em segredo há algum tempo. Agora que sabemos sobre elas, temos uma importante vantagem. Não desperdice isso.

— Não desperdiçarei — prometeu Kelsier. — E quanto aos Inquisidores? Descobriu algo sobre eles?

Marsh ficou em silêncio por um momento.

— Eles são... estranhos, Kell. Não sei. Parecem ter todos os poderes alomânticos, então presumo que foram Nascidos da Bruma. Não consegui descobrir muito sobre eles... embora saiba que envelhecem.

— De verdade? — disse Kelsier, com interesse. — Então, não são imortais?

— Não — falou Marsh. — Os obrigadores dizem que os Inquisidores são trocados ocasionalmente. As criaturas têm vidas muito longas, mas em algum momento morrem de velhice. Os novos devem ser recrutados entre os nobres. São pessoas, Kell... só estão... mudadas.

Kelsier assentiu.

— Se podem morrer de velhice, então provavelmente há outras maneiras de matá-los também.

— Foi o que pensei — comentou Marsh. — Verei o que consigo descobrir, mas não espere muito. Os Inquisidores não têm muita relação com os obrigadores comuns... há tensão política entre os dois grupos. O Sumo Prelado dirige a igreja, mas os Inquisidores acham que eles deveriam estar no comando.

— Interessante — disse Kelsier, baixinho. Vin praticamente podia ouvir sua mente trabalhando nessa nova informação.

— De qualquer modo, preciso ir — falou Marsh. — Tive que vir correndo, e chegarei atrasado ao meu compromisso.

Kelsier assentiu, e Marsh começou a partir, abrindo caminho entre os escombros, vestido com sua túnica de obrigador.

— Marsh — Kelsier o chamou quando ele alcançou a saída.

Marsh se virou.

— Obrigado — disse Kelsier. — Só posso imaginar o quanto isso é perigoso.

— Não estou fazendo isso por você, Kell — respondeu Marsh. — Mas... aprecio o agradecimento. Tentarei enviar outro bilhete assim que tiver mais informações.

— Tenha cuidado — pediu Kelsier.

Marsh desapareceu na noite brumosa. Kelsier ficou parado no salão arruinado por alguns minutos, vendo o irmão partir.

Ele não estava mentindo sobre isso tampouco, pensou Vin. *Realmente se importa com Marsh.*

— Vamos — disse Kelsier. — Devemos levá-la de volta à Mansão Renoux. A Casa Lekal vai oferecer outra festa em alguns dias, e você precisará estar lá.

Às vezes meus companheiros dizem que me preocupo e questiono demais. Mas ainda que duvide do meu mérito como herói, há uma coisa que jamais questionei: o bem maior da nossa missão.

As Profundezas precisam ser destruídas. Eu as vi e as senti. O nome que lhe demos é uma palavra fraca demais, creio. Sim, são profundas e insondáveis, mas também são terríveis. Muitos não percebem que têm consciência, mas eu senti sua mente, tal como é, nas poucas vezes que as confrontei diretamente.

É um ser de destruição, loucura e corrupção. Destruiria este mundo, não por rancor ou animosidade, mas simplesmente porque é isso o que faz.

28

O SALÃO DE BAILE DA Fortaleza Lekal tinha forma do interior de uma pirâmide. A pista de dança estava montada sobre uma plataforma com cerca de um metro de altura, bem no meio da sala, e as mesas estavam postas sobre quatro plataformas iguais ao redor dela. Os criados corriam pelos corredores entre as plataformas, servindo o jantar dos aristocratas.

Quatro níveis de balcões corriam ao longo do perímetro interno da sala piramidal, cada um mais perto do ponto mais alto, cada um mais próximo da pista de dança. Embora o salão principal fosse bem iluminado, os balcões eram cobertos pela sombra dos que estavam acima. O desenho pretendia permitir que se visse a característica artística mais distintiva da fortaleza — os pequenos vitrais em cada balcão.

Os nobres Lekal alardeavam que, embora as outras fortalezas tivessem vitrais maiores, os da Fortaleza Lekal eram mais detalhados. Vin tinha que admitir que eram impressionantes. Vira tantas janelas com vitrais nos últimos meses que estava começando a não prestar mais atenção nelas.

As janelas da Fortaleza Lekal, no entanto, faziam a maior parte das demais parecer pobre. Cada vitral era uma extravagante e detalhada maravilha de cor resplandecente. Animais exóticos saltavam, paisagens distantes seduziam, e nobres famosos olhavam, orgulhosos, de seus retratos.

Também havia, é claro, os desenhos habituais dedicados à Ascensão. Vin podia reconhecê-los com mais facilidade agora, e estava surpresa em ver referências a coisas que lera no diário de viagem. As colinas verde-esmeralda. As montanhas pontiagudas, com linhas fracas no formato de ondas saindo do topo. Um lago profundo e escuro. E... a escuridão. As Profundezas. O ser caótico da destruição.

Ele as derrotou, Vin pensou. *Mas... o que eram?* Talvez o final do diário revelasse mais.

Vin balançou a cabeça, deixando o nicho da parede — e sua janela escura — para trás. Percorreu o segundo balcão, usando um vestido branco — uma roupa que jamais teria podido imaginar usar durante sua vida como skaa. As cinzas e a fuligem faziam tão parte de sua vida que achava que sequer tivesse tido contato com o conceito de branco prístino. O conhecimento fazia o vestido parecer mais maravilhoso para ela. Esperava jamais perder isso — a sensação interior de como a vida fora antes. Isso a fazia apreciar o que tinha, muito mais do que a nobreza verdadeira parecia fazer.

Continuou caminhando pelo balcão, procurando sua presa. Cores cintilantes brilhavam pela janela retroiluminada, derramando luzes pelo chão. A maior parte das janelas resplandecia dentro de pequenos nichos ao longo do balcão, e, por isso, o balcão que tinha diante de si estava intercalado com bolsões de escuridão e cor. Vin não se deteve para estudar nenhuma outra janela; já as tinha estudado o suficiente nos seus primeiros bailes na Fortaleza Lekal. Nesta noite, tinha negócios a tratar.

Encontrou sua vítima parada no meio do corredor que levava ao balcão leste. Lady Kliss falava com um grupo de pessoas, então Vin se deteve, fingindo admirar uma janela. O grupo de Kliss logo se dispersou — geralmente só era possível aguentar Kliss em pequenas doses. A mulher de baixa estatura começou a caminhar na direção de Vin.

Quando ela se aproximou, Vin se virou, como se estivesse surpresa.

— Olá, Lady Kliss! Não a vi a noite toda.

Kliss se virou no mesmo instante, obviamente entusiasmada com a perspectiva de ter outra pessoa com quem fofocar.

— Lady Valette! — disse, avançando. — Perdeu o baile de Lorde Cabe, semana passada! Não por causa de uma recaída de sua doença anterior, espero?

— Não — explicou Vin. — Passei a noite jantando com meu tio.

— Ah — disse Kliss, desapontada. Uma recaída teria sido uma história melhor. — Bem, isso é bom.

— Ouvi dizer que tem algumas novidades interessantes sobre Lady Tren-Pedri Delouse — Vin comentou, cuidadosamente. — Eu mesma ouvi algumas coisas interessantes nos últimos tempos. — Ela deu um olhar para Kliss, dando a entender que estava disposta a trocar fuxicos.

— Ah, isso! — disse Kliss, animada. — Bem, *eu* ouvi que Tren-Pedri não está nem um pouco interessada em uma união com a Casa Aime, embora seu pai tenha dado a entender que haverá um casamento em breve. Sabe como são os filhos de Aime. Ora, Fedren é um *completo* bufão.

Interiormente, Vin revirou os olhos. Kliss continuou a falar, sem perceber que Vin também tinha algo que queria partilhar. *Ser sutil com esta mulher é quase tão eficiente quanto vender sais de banho para um skaa rural.*

— Isso *é* interessante — comentou Vin, interrompendo Kliss. — Talvez a hesitação de Tren-Pedri venha da conexão da Casa Aime com a Casa Hasting.

Kliss abriu a boca levemente, então seus olhos focaram em Vin.

— Como assim?

— Bem, todo mundo sabe o que a Casa Hasting está planejando.

— Ah, é?

Vin fingiu estar constrangida.

— Ah. Talvez isso ainda não seja sabido. Por favor, Lady Kliss, esqueça que eu disse qualquer coisa.

— Esquecer? — disse Kliss. — Ora, já está esquecido. Mas, vamos, não pare. O que quer dizer?

— Não devia dizer — falou Vin. — É só algo que ouvi, sem querer, meu tio falar.

— Seu tio? — perguntou Kliss, ficando mais impaciente. — O que ele disse? Sabe que pode confiar em mim.

— Bem... — começou Vin. — Ele diz que a Casa Hasting está realocando um monte de recursos para sua plantação no Domínio Sul. Meu tio está bem feliz... Hasting se retirou de alguns contratos, e meu tio espera consegui-los.

— Realocando... — disse Kliss. — Ora, eles não fariam isso a menos que estivessem planejando sair da cidade.

— Quem pode culpá-los? — perguntou Vin, em voz baixa. — Quer dizer, quem quer se arriscar a passar pelo que a Casa Tekiel passou?

— Realmente... — concordou Kliss. Estava quase tremendo de ansiedade para espalhar as notícias.

— De qualquer modo, por favor, isso é obviamente apenas boato — disse Vin. — É melhor não contar para ninguém.

— É claro — disse Kliss. — Ah... me dê licença. Preciso ir me refrescar.

— É claro — respondeu Vin, observando a mulher sair em disparada em direção às escadas do balcão.

Vin sorriu. A Casa Hasting não estava fazendo tais preparativos; Hasting era uma das famílias mais fortes da cidade, e não era provável que se retirasse. No entanto, Dockson estava na loja forjando documentos que, quando entregues nos locais certos, confirmariam que Hasting estava planejando fazer o que Vin dissera.

Se tudo desse certo, a cidade inteira logo esperaria que a família se retirasse. Seus aliados fariam planos, e talvez começassem eles a se retirar. Os compradores de armas começariam a procurar fornecedores em outros lugares, temendo que Hasting não fosse capaz de firmar bons contratos quando partisse. Mas quando Hasting *não* se retirasse, isso os faria parecer indecisos. Sem seus aliados, suas entradas de dinheiro enfraqueceriam, e poderia vir a ser a próxima casa a cair.

A Casa Hasting, no entanto, era uma das casas contra as quais era fácil lutar. Tinha reputação de usar subterfúgios em excesso, e as pessoas acreditariam em uma suposta retirada. Além disso, era uma forte casa mercantil — o que significava que dependia muito dos contratos para sobreviver. Uma casa com uma fonte de renda dominante tão óbvia também tinha uma fraqueza óbvia. Lorde Hasting havia trabalhado duro para aumentar sua influência nas últimas décadas e, ao fazer isso, levara seus recursos ao limite.

As outras casas eram muito mais estáveis. Vin suspirou, virando-se e percorrendo o corredor, olhando o enorme relógio colocado entre os balcões do outro lado da sala.

Venture não cairia tão facilmente. Mantinha-se poderosa pelo simples poder da fortuna; embora participasse de alguns contratos, não dependia deles como as outras casas. Venture era rica e poderosa o bastante para que um desastre mercantil só a balançasse um pouco.

De certo modo, a estabilidade de Venture era positiva — para Vin, ao menos. A casa não tinha fraqueza óbvia, então talvez a gangue não ficasse muito desapontada caso ela não descobrisse nada que a fizesse ir abaixo. Afinal, não precisavam *necessariamente* destruir a Casa Venture; isso simplesmente facilitara o plano.

O que quer que acontecesse, Vin tinha que ter certeza de que os Venture não sofreriam o mesmo destino da Casa Tekiel. Com a reputação destruída e as finanças desequilibradas, os Tekiel haviam tentado sair da cidade — e essa demonstração final de fraqueza fora demasiada. Alguns dos nobres Tekiel foram assassinados antes de partirem; o resto fora encontrado nas ruínas calcinadas de seus barcos, no canal, aparentemente atacado por bandidos. Mas Vin sabia que não havia nenhum grupo de ladrões que se atrevesse a matar tantos nobres.

Kelsier ainda não tinha conseguido descobrir que casa estava por trás dos assassinatos, mas a nobreza de Luthadel não parecia se importar muito com quem era o culpado. A Casa Tekiel se permitira enfraquecer, e nada era mais embaraçoso para a aristocracia do que uma Grande Casa que não podia se manter. Kelsier estava certo: embora grupos educados se encontrassem nos bailes, a nobreza estava mais do que disposta a apunhalar uns aos outros bem no peito se isso os beneficiasse.

Como as gangues de ladrões, ela pensou. *A nobreza realmente não é assim tão diferente das pessoas com quem cresci.*

A atmosfera era ainda mais perigosa por causa de suas sutilezas educadas. Sob essa fachada havia tramas, assassinatos e — mais importante — Nascidos da Bruma. Não era por acaso que todos os bailes a que comparecera recentemente exibiam um grande número de guardas, tanto com armadura quanto sem. As festas, agora, tinham o propósito adicional de advertir e medir forças.

Elend está a salvo, disse para si mesma. *Apesar do que ele pensa de sua família, eles fizeram um bom trabalho mantendo sua posição na hierarquia de Luthadel. Ele é o herdeiro — eles o protegerão dos assassinos.*

Desejava que essas afirmações soassem um pouco mais convincentes. Sabia que Shan Elariel estava planejando alguma coisa. A Casa Venture podia estar em segurança, mas Elend era um pouco... distraído algumas vezes. Se Shan fizesse algo contra ele pessoalmente, poderia ou não ser um golpe importante contra a Casa Venture — mas certamente seria um enorme golpe em Vin.

— Lady Valette Renoux — disse uma voz. — Acredito que esteja atrasada.

Vin se virou para ver Elend descansando em um nicho da parede à sua esquerda. Ela sorriu, olhando o relógio de relance, notando que, de fato, havia passado alguns minutos da hora que prometera se encontrar com ele.

— Devo ter me contagiado com os maus hábitos de alguns dos meus amigos — ela disse, entrando no nicho.

— Agora, veja, eu não disse que era uma coisa *ruim* — disse Elend, sorrindo. — Ora, eu diria até que é um dever da dama atrasar-se um pouco. Faz bem a um cavalheiro ser forçado a esperar pelos caprichos de uma mulher... ao menos era isso que minha mãe sempre costumava dizer.

— Pelo visto ela era uma mulher sábia — comentou Vin. O nicho era largo o suficiente para que duas pessoas ficassem paradas lado a lado. Ela estava de frente para ele, com o balcão à esquerda e um maravilhoso vitral cor de lavanda à direita. Os pés deles quase se tocavam.

— Ah, não tenho certeza sobre isso — respondeu Elend. — Afinal, ela se casou com meu pai.

— Unindo-se, desta forma, à casa mais poderosa do Império Final. Não tem como fazer muito melhor do que isso... embora, suponho que ela pudesse ter tentado se casar com o Senhor Soberano. Pelo que soube, no entanto, ele não estava em busca de uma esposa.

— É uma pena — respondeu Elend. — Talvez ele parecesse um pouco menos deprimido se tivesse uma mulher em sua vida.

— Acho que isso depende da mulher. — Vin olhou de relance para o lado, quando um pequeno grupo de cortesãos passou por eles. — Creio que este não seja exatamente um local privado. As pessoas estão nos lançando olhares estranhos.

— Foi você quem entrou aqui comigo — apontou Elend.

— Sim, bem, não estava pensando na fofoca que poderíamos causar.

— Que fofoquem — Elend disse, endireitando o corpo.

— Por que isso deixará seu pai zangado?

Elend negou com a cabeça.

— Não me importo mais com isso, Valette. — Deu um passo adiante, ficando mais perto dela. Vin pôde sentir sua respiração. Ele ficou parado ali por um instante, antes de falar. — Acho que vou beijá-la.

Vin estremeceu de leve.

— Não acho que queira fazer isso, Elend.

— Por quê?

— Quanto realmente me conhece?

— Não tanto quanto gostaria — confessou ele.

— Não tanto quanto devia, tampouco — disse Vin, olhando nos olhos dele.

— Então me conte — ele disse.

— Não posso. Não agora.

Elend ficou parado por um momento, então assentiu levemente e se afastou. Saiu para o corredor do balcão.

— Então, vamos dar um passeio?

— Sim — Vin concordou, aliviada, ainda que um pouco desapontada também.

— É o melhor — disse Elend. — Esse nicho tem uma luz *completamente* horrível para ler.

— Não ouse — ameaçou Vin, olhando o livro em seu bolso enquanto se juntava a ele no corredor. — Leia quando estiver com outra pessoa, não comigo.

— Mas foi como nossa relação começou!

— E é como poderia terminar também — disse Vin, tomando o braço dele.

Elend sorriu. Não eram o único casal andando pelo balcão, lá embaixo, outros pares rodopiavam lentamente ao som da música suave.

Tudo parece tão pacífico. E ainda assim, há poucos dias, muitas dessas pessoas estavam paradas, assistindo tranquilamente a mulheres e crianças serem decapitadas.

Sentiu o braço de Elend, o calor dele ao seu lado. Kelsier dizia que sorria muito porque sentia necessidade de pegar toda alegria que pudesse do mundo — para saborear os momentos de felicidade que pareciam tão raros no Império Final. Passeando ao lado de Elend, Vin pensou que começava a entender como Kelsier se sentia.

— Valette... — disse Elend, lentamente.

— O quê?

— Quero que deixe Luthadel — disse ele.

— O *quê*?

Ele se virou para ela.

— Tenho pensado muito nisso. Pode não perceber, mas a cidade está ficando perigosa. Muito perigosa.

— Eu sei.

— Então sabe que uma casa pequena, sem aliados, não tem lugar no Domínio Central neste momento — disse Elend. — Seu tio foi corajoso ao vir para cá tentar se estabelecer, mas escolheu o momento errado. Eu... eu acho que as coisas vão ficar fora de controle muito em breve. Quando isso acontecer, não posso garantir sua segurança.

— Meu tio sabe o que está fazendo, Elend.

— Isso é *diferente*, Valette — assegurou Elend. — Casas inteiras estão caindo. A família Tekiel não foi massacrada por bandidos... isso foi trabalho da Casa Hasting. Aquelas não serão as últimas mortes que veremos antes que isso passe.

Vin pensou novamente em Shan.

— Mas... você está em segurança, certo? A Casa Venture... não é como as outras. É estável.

Elend negou com a cabeça.

— Somos ainda mais vulneráveis que o resto, Valette.

— Mas a fortuna de vocês é grande — argumentou Vin. — Não dependem de contratos.

— Eles podem não ser visíveis — disse Elend, em voz baixa —, mas estão lá, Valette. Somos bons atores, e os outros presumem que temos mais do que temos. Contudo, com os impostos que o Senhor Soberano cobra das casas... bem, a única maneira de mantermos tanto poder na cidade é através de rendas. Rendas secretas.

Vin franziu o cenho, e Elend se aproximou mais, falando quase em um sussurro.

— Minha família minera o atium do Senhor Soberano, Valette — disse ele. — É daí que vem nossa riqueza. De certo modo, nossa estabilidade depende quase por completo dos caprichos do Senhor Soberano. Ele não gosta de se preocupar em recolher o atium, mas fica *muito* perturbado se o calendário de entregas tem algum problema.

Descubra mais!, o instinto lhe disse. *Esse é o segredo; é disso que Kelsier precisa.*

— Ah, Elend — sussurrou Vin. — Não devia me contar isso.

— Por que não? — perguntou ele. — Confio em você. Olhe, precisa entender quão perigosas as coisas são. O suprimento de atium tem tido alguns problemas ultimamente. Desde que... bem, alguma coisa aconteceu há alguns anos. Desde essa época, as coisas têm estado diferentes. Meu pai não pode satisfazer as cotas do Senhor Soberano, e, da última vez, isso aconteceu...

— O quê?

— Bem — disse Elend, parecendo preocupado —, vamos dizer que as coisas podem ficar muito feias para os Ventures em pouco tempo. O Senhor Soberano depende daquele atium, Valette... é uma de suas principais formas de controle sobre a nobreza. Uma casa sem atium é uma casa que não pode se defender dos Nascidos da Bruma. Ao manter uma grande reserva, o Senhor Soberano controla o mercado, tornando-se extremamente rico. Ele financia seus exércitos tornando o atium escasso e, então, vendendo pequenas porções a preços exorbitantes. Se soubesse mais sobre a economia da Alomancia, provavelmente isso faria muito mais sentido para você.

Ah, acredite em mim. Entendo mais do que imagina. E agora sei muito mais do que deveria.

A expressão de Elend mudou para um agradável sorriso quando um obrigador que caminhava pelo balcão passou por eles. O obrigador os observou enquanto passava, com olhos pensativos dentro da teia de tatuagens.

Elend se voltou para ela assim que ele se foi.

— Quero que parta — repetiu. — As pessoas sabem que dediquei atenção a você. Com sorte, vão presumir que é só para aborrecer meu pai, mas ainda podem tentar usá-la. As Grandes Casas não terão nenhum escrúpulo em esmagar toda sua família só para chegar a mim e ao meu pai. Você tem que ir.

— Eu... pensarei sobre isso — prometeu Vin.

— Não há muito tempo para pensar — advertiu Elend. — Quero que parta antes que se envolva demais com o que está acontecendo nesta cidade.

Já estou envolvida, muito mais do que pensa.

— Disse que pensarei nisso — falou ela. — Olhe, Elend, acho que deveria estar mais preocupado consigo mesmo. Acho que Shan Elariel vai tentar algo para atingi-lo.

— Shan? — disse Elend, achando graça. — Ela é inofensiva.

— Não acho que seja, Elend. Você precisa ser mais cuidadoso.

Ele gargalhou.

— Olhe para nós... cada um tentando convencer o outro do quão terrível é a situação, e cada um teimosamente se negando a ouvir.

Vin precisava admitir que era verdade. Sorriu para ele.

Elend suspirou.

— Não vai me ouvir, não é? Há algo que eu possa fazer para que parta?

— Neste momento, não — disse Vin, em voz baixa. — Veja, Elend, não podemos simplesmente desfrutar o tempo que temos juntos? Se as coisas continuarem como estão, podemos não ter muitas outras oportunidades como essa por um tempo.

Ele hesitou, mas finalmente assentiu. Ela podia ver que ele ainda estava preocupado, mas voltaram a passear, e ele deixou que ela gentilmente tomasse seu braço de novo enquanto caminhavam. Andaram por um tempo, em silêncio, até que algo chamou a atenção de Vin. Ela tirou a mão do braço dele e segurou sua mão.

Elend olhou para ela, franzindo o cenho, confuso, enquanto Vin batia com o dedo no anel que ele usava.

— É metal de verdade — ela disse, um pouco surpresa, apesar do que lhe haviam dito.

Elend assentiu.

— Ouro puro.

— Não se preocupa com...

— Alomânticos? — perguntou Elend. Ele deu de ombros. — Não sei... não são o tipo de coisa com a qual alguma vez tive que lidar. Não usam metal nas plantações?

Vin negou com a cabeça, apontando uma das presilhas em seu cabelo.

— Madeira pintada — ela disse.

Elend assentiu.

— Provavelmente é uma atitude sábia — disse. — Mas, bem, quanto mais permanecer em Luthadel, mais vai perceber que pouco do que fazemos aqui é em nome da sabedoria. O Senhor Soberano usa anéis de metal;

portanto, a nobreza também o faz. Alguns filósofos acham que é tudo parte do plano dele. O Senhor Soberano usa metal porque sabe que a nobreza o imitará, dando, assim, poder aos Inquisidores sobre ela.

— Você concorda? — perguntou Vin, tomando o braço dele mais uma vez enquanto caminhavam. — Com os filósofos, digo.

Elend negou com a cabeça.

— Não — disse, com um tom de voz muito baixo. — O Senhor Soberano... ele é apenas arrogante. Tenho lido sobre guerreiros que, há muito tempo, marchavam para as batalhas sem armaduras, supostamente para provar quão bravos e fortes eram. É como ele faz, creio... embora reconhecidamente em um nível muito mais sutil. Ele usa metal para alardear seu poder, para mostrar o quão destemido e não sujeito a ameaças ele é em relação a qualquer coisa que possamos fazer.

Bem, Vin pensou, *ele está disposto a chamar o Senhor Soberano de arrogante. Talvez consiga que admita um pouco mais...*

Elend olhou para o relógio.

— Temo que não tenha mais tempo esta noite, Valette.

— Tudo bem — disse Vin. — Precisa se encontrar com seus amigos. — Olhou para ele, tentando medir sua reação.

Ele não pareceu particularmente surpreso. Apenas ergueu uma sobrancelha.

— De fato, preciso. Você é muito observadora.

— Não é preciso ser muito observadora — comentou Vin. — Todas as vezes que estivemos nas Fortalezas Hasting, Venture, Lekal ou Elariel, você saiu com as mesmas pessoas.

— Meus amigos de bebida — disse Elend, com um sorriso. — Um grupo improvável no clima político de hoje, mas que ajuda a irritar meu pai.

— O que fazem nesses encontros? — perguntou Vin.

— Discutimos filosofia, em geral — disse Elend. — Somos um grupo de janotas... o que não é surpreendente, suponho, se conhecer alguns de nós. Falamos sobre o governo, sobre política... sobre o Senhor Soberano.

— O que falam sobre ele?

— Bem, não gostamos de algumas coisas que ele tem feito com o Império Final.

— Então você *quer* derrubá-lo! — disse Vin.

Elend lhe lançou um olhar estranho.

— Derrubá-lo? O que lhe deu essa ideia, Valette? Ele é o Senhor Soberano... é Deus. Não podemos fazer nada a despeito do fato de ele estar no comando. — Ele afastou o olhar enquanto continuavam a andar. — Não, meus amigos e eu, nós só... desejamos que o Império Final seja um pouco diferente. Não podemos mudar as coisas agora, mas talvez algum dia... presumindo que sobrevivamos ao próximo ano ou mais... estejamos em posição de influenciar o Senhor Soberano.

— A fazer o quê?

— Bem, aquelas execuções há alguns dias, por exemplo — disse Elend. — Não vejo nada de bom nisso. Os skaas se rebelaram. Em represália, o Ministério executou algumas centenas de pessoas aleatórias. O que isso poderia fazer além de deixar a população *mais* zangada? Então, da próxima vez, a rebelião será maior. Isso significa que o Senhor Soberano vai ordenar que ainda mais pessoas sejam decapitadas? Quanto tempo isso pode continuar até que não sobre nenhum skaa?

Vin caminhou, pensativa.

— E o que faria, Elend Venture? — disse ela, finalmente. — Se estivesse no comando.

— Não sei — confessou Elend. — Tenho lido muitos livros... alguns que não devia ler... e não encontrei nenhuma resposta fácil. Mas tenho certeza de que decapitar o povo não resolverá nada. O Senhor Soberano está por aí há muito tempo... era de se esperar que tivesse encontrado uma maneira melhor. Mas, de todo modo, teremos que continuar isso depois. — Ele diminuiu o passo, voltando-se para ela.

— Já é hora? — Vin perguntou.

Elend assentiu.

— Prometi que me encontraria com eles, e eles meio que esperam por mim. Talvez possa dizer que chegarei atrasado...

Vin negou com a cabeça.

— Vá beber com seus amigos. Ficarei bem... tenho mais algumas pessoas com quem preciso conversar, de qualquer modo. — Precisava voltar ao trabalho; Brisa e Dockson haviam passado horas planejando e preparando as mentiras que ela deveria espalhar, e estariam esperando pelo seu relato na loja de Trevo depois da festa.

Elend sorriu.

— Talvez eu não devesse me preocupar tanto. Quem sabe... considerando todas as suas manobras políticas, talvez a Casa Renoux logo seja um poder na cidade, e eu não serei mais do que um pobre pedinte.

Vin sorriu e ele fez uma mesura — lançando uma piscadela para ela — e se dirigiu para as escadas. Vin caminhou lentamente até a grade do balcão, olhando para baixo, na direção das pessoas que dançavam e jantavam.

Então ele não é um revolucionário, ela pensou. *Kelsier estava certo novamente. Eu me pergunto se ele não se cansa disso.*

Mesmo assim, não podia se sentir muito desapontada com Elend. Nem todo mundo era tão insano de pensar em derrubar seu deus-imperador. O simples fato de Elend estar disposto a pensar por si mesmo o separava dos demais; era um bom homem, um que merecia uma mulher que fosse digna de sua confiança.

Infelizmente, o que ele tinha era Vin.

Então a Casa Venture minera secretamente o atium do Senhor Soberano, ela pensou. *Eles devem ser os administradores dos Fossos de Hathsin.*

Era uma posição assustadoramente precária para uma casa estar — as finanças dependerem exclusivamente de agradar ao Senhor Soberano. Elend achava que estava sendo cuidadoso, mas Vin estava preocupada. Ele não estava levando Shan Elariel a sério — disso Vin tinha certeza. Deu meia-volta e desceu até o andar principal.

Encontrou a mesa de Shan com facilidade; a mulher sempre se sentava com um grande grupo de nobres assistentes, presidindo como um lorde que conduz sua plantação. Vin se deteve. Nunca abordara Shan diretamente. Mas alguém precisava proteger Elend; ele era obviamente tolo demais para fazer isso por conta própria.

Vin avançou. O terrisano de Shan estudou-a enquanto ela se aproximava. Era tão diferente de Sazed — não tinha o mesmo... espírito. Este homem mantinha uma expressão neutra, como uma criatura entalhada em pedra. Algumas damas lançaram olhares desaprovadores para Vin, mas a maioria delas — Shan incluída — a ignorou.

Vin ficou parada desajeitadamente ao lado da mesa, esperando por uma pausa na conversa. Não houve nenhuma. Finalmente, deu alguns passos para se aproximar de Shan.

— Lady Shan? — chamou.

Shan se virou com olhar gélido.

— Não pedi para chamá-la, camponesa.

— Sim, mas encontrei alguns livros como você...

— Não preciso mais dos seus serviços — Shan disse, virando-se. — Posso lidar com Elend Venture sozinha. Agora, seja uma boa menina e pare de me incomodar.

Vin ficou parada, atônita.

— Mas seu plano...

— Eu *disse* que você não é *mais necessária*. Acha que fui dura com você antes, garota? Aquele foi meu lado bom. Tente me aborrecer agora.

Vin murchou instintivamente diante do olhar depreciativo da mulher. Ela parecia... desgostosa. Zangada, até. Com ciúmes?

Ela deve ter descoberto, Vin pensou. *Ela finalmente percebeu que não estou jogando com Elend. Sabe que me importo com ele e não confia em mim para manter seus segredos*.

Vin se afastou da mesa. Aparentemente teria que usar outros métodos para descobrir os planos de Shan.

A DESPEITO DO QUE DIZIA com frequência, Elend Venture não se considerava um homem rude. Era mais um... filósofo verbal. Gostava de testar e revirar uma conversa para ver como as pessoas reagiam. Assim como os grandes pensadores da Antiguidade, forçava limites e experimentava métodos pouco convencionais.

É claro, ele pensou, segurando sua taça de brandy diante dos olhos e inspecionando-a, *a maioria desses filósofos foi executada por traição em algum momento*. Não eram exatamente os modelos mais exitosos.

A conversa política daquela noite com seu grupo havia acabado, e ele se retirara com vários amigos para o salão de cavalheiros da Fortaleza Lekal, uma pequena câmara adjacente ao salão de baile. Era mobiliada com móveis em tons de verde-escuro, e as poltronas eram confortáveis; teria sido um belo lugar para ler, se estivesse de melhor humor. Jastes estava sentado diante dele, fumando alegremente seu cachimbo. Era bom ver o jovem Lekal parecer tão calmo. As últimas semanas tinham sido difíceis para ele.

Guerra entre as casas, Elend pensou. *Que momento terrível. Por que agora? As coisas estavam indo tão bem...*

Telden voltou com a taça cheia alguns momentos depois.

— Sabe — comentou Jastes —, um dos criados teria lhe trazido outra bebida.

— Quis esticar as pernas — disse Telden, acomodando-se em uma terceira poltrona.

— E flertou com não menos do que três mulheres no caminho de volta — comentou Jastes. — Eu contei.

Telden sorriu, tomando sua bebida. O homenzarrão nunca "se sentava" simplesmente — ele se largava. Telden podia parecer relaxado e confortável independentemente da situação, seus trajes elegantes e seus cabelos bem cuidados eram invejavelmente atraentes.

Talvez eu devesse prestar mais atenção em coisas como essas, Elend disse para si mesmo. *Valette suporta meu cabelo como é, mas ela gostaria mais se eu cuidasse dele?*

Elend frequentemente pensava em ir a um cabeleireiro ou a um alfaiate, mas outras coisas tendiam a roubar sua atenção. Ficava perdido em seus estudos, ou passava tempo demais lendo, e acabava chegando tarde aos seus compromissos. De novo.

— Elend está quieto esta noite — observou Telden. Embora outros grupos de cavalheiros estivessem sentados na sala pouco iluminada, as poltronas estavam separadas o bastante para permitir conversas privadas.

— Anda muito assim ultimamente — disse Jastes.

— Ah, sim — falou Telden, franzindo o cenho.

Elend os conhecia o bastante para entender a deixa.

— Agora, vejam, por que as pessoas têm que ser assim? Se têm algo para me dizer, por que simplesmente não dizem?

— Política, meu amigo — Jastes comentou. — Somos, se não notou, nobres.

Elend revirou os olhos.

— Tudo bem, eu direi — replicou Jastes, passando a mão pelos cabelos, um hábito nervoso que, Elend tinha certeza, contribuía de algum modo para a calvície crescente do jovem amigo. — Tem passado muito tempo com a garota Renoux, Elend.

— Há uma explicação simples para isso — disse Elend. — Veja, acontece que gosto dela.

— Isso não é bom, Elend — comentou Telden, balançando a cabeça. — Não é bom.

— Por quê? — perguntou Elend. — Parece bastante feliz em ignorar as diferenças de classe, Telden. Tenho visto você flertar com metade das criadas da sala.

— Não sou herdeiro da minha casa — falou Telden.

— E — acrescentou Jastes — essas garotas são de confiança. Minha família as contratou; conhecemos suas casas, seus passados e suas alianças.

Elend franziu o cenho.

— O que quer dizer?

— Há algo de estranho nessa garota, Elend — explicou Jastes. Seu nervosismo habitual estava de volta, o cachimbo esquecido na mesa.

Telden assentiu.

— Ela se aproximou de você com muita rapidez, Elend. Ela quer alguma coisa.

— Como o quê? — perguntou Elend, ficando cada vez mais aborrecido.

— Elend, Elend — falou Jastes —, não pode evitar o jogo dizendo que não quer jogar. Ele o encontrará. Renoux se mudou para a cidade assim que as tensões entre as casas começaram a aumentar, e trouxe consigo uma parente desconhecida... uma garota que imediatamente atraiu o mais importante e disponível rapaz de Luthadel. Não parece estranho para você?

— Na verdade — observou Elend —, eu me aproximei dela primeiro... ainda que só porque ela tinha roubado meu lugar de leitura.

— Mas tem que admitir que é suspeito o quão rapidamente ela se ligou a você — disse Telden. — Se vai se envolver com namoricos, Elend, precisa entender uma coisa: pode brincar com as mulheres se quiser, mas não se aproxime demais delas. É aí que os problemas começam.

Elend negou com a cabeça.

— Valette é diferente.

Os outros dois trocaram olhares, então Telden deu de ombros, voltando-se para sua bebida. Jastes suspirou, se levantou e se espreguiçou.

— Bem, preciso ir para o salão.

— Mais uma bebida? — sugeriu Telden.

Jastes passou a mão pelo cabelo.

— Sabe como meus pais são nas noites de baile... se não me despeço de pelo menos *alguns* dos convidados, serei atormentado por isso durante semanas.

O jovem lhes desejou boa noite, dirigindo-se para o salão de bailes. Telden tomou sua bebida, olhando para Elend.

— Não estou pensando nela — disse Elend, com irritação.

— No que, então?

— Na reunião dessa noite — disse Elend. — Não tenho certeza se gostei de como foi.

— Bah — o homenzarrão disse com um aceno de mão. — Está pior do que Jastes. O que aconteceu com o homem que participava dessas reuniões só para relaxar e passar o tempo com os amigos?

— Ele está preocupado — comentou Elend. — Alguns de seus amigos podem acabar na liderança de suas casas mais cedo do que esperam, e está preocupado que nenhum deles esteja preparado.

Telden fez uma careta.

— Não seja tão melodramático — disse, sorrindo e piscando para a criada que viera tirar as taças vazias. — Tenho a impressão de que tudo isso não vai dar em nada. Em alguns meses, vamos olhar para trás e nos perguntar por que tanto alvoroço.

Kale Tekiel não olhará para trás, pensou Elend.

A conversa foi minguando e depois de um tempo Telden se despediu. Elend ficou sentado por um longo tempo, abrindo *Os Ditados da Sociedade* para ler um pouco, mas teve dificuldade para se concentrar. Girou a taça de brandy entre os dedos, mas não bebeu muito.

Eu me pergunto se Valette já foi. Tentou encontrá-la depois que a reunião acabou, mas aparentemente ela estava em uma reunião privada.

Essa garota, pensou preguiçosamente, *é interessada demais em política para seu próprio bem*. Talvez estivesse com ciúmes — em poucos meses na corte, ela já parecia mais competente do que ele. Era tão destemida, tão ousada, tão... interessante. Não se encaixava em nenhum dos estereótipos da corte que ele fora ensinado a esperar.

Jastes poderia estar certo?, perguntou-se. *Ela certamente é diferente de qualquer outra mulher, e deu a entender que há coisas sobre ela que não sei.*

Elend tirou essa ideia da cabeça. Valette era diferente, é verdade — mas também era ingênua, de certo modo. Ansiosa, cheia de assombro e coragem.

Preocupava-se com ela; obviamente ela não sabia o quão perigosa Luthadel podia ser. Havia muito mais na política da cidade do que simples festas e pequenas intrigas. O que aconteceria se alguém decidisse enviar um Nascido da Bruma para lidar com ela e seu tio? Renoux tinha poucos contatos, e nenhum dos membros da corte pensaria duas vezes a respeito de alguns assassinatos em Fellise. O tio de Valette saberia tomar as devidas precauções? Ele se preocupava com alomânticos?

Elend suspirou. Precisava garantir que Valette deixasse a área. Era a única opção.

QUANDO A CARRUAGEM CHEGOU À Fortaleza Venture, Elend havia percebido que bebera demais. Partiu para seus aposentos, ansioso por sua cama e travesseiro.

O corredor que levava ao seu quarto passava pelo escritório de seu pai. A porta estava aberta, e a luz ainda estava acesa, apesar da hora avançada. Elend tentou caminhar sobre o carpete sem fazer ruído, mas nunca fora realmente muito silencioso.

— Elend? — a voz de seu pai o chamou do estúdio. — Venha aqui.

Elend suspirou baixinho. Lorde Straff Venture não perdia muita coisa. Era um Olho de Estanho — seus sentidos eram tão aguçados que, provavelmente, ouvira a carruagem de Elend se aproximar lá fora. *Se não lidar com ele agora, vai mandar os criados me infernizarem até que eu venha falar com ele...*

Elend deu meia-volta e entrou no estúdio. Seu pai estava sentado em sua cadeira, falando em voz baixa com TenSoon — o kandra dos Ventures. Elend ainda não estava acostumado com o corpo mais recente da criatura, que pertencera a um criado da mansão Hasting. Estremeceu quando a criatura o notou, fez uma mesura e se retirou do aposento.

Elend se apoiou no batente da porta. A cadeira de Straff estava diante de várias estantes de livros — nenhum dos quais, Elend tinha certeza, o pai jamais lera. A sala era iluminada por duas lamparinas, quase totalmente fechadas, deixando escapar apenas um resquício de luz.

— Esteve no baile esta noite — falou Straff. — O que descobriu?

Elend esfregou a testa.

— Que tenho tendência a beber muito brandy.

Straff não achou graça no comentário. Ele era o perfeito nobre imperial — era alto, tinha ombros firmes e estava sempre vestido com colete e paletó de alfaiataria.

— Encontrou aquela... mulher novamente? — perguntou.

— Valette? Hummm, sim. Não por tanto tempo quanto eu gostaria, no entanto.

— Eu o proibi de passar seu tempo com ela.

— Sim — disse Elend. — Eu me lembro.

A expressão de Straff escureceu. Levantou-se e rodeou a mesa.

— Ah, Elend — disse. — Quando vai superar esse seu temperamento infantil? Acha que não percebo que age tolamente só para me irritar?

— Na verdade, superei meu temperamento infantil há algum tempo, pai. Simplesmente parece que minhas inclinações naturais o incomodam ainda mais. Gostaria de ter sabido disso antes; eu poderia ter poupado muito esforço quando eu era mais jovem.

O pai bufou, então pegou uma carta.

— Ditei isso para Staxles há pouco. É o aceite para um convite de almoço com Lorde Tegas amanhã. Se uma guerra entre as casas *vier*, quero ter certeza de que estamos em posição de destruir os Hasting o mais rápido possível, e Tegas pode ser um forte aliado. Ele tem uma filha. Eu gostaria que você almoçasse com ela.

— Vou pensar sobre isso — Elend disse, dando um tapinha na cabeça. — Não tenho certeza do estado em que estarei amanhã de manhã. Muito brandy, lembra?

— Você estará lá, Elend. Isso não é um pedido.

Elend conteve uma réplica. Uma parte dele queria responder ao pai, enfrentá-lo — não porque importasse onde ia almoçar, mas por causa de algo maior.

Hasting é a segunda casa mais poderosa da cidade. Se fizermos uma aliança com eles, juntos podemos impedir que Luthadel caia no caos. Podemos deter a guerra entre as casas, e não inflamá-la.

Era o que os livros haviam feito com ele — transformaram-no de um janota rebelde em um aprendiz de filósofo. Infelizmente, havia sido um tolo por muito tempo. Seria possível que Straff não tivesse percebido a mudança em seu filho? O próprio Elend estava apenas começando a perceber isso.

O pai continuou a encará-lo, e Elend desviou o olhar.

— Vou pensar sobre isso — disse.

Straff acenou com a mão desdenhosamente e deu meia-volta.

Tentando salvar o que sobrara de seu orgulho, Elend prosseguiu.

— Provavelmente não terá que se preocupar com os Hasting... parece que estão fazendo preparativos para deixar a cidade.

— O *quê*? — Straff perguntou. — Onde ouviu isso?

— No baile — respondeu, despreocupadamente.

— Pensei que tivesse dito que não descobrira nada de importante.

— Agora, veja, nunca disse nada do tipo. Só não tive vontade de compartilhar isso com você.

Lorde Venture franziu o cenho.

— Não sei por que me importo... qualquer coisa que descobrir tende a ser inútil. Tentei treiná-lo na política, garoto. Realmente tentei. Mas, agora... bem, espero viver para vê-lo morto, porque esta casa vai passar por momentos difíceis se você assumir o controle.

— Sei mais do que pensa, pai.

Straff deu uma gargalhada, voltando-se para sua cadeira.

— Duvido, garoto. Ora, não consegue nem mesmo levar uma mulher para a cama... da última e única vez que sei que tentou, *eu* mesmo tive que levá-lo a um bordel.

Elend ruborizou. *Cuidado*, disse a si mesmo. *Ele está fazendo isso de propósito. Sabe o quanto isso incomoda você.*

— Vá para a cama, garoto — Straff disse, com um aceno de mão. — Está com um aspecto terrível.

Elend ficou parado por um instante e finalmente seguiu para o corredor, suspirando baixinho consigo mesmo.

Essa é a diferença entre você e eles, Elend, ele pensou. *Esses filósofos que você lê eram revolucionários. Estavam dispostos a se arriscar, a ser executados. Você sequer consegue enfrentar seu pai.*

Caminhou cansado até seus aposentos — onde, estranhamente, encontrou um criado esperando por ele.

Elend franziu o cenho.

— Sim?

— Lorde Elend, tem uma visita — disse o homem.

— A essa hora?

— É Lorde Jastes Lekal, meu senhor.

Elend inclinou a cabeça levemente. *O que, em nome do Senhor Soberano...?*

— Ele está esperando na sala de estar, presumo?

— Sim, meu senhor — o criado disse.

Elend deu meia-volta, pesaroso, percorrendo novamente o corredor. Encontrou Jastes esperando impacientemente.

— Jastes? — perguntou Elend, cansado, enquanto entrava na sala. — Espero que tenha algo *muito* importante para me dizer.

Jastes se agitou desconfortavelmente por um instante, parecendo mais nervoso do que o normal.

— O quê? — Elend exigiu saber, perdendo a paciência.

— É sobre a garota.

— Valette? — Elend perguntou. — Veio aqui para falar sobre Valette? *Agora*?

— Devia confiar mais em seus amigos — Jastes comentou.

Elend bufou.

— Confiar no conhecimento de *vocês* sobre mulheres? Sem ofensa, Jastes, mas acho que não.

— Eu a segui, Elend — Jastes deixou escapar.

Elend olhou fixamente para ele.

— O quê?

— Mandei seguirem a carruagem dela. Ou, pelo menos, mandei que alguém vigiasse os portões da cidade. Ela não estava na carruagem quando o veículo deixou a cidade.

— O que quer dizer? — Elend perguntou, franzindo o cenho profundamente.

— Ela não estava *na carruagem*, Elend — Jastes repetiu. — Embora o terrisano dela tenha apresentado os documentos para os guardas, meu homem se esgueirou e espiou pela janela, e não havia ninguém lá dentro. A carruagem deve tê-la deixado em algum lugar da cidade. Ela é uma espiã de uma das outras casas... está tentando atingir o seu pai através de você. Criaram a mulher perfeita para atraí-lo... cabelos escuros, um pouco misteriosa e fora da estrutura política regular. Fizeram com que fosse de nascimento baixo o bastante para ser um escândalo você se interessar por ela e a mandaram se aproximar de você.

— Jastes, isso é ridícu...

— Elend — interrompeu Jastes. — Diga-me mais uma vez: como você a encontrou pela primeira vez?

Elend se deteve.

— Ela estava no balcão.

— No seu lugar de leitura — disse Jastes. — Todo mundo sabe que é onde você vai normalmente. Coincidência?

Elend fechou os olhos. *Não Valette. Ela* não pode *ser parte de tudo isso.* Mas, imediatamente, outra coisa lhe ocorreu. *Contei para ela sobre o atium! Como pude ser tão estúpido?*

Não podia ser verdade. Não podia acreditar que se deixara enganar tão facilmente. Mas... ele poderia se arriscar? Era um filho ruim, é verdade, mas não era um traidor de sua casa. Não queria ver os Venture caírem; queria liderar a casa algum dia, então talvez fosse capaz de mudar as coisas.

Desejou boa-noite para Jastes e voltou para seus aposentos com passos distraídos. Sentia-se cansado demais para pensar sobre a política das casas. No entanto, quando finalmente se deitou na cama, descobriu que não conseguiria dormir.

Depois de um tempo, levantou-se e chamou um criado.

— Diga a meu pai que farei uma troca — Elend explicou para o homem. — Irei ao almoço amanhã, como ele quer. — Elend se deteve, de pé à porta do dormitório, com seu robe. — Em troca — finalmente disse —, diga a ele que quero que me empreste dois espiões que possam seguir alguém para mim.

Todos os outros pensam que eu deveria ter executado Kwaan por ter me traído. Para dizer a verdade, provavelmente o mataria agora se soubesse para onde ele foi. Naquele momento, no entanto, simplesmente não pude.

O homem se tornara uma espécie de pai para mim. Até hoje, não sei por que ele decidiu repentinamente que eu não era o Herói. Por que se voltou contra mim, denunciando-me para todo o Conclave dos Portadores do Mundo?

Preferiria ele que as Profundezas vencessem? Ainda que eu não seja o escolhido — como Kwaan afirma agora —, minha presença no Poço da Ascensão certamente não poderia ser pior do que o que aconteceria se as Profundezas continuassem a destruir o mundo.

29

ESTÁ QUASE NO FIM, LEU VIN.

Podemos ver a caverna do nosso acampamento. Levará algumas poucas horas mais de caminhada para alcançá-la, mas sei que é o lugar certo. Posso sentir de algum modo, vindo de lá de cima... pulsando em minha mente.

Está tão frio. Juro que as próprias rochas são feitas de gelo, e a neve é tão funda em alguns lugares que temos que cavar para abrir caminho. O vento sopra o tempo todo. Temo por Fedik — ele não é o mesmo desde que a criatura feita de brumas o atacou, e me preocupa que caia de um precipício ou escorregue em uma das muitas fendas de gelo no chão.

Os terrisanos, porém, são uma maravilha. É uma sorte que os tenhamos trazido, pois nenhum carregador comum teria sobrevivido à viagem. Os terrisanos não parecem se incomodar com o frio — algo em seu estranho metabolismo lhes dá a habilidade sobrenatural de resistir aos elementos. Será que "guardaram" o calor de seus corpos para usar mais tarde?

Não falamos sobre os poderes deles — e tenho certeza de que Rashek é o culpado. Os outros carregadores olham para ele como para um líder, embora eu não ache que ele tenha completo controle sobre eles. Antes de ser apunhalado, Fedik temia que os terrisanos nos abandonassem aqui no gelo. Mas não acho que isso acontecerá. Estou aqui pela providência das profecias de Terris — esses homens não desobedecerão sua própria religião simplesmente porque um entre eles não gosta de mim.

Finalmente confrontei Rashek. Ele não quis falar comigo, é claro, mas eu o forcei. Depois que desatou, ele falou largamente sobre seu ódio por Khlennium e meu povo. Crê que convertemos o povo dele em pouco mais do que escravos. Acha que os terrisanos merecem mais — diz repetidamente que seu povo devia ser "dominante", por causa de seus poderes sobrenaturais.

Temo suas palavras, pois vejo alguma verdade nelas. Ontem, um dos carregadores ergueu um pedregulho enorme e o atirou para longe do nosso caminho como se não fosse nada. Nunca tinha visto uma façanha de força como essa em toda minha vida.

Esses terrisanos podem ser muito perigosos, creio. Talvez os tenhamos tratado injustamente. Contudo, homens como Rashek precisam ser contidos — ele crê irracionalmente que todos os povos fora de Terris os têm oprimido. É um homem muito jovem para sentir tanto ódio.

Está tão frio. Quando isso acabar, acho que eu gostaria de viver em um lugar onde seja quente o ano todo. Braches me falou de lugares assim, ilhas ao sul, onde as grandes montanhas criam fogo.

Como será quando tudo isso acabar? Serei apenas um homem comum novamente. Um homem sem importância. Parece bom — até mesmo mais desejável, inclusive, que um sol quente e um céu sem vento. Estou tão cansado de ser o Herói das Eras, cansado de entrar em cidades e encontrar hostilidade armada ou adoração fanática. Estou cansado de ser amado e odiado pelo que um punhado de velhos diz que farei algum dia.

Quero ser esquecido. Obscuridade. Sim, isso seria bom.

Se alguém estiver lendo essas palavras, saiba que o poder é um fardo pesado. Tente não ficar preso em suas correntes. As profecias de Terris preveem que eu terei o poder de salvar o mundo. Elas sugerem, no entanto, que terei poder para destruí-lo também.

Terei a habilidade de realizar qualquer desejo do meu coração. "Tomará para si mesmo uma autoridade que nenhum mortal deveria ostentar." Os fi-

lósofos me advertiram de que se eu servir a mim mesmo com esse poder, meu egoísmo o manchará.

Este é um fardo que algum homem deveria carregar? É uma tentação à qual algum homem poderia resistir? Sinto-me forte, agora, mas o que acontecerá quando eu tocar aquele poder? Salvarei o mundo, certamente — mas tentarei tomá-lo para mim também?

Muitos são os meus temores enquanto escrevo com a caneta incrustada de gelo na véspera do renascer do mundo. Rashek me observa. Ele me odeia. A caverna se encontra diante de mim. Pulsando. Meus dedos tremem. Não de frio.

Amanhã, estará terminado.

Vin virou a página ansiosamente. Mas a página de trás do livreto estava em branco. Voltou atrás, relendo as linhas finais. Onde estava a próxima parte?

Sazed não devia ter terminado ainda. Vin se levantou, suspirando enquanto se espreguiçava. Terminara a última parte do diário de uma única vez, um feito que surpreendia a ela própria. Os jardins da Mansão Renoux se estendiam diante dela, os caminhos cultivados, as árvores de galhos largos e o córrego tranquilo faziam deste o seu lugar favorito para ler. O sol estava baixo no céu, e estava começando a esfriar.

Dirigiu-se para a mansão. Apesar do frio da tarde, mal podia imaginar um lugar como o que o Senhor Soberano descrevera. Vira neve em picos distantes, mas raramente a sentira cair — e ainda assim era, em geral, apenas lama congelada. Experimentar tanta neve dia após dia, correr o perigo de que ela caísse sobre si em uma grande avalanche esmagadora...

Uma parte dela desejava poder visitar tais lugares, independentemente de quão perigoso fosse. Embora o diário não descrevesse toda a jornada do Senhor Soberano, algumas das maravilhas que ele incluía — os campos gelados ao norte, o grande lago, as cachoeiras de Terris — pareciam surpreendentes.

Se ele desse mais detalhes de como as coisas eram!, ela pensou, aborrecida. O Senhor Soberano passava muito tempo se preocupando. Embora, ela tinha que admitir, estivesse começando a sentir um tipo estranho de... familiaridade com ele através de suas palavras. Achava difícil associar a pessoa em sua mente com a criatura sombria que causara tantas mortes.

O que ocorrera no Poço da Ascensão? O que o teria mudado tão drasticamente? Tinha que saber.

Chegou à mansão e saiu à procura de Sazed. Tinha voltado a usar vestidos — pareceria estranho se fosse vista usando calças por qualquer outra pessoa que não fosse membro da gangue. Sorriu para o mordomo de Lorde Renoux ao passar, subindo as escadas ansiosamente e dirigindo-se para a biblioteca.

Sazed não estava lá. Sua pequena escrivaninha estava vazia, a lamparina apagada, o tinteiro vazio. Vin franziu o cenho, aborrecida.

Onde quer que esteja, é melhor estar trabalhando na tradução!

Desceu as escadas, perguntando por Sazed, e uma criada indicou a cozinha principal. Vin franziu o cenho, percorrendo o corredor dos fundos. *Fazendo um lanche, talvez?*

Encontrou Sazed sentado entre um pequeno grupo de criados, apontando para uma lista na mesa e falando em voz baixa. Não se deu conta da presença de Vin.

— Sazed? — chamou Vin, interrompendo-o.

Ele se virou.

— Sim, senhora Valette? — perguntou, inclinando levemente a cabeça.

— O que está fazendo?

— Cuidando dos estoques de comida de Lorde Renoux, senhora. Embora tenha sido designado para assisti-la, ainda sou mordomo dele e tenho deveres a cumprir quando não estou ocupado com outra coisa.

— Vai voltar logo à tradução?

Sazed inclinou a cabeça.

— Tradução, senhora? Está terminada.

— Onde está a última parte, então?

— Eu lhe dei — disse Sazed.

— Não, não deu — ela disse. — Esta parte termina na noite anterior à entrada na caverna.

— Este é o fim, senhora. É o mais longe que o diário chega.

— O *quê*? — exclamou ela. — Mas...

Sazed olhou de relance para os outros criados.

— Devíamos falar sobre essas coisas em particular. — Ele deu mais algumas instruções, apontando para a lista, então acenou com a cabeça para que Vin se juntasse a ele enquanto saía da cozinha e se dirigia aos jardins laterais.

Vin ficou parada, estupefata, então correu atrás dele.

— Não pode terminar assim, Sazed. Não sabemos o que aconteceu!

— Podemos deduzir, creio — disse Sazed, andando pelos caminhos do jardim. Os jardins ocidentais da mansão não eram tão opulentos quanto os que Vin frequentava, consistindo, em vez disso, de grama marrom suave e um arbusto ocasional.

— Deduzir o quê? — perguntou Vin.

— Bem, o Senhor Soberano deve ter feito o que era necessário para salvar o mundo, pois ainda estamos aqui.

— Suponho que sim — concordou Vin. — Mas então tomou o poder para si. Deve ter sido o que aconteceu... ele não resistiu à tentação de usar o poder de modo egoísta. Mas por que não há outro relato? Por que não fala mais de suas realizações?

— Talvez o poder o tenha mudado demais — disse Sazed. — Ou talvez ele simplesmente não tenha mais sentido necessidade de registrar. Alcançara seu objetivo e se tornara imortal como efeito colateral. Manter um diário para a posteridade se torna um tanto inútil quando se vai viver para sempre, creio.

— É tão... — Vin rangeu os dentes de frustração. — É um final muito pouco satisfatório, Sazed.

Ele sorriu, divertido.

— Tome cuidado, senhora... torne-se muito apreciadora da leitura e se transformará em uma erudita.

Vin negou com a cabeça.

— Não se todos os livros que eu ler terminarem como este!

— Se serve de consolo — comentou Sazed —, você não é a única que está desapontada com o conteúdo do diário de viagem. Não contém muita coisa que mestre Kelsier possa usar... certamente não há nada sobre o Décimo Primeiro Metal. Sinto-me de certa forma culpado, já que fui o único que se beneficiou com o livro.

— Mas não há muito sobre a religião de Terris tampouco.

— Não muito — Sazed concordou. — Mas, verdadeira e lamentavelmente, "não muito" é muito mais do que tínhamos antes. Só estou preocupado em não ter a oportunidade de transmitir esta informação. Mandei uma cópia da tradução para um lugar onde meus irmãos e irmãs Guardadores saberão procurar... seria uma pena se esse novo conhecimento morresse comigo.

— Não vai — disse Vin.

— Ah? Minha senhora repentinamente se tornou uma otimista?

— Meu terrisano repentinamente se tornou um engraçadinho? — replicou Vin.

— Ele sempre foi, creio — disse Sazed, abrindo um leve sorriso. — É uma das coisas que fez dele um mordomo ruim... ao menos aos olhos da maior parte de seus mestres.

— Então eles devem ter sido tolos — disse Vin, honestamente.

— Eu estava inclinado a pensar isso, senhora — respondeu Sazed. — Devemos retornar à mansão; não devemos ser vistos nos jardins quando as brumas chegarem, creio.

— Eu estava prestes a voltar a entrar nelas.

— Muitos nas equipes da propriedade não sabem que é uma Nascida da Bruma, senhora — disse Sazed. — Esse seria um bom segredo para manter, creio.

— Eu sei — disse Vin, dando meia-volta. — Vamos voltar, então.

— Um belo plano.

Andaram por alguns momentos, apreciando a beleza sutil do jardim ocidental. A grama era mantida cuidadosamente aparada e fora disposta em agradáveis camadas, os arbustos espalhados acentuavam sua beleza. O jardim da área sul era muito mais espetacular, com o regato, as árvores e as plantas exóticas. Mas o jardim oriental tinha sua própria paz: a serenidade da simplicidade.

— Sazed? — chamou Vin, em voz baixa.

— Sim, senhora?

— Tudo isso vai mudar, não vai?

— O que quer dizer especificamente?

— Tudo — disse Vin. — Se não estivermos todos mortos em um ano, os membros da gangue estarão trabalhando em outros projetos. Ham provavelmente voltará para sua família, Dox e Kelsier planejarão alguma nova leviandade, Trevo deve alugar sua loja para outra gangue... Mesmo esses jardins nos quais gastamos tanto dinheiro... pertencerão à outra pessoa.

Sazed assentiu.

— O que diz é provável. No entanto, se as coisas derem certo, talvez a rebelião skaa esteja governando Luthadel daqui a um ano.

— Talvez — concordou Vin. — Mesmo assim... as coisas vão mudar.

— É a natureza de tudo na vida, senhora — disse Sazed. — O mundo deve mudar.

— Eu sei — Vin falou, suspirando. — Mas eu queria... Bem, eu realmente *gosto* da minha vida agora, Sazed. Gosto de passar o tempo com a gangue e gosto de treinar com Kelsier. Amo ir aos bailes com Elend nos finais de semana, adoro andar por esses jardins com você. Não quero que essas coisas mudem. Não quero que minha vida volte a ser como era há um ano.

— Não precisa ser assim, senhora — falou Sazed. — Pode mudar para melhor.

— Não vai — disse Vin, apressadamente. — Já está começando... Kelsier já deu a entender que meu treinamento está quase terminado. Quando praticar no futuro, farei isso sozinha. Quanto a Elend, ele não sabe que sou skaa... e é minha tarefa destruir a família dele. Mesmo que a Casa Venture não caia pelas minhas mãos, outros a botarão abaixo... sei que Shan Elariel está planejando alguma coisa e não consegui descobrir nada sobre suas tramas. Isso é só o começo, no entanto. Encararemos o Império Final. E provavelmente vamos fracassar... para ser honesta, não vejo como as coisas poderiam ser de outro modo. Lutaremos, faremos algo bom, mas não mudaremos muito... e aqueles de nós que sobreviverem passarão o resto da vida fugindo dos Inquisidores. Tudo está mudando, Sazed, e não posso fazer nada para impedir.

Sazed sorriu afetuosamente.

— Então, senhora — disse ele, em voz baixa —, simplesmente aproveite o que tem. O futuro a surpreenderá, creio.

— Talvez — disse Vin, sem se convencer.

— Só precisa ter esperança, senhora. Talvez tenha ganhado merecimento de um pouco de boa sorte. Havia um grupo antes da Ascensão conhecido como Astalsi. Eles afirmavam que cada pessoa era nascida com uma certa quantidade finita de má sorte. Então, quando um infortúnio acontecia, eles se julgavam abençoados: pois, a partir de então, a vida deles só podia melhorar.

Vin ergueu uma sobrancelha.

— Parece um pouco simplório.

— Não, não acho que seja — comentou Sazed. — Ora, os Astalsi eram bem avançados; misturavam religião e ciência bem profundamente. Pensavam que cores diferentes eram indicativas de diferentes tipos de fortuna e eram particularmente minuciosos em suas descrições de luz e cor. Foi deles que herdamos nossas melhores ideias de como as coisas se pareciam antes da Ascensão. Tinham uma escala de cores, e a usavam para descrever o céu de mais intenso azul e as várias plantas em seus tons de verde. Além disso, considero a filosofia deles sobre sorte e fortuna bem reveladora. Para eles, uma vida pobre era nada menos que um sinal da fortuna que estava por vir. Pode ser boa para você, senhora: poderia se beneficiar do conhecimento de que sua sorte não pode ser sempre ruim.

— Não sei — disse Vin, cética. — Quer dizer, se sua má sorte é limitada, sua *boa* sorte não seria limitada também? Toda vez que algo bom acontecesse, eu ficaria preocupada de ter acabado com meu estoque.

— Hummm — considerou Sazed. — Imagino que dependa do ponto de vista, senhora.

— Como podem ser tão otimistas? — perguntou Vin. — Tanto você quanto Kelsier.

— Não sei, senhora — respondeu Sazed. — Talvez nossas vidas tenham sido mais fáceis do que a da senhora. Ou talvez sejamos simplesmente mais tolos.

Vin ficou em silêncio. Eles caminharam por mais algum tempo, voltando para o edifício, mas sem se apressarem.

— Sazed — disse ela, finalmente. — Quando você me salvou, naquela noite na chuva, usou Feruquemia, não?

Sazed assentiu.

— De fato. O Inquisidor estava muito concentrado em você, e fui capaz de me esgueirar por detrás dele e acertá-lo com uma pedra. Estava muito mais forte do que um homem normal, e meu golpe o atirou contra a parede, quebrando vários de seus ossos, suspeito.

— Foi isso? — perguntou Vin.

— Parece desapontada, senhora — observou Sazed, sorrindo. — Esperava algo mais espetacular, suponho?

Vin assentiu.

— É só que... você tem sido tão discreto sobre a Feruquemia. Isso a faz parecer mais mística, acho.

Sazed suspirou.

— Há realmente pouco a esconder, senhora. O único poder verdadeiro da Feruquemia, a habilidade de estocar e recobrar memórias, a senhora certamente já adivinhou. O resto dos poderes não são diferentes, na verdade, dos poderes que você extrai do peltre e do estanho. Alguns deles são um pouco mais estranhos, como tornar um Feruquemista mais pesado ou mudar sua idade, mas oferecem pouca aplicação marcial.

— Idade? — perguntou Vin, animando-se. — Você pode se tornar mais jovem?

— Na verdade, não, senhora — explicou Sazed. — Lembre-se: um Feruquemista deve tirar seus poderes de seu próprio corpo. Pode, por exemplo, passar algumas semanas com seu corpo envelhecido, até o ponto de cair, e parecer dez anos mais velho do que realmente é. Então, pode retirar essa idade para parecer dez anos mais jovem pela mesma quantidade de tempo. Contudo, na Feruquemia, deve haver um equilíbrio.

Vin pensou nisso por um momento.

— O tipo de metal que usa importa? — perguntou ela. — Como na Alomancia?

— Certamente — disse Sazed. — O metal determina o que pode ser armazenado.

Vin assentiu e continuou a andar, pensando no que ele dissera.

— Sazed, pode me dar um pedaço do seu metal? — ela finalmente pediu.

— Meu metal, senhora?

— Algo que use como estoque feruquêmico — explicou Vin. — Quero tentar queimá-lo... talvez isso me deixe usar alguma parte de seu poder.

Sazed franziu o cenho, curioso.

— Alguém já tentou isso antes?

— Tenho certeza de que alguém deve ter tentado — confirmou Sazed. — Mas, honestamente, não posso pensar em um exemplo específico. Talvez, se procurar em minhas memórias das mentes de cobre...

— Por que não me deixa tentar agora? — perguntou Vin. — Tem algo feito de um dos metais básicos? Algo em que não tenha nada muito valioso estocado dentro?

Sazed pensou por um momento, então levou a mão até um dos enormes lóbulos de sua orelha e tirou um brinco muito parecido com o que Vin usava. Entregou-lhe a diminuta tarraxa, usada para manter o brinco no lugar.

— É peltre puro, senhora. Tenho estocado nela uma quantidade moderada de força.

Vin assentiu, engolindo a pecinha. Sentiu a reserva Alomântica, mas o pedaço de metal não parecia fazer nada diferente. Queimou peltre para ver o que acontecia.

— Alguma coisa? — perguntou Sazed.

Vin negou com a cabeça.

— Não, eu não... — Calou-se. *Havia* algo diferente ali, alguma coisa distinta.

— O que foi, senhora? — Sazed perguntou, com uma ansiedade pouco comum em sua voz.

— Eu... posso sentir o poder, Saze. É fraca, muito além do meu alcance, mas juro que há outra reserva dentro de mim, uma que só aparece quando estou queimando seu metal.

Sazed franziu o cenho.

— É fraca, você diz? Como... se pudesse ver uma sombra da reserva, mas não acessar o poder em si?

Vin assentiu.

— Como sabe?

— É o que se sente quando se tenta usar os metais de outro Feruquemista, senhora — disse Sazed, suspirando. — Eu devia ter suspeitado que esse seria o resultado. Não pode acessar o poder, porque ele não pertence a você.

— Ah — disse Vin.

— Não fique muito desapontada, senhora. Se alomânticos conseguissem roubar força do meu povo, já se saberia. Mas foi uma ideia esperta. — Ele se virou, apontando para a mansão. — A carruagem chegou. Estamos atrasados para a reunião, creio.

Vin assentiu, e eles apertaram o passo em direção à mansão.

ENGRAÇADO, KELSIER DISSE PARA SI mesmo, enquanto se esgueirava pelo pátio escuro, diante da Mansão Renoux. *Preciso me esconder em minha própria casa, como se estivesse atacando a fortaleza de algum nobre.*

Não havia como evitar, entretanto — não com a sua reputação. Kelsier, o ladrão, havia sido distintivo o bastante; Kelsier, o instigador de rebelião e líder espiritual skaa, era ainda mais famoso. O que, é claro, não o impedia de espalhar seu caos noturno — só precisava ser mais cauteloso. Mais e mais famílias estavam saindo da cidade, e as casas poderosas estavam ficando cada vez mais paranoicas. De certo modo, aquilo os tornava mais manipuláveis — mas se esgueirar nas redondezas de suas fortalezas estava ficando muito perigoso.

Em comparação, a Mansão Renoux era praticamente desprotegida. Havia guardas, mas nenhum Brumoso. Renoux tinha que manter uma atitude discreta; muitos alomânticos o faria se destacar. Kelsier se manteve nas sombras, abrindo caminho cuidadosamente pela lateral leste do edifício. Então *empurrou* uma moeda e subiu até a sacada do próprio Renoux.

Aterrissou com suavidade, então espiou pelas portas de vidro da sacada. As cortinas estavam fechadas, mas pôde ver Dockson, Vin, Sazed, Ham e Brisa parados ao redor da escrivaninha de Renoux. O próprio Renoux estava sentado no outro canto do aposento, afastado das discussões. Seu contrato incluía interpretar o papel de Lorde Renoux, mas não queria se envolver no plano mais do que já estava.

Kelsier meneou a cabeça. *Seria muito fácil para um assassino entrar aqui. Terei que me assegurar de que Vin continue a dormir na loja de Trevo.* Não estava preocupado com Renoux; a natureza do kandra era tal que não precisava temer a lâmina de um assassino.

Kelsier bateu de leve na porta, e Dockson foi abri-la.

— E ele faz sua surpreendente entrada! — anunciou Kelsier, entrando no aposento e tirando sua capa de bruma.

Dockson bufou, fechando as portas.

— Você é realmente uma visão e tanto, Kell. Especialmente com essas manchas de fuligem nos joelhos.

— Tive que engatinhar um pouco esta noite — disse Kelsier, fazendo um sinal indiferente com a mão. — Há uma vala de drenagem sem uso que passa bem por baixo da muralha de defesa da Fortaleza Lekal. Qualquer um pensaria que eles a teriam bloqueado.

— Duvido que se preocupem — disse Brisa, ao lado da escrivaninha. — A maior parte dos Nascidos da Bruma é orgulhosa demais para rastejar. Estou surpreso que esteja disposto a isso.

— Orgulhosa demais para rastejar? — disse Kelsier. — Bobagem! Ora, eu diria que nós, Nascidos da Bruma, somos orgulhosos demais para *não* nos humilharmos rastejando... de uma maneira digna.

Dockson franziu o cenho, aproximando-se da escrivaninha.

— Kell, isso não faz nenhum sentido.

— Nós, Nascidos da Bruma, não precisamos fazer sentido — disse Kelsier com altivez. — O que é isso?

— Do seu irmão — disse Dockson, apontando para um grande mapa aberto na escrivaninha. — Chegou esta tarde, estava dentro do buraco de uma perna de mesa quebrada que o Cantão da Inquisição contratou Trevo para consertar.

— Interessante — disse Kelsier, analisando o mapa. — É uma lista das estações de *abrandamento*, presumo?

— De fato — disse Brisa. — É uma bela descoberta; nunca tinha visto um mapa da cidade tão detalhado e cuidadosamente desenhado. Ora, não só mostra cada uma das 34 estações de *abrandamento*, mas também os locais de atividade dos Inquisidores, assim como lugares que preocupam os diferentes Cantões. Não tive muita oportunidade de trabalhar com seu irmão, mas devo dizer que o homem é obviamente um gênio!

— Quase difícil de acreditar que é parente de Kell, não? — disse Dockson, abrindo um sorriso. Tinha um bloco de notas diante de si e estava fazendo uma lista de todas as estações.

Kelsier bufou.

— Marsh pode ser o gênio, mas eu sou o bonito. O que são esses números?

— Incursões dos Inquisidores e datas — falou Ham. — Você vai notar que o esconderijo da antiga gangue de Vin está listado.

Kelsier assentiu.

— Como demônios Marsh conseguiu roubar um mapa como este?

— Não roubou — disse Dockson enquanto escrevia. — Havia um bilhete com o mapa. Aparentemente, os alto prelados o *deram* para ele. Estão muito impressionados com Marsh e querem que ele examine a cidade e recomende locais para novas estações de *abrandamento*. Parece que o Ministério está um pouco preocupado com a guerra entre as casas e quer enviar alguns Abrandadores a mais para tentar manter as coisas sob controle.

— Precisamos mandar o mapa de volta dentro da perna da mesa consertada — explicou Sazed. — Assim que terminarmos a reunião, devo me esforçar para copiar isso no menor tempo possível.

E memorizá-lo também, tornando-o, assim, parte do registro de cada Guardador, Kelsier pensou. *O dia em que vão parar de memorizar e começarão a ensinar está chegando, Saze. Espero que seu povo esteja pronto.*

Kelsier se virou, estudando o mapa. Era tão impressionante quanto Brisa dissera. De fato, Marsh havia se arriscado demasiadamente ao enviá-lo. Talvez um risco imprudente até — mas a informação que continha...

Temos que devolver isso rapidamente, Kelsier pensou. *Amanhã de manhã, se possível.*

— O que é isso? — Vin perguntou em voz baixa, inclinando-se sobre o grande mapa. Usava um vestido de nobre: um traje de peça única um pouco menos enfeitado que um vestido de gala.

Kelsier sorriu. Ele se lembrava do tempo em que Vin teria parecido assustadoramente desajeitada em um vestido, mas parecia estar tomando um gosto crescente por eles. Ainda não se movia *exatamente* como uma nobre de nascimento. Era graciosa — mas era a graça habilidosa de um predador, não a graça deliberada de uma dama da corte. Mesmo assim, os vestidos pareciam cair bem em Vin agora — de um jeito que não tinha nada a ver com o corte.

Ah, Mare, Kelsier pensou. *Você sempre quis ter uma filha que pudesse ensinar a caminhar na linha tênue que separa a nobre e a ladra.* Teriam gostado uma da outra; ambas tinham um traço oculto de não convencionalismo. Se a esposa dele ainda estivesse viva, talvez tivesse ensinado a Vin coisas que nem mesmo Sazed sabia sobre como fingir ser uma nobre.

É claro, se Mare ainda estivesse viva, eu não estaria fazendo nada disso. Não ousaria.

— Olhe! — disse Vin. — Uma dessas datas dos Inquisidores é nova... está marcada como ontem!

Dockson lançou um olhar para Kelsier.

Tínhamos que contar para ela em algum momento.

— Era a gangue de Theron — disse Kelsier. — Um Inquisidor os atacou ontem à noite.

Vin empalideceu.

— Eu deveria reconhecer esse nome? — perguntou Ham.

— A gangue de Theron era parte da equipe que estava tentando enganar o Ministério com Camon — disse Vin. — Isso quer dizer que... provavelmente ainda estão no meu rastro.

O Inquisidor a reconheceu naquela noite em que nos infiltramos no palácio. Ele quisera saber quem é o pai dela. Felizmente, aquelas criaturas inumanas deixam a nobreza desconfortável — de outro modo, teríamos que começar a nos preocupar quanto a mandá-la frequentar os bailes.

— A gangue de Theron... — comentou Vin. — Foi... foi como na última vez?

Dockson assentiu.

— Sem sobreviventes.

Houve um silêncio desconfortável, e Vin parecia visivelmente enjoada.

Pobre criança, Kelsier pensou. Havia pouco a fazer além de seguir em frente, no entanto.

— Tudo bem. Como vamos usar este mapa?

— Há algumas notas do Ministério sobre as defesas das casas — comentou Ham. — Serão úteis.

— Não parece haver nenhum padrão nos ataques dos Inquisidores, no entanto — disse Brisa. — Eles provavelmente vão para onde quer que a informação os leve.

— Vamos querer evitar ser muito ativos perto das estações de *abrandamento* — disse Dox, abaixando sua caneta. — Felizmente, a loja de Trevo não está perto de nenhuma estação específica... a maior parte delas está em bairros pobres.

— Precisamos fazer mais do que simplesmente evitar as estações — disse Kelsier. — Temos que estar prontos para eliminá-las.

Brisa franziu o cenho.

— Se fizermos isso, corremos o risco de jogar de maneira muito imprudente.

— Mas pense no dano que isso causaria — disse Kelsier. — Marsh falou que há pelo menos três Abrandadores e um Buscador em cada uma dessas estações. São 130 Brumosos do Ministério... devem ter recrutado por todo o Domínio Central para reunir essa quantidade. Se forem todos eliminados de uma só vez...

— Nós nunca vamos conseguir matar tantos assim — disse Dockson.

— Podemos usar o resto do nosso exército — sugeriu Ham. — Eles estão escondidos entre os bairros pobres.

— Tenho uma ideia melhor — sugeriu Kelsier. — Podemos contratar outras gangues de ladrões. Se tivermos dez gangues, cada uma com a missão de tomar três estações, podemos limpar a cidade dos Abrandadores e Buscadores do Ministério em poucas horas.

— Teríamos que discutir o sincronismo, no entanto — observou Dockson. — Brisa está certo: matar tantos obrigadores em uma noite é um compromisso importante. Não demoraria muito para que os Inquisidores retaliassem.

Kelsier assentiu. *Você está certo, Dox. O sincronismo será vital.*

— Você cuidaria disso? Encontre algumas gangues adequadas, mas espere até decidirmos o momento antes de dar a eles as localizações das estações de *abrandamento*.

Dockson assentiu.

— Bom — disse Kelsier. — Falando dos nossos soldados, Ham, como vão as coisas com eles?

— Melhor do que eu esperava, na verdade — respondeu Ham. — Eles passaram pelo treinamento nas cavernas, então são bastante competentes. E se consideram o segmento mais "fiel" do exército, já que não seguiram Yeden na batalha contra sua vontade.

Brisa fez uma careta.

— Um jeito conveniente de olhar para o fato de que perderam três quartos de seu exército em uma tolice tática.

— São bons homens, Brisa — disse Ham, com firmeza. — Assim como aqueles que morreram. Não fale mal deles. Independentemente disso, estou preocupado em esconder o exército como estamos fazendo... não vai demorar muito até que uma das equipes seja descoberta.

— É por isso que nenhum deles sabe onde encontrar os outros — disse Kelsier.

— Quero mencionar algo a respeito dos homens — disse Brisa, sentando-se em uma das cadeiras da escrivaninha de Renoux. — Posso ver a importância de enviar Hammond para treinar os soldados, mas, honestamente, qual a razão para obrigar Dockson e eu a visitá-los?

— Os homens precisam saber quem são seus líderes — explicou Kelsier. — Se Ham estiver indisposto, alguém mais precisa assumir o comando.

— Por que não você? — perguntou Brisa.

— Só confie em mim — disse Kelsier, sorrindo. — É melhor assim.

Brisa revirou os olhos.

— Confiar em você. Parece que estamos fazendo muito disso.

— Que seja — Kelsier o interrompeu. — Vin, quais as notícias da nobreza? Descobriu algo útil sobre a Casa Venture?

Ela hesitou.

— Não.

— Mas o baile na semana que vem será na Fortaleza Venture, certo? — perguntou Dockson.

Vin assentiu.

Kelsier olhou para a garota. *Ela nos diria se soubesse algo?* Encontrou os olhos dela e não conseguiu decifrar nada neles. *A maldita garota é uma mentirosa muito experiente.*

— Tudo bem — disse para ela. — Continue procurando.

— Continuarei — ela respondeu.

APESAR DO CANSAÇO, KELSIER NÃO conseguiu pegar no sono naquela noite. Infelizmente, não podia sair e percorrer os corredores — apenas alguns criados sabiam que ele estava na mansão, e precisava se manter discreto agora que sua reputação estava aumentando.

Sua reputação. Ele suspirou, enquanto se apoiava na grade da sacada, observando as brumas. De certo modo, as coisas que ele fez preocupavam até ele mesmo. Os outros não o questionavam em voz alta, como ele pedira, mas podia ver que ainda estavam preocupados com sua fama crescente.

É o melhor jeito. Posso não precisar de nada disso... mas, se precisar, ficarei feliz de ter me dado ao trabalho.

Uma batida suave soou na porta. Deu meia-volta, curioso, enquanto Sazed enfiava a cabeça no quarto.

— Peço desculpas, mestre Kelsier — disse Sazed. — Mas um guarda veio me procurar e disse que podia vê-lo na varanda. Estava preocupado que alguém o descobrisse.

Kelsier suspirou, mas saiu da varanda, fechando as portas e as cortinas.

— Não fui feito para o anonimato, Saze. Para um ladrão, não sou nada bom em me esconder.

Sazed sorriu e começou a se retirar.

— Sazed? — Kelsier o chamou, fazendo o terrisano se deter. — Não consigo dormir... tem uma nova proposta para mim?

Sazed abriu um largo sorriso, entrando no quarto.

— É claro, mestre Kelsier. Ultimamente, estive pensando que o senhor gostaria de ouvir sobre a Verdade dos Bennet. Combina muito com o senhor, creio. Os Bennet eram um povo altamente desenvolvido, que viviam nas ilhas do sul. Eram marinheiros corajosos e brilhantes cartógrafos; alguns dos mapas que o Império Final ainda usa foram desenvolvidos por exploradores Bennet. A religião deles foi desenvolvida para ser praticada a bordo de navios que ficavam por meses no mar. O capitão era também o sacerdote, e nenhum homem tinha permissão para comandar a menos que recebesse treinamento teológico.

— Provavelmente não tinham muitos motins.

Sazed sorriu.

— Era uma boa religião, mestre Kelsier. Baseava-se na descoberta e no conhecimento; para essas pessoas, fazer mapas era um dever sagrado. Acreditavam que assim que o mundo todo fosse conhecido, entendido e catalogado, os homens finalmente encontrariam paz e harmonia. Muitas religiões ensinam tais ideais, mas poucas, na verdade, conseguem praticá-los tão bem quanto os Bennet.

Kelsier franziu o cenho, recostando-se na parede ao lado das cortinas da varanda.

— Paz e harmonia — disse, lentamente. — Na verdade, não estou procurando por nada disso nesse momento, Saze.

— Ah — fez Sazed.

Kelsier olhou para cima, encarando o teto.

— Poderia... me falar sobre os Valla novamente?

— É claro — Sazed disse, puxando uma cadeira ao lado da escrivaninha de Kelsier e se sentando. — O que especificamente gostaria de saber?

Kelsier balançou a cabeça.

— Não tenho certeza — ele disse. — Sinto muito, Saze. Estou com um humor estranho esta noite.

— Sempre está com um humor estranho, creio — disse Sazed, dando um leve sorriso. — Contudo, escolheu uma seita interessante sobre a qual perguntar. Os Valla duraram muito mais que qualquer outra religião sob domínio do Senhor Soberano.

— É por isso que pergunto — disse Kelsier. — Eu... preciso entender o que os fez prosseguir por tanto tempo, Saze. O que os manteve lutando?

— Eles eram os mais determinados, creio.

— Mas não tinham nenhum líder — Kelsier comentou. — O Senhor Soberano massacrou todo o conselho religioso Vallariano como parte de sua primeira conquista.

— Ah, eles tinham líderes, mestre Kelsier — Sazed disse. — Mortos, é verdade, mas líderes, ainda assim.

— Alguns homens diriam que a devoção deles não fazia sentido — disse Kelsier. — A perda dos líderes Vallarianos devia ter abatido as pessoas, não as ter tornado mais determinadas a prosseguir.

Sazed meneou a cabeça.

— Homens são mais resilientes que isso, creio. Nossa crença é geralmente mais forte quando deveria ser mais fraca. É assim que a esperança funciona.

Kelsier assentiu.

— Quer mais instruções sobre os Valla?

— Não. Obrigado, Saze. Só precisava ser lembrado de que existiram pessoas que lutaram mesmo quando parecia não haver mais esperança.

Sazed assentiu, levantando-se.

— Acho que entendo, mestre Kelsier. Boa noite, então.

Kelsier assentiu, distraído, deixando o terrisano se retirar.

A maioria dos terrisanos não é tão má quanto Rashek. No entanto, posso ver que acreditam nele, até certo ponto. Estes homens são simples, não filósofos ou eruditos, e não sabem que suas próprias profecias dizem que o Herói das Eras será um forasteiro. Só veem o que Rashek sustenta — que são um povo ostensivamente superior e deviam ser "dominantes", em vez de subservientes.

Diante de tal paixão e ódio, até mesmo bons homens podem ser enganados.

30

VIN PRECISOU RETORNAR AO SALÃO de baile dos Venture para lembrar o que era a verdadeira majestosidade.

Visitara tantas fortalezas que começara a ficar insensível ao esplendor. Havia, no entanto, algo especial na Fortaleza Venture — algo que as outras fortalezas se esforçavam para ter, mas nunca conseguiam totalmente. Era como se a Casa Venture fosse o pai, e as outros, filhos bem-ensinados. Todas as fortalezas eram belas, mas não havia como negar que esta era a melhor.

O enorme salão Venture, flanqueado por uma fileira de colunas enormes em cada lado, parecia ainda maior do que de costume. Vin não conseguia entender o porquê. Pensou sobre isso enquanto esperava que um criado pegasse seu xale. As luzes oxídricas normais brilhavam do outro lado dos vitrais, inundando a sala com fragmentos de luz. As mesas estavam imaculadas sob os beirais entre as colunas. A mesa do lorde, colocada no pequeno balcão ao fundo do salão, parecia tão régia quanto sempre.

É quase... perfeito demais, Vin pensou, franzindo o cenho consigo mesma. Tudo parecia levemente exagerado. As toalhas de mesa estavam mais brancas e mais bem-passadas que o normal. O uniforme dos criados parecia particularmente elegante. Em vez de soldados normais nas portas, havia Matabrumas de aspecto intencionalmente imponente, distintos pelos escudos de madeira e a falta de armadura. No conjunto, a sala fazia parecer como se a habitual perfeição Venture tivesse aumentado.

— Algo está errado, Sazed — sussurrou ela, enquanto o criado preparava sua mesa.

— O que quer dizer, senhora? — perguntou o alto mordomo, parado atrás dela.

— Há pessoas demais aqui — disse Vin, percebendo uma das coisas que a incomodara. A participação nos bailes estava diminuindo nos últimos meses. Mesmo assim, parecia que todo mundo tinha retornado para o evento dos Venture. E todos estavam usando suas melhores roupas.

— Algo está acontecendo — disse Vin, em voz baixa. — Algo de que não sabemos.

— Sim... — respondeu Sazed. — Sinto isso também. Talvez eu deva ir ao jantar dos mordomos mais cedo.

— Boa ideia — concordou Vin. — Acho que posso pular a refeição desta noite. Estamos um pouco atrasados, e parece que as pessoas já começaram a conversar.

Sazed sorriu.

— O quê?

— Lembrei de uma época em que *jamais* pularia uma refeição, senhora.

Vin bufou.

— Só fique feliz de eu nunca ter tentado encher os bolsos com a comida desses bailes... acredite em mim, fiquei tentada. Agora, vá.

Sazed assentiu e partiu para a sala de jantar dos mordomos. Vin procurou entre os grupos que conversavam. *Nenhum sinal de Shan, felizmente*, pensou. Infelizmente, Kliss tampouco estava à vista, então Vin tinha que escolher outra pessoa para fofocar. Avançou, sorridente, até Lorde Idren Seeris, primo da Casa Elariel e com quem dançara em várias ocasiões. Ele a reconheceu com um duro aceno de cabeça, e ela se juntou ao grupo.

Vin sorriu para os outros membros do grupo — três mulheres e um outro lorde. Conhecia todos eles ao menos de passagem e dançara com Lorde Yestal. Contudo, nesta noite, todos lhe lançaram olhares frios.

— Não venho à Fortaleza Venture há algum tempo — disse Vin, adotando a personalidade de garota de campo. — Tinha esquecido de como é majestosa!

— De fato — disse uma das damas. — Com licença... vou pegar algo para beber.

— Irei com você — uma das outras damas acrescentou, e ambas deixaram o grupo.

Vin as observou partir, franzindo o cenho.

— Ah — disse Yestal. — Nossa refeição chegou. Vamos, Triss?

— É claro — a última dama disse, juntando-se a Yestal enquanto se afastavam.

Idren arrumou os óculos, lançando a Vin um olhar desanimado de desculpas, e se retirou. Vin ficou parada, estupefata. Não recebia uma recepção tão obviamente fria quanto essa desde seus primeiros bailes.

O que está acontecendo?, pensou, com um nervosismo crescente. *Seria isso obra de Shan? Poderia virar um salão inteiro contra mim?*

Não, aquilo não parecia certo. Teria exigido esforço demais. Além disso, a esquisitice não era só com relação a ela. Todos os grupos de nobres estavam... diferentes esta noite.

Vin tentou um segundo grupo, com um resultado pior. Assim que se aproximou, eles a ignoraram no mesmo instante. Vin se sentiu tão deslocada que se retirou, fugindo para pegar uma taça de vinho. Enquanto caminhava, percebeu que o primeiro grupo — aquele com Yestal e Idren — havia se reunido novamente com exatamente os mesmos membros.

Vin se deteve sob as sombras do beiral do lado leste, perscrutando a multidão. Havia pouca gente dançando, e ela os reconheceu a todos como pares estabelecidos. Parecia haver pouca relação entre os grupos ou mesas. Embora o salão de baile estivesse cheio, parecia que a maior parte dos presentes estava tentando claramente ignorar todos os demais.

Preciso dar uma olhada melhor nisso, Vin pensou, andando até a escada. Pouco depois, ela saiu no comprido balcão que percorria a parede sobre a pista de dança, com suas familiares lanternas azuis dando um tom melancólico e suave.

Ela hesitou. O refúgio de Elend ficava entre a coluna da direita e a parede, iluminado por uma única lanterna. Ele quase sempre passava os bailes dos Venture lendo ali; não gostava da pompa e circunstância que implicava o anfitrião da festa.

O refúgio estava vazio. Ela se aproximou da grade, e então esticou o corpo para contemplar o outro extremo do grande salão. A mesa do anfitrião estava situada no mesmo nível dos balcões, e ela ficou chocada ao ver Elend sentado ali, jantando com seu pai.

O quê?, pensou, incrédula. Nunca, na meia dúzia de bailes em que estivera na Fortaleza Venture, havia visto Elend sentado com sua família.

Lá embaixo, viu uma figura familiar, de túnica colorida, caminhando entre a multidão. Acenou para Sazed, mas ele obviamente já a havia visto. Enquanto esperava por ele, Vin pensou ter ouvido uma voz familiar vindo do outro lado do balcão. Virou-se para conferir, encontrando a pequena figura que não percebera antes. Kliss estava falando com um pequeno grupo de lordes menores.

Então era aqui que Kliss estava, pensou Vin. *Talvez* ela *fale comigo*. Ficou parada, esperando que ou Kliss terminasse sua conversa, ou Sazed chegasse.

Sazed chegou primeiro, deixando a escada quase sem fôlego.

— Senhora — disse em voz baixa, juntando-se a ela perto da grade.

— Diga-me que descobriu alguma coisa, Sazed. Este baile parece... assustador. Todo mundo está tão solene e frio. É quase como um funeral, não uma festa.

— É uma metáfora adequada, minha senhora — comentou Sazed em voz baixa. — Perdemos um anúncio importante. A Casa Hasting disse que não vai celebrar seu baile habitual esta semana.

Vin franziu o cenho.

— E? Casas já cancelaram bailes antes.

— A Casa Elariel também cancelou. Normalmente Tekiel viria na sequência... mas esta casa está extinta. A Casa Shunah já anunciou que não dará mais bailes.

— O que está dizendo?

— Parece, senhora, que este será o último baile por um tempo... talvez por um longo tempo.

Vin olhou para as magníficas janelas do salão, suspensas sobre os grupos independentes — e quase hostis — de pessoas.

— É *isso* que está acontecendo — disse ela. — Estão formalizando alianças. Todo mundo está com seus amigos e adeptos mais fortes. Sabem que este é o último baile, então vieram para manter as aparências, mas sabem que não há tempo para politicagem.

— Parece que é isso mesmo, senhora.

— Todos vão ficar na defensiva — disse Vin. — Recuando para trás das muralhas, como dissemos. É por isso que ninguém quer falar comigo; tornamos Renoux uma força muito neutra. Não tenho uma facção, e este é um momento ruim para apostar em elementos políticos aleatórios.

— Mestre Kelsier precisa saber desta informação, senhora — disse Sazed. — Ele planejava se fingir de informante esta noite, novamente. Se ignorar esta situação, isso causará um sério dano à sua credibilidade. Devemos partir.

— Não — disse Vin, virando-se para Sazed. — Não posso ir... não quando todos estão ficando. Todos pensam que é importante vir e ser visto neste último baile, então não devo partir antes deles.

Sazed assentiu.

— Muito bem.

— Você vai, Sazed. Alugue uma carruagem e vá dizer a Kell o que descobrimos. Ficarei um pouco mais, então partirei quando isso não fizer a Casa Renoux parecer fraca.

— Eu... não sei se aprovo isso, senhora.

Vin revirou os olhos.

— Aprecio a ajuda que tem me dado, mas não precisa ficar segurando minha mão. Muitas pessoas vêm à esses bailes sem seus mordomos para cuidar delas.

Sazed suspirou.

— Muito bem, senhora. Devo retornar, no entanto, depois que localizar mestre Kelsier.

Vin assentiu, despedindo-se dele, que se retirou pela escada de pedra. Vin se inclinou sobre o balcão no lugar de Elend, observando até que Sazed aparecesse lá embaixo e desaparecesse na direção dos portões dianteiros.

E agora? Mesmo que encontre alguém com quem falar, não há realmente nenhum motivo para espalhar rumores.

Teve uma sensação de pavor. Quem teria pensado que chegaria a gostar tanto da frivolidade dos nobres? A experiência era manchada pelo conhecimento do que os nobres eram capazes de fazer, mas tinha sido um... sonho desfrutar de tudo aquilo.

Estaria presente em um baile daqueles novamente? O que aconteceria com Valette, a nobre? Deixaria de lado seus vestidos e maquiagem e voltaria a ser simplesmente Vin, a ladra de rua? Provavelmente não haveria espaço para coisas como grandes bailes no novo reino de Kelsier, e isso talvez não fosse uma coisa ruim — que direito ela tinha de dançar enquanto outros skaas morriam de fome? Mesmo assim... era como se o mundo fosse perder alguma beleza sem as fortalezas e os dançarinos, os vestidos e as festividades.

Ela suspirou e se afastou da grade, olhando para o próprio vestido. Era de um azul profundo e brilhante, com desenhos circulares em branco na base da saia. Não tinha mangas, mas as luvas de seda azul que usava passavam dos cotovelos.

Antigamente, teria achado o traje volumoso demais. Mas agora parecia maravilhoso. Gostava de como era desenhado para realçar seu colo, e, ao mesmo tempo, acentuar seu torso fino. Gostava de como encaixava na cintura, abrindo-se lentamente para fora em um amplo sino que farfalhava enquanto caminhava.

Sentiria falta disso — sentiria falta de tudo isso. Mas Sazed estava certo. Ela não podia deter a progressão do tempo, só podia desfrutar o momento.

Eu não *vou deixar que fique sentado naquela mesa a noite toda, me ignorando*, decidiu.

Vin deu meia-volta e percorreu o balcão, cumprimentando Kliss ao passar por ela. O balcão terminava em um corredor que dava uma volta e — como Vin deduzira corretamente — levava até a saliência em que ficava a mesa do anfitrião.

Ficou parada no corredor por um momento, observando. Lordes e damas estavam acomodados com seus trajes régios, desfrutando o privilégio de terem sido convidados para se sentar com Lorde Straff Venture. Vin esperou, tentando chamar a atenção de Elend, e finalmente um dos convidados a notou e deu uma cotovelada em Elend. Ele se virou com surpresa, viu Vin e corou levemente.

Ela acenou para ele rapidamente, e ele se levantou, pedindo licença. Vin voltou para o corredor, para que pudessem conversar com mais privacidade.

— Elend! — ela disse quando ele entrou no corredor. — Está sentado com seu pai!

Ele assentiu.

— Este baile se transformou em um evento muito especial, Valette, e meu pai insistiu que eu obedecesse ao protocolo.

— Quando teremos algum tempo para a conversar?

— Não tenho certeza se teremos.

Vin franziu o cenho. Ele parecia... reservado. Seu traje habitual, levemente usado e amassado, fora substituído por um novo e elegante. Seu cabelo estava até penteado.

— Elend? — disse ela, dando um passo para a frente.

Ele levantou a mão, interrompendo-a.

— As coisas mudaram, Valette.

Não, ela pensou. *Isso não pode mudar, não ainda!*

— Coisas? Que "coisas"? Elend, do que está falando?

— Sou herdeiro da Casa Venture — disse ele. — E tempos perigosos estão chegando. A Casa Hasting perdeu um comboio inteiro esta tarde, e isso é só o começo. Dentro de um mês, as fortalezas estarão em guerra franca. Não são coisas que posso ignorar, Valette. É hora de eu parar de ser um transtorno para minha família.

— Está bem — disse Vin. — Mas isso não significa...

— Valette — Elend a interrompeu novamente. — Você é um transtorno também. Muito grande. Não vou mentir e dizer que nunca me importei com você... me importei, e ainda me importo. Contudo, eu sabia desde o início, assim como você, que isso nunca seria mais do que um relacionamento passageiro. A verdade é que minha casa precisa de mim... e isso é mais importante do que você.

Vin empalideceu.

— Mas...

Ele deu meia-volta para retornar ao jantar.

— Elend — disse ela, suavemente —, por favor, não se afaste de mim.

Ele se deteve, então virou na direção dela.

— Sei a verdade, Valette. Sei que mentiu sobre quem você é. Não me importo, mesmo... não estou zangado nem desapontado. A verdade é que eu já esperava isso. Você só está... jogando o jogo. Como todos nós. — Ele parou, meneou a cabeça e deu meia-volta. — Como eu.

— Elend? — disse ela, indo atrás dele.

— Não me faça envergonhá-la em público, Valette.

Vin se sentiu aturdida. E, então, estava zangada demais para estar aturdida — muito zangada, muito frustrada... e muito aterrorizada.

— Não me deixe — sussurrou. — Não me deixe você também.

— Sinto muito — disse ele. — Mas tenho que me encontrar com meus amigos. Foi... divertido.

E partiu.

Vin ficou parada no corredor escuro. Sentiu-se estremecer silenciosamente, ela se virou e se dirigiu, cambaleando, de volta para o balcão principal. Ao seu lado, pôde ver Elend desejar boa-noite para sua família e sair por um corredor traseiro em direção à parte privada da fortaleza.

Ele não pode fazer isso comigo. Não, Elend. Não agora...

Contudo, uma voz vinda de dentro — uma voz que ela quase esquecera — começou a falar. *É claro que ele a deixou*, Reen sussurrou. *É claro que a abandonou. Todo mundo a trairá. O que eu te ensinei?*

Não!, pensou Vin. *É só a tensão política. Uma vez que isso tiver acabado, serei capaz de convencê-lo a voltar...*

Eu nunca voltei para você, sussurrou Reen. *Ele não voltará tampouco.* A voz parecia tão real — era quase como se pudesse ouvi-lo ao seu lado.

Vin se inclinou contra a grade do balcão, usando a barra de ferro como apoio, para ficar em pé. Não deixaria que ele a destruísse. Uma vida nas ruas não fora capaz de quebrá-la; não deixaria que um nobre cheio de si fizesse isso. Ficou repetindo para si mesma.

Mas por que isso doía muito mais do que a fome — muito mais do que um dos espancamentos de Camon?

— Bem, Valette Renoux. — Uma voz soou de trás de si.

— Kliss — disse Vin. — Eu... não estou com disposição para conversar agora.

— Ah — disse Kliss. — Então Elend Venture finalmente a desdenhou. Não se preocupe, criança... ele terá o que merece em breve.

Vin se virou, franzindo o cenho ao tom de voz estranho de Kliss. A mulher não parecia consigo mesma. Parecia muito mais... controlada.

— Entregue uma mensagem para seu tio por mim, sim, querida? — pediu Kliss, suavemente. — Diga que um homem como ele... sem alianças... pode ter dificuldade para conseguir informações nos próximos meses. Se precisar de uma boa fonte, diga-lhe para me procurar. Sei de muitas coisas interessantes.

— Você é uma informante! — disse Vin, deixando de lado sua dor por um momento. — Mas você é...

— Uma fofoqueira tola? — perguntou a mulher baixinha. — Ora, sim, eu sou. É fascinante o tipo de coisa que se pode ouvir quando se é conhecida como a fofoqueira da corte. As pessoas vêm até você para espalhar mentiras óbvias; como as coisas que me contou sobre a Casa Hasting semana passada. Por que queria que eu espalhasse tais inverdades? Estaria a Casa Renoux fazendo uma oferta pelo mercado de armas durante a guerra entre as casas? E mais... poderia Renoux estar por trás do recente ataque às barcaças Hasting?

Os olhos de Kliss brilharam.

— Diga a seu tio que posso guardar silêncio do que sei... por um pequeno preço.

— Tem me enganado todo esse tempo... — disse Vin, aturdida.

— É claro, querida — disse Kliss, dando um tapinha no braço de Vin. — É o que fazemos aqui na corte. Você aprenderá com o tempo... se sobreviver. Agora, seja uma boa menina e entregue a mensagem, certo?

Kliss deu meia-volta, sua figura atarracada e espalhafatosa repentinamente pareceu um disfarce brilhante para Vin.

— Espere! — disse Vin. — O que disse sobre Elend antes? Que ele vai ter o que merece?

— Humm? — disse Kliss, virando-se. — Ora... é isso mesmo. Esteve se perguntando sobre os planos de Shan Elariel, não esteve?

Shan?, Vin pensou, com preocupação crescente.

— O que ela está planejando?

— Agora, *isso*, minha querida, é um segredo caro, de fato. Eu poderia lhe dizer... mas o que teria em troca? Uma mulher de uma casa sem importância como eu precisa encontrar sustento em algum lugar.

Vin tirou seu colar de safiras, a única peça de joia que estava usando.

— Aqui. Tome.

Kliss aceitou o colar com expressão pensativa.

— Humm, sim, muito bonito, de fato.

— O que sabe? — replicou Vin.

— Temo que o jovem Elend será uma das primeiras baixas dos Venture na guerra entre as casas — disse Kliss, guardando o colar em um bolso na manga. — É um azar... realmente parece ser um bom garoto. Bom demais, provavelmente.

— Quando? — Vin exigiu saber. — Onde? Como?

— Tantas questões, mas só um colar — disse Kliss, indolente.

— É tudo o que tenho agora! — disse Vin, sinceramente. Sua bolsa de moedas só continha alguns tostões de bronze para *empurrar* metal.

— Mas é um segredo *muito* valioso, como eu disse — prosseguiu Kliss. — Ao dizer para você, minha vida poderia...

É isso!, Vin pensou, furiosa. *Estúpidos jogos da aristocracia!*

Vin queimou zinco e bronze, atingindo Kliss com um poderoso golpe de Alomancia emocional. *Abrandou* todos os sentimentos da mulher, exceto o medo, então agarrou essa emoção e deu um *puxão* firme.

— Diga! — grunhiu Vin.

Kliss se engasgou, cambaleando e quase caindo no chão.

— Uma alomântica! Não *admira* que Renoux tenha trazido uma sobrinha tão distante com ele para Luthadel!

— Fale! — exigiu Vin, dando um passo para frente.

— É tarde demais para ajudá-lo — disse Kliss. — Nunca venderia um segredo desses se houvesse uma chance de ele se voltar contra mim!

— Diga!

— Ele será assassinado por alomânticos de Elariel esta noite — sussurrou Kliss. — Já deve estar morto... deveria acontecer assim que se retirasse da mesa do lorde. Mas, se quer vingança, devia olhar na direção de Lorde Straff Venture também.

— O pai de Elend? — perguntou Vin, surpresa.

— É claro, criança tola — disse Kliss. — Não há nada que Lorde Venture deseje mais do que uma desculpa para dar o título de sua casa para o sobrinho. Tudo o que Venture teve que fazer foi retirar alguns de seus soldados do telhado próximo ao quarto de Elend para que os assassinos de Elariel entrem. E, já que o assassinato ocorrerá durante um dos encontrinhos filosóficos de Elend, Lorde Venture conseguirá se livrar de um Hasting e de um Lekal também!

Vin deu meia-volta. *Tenho que fazer alguma coisa!*

— Acredito que Lorde Venture vai se surpreender — disse Kliss, com um riso abafado, erguendo-se. — Ouvi dizer que Elend tem alguns... livros muito selecionados em seu poder. O jovem Venture devia ser mais cuidadoso com o que diz para suas mulheres, creio.

Vin se voltou para uma sorridente Kliss. A mulher piscou para ela.

— Manterei sua Alomancia em segredo, criança. Mas se assegure de me entregar o pagamento amanhã à tarde. Uma dama precisa comprar comida... como pode ver, preciso de bastante. Quanto à Casa Venture... eu manteria distância deles, se fosse você. Os assassinos de Shan vão criar um *belo* alvoroço esta noite. Não me surpreenderia se metade da corte acabasse no quarto do garoto para ver qual o motivo do tumulto. Quando a corte vir esses livros que Elend tem... vamos apenas dizer que os obrigadores ficarão muito interessados na Casa Venture por um tempo. Pena que Elend já estará morto... não vemos a execução de um nobre há muito tempo!

O quarto de Elend, Vin pensou, desesperadamente. *É onde devem estar!* Deu meia-volta, erguendo a saia e se movendo freneticamente na direção do corredor que deixara momentos antes.

— Onde está indo? — perguntou Kliss, surpresa.

— Tenho que impedir isso! — disse Vin.

Kliss deu uma gargalhada.

— Já lhe disse que é tarde demais. Venture é uma fortaleza antiga, e as passagens que levam aos aposentos dos lordes são quase um labirinto. Se não souber o caminho, vai acabar perdida por horas.

Vin olhou a sua volta, sentindo-se desesperada.

— Além disso, criança — Kliss acrescentou, preparando-se para partir. —, o garoto não acaba de desprezá-la? O que deve a ele?

Com isso, Vin hesitou.

Ela está certa. O que devo a ele?

A resposta veio imediatamente. *Eu o amo.*

Com esse pensamento, recuperou as forças. Começou a correr, apesar das gargalhadas de Kliss. Tinha que tentar. Entrou no corredor e chegou às passagens. Contudo, as palavras de Kliss se revelaram certas: os escuros corredores de pedra eram estreitos e sem adornos. Nunca encontraria o caminho a tempo.

O telhado, pensou. *O quarto de Elend deve ter uma sacada. Preciso de uma janela!*

Saiu correndo pelo corredor, arrancando os sapatos e tirando as meias. Correu o mais que pôde com o vestido. Procurava freneticamente por uma janela grande o bastante para passar por ela. Disparou por um corredor mais largo, vazio, exceto pelas tochas que brilhavam.

Uma imensa janela circular, cor de lavanda, estava do outro lado do aposento.

Bom o bastante, Vin pensou. Avivando aço, atirou-se no ar, *empurrando* a imensa porta de ferro atrás de si. Voou por um momento, então *empurrou* com força contra o marco de ferro da janela.

Deteve-se no ar, *empurrando* ao mesmo tempo para frente e para trás. Esforçou-se, flutuando no corredor vazio, avivando o peltre para não ser esmagada. A janela circular era enorme, mas era principalmente composta por vidro. Quão resistente poderia ser?

Muito resistente. Vin grunhiu com a força que fazia. Ouviu um estalo atrás de si, e a porta começou a ceder nos batentes.

Tem... que... ceder!, ela pensou irada, avivando seu aço. Pedaços de pedra caíram ao redor da janela.

Então, com um *crack*, a janela se soltou da parede de pedra. Despencou na noite escura, e Vin disparou atrás dela.

As brumas frias a envolveram. Ela *puxou* levemente a porta dentro do quarto, impedindo-se de ir longe demais, então *empurrou* com força a janela que caía. A enorme janela girou embaixo dela, agitando as brumas, enquanto Vin saía voando direto na direção do telhado.

A janela se espatifou no chão bem quando Vin chegou à beira do telhado, seu vestido tremulando loucamente no vento. Aterrissou no telhado de bronze com um golpe, se agachando. Sentiu o metal frio sob seus pés e mãos.

Ela avivou seu estanho e a noite se iluminou. Não viu nada fora do normal.

Queimou bronze, usando-o como Marsh a ensinara, em busca de sinais de Alomancia. Não havia nada — os assassinos tinham um Esfumaçador com eles.

Não posso procurar pelo edifício todo!, pensou Vin, desesperada, avivando seu bronze. *Onde estão?*

Então, estranhamente, pensou ter sentido algo. Um pulso alomântico na noite. Fraco. Escondido. Mas era o suficiente.

Vin se levantou e saiu correndo pelo telhado, confiando em seus instintos. Enquanto corria, avivou peltre e agarrou o vestido perto do pescoço, rasgando o traje com um único puxão. Pegou a bolsa de moedas e o frasco de metais de um bolso escondido e então — ainda correndo — rasgou o vestido, as anáguas, e a meia-calça, jogando tudo para os lados. Seu corpete e luvas foram em seguida. Por baixo, usava uma camisa fina, sem mangas, e calções brancos.

Corria freneticamente. *Não posso chegar tarde*, pensou. *Por favor. Não posso.*

Figuras se moviam nas brumas adiante. Estavam perto de uma claraboia do telhado; Vin passara por várias outras similares enquanto corria. Uma das figuras apontou para a claraboia, uma arma brilhando em sua mão.

Vin gritou, *empurrando-se* para longe do telhado de bronze e traçando um arco ao saltar. Aterrissou no meio do grupo surpreso, então brandiu sua bolsa de moedas, rasgando-a em duas.

As moedas se espalharam no ar, refletindo a luz da janela abaixo. Enquanto a chuva cintilante de metal caía ao redor de Vin, ela *empurrou*.

Moedas dispararam como um enxame de insetos, cada uma deixando um rastro nas brumas. As figuras gritaram quando as moedas acertaram suas carnes, e várias das formas escuras caíram.

Várias, não. Algumas das moedas foram desviadas, *empurradas* de lado por invisíveis mãos alomânticas. Quatro pessoas permaneceram em pé: duas delas usavam capas de bruma; uma era familiar.

Shan Elariel. Vin não precisava ver a capa para compreender; era a única razão pela qual uma mulher tão importante quanto Shan estaria na cena de um assassinato como esse. Era uma Nascida da Bruma.

— *Você?* — perguntou Shan, surpresa. Usava calça e camisa pretas, o cabelo escuro preso para trás, a capa de bruma parecendo quase elegante.

Dois Nascidos da Bruma, Vin pensou. *Isso não é bom*. Começou a correr, desviando, quando um dos assassinos brandiu seu bastão de duelo contra ela.

Vin deslizou pelo telhado, então se *puxou* para parar, girando com uma mão apoiada no frio bronze. Estendeu o braço e *puxou* as poucas moedas que não tinham se perdido na noite, atraindo-as para sua mão.

— Matem-na! — exclamou Shan. Os dois homens que Vin derrubara gemiam no telhado. Não estavam mortos — na verdade, um estava tentando ficar em pé.

Brutamontes, pensou Vin. *Os outros dois são provavelmente Lançamoedas.*

Como se para provar que ela estava certa, um dos homens tentou *empurrar* o frasco de metais de Vin para longe. Felizmente, não havia metal suficiente no frasco para lhe dar uma boa âncora, e ela o segurou com facilidade.

Shan voltou sua atenção para a claraboia.

Não, não vai!, pensou Vin, avançando na direção dela.

O Lançamoedas gritou quando ela se aproximou. Vin derrubou uma moeda e a atirou nele. Ele a *empurrou* — mas Vin se ancorou contra o telhado de bronze e, avivando aço, *empurrou* contra ele com força.

O *empurrão* de aço do homem — transmitido da moeda para Vin e dela para o telhado — o lançou no ar. Ele gritou, despencando na escuridão. Era só um Brumoso, e não podia se *puxar* de volta para o telhado.

O outro Lançamoedas tentou atingir Vin com moedas, mas ela as desviou com facilidade. Infelizmente, não era tão tolo quanto seu companheiro e soltou as moedas logo depois de *empurrá-las*. Contudo, era óbvio que não podia acertá-la. Por que continuava...

O outro Nascido da Bruma!, Vin pensou, rolando enquanto uma figura saltava na escuridão, facas de cristal cintilando no ar.

Vin mal conseguiu desviar, avivando peltre para recuperar o equilíbrio. Ficou em pé ao lado do Brutamontes ferido, que tentava se levantar, debilitado. Avivando peltre de novo, Vin acertou o ombro no peito do homem, jogando-o de lado.

O homem cambaleou, desajeitado, ainda segurando a lateral do corpo, que sangrava. Então tropeçou e caiu sobre a claraboia. O fino vidro pintado se espatifou quando ele caiu, e os ouvidos de Vin, amplificados pelo estanho, puderam ouvir gritos de surpresa vindos de baixo, seguidos por um golpe quando o Brutamontes atingiu o chão.

Vin olhou para cima, sorrindo malevolamente para a atônita Shan. Atrás dela, o segundo Nascido da Bruma — um homem — praguejava em voz baixa.

— Você... você... — balbuciou Shan, os olhos ardendo perigosamente de fúria na noite.

Entenda o aviso, Elend, pensou Vin, *e fuja. É hora de eu partir.*

Não podia encarar dois Nascidos da Bruma de uma vez — não conseguia nem derrotar Kelsier na maioria das noites. Avivando aço, Vin se lançou para trás. Shan deu um passo adiante — parecendo determinada — *empurrando-se* atrás de Vin. O segundo Nascido da Bruma se juntou a ela.

Maldição!, Vin pensou, rodopiando no ar e se *empurrando* contra o beiral do telhado perto de onde quebrara a janela circular. No chão, figuras corriam de um lado para o outro com suas lanternas iluminando as brumas. Provavelmente Lorde Venture pensava que a confusão significava que seu filho estava morto. Ficaria surpreso.

Vin se lançou no ar mais uma vez, saltando no vazio cheio de brumas. Ouviu os dois Nascidos da Bruma aterrissando atrás dela, então se impulsionou de novo.

Isso não é bom, pensou Vin, nervosa, enquanto percorria as correntes de ar por entre as brumas. Não tinha mais moedas nem adagas — e enfrentava dois Nascidos da Bruma bem-treinados.

Queimou ferro, procurando freneticamente por uma âncora na noite. Uma linha azul, movendo-se lentamente, apareceu à sua direita.

Vin *puxou* a linha, mudando sua trajetória. Lançou-se para baixo, a muralha da Fortaleza Venture apareceu como uma sombra escura sob ela. Sua âncora era a placa peitoral de um guarda desafortunado, que se agarrava loucamente a um dos dentes das ameias para não ser *puxado* na direção de Vin.

Vin se chocou contra o homem com os pés, então girou em meio às brumas, rodopiando para aterrissar na pedra fria. O guarda caiu e gritou, agarrando desesperadamente sua âncora enquanto outra força alomântica o *puxava*.

Sinto muito, amigo, Vin pensou, chutando a mão do homem para soltá-lo da ameia. Ele imediatamente foi lançado para cima, como se *puxado* por um poderoso cabo.

O baque de corpos colidindo soou na escuridão acima dela, e Vin viu um par de formas flácidas cair no pátio dos Venture. Ela sorriu e saiu correndo pela muralha. *Espero que tenha sido Shan.*

Vin saltou, aterrissando em cima da guarita dos guardas. Perto da fortaleza, as pessoas se reuniam, subindo em carruagens para fugir.

E assim começa a guerra entre as casas, Vin pensou. *Não pensei que seria eu que a iniciaria oficialmente.*

Uma figura despencou sobre ela, vinda das brumas acima. Vin gritou, avivando peltre e saltando de lado. Shan aterrissou com destreza — as tiras de sua capa de brumas ondulando — sobre a guarita. Empunhava duas adagas, e seus olhos resplandeciam de raiva.

Vin saltou de lado, rolando para fora da guarita e pousando na muralha abaixo. Dois guardas se alarmaram, surpresos em ver uma garota seminua cair entre eles. Shan saltou na muralha atrás deles, então *empurrou*, atirando um dos guardas na direção de Vin.

O homem gritou quando Vin *empurrou* sua placa peitoral também — mas ele era muito mais pesado, e ela foi jogada de costas. *Puxou* o guarda para diminuir sua velocidade, e ele se chocou contra a parte superior da muralha. Vin aterrissou com agilidade ao lado dele, então agarrou o bastão, que já rolava das mãos do homem.

Shan atacou com um clarão de adagas giratórias, e Vin foi obrigada a saltar para trás novamente. *Ela é tão boa!*, pensou Vin, ansiosa. Treinara pouco com adagas; agora, desejava ter pedido um pouco mais de prática para Kelsier. Brandiu o bastão, mas nunca usara uma arma dessas antes, e seu ataque foi risível.

Shan golpeou, Vin sentiu uma ardência de dor na bochecha enquanto se esquivava. Derrubou o bastão, surpresa, levando a mão ao rosto e sentindo sangue. Recuou, cambaleando, vendo o sorriso no rosto de Shan.

Então Vin se lembrou do frasco. Aquele que ainda carregava — aquele que Kelsier lhe dera.

Atium.

Não se preocupou em tirá-lo do lugar em que o colocara na cintura. Queimou aço, *puxando* a conta de atium. O frasco se estilhaçou e a conta disparou na direção de Vin. Ela a pegou com a boca e a tragou no ato.

Shan levou a mão na cintura. Então, antes que Vin pudesse atacar, engoliu algo de seu próprio frasco.

É claro que ela tem atium!

Mas, quanto teria? Kelsier não dera muito para Vin — só o suficiente para uns trinta segundos. Shan pulou para frente, sorrindo, seu longo cabelo escuro ondulando no ar. Vin cerrou os dentes. Não tinha muita escolha.

Queimou atium. Imediatamente, a forma de Shan disparou dezenas de sombras fantasmagóricas de atium. Era um impasse entre as Nascidas da Bruma: a primeira que ficasse sem atium ficaria vulnerável. Não se podia escapar de um oponente que sabia exatamente o que outro ia fazer.

Vin cambaleou para trás, mantendo os olhos em Shan. A nobre avançou, suas formas fantasmagóricas faziam uma bolha insana de movimento transparente ao seu redor. Parecia calma. Segura.

Ela tem atium o bastante, Vin pensou, sentindo seu próprio estoque se esgotar. *Preciso escapar*.

De repente, uma sombra de pedaço de madeira disparou em direção ao peito de Vin. Ela desviou para o lado quando a flecha verdadeira —

aparentemente feita sem ponta de metal — passou pelo ar onde estava parada antes. Olhou na direção da guarita, onde vários soldados erguiam seus arcos.

Praguejou, olhando de relance para as brumas. Ao fazer isso, notou um sorriso em Shan.

Ela está esperando que meu atium acabe. Quer que eu corra — sabe que pode me alcançar.

Havia só uma alternativa: atacar.

Shan franziu o cenho, surpresa, quando Vin avançou, flechas fantasmas acertaram as pedras um pouco antes de suas congêneres verdadeiras chegarem. Vin desviou-se entre duas flechas — sua mente amplificada pelo atium sabendo exatamente como se mover —, passando tão perto que pôde sentir os projéteis no ar em cada lado de seu corpo.

Shan brandiu as adagas, e Vin se virou de lado, desviando de um golpe e bloqueando o outro com o antebraço, sentindo um corte profundo. Seu sangue jorrou no ar quando ela girou — cada gota desprendendo uma imagem transparente de atium —, avivou seu peltre e acertou Shan bem no estômago.

Shan grunhiu de dor, dobrou levemente o corpo, mas não caiu.

O atium está quase acabando, pensou Vin, desesperada. *Só sobram alguns segundos.*

Então, apagou seu atium, expondo-se.

Shan sorriu com malícia, erguendo-se, empunhando a adaga com confiança na mão direita. Presumira que Vin estava sem atium — e, portanto, presumira que estava exposta. Vulnerável.

Nesse momento, Vin queimou o último resto de atium. Shan se deteve brevemente, confusa, dando a Vin uma oportunidade quando uma flecha fantasma passou pelas brumas sobre elas.

Vin pegou a flecha verdadeira que veio em seguida — a madeira granulosa queimando seus dedos — e a cravou no peito de Shan. A vareta se quebrou nas mãos de Vin, deixando aproximadamente uns três centímetros no corpo de Shan. A mulher cambaleou para trás, permanecendo em pé.

Maldito peltre, Vin pensou, desembainhando a espada do soldado inconsciente que tinha a seus pés. Saltou para frente, trincando os dentes com determinação, e Shan — ainda aturdida — levantou uma mão para *empurrar* a espada.

Vin soltou a arma — era apenas uma distração — enquanto cravava a outra metade da flecha quebrada no peito de Shan, ao lado da primeira.

Desta vez, Shan caiu. Tentou se levantar, mas um dos pedaços de flecha devia ter causado um dano sério ao coração, pois seu rosto empalideceu. Lutou por um momento, então caiu sem vida nas pedras.

Vin ficou parada, respirando profundamente enquanto limpava o sangue da bochecha — só para perceber que seu braço ensanguentado só estava deixando o rosto pior. Atrás dela, os soldados gritavam, disparando mais flechas.

Vin olhou para trás, na direção da fortaleza, despedindo-se de Elend, e então se *empurrou* na noite.

Outros homens se preocupam se serão ou não lembrados. Não tenho tais temores; mesmo desconsiderando as profecias de Terris, tenho trazido tanto caos, conflito e esperança para este mundo que há poucas chances de eu ser esquecido.

Preocupa-me o que dirão de mim. Historiadores podem fazer o que quiserem com o passado. Daqui a mil anos, serei recordado como o homem que protegeu a humanidade de um mal poderoso? Ou serei lembrado como o tirano que arrogantemente tentou fazer de si mesmo uma lenda?

31

— NÃO SEI — DISSE Kelsier, sorrindo, enquanto dava de ombros. — Brisa daria um bom Ministro do Saneamento.

O grupo gargalhou, embora Brisa simplesmente revirasse os olhos.

— Honestamente, não sei por que *eu* sempre sou o alvo das piadas de vocês. Por que precisam escolher a única pessoa digna desta gangue como objeto de zombaria?

— Porque, meu caro — disse Ham, imitando o jeito de Brisa falar —, você é, de longe, o melhor "objeto" que temos.

— Ah, por favor — disse Brisa, enquanto Fantasma quase caía no chão de tanto rir. — Isso está ficando infantil. O adolescente é o único que achou *esse* comentário engraçado, Hammond.

— Sou um soldado — Ham disse, erguendo a taça. — Seus engenhosos ataques verbais não têm nenhum efeito sobre mim, pois sou muito estúpido para entendê-los.

Kelsier gargalhou, com as costas apoiadas no armário. O problema de trabalhar à noite era que perdia as reuniões noturnas na cozinha de Trevo.

Brisa e Ham continuavam com suas brincadeiras habituais. Dox estava sentado na ponta da mesa, olhando livros-caixas e relatórios, enquanto Fantasma estava perto de Ham, ansioso, tentando fazer o melhor possível para participar da conversa. Trevo estava sentado em seu canto, supervisionando, sorrindo de vez em quando, e em geral desfrutando de sua capacidade de fazer as melhores caretas da sala.

— Eu devia ir embora, mestre Kelsier — disse Sazed, olhando para o relógio da parede. — A senhora Vin deve estar pronta para partir.

Kelsier assentiu.

— Eu também preciso ir. Ainda tenho que...

A porta dos fundos da cozinha se abriu de repente. A silhueta de Vin apareceu recortada nas brumas escuras, vestindo nada mais do que roupas íntimas — uma camisa fina branca e calções. Ambos estavam manchados de sangue.

— Vin! — exclamou Ham, levantando-se.

A bochecha dela tinha um corte longo e fino, e tinha amarrado uma bandagem no antebraço.

— Estou bem — ela disse, cansada.

— O que aconteceu com seu vestido? — Dockson imediatamente quis saber.

— Quer dizer isso? — Vin perguntou, em tom de desculpas, segurando um emaranhado de tecido azul manchado de fuligem e rasgado. — Eu... o peguei no caminho. Desculpe, Dox.

— Pelo Senhor Soberano, garota! — disse Brisa. — Esqueça o vestido. O que aconteceu com *você*?

Vin balançou a cabeça, fechando a porta. Fantasma corou violentamente vendo-a como estava, e Sazed se dirigiu até ela no mesmo instante, examinando o corte em seu rosto.

— Acho que fiz algo errado — disse Vin. — Eu... meio que matei Shan Elariel.

— Você fez *o quê*? — perguntou Kelsier enquanto Sazed estalava a língua em desaprovação, deixando o corte menor na bochecha de lado para desfazer a bandagem do braço.

Vin estremeceu de leve com as inspeções de Sazed.

— Ela era uma Nascida da Bruma. Nós lutamos. Eu venci.

Você matou uma Nascida da Bruma completamente treinada?, pensou Kelsier, surpreso. *Mal está praticando há oito meses!*

— Mestre Hammond — pediu Sazed —, poderia buscar minha bolsa de curandeiro?

Ham assentiu, levantando-se.

— Poderia trazer algo para ela vestir também — Kelsier sugeriu. — Acho que o pobre Fantasma está prestes a ter um ataque do coração.

— O que tem de errado com isso? — Vin perguntou, apontando com a cabeça para suas roupas. — Não é muito mais revelador do que outras roupas de ladra que já usei.

— São roupas de baixo, Vin — explicou Dockson.

— E?

— É o princípio da questão — disse Dockson. — Jovens damas não correm por aí em roupas de baixo, não importa o quanto essas roupas possam parecer normais.

Vin deu de ombros, sentando-se enquanto Sazed tirava a bandagem de seu braço. Parecia... exausta. E não só por causa da luta. *O que mais teria acontecido na festa?*

— Onde lutou com a mulher Elariel? — perguntou Kelsier.

— Do lado de fora da Fortaleza Venture — disse Vin, abaixando o olhar. — Eu... acho que alguns guardas me viram. Alguns dos nobres devem ter visto também, não tenho certeza.

— Isso vai trazer problemas — disse Dockson, suspirando. — Esse ferimento na bochecha vai ser bastante óbvio, mesmo com maquiagem. Sinceramente, vocês, alomânticos... Nem mesmo se preocupam em como vão parecer no dia *seguinte* a uma dessas lutas?

— Eu estava meio que concentrada em permanecer viva, Dox — disse Vin.

— Ele só está reclamando porque está preocupado com você — disse Kelsier, enquanto Ham voltava com a bolsa. — É o que ele faz.

— Os dois ferimentos requerem pontos imediatamente, senhora — disse Sazed. — O do braço chegou ao osso, creio.

Vin assentiu, e Sazed esfregou o braço dela com um unguento anestésico antes de começar a trabalhar. Ela suportou sem muito desconforto visível — embora, obviamente, tivesse avivado seu peltre.

Parece tão esgotada, Kelsier pensou. Era uma coisinha de aparência tão frágil, na sua maioria só braços e pernas. Hammond colocou uma capa ao redor de seus ombros, mas ela parecia cansada demais para se importar.

E eu a levei a isso.

Ela sabia muito bem que não precisava se meter nesse tipo de encrenca. Depois de um tempo, Sazed terminou sua eficiente costura e amarrou uma bandagem nova ao redor de seu braço. Ia agora para a bochecha.

— Por que lutar com uma Nascida da Bruma? — perguntou Kelsier, severo. — Tinha que ter fugido. Não aprendeu nada com sua batalha contra os Inquisidores?

— Não tinha como fugir sem dar as costas para ela — explicou Vin. — Além disso, ela tinha mais atium do que eu. Se eu não atacasse, ela teria me alcançado. Tive que golpear enquanto estávamos em condições iguais.

— Mas como se meteu nisso, antes de mais nada? — Kelsier exigiu saber. — Ela a atacou?

Vin olhou para seus pés.

— Eu ataquei primeiro.

— Por quê? — perguntou Kelsier.

Vin ficou em silêncio por um momento, enquanto Sazed trabalhava em sua bochecha.

— Ela ia matar Elend — disse, finalmente.

Kelsier bufou de exasperação.

— Elend Venture? Você arriscou sua vida... arriscou o plano e nossas vidas... por esse garoto tolo?

Vin olhou para ele, encarando-o.

— Sim.

— O que há de errado com você, garota? — perguntou Kelsier. — Elend Venture não vale isso.

Ela ficou em pé, zangada. Sazed recuou e a capa caiu no chão.

— Ele é um bom homem!

— Ele é um nobre!

— *Assim como vocês!* — exclamou Vin. Acenou, frustrada, em direção à cozinha e à gangue. — O que acha que *isso* é, Kelsier? A vida de um skaa? O que qualquer um de vocês sabe sobre os skaas? Roupas aristocráticas, perseguições noturnas, refeições completas e drinques ao redor da mesa com os amigos? Essa não é a vida de um skaa!

Deu um passo adiante, encarando Kelsier. Ele pestanejou, surpreso com a explosão dela.

— O que sabe sobre eles, Kelsier? — perguntou ela. — Quando foi a última vez que dormiu em um beco, tremendo embaixo da chuva fria, ouvindo o pedinte perto de você tossir com uma doença que sabe que vai matá-lo? Quando foi a última vez que ficou acordado à noite, aterrorizado porque um dos homens de sua gangue poderia tentar estuprá-lo? Já se ajoelhou alguma vez, morrendo de fome, desejando ter coragem de esfaquear o integrante da gangue ao seu lado só para tomar o pedaço de pão dele? Já se acovardou diante do seu irmão enquanto ele o espancava, agradecendo todo o tempo porque alguém pelo menos *prestava atenção em você*?

Ficou em silêncio, arfando de leve, os membros da gangue a encarando.

— Não me fale dos nobres — disse Vin. — E não fale coisas sobre pessoas que não conhece. Vocês não são skaas... são apenas nobres sem títulos.

Deu meia-volta, saindo do aposento. Kelsier a observou partir, surpreso, ouvindo os passos dela na escada. Ficou parado, estupefato, sentindo um arrebatar surpreendente de culpa e vergonha.

E, pela primeira vez, encontrou-se sem ter o que dizer.

VIN NÃO FOI PARA SEU quarto. Subiu até o telhado, onde as brumas se revolviam silenciosamente, na noite sem luzes. Sentou-se em um canto, sentindo a borda de pedra do telhado plano e a madeira contra suas costas quase nuas.

Estava com frio, mas não se importava. Seu braço doía um pouco, mas estava quase entorpecido. Era ela que não se sentia entorpecida o suficiente.

Cruzou os braços, encolhendo-se e observando as brumas. Não sabia o que pensar, muito menos o que sentir. Não devia ter explodido com Kelsier, mas tudo o que acontecera... a luta, a traição de Elend... a fazia se sentir frustrada. Precisava ficar brava com *alguém*.

Devia estar brava consigo mesma, a voz de Reen sussurrou. *Você que os deixou se aproximar. Agora, todos vão abandoná-la.*

Não podia fazer a dor parar. Só podia ficar sentada e estremecer enquanto as lágrimas caíam, perguntando-se como tudo desmoronara tão rapidamente.

O alçapão do telhado se abriu com um rangido baixo, e a cabeça de Kelsier apareceu.

Ah, Senhor Soberano! Não quero encará-lo agora. Tentou secar as lágrimas, mas só conseguiu agravar o machucado recém-costurado em sua bochecha.

Kelsier fechou o alçapão atrás de si, então ficou parado, alto e orgulhoso, encarando as brumas. *Ele não merece as coisas que eu disse. Nenhum deles merece.*

— Observar as brumas é reconfortante, não é? — perguntou Kelsier.

Vin assentiu.

— O que eu lhe disse uma vez? As brumas lhe protegem, lhe dão poder... lhe escondem...

Olhou para baixo, então se aproximou e se agachou atrás dela, segurando uma capa.

— Há algumas coisas das quais não é possível se esconder, Vin. Eu sei... eu tentei.

Ela aceitou a capa e a enrolou nos ombros.

— O que aconteceu esta noite? — ele perguntou. — O que *realmente* aconteceu?

— Elend me disse que não queria mais estar comigo.

— Ah — disse Kelsier, sentando-se ao lado dela. — Isso foi antes ou depois de você matar a ex-noiva dele?

— Antes — contou Vin.

— E ainda assim o protegeu?

Vin assentiu, fungando em silêncio.

— Eu sei. Sou uma idiota.

— Não mais que o resto de nós — disse Kelsier, com um suspiro. Olhou para as brumas. — Eu também amava Mare, mesmo depois que ela me traiu. Nada foi capaz de mudar o que eu sentia.

— E é por isso que dói tanto — disse Vin, lembrando-se do que Kelsier dissera antes. *Acho que finalmente entendo.*

— Não se deixa de amar alguém simplesmente porque essa pessoa te machucou — explicou ele. — Certamente tornaria as coisas mais fáceis se isso acontecesse.

Ela começou a fungar novamente, e ele colocou um braço paternal ao redor dela. Ela se aproximou, tentando usar o calor dele para afastar a dor.

— Eu o amava, Kelsier — ela sussurrou.

— Elend? Eu sei.

— Não, não Elend — disse Vin. — Reen. Ele me batia, uma vez, e outra, e outra. Ele me xingava, gritava comigo, dizia que me trairia. Todo dia eu pensava no quanto eu o odiava. E eu o amava. Ainda amo. Dói tanto pensar que ele se foi, mesmo que sempre dissesse que partiria.

— Ah, criança — disse Kelsier, abraçando-a. — Sinto muito.

— Todo mundo me deixa — murmurou ela. — Mal consigo me lembrar da minha mãe. Ela tentou me matar, sabe? Ouvia vozes em sua cabeça, e as vozes a fizeram matar minha irmãzinha. Provavelmente ia me matar logo depois, mas Reen a deteve. De qualquer jeito, ela me deixou. Depois disso, me apeguei a Reen. Ele partiu também. Amo Elend, mas ele não me quer mais. — Olhou para Kelsier. — Quando você vai partir? Quando vai me deixar?

Kelsier pareceu entristecido.

— Eu... Vin, não sei. Esse trabalho, esse plano...

Ela o olhou nos olhos, buscando os segredos por trás deles. *O que está escondendo de mim, Kelsier? Algo tão perigoso assim?* Secou os olhos de novo, afastando-se dele, sentindo-se uma tola.

Ele abaixou os olhos, balançando a cabeça.

— Olhe, agora você deixou sangue sobre todo o meu belo, sujo e falso traje de informante.

Vin sorriu.

— Pelo menos, em parte, é sangue nobre. Mandei bem com Shan.

Kelsier gargalhou.

— Provavelmente está certa sobre mim, sabe? Não dou muita chance para a nobreza, não é?

Vin corou.

— Kelsier, eu não devia ter dito aquelas coisas. Vocês são boas pessoas, e esse seu plano... bem, eu percebo o que está tentando fazer pelos skaas.

— Não, Vin — falou Kelsier, negando com a cabeça. — O que disse é verdade. Não somos skaas de verdade.

— Mas isso é bom — comentou Vin. — Se fossem skaas comuns, não teriam a experiência ou a coragem de planejar algo assim.

— Eles podem não ter experiência — Kelsier falou. — Mas têm coragem. Nosso exército perdeu, é verdade, mas esteve disposto, com o mínimo de treinamento, a enfrentar uma força superior. Não, os skaas não têm falta de coragem. Só de oportunidade.

— Então é sua posição, meio skaa, meio nobre, que *lhe* dá a oportunidade, Kelsier. E você escolheu usar essa oportunidade para ajudar sua metade skaa. Isso o faz digno de ser um skaa se nada mais fizer.

Kelsier sorriu.

— Digno de ser um skaa. Gostei de como soa. De qualquer forma, talvez eu precise passar um pouco menos de tempo me preocupando com quais nobres matar e um pouco mais me preocupando com quais camponeses ajudar.

Vin assentiu, puxando a capa para mais perto do corpo enquanto encarava as brumas. *Elas nos protegem... nos dão poder... nos escondem...*

Não sentia que precisava se esconder há muito tempo. Mas agora, depois das coisas que dissera lá embaixo, quase desejava poder sumir como um punhado de bruma.

Tenho que contar para ele. Pode significar o sucesso ou o fracasso do plano. Respirou profundamente.

— A Casa Venture tem uma fraqueza, Kelsier.

Ele se animou.

— Tem?

Vin assentiu.

— Atium. Eles asseguram que o metal seja coletado e entregue... é a fonte da riqueza deles.

Kelsier ofegou de surpresa.

— É claro! É como conseguem pagar os impostos; é por isso que são tão poderosos. Ele *precisa* que alguém cuide dessas coisas para ele...

— Kelsier? — perguntou Vin.

Ele olhou para ela.

— Não... faça nada a menos que seja necessário, tudo bem?

Kelsier franziu o cenho.

— Eu... não sei se posso prometer alguma coisa, Vin. Tentarei encontrar outro jeito, mas como as coisas estão agora, Venture tem que cair.

— Eu entendo.

— Mas estou contente que tenha me contado.

Ela assentiu. *E agora eu traí Elend também.* Havia uma paz, no entanto, em saber que não fizera isso por despeito. Kelsier tinha razão: a Casa Venture era um poder que precisava ser derrubado. Estranhamente, sua menção à casa pareceu incomodar mais a Kelsier do que a ela. Ele ficou sentado, encarando as brumas, melancólico. Começou a coçar o braço, casualmente.

As cicatrizes, Vin pensou. *Não é na Casa Venture que está pensando — é nos Fossos. Nela.*

— Kelsier? — ela o chamou.

— Sim? — Os olhos dele ainda pareciam um pouco... ausentes enquanto observava as brumas.

— Não acho que Mare o traiu.

Ele sorriu.

— Fico feliz que pense assim.

— Não, realmente quero dizer isso — falou Vin. — Os Inquisidores estavam esperando por vocês quando chegaram ao centro do palácio, certo?

Kelsier assentiu.

— Estavam esperando por nós também.

Kelsier negou com a cabeça.

— Você e eu lutamos com alguns guardas, fizemos barulho. Quando Mare e eu entramos, estávamos em silêncio. Planejamos por um ano... fomos sigilosos, silenciosos e muito cuidadosos. Alguém armou uma armadilha para nós.

— Mare era uma alomântica, certo? — perguntou Vin. — Eles podem ter sentido vocês chegarem.

Kelsier negou com a cabeça novamente.

— Tínhamos um Esfumaçador conosco. Redd era o nome dele... os Inquisidores o mataram no ato. Eu me questionei se ele era o traidor, mas não se encaixa. Redd não sabia sobre a infiltração até aquela noite, quando fomos buscá-lo. Só Mare sabia o bastante, datas, horários, objetivos, para nos trair. Além disso, há o comentário do Senhor Soberano. Você não o viu, Vin. Sorrindo enquanto agradecia a Mare. Havia... honestidade nos olhos dele. Dizem que o Senhor Soberano não mente. Por que precisaria?

Vin ficou em silêncio por um momento, considerando o que ele dissera.

— Kelsier — falou, lentamente —, acho que os Inquisidores podem sentir nossa Alomancia quando estamos queimando cobre.

— Impossível.

— Fiz isso essa noite. Perfurei a nuvem de cobre de Shan para localizá-la, junto com os outros assassinos. Foi como cheguei até Elend a tempo.

Kelsier franziu o cenho.

— Deve estar enganada.

— Aconteceu antes também — contou Vin. — Posso sentir o toque do Senhor Soberano sobre minhas emoções mesmo quando estou queimando cobre. E juro que quando estava me escondendo daquele Inquisidor que estava me caçando, ele me encontrou quando não devia ter sido capaz. Kelsier, e se for possível? E se se esconder, *Esfumaçando*, não for questão de seu cobre estar ou não aceso? E se depender do quão forte você é?

Kelsier ficou pensativo.

— Pode ser possível, suponho.

— Então Mare não teria traído você! — disse Vin, ansiosa. — Inquisidores são extremamente poderosos. Aqueles que estavam esperando por vocês, talvez tivessem sentido vocês queimando metais! Sabiam que um alomântico estava tentando se esgueirar pelo palácio. Então, o Senhor Soberano agradeceu a ela porque foi Mare quem os deixou evidentes! Ela era a alomântica queimando estanho que os levou até vocês.

O rosto de Kelsier adquiriu uma expressão preocupada. Virou-se, sentando-se bem de frente para ela.

— Faça isso, então. Diga que metal estou queimando.

Vin fechou os olhos, avivando o bronze, ouvindo... sentindo, como Marsh lhe ensinara. Lembrou-se de seus treinamentos solitários, do tempo que passara se concentrando nas ondas que Brisa, Ham ou Fantasma emitiam para ela. Tentou detectar o ritmo difuso da Alomancia. Tentou...

Por um instante, pensou ter sentido algo. Algo muito estranho — um pulso lento, como um tambor distante, diferente de qualquer ritmo alomântico que sentira antes. Mas não vinha de Kelsier. Era distante... longe. Concentrou-se mais, tentando descobrir de que direção vinha.

Mas, de repente, ao se concentrar mais, outra coisa chamou sua atenção. Um ritmo mais familiar, vindo de Kelsier. Era fraco, difícil de sentir acima das batidas de seu próprio coração. Era uma batida ousada, rápida.

Abriu os olhos.

— Peltre! Está queimando peltre.

Kelsier pestanejou, surpreso.

— Impossível! — murmurou. — De novo!

Ela fechou os olhos.

— Estanho — disse, depois de um instante. — Agora aço; você mudou enquanto eu falava.

— Maldição!

— Eu estava certa — disse Vin, ansiosa. — É possível *sentir* pulsos alomânticos através do cobre! São baixos, mas acho que você tem que se concentrar o bastante para...

— Vin — Kelsier a interrompeu —, não acha que alomânticos tentaram isso antes? Não acha que depois de mil anos, alguém teria notado que se pode perfurar uma nuvem de cobre? *Eu mesmo* tentei. Eu me concentrei por horas em meu mestre, tentando sentir algo através da nuvem de cobre dele.

— Mas... — Vin falou. — Mas por quê...?

— Dever ter relação com a força, como você disse. Inquisidores podem *empurrar* e *puxar* com mais força do que qualquer Nascido da Bruma comum... talvez sejam tão fortes que possam superar o metal de outra pessoa.

— Mas, Kelsier — disse ela, em voz baixa —, eu não sou um Inquisidor.

— Mas você é forte — respondeu ele. — Mais forte do que tem o direito de ser. Matou uma Nascida da Bruma experiente esta noite!

— Por sorte — Vin falou, corando. — Eu a enganei.

— Alomancia *é* feita de truques, Vin. Não, há algo especial em você. Notei no primeiro dia, quando lutou contra minhas tentativas de *empurrar* e *puxar* suas emoções.

Ela corou.

— Não pode ser, Kelsier. Talvez eu tenha praticado mais com bronze do que você... eu não sei, eu só...

— Vin — falou Kelsier —, você ainda é muito modesta. É boa nisso... é mais do que óbvio. Se é por isso que pode ver através das nuvens de cobre... bem, não sei. Mas aprenda a ter um pouco de orgulho de si mesma, menina! Se há algo que posso lhe ensinar, é como ser autoconfiante.

Vin sorriu.

— Vamos — disse ele, levantando-se e estendendo a mão para ajudá-la. — Sazed vai se preocupar a noite toda se não deixá-lo terminar de dar pontos nessa bochecha machucada, e Ham está ansioso para ouvir sobre a batalha. Foi um bom trabalho deixar o corpo de Shan na Fortaleza Venture, a propósito; quando a Casa Elariel souber que ela foi encontrada morta na propriedade Venture...

Vin permitiu que ele a puxasse, mas olhou para o alçapão, apreensiva.

— Eu... não sei se quero descer ainda, Kelsier. Como posso encará-los?

Kelsier gargalhou.

— Ah, não se preocupe. Se não diz coisas estúpidas de vez em quando, certamente não se encaixa *neste* grupo. Vamos.

Vin hesitou, então o deixou levá-la para o calor da cozinha.

— ELEND, COMO PODE LER em tempos como este? — Jastes perguntou.

Elend ergueu os olhos do livro.

— Isso me acalma.

Jastes ergueu uma sobrancelha. O jovem Lekal estava sentado impacientemente na carruagem, tamborilando com os dedos no apoio de braço. As cortinas da janela estavam fechadas, em parte para ocultar a luz da lanterna de leitura de Elend, em parte para manter as brumas do lado de fora. Embora Elend jamais fosse admitir, a névoa rodopiante o deixava um pouco nervoso. Nobres não deviam temer tais coisas, mas isso não mudava o fato de que as brumas densas e pegajosas eram bem assustadoras.

— Seu pai ficará lívido quando você voltar — observou Jastes, ainda tamborilando os dedos.

Elend deu de ombros, apesar do comentário o deixar um pouco mais nervoso. Não por causa de seu pai, mas pelo que acontecera naquela noite. Alguns alomânticos, aparentemente, estavam espionando o encontro de Elend com seus amigos. Que informações teriam reunido? Sabiam sobre os livros que lera?

Felizmente, um deles tropeçara, caindo pela claraboia de Elend. Depois disso, tudo virou confusão e caos — soldados e pessoas da festa correndo quase em pânico. O primeiro pensamento de Elend fora para os livros — os perigosos, aqueles que, se os obrigadores descobrissem que possuía, o deixariam em sérios apuros.

Então, no meio da confusão, enfiara todos os volumes em uma mala e seguira Jastes até a saída lateral do palácio. Pegar uma carruagem e se esgueirar pelo pátio do palácio talvez tenha sido um ato extremo, mas fora ridiculamente fácil. Com a quantidade de carruagens fugindo da propriedade dos Venture, nem uma única pessoa percebeu que Elend estava em uma carruagem com Jastes.

Deve estar tudo terminado agora, disse Elend para si mesmo. *As pessoas vão perceber que a Casa Venture não estava tentando atacá-las e que não havia realmente perigo algum. Só alguns espiões descuidados.*

Já devia ter retornado. Contudo, sua ausência conveniente do palácio lhe dera a desculpa perfeita para conferir outro grupo de espiões. Desta vez, o próprio Elend os enviara.

Uma súbita batida na porta fez Jastes dar um salto, e Elend fechou seu livro, abrindo a porta da carruagem. Felt, um dos espiões-chefe da Casa Venture, subiu na carruagem, assentindo com seu rosto aquilino e bigodudo para Elend e, depois, para Jastes.

— Bem? — perguntou Jastes.

Felt se sentou com a leveza apurada de sua espécie.

— O edifício é ostensivamente uma loja de carpintaria, senhor. Um dos meus homens ouviu falar do lugar: é dirigido por um tal de mestre Cladent, carpinteiro skaa de razoável habilidade.

Elend franziu o cenho.

— Por que o mordomo de Valette viria para cá?

— Achamos que a loja é uma fachada, senhor — disse Felt. — Estivemos observando desde que o mordomo nos conduziu até aqui, como ordenou. Mas tivemos que ser muito cuidadosos... há vários postos de vigilância escondidos no telhado e nos andares de cima.

Elend franziu o cenho.

— Uma precaução estranha para uma simples loja de um artesão, eu diria.

Felt assentiu.

— Isso não é nem metade, senhor. Conseguimos que um de nossos melhores homens se esgueirasse para dentro do edifício... não cremos que o tenham visto... mas ele teve muita dificuldade para ouvir o que estava acontecendo lá dentro. As janelas estão trancadas e forradas para impedir o som.

Outra estranha preocupação, pensou Elend.

— O que acha que isso quer dizer? — perguntou para Felt.

— Deve ser um esconderijo do submundo, senhor — opinou Felt. — E um dos bons. Se não tivéssemos vigiado com atenção, e com certeza do que procurar, nunca teríamos notado os sinais. Meu palpite é que os homens lá dentro, incluindo terrisanos, são membros de uma gangue de ladrões skaas. Uma bem financiada e habilidosa.

— Uma gangue de ladrões skaas? — perguntou Jastes. — E Lady Valette também?

— Provavelmente, senhor — respondeu Felt.

Elend se recostou no assento.

— Uma... gangue de ladrões skaas... — disse, atônito. *Por que mandariam um de seus membros para bailes? Para executar algum tipo de golpe, talvez?*

— Senhor? — perguntou Felt. — Quer que ataquemos? Tenho homens suficientes para pegar a gangue inteira.

— Não — disse Elend. — Mande seus homens embora, e não digam a ninguém o que viram esta noite.

— Sim, senhor — respondeu Felt, descendo da carruagem.

— Pelo Senhor Soberano! — disse Jastes quando a porta se fechou. — Não admira que ela não parecesse uma nobre normal. Não era por sua educação rural... não é nada mais que uma ladra!

Elend assentiu, pensativo, sem saber ao certo o que achar de tudo aquilo.

— Você me deve desculpas — disse Jastes. — Eu estava certo sobre ela, hein?

— Talvez — Elend concordou. — Mas... de certo modo, estava errado sobre ela também. Não estava tentando me espionar... estava tentando me roubar.

— Então?

— Eu... preciso pensar sobre isso — disse Elend, estendendo o braço e batendo no teto da carruagem para começarem a se mover. Ele se acomodou no assento enquanto percorriam o caminho de volta para a Fortaleza Venture.

Valette não era a pessoa que dissera ser. Mas ele já estava preparado para essa notícia. Não só as palavras de Jastes sobre ela o tinham deixado desconfiado, como a própria Valette não negara as acusações de Elend mais cedo, naquela mesma noite. Era óbvio; ela estivera mentindo para ele. Interpretava um papel.

Devia ter ficado furioso. Percebia isso, logicamente, e uma parte dele se lamentava pela traição. Mas, estranhamente, a emoção primária que sentia era... alívio.

— O que foi? — perguntou Jastes, estudando Elend com o cenho franzido.

Elend balançou a cabeça.

— Você fez com que me preocupasse com isso por dias, Jastes. Eu me sentia tão mal que quase não conseguia fazer mais nada... tudo porque achava que Valette era uma traidora.

— Mas ela *é*. Elend, provavelmente ela está tentando dar um golpe em você!

— Sim — concordou Elend —, mas, pelo menos, ela não deve ser uma espiã de outra casa. Em meio a todas as intrigas, manobras políticas e punhaladas pelas costas que estão acontecendo ultimamente, algo tão simples como um roubo parece... leve.

— Mas...

— É só dinheiro, Jastes.

— Dinheiro é meio que importante para alguns de nós, Elend.

— Não tão importante quanto Valette. Aquela pobre garota... todo esse tempo, deve ter se preocupado com o golpe que ia tentar aplicar em mim.

Jastes ficou em silêncio por um momento, então finalmente balançou a cabeça.

— Elend, só *você* ficaria aliviado em descobrir que alguém estava tentando roubá-lo. Preciso lembrá-lo que a garota esteve mentindo todo o tempo? Você pode ter se ligado a ela, mas duvido que os sentimentos dela sejam genuínos.

— Você pode estar certo — admitiu Elend. — Mas... não sei, Jastes. Sinto como se *conhecesse* aquela garota. As emoções dela... pareciam muito reais, muito honestas para serem falsas.

— Duvido — comentou Jastes.

— Não temos informações suficientes para julgá-la ainda — disse Elend. — Felt acha que ela é uma ladra, mas deve haver outras razões para um grupo como esse enviar alguém para os bailes. Talvez seja apenas uma informante. Ou talvez ela seja uma ladra... mas uma que jamais pretendeu me roubar. Passou muitíssimo tempo se misturando com os outros nobres; por que faria isso se eu era o alvo? De fato, passou relativamente *pouco* tempo comigo e jamais me pediu nenhum presente.

Em sua mente ele tentou imaginar seu encontro com Valette como um agradável acaso, um acontecimento que havia causado uma reviravolta terrível em suas vidas. Sorriu com a ideia, então balançou a cabeça.

— Não, Jastes. Há mais aqui do que estamos vendo. Algo nela ainda não faz sentido.

— Suponho... que sim, El — disse Jastes, franzindo o cenho.

Elend se endireitou em seu assento quando um súbito pensamento lhe ocorreu — um pensamento que fazia suas especulações sobre as motivações de Valette parecerem muito menos importantes.

— Jastes — disse ele —, ela é uma skaa!

— E?

— E me enganou... enganou a nós dois. Atuou como parte da aristocracia quase que perfeitamente.

— Uma aristocrata inexperiente, talvez.

— Tinha uma ladra skaa de verdade comigo — exclamou Elend. — Pense nas perguntas que eu poderia ter feito a ela.

— Perguntas? Que tipo de perguntas?

— Perguntas sobre como é ser skaa — explicou Elend. — Esse não é o ponto. Jastes, ela nos *enganou*. Se não conseguimos ver diferença entre uma skaa e uma dama, isso significa que os skaas não devem ser muito diferentes de nós. E, se não são tão diferentes de nós, que direito temos de tratá-los como tratamos?

Jastes deu de ombros.

— Elend, não acho que esteja olhando isso em perspectiva. Estamos no meio de uma guerra entre as casas.

Elend assentiu, distraído. *Fui tão duro com ela esta noite. Duro demais?*

Ele queria que ela acreditasse, total e completamente, que não queria nada mais com ela. Parte daquilo fora genuíno, pois suas próprias preocupações o convenceram de que ela não era de confiança. E ela não podia ser, não naquele momento. De qualquer modo, queria que ela deixasse a cidade. Pensara que a melhor coisa a fazer era romper o relacionamento até que a guerra entre as casas acabasse.

Mas, presumindo que ela não é realmente uma nobre, não há razão para que parta.

— Elend? — perguntou Jastes. — Está prestando atenção em mim?

Elend ergueu o olhar.

— Acho que fiz uma coisa errada esta noite. Queria tirar Valette de Luthadel. Mas agora acho que a magoei sem motivo.

— Maldição, Elend — exclamou Jastes. — Alomânticos estavam escutando nossas conversas esta noite. Percebe o que teria acontecido? E se decidissem nos matar, em vez de apenas nos espionar?

— Ah, sim, você está certo — disse Elend, assentindo distraidamente. — É melhor que Valette parta, de qualquer jeito. Qualquer um que fique perto de mim estará em perigo nos dias que estão por vir.

Jastes franziu as sobrancelhas, seu aborrecimento aumentando, então finalmente gargalhou.

— Você não tem jeito.

— Eu me esforço ao máximo — disse Elend. — Mas, falando sério, não adianta se preocupar. Os espiões foram embora e provavelmente foram perseguidos, quem sabe capturados, em meio ao caos. Agora sabemos alguns dos segredos que Valette está escondendo, então estamos em vantagem também. Foi uma noite muito produtiva!

— É um jeito otimista de ver as coisas, creio...

— Mais uma vez, me esforço ao máximo.

Mesmo assim, ia se sentir mais confortável quando voltassem à Fortaleza Venture. Talvez tivesse sido uma tolice escapar do palácio daquele jeito antes de ouvir os detalhes do que acontecera, mas Elend não estava exatamente pensando com calma naquele momento. Além disso, já havia combinado previamente de se encontrar com Felt, e o caos lhe proporcionara uma oportunidade perfeita para escapulir.

A carruagem cruzou lentamente os portões dos Venture.

— Você devia ir embora — Elend disse enquanto descia. — Leve os livros.

Jastes assentiu, segurando a mala, e se despediu de Elend enquanto fechava a porta da carruagem. Elend esperou que o veículo saísse pelos portões, então deu meia-volta e percorreu o resto do caminho até a fortaleza, os guardas dos portões, surpresos, deixaram-no passar com facilidade.

A propriedade ainda estava iluminada. Os guardas já estavam esperando por ele diante da fortaleza, um grupo correu pelas brumas para se encontrar com ele e o cercou.

— Meu senhor, seu pai...

— Sim — Elend interrompeu, suspirando. — Presumo que devo ser levado até ele imediatamente?

— Sim, meu senhor.

— Vamos, então, capitão.

Entraram por uma porta privada, na lateral do edifício. Lorde Straff Venture estava em seu escritório, falando com um grupo de oficiais da guarda. Elend podia ver, pelos rostos pálidos, que haviam recebido uma reprimenda firme, talvez até ameaças de açoites. Eram nobres, então Venture não podia executá-los, mas gostava muito das formas mais brutais de disciplina.

Lorde Venture mandou os soldados embora com um aceno brusco de mão e se voltou para Elend, com olhos hostis. Elend franziu o cenho, observando os soldados partirem. Tudo parecia um pouco... tenso demais.

— Bem? — Lorde Venture exigiu saber.

— Bem o quê?

— Por onde esteve?

— Ah, eu saí — disse Elend, despreocupado.

Lorde Venture suspirou.

— Bom. Coloque-se em perigo se quiser, garoto. De certo modo, foi uma pena que aquela Nascida da Bruma *não* o tenha pegado. Teria me poupado de muita frustração.

— Nascida da Bruma? — perguntou Elend, franzindo o cenho. — Que Nascida da Bruma?

— Aquela que estava planejando assassinar você — respondeu Lorde Venture.

Elend pestanejou, atônito.

— Então... não era só uma equipe de espionagem?

— Ah, não — disse Venture, sorrindo de modo meio maligno. — Uma equipe inteira de assassinos, enviada atrás de você e dos seus amigos.

Pelo Senhor Soberano!, Elend pensou, percebendo o quão tolo tinha sido ao sair sozinho. *Não esperava que a guerra entre as casas ficasse tão perigosa tão rápido! Pelo menos, não para mim...*

— Como sabe que era uma Nascida da Bruma? — perguntou Elend, recuperando-se.

— Nossos guardas conseguiram matá-la — disse Straff. — Quando estava tentando fugir.

Elend franziu o cenho.

— Uma Nascida da Bruma? Morta por soldados comuns?

— Arqueiros — contou Lorde Venture. — Aparentemente, pegaram-na de surpresa.

— E o homem que caiu da minha claraboia? — perguntou Elend.

— Morto — confirmou Lorde Venture. — Pescoço quebrado.

Elend franziu o cenho. *Aquele homem ainda estava vivo quando fugimos. O que está escondendo, pai?*

— A Nascida da Bruma. Alguém que conheço?

— Eu diria que sim — disse Lorde Venture, acomodando-se em sua cadeira, sem levantar o olhar. — Era Shan Elariel.

Elend franziu o cenho, surpreso. *Shan?*, pensou, atônito. Estiveram comprometidos, e ela nunca mencionara que era uma alomântica. Isso provavelmente significava...

Ela estivera infiltrada todo o tempo. A Casa Elariel talvez planejasse matar Elend assim que um neto Elariel nascesse para herdar o título da casa.

Você está certo, Jastes. Não posso evitar a política ignorando-a. Faço parte de tudo isso há muito mais tempo do que presumia.

Seu pai estava obviamente satisfeito consigo mesmo. Um membro importante da Casa Elariel fora morto na propriedade Venture depois de tentar assassinar Elend... com tal triunfo, Lorde Venture ficaria insuportável por dias.

Elend suspirou.

— Capturamos algum dos assassinos com vida, então?

Straff negou com a cabeça.

— Um caiu no jardim quando estava tentando fugir. Escapou... devia ser um Nascido da Bruma também. Encontramos um homem morto no telhado, mas não temos certeza se havia outros na equipe ou não. — Lorde Straff parecia ter mais a dizer, mas hesitou.

— O quê? — perguntou Elend, notando uma leve confusão nos olhos do pai.

— Nada — disse Straff, acenando com a mão depreciativamente. — Alguns dos guardas afirmam que havia um terceiro Nascido da Bruma lutando contra os outros dois, mas duvido dos relatos... não era um dos nossos.

Elend vacilou. *Um terceiro Nascido da Bruma, lutando contra os outros dois...*

— Alguém que talvez tenha ficado sabendo dos assassinatos e tentou impedir.

Lorde Venture bufou.

— Por que um Nascido da Bruma de outra casa tentaria proteger *você*?

— Talvez só quisesse impedir que matassem um homem inocente.

Lorde Venture meneou a cabeça novamente, dando uma gargalhada.

— Você é um idiota, garoto. Entende isso, certo?

Elend corou e deu meia-volta. Não parecia que Lorde Venture quisesse mais alguma coisa, então Elend foi embora. Não podia voltar para seus aposentos, não com a janela quebrada e os guardas por lá, então foi para o quarto de hóspedes, chamando um grupo de Matabrumas para vigiar do lado de fora de sua porta e na varanda — por precaução.

Preparou-se para dormir, pensando na conversa que tivera. Seu pai provavelmente estava certo sobre o terceiro Nascido da Bruma. Não era assim que as coisas funcionavam.

Mas... é o jeito que deviam ser. O jeito que poderiam ser, talvez.

Havia tantas coisas que Elend desejava poder fazer. Mas seu pai era saudável e jovem para um lorde com seu poder. Demoraria décadas até que Elend assumisse o título da casa, presumindo que sobrevivesse até lá. Desejava poder ir até Valette, conversar com ela, explicar suas frustrações. Ela entenderia o que ele estava pensando; por algum motivo, sempre parecera entendê-lo melhor do que qualquer um.

E ela é uma skaa! Ele não conseguia deixar esse pensamento de lado. Tinha tantas perguntas, tantas coisas que queria descobrir sobre ela.

Mais tarde, ele pensou, indo para a cama. *Por enquanto, concentre-se em manter a casa unida*. As palavras que disse para Valette a respeito disso não tinham sido falsas — ele precisava se assegurar de que sua família sobreviveria à guerra entre as casas.

Depois disso tudo... bem, talvez conseguissem encontrar um jeito de superar as mentiras e os enganos.

Ainda que muitos terrisanos expressem certo ressentimento por Khlennium, também sentem inveja. Ouvi os carregadores falarem com assombro das catedrais de Khlennium, com seus surpreendentes vitrais nas janelas e seus amplos salões. Também parecem gostar muito da nossa moda — nas cidades, vi que muitos jovens terrisanos trocaram suas peles e couros por trajes bem confeccionados de cavalheiros.

32

A DUAS RUAS ACIMA DA loja de Trevo havia um edifício de altura incomum se comparado com os que estavam ao seu redor. Era uma espécie de cortiço, Vin pensou — um lugar para famílias skaas morarem. Nunca tinha estado lá dentro, no entanto.

Derrubou uma moeda e se lançou pela lateral do edifício de cinco andares. Aterrissou com agilidade no telhado, fazendo uma figura agachada na escuridão pular de susto.

— Sou só eu — sussurrou Vin, caminhando sem fazer barulho pelo telhado inclinado.

Fantasma sorriu para ela em meio à noite. Como o melhor Olho de Estanho da gangue, ele em geral ficava com as vigias mais importantes. Recentemente, aquelas durante as primeiras horas da noite. Era o momento em que o conflito entre as Grandes Casas costumava se transformar em luta aberta.

— Ainda estão nisso? — Vin perguntou em voz baixa, queimando estanho e perscrutando a cidade. Havia uma névoa brilhante ao longe, dando às brumas uma luminescência estranha.

Fantasma assentiu, apontando para a luz.

— Fortaleza Hasting. Soldados Elariel com o atacando esta noite.

Vin assentiu. A destruição da Fortaleza Hasting era esperada há algum tempo — havia sofrido meia dúzia de ataques de diferentes casas na última semana. Com os aliados se retirando e as finanças na bancarrota, era só questão de tempo antes que caísse.

Estranhamente, nenhuma das casas atacava durante o dia. Havia um ar fingido de sigilo sobre a guerra, como se a aristocracia reconhecesse o domínio do Senhor Soberano e não quisesse aborrecê-lo recorrendo à guerra diurna. Era tudo arranjado à noite, sob o manto das brumas.

— Querendo *querer* isso — Fantasma falou.

Vin meneou a cabeça.

— Ah, Fantasma. Poderia tentar falar... normal?

Fantasma acenou com a cabeça na direção de uma estrutura sombria e distante.

— Senhor Soberano. Querendo ele quer a luta.

Vin assentiu. *Kelsier estava certo. Não houve muito clamor vindo do Ministério ou do palácio com relação à guerra entre as casas, e a guarnição não se apressou a voltar para Luthadel. O Senhor Soberano esperava pela guerra entre as casas — e pretendia deixar que seguisse seu curso. Como uma queimada, ateada para arrasar e renovar o campo.*

Mas, desta vez, quando um fogo se apagasse, outro começaria — o ataque de Kelsier à cidade.

Presumindo que Marsh descubra como deter os Inquisidores de Aço. Presumindo que consigamos tomar o palácio. E, é claro, presumindo que Kelsier encontre um jeito de lidar com o Senhor Soberano...

Vin meneou a cabeça de novo. Não queria pensar mal de Kelsier, mas não via como tudo aquilo podia acontecer. A guarnição ainda não voltara, mas os relatos diziam que estava perto, talvez a uma semana ou duas de viagem. Algumas casas nobres estavam caindo, mas o cenário não parecia ser de caos geral, como Kelsier queria. O Império Final estava tensionado, mas ela duvidava que fosse se quebrar.

No entanto, talvez aquele não fosse o ponto. A gangue fizera um trabalho surpreendente ao instigar a guerra entre as casas; três Grandes Casas inteiras já não existiam, e o resto estava seriamente enfraquecido. Levaria décadas para a aristocracia se recuperar de suas próprias disputas.

Fizemos um trabalho incrível, decidiu Vin. *Mesmo que não ataquemos o palácio — ou que o ataque fracasse — teremos conseguido algo maravilhoso.*

Com os dados de Marsh sobre o Ministério e a tradução de Sazed do diário de viagem, a rebelião teria informações novas e úteis para uma resistência futura. Não era o que Kelsier tinha desejado; não era a derrocada completa do Império Final. Mas, mesmo assim, era uma vitória importante — uma para a qual os skaas poderiam olhar por anos como fonte de coragem.

E, com um sobressalto de surpresa, Vin percebeu que se sentia orgulhosa de ter feito parte de tudo isso. Talvez, no futuro, pudesse começar uma rebelião real — em um lugar onde os skaas não fossem tão submissos.

Se é que existe um lugar assim... Vin estava começando a entender que não era só Luthadel e suas estações de *abrandamento* que tornavam os skaas subservientes. Era *tudo* — os obrigadores, o trabalho constante no campo e nas fábricas, sua maneira de pensar, encorajada por mil anos de opressão. Havia uma razão para que as rebeliões skaas sempre fossem tão pequenas. As pessoas sabiam — ou pensavam que sabiam — que não era possível lutar contra o Império Final.

Vin — que sempre se vira como uma ladra "liberta" — acreditara no mesmo. Fora necessário o plano insano e impossível de Kelsier para convencê-la do contrário. Talvez fosse por isso que ele tinha estabelecido objetivos tão elevados para a gangue — sabia que só algo muito desafiador os faria perceber, de um jeito estranho, que *podiam* resistir.

Fantasma olhou para ela. A presença de Vin ainda o deixava desconfortável.

— Fantasma — disse Vin —, sabe que Elend rompeu o relacionamento comigo?

Fantasma assentiu, parecendo levemente animado.

— Mas — disse Vin, lamentando —, eu ainda o amo. Sinto muito, Fantasma. Mas é a verdade.

Ele abaixou o olhar, murchando visivelmente.

— Não é você — prosseguiu Vin. — De verdade, não é. É só que... bem, não se pode escolher quem se ama. Acredite em mim, há pessoas que eu realmente queria *não* ter amado. Não mereciam.

Fantasma assentiu.

— Eu entendo.

— Ainda posso ficar com o lenço?

Ele deu de ombros.

— Obrigada — disse ela. — Significa muito para mim.

Ele ergueu a cabeça e encarou as brumas.

— Não sou nenhum tolo. Eu... sabia que não sendo acontecer. Vejo coisas, Vin. Vejo muitas coisas.

Ela colocou uma mão reconfortante no ombro dele. *Vejo coisas*. Uma declaração apropriada para um Olho de Estanho como ele.

— É alomântico há muito tempo? — perguntou ela.

Fantasma assentiu.

— Sendo o Estalo com cinco anos. Mal me lembro.

— E desde essa época vem praticando com o estanho?

— Praticamente — disse ele. — Sendo uma coisa boa para mim. Deixando eu ver, deixando eu ouvir, deixando eu sentir.

— Tem alguma dica para me dar? — perguntou Vin, esperançosa.

Ele ergueu os olhos, pensativo, sentando-se na borda do telhado inclinado, com um pé pendurado na lateral do edifício.

— Queimando estanho... Não sobre o vendo. Sendo sobre o não vendo. É sobre o *não ver*.

Vin franziu o cenho.

— O que quer dizer?

— Quando queimando — ele explicou — tudo vem. Muito de tudo. Distrações aqui, ali. Se o poder do quer, *ignorando* as distrações dos dois.

Se quer ser bom queimando estanho, pensou ela, traduzindo o melhor que pôde, *tem que aprender a lidar com as distrações. Não é o que se vê — é o que se consegue ignorar*.

— Interessante — Vin comentou, pensativa.

Fantasma assentiu.

— Quando olhando, vendo as brumas e vendo as casas, quando sentindo a madeira e ouvindo os ratos lá embaixo. Escolha um e não se distraia.

— Bom conselho — falou Vin.

Fantasma assentiu, então algo soou atrás deles. Ambos se sobressaltaram e se abaixaram, e Kelsier começou a rir enquanto cruzava o telhado.

— Realmente precisamos encontrar um modo melhor de avisar as pessoas que estamos chegando. Cada vez que visito um ponto de espionagem, me preocupo que alguém caia de susto do telhado.

Vin se ergueu e sacudiu as cinzas da roupa. Estava usando capa de bruma, camisa e calça; há dias não usava um vestido. Só os usava em suas aparições protocolares na Mansão Renoux. Kelsier estava muito preocupado com assassinos para deixá-la ficar lá por muito tempo.

Pelo menos compramos o silêncio de Kliss, Vin pensou, aborrecida com a despesa.

— Já é hora? — perguntou ela.

Kelsier assentiu.

— Quase, pelo menos. Quero fazer uma pequena parada no caminho.

Vin concordou. Para seu segundo encontro, Marsh escolhera um lugar que supostamente estava explorando para o Ministério. Era a oportunidade perfeita para se encontrarem, já que Marsh teria uma desculpa para ir até o edifício à noite, buscando ostensivamente por qualquer atividade alomântica nas redondezas. Teria um Abrandador consigo grande parte do tempo, mas haveria um espaço de tempo, perto da meia-noite, em que Marsh calculava que poderia estar sozinho por quase uma hora. Não era muito tempo para escapulir e voltar, mas tempo suficiente para que dois sigilosos Nascidos da Bruma lhe fizessem uma rápida visita.

Despediram-se de Fantasma e se lançaram na noite. Mas não viajaram muito pelos telhados antes que Kelsier descesse até a rua, aterrissando e caminhando para conservar força e metais.

É meio estranho, pensou Vin, lembrando-se da primeira noite em que praticara Alomancia com Kelsier. *Não penso nas ruas vazias como assustadoras agora.*

Os paralelepípedos estavam escorregadios pela umidade das brumas, e a rua deserta logo desaparecia à frente, em meio à névoa. Estava escuro, silencioso e solitário; nem mesmo a guerra mudara muito isso. Grupos de soldados, quando atacavam, o faziam em bando, combatendo rapidamente e tentando invadir as defesas de uma casa inimiga.

Mesmo assim, apesar do vazio noturno da cidade, Vin se sentia confortável. As brumas estavam com ela.

— Vin — disse Kelsier, enquanto caminhavam —, preciso lhe agradecer.

Ela se virou para ele, uma figura alta e orgulhosa em sua capa de bruma majestosa.

— Agradecer? Por quê?

— Pelas coisas que me disse sobre Mare. Estive pensando muito sobre aquele dia... pensando nela. Não sei se sua habilidade de ver através de nuvens de cobre explica tudo, mas... bem, me dá uma opção, e eu prefiro acreditar que Mare *não* me traiu.

Vin assentiu, sorrindo.

Ele sacudiu a cabeça, pesaroso.

— Parece loucura, não? Como se... todos estes anos, eu estivesse esperando por uma razão para ceder ao autoengano.

— Não sei — Vin comentou. — Antigamente, talvez eu tivesse pensado que você era louco, mas... bem, é nisso que consiste a confiança, não é? Um desejo de enganar a si mesmo? Você tem que calar essa voz que sussurra sobre traição e só esperar que seus amigos não o magoem.

Kelsier deu uma gargalhada.

— Não acho que está ajudando seu argumento, Vin.

Ela deu de ombros.

— Faz sentido para mim. A desconfiança é realmente a mesma coisa... só que ao contrário. Posso entender como uma pessoa, tendo que escolher entre duas hipóteses, escolhe confiar.

— Mas não você? — perguntou Kelsier.

Vin deu de ombros novamente.

— Não sei mais.

Kelsier colocou uma mão em seu ombro.

— Esse... seu Elend. Há uma chance de que ele simplesmente estivesse tentando assustá-la para que abandonasse a cidade, certo? Talvez tenha dito aquelas coisas para seu próprio bem.

— Talvez — concordou Vin. — Mas havia algo diferente nele... no jeito que olhava para mim. Sabia que eu estava mentindo para ele, mas não acho que percebeu que eu era skaa. Provavelmente pensou que eu era uma espiã de uma das outras casas. De qualquer modo, pareceu honesto em seu desejo de se livrar de mim.

— Talvez pense isso porque já estava convencida de que ele iria deixá-la.

— Eu... — Vin se calou, olhando para a rua escorregadia e suja de cinzas enquanto andavam. — Não sei... e é sua culpa, sabia? Eu costumava entender tudo. Agora está tudo confuso.

— Sim, bagunçamos bem sua cabeça — disse Kelsier, com um sorriso.

— Não parece incomodado com isso.

— Não — confirmou Kelsier. — Nem um pouco. Ah, aqui estamos.

Parou diante de um edifício largo e grande — provavelmente outro cortiço skaa. Estava escuro lá dentro; os skaas não podiam se dar ao luxo de ter lamparinas a óleo e deviam ter apagado a fogueira no centro do edifício depois de preparar a refeição noturna.

— Aqui? — Vin perguntou, insegura.

Kelsier assentiu, aproximando-se para bater na porta de leve. Para surpresa de Vin, a porta se abriu vacilante, e o rosto magro de um skaa apareceu nas brumas.

— Lorde Kelsier! — disse o homem, em voz baixa.

— Disse que viria visitá-los — disse Kelsier, sorrindo. — Esta noite pareceu um bom momento.

— Entrem, entrem — convidou o homem, abrindo a porta. Deu um passo para trás, com cuidado para não deixar que nenhuma bruma o tocasse enquanto Kelsier e Vin entravam.

Vin estivera em cortiços skaas antes, mas nunca tinham parecido tão... deprimentes. O cheiro de fumaça e dos corpos sem banho era quase avassalador, e ela teve que apagar o estanho para não se asfixiar. A luz tênue de uma pequena estufa de carvão mostrava um monte de pessoas juntas, dormindo no chão. Mantinham o aposento livre de cinzas, mas era só o que podiam fazer — manchas pretas ainda cobriam as roupas, as paredes e os rostos. Havia poucos móveis, sem mencionar escassos cobertores para dividir entre eles.

Eu costumava viver assim, Vin pensou, horrorizada. *Os covis das gangues eram iguais — às vezes mais abarrotados. Esta... era a minha vida.*

As pessoas acordaram ao perceber que tinham visita. Kelsier havia arregaçado as mangas, Vin notou, e as cicatrizes em seus braços eram visíveis mesmo à luz das brasas. Elas se destacavam claramente, desde seus pulsos até acima dos cotovelos, entrecruzando-se e sobrepondo-se.

Os sussurros começaram imediatamente.

— O Sobrevivente...

— Está aqui!

— Kelsier, o Lorde das Brumas...

Essa é nova, Vin pensou, erguendo uma sobrancelha. Ficou para trás, enquanto Kelsier sorria e avançava para se encontrar com os skaas. As pessoas se reuniram em volta dele, com entusiasmo, estendendo as mãos para tocar seus braços e sua capa. Outros simplesmente o encaravam, observando-o com reverência.

— Vim espalhar esperança — disse Kelsier para eles, em voz baixa. — A Casa Hasting caiu esta noite.

Houve murmúrios de surpresa e admiração.

— Sei que muitos de vocês trabalhavam nas forjas e fábricas de aço de Hasting — Kelsier prosseguiu. — E, honestamente, não sei o que isso significa para vocês. Mas é uma vitória para todos nós. Ao menos por um tempo, vocês, homens, não morrerão diante das forjas ou sob os chicotes dos capatazes de Hasting.

Houve murmúrios entre a pequena multidão, e alguém finalmente expressou a preocupação em voz alta o bastante para que Vin pudesse escutar.

— A Casa Hasting se foi? Quem vai nos alimentar?

Tão assustado, Vin pensou. *Nunca fui assim... fui?*

— Mandarei outro carregamento de comida — prometeu Kelsier. — O suficiente para mantê-los por um tempo, ao menos.

— Tem feito tanto por nós — disse outro homem.

— Bobagem — Kelsier falou. — Se quiserem retribuir o favor, andem um pouco mais erguidos. Tenham um pouco menos de medo. Eles *podem* ser derrotados.

— Por homens como você, Lorde Kelsier — sussurrou uma mulher. — Mas não por nós.

— Vocês se surpreenderiam — disse Kelsier, enquanto a multidão começou a abrir espaço para que os pais trouxessem os filhos para a frente. Parecia que todo mundo no aposento queria que os filhos conhecessem Kelsier pessoalmente. Vin observou tudo com sentimentos conflitantes. A gangue ainda tinha suas reservas quanto à fama crescente de Kelsier entre os skaas, embora mantivesse a palavra e fizesse silêncio quanto a isso.

Ele realmente parece se importar com eles, Vin pensou, vendo Kelsier segurar uma criancinha no colo. *Não acho que seja apenas encenação. É como ele é — ele ama o povo, ama os skaas. Mas... é mais como o amor de um pai pelo filho do que o amor de um homem por seus iguais.*

Seria isso tão errado? Ele era, no final das contas, um tipo de pai para os skaas. Era o nobre senhor que eles sempre *deveriam* ter tido. Mesmo assim, Vin não pôde deixar de se sentir incomodada enquanto observava os rostos sujos e fracamente iluminados daquelas famílias skaas, com seus olhos cheios de adoração e reverência.

Depois de um tempo, Kelsier se despediu do grupo, dizendo para eles que tinha um compromisso. Vin e ele deixaram o aposento lotado, saindo para o abençoado ar fresco. Kelsier ficou em silêncio durante o trajeto para a nova estação de *abrandamento* de Marsh, embora andasse com um pouco mais de pressa do que fazia normalmente.

Finalmente, Vin disse algo.

— Você os visita com frequência?

Kelsier assentiu.

— Pelo menos umas duas casas por noite. Quebra a monotonia do meu outro trabalho.

Matar nobres e espalhar falsos rumores, Vin pensou. *Sim, visitar os skaas deve ser uma boa mudança.*

O ponto de encontro estava a poucas ruas de distância. Kelsier se deteve perto de uma porta enquanto se aproximavam, perscrutando a noite escura. Finalmente, apontou para uma janela levemente iluminada.

— Marsh disse que deixaria uma luz acesa se os outros obrigadores se fossem.

— Janela ou escadas? — perguntou Vin.

— Escadas — disse Kelsier. — A porta deve estar destrancada, o Ministério é dono do prédio inteiro. Estará vazio.

Kelsier estava certo quanto às duas coisas. O edifício não cheirava a mofo o suficiente para estar abandonado, mas os andares inferiores obviamente não eram utilizados. Vin e ele subiram as escadas rapidamente.

— Marsh deve saber nos dizer a reação do Ministério com relação à guerra entre as casas — Kelsier disse quando chegaram ao piso superior. A luz da lanterna tremeluzia através da porta, e ele a abriu, ainda falando. — Com sorte, a guarnição não voltará logo. O dano está feito em grande parte, mas eu gostaria que a guerra continuasse...

Ele parou na porta, bloqueando a vista de Vin.

Ela avivou peltre e estanho imediatamente, agachando-se, esperando pelo ataque. Não havia ninguém. Apenas silêncio.

— Não... — Kelsier sussurrou.

Então Vin viu o escuro líquido vermelho que escorria e se juntava junto ao pé de Kelsier. Formou uma pequena poça e então começou a escorrer pelo primeiro degrau.

Ah, Senhor Soberano...

Kelsier cambaleou para dentro do aposento. Vin o seguiu, mas já sabia o que veria. O cadáver jazia no centro da câmara, esfolado e desmembrado, a cabeça completamente esmagada. Mal podia ser reconhecido como humano. As paredes estavam manchadas de sangue.

Um corpo pode ter realmente tanto sangue? Era exatamente como antes, no sótão do covil de Camon — só que com uma única vítima.

— Inquisidor — sussurrou Vin.

Kelsier, sem se importar com o sangue, caiu de joelhos ao lado do cadáver de Marsh. Ergueu a mão, como se fosse tocar o corpo esfolado, mas permaneceu paralisado, atônito.

— Kelsier — disse Vin, com urgência. — Isso é recente... o Inquisidor ainda pode estar por perto.

Ele não se moveu.

— Kelsier! — exclamou Vin.

Kelsier estremeceu, olhou ao redor. Seus olhos se encontraram com os dela, e sua lucidez voltou. Ficou em pé.

— Janela — disse Vin, correndo pelo quarto. Deteve-se, no entanto, quando viu algo sobre uma mesinha ao lado da parede. Uma perna de mesa de madeira, meio escondida sob uma folha de papel branco. Vin a agarrou enquanto Kelsier chegava à janela.

Ele se virou, olhando para o aposento mais uma vez, então saltou na noite.

Adeus, Marsh, pensou Vin, pesarosa, e seguiu Kelsier.

— "CREIO QUE OS INQUISIDORES suspeitam de mim" — Dockson leu. O papel, uma única folha recuperada de dentro da perna de mesa, estava limpo e branco, sem as manchas de sangue que sujavam os joelhos de Kelsier e a bainha da capa de Vin.

Dockson continuou a ler, sentado à mesa da cozinha da oficina de Trevo.

— "Tenho feito perguntas demais, e sei que enviaram ao menos uma mensagem para o obrigador corrupto que supostamente me treinou como acólito. Quero descobrir os segredos dos quais a rebelião sempre precisou saber. Como o Ministério recruta Nascidos da Bruma para serem Inquisidores? Por que os Inquisidores são mais poderosos do que os alomânticos normais? Qual é a fraqueza deles — se é que existe alguma? Infelizmente, não descobri quase nada sobre os Inquisidores; embora a politicagem dentro das fileiras regulares do Ministério continue a me surpreender. É como se os obrigadores comuns não se importassem com o mundo lá fora, exceto pelo prestígio que adquirem ao serem os mais espertos ou exitosos em aplicar as leis do Senhor Soberano. Os Inquisidores são diferentes. São muito mais leais ao Senhor Soberano do que os outros obrigadores; e essa, talvez, seja parte da divisão entre os dois grupos. Apesar disso, sinto que estou perto. Eles *têm* um segredo, Kelsier. Uma fraqueza. Estou certo disso. Os outros obrigadores sussurram, embora nenhum deles saiba o que é. Temo ter sondado demais. Os Inquisidores me seguem, me observam, perguntam por mim. Por isso, preparei este bilhete. Talvez minha cautela seja desnecessária. Talvez não."

Dockson levantou os olhos.

— É tudo o que diz.

Kelsier estava em pé do outro lado da cozinha, as costas apoiadas no armário, em sua posição habitual. Mas não havia leviandade em sua postura desta vez. Estava com os braços cruzados, a cabeça ligeiramente inclinada. Sua dor incrédula parecia ter desaparecido, substituída por outra emoção — uma que Vin de vez em quando via ardendo sombriamente atrás de seus olhos. Normalmente quando falava da nobreza.

Ela estremeceu sem querer. De pé como ele, Vin subitamente notou as roupas dele — a capa de brumas cinza-escura, camisa de mangas compridas, calça da mesma cor. Na noite, a roupa servia unicamente como camuflagem. No aposento iluminado, no entanto, as cores escuras o tornavam ameaçador.

Ele se endireitou, e a sala ficou tensa.

— Diga a Renoux para desaparecer — disse Kelsier em voz baixa, a voz soando como ferro. — Ele pode usar a história que inventamos para esse caso... que se "retira" para suas terras por causa da guerra entre as casas...

mas quero que esteja longe amanhã. Mandem um Brutamontes e um Olho de Estanho com ele, como proteção, diga para abandonar seu barco a um dia de viagem da cidade e então voltar até nós.

Dockson olhou para Vin e os outros.

— Ok...

— Marsh sabia de tudo, Dox — disse Kelsier. — Eles o torturaram antes de matá-lo... é assim que os Inquisidores trabalham.

Lançou as palavras no ar. Vin sentiu um arrepio. O covil estava comprometido.

— Para o esconderijo de emergência, então? — perguntou Dockson — Só você e eu sabemos a localização.

Kelsier assentiu, com firmeza.

— Quero todo mundo fora desta loja, incluindo aprendizes, em 15 minutos. Eu me encontrarei com vocês no esconderijo de emergência em dois dias.

Dockson olhou para Kelsier, o cenho franzido.

— Dois dias? Kell, o que está planejando?

Kelsier se dirigiu até a porta. Abriu-a, deixando as brumas entrarem, e então olhou novamente para a gangue, os olhos tão duros quanto qualquer prego dos Inquisidores.

— Eles me acertaram onde mais dói. Vou fazer o mesmo.

WALIN ABRIU CAMINHO NA ESCURIDÃO, apalpando através das cavernas estreitas, obrigando seu corpo a passar por fendas quase pequenas demais. Continuou descendo, tateando com os dedos, ignorando os inúmeros arranhões e cortes.

Preciso continuar, preciso continuar... A sanidade que lhe restava dizia que este seria seu último dia. Haviam passado seis dias desde seu último sucesso. Se fracassasse uma sétima vez, morreria.

Preciso continuar.

Não conseguia ver; estava muito abaixo da superfície para captar sequer um mínimo vislumbre do reflexo de um raio de sol. Mas ainda podia encontrar o caminho na escuridão. Só existiam duas direções: para cima e para baixo. Movimentos para o lado não tinham importância, eram facilmente desconsiderados. Não podia se perder enquanto continuasse descendo.

Enquanto isso, buscava com os dedos, procurando pela aspereza delatora de cristais brotando. Não podia voltar desta vez, não até que tivesse êxito, não até...

Preciso continuar.

Suas mãos rasparam em algo macio e frio enquanto se movia. Um cadáver apodrecendo entre duas rochas. Walin prosseguiu. Corpos não eram incomuns nas cavernas apertadas; alguns eram frescos, a maior parte era simplesmente ossos. Com frequência, Walin se perguntava se os mortos não eram os sortudos, na verdade.

Preciso continuar.

Tempo não significa praticamente nada nas cavernas. Em geral, ele voltava para cima para dormir — embora na superfície houvesse capatazes com chicotes, também havia comida. Era escassa, apenas o suficiente para mantê-lo vivo, mas era melhor do que a fome que o assaltaria caso ficasse lá embaixo muito tempo.

Preciso...

Ele se imobilizou. Tinha o torso enfiado em uma fenda estreita na rocha e estava a ponto de seguir em frente. Contudo, seus dedos — sempre tateando, ainda que quase inconscientemente — continuaram apalpando as paredes. E haviam encontrado algo.

Suas mãos tremeram de expectativa, enquanto sentia o afloramento de cristal. Sim, sim, eram eles. Cresciam em um padrão largo e circular na parede; eram pequenos nas bordas, mas iam ficando gradualmente maiores em direção ao centro. Bem no centro do padrão circular, os cristais se curvavam para dentro, seguindo um pequeno buraco na parede. Ali, os cristais eram maiores, cada um com uma borda irregular e afiada. Como dentes ao redor da mandíbula de uma besta de pedra.

Inspirando e rezando para o Senhor Soberano, Walin meteu a mão na abertura circular do tamanho de um punho. Os cristais arranharam seu braço, marcando sulcos compridos e finos ao longo de sua pele. Ignorou a dor, forçando o braço ainda mais, acima do cotovelo, buscando com os dedos por...

Ali! Seus dedos encontraram uma pequena rocha de cristal no meio do buraco — uma rocha formada por misteriosas gotas de cristal. Um geodo de Hathsin.

Agarrou-o ansiosamente, puxando-o para fora, arranhando o braço novamente enquanto o retirava do buraco forrado de cristais. Embalou a pequena rocha esférica, respirando pesadamente de alegria.

Outros sete dias. Viveria por mais sete dias.

Antes que a fome e a fadiga o enfraquecessem ainda mais, Walin começou a laboriosa escalada. Ele se espremeu entre fendas, subindo por saliências na parede. Às vezes tinha que se mover para a direita ou para a esquerda até que o teto se abrisse, mas ele sempre se abria. Apenas duas direções: para cima e para baixo. Apenas para cima e para baixo. Para cima e para baixo.

Ficou com o ouvido atento: já vira escaladores mortos, assassinados por homens mais jovens e mais fortes que esperavam para roubar um geodo. Felizmente, não encontrou ninguém. Isso era bom. Era um homem mais velho — velho o bastante para saber que nunca deveria ter tentado roubar comida do lorde de sua plantação.

Talvez merecesse o castigo. Talvez merecesse morrer nos Fossos de Hathsin.

Mas não morrerei hoje, pensou, sentindo finalmente o cheiro do ar doce e fresco. Era noite lá fora. Ele não se importava. As brumas não o incomodavam mais — nem mesmo os espancamentos o incomodavam tanto agora. Estava cansado demais para se incomodar.

Walin começou a escalar a fenda — uma das dúzias no pequeno e plano vale conhecido como Fossos de Hathsin. Então se deteve.

Um homem estava parado diante dele, em meio à noite. Estava vestido com uma capa comprida, que parecia ter sido rasgada em tiras. O homem olhou para Walin, silencioso e poderoso em suas roupas pretas. Então lhe estendeu a mão.

Walin se encolheu. O homem, no entanto, agarrou sua mão e o tirou da fenda.

— Vá! — o homem disse em voz baixa, em meio ao turbilhão de brumas. — A maior parte dos guardas está morta. Reúna o máximo de prisioneiros que conseguir e fuja deste lugar. Têm um geodo?

Walin se encolheu novamente, levando a mão ao peito.

— Ótimo — disse o desconhecido. — Quebre-o. Vai encontrar uma conta de metal dentro dele: é muito valiosa. Venda-a no submundo de qualquer cidade que encontrar e ganhará o suficiente para viver por anos. Vá, rápido! Não sei quanto tempo tem até que o alarme seja dado.

Walin cambaleou para trás, confuso.

— Quem... quem é você?

— Sou o que *você* será em breve — o desconhecido disse, aproximando-se da fenda. As tiras de sua capa escura se enroscavam ao seu redor, misturando-se com as brumas quando ele se virou na direção de Walin. — Sou um sobrevivente.

KELSIER OLHOU PARA BAIXO, ESTUDANDO a cicatriz escura na rocha, ouvindo enquanto o prisioneiro desaparecia na distância.

— E então estou de volta — sussurrou Kelsier. Suas cicatrizes ardiam, e as lembranças inundaram sua mente. Lembranças dos meses passados se espremendo entre as fendas, dos braços arranhados nas facas cristalinas, tentando, a cada dia, encontrar um geodo... apenas um, para que pudesse continuar vivendo.

Conseguiria realmente descer mais uma vez naquelas profundezas apertadas e silenciosas? Conseguiria entrar na escuridão de novo? Kelsier ergueu os braços, olhando para as cicatrizes, ainda brancas e destacadas em sua pele.

Sim. Pelos sonhos dela, ele podia.

Aproximou-se da fenda e forçou-se a descer por ela. Então queimou estanho, o que iluminou a fenda abaixo dele. Embora esta ficasse mais larga, também se dividia, abrindo-se em todas as direções. Parte caverna, parte fenda, parte túnel.

Ele já podia ver seu primeiro buraco cristalino de atium. Enquanto observava os longos e prateados cristais ali, suas cicatrizes pareceram pulsar em antecipação, acompanhando a batida de algum ritmo desconhecido.

Empurrar ou *puxar* os cristais de atium usando Alomancia fazia com que estilhaçassem. Por isso o Senhor Soberano tinha que usar escravos, não alomânticos, para coletar atium para ele.

Agora, o teste verdadeiro, Kelsier pensou, entrando ainda mais na fenda. Queimou ferro e imediatamente viu várias linhas azuis apontando para o buraco que vira e para baixo, na direção de outros buracos de atium. Embora o buraco diante dele não tivesse nenhum geodo, e os geodos dos buracos ao redor com certeza também já tivessem sido coletados, os próprios cristais emitiam leves linhas azuis por causa dos traços residuais de atium.

Kelsier se concentrou em algumas dessas linhas azuis e *puxou* de leve. Os cristais diante dele racharam, linhas finas os envolvendo, pequenos fragmentos se soltando. Seus ouvidos amplificados pelo estanho ouviram mais cristais se estilhaçarem na fenda abaixo dele.

Kelsier sorriu.

Quase três anos antes, parado sobre os cadáveres ensanguentados dos capatazes que haviam espancado Mare até a morte, notara pela primeira vez que podia usar ferro para sentir onde estavam os buracos de cristal. Mal compreendia seus poderes alomânticos naquela época, mas, então, um plano começou a se formar em sua mente. Um plano de vingança.

Esse plano tinha evoluído, crescido para abarcar muito mais do que pretendia originalmente. Mas uma das peças-chave permanecera guardada em um canto de sua mente. Podia encontrar os buracos de cristal. Podia destruí-los, usando Alomancia.

E eles eram o único meio de produzir atium em todo o Império Final.

Vocês tentaram me destruir, Fossos de Hathsin, ele pensou, descendo ainda mais pela fenda. *Chegou a hora de retribuir o favor*.

Estamos perto, agora. Estranhamente, nesta altura das montanhas, parecemos finalmente livres do toque opressivo das Profundezas. Já faz um tempo desde que eu soube como era essa sensação.

O lago que Fedik descobriu está abaixo de nós — posso vê-lo daqui. Parece ainda mais estranho desta perspectiva, com seu brilho vítreo — quase metálico. Quase desejo ter permitido que ele pegasse uma amostra da água.

Talvez o interesse dele tenha sido o que enfureceu a criatura das brumas que nos segue. Talvez... tenha sido por isso que decidiu atacá-lo, apunhalando-o com sua faca invisível.

Curiosamente, o ataque me conforta. Pelo menos sei, desde então, que alguém mais a viu. Isso significa que não estou louco.

33

— ENTÃO... ACABOU? — PERGUNTOU Vin. — O plano, quero dizer.

Ham deu de ombros.

— Se os Inquisidores conseguiram tirar informações de Marsh, quer dizer que sabem de tudo. Ou, pelo menos, sabem o bastante. Sabem que planejamos atacar o palácio e que vamos usar a guerra entre as casas como cobertura. Nunca conseguiremos que o Senhor Soberano saia da cidade agora e certamente nunca conseguiremos que ele mande a guarda do palácio para a cidade. As coisas não parecem boas, Vin.

Vin permaneceu em silêncio, digerindo a informação. Ham estava sentado de pernas cruzadas no chão sujo, recostado em uma parede de tijolos. O esconderijo de emergência era um porão frio e úmido com apenas três aposentos, e o ar cheirava a pó e cinzas. Os aprendizes de Trevo pegaram um dos quartos só para si, ainda que Dockson tivesse mandado embora todos os outros criados antes que fossem para o refúgio.

Brisa estava parado do outro lado. De vez em quando lançava um olhar desconfortável para o chão sujo e os bancos cheios de pó, então decidia continuar em pé. Vin não entendia por que ele se incomodava — seria impossível manter as roupas limpas enquanto estivessem vivendo no que era, essencialmente, um buraco no chão.

Brisa não era o único que lamentava o cativeiro autoimposto; Vin ouvira vários dos aprendizes reclamando que quase preferiam terem sido pegos pelo Ministério. Mesmo assim, durante os dois dias em que estiveram no porão, todos permaneceram no refúgio, exceto quando era absolutamente necessário sair. Entendiam o perigo: Marsh podia ter dado aos Inquisidores as descrições e os pseudônimos de cada membro da gangue.

Brisa meneou a cabeça.

— Talvez, cavalheiros, seja hora de dar a operação por encerrada. Tentamos com todas as nossas forças, e, considerando o fato de que nosso plano original, reunir o exército, terminou de maneira tão trágica, eu diria que fizemos um trabalho maravilhoso.

Dockson suspirou.

— Bem, certamente não poderemos viver com os fundos economizados durante muito tempo... especialmente se Kelsier continuar dando nosso dinheiro para os skaas. — Estava sentado à mesa, que era o único móvel do aposento, seus cadernos de contabilidade, anotações e contratos mais importantes organizados em pilhas diante dele. Fora incrivelmente eficaz em recolher cada pedaço de papel que pudesse incriminar a gangue ou dar mais informações sobre o plano deles.

Brisa assentiu.

— Eu, pela primeira vez, estou querendo mudar. Tudo isso tem sido divertido, delicioso, e todas essas outras emoções positivas, mas trabalhar com Kelsier pode ser um pouco desgastante.

Vin franziu o cenho.

— Não vai ficar com a gangue?

— Depende do próximo trabalho — disse Brisa. — Não somos como as outras gangues, sabe... trabalhamos porque nos agrada, não porque nos mandam. É vantajoso para nós sermos exigentes com os trabalhos que aceitamos. As recompensas são grandes, mas também são os riscos.

Ham sorriu, apoiando os braços atrás da cabeça, completamente despreocupado com a sujeira.

— Isso meio que me faz perguntar como acabamos neste trabalho em particular, hein? Risco muito grande, recompensa muito pequena.

— Nenhuma, na verdade — observou Brisa. — Nunca teremos aquele atium agora. As palavras de Kelsier sobre altruísmo e trabalhar para ajudar os skaas foram todas muito bonitas, mas eu sempre esperei que conseguíssemos pôr a mão naquele tesouro.

— Verdade — disse Dockson, erguendo os olhos de suas anotações. — Mas, não valeu a pena, pelo menos? O trabalho que fizemos... as coisas que conseguimos?

Brisa e Ham trocaram um olhar, então ambos assentiram.

— E por isso ficamos — prosseguiu Dockson. — O próprio Kell disse: ele nos escolheu porque sabia que tentaríamos algo um pouco diferente para conseguir um objetivo digno. Vocês são bons homens... até mesmo você, Brisa. Pare de fazer cara feia para mim.

Vin sorriu com a brincadeira familiar. Havia um sentimento de pesar em relação a Marsh, mas aqueles eram homens que sabiam ir em frente apesar de suas perdas. De certo modo, realmente eram como os skaas, no final das contas.

— Uma guerra entre as casas — disse Ham, despreocupadamente, sorrindo para si. — Quantos nobres acham que vão morrer?

— Centenas, pelo menos — respondeu Dockson, sem levantar o olhar. — Todos mortos por suas próprias mãos nobres gananciosas.

— Vou admitir que tinha minhas dúvidas sobre todo esse fiasco — comentou Brisa. — Mas a interrupção que isso causará no comércio, sem mencionar a desordem no governo... bem, você está certo, Dockson. Valeu a pena.

— Por suposto! — Ham disse, imitando a voz pedante de Brisa.

Vou sentir falta deles, pensou Vin, pesarosa. *Talvez Kelsier me deixe fazer parte do próximo trabalho.*

As escadas rangeram, e Vin se escondeu instintivamente nas sombras. A porta lascada se abriu, e uma forma familiar, vestida de preto, entrou. Levava a capa de brumas no braço, e seu rosto parecia incrivelmente esgotado.

— Kelsier! — exclamou Vin, dando um passo para frente.

— Olá, pessoal — disse ele, com a voz cansada.

Conheço esse cansaço, Vin pensou. *Ressaca de peltre. Onde ele esteve?*

— Está atrasado, Kell — disse Dockson, ainda sem levantar os olhos de seus livros-caixa.

— Eu me esforço para ser uma pessoa consistente — disse Kelsier, largando a capa de brumas no chão, espreguiçando-se e se sentando. — Onde estão Trevo e Fantasma?

— Trevo está dormindo no quarto dos fundos — explicou Dockson. — Fantasma foi com Renoux. Imaginamos que queria que ele levasse nosso melhor Olho de Estanho como vigia.

— Boa ideia — disse Kelsier, soltando um profundo suspiro e fechando os olhos enquanto se recostava na parede.

— Meu caro — disse Brisa —, está com uma aparência terrível.

— Não é tão ruim quanto parece... voltei com mais calma, até parei para dormir algumas horas no meio do caminho.

— Sim, mas onde *esteve*? — perguntou Ham, com severidade. — Estávamos morrendo de preocupação que estivesse fazendo algo... bem, estúpido.

— Na verdade — observou Brisa —, tínhamos certeza de que estava fazendo algo estúpido. Só nos perguntávamos o *quão* estúpido esse acontecimento em particular poderia ser. Então, o que foi? Assassinou o Sumo Prelado? Massacrou dezenas de nobres? Roubou a capa dos ombros do próprio Senhor Soberano?

— Destruí os Fossos de Hathsin — disse Kelsier, em voz baixa.

O aposento ficou em silêncio, atônito.

— Sabe — Brisa finalmente disse —, é de se pensar por que a essa altura ainda não aprendemos a não subestimá-lo.

— Destruiu? — perguntou Ham. — Como é possível destruir os Fossos de Hathsin? Não são mais do que um punhado de fendas no chão!

— Bem, eu não destruí os Fossos em si — explicou Kelsier. — Apenas arrebentei os cristais que produzem geodos de atium.

— Todos eles? — perguntou Dockson, aturdido.

— Todos os que consegui encontrar — afirmou Kelsier. — E foram várias centenas de buracos. Foi realmente muito mais fácil me mover lá embaixo, agora que domino a Alomancia.

— Cristais? — perguntou Vin, confusa.

— Cristais de atium, Vin — disse Dockson. — Eles produzem os geodos... não acho que alguém saiba como... e esses geodos contêm contas de atium dentro deles.

Kelsier assentiu.

— Os cristais são o motivo pelo qual o Senhor Soberano não pode mandar alomânticos para *puxar* os geodos de atium. Usar alguns tipos de Alomancia perto dos cristais os faz se estilhaçar... e levarão séculos para crescerem novamente.

— Séculos durante os quais não produzirão atium — acrescentou Dockson.

— Então você... — Vin se calou.

— Pus fim à produção de atium do Império Final, pelo menos pelos próximos trezentos anos aproximadamente.

Elend. A Casa Venture. Estão a cargo dos Fossos. Como o Senhor Soberano reagirá quando se inteirar disso?

— Seu louco — disse Brisa, em voz baixa, os olhos arregalados — O atium é a base da economia imperial... controlá-lo é uma das principais maneiras que o Senhor Soberano tem de manter controle sobre a nobreza. Pode ser que não consigamos pegar suas reservas, mas em algum momento isso terá o mesmo efeito. Seu bendito lunático... seu bendito *gênio*!

Kelsier sorriu com tristeza.

Agradeço os dois elogios. Os Inquisidores já atacaram a loja de Trevo?

— Não que nossos vigias tenham visto — respondeu Dockson.

— Bom — Kelsier falou. — Talvez não tenham conseguido dobrar Marsh. Na melhor das hipóteses, eles talvez não saibam que suas estações de *abrandamento* estão comprometidas. Agora, se não se importam, vou dormir. Temos muita coisa para planejar amanhã.

O grupo inteiro trocou olhares.

— Planejar? — Dox finalmente perguntou. — Kell... estávamos meio que pensando que devíamos desistir. Provocamos uma guerra entre as casas, e você acaba de se encarregar da economia imperial. Com nosso disfarce e nosso plano comprometidos... Bem, honestamente não espera que façamos mais nada, certo?

Kelsier sorriu, ficando em pé, cambaleante, e partindo para o quarto de trás.

— Conversaremos amanhã.

— O QUE ACHA QUE ele está planejando, Sazed? — Vin perguntou, sentada em um banco ao lado da lareira do porão, enquanto o terrisano preparava a refeição da tarde. Kelsier dormira a noite toda e ainda não despertara até aquela hora.

— Não tenho realmente ideia, senhora — respondeu Sazed, provando o guisado. — Embora, neste momento, com a cidade tão desequilibrada, pareça a oportunidade perfeita para atacar o Império Final.

Vin ficou pensativa.

— Suponho que ainda podemos tomar o palácio... é o que Kell sempre quis fazer. Mas, se o Senhor Soberano foi avisado, os outros não vão querer que isso aconteça. Além disso, não parece que temos soldados suficientes para fazer muita coisa na cidade. Ham e Brisa não terminaram o recrutamento.

Sazed deu de ombros.

— Talvez Kelsier tenha outros planos em relação ao Senhor Soberano — pensou Vin.

— Talvez.

— Sazed? — disse Vin, lentamente. — Você compila lendas, certo?

— Como Guardador, compilo muitas coisas — Sazed comentou. — Histórias, lendas, religiões. Quando eu era jovem, outro Guardador me recitou todo seu conhecimento, para que eu pudesse armazená-lo, e então aumentá-lo.

— Já ouviu sobre essa lenda do "Décimo Primeiro Metal" da qual Kelsier fala?

Sazed meneou a cabeça.

— Não, senhora. Esta lenda era nova para mim quando a ouvi de mestre Kelsier.

— Mas ele jura que é verdade — comentou Vin. — E eu... acredito nele, por algum motivo.

— É muito possível que haja lendas que eu não tenha ouvido — concordou Sazed. — Se os Guardadores soubessem tudo, então por que continuar procurando?

Vin assentiu, ainda um pouco incerta.

Sazed continuou a remexer a sopa. Ele parecia tão... digno, mesmo enquanto realizava uma tarefa tão simples. Vestia sua túnica de mordomo, sem se preocupar com quão simples era o serviço que fazia, substituindo com facilidade os criados da gangue que haviam sido despedidos.

Passos rápidos soaram na escada, e Vin se empertigou, levantando-se de seu banco.

— Senhora? — perguntou Sazed.

— Tem alguém nas escadas — disse Vin, aproximando-se da entrada.

Um dos aprendizes — Vin achava que o nome dele era Tase — irrompeu porta adentro. Agora que Lestibournes se fora, Tase se tornara o principal vigia da gangue.

— As pessoas estão se reunindo na praça — disse Tase, gesticulando na direção das escadas.

— O que foi? — disse Dockson, saindo do outro aposento.

— Pessoas, na praça da fonte, mestre Dockson — disse o garoto. — Dizem nas ruas que os obrigadores estão planejando mais execuções.

Retaliação pelos Fossos, Vin pensou. *Não demorou muito.*

A expressão de Dockson ficou sombria.

— Vá acordar Kell.

— PRETENDO ASSISTI-LOS — KELSIER disse, andando pelo aposento, vestido com roupas simples de skaa e capa.

O estômago de Vin revirou. *De novo?*

— Vocês podem fazer como preferirem — disse Kelsier. Parecia muito melhor depois do descanso prolongado; seu esgotamento se fora, substituído pela força característica que Vin sempre esperava dele. — As execuções são, provavelmente, uma retaliação ao que fiz nos Fossos — prosseguiu Kelsier. — Vou observar as mortes daquelas pessoas... porque, indiretamente, eu as causei.

— Não é culpa sua, Kell — observou Dockson.

— É culpa de todos nós — disse Kelsier, abruptamente. — Isso não torna o que fizemos errado... mas, se não fosse por nós, aquelas pessoas não teriam que morrer. Eu, pelo menos, acho que o mínimo que podemos fazer por elas é testemunhar sua passagem.

Abriu a porta, subindo os degraus. Lentamente, o resto da gangue o seguiu — embora Trevo, Sazed e os aprendizes tivessem ficado no refúgio.

Vin subiu os degraus com cheiro de mofo, juntando-se aos outros depois de um tempo em uma rua encardida no meio de um bairro pobre skaa. Cinzas caíam do céu, flutuando preguiçosamente em flocos. Kelsier já descia a rua, e o restante deles — Brisa, Ham, Dockson e Vin — apertou o passo para alcançá-lo.

O esconderijo não estava muito longe da praça da fonte. Kelsier, no entanto, parou algumas ruas antes do destino deles. Skaas de olhos turvos continuavam andando, juntando-se à multidão. Sinos soavam ao longe.

— Kell? — perguntou Dockson.

Kelsier inclinou a cabeça.

— Vin, ouviu isso?

Ela fechou os olhos e avivou o estanho. *Concentre-se*, pensou. *Como Fantasma disse. Deixe de lado os passos e os murmúrios. Ouça acima das portas batendo e das pessoas respirando. Ouça...*

— Cavalos — disse ela, reduzindo o estanho e abrindo os olhos. — E carruagens.

— Carroças — disse Kelsier, dirigindo-se para a lateral da rua. — As carroças dos prisioneiros. Estão vindo por aqui.

Olhou para os edifícios ao seu redor, então agarrou uma calha e começou a escalar a parede. Brisa revirou os olhos, cutucando Dockson e acenando com a cabeça na direção da frente do edifício, mas Vin e Ham — acendendo peltre — seguiram Kelsier com facilidade até o telhado.

— Ali — disse Kell, apontando para uma rua não muito longe dali. Vin mal podia ver a fila de carroças com grades dos prisioneiros dirigindo-se para a praça.

Dockson e Brisa saíram para o telhado inclinado por uma janela. Kelsier ficou onde estava, parado na beira do telhado, contemplando as carroças dos prisioneiros.

— Kell — disse Ham, com severidade —, no que está pensando?

— Ainda estamos a uma certa distância da praça — respondeu ele, lentamente. — E os Inquisidores não viajam com os prisioneiros; virão do palácio, como da última vez. Não deve haver mais que uma centena de soldados vigiando aquelas pessoas.

— Cem homens são o bastante, Kell — comentou Ham.

Kelsier não pareceu ouvir suas palavras. Deu outro passo adiante, aproximando-se da borda do telhado.

— Posso deter isso... posso salvá-los.

Vin parou ao lado dele.

— Kell, pode ser que não haja muitos guardas com os prisioneiros, mas a praça da fonte está a poucos quarteirões de distância. Está repleta de soldados, sem falar de Inquisidores!

Ham, inesperadamente, não a apoiou. Deu meia-volta, olhando para Dockson e Brisa. Dox deu de ombros.

— Estão todos loucos? — exclamou Vin.

— Espere um momento — disse Brisa, apertando os olhos. — Não sou nenhum Olho de Estanho, mas alguns daqueles prisioneiros não parecem um pouco bem-vestidos demais?

Kelsier paralisou, então praguejou. Sem aviso, saltou do telhado, caindo na rua abaixo.

— Kell! — Vin o chamou. — O que...? — Então se deteve, olhando sob a luz vermelha do sol, observando a lenta aproximação da procissão de carroças. Com seus olhos ampliados pelo estanho, pensou ter reconhecido alguém sentado em uma das carroças da frente.

Fantasma.

— KELSIER, O QUE ESTÁ acontecendo? — Vin exigiu saber, disparando até a rua ao lado dele.

Ele reduziu um pouco a velocidade.

— Vi Renoux e Fantasma na primeira carroça. O Ministério deve ter atacado a caravana de Renoux no canal... as pessoas naquelas gaiolas são criados, pessoal da casa e guardas que contratamos para trabalhar na mansão.

A caravana no canal... Vin pensou. *O Ministério deve saber que Renoux era uma fraude. Marsh confessou, no final das contas.*

Atrás deles, Ham saiu do edifício. Brisa e Dockson demoraram mais para os alcançar.

— Temos que agir rápido! — disse Kelsier, apressando o passo novamente.

— Kell! — disse Vin, agarrando seu braço. — Kelsier, não pode salvá-los. Estão muito bem vigiados, e estamos em pleno dia no meio da cidade. Só conseguirá que o matem!

Ele se deteve, indeciso, no meio da rua, voltando-se para Vin. Olhou-a nos olhos, desapontado.

— Não entende do que se trata tudo isso, não é, Vin? Nunca entendeu. Eu deixei que me detivesse uma vez, na colina, junto ao campo de batalha. Não desta vez. Desta vez posso fazer alguma coisa.

— Mas...

Ele soltou o braço.

— Ainda precisa aprender algumas coisas sobre amizade, Vin. Espero que algum dia entenda quais são.

E começou a correr na direção das carroças. Ham ultrapassou Vin, tomando outra direção, abrindo caminho entre os skaas que seguiam para a praça.

Vin ficou estupidamente parada por alguns segundos, sentindo a cinza cair, quando Dockson a alcançou.

— É insanidade — murmurou ela. — Não podemos fazer isso. Não somos invencíveis.

Dockson fez uma careta.

— Tampouco somos indefesos.

Brisa chegou, arfando, e apontou para uma rua lateral.

— Ali. Precisamos de um lugar onde eu possa ver os soldados.

Vin os seguiu, sentindo de repente uma vergonha misturada à preocupação.

Kelsier...

KELSIER JOGOU FORA DOIS FRASCOS vazios, depois de ingerir seus conteúdos. Os frascos cintilaram no chão, mas não chegaram a se quebrar contra as pedras. Entrou em um último beco, correndo por uma rua estranhamente vazia.

As carroças dos prisioneiros seguiam na direção dele, entrando em uma pequena praça formada pela interseção de duas ruas. Cada veículo retangular estava cercado de grades; cada um deles estava lotado de pessoas agora claramente familiares. Criados, soldados, amas — alguns eram rebeldes, mas a maioria era pessoas comuns. Nenhum deles merecia morrer.

Tantos skaas já morreram, ele pensou, avivando seus metais. *Centenas. Milhares. Centenas de milhares.*

Não hoje. Não mais.

Jogou uma moeda e saltou, *empurrando-se* pelo ar em um arco amplo. Os soldados olharam para cima, apontando para ele. Kelsier aterrissou bem no meio deles.

Houve um momento de silêncio, enquanto os soldados se viravam, surpresos. Kelsier se agachou entre eles, pedaços de cinzas caindo do céu.

Então *empurrou.*

Avivou seu aço com um grito, erguendo-se e *empurrando* para fora. A explosão de seus poderes alomânticos arremessou os soldados para longe, pelas placas peitorais, atirando uma dúzia de homens no ar, e fazendo-os se chocarem contra os companheiros e as paredes.

Os homens gritaram, Kelsier girou, *empurrando* um grupo de soldados, e saiu voando na direção de uma das carroças. Chocou-se contra ela, avivou seu peltre e agarrou a porta de metal com as mãos.

Os prisioneiros recuaram, surpresos. Com seu peltre ainda inflamado, Kelsier arrancou a porta com um estalo de poder e a jogou na direção dos soldados que se aproximavam.

— Vão! — disse para os prisioneiros, saltando para longe e aterrissando com suavidade na rua. Ele se virou.

E se viu cara a cara com uma figura alta usando uma túnica marrom. Kelsier recuou enquanto a figura alta abaixava o capuz, revelando um par de olhos empalados com pregos.

O Inquisidor sorriu, e Kelsier ouviu passos se aproximando pelos becos. Dezenas. Centenas.

— MALDIÇÃO! — PRAGUEJOU BRISA quando os soldados inundaram a praça.

Dockson empurrou Brisa para um beco. Vin os seguiu, agachada nas sombras, ouvindo os soldados gritarem nas encruzilhadas.

— O que foi? — ela quis saber.

— Um Inquisidor! — disse Brisa, apontando para uma figura com túnica parada diante de Kelsier.

— O *quê?* — disse Dockson, ficando em pé.

É uma armadilha, percebeu Vin, horrorizada. Soldados começavam a chegar na praça, saindo de esconderijos nas ruas laterais. *Kelsier, saia daí!*

KELSIER *EMPURROU* UM GUARDA CAÍDO, atirando-se de costas em um giro sobre uma das carroças dos prisioneiros. Aterrissou agachado, observando os novos esquadrões de soldados. Muitos deles levavam bastões e não usavam armaduras. Matabrumas.

O Inquisidor se *empurrou* pelo ar cheio de cinzas, aterrissando com um estampido diante de Kelsier. A criatura sorriu.

É o mesmo homem. O Inquisidor da outra vez.

— Onde está a garota? — disse a criatura, em voz baixa.

Kelsier ignorou a pergunta.

— Por que só um de vocês? — ele exigiu saber.

O sorriso da criatura aumentou.

— Ganhei o sorteio.

Kelsier avivou peltre, correndo para o lado enquanto o Inquisidor puxava um par de machados de obsidiana. A praça estava se enchendo rapidamente de soldados. De dentro das carroças, podia ouvir as pessoas gritando.

— Kelsier! Lorde Kelsier! Por favor!

Kelsier praguejou baixinho enquanto o Inquisidor se lançava sobre ele. Estendeu a mão, *puxando* uma das carroças ainda cheias e arrancando-se no ar sobre um grupo de soldados. Aterrissou e correu até o veículo, pretendendo libertar seus ocupantes. Quando chegou, no entanto, a carroça balançou. Kelsier levantou os olhos bem a tempo de ver o monstro com olhos de aço sorrindo para ele do alto do veículo.

Kelsier se *empurrou* para trás, sentindo o vento da machadada perto de sua cabeça. Aterrissou com agilidade, mas imediatamente teve que saltar de lado, enquanto um grupo de soldados o atacava. Ao pousar, estendeu a mão — *puxando* uma das carroças para se ancorar — e *empurrou* a porta de ferro que havia jogado antes. A porta de grades voou pelos ares e se chocou contra o esquadrão de soldados.

O Inquisidor atacou por trás, e Kelsier se afastou, dando um salto. A porta, ainda aos trambolhões, resvalou pelo chão e, ao passar sobre ela, Kelsier *empurrou*, lançando-se no ar.

Vin estava certa, Kelsier pensou, frustrado. O Inquisidor o observava, seguindo-o com seus olhos antinaturais. *Não devia ter feito isso*. Um grupo de soldados cercava os skaas que tinha libertado.

Eu devia fugir — tentar despistar o Inquisidor. Já fiz isso antes.

Mas... não podia. Não faria isso, não desta vez. Havia se comprometido vezes demais antes. Mesmo que isso lhe custasse tudo, *tinha* que libertar esses prisioneiros.

E, então, quando começou a cair, viu um grupo de homens atacando a encruzilhada. Tinham armas, mas não uniformes. Diante deles, havia uma figura familiar.

Ham! Então foi para lá que você foi.

— O QUE ESTÁ ACONTECENDO? — Vin perguntou, ansiosa, ficando na ponta dos pés para ver a praça. Lá embaixo, a figura de Kelsier mergulhou novamente na luta, a capa escura ondulando atrás dele.

— É uma das nossas unidades de soldados! — explicou Dockson. — Ham deve ter ido buscá-los.

— Quantos?

— Formavam grupos de cerca de duzentos.

— Então estão em desvantagem numérica.

Dockson assentiu.

Vin se levantou.

— Vou para lá.

— Não, não vai — disse Dockson, com firmeza, agarrando-a pela capa e puxando-a de volta. — Não quero que se repita o que aconteceu da última vez que você enfrentou um daqueles monstros.

— Mas...

— Kell se sairá bem — disse Dockson. — Vai tentar ganhar tempo para que Ham liberte os prisioneiros, então fugirá. Observe.

Vin deu um passo para trás.

Ao lado dela, Brisa murmurava consigo mesmo.

— Sim, estão com medo. Vamos nos concentrar nisso. *Abrandar* todo o resto. Deixá-los aterrorizados. É, um Inquisidor e um Nascido da Bruma lutando... não vão querer interferir *nisso*...

Vin olhou novamente para a praça, onde viu um soldado largar o bastão e sair correndo. *Há outras maneiras de lutar*, percebeu, ajoelhando-se ao lado de Brisa.

— Como posso ajudar?

KELSIER DESVIOU DE NOVO DO Inquisidor, enquanto a unidade de Ham enfrentava os soldados imperiais e começava a abrir caminho até as carroças de prisioneiros. O ataque dividiu a atenção dos soldados, que pareceram muito contentes em deixar Kelsier e o Inquisidor em sua batalha solitária.

De um lado, Kelsier viu os skaas que começavam a lotar as ruas ao redor da pequena praça, a luta chamando a atenção daqueles que esperavam na praça da fonte. Kelsier podia ver outros esquadrões de guardas imperiais tentando abrir caminho até a luta, mas os milhares de skaas que abarrotavam as ruas dificultavam seriamente o avanço deles.

O Inquisidor atacou, e Kelsier se esquivou. A criatura estava ficando cada vez mais frustrada. De um lado, um pequeno grupo dos homens de Ham alcançou uma das carroças e arrebentou o cadeado, libertando os prisioneiros. O resto dos homens de Ham mantinha os soldados ocupados enquanto os cativos fugiam.

Kelsier sorriu, olhando para o Inquisidor irritado. A criatura grunhiu.

— Valette! — uma voz gritou.

Kelsier se virou, surpreso. Um nobre bem-vestido abria caminho entre os soldados, na direção do centro da luta. Levava um bastão de duelo e era protegido por dois guarda-costas que o cercavam, mas não era atacado, principalmente porque nenhum dos lados tinha certeza de querer atacar um homem de evidente sangue nobre.

— Valette! — gritou Elend Venture de novo. Virou-se para um dos soldados. — Quem ordenou o ataque ao comboio Renoux? Quem autorizou isso?

Maravilha, Kelsier pensou, mantendo um olho cauteloso no Inquisidor. A criatura olhava para Kelsier com uma expressão odiosa e retorcida.

Continue me odiando, Kelsier pensou. *Só tenho que aguentar o suficiente para que Ham liberte os prisioneiros. Então, poderei me livrar de você.*

O Inquisidor estendeu a mão e decapitou casualmente uma criada em fuga que passava por ele.

— Não! — gritou Kelsier, enquanto o cadáver caía aos pés do Inquisidor. A criatura agarrou outra vítima e levantou o machado.

— Tudo bem! — disse Kelsier, avançando e tirando um par de frascos de sua bolsa. — Tudo bem. Quer lutar comigo? Vamos!

A criatura sorriu, jogando a mulher capturada de lado e avançando na direção de Kelsier.

Kelsier tirou as tampas e bebeu o conteúdo dos dois frascos de uma vez, jogando-os de lado. Os metais arderam em seu peito, queimando junto com sua fúria. Seu irmão, morto. Sua esposa, morta. Família, amigos e heróis. Todos mortos.

Está me forçando a buscar vingança?, pensou. *Bem, você a terá.*

Kelsier se deteve a poucos passos do Inquisidor. Com os punhos fechados, avivou seu aço em um enorme *empurrão*. Ao seu redor, as pessoas foram atiradas para trás por seus metais ao serem atingidas por uma onda espantosa e invisível de poder. A praça — lotada de soldados imperiais, prisioneiros e rebeldes — se abriu em um espaço livre ao redor de Kelsier e do Inquisidor.

— Vamos fazer isso, então — disse Kelsier.

Eu nunca quis ser temido.

Se me arrependo de alguma coisa, é do temor que tenho causado. O medo é a arma dos tiranos. Infelizmente, quando o destino do mundo está em jogo, deve-se usar as armas que estão disponíveis.

34

HOMENS MORTOS E MORIBUNDOS DESABAVAM no chão de paralelepípedos. Os skaas abarrotavam as ruas. Os prisioneiros gritavam, chamando seu nome. O calor do sol avermelhado queimava.

E cinzas caíam do céu.

Kelsier avançou, avivando peltre e brandindo suas adagas. Queimou atium, assim como o Inquisidor — e ambos provavelmente tinham o suficiente para um longo combate.

Kelsier golpeou duas vezes o ar quente, atingindo o Inquisidor, seus braços um borrão. A criatura desviou no meio de um vórtice louco de sombras de atium e então desferiu um golpe com seu machado.

Kelsier saltou, o peltre garantindo uma altura sobre-humana ao seu pulo, e passou por sobre a arma. Estendeu a mão e *empurrou* um grupo de soldados que estava atrás dele, lançando-se para a frente. Plantou os dois pés no rosto do Inquisidor e o chutou, rodopiando para trás no ar.

O Inquisidor cambaleou. Enquanto Kelsier caía, *puxou* um soldado, lançando-se para trás. O soldado saiu em disparada pela força do *puxão* de ferro e se precipitou na direção de Kelsier. Os dois homens voaram no ar.

Kelsier avivou ferro, *puxando* um grupo de soldados à sua direita, enquanto ainda *puxava* o outro soldado. O resultado foi um giro em volta de seu eixo. Kelsier voou de lado, e o soldado — preso como se por um cabo ao corpo de Kelsier — traçou um arco amplo como uma bola na outra extremidade de uma corrente.

O infeliz soldado se chocou contra o Inquisidor, e ambos caíram nas grades de uma carroça vazia.

O soldado ficou inconsciente no chão. O Inquisidor ricocheteou na jaula de ferro e caiu de quatro. Um filete de sangue escorreu pelo rosto da criatura, cruzando as tatuagens de seus olhos, mas ele ergueu a cabeça, sorrindo. Não parecia nem um pouco atordoado quando se levantou.

Kelsier aterrissou, amaldiçoando-se em voz baixa.

Com uma incrível explosão de velocidade, o Inquisidor agarrou a carroça vazia, por duas barras da grade, e a arrancou das rodas.

Maldição!

A criatura girou e arremessou a enorme jaula em Kelsier, que estava parado a poucos metros. Não havia tempo para desviar. Havia um edifício bem atrás dele; se *empurrasse* para contra-atacar, seria esmagado.

A jaula se precipitou em sua direção, e Kelsier saltou, usando um *empurrão* de aço para guiar seu corpo através da porta aberta da jaula que rodopiava. Espremeu-se dentro da cela, *empurrando* para fora em todas as direções, mantendo-se bem no centro da jaula de metal enquanto esmagava as paredes, até se libertar com um salto.

A jaula rolou e começou a deslizar pelo chão. Kelsier se deixou cair, aterrissando na parte inferior de um telhado enquanto a jaula parava lentamente. Através das grades, pôde ver o Inquisidor olhando para ele em meio a um mar de soldados lutando, seu corpo cercado por uma nuvem retorcida e em movimento de imagens de atium. O Inquisidor meneou a cabeça para Kelsier, em leve sinal de respeito.

Kelsier *empurrou* com um grito, avivando peltre para não ser esmagado. A jaula explodiu, a parte superior do metal voou pelos ares, as grades sendo arremessadas em todas as direções. Kelsier *puxou* as barras atrás de si e *empurrou* as que estavam a sua frente, disparando um fluxo de metal contra o Inquisidor.

A criatura levantou uma mão, desviando habilmente os enormes projéteis. Kelsier, no entanto, seguiu as barras com seu próprio corpo — lançando-se na direção do Inquisidor com um *empurrão* de aço. O Inquisidor *puxou*-se para o lado, usando um desafortunado soldado como âncora. O homem gritou quando foi arrancado de seu duelo — mas se calou quando o Inquisidor saltou, *empurrando* contra ele e o esmagando no chão.

O Inquisidor disparou no ar. Kelsier freou com um *empurrão* contra um grupo de soldados, seguindo seu inimigo. Atrás dele, a parte superior da jaula se chocou contra o chão, arrancando lascas de pedra. Kelsier se lançou contra ela e disparou para cima, atrás do Inquisidor.

Flocos de cinzas passavam ao lado dele. Adiante, o Inquisidor se virou, *puxando* algo que estava embaixo. A criatura mudou imediatamente de direção, lançando-se de encontro a Kelsier.

Uma colisão de frente. Má ideia para o cara sem pregos na cabeça. Kelsier *puxou* freneticamente um soldado, lançando-se para baixo enquanto o Inquisidor passava diagonalmente por cima dele.

Kelsier avivou peltre, chocando-se contra o soldado que havia *puxado*. Os dois giraram no ar. Felizmente, o soldado não era um dos de Ham.

— Sinto muito, amigo — Kelsier disse, casualmente, *empurrando-se* para o lado.

O soldado saiu em disparada, chocando-se, depois de um tempo, contra a lateral de um edifício, enquanto Kelsier o usava para voar sobre o campo de batalha. Lá embaixo, o esquadrão principal de Ham havia alcançado a última carroça de prisioneiros. Infelizmente, vários grupos de soldados imperiais tinham aberto caminho entre os boquiabertos skaas. Um deles era uma grande equipe de arqueiros — armados com flechas com ponta de obsidiana.

Kelsier praguejou, deixando-se cair. Os arqueiros se prepararam para disparar contra a multidão que combatia. Matariam alguns de seus próprios soldados, mas o grosso do ataque atingiria os prisioneiros.

Kelsier caiu no chão de paralelepípedos. Estendeu a mão para o lado, *puxando* algumas barras caídas da jaula que destruíra. Elas voaram em sua direção.

Os arqueiros apontaram. Mas ele podia ver suas sombras de atium.

Kelsier soltou as barras e se *empurrou* levemente de lado permitindo que os ferros voassem entre os arqueiros e os prisioneiros que fugiam.

Os arqueiros dispararam.

Kelsier agarrou as barras, avivando tanto aço quanto ferro, *empurrando* a ponta de cada barra e *puxando* a ponta oposta. As barras dispararam no ar, começando imediatamente a rodopiar como moinhos de vento furiosos e lunáticos. A maioria das flechas foi desviada pelas barras de ferro giratórias.

As barras caíram no chão, entre as flechas dispersas e quebradas. Os arqueiros ficaram parados, estupefatos, enquanto Kelsier saltava para o lado novamente e *puxava* levemente as barras, fazendo-as saltar no ar, diante dele. *Empurrou*, mandando as barras na direção dos arqueiros. Deu meia-volta enquanto os homens gritavam e morriam, seus olhos procurando seu verdadeiro inimigo.

Onde a criatura está se escondendo?

Deu de frente com uma cena caótica. Homens lutavam, corriam, fugiam e morriam — cada um com uma sombra profética de atium aos olhos de Kelsier. Neste caso, contudo, as sombras efetivamente dobravam o número de pessoas se movendo no campo de batalha e só serviam para aumentar sua sensação de confusão.

Mais e mais soldados chegavam. Muitos dos homens de Ham estavam mortos, mas a maioria estava se retirando — felizmente, podiam simplesmente descartar a armadura e se misturar na multidão skaa. Kelsier estava mais preocupado com a última carroça de prisioneiros, onde estavam Renoux e Fantasma. A trajetória do grupo de Ham na batalha exigira que se movessem pela fila de carroças, de trás para a frente. Tentar chegar primeiro em Renoux teria exigido passar pelas outras cinco carroças, deixando as pessoas presas lá dentro.

Ham obviamente não pretendia partir até que Fantasma e Renoux estivessem livres. E, enquanto Ham lutasse, os soldados rebeldes aguentariam. Havia uma razão pela qual os Braços de Peltre também eram conhecidos como Brutamontes: não havia sutileza alguma em sua forma de lutar, nenhum *puxão* de ferro ou *empurrão* de aço astuto. Ham simplesmente atacava com velocidade e força bruta, lançando inimigos para longe do seu caminho, derrubando suas fileiras, liderando seu esquadrão de cinquenta homens em direção à última carroça de prisioneiros. Quando alcançaram o veículo, Ham recuou para lutar contra um grupo de soldados inimigos enquanto um de seus homens arrebentava o cadeado da carroça.

Kelsier sorriu, com orgulho, seus olhos ainda procurando pelo Inquisidor. Seus homens eram poucos, mas os soldados inimigos pareciam visivelmente inquietos com a determinação dos rebeldes skaas. Os homens de Kelsier lutavam com paixão — apesar de seus outros numerosos defeitos, ainda tinham essa vantagem.

Isso é o que acontece quando finalmente são convencidos a lutar. É o que está escondido dentro de todos eles. Só é difícil de libertar...

Renoux saiu da carroça e parou ao lado dela para supervisionar seus criados escapando da jaula. De repente, uma figura bem-vestida surgiu do meio da turba, agarrando Renoux pela frente de seu terno.

— Onde está Valette? — Elend Venture exigiu saber, sua voz desesperada chegando aos ouvidos de Kelsier, amplificados pelo estanho. — Em que jaula ela está?

Garoto, vocês está realmente começando a me incomodar, Kelsier pensou, *empurrando-se* através dos soldados que corriam para a carroça.

O Inquisidor apareceu, saltando detrás de um grupo de soldados. Aterrissou no alto da jaula, balançando a estrutura inteira, empunhando um machado de obsidiana em cada mão em forma de garra. A criatura olhou Kelsier nos olhos e sorriu, então enterrou um machado nas costas de Renoux.

O kandra estremeceu, os olhos arregalados. O Inquisidor se voltou para Elend. Kelsier não tinha certeza se a criatura reconhecera o garoto. Talvez o Inquisidor pensasse que Elend fosse um membro da família Renoux. Talvez não se importasse.

Kelsier hesitou apenas por um segundo.

O Inquisidor levantou o machado para atacar.

Ela o ama.

Kelsier avivou o aço dentro de si, agitando-o, inflamando-o até que seu peito ardeu como uma das Montanhas de Cinzas. *Empurrou-se* contra os soldados que estavam atrás de si — atirando dezenas deles para trás — e disparou na direção do Inquisidor. Chocou-se contra a criatura quando ela começava a descarregar o golpe.

O machado se perdeu contra as pedras, a alguns passos de distância. Kelsier agarrou o Inquisidor pelo pescoço, quando os dois atingiram o chão, e começou a apertar com os músculos amplificados pelo peltre. O Inquisidor estendeu a mão, agarrando os braços de Kelsier, tentando desesperadamente se soltar.

Marsh estava certo, pensou Kelsier, em meio ao caos. *Ele teme por sua vida. Pode ser morto.*

O Inquisidor engasgou asperamente, os pregos de metal que se sobressaíam de seus olhos a poucos centímetros do rosto de Kelsier. A seu lado, Kelsier viu Elend Venture cambalear para trás.

— A garota está bem! — disse Kelsier, entredentes. — Não estava nas barcaças de Renoux. Vá!

Elend se deteve, incerto; então, um de seus guarda-costas finalmente apareceu. O garoto se deixou ser levado.

Não posso acreditar que acabei de salvar um nobre, pensou Kelsier, lutando para esganar o Inquisidor. *É melhor que dê valor a isso, garota.*

Lentamente, com os músculos tensos, o Inquisidor forçou Kelsier a afastar as mãos. A criatura começou a sorrir novamente.

Eles são tão fortes!

O Inquisidor *empurrou* Kelsier para trás, então *puxou* um soldado, fazendo-se escorregar pelos paralelepípedos. Bateu em um cadáver e se lançou para trás, ficando em pé. O pescoço dele estava vermelho por causa do apertão de Kelsier, e pedaços de carne haviam sido arrancados por suas unhas, mas ainda sorria.

Kelsier *empurrou* um soldado, lançando-se também. Ao seu lado, viu Renoux apoiado contra a carroça. Kelsier olhou o kandra nos olhos e assentiu de leve.

Renoux caiu no chão com um suspiro, o machado nas costas.

— Kelsier! — gritou Ham na multidão.

— Vá! — Kelsier lhe disse. — Renoux está morto.

Ham olhou para o corpo de Renoux, então assentiu. Virou-se para seus homens, gritando ordens.

— Sobrevivente — uma voz áspera disse.

Kelsier deu meia-volta. O Inquisidor avançou, inflamado por seu poder de peltre, rodeado por uma neblina de sombras de atium.

— Sobrevivente de Hathsin — disse. — Você me prometeu uma luta. Preciso matar mais skaas?

Kelsier avivou seus metais.

— Nunca disse que tínhamos acabado. — Então sorriu. Estava preocupado, estava dolorido, mas também entusiasmado. Durante toda sua vida, havia uma parte dele que queria ficar e lutar.

Sempre quisera ver se podia derrotar um Inquisidor.

VIN SE ERGUIA, TENTANDO DESESPERADAMENTE ver por cima da multidão.

— O quê? — perguntou Dockson.

— Pensei ter visto Elend!

— Aqui? Isso parece um pouco ridículo, não acha?

Vin corou. *Provavelmente.*

— Mesmo assim, vou tentar conseguir uma vista melhor. — Dirigiu-se para o lado do beco.

— Tome cuidado — disse Dox. — Se aquele Inquisidor vir você...

Vin assentiu, subindo pelos tijolos. Assim que conseguiu altura suficiente, perscrutou a encruzilhada em busca de figuras familiares. Dockson estava certo: Elend não estava em parte alguma. Uma das carroças — aquela da qual o Inquisidor arrancara a jaula — estava de lado. Os cavalos pisavam nela, presos entre a luta e a multidão skaa.

— O que vê? — perguntou Dox.

— Renoux está caído! — disse Vin, apertando os olhos e queimando estanho. — Parece que tem um machado nas costas.

— Talvez não seja fatal para ele — disse Dockson, enigmaticamente. — Não sei muito sobre os kandra.

Kandra?

— E quanto aos prisioneiros? — perguntou Dox.

— Estão todos livres — Vin falou. — As jaulas estão vazias. Dox, há *um monte* de skaas lá fora. — Parecia que toda a população da praça da fonte havia se aglomerado no pequeno cruzamento. A área formava uma pequena depressão, e Vin pôde ver milhares de skaas amontoados nas ruas que subiam em todas as direções.

— Ham está livre! — disse Vin. — Não o vejo... vivo ou morto... em lugar algum! Fantasma sumiu também.

— E Kell? — perguntou Dockson, com urgência.

Vin respirou profundamente.

— Ainda está lutando com o Inquisidor.

KELSIER AVIVOU SEU PELTRE, GOLPEANDO o Inquisidor, tomando cuidado para evitar os discos de metal que saltavam de seus olhos.

A criatura cambaleou, e Kelsier enterrou o punho em seu estômago. O Inquisidor grunhiu e esbofeteou Kelsier, derrubando-o com um só golpe.

Kelsier sacudiu a cabeça. *O que é preciso para matar essa coisa?*, pensou, *empurrando*-se para ficar em pé e retrocedendo.

O Inquisidor avançou. Alguns dos soldados tentavam procurar Ham e seus homens na multidão, mas muitos estavam apenas parados. Uma luta entre dois poderosos alomânticos era algo comentado em sussurros, mas nunca visto antes. Soldados e camponeses ficaram ali, boquiabertos, observando a batalha com assombro.

Ele é mais forte do que eu, Kelsier reconheceu, olhando o Inquisidor com cautela. *Mas força não é tudo.*

Kelsier estendeu a mão, agarrando pequenas fontes de metal, e arrancando-as de seus donos com um *puxão* — tampas de metal, elegantes espadas de aço, moedeiras, adagas. Lançou-as contra o Inquisidor — manipulando com cuidado os *empurrões* de aço e os *puxões* de ferro —, mantendo seu atium ardendo para que cada peça que controlava tivesse uma multidão crescente de imagens de atium diante dos olhos do Inquisidor.

O Inquisidor praguejou baixinho enquanto desviava do enxame de peças de metal. Kelsier usou os próprios *empurrões* do Inquisidor, *puxando* cada item de volta, fazendo-os girar ao redor da criatura. O Inquisidor *empurrou* para fora todas as peças de uma só vez, e Kelsier as soltou. Assim que o Inquisidor parou de *empurrar*, no entanto, Kelsier *puxou* as armas de volta.

Os soldados imperiais formavam um círculo. Kelsier os usou, *empurrando* suas placas peitorais, balançando-se para trás e para frente no ar. As rápidas mudanças de posição deixaram seu movimento constante, desorientando o Inquisidor, permitindo que *empurrasse* suas diferentes peças de metal onde quisesse.

— FIQUE DE OLHO NA fivela do meu cinto — Dockson pediu, balançando levemente enquanto se agarrava aos tijolos, ao lado de Vin. — Se eu cair, dê um *puxão* para me segurar, sim?

Vin assentiu, mas não estava prestando muita atenção em Dox. Estava observando Kelsier.

— Ele é incrível!

Kelsier balançava no ar, para a frente e para trás, seus pés jamais tocando o chão. Pedaços de metal zuniam ao seu redor, respondendo aos seus *empurrões* e *puxões*. Ele os controlava com tal habilidade que seria possível pensar que eram seres vivos. O Inquisidor os afastava com fúria, mas obviamente estava tendo dificuldades em acompanhar todos eles.

Eu subestimei Kelsier, pensou Vin. *Presumi que era menos habilidoso do que os Brumosos porque abarcava coisas demais. Mas não é nada disso. Essa... Essa* é *a especialidade dele* — empurrar *e* puxar *com perfeito controle.*

E ferro e aço são os metais nos quais me treinou pessoalmente. Talvez ele soubesse o tempo todo.

KELSIER GIRAVA E VOAVA NO meio de um redemoinho de metal. Cada vez que alguma coisa acertava o chão, ele a erguia novamente. As peças voavam em linha reta, mas ele se mantinha em movimento, *empurrando-se* de um lado para outro, mantendo as peças no ar, disparando-as periodicamente contra o Inquisidor.

A criatura rodopiava, confusa. Tentou *empurrar*-se para cima, mas Kelsier disparou várias peças de metal maiores na cabeça do Inquisidor, e ele teve que *empurrá-las*, interrompendo o salto.

Uma barra de ferro acertou a criatura na cara.

O Inquisidor cambaleou, o sangue manchando suas tatuagens. Um elmo de aço o atingiu de lado, atirando-o para trás.

Kelsier começou a lançar peças de metal rapidamente, sentindo que sua ira e sua fúria aumentavam.

— Foi você quem matou Marsh? — gritou, sem se importar em esperar uma resposta. — Estava presente quando eu fui condenado, anos atrás?

O Inquisidor levantou uma mão protetora, *empurrando* o enxame seguinte de metal. Cambaleou para trás, apoiando as costas na carroça de metal capotada.

Kelsier ouviu a criatura grunhir, e um súbito *empurrão* de força percorreu a multidão, derrubando os soldados e fazendo com que as armas de metal de Kelsier se dispersassem

Kelsier as soltou. Avançou correndo na direção do desorientado Inquisidor, empunhando um paralelepípedo solto da rua.

A criatura se virou na direção dele, e Kelsier gritou, descarregando um golpe com o paralelepípedo, sua força aumentada ainda mais pela fúria e pelo peltre.

Acertou o Inquisidor entre os olhos. A cabeça da criatura foi para trás, chocando-se contra o fundo da carroça virada. Kelsier atacou de novo, gritando, esmagando o rosto da criatura repetidamente com seu paralelepípedo.

O Inquisidor uivou de dor, estendendo as mãos em forma de garras na direção de Kelsier, como se fosse saltar para a frente. Então, de repente, ficou quieto, a cabeça se chocando contra a madeira da carroça. As pontas dos pregos que saíam pela parte de trás de seu crânio se cravaram na madeira com o ataque de Kelsier.

Kelsier sorriu enquanto a criatura berrava de raiva, lutando para libertar a cabeça da madeira. Kelsier se virou de lado, buscando um objeto que vira no solo há alguns instantes. Chutou um cadáver, agarrando o machado de obsidiana do chão. A lâmina de pedra afiada brilhava sob o sol vermelho.

— Estou feliz que tenha me convencido a fazer isso — ele disse, em voz baixa. Então deu um golpe com as duas mãos, cravando o machado no pescoço do Inquisidor e na madeira atrás.

O corpo do Inquisidor despencou no chão de paralelepípedos. A cabeça permaneceu onde estava, encarando com seus olhos estranhos, tatuados e não naturais — preso na madeira pelos próprios pregos.

Kelsier se voltou para a multidão, sentindo-se, de repente, incrivelmente cansado. Seu corpo coberto por dezenas de hematomas e cortes doía, e não sabia quando sua capa havia caído. Mas encarou os soldados, desafiador, com seus braços cheios de cicatrizes plenamente visíveis.

— O Sobrevivente de Hathsin — alguém murmurou.

— Ele matou um Inquisidor... — disse outro.

E, então, a gritaria começou. Os skaas nas ruas ao redor começaram a gritar seu nome. Os soldados olhavam ao redor, percebendo, horrorizados, que estavam cercados. Os trabalhadores começaram a pressioná-los, e Kelsier pôde sentir a raiva e a esperança deles.

Talvez isso não tenha que ser como presumi, Kelsier pensou, triunfante. *Talvez eu não tenha que...*

Então o golpe veio. Como uma nuvem cobrindo o sol, uma súbita tempestade em uma noite tranquila, como dedos apagando uma vela. Uma mão opressiva sufocou as emoções acumuladas dos skaas. As pessoas se encolheram, e seus gritos morreram. O fogo que Kelsier acendera neles era novo demais.

Tão perto... ele pensou.

Diante deles, uma carruagem preta apareceu no alto da colina e começou a descer vinda da praça da fonte.

O Senhor Soberano chegara.

VIN QUASE SE SOLTOU DOS tijolos quando a onda de depressão a atingiu. Avivou seu cobre, mas — como sempre — ainda podia sentir levemente o *abrandamento* avassalador.

— Senhor Soberano! — disse Dockson, embora Vin não soubesse dizer se era uma observação ou uma maldição.

Os skaas reunidos para ver a batalha conseguiram, de algum modo, abrir espaço para a carruagem escura. O veículo percorreu um corredor de pessoas na direção da praça coberta de cadáveres.

Os soldados recuaram, e Kelsier se afastou da carroça caída, disposto a enfrentar a carruagem que se aproximava.

— O que ele está fazendo? — perguntou Vin, voltando-se para Dox, que estava pendurado em uma pequena saliência. — Por que ele não foge? Não é um Inquisidor... não é algo contra o que se pode lutar!

— Era isso, Vin — disse Dockson, assombrado. — Era isso o que ele estava esperando. Uma chance de encarar o Senhor Soberano... uma chance de provar uma dessas lendas dele.

Vin se virou para a praça. A carruagem havia parado.

— Mas... — disse ela, em voz baixa — o Décimo Primeiro Metal. Ele o trouxe?

— Deve ter trazido.

Kelsier sempre disse que o Senhor Soberano era tarefa sua, pensou Vin. *Deixou o resto de nós trabalhando com a nobreza, a guarnição e o Ministério. Mas isso... Kelsier sempre planejou fazer isso ele mesmo.*

O Senhor Soberano desceu da carruagem, e Vin se inclinou para a frente, queimando estanho. Ele parecia...

Um homem.

Estava vestido com um uniforme preto e branco, parecido com o traje de um nobre, mas muito mais exagerado. O casaco chegava aos pés e arrastava no chão enquanto ele andava. O colete não era colorido, mas totalmente escuro, ainda que acentuado por brilhantes marcas brancas. Como Vin tinha ouvido, seus dedos cintilavam com anéis, o símbolo de seu poder.

Sou tão mais forte do que você, os anéis proclamavam, *que não importa que esteja usando metal.*

Bonito, com o cabelo preto e a pele clara, o Senhor Soberano era alto, magro e confiante. E parecia jovem — mais jovem do que Vin esperava, mais jovem até do que Kelsier. Cruzou a praça, evitando os cadáveres, enquanto seus soldados forçavam os skaas para trás.

De repente, um grupo abriu caminho entre a fileira de soldados. Usavam as armaduras desconjuntadas dos rebeldes, e o homem que os liderava era um pouco familiar. Um dos Brutamontes de Ham.

— Pela minha esposa! — disse o Brutamontes, levantando uma lança e atacando.

— Por Lorde Kelsier! — Gritaram os outros quatro.

Ah, não, Vin pensou.

O Senhor Soberano ignorou os homens. O líder rebelde gritou em desafio, então cravou sua lança em seu peito.

O Senhor Soberano continuou a caminhar, passando pelos soldados, com a lança se sobressaindo de seu corpo.

O líder rebelde o encarou por alguns segundos, então agarrou outra lança de um de seus amigos e a cravou nas costas do Senhor Soberano. Mais uma vez, o Senhor Soberano ignorou o homem — como se ele e suas armas não merecessem sequer seu desprezo.

O líder rebelde recuou, e deu meia-volta, enquanto seus amigos gritavam sob o machado de um Inquisidor. Juntou-se a eles rapidamente, e o Inquisidor se ergueu sobre os cadáveres por um momento, cortando alegremente.

O Senhor Soberano continuou em frente, com duas lanças saindo de seu corpo, como se não as notasse. Kelsier o esperou. Parecia esfarrapado em sua roupa skaa rasgada. Mesmo assim, se mostrou orgulhoso. Não se inclinou nem abaixou a cabeça sob o peso do *abrandamento* do Senhor Soberano.

O Senhor Soberano parou a alguns passos de distância, com uma das lanças quase encostando no peito de Kelsier. A cinza escura caía levemente ao redor dos dois homens, e alguns pedaços rodopiavam com o vento fraco. A praça caiu em um silêncio horrível — até mesmo o Inquisidor interrompeu sua tarefa sinistra. Vin se inclinou para a frente, pendurada precariamente no tijolo áspero.

Faça algo, Kelsier! Use o metal!

O Senhor Soberano olhou para o Inquisidor que Kelsier matara.

— Esses são muito difíceis de substituir. — Sua voz carregada de sotaque chegou com facilidade aos ouvidos de Vin, amplificados pelo estanho.

Mesmo a distância, Vin pôde ver Kelsier sorrir.

— Eu o matei uma vez — disse o Senhor Soberano, voltando-se para Kelsier.

— Você tentou — respondeu Kelsier, com voz alta e firme, ouvida em toda a praça. — Mas não pode me matar, Lorde Tirano. Represento o que você *nunca* foi capaz de matar, não importa o quanto tente. Eu sou a esperança.

O Senhor Soberano bufou de desprezo. Levantou um braço casualmente e atingiu Kelsier com um golpe tão poderoso que Vin pôde ouvir o impacto ressoar em toda a praça.

Kelsier cambaleou e rodopiou, espirrando sangue enquanto caía.

— *NÃO!* — gritou Vin.

O Senhor Soberano arrancou uma das lanças de seu corpo e a cravou no peito de Kelsier.

— Que as execuções comecem — disse, dando meia-volta. Caminhou em direção à carruagem, arrancando a segunda lança e jogando-a de lado.

O caos se seguiu. Dirigidos por um Inquisidor, os soldados se viraram e atacaram a multidão. Outros Inquisidores chegaram da outra praça, galopando cavalos negros e empunhando machados de ébano brilhando sob a luz da tarde.

Vin ignorou tudo.

— Kelsier! — gritou. O corpo dele estava no lugar em que caíra, a lança cravada no peito, o sangue escarlate se espalhando ao seu redor.

Não. Não. NÃO! Vin saltou do edifício. Empurrando algumas pessoas e jogando-se sobre o massacre. Aterrissou no centro da praça estranhamente vazia — o Senhor Soberano se fora, os Inquisidores estavam ocupados com os skaas. Correu para junto de Kelsier.

Quase nada restava do lado esquerdo do rosto dele. O lado direito, no entanto... ainda sorria levemente, o olho morto contemplando o céu vermelho-escuro. Pedaços de cinzas caíam sobre seu rosto.

— Kelsier, não... — disse Vin, as lágrimas correndo por seu rosto. Tocou seu corpo, tentando sentir seu pulso. Não havia nada.

— Você disse que não podia ser morto! — gritou ela. — E quanto aos seus planos? E quanto ao Décimo Primeiro Metal? E quanto a *mim*?

Ele não se moveu. Vin teve dificuldade para enxergar entre as lágrimas. *É impossível. Ele sempre disse que não éramos invencíveis... mas isso era eu. Não ele. Não Kelsier. Ele* era *invencível.*

Devia ter sido.

Alguém a agarrou, e ela se debateu, chorando.

— É hora de irmos, garota — falou Ham. Seus olhos examinaram Kelsier uma última vez, como se para esmagar qualquer esperança de que o corpo destroçado do amigo pudesse ainda reter qualquer centelha de vida.

Então levou Vin à força. Ela continuava a se debater debilmente, mas estava cada vez mais aturdida. No fundo de sua mente, ouviu a voz de Reen.

Vê. Eu disse que ele a deixaria. Eu avisei.

Eu prometi a você...

FIM DA QUARTA PARTE

QUINTA PARTE

CRENTES EM UM MUNDO ESQUECIDO

Sei o que acontecerá se tomar a decisão errada. Devo ser forte; não devo tomar o poder para mim mesmo.

Porque eu vi o que acontecerá se eu o fizer.

35

PARA TRABALHAR COMIGO, KELSIER DISSERA, *só peço que me prometam uma coisa: confiem em mim.*

Vin flutuava em meio às brumas, imóvel. Fluíam ao seu redor como um riacho silencioso. Acima, adiante, dos lados e abaixo. Tudo eram brumas ao seu redor.

Confie em mim, Vin, ele dissera. *Confiou em mim o suficiente para pular do alto da muralha, e eu peguei você. Vai ter que confiar em mim desta vez também.*

Eu pegarei você.

Eu pegarei você...

Era como se não estivesse em lugar algum. Em meio às brumas, *das* brumas. Como Vin invejava as brumas. Elas não pensavam. Não se preocupavam.

Não sofriam.

Confiei em você, Kelsier, ela pensou. *Eu realmente confiei — mas me deixou cair. Prometeu que nas suas gangues não havia traições. E quanto a isso? E quanto à sua traição?*

Flutuava com o estanho apagado para ver melhor as brumas. Eram levemente úmidas e frias contra sua pele. Como a pele de um homem morto.

Por que isso importa, agora?, pensou, olhando para cima. *Por que alguma coisa importa? O que disse para mim, Kelsier? Que eu nunca entendera realmente? Que ainda precisava aprender sobre amizade? E quanto a você? Você nem mesmo o enfrentou.*

Ele estava parado ali novamente, em sua mente. O Senhor Soberano o derrubou com um golpe desdenhoso. O Sobrevivente morrera como qualquer outro homem.

É por isso que estava tão hesitante em prometer que não me abandonaria?

Desejou poder simplesmente... partir. Flutuar para longe. Transformar-se em bruma. Uma vez ela desejara liberdade — e então presumira que a tinha encontrado. Estava errada. Isso não era liberdade, esse pesar, esse buraco dentro dela.

Era o mesmo que antes, quando Reen a abandonara. Qual era a diferença? Reen ao menos tinha sido honesto. Sempre prometera que partiria. Kelsier a guiara, dizendo para ela confiar e amar, mas Reen sempre fora sincero.

— Não quero mais isso — sussurrou para as brumas. — Não podem simplesmente me levar?

As brumas não responderam. Continuaram a rodopiar, brincalhonas, despreocupadas. Sempre mudando — e, de algum modo, sempre as mesmas.

— Senhora? — uma voz hesitante a chamou, vinda de baixo. — Senhora, é você aí em cima?

Vin suspirou, queimando estanho, então apagou aço e deixou-se cair. Sua capa de bruma se agitava enquanto descia; aterrissou silenciosamente no telhado sobre o refúgio. Sazed estava próximo, ao lado da escada que os vigias usavam para chegar ao telhado.

— Sim, Saze? — perguntou, cansada, estendendo a mão para *puxar* as três moedas que estava usando como âncoras para se estabilizar, como pernas de um tripé. Uma delas estava dobrada e retorcida — a mesma moeda que Kelsier e ela haviam usado para competir vários meses antes.

— Sinto muito, senhora — disse Sazed. — Simplesmente me perguntava onde tinha ido.

Ela deu de ombros.

— É uma estranha noite silenciosa, creio — comentou Sazed.

— Uma noite de luto.

Centenas de skaas haviam sido massacrados após a morte de Kelsier, e mais centenas foram pisoteados em meio à pressa de fugir.

— Eu me pergunto se a morte dele chegou a significar alguma coisa — ela disse, em voz baixa. — Provavelmente salvamos muito menos skaas do que os que foram mortos.

— Assassinados por homens maus, senhora.

— Ham com frequência se pergunta se *há* mesmo essa coisa chamada "mal".

— Mestre Hammond gosta de fazer perguntas — comentou Sazed —, mas sequer questiona as respostas. Há homens maus... assim como há homens bons.

Vin balançou a cabeça.

— Eu estava errada sobre Kelsier. Ele não era um homem bom... era só um mentiroso. Nunca teve um plano para derrotar o Senhor Soberano.

— Talvez — ponderou Sazed. — Ou, talvez, não tenha tido a oportunidade de levar o plano a cabo. Talvez nós não tenhamos entendido o plano.

— Soa como se ainda acreditasse nele. — Vin se virou e se aproximou da beira do telhado plano, encarando a cidade escura e silenciosa.

— Acredito, senhora — afirmou Sazed.

— Como? Como pode?

Sazed balançou a cabeça, aproximando-se dela.

— A crença não é simplesmente uma coisa para os momentos felizes e os dias bons, creio. O que é a crença, o que é a fé, se você não continuar com ela depois do fracasso?

Vin franziu o cenho.

— Qualquer um pode acreditar em alguém ou em alguma coisa que sempre tem sucesso, senhora. Mas o fracasso... sim, isso é difícil de se acreditar, certa e verdadeiramente. Difícil o bastante para ter valor, creio.

Vin negou com a cabeça novamente.

— Kelsier não merece.

— Você não quer dizer isso, senhora — disse Sazed, calmamente. — Está só zangada pelo que aconteceu. Está magoada.

— Ah, eu quero dizer isso — disse Vin, sentindo uma lágrima em sua bochecha. — Ele não merece nossa crença. Nunca mereceu.

— Os skaas pensam diferente... as lendas sobre ele estão crescendo rapidamente. Terei que retornar aqui em breve para compilá-las.

Vin franziu o cenho.

— Vai reunir histórias sobre Kelsier?

— É claro — confirmou Sazed. — Eu compilo todas as religiões.

Vin bufou.

— Não é de nenhuma religião que estamos falando, Sazed. É sobre Kelsier.

— Discordo. Ele é certamente uma figura religiosa para os skaas.

— Mas, nós o *conhecíamos* — disse Vin. — Ele não era um profeta ou um deus. Era apenas um homem.

— Assim como muitos deles, creio — respondeu Sazed, em voz baixa.

Vin balançou a cabeça. Ficaram em silêncio por um momento, observando a noite.

— E os outros? — ela finalmente perguntou.

— Estão discutindo o que fazer a seguir — contou Sazed. — Creio que estão decidindo deixar Luthadel separadamente e buscar refúgio em outras cidades.

— E... você?

— Devo viajar para o norte... para minha terra natal, o local dos Guardadores... para que possa partilhar o conhecimento que possuo. Devo contar aos meus irmãos e irmãs sobre o diário de viagem, especialmente as palavras a respeito do nosso ancestral, o homem chamado Rashek. Há muito o que se aprender nessa história, creio.

Os olhos dele se moveram para fitá-la.

— Não é uma jornada que posso fazer com outra pessoa, senhora. Os locais dos Guardadores devem permanecer em segredo, até de você.

É claro, Vin pensou. *É claro que ele vai embora também.*

— Voltarei — ele prometeu.

Claro que vai. Como todos os outros fizeram.

A gangue a fez se sentir necessária por um tempo, mas ela sempre soube que terminaria. Era hora de voltar para as ruas. Hora de estar sozinha novamente.

— Senhora... — Sazed falou, lentamente. — Ouviu isso?

Ela deu de ombros. Mas... havia algo. Vozes. Vin franziu o cenho, andando até o outro lado do edifício. Ficaram mais altas, tornando-se facilmente perceptíveis até mesmo sem estanho. Reclinou-se sobre a beirada do telhado.

Um grupo de skaas, talvez uns dez, estava na rua abaixo. *Uma gangue de ladrões?*, Vin se perguntou, enquanto Sazed se juntava a ela. A quantidade de pessoas aumentava, à medida que mais skaas saíam timidamente de suas habitações.

— Venham — disse um skaa parado na frente do grupo. — Não temam as brumas! O Sobrevivente não chamou a si mesmo de Lorde das Brumas? Não disse que não tínhamos nada a temer nelas? De fato, elas nos protegerão, nos darão segurança. Nos darão poder!

Enquanto mais e mais skaas deixavam suas casas sem repercussão óbvia, o grupo começou a aumentar.

— Vá chamar os outros — disse Vin.

— Boa ideia — concordou Sazed, indo rapidamente para as escadas.

— Seus amigos, seus filhos, seus pais, suas mães, esposas e amantes — disse o skaa, acendendo uma lanterna e levantando-a. — Eles morreram em ruas que não estão nem a meia hora daqui. O Senhor Soberano não teve nem a decência de limpar sua matança!

A multidão começou a murmurar, concordando.

— Mesmo quando a limpeza ocorrer — disse o homem —, serão as mãos do Senhor Soberano que vão cavar as covas? Não! Serão nossas mãos. Lorde Kelsier falou sobre isso.

— Lorde Kelsier! — vários homens concordaram. O grupo estava ficando maior, agora, com a presença de mulheres e jovens também.

Um ranger na escada anunciou a chegada de Ham. Pouco depois, ele foi seguido por Sazed, Brisa, Dockson, Fantasma e, até mesmo, Trevo.

— Lorde Kelsier! — proclamou o homem lá embaixo. Outros acenderam tochas, iluminando as brumas. — Lorde Kelsier lutou por nós hoje! Matou um Inquisidor imortal!

A multidão murmurou em acordo.

— Mas então ele morreu! — alguém gritou.

Silêncio.

— E o que fizemos para ajudá-lo? — perguntou o líder. — Muitos de nós estavam lá... milhares de nós. Nós ajudamos? Não! Esperamos e observamos, mesmo enquanto ele lutava por nós. Ficamos ali, estupidamente, e o deixamos cair. Nós o vimos morrer! Ou não? O que o Sobrevivente disse? Que o Senhor Soberano nunca poderia matá-lo realmente? Kelsier é o Senhor das Brumas! Ele não está conosco, agora?

Vin se virou para os outros. Ham observava cuidadosamente, mas Brisa apenas deu de ombros.

— O homem é obviamente maluco. Um fanático religioso.

— Eu digo para vocês, amigos! — gritou o homem na rua. A multidão ainda crescia, e mais tochas eram acesas. — Eu lhes direi a verdade! *Lorde Kelsier apareceu para mim esta noite!* Disse que sempre estaria conosco. Vamos deixá-lo cair novamente?

— Não! — veio a resposta.

Brisa balançou a cabeça.

— Não imaginava que tivessem isso neles. Pena que seja um grupo tão pequeno...

— O que é aquilo? — Dox perguntou.

Vin se virou, franzindo o cenho. Havia um clarão de luz ao longe. Como... tochas acesas nas brumas. Outra apareceu a leste, perto de um bairro pobre skaa. Uma terceira apareceu. Então uma quarta. Em questão de segundos, parecia que toda a cidade estava brilhando.

— Seu gênio maluco... — sussurrou Dockson.

— O quê? — perguntou Trevo.

— Não nos demos conta — explicou Dox. — O atium, o exército, a nobreza... não era isso que Kelsier estava planejando. *Este* era o trabalho dele! Nossa gangue nunca derrubaria o Império Final... éramos muito poucos. A população inteira de uma cidade, no entanto...

— Está dizendo que ele fez isso de propósito? — perguntou Brisa.

— Ele sempre me fazia a mesma pergunta — Sazed interveio, um pouco atrás do grupo. — Sempre perguntava o que dava tanto poder às religiões. Toda vez eu respondia o mesmo... — Sazed olhou para eles, inclinando a cabeça. — Eu dizia que era porque seus crentes tinham algo que os fazia sentir paixão. Algo... ou alguém.

— Mas por que ele não nos contou? — perguntou Brisa.

— Porque ele sabia — disse Dox, em voz baixa. — Sabia de algo com o qual jamais concordaríamos. Sabia que teria que morrer.

Brisa balançou a cabeça.

— Não acredito nisso. Por que então se incomodar conosco? Ele poderia ter feito isso por conta própria.

Por que então se incomodar...

— Dox — disse Vin, virando-se. — Onde é o armazém que Kelsier alugou, onde fazia suas reuniões como informante?

Dockson olhou para ela.

— Não é muito longe, na verdade. Duas ruas abaixo. Ele disse que queria que fosse perto do esconderijo de emergência...

— Quero que me mostre! — Vin disse, descendo pela lateral do edifício.

Os skaas reunidos continuavam gritando, cada grito mais forte do que o anterior. Toda a rua ardia com as luzes, tochas tremeluzindo transformavam as brisas em uma chama brilhante.

Dockson a levou rua abaixo, enquanto o resto da gangue os seguia. O armazém era uma estrutura grande, quadrada e esquecida de uma seção industrial do bairro skaa. Vin se aproximou, avivou peltre e arrebentou o cadeado.

A porta se abriu lentamente. Dockson levantou sua lanterna, e a luz revelou pilhas cintilantes de metal. Armas. Espadas, machados, bastões e elmos brilhavam na luz — um incrível tesouro prateado.

A gangue encarou o salão, assombrada.

— *Este* é o motivo — disse Vin. — Ele precisava que a fachada de Renoux comprasse armas em grande número. Sabia que a rebelião precisaria se quisessem tomar a cidade com sucesso.

— Por que reunir um exército, então? — perguntou Ham. — Era só uma fachada, também?

— Acho que sim — disse Vin.

— Errado — uma voz disse, ecoando pelo armazém cavernoso. — Havia muito mais do que isso.

O grupo se sobressaltou, e Vin avivou seus metais... até reconhecer a voz.

— Renoux?

Dockson ergueu ainda mais sua lanterna.

— Mostre-se, criatura.

Uma figura se moveu no fundo do armazém, permanecendo nas sombras. Contudo, quando falou, sua voz era inconfundível.

— Ele precisava de um exército para ter um núcleo de homens treinados para a rebelião. Essa parte do plano foi... prejudicada pelos acontecimentos. Essa era só uma parte do porquê de ele precisar de vocês, no entanto. As casas nobres precisavam cair para deixar um vazio na estrutura política. A guarnição tinha que deixar a cidade para que os skaas não fossem massacrados.

— Ele planejou tudo isso desde o começo — disse Ham, com assombro. — Kelsier sabia que os skaas não se rebelariam. Haviam estado submetidos por tempo demais e condicionados a pensar que o Senhor Soberano era dono tanto de seus corpos quanto de suas almas. Ele entendeu que nunca fariam isso... não até terem um *novo* deus.

— Sim — disse Renoux, dando um passo para a frente. A luz banhou seu rosto, e Vin engasgou de susto.

— Kelsier! — exclamou.

Ham a segurou pelo ombro.

— Cuidado, criança. Não é ele.

A criatura olhou para ela. Usava o rosto de Kelsier, mas os olhos... eram diferentes. O rosto não tinha o sorriso característico de Kelsier. Parecia oco. Morto.

— Peço desculpas — disse ele. — Essa seria minha parte no plano, e essa foi a razão original pela qual Kelsier me contratou. Eu deveria tomar seus ossos assim que estivesse morto e então aparecer para seus seguidores para lhes dar fé e força.

— O que você é? — perguntou Vin, horrorizada.

Renoux-Kelsier olhou para ela, então seu rosto brilhou, tornando-se transparente. Ela pôde ver seus ossos sob a pele gelatinosa. Isso a fez se lembrar de...

— *Um espectro das brumas.*

— Um kandra — disse a criatura enquanto sua pele perdia a transparência. — Um espectro das brumas que... evoluiu, você poderia dizer.

Vin se virou, enojada, lembrando das criaturas que vira nas brumas. Carniceiros, Kelsier dissera... criaturas que digerem os corpos dos mortos, roubando seus esqueletos e imagens. *As lendas são mais verdadeiras do que eu pensava.*

— Vocês eram parte deste plano, também — disse o kandra. — Todos vocês. Se perguntam por que ele precisava de uma gangue? Ele precisava de homens de virtude, homens que pudessem aprender a se preocupar mais com o povo do que com moedas. Ele os colocou diante de exércitos e multidões, deixou que praticassem a liderança. Estava usando vocês... mas também estava treinando vocês.

A criatura olhou para Dockson, Brisa e Ham.

— Burocrata, político, general. Para que uma nova nação surja, serão necessários homens com os talentos individuais de vocês. — O kandra acenou com a cabeça na direção de uma grande folha de papel afixada em uma mesa não muito longe dali. — São instruções, para que sigam. Tenho outras coisas a fazer.

Deu meia-volta, como se fosse partir, então se deteve ao lado de Vin, virando-se para ela com um rosto perturbadoramente parecido com o de Kelsier. Mesmo assim, a criatura não agia como Renoux ou Kelsier. Parecia sem paixão.

O kandra pegou uma bolsinha.

— Ele me pediu para lhe dar isso. — Colocou a bolsa na mão dela, então seguiu em frente, enquanto o resto da gangue se afastava, dando-lhe um amplo espaço para sair do armazém.

Brisa começou a caminhar até a mesa, mas Ham e Dockson foram mais rápidos. Vin olhou para a bolsinha. Estava... com medo de ver o que continha. Correu para se juntar à gangue.

A folha tinha o mapa da cidade, aparentemente copiado do que Marsh enviara. No alto, estavam escritas algumas palavras.

Meus amigos, vocês têm muito trabalho a fazer, e devem fazê-lo rapidamente. Devem organizar e distribuir as armas deste armazém, então fazer o mesmo com os outros dois como este, localizados também em bairros pobres. Há cavalos no quarto lateral para facilitar a viagem.

Uma vez que tenham distribuído as armas, vocês devem proteger os portões da cidade e submeter os membros restantes da guarnição. Brisa, sua equipe fará isso — marchará primeiro contra a Guarnição, para que possam tomar os portões em paz.

Há quatro Grandes Casas que detêm uma forte presença militar na cidade. Eu as marquei no mapa. Ham, sua equipe lidará com elas. Não queremos outra força armada além da nossa dentro da cidade.

Dockson, permaneça na retaguarda, enquanto acontecem os ataques iniciais. Mais e mais skaas virão aos armazéns quando as notícias se espalharem. Os exércitos de Brisa e Ham incluirão as tropas que treinamos, além de novas incorporações — espero — dos skaas que se aglomerarem nas ruas. Vocês pre-

cisam se assegurar de que a população skaa receba suas armas para que Trevo possa liderar o assalto ao próprio palácio.

As estações de abrandamento *já devem ter caído — Renoux entregou a ordem para nossas equipes de assassinos antes de trazer isto para vocês. Se tiverem tempo, enviem alguns dos Brutamontes de Ham para conferir essas estações. Brisa, seus Abrandadores serão necessários entre os skaas, para encorajá-los.*

Acho que é tudo. Foi um trabalho divertido, não foi? Quando se lembrarem de mim, por favor, lembrem-se disso. Lembrem-se de sorrir. Agora, movam-se rapidamente.

Governem com sabedoria.

O mapa da cidade estava dividido em diversas zonas marcadas com os nomes dos membros da gangue. Vin percebeu que ela e Sazed não haviam sido incluídos.

— Voltarei até o grupo que deixamos perto da nossa casa — disse Trevo, com a voz rouca. — Eu os trarei aqui para que recebam suas armas. — Começou a sair, mancando.

— Trevo? — perguntou Ham, virando-se. — Sem ofensa, mas... por que ele o incluiu como líder de exército? O que sabe sobre a guerra?

Trevo bufou, então ergueu a perna da calça, mostrando uma longa cicatriz serpenteante, que corria pela coxa e panturrilha — obviamente a fonte de seu coxear.

— Onde acha que consegui isso? — ele disse, e então voltou a se mover.

Ham se virou novamente, assombrado.

— Não acredito que isso está acontecendo.

Brisa balançou a cabeça.

— E eu presumia que *eu* sabia algo sobre manipular as pessoas. Isso... isso é incrível. A economia está prestes a colapsar, e a nobreza que sobreviver logo estará em guerra em campo aberto. Kell mostrou a todos nós como matar Inquisidores... só precisamos derrubar os outros e decapitá-los. Quanto ao Senhor Soberano...

Os olhos se voltaram para Vin. Ela olhou para a bolsinha em suas mãos, e a abriu. Um saquinho, obviamente cheio de contas de atium, caiu em sua mão, seguido de uma pequena barra de metal enrolada em uma folha de papel. O Décimo Primeiro Metal.

Vin desdobrou o papel.

Vin, leu. *Seu dever original nesta noite seria assassinar os altos nobres que restavam na cidade. Mas, bem, você me convenceu de que talvez devam viver.*

Nunca descobri como este maldito metal supostamente deveria funcionar. É seguro queimá-lo — não a matará —, mas não parece fazer nada útil. Se estiver lendo isso, então eu fracassei em descobrir como usá-lo para enfrentar o Senhor Soberano. Não acho que importe. As pessoas precisam de algo no que acreditar, e esse é o único jeito de dar isso a elas.

Por favor, não fique zangada comigo por abandoná-la. Deram a mim uma prorrogação de vida. Eu devia ter morrido no lugar de Mare, há anos. Estava preparado para isso.

Os outros ainda precisam de você. Você é a Nascida da Bruma deles, agora — terá que protegê-los nos meses que virão. A nobreza mandará assassinos contra nossos incipientes governantes do reino.

Adeus. Falarei de você para Mare. Ela sempre quis ter uma filha.

— O que diz, Vin? — Ham perguntou.

— Diz... que não sabe como o Décimo Primeiro Metal funciona. Sente muito... não tinha certeza de como derrotar o Senhor Soberano.

— Temos uma cidade inteira, cheia de pessoas para lutar contra ele — disse Dox. — Duvido seriamente que possa matar todos nós... se não pudermos destruí-lo, podemos prendê-lo e jogá-lo em um calabouço.

Os demais assentiram.

— Tudo bem! — continuou Dockson. — Brisa e Ham, precisam ir até os outros armazéns e começar a distribuir as armas. Fantasma, vá reunir os aprendizes... precisamos que entreguem mensagens. Vamos!

Todos começaram a se mexer. Logo, skaas que nunca haviam visto antes irromperam no armazém, empunhando suas tochas e contemplando com assombro a abundância de armas. Dockson trabalhou com eficiência, ordenando que alguns dos recém-chegados se encarregassem de distribuí-las e enviando outros para reunir seus amigos e família. Os homens começaram a fazer fila, recolhendo as armas. Todo mundo estava ocupado, exceto Vin.

Ela olhou para Sazed, que sorriu para ela.

— Algumas vezes temos que esperar o tempo certo, senhora — disse ele. — Então descobrimos por que exatamente estávamos mantendo a crença. Há um ditado do qual mestre Kelsier gostava muito...

— Sempre há outro segredo — sussurrou Vin. — Mas, Sazed, todo mundo tem algo para fazer, exceto eu. Originalmente, eu devia assassinar nobres, mas Kell não quer mais que eu faça isso.

— Eles têm que ser neutralizados — disse Sazed —, mas não necessariamente mortos. Talvez sua missão fosse simplesmente mostrar esse fato para Kelsier?

Vin negou com a cabeça.

— Não. Tenho que fazer mais, Saze. — Agarrou a bolsa, frustrada. Algo amassou em seu interior.

Abriu a bolsa e notou um papelzinho que não tinha visto antes. Pegou-o e desdobrou-o com delicadeza. Era o desenho que Kelsier lhe mostrara — a imagem de uma flor. Mare sempre a mantinha com ela, sonhando com um futuro onde o sol não fosse vermelho, onde as plantas fossem verdes.

Vin levantou o olhar.

Burocrata, político, soldado... há algo mais de que todo reino precisa.

Um bom assassino.

Ela se virou, pegando um frasco de metal e bebendo seu conteúdo, usando o líquido para engolir duas contas de atium. Andou até a pilha de armas, pegando um pequeno maço de flechas. Tinham pontas de pedra. Começou a quebrar as pontas, deixando cerca de um centímetro de madeira em cada uma, descartando as hastes.

— Senhora? — Sazed perguntou, preocupado.

Vin passou por ele, procurando entre os armamentos. Encontrou o que queria em uma pequena cota de malha, feita com grandes anéis de metal entrelaçados. Soltou vários elos com uma adaga e os dedos reforçados pelo peltre.

— Senhora, o que está fazendo?

Vin caminhou até um baú ao lado da mesa, dentro do qual havia visto uma grande coleção de metais em pó. Encheu sua bolsa com vários punhados de peltre em pó.

— Estou preocupada com o Senhor Soberano — disse, pegando uma lima da caixa e raspando várias lascas do Décimo Primeiro Metal. Ela olhou com atenção o metal prateado e desconhecido, então engoliu os flocos com um gole de seu cantil. Colocou mais alguns flocos em um de seus frascos de metais de reserva.

— Certamente a rebelião pode lidar com ele — disse Sazed. — Ele não é tão forte sem todos os seus criados, creio.

— Você está errado — Vin disse, levantando-se e caminhando em direção à porta. — Ele é forte, Saze. Kelsier não podia senti-lo, não como eu posso. Ele não sabia.

— Onde está indo? — Sazed perguntou atrás dela.

Vin se deteve na porta, virando-se, as brumas se enroscando ao seu redor.

— Dentro do complexo do palácio, há uma câmara protegida por soldados e Inquisidores. Kelsier tentou entrar lá duas vezes. — Ela se virou na direção das brumas escuras. — Esta noite, vou descobrir o que há lá dentro.

Decidi que sou grato pelo ódio de Rashek. Faz bem ser lembrado que há aqueles que me abominam. Meu dever não é buscar popularidade ou amor; meu dever é garantir a sobrevivência da humanidade.

36

VIN CAMINHOU EM SILÊNCIO ATÉ Kredik Shaw. O céu atrás dela ardia, as brumas refletindo e difundindo a luz de milhares de tochas. Como uma cúpula radiante sobre a cidade.

A luz era amarela, a cor que Kelsier sempre dizia que o sol devia ter.

Quatro guardas nervosos esperavam na mesma porta de entrada que Kelsier e ela atacaram antes. Observavam a aproximação dela. Vin caminhou lentamente, em silêncio, pelas pedras úmidas de bruma, sua capa agitando-se solenemente.

Um dos guardas apontou uma lança para ela, Vin parou bem na frente dele.

— Eu sei — disse ela, com suavidade. — Vocês suportaram as fábricas, os fossos e as forjas. Sabiam que um dia os matariam e suas famílias morreriam de fome. Então, vieram até o Senhor Soberano, sentindo-se culpados, mas determinados, e se juntaram aos guardas deles.

Os quatro homens trocaram olhares, confusos.

— A luz atrás de mim vem de uma rebelião skaa maciça — prosseguiu ela. — Toda a cidade está se erguendo contra o Senhor Soberano. Não culpo vocês por suas escolhas, mas um tempo de mudança está chegando. Esses rebeldes podem usar o treinamento e o conhecimento de vocês. Vão até eles... estão se reunindo na Praça do Sobrevivente.

— Na... Praça do Sobrevivente? — perguntou um soldado.

— O lugar onde o Sobrevivente de Hathsin foi morto mais cedo, hoje.

Os quatro homens trocaram olhares de novo, ainda inseguros.

Vin *tumultuou* as emoções deles levemente.

— Não precisam mais viver com culpa.

Finalmente, um dos homens deu um passo para a frente e arrancou o símbolo de seu uniforme, então caminhou decidido pela noite. Os outros três trocaram olhares, então o seguiram — deixando Vin com entrada livre para o palácio.

Vin caminhou pelo corredor, passando, finalmente, pela mesma câmara da guarda de antes. Entrou, passando por um grupo de soldados conversando, sem ferir nenhum deles, e entrou no corredor seguinte. Atrás dela, os guardas reagiram à surpresa, soaram o alarme e irromperam pelo corredor, mas Vin saltou e *empurrou* os suportes das lanternas, lançando-se pelo corredor.

As vozes dos homens ficaram distantes; nem mesmo correndo poderiam alcançá-la. Ela chegou ao final do corredor, deixando-se cair suavemente no chão, com sua capa ao redor do corpo. Continuou com passo resoluto e sem pressa. Não havia motivo para correr. Estariam esperando por ela de qualquer jeito.

Passou pelo arco para entrar na câmara central abobadada. O chão de mármore negro, murais prateados cobrindo as paredes, os braseiros ardendo nos cantos.

E dois Inquisidores bloqueavam seu caminho.

Vin entrou silenciosamente no aposento, aproximando-se do edifício dentro do edifício que era seu objetivo.

— Procuramos todo esse tempo — disse um Inquisidor, com voz áspera. — E você veio até nós. Pela segunda vez.

Vin parou a uns vinte passos da dupla. Cada um deles era quase meio metro mais alto do que ela, e ambos sorriam, confiantes.

Vin queimou atium, então tirou as mãos de baixo da capa, atirando dois punhados de pontas de flecha no ar. Avivou aço, *empurrando* poderosamente os anéis de metal enrolados frouxamente nas hastes quebradas das flechas. Os projéteis saíram em disparada, cruzando a sala. O Inquisidor líder gargalhou, erguendo a mão e *empurrando* desdenhosamente os mísseis.

Seu *empurrão* soltou os anéis das hastes, lançando os pedaços de metal para trás. As pontas de flecha, contudo, seguiram em frente — não mais *empurradas* por trás, mas ainda transportadas por um impulso letal.

O Inquisidor abriu a boca, surpreso, enquanto duas dúzias de pontas de flecha o atingiam. Várias atravessaram completamente sua carne, cravando-se na parede de pedra que estava atrás dele. Outras atingiram seu companheiro nas pernas.

O Inquisidor líder estremeceu, entre espasmos, enquanto caía. O outro grunhiu, ainda em pé, mas mancando um pouco por causa da perna ferida. Vin avançou, avivando seu peltre. O Inquisidor tentou bloqueá-la, mas ela enfiou a mão dentro de sua capa e atirou um grande punhado de peltre em pó.

O Inquisidor parou, confuso. Seus "olhos" não conseguiam ver nada além de um emaranhado de linhas azuis — cada uma levando a um grão de metal. Com tantos recursos de metal concentrados em um só lugar, as linhas praticamente o cegavam.

O Inquisidor girou, zangado, quando Vin passou por ele. *Empurrou* o pó, mandando-o para longe, mas ao fazer isso, Vin desembainhou uma adaga de vidro e atacou. Na confusão de linhas azuis e sombras de atium, ele não notou a adaga, e ela o acertou bem na coxa. Ele caiu, praguejando com sua voz áspera.

Ainda bem que funcionou, Vin pensou, passando sobre o corpo do primeiro Inquisidor, que gemia. *Não tinha certeza de como aqueles olhos funcionavam*.

Vin jogou seu peso contra a porta, avivando peltre e atirando outro punhado de peltre para impedir que o Inquisidor captasse qualquer metal de seu corpo. Não se virou para continuar lutando com eles — não com o trabalho que uma das criaturas dera para Kelsier. Seu objetivo nesta infiltração não era matar, mas reunir informações e, então, fugir.

Vin irrompeu no edifício dentro do edifício, quase tropeçando em um tapete feito de alguma pele exótica. Franziu o cenho, perscrutando a câmara com urgência, buscando o que quer que o Senhor Soberano escondesse lá dentro.

Tem que estar aqui, ela pensou, desesperada. *A pista para derrotá-lo — o jeito de vencer esta batalha*. Contava com que os Inquisidores ficassem distraídos com seus ferimentos tempo suficiente para que ela pudesse procurar o segredo do Senhor Soberano e escapar.

A sala só tinha uma saída — a entrada pela qual viera — e uma lareira ardia no centro. As paredes eram decoradas com tapeçarias estranhas; peles penduradas de quase todos os lugares, os pelos tingidos em estranhos padrões. Havia algumas pinturas antigas, as cores desbotadas, as telas amareladas.

Vin procurou rapidamente, com urgência, em busca de qualquer coisa que se provasse ser uma arma contra o Senhor Soberano. Infelizmente, não viu nada de útil; a sala parecia exótica, mas não extraordinária. De fato, era tão acolhedora quanto um escritório ou um recanto. Era cheia de objetos estranhos e decorativos — como os chifres de algum animal exótico e um estranho par de sapatos com solados muito planos e largos. Era uma sala de colecionador, um lugar para guardar lembranças.

Sobressaltou-se quando algo se moveu perto do centro da câmara. Havia uma cadeira giratória perto da lareira, que se virou lentamente, revelando o velho enrugado que a ocupava. Calvo, com a pele manchada, parecia ter mais de setenta anos. Usava roupas caras e escuras e franzia o cenho com ira para Vin.

É isso, Vin pensou. *Fracassei — não há nada aqui. Hora de ir embora*.

Bem quando dava meia-volta para partir, mãos ásperas a agarraram por trás. Ela praguejou, debatendo-se enquanto olhava para a perna ensanguentada do Inquisidor. Mesmo com peltre, ele não devia conseguir andar com aquilo. Ela tentou se libertar, mas ele a segurava com força.

— O que é isso? — o velho exigiu saber, levantando-se.

— Sinto muito, Senhor Soberano — disse o Inquisidor, respeitosamente.

Senhor Soberano! Mas... eu o vi. Ele era um homem jovem.

— Mate-a — disse o velho, acenando com a mão.

— Meu senhor — disse o Inquisidor —, esta criança é... de especial interesse. Posso ficar com ela temporariamente?

— Que especial interesse? — perguntou o Senhor Soberano, suspirando enquanto se sentava novamente.

— Desejamos fazer uma petição, Senhor Soberano — disse o Inquisidor. — A respeito do Cantão da Ortodoxia.

— Isso de novo? — disse o Senhor Soberano, cansado.

— Por favor, meu senhor — pediu o Inquisidor. Vin continuou a se debater, avivando peltre. O Inquisidor, no entanto, mantinha os braços dela presos contra os lados de seu corpo e seus chutes não eram de muita ajuda. *Ele é tão forte!*, pensou, com frustração.

Então se lembrou. O Décimo Primeiro Metal, o poder dentro dela, formando uma reserva desconhecida. Levantou a cabeça, encarando o velho. *É melhor que isso funcione*. Queimou o Décimo Primeiro Metal.

Nada aconteceu.

Vin se debateu, frustrada, o coração na mão. Então o viu. Outro homem, parado bem ao lado do Senhor Soberano. De onde viera? Ela não o vira entrar.

Tinha barba e usava um traje grosso de lã, com capa forrada de pele. Não era uma roupa rica, mas era bem-feita. Estava parado, em silêncio, parecendo... contente. Sorria, feliz.

Vin inclinou a cabeça. Havia algo familiar naquele homem. Suas feições eram muito parecidas com as do homem que matara Kelsier. Contudo, este homem era mais velho e... mais vivo.

Vin olhou para o lado. Havia outra figura desconhecida ao lado dela, um jovem nobre. Era um mercador, pela aparência de seu traje — e um bem rico.

O que está acontecendo?

O Décimo Primeiro Metal se esgotou. Os dois recém-chegados desapareceram como fantasmas.

— Muito bem — disse o envelhecido Senhor Soberano, suspirando. — Concordo em ouvir sua petição. Nós vamos nos encontrar dentro de várias horas... Tevidian já solicitou uma reunião para discutir o que ocorre fora do palácio.

— Ah — disse o segundo Inquisidor. — Sim... será bom para ele estar lá. Bom, realmente.

Vin continuou a se debater enquanto o Inquisidor a *empurrava* para o chão e erguia a mão, empunhando alguma coisa que ela não conseguia ver. Ele a atingiu, e a dor estalou em sua cabeça.

Apesar do peltre, tudo escureceu.

ELEND ENCONTROU O PAI NA entrada norte — uma porta menor e menos chamativa da Fortaleza Venture, ainda que só se comparada com o majestoso grande salão.

— O que está acontecendo? — exigiu saber, colocando o casaco, com o cabelo despenteado pelo sono.

Lorde Venture estava acompanhado de seus capitães da guarda e encarregados dos canais. Soldados e criados se espalhavam pelo corredor branco e marrom, correndo com ar de temor apreensivo.

Lorde Venture ignorou a pergunta de Elend, chamando um mensageiro para que cavalgasse até as docas do rio do leste.

— Pai, o que está acontecendo? — repetiu Elend.

— Rebelião skaa — replicou Lorde Venture.

O quê?, Elend pensou, enquanto Lorde Venture acenava para que outro grupo de soldados se aproximasse. *Impossível.* Uma rebelião skaa em Luthadel... era impensável. Não teriam disposição para tentar um ato ousado, eram apenas...

Valette é skaa, pensou. *Tem que parar de pensar como os outros nobres, Elend. Tem que abrir os olhos.*

A guarnição partira, tentando massacrar um grupo diferente de rebeldes. Os skaas tinham sido forçados a assistir àquelas execuções macabras há semanas, sem mencionar o massacre daquele dia. Aquilo tudo provavelmente fora demais para eles.

Temadre previu isso, Elend percebeu. *Assim como meia dúzia de teóricos políticos. Dizem que o Império Final não pode durar para sempre. Com Deus no comando ou não, as pessoas algum dia vão se rebelar... Finalmente está acontecendo. Estou vivendo isso!*

E... estou do lado errado.

— Por que os encarregados dos canais? — perguntou Elend.

— Estamos deixando a cidade — disse Lorde Venture, laconicamente.

— Abandonando a fortaleza? — perguntou Elend. — Onde está a honra nisso?

Lorde Venture bufou.

— Isso não tem a ver com coragem, garoto. Tem a ver com sobrevivência. Aqueles skaas estão atacando os portões principais, massacrando os remanescentes da guarnição. Não tenho intenção de esperar até que venham atrás de cabeças nobres.

— Mas...

Lorde Venture meneou cabeça.

— Íamos partir de um jeito ou de outro. Algo... aconteceu nos Fossos há uns dias. O Senhor Soberano não ficará feliz quando descobrir. — Deu um passo para trás, acenando para o capitão de seu barco.

Rebelião skaa, Elend pensou, um pouco atônito. *O que era que Temadre advertia em seus escritos? Que, quando uma rebelião de fato viesse, os skaas matariam indiscriminadamente... Que a vida de todos os nobres correria perigo. Predisse que a rebelião terminaria rapidamente, mas que deixaria pilhas de cadáveres em sua esteira. Milhares de mortos. Dezenas de milhares.*

— E então, garoto? — quis saber Lorde Venture. — Vá e organize suas coisas.

— Não vou partir — Elend surpreendeu-se ao dizer.

Lorde Venture franziu o cenho.

— O quê?

Elend levantou o olhar.

— Não vou partir, pai.

— Ah, você vai — disse Lorde Venture, encarando Elend com um daqueles olhares.

Elend encarou aqueles olhos — olhos que não estavam irados porque seu pai se preocupava com a segurança de Elend, mas porque Elend ousava desafiá-los. E, estranhamente, Elend não se sentiu nem um pouco acovardado. *Alguém tem que impedir isso. A rebelião pode fazer algo bom, mas só se os skaas não insistirem em massacrar seus aliados.*

E é isso o que a nobreza deveria ser — aliada deles contra o Senhor Soberano. Ele é nosso inimigo também.

— Pai, estou falando sério — disse Elend. — Vou ficar.

— Maldição, garoto! Precisa insistir em zombar de mim?

— Isso não é sobre bailes ou almoços, pai. Trata-se de algo muito mais importante.

A expressão do pai ficou ainda mais confusa.

— Nenhum comentário cínico? Nenhuma galhofa?

Elend negou com a cabeça.

De repente, Lorde Venture sorriu.

— Fique, então, garoto. É uma boa ideia. Alguém devia manter nossa presença aqui enquanto reúno nossas forças. Sim... uma ideia muito boa.

A boca de Elend se curvou para baixo levemente ao ver como o sorriso se refletia nos olhos do pai. *O atium — meu pai está me deixando cair no lugar dele! E... mesmo que o Senhor Soberano não me mate, meu pai presume que morrerei na rebelião. De qualquer modo, fica livre de mim.*

Realmente não sou muito bom nisso, sou?

Lorde Venture riu consigo mesmo, virando-se.

— Pelo menos deixe-me alguns soldados — disse Elend.

— Pode ficar com a maioria deles — Lorde Venture falou. — Será difícil o suficiente partir com um barco nessa confusão. Boa sorte, garoto. Diga alô para o Senhor Soberano na minha ausência. — Gargalhou novamente, dirigindo-se para o garanhão que já estava selado do lado de fora.

Elend ficou parado no salão e repentinamente era o foco da atenção. Guardas e criados nervosos, percebendo que haviam sido abandonados, se voltaram para ele com olhos desesperados.

Eu estou... no comando, Elend pensou, surpreso. *E agora?* Do lado de fora, podia ver as brumas ardendo com as luzes dos incêndios. Vários dos guardas advertiam sobre a aproximação de uma turba de skaas.

Elend se aproximou da porta aberta e contemplou o caos. O salão atrás dele permanecia em silêncio, enquanto as pessoas, aterrorizadas, percebiam a extensão do perigo.

Elend ficou parado por um momento. Então deu meia-volta.

— Capitão! — ordenou. — Reúna suas forças e os criados que sobraram... não deixe ninguém para trás... e marche para a Fortaleza Lekal.

— Fortaleza... Lekal, meu senhor?

— É mais defensável — disse Elend. — Além disso, ambos temos poucos soldados... separados, seremos destruídos. Juntos, podemos conseguir nos manter. Vamos oferecer nossos homens para Lekal, em troca de proteção para nossa gente.

— Mas... meu senhor — o soldado falou —, os Lekal são seus inimigos.

Elend assentiu.

— Sim, mas alguém precisa fazer a primeira abertura. Agora, mova-se!

O homem bateu continência e saiu correndo.

— Ah, e capitão? — disse Elend.

O soldado olhou de volta para ele.

— Escolha cinco de seus melhores soldados para formar minha guarda de honra. Deixarei você no comando... esses cinco e eu temos outra missão.

— Meu senhor? — perguntou o capitão, confuso. — Que missão?

Elend se virou na direção das brumas.

— Vamos nos entregar.

VIN ACORDOU ENSOPADA. TOSSIU, GEMEU, sentindo uma dor aguda na nuca. Abriu os olhos, aturdida — pestanejando para se livrar da água que haviam jogado sobre ela — e imediatamente queimou peltre e estanho para despertar completamente.

Um par de mãos ásperas a ergueu no ar. Ela tossiu quando o Inquisidor enfiou algo em sua boca.

— Engula — ordenou, torcendo seu braço.

Vin gritou, tentando, sem sucesso, resistir à dor. Finalmente, engoliu o pedaço de metal.

— Agora, queime isso — o Inquisidor ordenou, torcendo com mais força.

Vin resistiu o quanto pôde, sentindo uma reserva desconhecida de metal em seu interior. O Inquisidor podia estar tentando fazê-la queimar um metal inútil, um que pudesse deixá-la doente — ou, pior, matá-la.

Mas há formas mais fáceis de matar uma prisioneira, pensou em meio à agonia. Seu braço doía tanto que parecia que ia se soltar do corpo. Finalmente, Vin cedeu e queimou o metal.

Imediatamente, todas as suas outras reservas desapareceram.

— Bom — o Inquisidor disse, soltando-a. O chão de pedras estava molhado, cheio de poças do balde de água que haviam jogado nela. O Inquisidor deu meia-volta, deixando a cela e trancando-a; então desapareceu por uma porta do outro lado da sala.

Vin ficou de joelhos, massageando seu braço, tentando entender o que estava acontecendo. *Meus metais!* Buscou desesperadamente em seu interior, mas não encontrou nada. Não podia sentir nenhum metal, nem mesmo o que engolira há alguns instantes.

O que era aquilo? Um Décimo Segundo Metal? Talvez a Alomancia não fosse tão limitada quanto Kelsier e os outros haviam assegurado a ela.

Inspirou profundamente várias vezes, ainda de joelhos, acalmando-se. Havia algo... *empurrando* contra ela. A presença do Senhor Soberano. Podia senti-la, ainda que não tão poderosa quanto antes, quando matara Kelsier. Mesmo assim, não tinha cobre para queimar — não tinha como se esconder da mão poderosa, quase onipotente, do Senhor Soberano. Sentia a depressão retorcendo dentro dela, dizendo para desistir, para se render.

Não!, pensou. *Tenho que sair daqui. Tenho que permanecer forte!*

Obrigou-se a ficar em pé e inspecionar os arredores. Sua prisão era mais uma jaula do que uma cela. Tinha barras em três dos quatro lados e não tinha móveis — nem mesmo um colchonete. Havia duas outras celas-jaulas na sala, uma de cada lado de onde estava.

Haviam tirado a roupa dela, deixando-a apenas de roupa íntima — provavelmente para se assegurar de que não tivesse nenhum metal escondido. Contemplou a sala. Era comprida e estreita e tinha paredes de pedra escura. Havia um banco no canto, mas, fora isso, estava vazia.

Se eu pudesse encontrar um único pedaço de metal...

Começou a procurar. Instintivamente tentou queimar ferro, esperando que linhas azuis aparecessem — mas não tinha ferro para queimar. Balançou a cabeça, mas a tentativa tola era simplesmente um sinal do quanto dependia da Alomancia. Sentia-se... ofuscada. Não podia queimar estanho para ouvir vozes. Não podia queimar peltre para se fortalecer contra a dor no braço e na cabeça. Não podia queimar bronze para procurar alomânticos nas redondezas.

Nada. Não tinha nada.

Você funcionava sem Alomancia antes, disse para si mesma, com severidade. *Pode fazer isso agora.*

Ainda assim, procurou pelo chão de sua cela, esperando encontrar um prego ou alfinete perdido. Não encontrou nada, então voltou sua atenção para as barras. Mas não conseguiu pensar em um jeito de arrancar nem que fosse uma lasca de ferro.

Tanto metal aqui, pensou, frustrada. *E não posso usar nada dele!*

Sentou-se no chão, encolhida contra a parede de pedra, tremendo de leve por causa da roupa úmida. Ainda estava escuro lá fora; as janelas da sala de vez em quando permitiam que alguns rastros de bruma entrassem. O que teria acontecido com a rebelião? E quanto a seus amigos? Achou que as brumas lá fora estavam um pouco mais brilhantes do que o normal. Tochas na noite? Sem estanho, seus sentidos eram fracos demais para dizer.

No que eu estava pensando?, pensou, com desespero. *Presumi que teria sucesso onde Kelsier falhou? Ele sabia que o Décimo Primeiro Metal era inútil.*

Tinha feito alguma coisa, era verdade — mas certamente não matara o Senhor Soberano. Ficou sentada, pensando, tentando descobrir o que acontecera. Havia uma estranha familiaridade no que o Décimo Primeiro Metal lhe mostrara. Não por causa do jeito que as visões apareceram, mas por causa do jeito que Vin se sentira quando queimara o metal.

Ouro. O momento em que queimei o Décimo Primeiro Metal pareceu com a vez em que Kelsier me fez queimar ouro.

Poderia o Décimo Primeiro Metal não ser realmente décimo primeiro, no final das contas? Ouro e atium sempre pareceram um par estranho para Vin. Todos os outros metais que vinham em pares eram similares — um metal de base e sua liga, cada um fazendo coisas opostas. Ferro *puxava*, aço *empurrava*. Zinco *puxava*, latão *empurrava*. Fazia sentido. Todos, exceto atium e ouro.

E se o Décimo Primeiro Metal fosse, na verdade, uma liga de atium ou de ouro? *Isso quer dizer... que ouro e atium* não são *pareados. Fazem coisas diferentes. Similares, mas diferentes. São como...*

Como os outros metais, que são agrupados em bases maiores de quatro. Há os metais físicos: ferro, aço, estanho e peltre. E os metais mentais: bronze, cobre, zinco e latão. E... havia os metais que afetavam o tempo: ouro e sua liga, atium e sua liga.

Isso significa que há outro metal. Um que não foi descoberto — provavelmente porque ouro e atium são valiosos demais para serem forjados em diferentes ligas.

Mas para que servia aquele conhecimento? Seu "Décimo Primeiro Metal" era apenas o par oposto ao ouro — o metal que Kelsier lhe dissera que era o mais inútil de todos eles. Ouro mostrara a Vin ela mesma — ou, pelo menos, uma versão diferente dela que parecia real o bastante para tocar. Mas tinha sido uma simples visão do que ela poderia ter se tornado se tivesse tido um passado diferente.

O Décimo Primeiro Metal fizera algo similar: em vez de mostrar o passado da própria Vin, mostrara imagens similares de outras pessoas. E aquilo lhe dizia... nada. Que diferença fazia quem o Senhor Soberano *podia* ter sido? Era o homem atual, o tirano que governava o Império Final, quem tinha que derrotar.

Uma figura apareceu na porta — um Inquisidor vestindo uma túnica preta, com o capuz levantado. O rosto dele estava nas sombras, mas as cabeças dos pregos se sobressaíam.

— Está na hora — disse.

O outro Inquisidor esperou à porta, enquanto a primeira criatura pegava um molho de chaves e se aproximava para abrir a porta de Vin.

Ela ficou tensa. A porta rangeu, e ela ficou de pé em um salto, lançando-se para frente.

Sempre fui lenta assim sem peltre?, pensou, horrorizada. O Inquisidor a agarrou pelo braço quando ela passou, seus movimentos eram despreocupados, quase casuais — e ela podia ver o porquê. As mãos dele eram sobrenaturalmente rápidas, fazendo-a parecer ainda mais lenta em comparação.

O Inquisidor a obrigou a se virar, segurando-a com facilidade. Sorriu com maldade, seu rosto marcado de cicatrizes. Cicatrizes que pareciam...

Ferimentos de flechas, Vin pensou, surpresa. *Mas... já se curaram? Como pode ser?*

Debateu-se, mas seu corpo fraco, sem peltre, não era páreo para a força do Inquisidor. A criatura a conduziu porta afora, e o segundo Inquisidor recuou, olhando-a com os pregos se sobressaindo de seu capuz. Embora o Inquisidor que a levava ainda sorrisse, o segundo tinha a boca em uma linha reta.

Vin cuspiu no segundo Inquisidor quando passou por ele, acertando-o bem na cabeça de um dos pregos. Seu captor a carregou para fora da câmara e através de um corredor estreito. Ela gritou por ajuda, sabendo que seus gritos — dentro de Kredik Shaw — seriam inúteis. Pelo menos conseguiu irritar o Inquisidor, que torceu seu braço.

— Quieta — disse ele, enquanto ela grunhia de dor.

Vin ficou em silêncio, concentrando-se na localização deles. Estavam, provavelmente, em uma das seções inferiores do palácio, os corredores eram compridos demais para estarem em uma torre ou um espigão. A decoração era luxuosa, mas as salas pareciam... sem uso. Os carpetes eram prístinos, os móveis não tinham marcas de esbarrões ou arranhões. Teve a sensação de que os murais raramente eram vistos, mesmo por aqueles que passavam pelos aposentos.

Depois de um tempo, chegaram a uma escadaria e começaram a subir. *Um dos espigões*, ela pensou.

A cada degrau que subiam, Vin sentia o Senhor Soberano mais próximo. Sua mera presença apagava as emoções dela, roubando sua força de vontade, deixando-a aturdida, fazendo com que não sentisse nada além de uma solitária depressão. Largou-se na mão do Inquisidor, sem se debater mais. Exigia toda energia simplesmente resistir à pressão do Senhor Soberano sobre sua alma.

Depois de um curto tempo subindo uma escadaria em forma de túnel, os Inquisidores a levaram até uma ampla sala circular. E, apesar do poder do *abrandamento* do Senhor Soberano, apesar de suas visitas às fortalezas dos nobres, Vin dedicou um breve instante para contemplar os arredores. O ambiente era majestoso como nenhum outro lugar que vira.

A sala tinha a forma de um enorme cilindro achatado. A parede — havia uma só, que descrevia um amplo círculo — era toda de vidro. Iluminada por fogos do lado de fora, a sala brilhava com a luz espectral. O vidro era colorido, embora não representasse nenhuma cena específica. Em vez disso, parecia feito de uma única lâmina, as cores se estendendo e se fundindo em trilhas longas e finas. Como...

Como a bruma, ela pensou, assombrada. *Fluxos coloridos de bruma, correndo em círculo por toda a sala.*

O Senhor Soberano estava sentado em um trono elevado, no meio da sala. Não era o velho Senhor Soberano — essa era a versão mais jovem, o homem bonito que matara Kelsier.

Algum tipo de impostor? Não, posso senti-lo — assim como pude senti-lo antes. Eles são o mesmo homem. Ele pode mudar de aparência, então? Parecer um homem jovem quando quer mostrar um rosto bonito?

Um pequeno grupo de obrigadores de túnicas cinzentas e olhos tatuados conversava do outro lado da sala. Sete Inquisidores esperavam, como uma linha de sombras com olhos de ferro. No total, eram nove, contando com os dois que escoltavam Vin. Seu captor marcado de cicatrizes a entregou para um dos outros, que a segurou com a mesma força da qual era impossível escapar.

— Comecemos com isso — disse o Senhor Soberano.

Um obrigador comum se adiantou, abaixando a cabeça. Com um calafrio, Vin percebeu que o reconhecia.

Sumo Prelado Tevidian, pensou, olhando para o homem careca. *Meu... pai.*

— Meu senhor — Tevidian falou —, me perdoe, mas não entendo. Já discutimos esse assunto!

— Os Inquisidores dizem que há mais a acrescentar — disse o Senhor Soberano, com a voz cansada.

Tevidian olhou para Vin, franzindo o cenho, confuso. *Ele não sabe quem eu sou*, ela pensou. *Nunca soube que era pai.*

— Meu senhor — disse Tevidian, afastando-se dela. — Olhe pela sua janela! Não temos coisas melhores para discutir? A *cidade* inteira se rebelou! Tochas skaas iluminam a noite, e eles ousam sair nas brumas. Blasfemam em meio ao tumulto e atacam as fortalezas dos nobres!

— Deixe-os — disse o Senhor Soberano, com voz indiferente. Parecia tão... esgotado. Sentava-se com altivez em seu trono, mas ainda havia cansaço em sua postura e em sua voz.

— Mas, meu senhor! — disse Tevidian. — As Grandes Casas estão caindo!

O Senhor Soberano agitou a mão, indiferente.

— É bom purgá-las a cada século, mais ou menos. Isso engendra instabilidade, impede que a aristocracia fique confiante demais. Normalmente deixo que se matem uns aos outros em suas guerras estúpidas, mas esses tumultos vão funcionar do mesmo jeito.

— E... se os skaas vierem ao palácio?

— Então eu lidarei com eles — disse o Senhor Soberano, em voz baixa. — Você não questionará mais isso.

— Sim, meu senhor — disse Tevidian, abaixando a cabeça e recuando.

— Agora — o Senhor Soberano falou, virando-se para os Inquisidores. — O que desejam apresentar?

O Inquisidor marcado por cicatrizes deu um passo adiante.

— Senhor Soberano, desejamos fazer uma petição para que a liderança de seu Ministério seja tirada desses... homens e dada aos Inquisidores de Aço, em vez disso.

— Já discutimos isso — o Senhor Soberano lembrou. — Você e seus irmãos são necessários para tarefas mais importantes. São valiosos demais para serem desperdiçados na simples administração.

— Mas — disse o Inquisidor — permitir que homens comuns governem seu Ministério tem inadvertidamente permitido que a corrupção e o vício entrem no coração de seu próprio palácio sagrado!

— Acusações vãs! — replicou Tevidian. — Você diz essas coisas com frequência, Kar, mas nunca ofereceu nenhuma prova.

Kar se virou lentamente, seu estranho sorriso iluminado pela luz colorida e retorcida da parede de vidro. Vin estremeceu. Aquele sorriso era quase tão inquietante quanto o poder aplacador do Senhor Soberano.

— Prova? — Kar perguntou. — Ora, diga-me, *Sumo Prelado*, reconhece esta garota?

— Bah, é claro que não! — disse Tevidian, com um aceno de mão. — O que uma garota skaa teria a ver com o governo do Ministério?

— Tudo — Kar respondeu, voltando-se para Vin. — Ah, sim... tudo. Diga ao Senhor Soberano quem é seu pai, criança.

Vin tentou se debater, mas a Alomancia do Senhor Soberano era muito opressiva, e as mãos do Inquisidor, fortes demais.

— Não sei — conseguiu dizer, entredentes.

O Senhor Soberano ergueu levemente o corpo, virando-se na direção dela e inclinando-se para frente.

— Não pode mentir para o Senhor Soberano, criança — disse Kar, com a voz baixa e áspera. — Ele vive há séculos e aprendeu a usar a Alomancia como nenhum homem mortal. Pode ver coisas no jeito que seu coração bate e pode ler suas emoções em seus olhos. Pode sentir o momento em que mente. Ele sabe... ah, sim. Ele sabe.

— Nunca conheci meu pai — disse Vin, teimosa. Se o Inquisidor queria saber algo, então, manter o segredo parecia uma boa ideia. — Sou apenas uma garota de rua.

— Uma Nascida da Bruma garota de rua? — Kar perguntou. — Ora, isso é interessante, não é, Tevidian?

O Sumo Prelado se deteve, franzindo o cenho profundamente. O Senhor Soberano se levantou lentamente, descendo os degraus do dossel e caminhando na direção de Vin.

— Sim, meu senhor — Kar falou. — Você sentiu a Alomancia dela mais cedo. Sabe que é uma Nascida da Bruma completa... uma incrivelmente poderosa. Mesmo assim, ela afirma ter crescido nas ruas. Que casa nobre teria abandonado tal criança? Ora, para ela ter uma força dessas, deve vir de uma linhagem extremamente pura. Ao menos... *um* de seus pais deve ter vindo de uma linhagem muito pura.

— O que está querendo dizer? — Tevidian exigiu saber, empalidecendo.

O Senhor Soberano ignorou ambos. Cruzou a sala, atravessando faixas coloridas de luz refletida no chão, e parou diante de Vin.

Tão perto, ela pensou. Seu poder *abrandador* era tão forte que ela sequer sentia terror — tudo o que sentia era uma profunda, arrasadora, *horrível* tristeza.

O Senhor Soberano estendeu suas mãos delicadas, segurando-a pelas bochechas, erguendo seu rosto para olhá-la nos olhos.

— Quem é seu pai, garota? — perguntou ele, em voz baixa.

— Eu... — o desespero se retorcia dentro dela. Luto, dor, um desejo de morrer.

O Senhor Soberano segurou o rosto dela bem perto do dele, olhando-a nos olhos. Naquele momento, ela soube a verdade. Pôde ver um pedaço dele; pôde sentir seu poder. Seu... poder como o de um deus.

Ele não estava preocupado com a rebelião skaa. Por que se preocuparia? Se desejasse, podia massacrar cada pessoa da cidade por conta própria. Vin soube que essa era a verdade. Talvez levasse tempo, mas ele podia matar para sempre, incansavelmente. Não precisava temer nenhuma rebelião.

Não precisaria nunca. Kelsier cometera um terrível, terrível engano.

— Seu pai, criança — o Senhor Soberano insistiu, sua exigência caiu como um peso físico sobre sua alma.

Ela falou sem pensar.

— Meu... irmão me disse que meu pai era aquele homem ali. O Sumo Prelado. — Lágrimas rolaram por suas bochechas, ainda que, depois que o Senhor Soberano se afastou dela, não conseguisse nem se lembrar do porquê estava chorando.

— É uma mentira, meu senhor! — Tevidian disse, retrocedendo. — O que ela sabe? É apenas uma criança estúpida.

— Diga-me com sinceridade, Tevidian — disse o Senhor Soberano, caminhando lentamente até o obrigador. — Já se deitou com uma mulher skaa?

O obrigador hesitou antes de responder.

— Eu segui a lei! Sempre mandei matá-las depois!

— Você... mente — o Senhor Soberano falou, como se estivesse surpreso. — Está inseguro.

Tevidian tremia visivelmente.

— Eu... eu acho que eliminei todas, meu senhor. Havia... havia uma com a qual fui muito frouxo. Não sabia que era uma skaa no início. O soldado que enviei para matá-la foi muito leniente e a deixou fugir. Mas, no final, eu a encontrei.

— Diga-me — disse o Senhor Soberano —, essa mulher gerou alguma criança?

A sala ficou em silêncio.

— Sim, meu senhor — disse o Sumo Prelado.

O Senhor Soberano fechou os olhos, suspirando. Virou-se na direção de seu trono.

— Ele é de vocês — disse para os Inquisidores.

Imediatamente, seis Inquisidores avançaram pela sala, uivando de alegria, puxando facas de obsidiana de bainhas sob suas túnicas. Tevidian ergueu os braços, gritando quando os Inquisidores caíram sobre ele, exultando com brutalidade. O sangue jorrou quando cravaram suas adagas várias vezes no moribundo. Os outros obrigadores recuaram, horrorizados.

Kar permaneceu à margem, sorrindo enquanto contemplava o massacre, assim como o Inquisidor que segurava Vin. Outro Inquisidor também permaneceu de fora, embora Vin não soubesse por quê.

— Seu argumento foi provado, Kar — o Senhor Soberano falou, sentando-se cansado, em seu trono. — Parece que confiei demais na... obediência da humanidade. Não cometi nenhum erro. Nunca cometi um erro. Contudo, é hora de mudar. Reúna os Altos Prelados e traga-os aqui; arranquem-nos da cama, se precisar. Serão testemunhas de que garanto ao Cantão da Inquisição o comando e a autoridade sobre o Ministério.

O sorriso de Kar aumentou.

— A criança mestiça será destruída.

— É claro, meu senhor — Kar assegurou. — Embora... haja algumas perguntas que desejo fazer para ela antes. Ela foi parte de uma equipe de skaas Brumosos. Pode nos ajudar a localizar os outros...

— Muito bem — o Senhor Soberano concordou. — É seu dever, no final das contas.

Há algo mais belo que o sol? Frequentemente eu o vejo nascer, pois meu sono inquieto, em geral, me desperta antes do amanhecer.

Cada vez que vejo sua tranquila luz amarela assomar no horizonte, fico um pouco mais determinado, um pouco mais esperançoso. De certo modo, é o que tem me mantido em marcha todo esse tempo.

37

KELSIER, SEU MALDITO LUNÁTICO, DOCKSON pensou, fazendo anotações sobre o mapa, *por que sempre se manda, me deixando para arrumar suas bagunças?* Mas sabia que sua frustração não era real — era simplesmente um meio de não se concentrar na morte de Kell. Funcionava.

A parte de Kelsier no plano — a visão, a liderança carismática — havia terminado. Agora era a vez de Dockson. Pegou a estratégia original de Kelsier e a modificou. Teve o cuidado de manter o caos em um nível administrável, racionando o melhor equipamento para os homens que pareciam mais estáveis. Mandou contingentes para capturar pontos de interesse — depósitos de comida e água — antes que os saques generalizados os tomassem.

Em resumo, fez o que sempre fez: tornar os sonhos de Kelsier realidade.

Ouviu um barulho na frente do aposento e Dockson levantou a cabeça quando o mensageiro entrou correndo. O homem imediatamente o localizou no centro do armazém.

— Quais são as notícias? — Dockson perguntou, enquanto o homem se aproximava.

O mensageiro balançou a cabeça. Era um jovem em uniforme imperial, embora tivesse tirado o casaco para chamar menos atenção.

— Sinto muito, senhor — o homem disse, em voz baixa. — Nenhum dos guardas a viu sair e... bem, um deles afirmou que a viu sendo levada para o calabouço do palácio.

— Pode tirá-la de lá? — Dockson perguntou.

O soldado — Goradel — empalideceu. Até pouco tempo atrás, Goradel fora um dos homens do próprio Senhor Soberano. Na verdade, Dockson não tinha muita certeza de quanto confiava nele. Mesmo assim, o soldado — como ex-guarda do palácio — podia entrar em lugares que nenhum outro skaa poderia. Seus antigos aliados não sabiam que ele mudara de lado.

Presumindo que realmente mudou de lado, Dockson pensou. Mas... bem, as coisas estavam indo rápido demais agora para ter dúvidas. Dockson decidira usar o homem. Tinha que confiar em seus instintos iniciais.

— Bem? — Dockson repetiu.

Goradel negou com a cabeça novamente.

— Um Inquisidor a levou presa, senhor. Eu não poderia libertá-la... eu não teria a autoridade. Eu não... eu...

Dockson suspirou. *Maldita garota tola!*, pensou. *Devia ter mais senso do perigo do que isso. Kelsier deve tê-la contagiado.*

Mandou o soldado embora e olhou para Hammond, que entrava com uma grande espada de punho quebrado no ombro.

— Está feito — Ham disse. — A Fortaleza Elariel acaba de cair. Parece que a Fortaleza Lekal ainda está resistindo, no entanto.

Dockson assentiu.

— Precisaremos de seus homens no palácio em breve. — *Quanto antes entrarmos lá, melhores são nossas chances de salvar Vin.* Contudo, seus instintos lhe diziam que seria tarde demais para salvá-la. As forças principais levariam horas para se reunir e se organizar; queria atacar o palácio com todo o exército em conjunto. A verdade era que não podia se dar ao luxo de desperdiçar homens em uma operação de resgate no momento. Kelsier provavelmente teria ido atrás dela, mas Dockson não podia se permitir fazer algo tão ousado.

Como sempre dizia — *alguém* na gangue tinha que ser realista. O palácio não era um lugar que pudesse ser atacado sem uma preparação substancial; o fracasso de Vin provava isso. Ela teria que cuidar de si mesma por enquanto.

— Estarei com os homens a postos — disse Ham, assentindo enquanto jogava a espada de lado. — Precisarei de uma espada nova, no entanto.

Dockson suspirou.

— Vocês, Brutamontes, sempre quebrando coisas. Vá lá ver o que encontra, então.

Ham se afastou.

— Se encontrar Sazed — gritou Dockson, diga-lhe que...

Dockson se deteve, sua atenção atraída para um grupo de rebeldes skaas que marchava para dentro da sala, empurrando um prisioneiro com um saco de pano na cabeça.

— O que é isso? — Dockson exigiu saber.

Um dos rebeldes deu uma cotovelada no prisioneiro.

— Acho que é alguém importante, senhor. Veio até nós desarmado, pedindo para ser trazido até você. Nos prometeu ouro se fizéssemos isso.

Dockson ergueu uma sobrancelha. O homem puxou o saco, revelando Elend Venture.

Dockson pestanejou, surpreso.

— Você?

Elend olhou ao redor. Estava apreensivo, é óbvio, mas se mantinha firme, considerando a situação.

— Já nos conhecemos?

— Não exatamente — disse Dockson. *Maldição. Não tenho tempo para prisioneiros agora*. Mesmo assim, o filho dos Venture... Dockson ia precisar de influência sobre a poderosa nobreza quando a luta terminasse.

— Vim oferecer uma trégua — disse Elend Venture.

— Como é? — perguntou Dockson.

— A Casa Venture não resistirá — disse Elend. — E provavelmente posso convencer o resto da nobreza a escutá-los também. Estão assustados... não há necessidade de massacrá-los.

Dockson bufou.

— Não posso exatamente deixar forças hostis armadas na cidade.

— Se destruir a nobreza, não aguentará muito tempo — Elend ponderou. — Nós controlamos a economia... o império desmoronará sem nós.

— Isso é meio que o objetivo da coisa toda — Dockson respondeu. — Olhe, não tenho tempo...

— *Tem* que me escutar — Elend Venture disse, desesperado. — Se começar essa rebelião com caos e banho de sangue, vai perder. Estudei essas coisas; sei do que estou falando! Quando o impulso do conflito inicial acabar, as pessoas vão começar a procurar outras coisas para destruir. Vão se voltar contra elas mesmas. *Precisa manter o controle sobre seus exércitos.*

Dockson se deteve. Elend Venture era, supostamente, um tolo e um janota, mas agora parecia simplesmente... sério.

— Eu o ajudarei — prosseguiu Elend. — Deixe as fortalezas dos nobres em paz e concentre seus esforços no Ministério e no Senhor Soberano... eles são seus reais inimigos.

— Olhe — respondeu Dockson —, retirarei nossos exércitos da Fortaleza Venture. Provavelmente não há necessidade de lutar contra eles agora que...

— Mandei meus soldados para a Fortaleza Lekal — Elend contou. — Retire seus homens de *todas* as fortalezas nobres. Não vão atacá-los pelos flancos... estão apenas escondidos em suas mansões... e preocupados.

Provavelmente ele está certo sobre isso.

— Vamos considerar... — Dockson se calou, percebendo que Elend não estava mais prestando atenção nele. *Difícil manter uma conversa com esse tipo.*

Elend estava encarando Hammond, que voltava com uma espada nova. Franziu o cenho e arregalou os olhos.

— Conheço você! Você era um dos homens resgatando os criados de Lorde Renoux que iam ser executados!

Elend se voltou novamente para Dockson, repentinamente ansioso.

— Conhecem Valette, então? Ela lhes dirá que me ouçam.

Dockson e Ham trocaram olhares.

— O que foi? — Elend perguntou.

— Vin... — Dockson falou. — Valette... foi até o palácio há algumas horas. Sinto muito, rapaz. Provavelmente está no calabouço do Senhor Soberano neste momento... presumindo que ainda esteja viva.

KAR JOGOU VIN DE VOLTA na cela. Ela atingiu o chão com força e rolou, a camisa solta se enrolando ao redor de seu corpo, até que bateu com a cabeça contra a parede do fundo.

O Inquisidor sorriu, fechando a porta.

— Muito obrigado — disse, através das barras. — Você nos ajudou a conseguir algo que estávamos tentando há muito tempo.

Vin olhou para ele, os efeitos do *abrandamento* do Senhor Soberano estavam mais fracos agora.

— É uma infelicidade que Bendal não esteja aqui — prosseguiu Kar. — Ele caçou seu irmão por anos, jurando que Tevidian havia gerado um mestiço skaa. Pobre Bendal... Se o Senhor Soberano tivesse deixado o Sobrevivente conosco para que pudéssemos nos vingar.

Olhou para ela, balançando a cabeça perfurada pelos pregos.

— Ah, bem. Ele foi vingado, no fim. O resto de nós acreditou no seu irmão, mas Bendal... mesmo assim não estava convencido... e encontrou você afinal.

— Meu irmão? — disse Vin, lutando para ficar em pé. — Ele me vendeu?

— Vender você? — Kar disse. — Ele morreu jurando para nós que você tinha morrido de fome há anos! Gritou noite e dia sob as mãos dos torturadores do Ministério. É muito difícil resistir às dores da tortura de um Inquisidor... algo que você logo descobrirá. — Sorriu. — Mas, primeiro, deixe-me mostrar uma coisa.

Um grupo de guardas arrastou uma figura nua e amarrada. Cheio de hematomas e sangrando, o homem despencou no chão de pedras quando o empurraram para dentro da cela ao lado da de Vin.

— *Sazed?* — Vin gritou, correndo até as grades.

O terrisano caiu, aturdido, enquanto os soldados amarravam suas mãos e pés em uma pequena argola de metal presa ao chão. Fora tão espancado que mal estava consciente e estava completamente nu. Vin afastou o olhar para não ver sua nudez, mas não sem antes notar o espaço entre suas pernas — uma cicatriz simples e vazia onde sua masculinidade deveria ter estado.

Todos os mordomos terrisanos são eunucos, ele lhe dissera. Aquele ferimento não era novo — mas os hematomas, cortes e arranhões eram.

— Nós o encontramos se esgueirando no palácio atrás de você — Kar disse. — Aparentemente, temia por sua segurança.

— O que fizeram com ele? — ela perguntou, em voz baixa.

— Ah, muito pouco... até agora — Kar respondeu. — Agora, você deve estar se perguntando por que lhe contei sobre seu irmão. Talvez ache que sou um tolo em admitir que a mente de seu irmão se quebrou antes que arrancássemos o segredo dele. Mas, veja, não sou tão tolo para não admitir um erro. Devíamos ter controlado a tortura do seu irmão... fazê-lo sofrer por mais tempo. Esse realmente foi um erro.

Sorriu perversamente, apontando para Sazed.

— Não cometeremos esse erro de novo, criança. Não... desta vez vamos tentar uma tática diferente. Vamos deixá-la ver a tortura ao terrisano. Seremos muito cuidadosos, nos assegurando de que a dor dele seja duradoura e vibrante. Quando você nos disser o que queremos saber, paramos.

Vin estremeceu de horror.

— Não... por favor...

— Ah, sim — disse Kar. — Por que não fica um tempo pensando sobre o que vamos fazer com ele? O Senhor Soberano exigiu a minha presença... preciso ir para receber a liderança formal do Ministério. Começaremos quando eu voltar.

Deu meia-volta, a túnica negra rodopiando no chão. Os guardas o seguiram, provavelmente para se posicionarem na câmara do lado de fora do aposento.

— Ah, Sazed — disse Vin, enfiando os joelhos entre as grades da cela.

— E agora, senhora — disse Sazed, com voz surpreendentemente lúcida. — O que me diz sobre correr por aí em roupas íntimas? Ora, se mestre Dockson estivesse aqui, certamente a repreenderia.

Vin levantou a cabeça, surpresa. Sazed estava sorrindo para ela.

— Sazed! — falou rapidamente, olhando para a saída através da qual os guardas haviam partido. — Está acordado?

— Muito acordado — disse ele. Sua voz calma e forte era um contraste marcante com seu corpo machucado.

— Sinto muito, Sazed — falou ela. — Por que me seguiu? Devia ter ficado para trás e me deixado fazer coisas estúpidas sozinha!

Ele virou a cabeça ferida na direção dela, com um olho inchado e o outro encarando-a.

— Senhora — disse, solenemente —, jurei a mestre Kelsier que a manteria em segurança. O voto de um terrisano não é feito em vão.

— Mas... devia saber que seria capturado — disse ela, abaixando a cabeça de vergonha.

— É claro que eu sabia, senhora — ele confessou. — Ora, de que outro jeito ia conseguir que me trouxessem até você?

Vin levantou a cabeça.

— Trazê-lo... até mim?

— Sim, senhora. Há uma coisa que o Ministério e meu próprio povo têm em comum, creio. Ambos subestimam as coisas que podemos conseguir.

Fechou os olhos. E, então, seu corpo mudou. Pareceu... desinflar, os músculos ficando fracos e magros, a carne pendendo flácida em seus ossos.

— Sazed! — exclamou Vin, apertando-se contra a grade, tentando alcançá-lo.

— Está tudo bem, senhora — ele disse, com uma voz aterradoramente fraca. — Só preciso de um momento para... reunir minha força.

Reunir minha força. Vin abaixou a mão, observando Sazed por alguns minutos. *Poderia ser...*

Parecia tão fraco — como se sua força, seus próprios músculos estivessem sendo drenados. E talvez... armazenados em algum lugar?

Os olhos de Sazed se abriram de repente. Seu corpo retornou ao normal; então seus músculos continuaram a crescer, tornando-se grandes e poderosos, ficando ainda maiores do que os de Ham.

Sazed sorriu para ela com a cabeça sobre um pescoço musculoso e carnudo; então rompeu facilmente as amarras. Levantou-se, um homem imenso, inumanamente musculoso — tão diferente do erudito magro e silencioso que ela conhecia.

O Senhor Soberano falou da força deles em seu diário de viagem, ela pensou, assombrada. *Disse que o homem Rashek ergueu uma pedra e a jogou para longe do caminho.*

— Mas tiraram todas as suas joias! — comentou Vin. — Onde escondeu seu metal?

Sazed sorriu, agarrando as grades que separavam as duas celas.

— Tive a ideia com você, senhora. Eu o engoli. — Com isso, arrancou as grades.

Ela correu até a jaula dele, abraçando-o.

— Obrigada.

— É claro — ele disse, afastando-a gentilmente e batendo com uma mão imensa contra a porta de sua cela, quebrando o cadeado, fazendo a jaula se abrir.

— Rápido, agora, senhora — Sazed disse. — Precisamos colocá-la em segurança.

Os dois guardas que haviam jogado Sazed na cela apareceram na porta um segundo depois. Ficaram paralisados, encarando a imensa besta que estava em pé no lugar do homem fraco que haviam espancado.

Sazed deu um salto, segurando uma das grades da jaula de Vin. Sua Feruquemia, no entanto, obviamente lhe dera apenas força, não velocidade. Avançou com passo desengonçado, e os guardas começaram a correr, gritando por socorro.

— Vamos, senhora — Sazed disse, jogando a barra de lado. — Minha força não vai durar muito... o metal que engoli não era grande o bastante para conter muita carga feruquêmica.

Enquanto ele falava, já começava a encolher. Vin se adiantou, saindo do aposento. A câmara dos guardas era pequena, com apenas duas cadeiras. Sob uma delas encontrou uma capa enrolada de um dos guardas do turno da noite. Vin a recolheu e a entregou para Sazed.

— Obrigado, senhora — ele disse.

Ela assentiu, seguindo até a porta, à espreita. A grande sala do outro lado estava vazia e dois corredores afluíam dela — um para a direita e um que se perdia na distância à sua frente. Havia vários troncos de madeira alinhados na parede à esquerda, e o centro do aposento tinha uma grande mesa. Vin estremeceu ao ver o sangue seco e o conjunto de instrumentos afiados colocados em fila ao lado da mesa.

Aqui é onde nós dois acabaremos se não nos apressarmos, ela pensou, indicando para Sazed seguir em frente.

Deteve-se quando um grupo de soldados apareceu no final do corredor, liderado por um dos guardas de antes. Vin praguejou baixinho — teria ouvido com antecedência se tivesse estanho.

Olhou para trás. Sazed estava mancando pela câmara da guarda. Sua força feruquêmica se fora, e os soldados obviamente o espancaram seriamente antes de jogá-lo na cela. Mal podia andar.

— Vá, senhora! — ele disse, acenando para ela. — Fuja!

Ainda tem muito o que aprender sobre amizade, Vin, a voz de Kelsier sussurrou em sua mente. *Espero que algum dia perceba quais são...*

Não posso deixá-lo. Não vou deixá-lo.

Vin avançou na direção dos soldados. Brandiu um par de facas de tortura da mesa, o aço brilhante e polido cintilando entre seus dedos. Saltou em cima da mesa e se lançou contra os soldados que chegavam.

Não tinha Alomancia, mas voou do mesmo jeito, seus meses de prática a ajudaram, apesar da falta dos metais. Cravou uma faca no pescoço de um soldado surpreso ao cair. Acertou o chão com mais força do que esperava, mas conseguiu desviar de um segundo soldado, que praguejou e a golpeou. A espada se chocou contra a pedra atrás dela. Vin rodopiou, esfaqueando outro soldado nas coxas. O homem recuou de dor.

São tantos, ela pensou. Havia pelo menos duas dúzias deles. Tentou saltar sobre um terceiro soldado, mas outro homem brandiu seu bastão, acertando-o nas costelas de Vin.

Ela gemeu de dor, soltando a faca enquanto perdia o equilíbrio. Nenhum peltre a reforçou contra a queda, e ela acertou as pedras duras com um estalido, rolando até parar, aturdida, perto da parede.

Lutou, sem sucesso, para ficar em pé. Ao lado dela, mal viu Sazed despencar enquanto o corpo dele ficava fraco de repente. Estava tentando armazenar força novamente. Não teria tempo suficiente. Os soldados logo estariam sobre ele.

Pelo menos eu tentei, ela pensou, enquanto ouvia outro grupo de soldados atacando pelo corredor à direita. *Pelo menos, não o abandonei. Acho... acho que era o que Kelsier queria dizer.*

— Valette! — uma voz familiar exclamou.

Vin levantou a cabeça enquanto Elend e seis soldados irromperam pela sala. Elend usava roupa de nobre, um pouco mal ajustada, e carregava um bastão de duelo.

— Elend? — perguntou Vin, aturdida.

— Você está bem? — disse ele, preocupado, avançando na direção dela. Então notou os soldados do Ministério. Pareciam um pouco confusos por serem confrontados por um nobre, mas ainda estavam em número superior.

— Vou levar a garota comigo! — disse Elend. Suas palavras eram corajosas, mas obviamente não era nenhum soldado nem usava armadura.

Cinco dos homens que estavam com ele usavam o vermelho Venture; homens da fortaleza de Elend. Um, no entanto — aquele que estava à frente quando chegaram ao aposento — usava o uniforme da guarda do palácio. Vin percebeu que o reconhecia vagamente. O casaco do uniforme estava sem o símbolo no ombro. *O homem de antes*, pensou, estupefata. *Aquele que convenci a mudar de lado...*

O líder dos soldados do Ministério aparentemente tinha tomado uma decisão. Fez um gesto cortante, ignorando a ordem de Elend, e os soldados começaram a rodear o aposento, movendo-se para cercar o grupo recém-chegado.

— Valette, precisa ir! — disse Elend, com urgência, erguendo o bastão de duelo.

— Venha, senhora — chamou Sazed, chegando ao seu lado, ajudando-a a ficar em pé.

— Não posso abandoná-los! — argumentou Vin.

— Mas precisamos.

— Mas você veio por mim. Temos que fazer o mesmo por Elend!

Sazed negou com a cabeça.

— Aquilo foi diferente, criança. Eu sabia que tinha uma chance de salvá-la. Não pode ajudar aqui... há beleza na compaixão, mas é importante ter sensatez também.

Ela deixou que ele a ajudasse a ficar em pé. Os soldados de Elend avançaram, obedientes, para bloquear os soldados do Ministério. Elend estava parado na frente, obviamente determinado a lutar.

Tem que haver outro jeito!, Vin pensou, desesperada. *Tem que haver...*

Então viu, esquecida em um dos baús que estavam perto da parede, uma tira familiar de tecido cinza, uma única faixa, pendurada na lateral do baú.

Ela se afastou de Sazed, enquanto os soldados do Ministério atacavam. Elend gritou atrás dela, e armas ressoaram.

Vin tirou as peças de roupa — sua calça e camisa — de dentro do baú. E ali, no fundo, estava sua capa de bruma. Fechou os olhos e procurou no bolso lateral da capa.

Seus dedos encontraram um único frasco de vidro, a tampa ainda no lugar.

Pegou o frasco, dando meia-volta, em direção à batalha. Os soldados do Ministério haviam recuado um pouco. Dois de seus membros estavam no chão, feridos — mas três dos homens de Elend também estavam caídos. O tamanho reduzido do lugar, por sorte, impedira que o grupo de Elend fosse cercado à princípio.

Elend estava suando, com um corte no braço, o bastão de duelo quebrado. Agarrou a espada de um homem no chão, segurando a arma com mãos inexperientes, encarando uma força muito maior.

— Eu estava errado sobre aquele ali, senhora — disse Sazed com suavidade. — Eu... peço desculpas.

Vin sorriu. Então abriu a tampa do frasco e tragou os metais em um único gole.

Mananciais de poder explodiram dentro dela. Fogos arderam, metais ressoaram, e a força retornou para seu corpo cansado e debilitado como um sol nascente. As dores se tornaram insignificantes, a tontura desapareceu, a sala se tornou mais brilhante, as pedras mais *reais* sob seus pés.

Os soldados atacaram novamente, e Elend ergueu a espada com postura determinada, mas sem esperança. Pareceu completamente surpreso quando Vin voou sobre sua cabeça.

Ela aterrissou no meio dos soldados, mandando-os para longe com um *empurrão* de aço. Os soldados em cada lado se chocaram contra as paredes. Um homem brandiu um bastão, e ela o afastou com mão desdenhosa, então esmagou o punho no rosto dele, fazendo a cabeça do homem rodar para trás com um estalo.

Pegou o bastão enquanto caía, girando-o e acertando a cabeça do soldado que atacava Elend. O bastão se quebrou, e ela o deixou cair com o cadáver. Os soldados de trás começaram a gritar, dando meia-volta e fugindo, enquanto ela *empurrava* mais dois grupos de homens contra as paredes. O último soldado que sobrou se virou, surpreso, enquanto Vin *puxava* seu elmo até ela. *Empurrou-o* de volta, esmagando-o no peito do homem e ancorando-se por trás. O soldado voou pelo corredor, na direção dos companheiros que fugiam, colidindo contra eles.

Vin soltou a respiração de excitação, parada com músculos tensos entre os homens que gemiam. *Posso... ver agora por que Kelsier se viciou nisso.*

— Valette? — perguntou Elend, estupefato.

Vin saltou, envolvendo-o em um alegre abraço, apertando-o com força e enterrando o rosto no ombro dele.

— Você voltou — sussurrou ela. — Você voltou, você voltou, você voltou...

— Humm, sim. E... vejo que é uma Nascida da Bruma. Isso é muito interessante. Sabe, em geral, é um gesto de cortesia contar aos amigos coisas como essa.

— Sinto muito — murmurou ela, ainda abraçada a ele.

— Bem, sim — disse ele, parecendo distraído. — Humm, Valette? O que aconteceu com suas roupas?

— Estão ali no chão — ela disse, levantando os olhos para ele. — Elend, como me encontrou?

— Seu amigo, um tal de mestre Dockson, me disse que era prisioneira no palácio. E, bem, acontece que este gentil cavalheiro aqui, capitão Goradel, creio que este seja seu nome, era um soldado do palácio, e sabia o caminho até aqui. Com a ajuda dele, e como nobre de certa posição, consegui entrar no edifício sem muitos problemas, e então ouvimos os gritos no corredor... E, humm, sim. Valette? Você se incomodaria de vestir suas roupas? Isso... me distrai um pouco.

Ela sorriu para ele.

— Você me encontrou.

— Não que tenha servido para muita coisa — ele disse, ironicamente. — Não parece que precisava muito da nossa ajuda.

— Não importa — disse ela. — Você voltou. Ninguém nunca voltou antes.

Elend olhou para ela, franzindo o cenho levemente.

Sazed se aproximou, trazendo as roupas e a capa de Vin.

— Senhora, precisamos ir.

Elend assentiu.

— Não é seguro em nenhuma parte da cidade. Os skaas estão se rebelando! — Ele hesitou. — Mas, humm, você provavelmente já sabe.

Vin assentiu, soltando-o por fim.

— Eu ajudei a começar isso. Mas está certo sobre o perigo. Vá com Sazed... ele é conhecido de muitos líderes rebeldes. Não o machucarão enquanto ele responder por você.

Elend e Sazed franziram os cenhos enquanto Vin vestia a calça. No bolso, encontrou o brinco de sua mãe. Colocou-o na orelha.

— Ir com Sazed? — Elend perguntou. — E quanto a você?

Vin vestiu a camisa. Então levantou a cabeça... sentindo, através da pedra, sentindo-o lá em cima. Ele estava lá. Muito poderoso. Agora, tendo-o encarado diretamente, tinha certeza de sua força. A rebelião skaa estava condenada enquanto ele vivesse.

— Tenho outra tarefa, Elend — ela disse, pegando a capa de brumas das mãos de Sazed.

— Acha que pode derrotá-lo, senhora? — perguntou Sazed.

— Tenho que tentar — disse ela. — O Décimo Primeiro Metal funcionou, Saze. Eu vi... alguma coisa. Kelsier estava convencido que revelaria seu segredo.

— Mas... o Senhor Soberano, senhora...

— Kelsier morreu para iniciar esta rebelião — disse Vin, com firmeza. — Tenho que ver o que acontece. Essa é a *minha* parte, Sazed. Kelsier não sabia, mas eu sei. Tenho que deter o Senhor Soberano.

— O Senhor Soberano? — perguntou Elend, surpreso. — Não, Valette. Ele é imortal!

Vin estendeu os braços, segurando a cabeça de Elend e puxando-a para baixo para que ele a beijasse.

— Elend, sua família entrega o atium ao Senhor Soberano. Sabe onde ele o guarda?

— Sim — disse ele, confuso. — Guarda as contas em um edifício do tesouro, a leste daqui. Mas...

— *Tem* que se apoderar daquele atium, Elend. O novo governo vai precisar daquela riqueza e poder se não quiser ser conquistado pelo primeiro nobre que conseguir erguer um exército.

— Não, Valette — disse Elend, negando com a cabeça. — Tenho que colocá-la em segurança.

Vin sorriu para ele, então se virou para Sazed. O terrisano assentiu para ela.

— Não vai me dizer para não ir? — perguntou ela.

— Não — disse ele, em voz baixa. — Temo que esteja certa, senhora. Se o Senhor Soberano não for derrotado... bem, não a impedirei. Desejarei, no entanto, boa sorte. Virei ajudá-la assim que o jovem Venture estiver a salvo.

Vin assentiu, sorriu para o apreensivo Elend, então olhou para cima. Na direção da força sombria que a aguardava, pulsando com depressão cansada.

Queimou cobre, afastando o *abrandamento* do Senhor Soberano.

— Valette... — disse Elend, em voz baixa.

Ela se virou para ele.

— Não se preocupe — falou. — Acho que sei como matá-lo.

Muitos são os meus temores enquanto escrevo com a caneta incrustada de gelo na véspera do renascer do mundo. Rashek me observa. Ele me odeia. A caverna se encontra diante de mim. Pulsando. Meus dedos tremem. Não de frio.

Amanhã, estará terminado.

38

VIN SE *EMPURROU* PELOS ARES sobre Kredik Shaw. As torres e os pináculos se erguiam ao seu redor, como escamas sombrias de algum monstro fantasmagórico à espreita lá embaixo. Escuros, retos e ameaçadores, por alguma razão eles a faziam pensar em Kelsier, morto na rua, com uma lança com ponta de obsidiana atravessando seu peito.

As brumas giravam e se contorciam enquanto ela as atravessava. Ainda eram densas, mas o estanho lhe permitia ver um leve brilho no horizonte. A manhã estava próxima.

Embaixo dela, uma luz maior se acumulava. Vin se agarrou a um pináculo fino, deixando que o impulso a fizesse rodopiar no metal escorregadio, tendo uma visão completa da área. Milhares de tochas ardiam na noite, misturando-se e mesclando-se como insetos luminosos. Estavam organizadas em grandes ondas, convergindo para o palácio.

A guarda do palácio não terá chances contra uma força dessas, ela pensou. *Mas, ao entrar lutando no palácio, o exército skaa selará sua ruína.*

Virou-se para o lado, o pináculo, úmido por causa das brumas, estava frio sob seus dedos. Da última vez que saltara pelos pináculos de Kredik Shaw, estava sangrando e semiconsciente. Sazed chegara para salvá-la, mas ele não poderia ajudá-la desta vez.

Não muito longe dali, pôde ver a torre do trono. Não era difícil de localizar; um anel de fogueiras ardentes iluminava seu exterior, uma única janela de vidro pintado do lado de dentro. Podia senti-lo. Esperou por um momento, na esperança, talvez, de conseguir atacar depois que os Inquisidores saíssem da sala.

Kelsier acreditava que o Décimo Primeiro Metal era a chave, ela pensou. Ela tinha uma ideia. Poderia funcionar. Tinha que funcionar.

— A PARTIR DESTE MOMENTO — o Senhor Soberano proclamou, em voz alta —, concedo ao Cantão da Inquisição o domínio organizacional do Ministério. Consultas que antes eram endereçadas a Tevidian devem agora se dirigir para Kar.

A sala do trono ficou em silêncio, o grupo de obrigadores de alto escalão aturdido pelos acontecimentos da noite. O Senhor Soberano agitou a mão, indicando que a reunião estava encerrada.

Finalmente!, pensou Kar. Levantou a cabeça, os olhos de pregos pulsavam, como sempre, causando-lhe dor — mas, nesta noite era a dor da alegria. Os Inquisidores haviam esperado dois séculos, planejando cuidadosamente, animando sutilmente a corrupção e a dissenção entre outros obrigadores. E, enfim, funcionara. Os Inquisidores já não se curvariam aos ditados de homens inferiores.

Virou-se e sorriu para o grupo de sacerdotes do Ministério, sabendo muito bem o desconforto que o olhar de um Inquisidor podia causar. Já não podia ver, não como via antes, mas lhe fora dado algo melhor. Um controle da Alomancia tão sutil, tão detalhado, que podia distinguir o mundo ao seu redor com surpreendente precisão.

Quase tudo tinha metal — água, pedra, vidro... até mesmo corpos humanos. Esses metais eram muito difusos para serem afetados pela Alomancia — de fato, a maioria dos alomânticos não podia senti-los.

Com os olhos de um Inquisidor, no entanto, Kar podia ver as linhas de ferro dessas coisas — os fios azuis eram finos, quase invisíveis, mas desenhavam o mundo para ele. Os obrigadores diante dele eram uma massa fervente de azuis, suas emoções — desconforto, raiva e medo — refletiam em suas posturas. Desconforto, raiva e medo... tão doces, os três. O sorriso de Kar aumentou, apesar de sua fadiga.

Estava acordado há tempo demais. Viver como Inquisidor esgotava seu corpo, e tinha que descansar com frequência. Seus irmãos saíam da sala, a caminho de seus aposentos, intencionalmente localizados perto da sala do trono. Dormiriam imediatamente; com as execuções mais cedo naquele dia, e a excitação da noite, estariam extremamente cansados.

Kar ficou para trás, enquanto tanto Inquisidores quanto obrigadores partiam. Logo, restavam apenas ele e o Senhor Soberano, parados em uma sala iluminada por imensos braseiros. As fogueiras externas se apagaram lentamente, extintas pelos criados, deixando a paisagem negra no vidro.

— Finalmente tem o que quer — disse o Senhor Soberano, tranquilamente. — Talvez agora eu possa ter paz nesta questão.

— Sim, Senhor Soberano — disse Kar, inclinando-se. — Creio que...

Um som estranho estalou no ar — um ruído seco e suave. Kar levantou a cabeça, o cenho franzido, enquanto um pequeno disco de metal repicou no chão, até se deter perto de seu pé. Ele recolheu a moeda, então olhou a enorme janela, notando o buraquinho por onde ela entrara.

O quê?

Dúzias de moedas entraram pela janela, enchendo-a de buracos. Estalidos metálicos e estalares ressoaram no ar. Kar recuou, surpreso.

A vidraça, enfraquecida por causa das moedas, rompeu-se. Toda a seção sul da janela se espatifou, estilhaçando para o lado de dentro.

Fragmentos de vidro colorido rodopiaram no ar, espalhando-se diante de uma pequena figura vestida em uma tremulante capa de brumas que carregava um par de reluzentes adagas pretas. A garota aterrissou agachada, deslizando um pouco sobre os cacos, as brumas ondulando pela abertura atrás dela. As brumas avançaram, atraídas pela Alomancia, rodopiando ao redor do corpo da garota. Ela ficou agachada por um momento, como se fosse um arauto da própria noite.

Então se levantou, correndo direto na direção do Senhor Soberano.

VIN QUEIMOU O DÉCIMO PRIMEIRO Metal. O eu-passado do Senhor Soberano apareceu como fizera antes, como se tivesse surgido das brumas para ficar parado no tablado, ao lado do trono.

Vin ignorou o Inquisidor. A criatura, felizmente, reagiu devagar — ela estava na metade dos degraus do tablado antes que ele a perseguisse. O Senhor Soberano ficou parado em silêncio, apenas observando-a com expressão de interesse.

Duas lanças no peito não o incomodaram, Vin pensou enquanto saltava a distância que a separava do alto do tablado. *Não tem nada a temer das minhas adagas.*

E era por isso que não pretendia atacá-lo com elas. Em vez disso, ergueu suas armas e as apontou diretamente na direção do coração do eu-passado.

As adagas o acertaram — e passaram pelo homem, como se ele não estivesse ali. Vin cambaleou para a frente, passando pela imagem, quase caindo do tablado.

Girou, atacando a imagem de novo. Mais uma vez, as adagas passaram sem causar danos. Nem mesmo uma ondulação ou distorção.

Minha imagem de ouro, ela pensou, frustrada. *Fui capaz de tocá-la. Por que não consigo tocar esta?*

Obviamente não funcionava do mesmo jeito. A sombra ainda estava parada, completamente alheia aos ataques dela. Vin pensara que, talvez, se matasse a versão passada do Senhor Soberano, sua forma atual morreria também. Infelizmente, o eu-passado parecia ser tão insubstancial quanto uma sombra de atium.

Ela falhara.

Kar se chocou contra ela, agarrando-a pelos ombros com sua poderosa força de Inquisidor, o impulso levando-a para fora do tablado. Ambos rolaram pelos degraus.

Vin gemeu, avivando peltre. *Não sou a mesma garota sem poderes que fez prisioneira há pouco, Kar*, pensou, com determinação, chutando-o quando atingiram o chão atrás do trono.

O Inquisidor grunhiu, o chute dela arremessou-o no ar, fazendo-o soltar seus ombros. Sua capa de brumas ficou entre as mãos dele, mas ela se levantou e escapou.

— *Inquisidores!* — gritou o Senhor Soberano, ficando em pé. — *Venham até mim!*

Vin gemeu quando a voz poderosa fez seus ouvidos amplificados pelo estanho doerem.

Tenho que sair daqui, pensou ela, cambaleando. *Precisarei descobrir uma forma diferente de matá-lo...*

Kar a agarrou novamente por trás. Desta vez colocou seus braços completamente ao redor dela e apertou. Vin gritou de dor, avivando seu peltre, empurrando para trás, mas Kar a obrigou a ficar de joelhos. Agarrou-a com destreza pelo pescoço com uma mão enquanto prendia os braços dela nas costas com a outra. Ela lutava ferozmente, debatendo-se e contorcendo-se, mas ele a segurava com muita força. Vin tentou derrubar ambos com um súbito *empurrão* de aço contra um trinco de porta, mas a âncora era muito fraca, e Kar apenas tropeçou. Ele manteve sua presa.

O Senhor Soberano gargalhava enquanto se sentava em seu trono.

— Terá pouco êxito contra Kar, criança. Ele era um soldado, há muitos anos. Sabe como segurar uma pessoa de modo que não consiga escapar, não importa quão forte seja.

Vin continuou a lutar, arfando para respirar. As palavras do Senhor Soberano se mostraram verdadeiras, no entanto. Ia acertá-lo com uma cabeçada, mas ele estava preparado. Ela podia ouvi-lo junto ao seu ouvido, sua respiração rápida quase... passional enquanto a asfixiava. No reflexo da janela, viu que a porta de trás se abria. Outro Inquisidor entrou na sala, seus pregos brilhando no reflexo distorcido, sua túnica escura se agitando.

É isso, ela pensou, em um momento surreal, contemplando as brumas que entravam pela janela quebrada arrastando-se pelo chão. Estranhamente, não se enrolaram ao redor dela como normalmente faziam — como se algo as estivesse afastando. Para Vin, pareceu o testamento final de sua derrota.

Sinto muito, Kelsier. Fracassei com você.

O segundo Inquisidor se colocou atrás de seu companheiro. Então estendeu a mão e agarrou algo nas costas de Kar. Ouviu-se o som de algo rasgando.

Vin caiu imediatamente no chão, arfando em busca de ar. Rolou, recuperando-se rapidamente graças ao peltre.

Kar estava sobre ela, oscilando. Então despencou flacidamente de lado, esparramando-se no chão. O segundo Inquisidor ficou parado, segurando o que parecia ser um grande prego de metal — como os que os Inquisidores tinham nos olhos.

Vin olhou para o corpo imóvel de Kar. A parte de trás de sua túnica estava rasgada, expondo um buraco que sangrava bem entre as omoplatas. Um buraco grande o bastante para um prego de metal. O rosto marcado por cicatrizes de Kar estava pálido. Sem vida.

Outro prego!, Vin pensou, assombrada. *O outro Inquisidor arrancou das costas de Kar, e ele morreu. Esse é o segredo!*

— O quê? — o Senhor Soberano gritou, levantando-se, o súbito movimento atirou seu trono para trás. A cadeira de pedra caiu pelos degraus, lascando e quebrando o mármore.

— Traição! De um dos meus!

O novo Inquisidor disparou na direção do Senhor Soberano. Enquanto corria, seu capuz caiu para trás, dando a Vin uma visão de sua cabeça careca. Havia algo familiar no rosto do recém-chegado, apesar das cabeças de prego saindo na frente de seu crânio — e as macabras pontas de prego saindo pelas costas. Apesar da cabeça careca e das roupas incomuns, o homem se parecia um pouco com Kelsier.

Não, ela percebeu. *Não com Kelsier.*

Marsh!

Marsh subiu os degraus de dois em dois, movendo-se com a velocidade sobrenatural de um Inquisidor. Vin lutou para ficar em pé, recuperando-se dos efeitos de sua quase asfixia. A surpresa era mais difícil de dissipar. Marsh estava vivo.

Marsh era um Inquisidor.

Os Inquisidores não o estavam investigando porque suspeitavam dele. Pretendiam recrutá-lo! E, agora, parecia que ele pretendia lutar com o Senhor Soberano. *Tenho que ajudá-lo! Talvez... talvez ele conheça o segredo de como matar o Senhor Soberano. Ele descobriu como matar os Inquisidores, afinal!*

Marsh chegou ao alto do tablado.

— Inquisidores! — O Senhor Soberano gritou. — Venham...

O Senhor Soberano se deteve, percebendo que algo tinha sido colocado do lado de fora da porta. Um pequeno grupo de pregos de aço, como aquele que Marsh arrancara das costas de Kar, empilhados no chão. Parecia haver sete deles.

Marsh sorriu, a expressão parecendo assustadoramente com um dos sorrisos maliciosos de Kelsier. Vin chegou ao pé do tablado e se *empurrou* com uma moeda, lançando-se até o alto da plataforma.

O horrível poder absoluto da fúria do Senhor Soberano a atingiu no meio do caminho. A depressão, a asfixia cheia de raiva de sua alma, atravessou o cobre, acertando-a como uma força física. Ela avivou o cobre, engasgando de leve, mas não pôde afastar completamente o Senhor Soberano de suas emoções.

Marsh tropeçou levemente, e o Senhor Soberano deu-lhe um bofetão muito parecido com o que matara Kelsier. Felizmente, Marsh se recuperou a tempo de se esquivar. Rodopiou ao redor do Senhor Soberano, estendendo a mão para agarrar as costas da túnica negra do imperador. Puxou-a, arrancando-a pela costura.

Marsh ficou paralisado, seus olhos com pregos lhe conferiam uma expressão ilegível. O Senhor Soberano deu meia-volta, acertando o cotovelo no estômago de Marsh, lançando o Inquisidor para o outro lado da sala. Quando o Senhor Soberano se virou, Vin pôde ver o que Marsh vira.

Nada. Costas normais, embora musculosas. Ao contrário dos Inquisidores, o Senhor Soberano não tinha um prego atravessando sua espinha.

Ah, Marsh... Vin pensou, abatida. Fora uma ideia inteligente, muito mais do que a tola tentativa de Vin com o Décimo Primeiro Metal — mas se provara igualmente inútil.

Marsh finalmente atingiu o chão, sua cabeça batendo com força, deslizando até atingir a parede. Ele ficou deitado contra a imensa janela, imóvel.

— Marsh! — ela gritou, saltando e *empurrando-se* na direção dele. Mas enquanto ela voava, o Senhor Soberano ergueu a mão distraidamente.

Vin sentiu um poderoso... *alguma coisa* se chocando contra ela. Era como um *empurrão* de aço contra os metais em seu estômago — mas não podia ser. Kelsier lhe garantira que nenhum alomântico podia afetar os metais que estivessem dentro do corpo de alguém.

Mas também dissera que nenhum alomântico podia afetar emoções de uma pessoa que estivesse queimando cobre.

As moedas descartadas dispararam para longe do Senhor Soberano, espalhando-se pelo chão. As portas se soltaram de suas dobradiças, rompendo-se e afastando-se da sala. Incrivelmente, até pedaços de vidro colorido tremeram e se afastaram do tablado.

E Vin foi jogada de lado, com os metais em seu estômago ameaçando sair de seu corpo. Chocou-se contra o chão, quase inconsciente. Ficou deitada, aturdida, tonta, confusa, capaz de pensar em apenas uma coisa.

Quanto poder...

As moedas soaram quando o Senhor Soberano saiu de seu tablado. Movia-se em silêncio, despojando-se de sua túnica rasgada e camisa, ficando nu da cintura para cima, exceto pelas joias que cintilavam em seus dedos e punhos. Vários braceletes finos, Vin notou, perfuravam a pele de seus antebraços.

Esperto, ela pensou, lutando para ficar em pé. *Leva-os presos para impedir que* empurrem *ou* puxem *dele.*

O Senhor Soberano balançou a cabeça, pesaroso, seus passos abriram trilhas nas brumas frias que entravam pela janela quebrada. Parecia tão forte, o torso musculoso, o rosto bonito. Vin podia sentir o poder da Alomancia dele quebrando suas emoções mal protegidas pelo cobre.

— O que pensou, criança? — o Senhor Soberano perguntou, em voz baixa. — Em me derrotar? Por acaso sou algum Inquisidor comum, meus poderes são meras fabricações?

Vin avivou peltre. Virou-se e começou a correr — pretendendo agarrar o corpo de Marsh e atravessar o vidro do outro lado da sala.

Mas então *ele* estava ali, movendo-se com uma velocidade que fazia a fúria dos tornados parecer preguiçosa. Nem mesmo com o peltre totalmente avivado Vin poderia ganhar dele. Quase parecia indiferente quando a alcançou, agarrando-a pelo ombro e jogando-a para trás.

Ele a arremessou como se ela fosse uma boneca, jogando-a contra uma das enormes colunas da sala. Vin buscava desesperadamente por uma âncora, mas ele expulsara todo o metal da sala. Exceto...

Ela puxou um dos braceletes do Senhor Soberano, um dos que não perfurava a pele dele. No mesmo instante ele ergueu o braço, esquivando-se de seu *puxão*, fazendo-a girar desajeitadamente no ar. Acertou-a com outro de seus poderosos *empurrões*, lançando-a de costas. Os metais em seu estômago se retorceram, o vidro estremeceu e o brinco de sua mãe saiu de sua orelha.

Ela tentou girar e acertá-lo com os pés, mas se chocou contra a coluna de pedra a uma velocidade terrível, e o peltre falhou. Ouviu um estalo espantoso e uma punhalada de dor percorreu sua perna direita.

Caiu no chão. Não tinha vontade de olhar, mas a agonia de seu torso lhe dizia que sua perna estava embaixo do corpo, dobrada em um ângulo impossível.

O Senhor Soberano balançou a cabeça. Não, Vin percebeu, ele não se preocupava em usar joias. Considerando as habilidades e força dele, um homem teria sido tolo — assim como Vin fora — se tentasse usar as joias do Senhor Soberano como âncora. Isso só permitira que ele controlasse os saltos dela.

Ele avançou, os pés amassando os cacos de vidro.

— Acha que é a primeira vez que alguém tenta me matar, criança? Sobrevivi a incêndios e decapitações. Fui apunhalado e cortado, amassado e desmembrado. Até fui esfolado uma vez, quase no princípio.

Ele se voltou para Marsh, balançando a cabeça novamente. Estranhamente, a primeira impressão que Vin tivera do Senhor Soberano retornou. Ele parecia... cansado. Exausto. Não seu corpo — ainda era musculoso. Era apenas seu... ar. Ela tentou ficar em pé, usando a coluna de pedra para se apoiar.

— Sou Deus — ele disse.

Tão diferente do homem humilde do diário de viagem.

— *Deus* não pode ser morto — ele disse. — *Deus* não pode ser derrubado. Sua rebelião... acha que não vi outras como essa antes? Acha que nunca destruí exércitos inteiros por conta própria? O que é necessário para que parem de questionar? Por quantos séculos tenho que provar o que sou para que vocês, skaas *idiotas*, vejam a verdade? Quantos homens preciso matar?

Vin gritou quando girou a perna para o lado errado. Avivou peltre, mas as lágrimas vieram aos seus olhos mesmo assim. Estava ficando sem metais. Seu peltre logo acabaria, e ela não tinha como permanecer consciente sem ele. Apoiou-se na coluna, a Alomancia do Senhor Soberano a pressionava. A dor em sua perna latejava.

Ele é forte demais, ela pensou, com desespero. *Está certo. É Deus. No que estávamos pensando?*

— Como ousa? — o Senhor Soberano perguntou, agarrando o corpo flácido de Marsh com sua mão cheia de joias. Marsh gemeu levemente, tentando levantar a cabeça.

— Como ousa? — o Senhor Soberano exigiu saber mais uma vez. — Depois de tudo o que lhes dei? Eu os fiz superiores aos homens normais! Eu os tornei dominantes!

Vin ergueu a cabeça. Através da névoa de dor e desespero, algo disparou uma lembrança dentro dela.

Ele fica dizendo... ele fica dizendo que seu povo devia ser dominante...

Buscou em seu interior, sentindo a última reserva do Décimo Primeiro Metal. Queimou-o, olhando através de olhos cheios de lágrimas enquanto o Senhor Soberano levantava Marsh com uma mão.

O eu-passado do Senhor Soberano apareceu perto dele. Um homem com capa de peles e botas pesadas, um homem com barba e músculos fortes. Não um aristocrata ou um tirano. Não um herói, nem mesmo um guerreiro. Um homem vestido para a vida fria das montanhas. Um pastor.

Ou, talvez, um carregador.

— Rashek — sussurrou Vin.

O Senhor Soberano se virou ao ouvir a declaração dela.

— Rashek — disse Vin, novamente. — Esse é seu nome, não é? Você não é o homem que escreveu o diário de viagem. Não é o herói que foi enviado para proteger o povo... você é o criado dele. O carregador que o odiava.

Ela meneou a cabeça.

— Você... você o matou — sussurrou ela. — Foi o que aconteceu naquela noite! É por isso que o diário para tão repentinamente! Você matou o Herói e tomou o lugar dele. Foi até a caverna no lugar dele e reclamou o poder para si mesmo. Mas em vez de salvar o mundo, você assumiu o controle.

— Você não sabe de nada! — gritou ele, ainda segurando o corpo flácido de Marsh com uma mão. — Não sabe de nada disso!

— Você o odiava — prosseguiu Vin. — Achava que um terrisano devia ser o Herói. Não podia encarar o fato de que ele, um homem de um povo que oprimia o seu, estava cumprindo suas próprias lendas.

O Senhor Soberano levantou uma mão, e Vin de repente sentiu um peso impossível pressionando-a. A Alomancia, *empurrando* os metais em seu estômago, ameaçava esmagá-la contra a coluna. Ela gritou, avivando seu último resto de peltre, lutando para permanecer consciente. As brumas se enrolaram nela, rastejando pela janela quebrada, através do chão.

Do lado de fora, pela janela quebrada, ela podia ouvir alguma coisa ressoando fracamente no ar. Pareciam... pareciam gritos. Gritos de alegria, milhares em coro. Era quase como se estivessem torcendo por ela.

O que importa?, ela pensou. *Sei o segredo do Senhor Soberano, mas o que isso me diz? Que ele era um carregador? Um criado? Um terrisano?*

Um Feruquemista.

Ela olhou aturdida e novamente viu o par de braceletes brilhando nos antebraços do Senhor Soberano. Braceletes feitos de metal, braceletes que perfuravam a pele dele em alguns pontos. Então... não podiam ser afetados pela Alomancia. Por que isso? Ele supostamente usava metais como sinal de bravata. Não estava preocupado que alguém os *empurrasse* ou *puxasse*.

Ou era o que ele afirmava. Mas e se todos os outros metais que usava — os brincos, os braceletes, a moda que a nobreza imitava — fossem mera distração?

Uma distração para impedir que alguém notasse aquele único par de braceletes que se enroscava ao redor de seus antebraços. *Poderia ser realmente tão fácil?*, ela pensou, enquanto o peso do Senhor Soberano ameaçava esmagá-la.

Seu peltre estava quase acabado. Mal podia pensar. Mesmo assim, queimou ferro. O Senhor Soberano podia penetrar em nuvens de cobre. Ela também. Eram iguais, de certo modo. Se ele podia afetar metais dentro do corpo de uma pessoa, talvez ela também pudesse.

Avivou o ferro. Linhas azuis apareceram, apontando para os anéis e braceletes do Senhor Soberano — todos eles, exceto os dois em seus antebraços, perfuravam sua pele.

Vin queimou ferro, concentrando-se, *empurrando* o máximo que podia. Manteve o peltre avivado, lutando para não ser esmagada e, de algum modo, soube que não estava mais respirando. A força *empurrando* contra ela era forte demais. Não conseguia fazer o peito subir e descer.

As brumas rodopiavam ao seu redor, dançando por causa da Alomancia. Ela estava morrendo. Sabia disso. Já não podia sentir a dor. Estava sendo esmagada. Sufocada.

Recorreu às brumas.

Duas linhas novas apareceram. Ela gritou, *puxando* com uma força que jamais conhecera antes. Avivou seu ferro mais e mais, o *empurrão* do próprio Senhor Soberano lhe deu o apoio de que precisava para *puxar* os braceletes dele. Raiva, desespero e agonia se misturavam dentro dela, e o *puxão* se tornou seu único objetivo.

O peltre dela acabou.

Ele matou Kelsier!

Os braceletes se soltaram. O Senhor Soberano gritou de dor, um som fraco e distante aos ouvidos dela. O peso repentinamente cessou, e ela caiu, arfando, a vista nublada. Os braceletes ensanguentados acertaram o chão, livres do controle de Vin, e deslizaram pelo mármore até pararem diante dela. Ela levantou a cabeça, usando estanho para clarear a visão.

O Senhor Soberano estava em pé no mesmo lugar, os olhos arregalados de terror, os braços ensanguentados. Derrubou Marsh no chão, correndo na direção dela e dos braceletes arrancados. Contudo, com suas últimas forças — já sem peltre —, Vin os *empurrou*, lançando-os para além do Senhor Soberano. Ele deu meia-volta, horrorizado, observando os braceletes voarem pela janela quebrada.

Na distância, o sol irrompia no horizonte. Os braceletes despencaram diante da luz vermelha, cintilando por um momento antes de caírem na cidade.

— *Não!* — gritou o Senhor Soberano, andando até a janela.

Seus músculos ficaram flácidos, desinflando como acontecera com Sazed. Virou-se para Vin, zangado, mas seu rosto já não era mais o de um jovem. Tinha meia-idade, com traços maduros.

Ele deu um passo na direção da janela. Seu cabelo ficou grisalho, e rugas se formaram ao redor de seus olhos como finas teias.

Seu passo seguinte foi vacilante. Começou a tremer sob o peso da velhice, as costas encurvadas, a pele flácida, o cabelo escasso.

Então, despencou no chão.

Vin se deitou de costas, a mente nublada pela dor. Ficou ali por... um tempo. Não conseguia pensar.

— Senhora! — disse uma voz. E, então, Sazed estava ao lado dela, sua testa molhada de suor. Derramou algo em sua garganta, e ela engoliu.

Seu corpo soube o que fazer. Instintivamente avivou peltre, reforçando-se. Avivou estanho, e o súbito aumento de sensibilidade a despertou. Tossiu, olhando para o rosto preocupado de Sazed.

— Cuidado, senhora — disse ele, examinando a perna dela. — O osso está fraturado, embora pareça que em apenas um lugar.

— Marsh — disse ela, exausta. — Vá ver Marsh.

— Marsh? — perguntou Sazed. Então viu o Inquisidor que se mexia levemente no solo.

— Pelos Deuses Esquecidos! — disse Sazed, indo para o lado do homem.

Marsh gemeu, sentando-se. Esfregou o estômago com um braço.

— O que... é aquilo...?

Vin olhou para a forma esbranquiçada no chão não muito longe dali.

— É ele. O Senhor Soberano. Está morto.

Sazed franziu o cenho, curioso, e se levantou. Usava uma túnica marrom e trouxera uma simples lança de madeira consigo. Vin balançou a cabeça ao ver uma arma tão lamentável para enfrentar a criatura que quase matara Marsh e ela.

De certo modo, éramos todos igualmente inúteis. Nós devíamos estar mortos, não o Senhor Soberano.

Arranquei os braceletes dele. Por quê? Por que posso fazer as coisas que ele podia fazer?

Por que sou diferente?

— Senhora... — disse Sazed, lentamente. — Ele não está morto, creio. Ele... ainda está vivo.

— O quê? — perguntou Vin, franzindo o cenho. Mal podia pensar naquele momento. Mais tarde haveria tempo para resolver suas dúvidas.

Sazed estava certo — a figura idosa não estava morta. Na verdade, estava se movendo de maneira lamentável pelo chão, arrastando-se na direção da janela quebrada por onde seus braceletes haviam sido jogados.

Marsh ficou em pé, recusando as atenções de Sazed.

— Eu me curarei rapidamente. Veja a garota.

— Ajude-me a levantar — Vin falou.

— Senhora... — disse Sazed, reprovando.

— Por favor, Sazed.

Ele suspirou, dando-lhe sua lança de madeira.

— Aqui. Apoie-se nisso.

Ela aceitou, e ele a ajudou a ficar em pé.

Vin se apoiou na lança, mancando com Marsh e Sazed na direção do Senhor Soberano. A figura rastejante alcançara o extremo da sala, olhando para a cidade através da janela estilhaçada.

Os passos de Vin quebraram cacos de vidro. As pessoas voltaram a gritar lá embaixo, embora ela não pudesse vê-las nem saber o que estavam aplaudindo.

— Ouça — disse Sazed. — Ouça, aquele que teria sido o nosso deus. Ouve os gritos? Aqueles gritos não são para você... esse povo nunca o aplaudiu. Encontraram um novo líder esta noite, um novo orgulho.

— Meus... obrigadores... — sussurrou o Senhor Soberano.

— Seus obrigadores o esquecerão — disse Marsh. — Vou garantir isso. Os outros Inquisidores foram mortos pelas minhas próprias mãos. Ainda assim, os prelados reunidos viram você transferir o poder para o Cantão da Inquisição. Sou o único Inquisidor que resta em Luthadel. *Eu* governo sua igreja agora.

— Não... — sussurrou o Senhor Soberano.

Marsh, Vin e Sazed se detiveram e contemplaram o ancião. Na luz da manhã, Vin pôde ver uma multidão parada diante de um grande pódio, erguendo as armas em sinal de respeito.

O Senhor Soberano olhou a multidão, e a compreensão final de seu fracasso o atingiu. Olhou novamente para o grupo que o derrotara.

— Vocês não entendem — gemeu ele. — Não sabem o que faço pela humanidade. Eu *era* seu deus, mesmo que não queiram ver. Ao me matar, estarão condenando a si mesmos...

Vin olhou para Marsh e para Sazed. Lentamente, cada um deles assentiu. O Senhor Soberano começou a tossir e pareceu envelhecer ainda mais.

Vin se apoiou em Sazed, apertando os dentes por causa da dor na perna quebrada.

— Trago uma mensagem de um amigo nosso — disse ela, em voz baixa. — Ele queria que você soubesse que ele não está morto. Que não pode ser morto. Ele é a esperança.

Então ergueu a lança e a cravou bem no coração do Senhor Soberano.

Estranhamente, em algumas ocasiões, sinto paz interior. Seria possível pensar que depois de tudo o que vi — depois de tudo o que sofri — minha alma seria um emaranhado retorcido de tensões, confusão e melancolia. Com frequência é assim.

Mas então há a paz.

Eu a sinto algumas vezes, como agora, olhando por sobre os penhascos congelados e as montanhas de cristal na tranquilidade da manhã, contemplando um nascer do sol tão majestoso que sei que nenhum outro jamais será páreo para ele.

Se há profecias, se há um Herói das Eras, então minha mente sussurra que algo deve estar conduzindo meu caminho. Alguma coisa está observando; alguma coisa se importa. Esses pacíficos sussurros me dizem uma verdade na qual desejo muito acreditar.

Se eu falhar, outro virá e terminará meu trabalho.

EPÍLOGO

— A ÚNICA COISA QUE posso concluir, mestre Marsh — comentou Sazed —, é que o Senhor Soberano era tanto Feruquemista quanto alomântico.

Vin franziu o cenho, sentada no alto de um edifício vazio, perto de um bairro skaa. Sua perna quebrada — cuidadosamente imobilizada por Sazed — estava pendurada no telhado, balançando no ar.

Dormira a maior parte do dia — como, pelo jeito, fizera Marsh, que estava parado ao lado dela. Sazed levara a mensagem para o resto da gangue, contando para eles que Vin tinha sobrevivido. Aparentemente, não houvera nenhuma baixa entre os demais — o que deixava Vin feliz. Não retornara até eles, no entanto. Sazed lhe dissera que precisava descansar, e que estavam ocupados demais preparando o novo governo de Elend.

— Um Feruquemista e um alomântico — disse Marsh, reflexivo. Havia se recuperado rapidamente, de fato. Embora Vin ainda tivesse hematomas, fraturas e cortes da luta, ele parecia já ter se curado de suas costelas quebradas. Agachou-se, apoiando um braço no joelho, encarando a cidade com pregos no lugar dos olhos.

Como ele vê?, se perguntou Vin.

— Sim, mestre Marsh — explicou Sazed. — Veja, juventude é uma das coisas que Feruquemistas podem estocar. É um processo bastante inútil... para armazenar a capacidade de se sentir e parecer um ano mais jovem, você precisa passar parte da vida se sentindo um ano mais velho. Com frequência, Guardadores usam essa habilidade como disfarce, mudando sua idade para enganar os outros e se esconder. Fora isso, ninguém nunca viu muita utilidade para essa habilidade. Contudo, se um Feruquemista *também* é alomântico, ele consegue queimar seus próprios estoques de metal, liberando a energia interior multiplicada por dez. A senhora Vin tentou queimar alguns de meus metais antes, mas não conseguiu acessar o poder. Contudo, se você for capaz de criar estoque feruquêmico e então queimá-lo para conseguir poder extra...

Marsh franziu o cenho.

— Não sei se estou acompanhando, Sazed.

— Peço desculpas — disse Sazed. — Essa é, talvez, uma coisa difícil de entender sem formação anterior em teoria alomântica e feruquêmica. Deixe-me ver se explico melhor. Qual é a principal diferença entre a Alomancia e a Feruquemia?

— A Alomancia tira os poderes dos metais — respondeu Marsh. — A Feruquemia tira os poderes do próprio corpo da pessoa.

— Exatamente — Sazed concordou. — Então, o que o Senhor Soberano fazia, presumo, era *combinar* essas duas habilidades. Usava um dos atributos disponíveis apenas na Feruquemia, mudar sua idade, mas o alimentava com Alomancia. Ao queimar um depósito feruquêmico que ele mesmo havia criado, ele de fato criou um novo metal alomântico para si... um que o tornava mais jovem quando queimava. Se meu palpite estiver certo, ele teria um suprimento ilimitado de juventude, já que estava extraindo a maior parte de seu poder do metal em vez do próprio corpo. Tudo o que precisava fazer era, ocasionalmente, passar um pouco de tempo sendo velho para conseguir estoques feruquêmicos para queimar e permanecer jovem.

— Então — perguntou Marsh — só queimar aqueles estoques o fazia ainda mais jovem do que era quando começou?

— Teria que colocar esse excesso de juventude dentro de outro depósito feruquêmico, creio — Sazed explicou. — Veja, a Alomancia é bem espetacular; seus poderes em geral se expressam em estalidos e labaredas. O Senhor Soberano não queria toda a juventude de uma vez, então tinha que armazenar junto a si um pedaço de metal do qual pudesse extrair poder lentamente, mantendo-se jovem.

— Os braceletes?

— Sim, mestre Marsh. No entanto, a Feruquemia dá retornos decrescentes; é necessário mais do que a quantidade proporcional de força, por exemplo, para torná-lo quatro vezes mais forte que um homem comum do que seria necessário para torná-lo simplesmente duas vezes mais forte. No caso do Senhor Soberano, isso significa que ele gastava mais e mais juventude para não envelhecer. Quando a senhora Vin roubou seus braceletes, ele envelheceu incrivelmente rápido porque seu corpo estava tentando regressar ao estado de velhice no qual deveria estar.

Vin ficou sentada no vento frio da tarde, contemplando a Fortaleza Venture. Resplandecia de luz; não se passara nem um dia, e Elend já se reunira com os líderes skaas e nobres, esboçando um código de leis para a nova nação.

Vin estava em silêncio, passando os dedos por seu brinco. Encontrara-o na sala do trono e o colocara novamente no lóbulo machucado assim que começou a sarar. Não tinha certeza de por quê o mantinha. Talvez porque fosse uma ligação com Reen e com a mãe que tentara matá-la. Ou, talvez, porque simplesmente a lembrava das coisas que não conseguiria fazer.

Havia muito o que aprender sobre Alomancia. Por mil anos, a nobreza simplesmente acreditou no que os Inquisidores e o Senhor Soberano lhe disseram. Que segredos haviam guardado, que metais mantinham ocultos?

— O Senhor Soberano... — ela finalmente falou. — Ele... só usava um truque para ser imortal, então. Isso significa que não era realmente um deus, certo? Era apenas sortudo. Qualquer um que fosse tanto Feruquemista quanto alomântico poderia ter feito o que ele fez.

— Parece que sim, senhora — concordou Sazed. — Talvez fosse por isso que temia tanto os Guardadores. Ele caçava e matava Feruquemistas, pois sabia que a habilidade era hereditária... assim como a Alomancia. Se as linhagens de Terris alguma vez se misturassem com as da nobreza imperial, o resultado poderia ser uma criança capaz de desafiá-lo.

— Daí os programas de reprodução — comentou Marsh.

Sazed assentiu.

— Ele precisava ter certeza de que os terrisanos não teriam permissão para se misturar com o restante da população, ou poderiam passar suas habilidades feruquêmicas latentes.

Marsh balançou a cabeça.

— Seu próprio povo. Fez coisas horríveis com eles só para manter o poder.

— Mas — Vin disse, franzindo o cenho —, se os poderes do Senhor Soberano vinham da mistura de Feruquemia e Alomancia, o que aconteceu no Poço da Ascensão? Qual era o poder que o homem que escreveu o diário de viagem, quem quer que ele tenha sido, devia supostamente encontrar?

— Não sei, senhora — disse Sazed, em voz baixa.

— Sua explicação não responde tudo — comentou Vin, balançando a cabeça. Não contara sobre suas próprias habilidades estranhas, mas contara o que o Senhor Soberano fizera na sala do trono. — Ele era *tão* poderoso, Sazed. Eu podia sentir a Alomancia dele. Foi capaz de *empurrar* metais dentro do meu corpo! Talvez pudesse ampliar sua Feruquemia queimando seus estoques, mas como conseguiu ficar tão forte na Alomancia?

Sazed suspirou.

— Temo que a única pessoa que poderia ter respondido a essas perguntas morreu nesta manhã.

Vin se deu conta de que ele estava certo. O Senhor Soberano guardava segredos sobre a religião de Terris que o povo de Sazed procurava há séculos.

— Sinto muito. Talvez eu não devesse tê-lo matado.

Sazed negou com a cabeça.

— Seu próprio envelhecimento o teria matado logo de qualquer maneira, senhora. O que fez foi certo. Dessa maneira, posso registrar que o Senhor Soberano foi derrotado por um dos skaas que ele oprimia.

Vin corou.

— Registrar?

— Ainda sou um Guardador, senhora. Preciso registrar essas coisas: histórias, acontecimentos e verdades.

— Não vai... falar muito sobre mim, vai? — Por alguma razão, a ideia de outra pessoa contando histórias sobre ela a deixava desconfortável.

— Eu não me preocuparia tanto, senhora — disse Sazed, com um sorriso. — Meus irmãos e eu estaremos muito ocupados, creio. Temos tanto a restaurar, tanto para dizer ao mundo... Duvido que detalhes sobre você precisem ser contados com muita urgência. Registrarei o que aconteceu, mas manterei comigo por um tempo, se desejar.

— Obrigada — respondeu ela, assentindo.

— Aquele poder que o Senhor Soberano encontrou na caverna — Marsh comentou —, talvez fosse apenas Alomancia. Você diz que não há registro de nenhum alomântico antes da Ascensão.

— É de fato uma possibilidade, mestre Marsh — concordou Sazed. — Há pouquíssimas lendas sobre as origens da Alomancia, e quase todas concordam que os primeiros alomânticos "apareceram com as brumas".

Vin franziu o cenho. Sempre presumira que o título "Nascido da Bruma" era porque os alomânticos tendiam a fazer seu trabalho à noite. Nunca pensara que pudesse haver uma conexão mais forte.

As brumas reagem à Alomancia. Elas se enroscam quando um alomântico usa suas habilidades por perto. E... o que eu senti no fim? Era como se tirasse algo das *brumas.*

O que quer que tenha feito, não conseguiria reproduzir jamais.

Marsh suspirou, disposto a se levantar. Estava desperto há poucas horas, mas já parecia cansado. Sua cabeça pendia levemente, como se o peso dos pregos a puxassem para baixo.

— Isso... dói, Marsh? — ela perguntou. — Os pregos, quer dizer.

Ele apoiou uma mão contra o peito.

— Sim. Todos os onze... latejam. A dor reage de algum modo às minhas emoções.

— Onze? — perguntou Vin, surpresa.

Marsh assentiu.

— Dois na cabeça, oito no peito e um nas costas, para uni-los. É a única forma de matar um Inquisidor: tem que separar os pregos superiores dos inferiores. Kell fez isso por meio da decapitação, mas é mais fácil apenas arrancar o prego central.

— Pensávamos que estava morto — comentou Vin. — Quando encontramos o corpo e o sangue na estação de *abrandamento*.

Marsh assentiu.

— Eu ia mandar notícias de que tinha sobrevivido, mas eles me observaram muito de perto naquele primeiro dia. Não esperava que Kell fosse agir tão rápido.

— Nenhum de nós esperava, mestre Marsh — disse Sazed. — Nenhum de nós esperava.

— Ele realmente conseguiu, não é? — disse Marsh, balançando a cabeça com assombro. — Aquele maldito. Há duas coisas pelas quais nunca o perdoarei. A primeira é ter roubado meu sonho de derrubar o Império Final e ter conseguido.

Vin assentiu.

— E a segunda?

Marsh virou as cabeças de prego na direção dela.

— Ter sido morto para conseguir isso.

— Posso perguntar, mestre Marsh — começou Sazed —, de quem *era* o cadáver que a senhora Vin e o mestre Kelsier descobriram na estação de *abrandamento*?

Marsh contemplou a cidade.

— Eram vários cadáveres, na verdade. O processo para criar um novo Inquisidor é... sujo. Prefiro não falar sobre isso.

— É claro — concordou Sazed, inclinando a cabeça.

— *Você*, no entanto — Marsh falou —, poderia me contar sobre essa criatura que Kelsier usou para imitar Lorde Renoux.

— O kandra? — perguntou Sazed. — Temo que mesmo os Guardadores saibam pouco sobre eles. São parentes dos espectros das brumas... talvez até as mesmas criaturas, apenas mais velhas. Por causa de sua reputação, em geral preferem permanecer sem serem vistas... embora algumas das casas nobres os contratem em certas ocasiões.

Vin franziu o cenho.

— Então... por que Kell não fez com que esse kandra o substituísse e morresse em seu lugar?

— Ah — disse Sazed. — Veja, senhora, para um kandra interpretar alguém, ele primeiro deve devorar a carne da pessoa e absorver seus ossos. Kandras são como espectros das brumas... não têm esqueleto próprio.

Vin estremeceu.

— Ah.

— Ele está de volta, sabe — disse Marsh. — A criatura não está mais usando o corpo do meu irmão... tem outro... veio procurar por você, Vin.

— Por mim? — perguntou ela.

Marsh assentiu.

— Ele disse algo sobre Kelsier ter transferido o contrato para você antes de morrer. Acredito que a besta a vê como seu mestre, agora.

Vin estremeceu. *Aquela... coisa comeu o corpo de Kelsier.*

— Não o quero por perto — disse ela. — Vou mandá-lo embora.

— Não se apresse tanto, senhora — sugeriu Sazed. — Kandras são criados caros... é necessário pagá-los com atium. Se Kelsier fez um contrato extenso com um, seria uma tolice desperdiçar seus serviços. Um kandra poderia provar ser um aliado muito útil nos meses que estão por vir.

Vin negou com a cabeça.

— Não me importo. Não quero essa coisa por aqui. Não depois do que ele fez.

O trio ficou em silêncio. Finalmente, Marsh se levantou, suspirando.

— Se me dão licença, preciso me apresentar na fortaleza... o novo rei quer que eu represente o Ministério nas negociações.

Vin franziu o cenho.

— Não vejo por que o Ministério mereça ter direito a ser ouvido.

— Os obrigadores ainda são muito poderosos, senhora — explicou Sazed. — E são a força burocrática mais eficiente e mais bem treinada do Império Final. Sua Majestade seria sábia em tentar trazê-los para seu lado, e reconhecer mestre Marsh pode ajudar a conseguir isso.

Marsh deu de ombros.

— Assumindo que eu estabeleça o controle sobre o Cantão da Ortodoxia, o Ministério deverá... mudar durante os próximos anos. Agirei devagar e com cuidado, mas quando terminar, os obrigadores não perceberão o que perderam. Os outros Inquisidores poderiam representar um problema, no entanto.

Vin assentiu.

— Quantos estão fora de Luthadel?

— Não sei — Marsh disse. — Eu não fui membro da ordem por muito tempo antes de destruí-la. Contudo, o Império Final é um lugar grande. Muitos falam em vinte Inquisidores no império, mas nunca fui capaz de confirmar esse número.

Vin assentiu enquanto Marsh partia. Contudo, os Inquisidores — embora perigosos — a preocupavam menos agora que sabia o segredo deles. Estava preocupada com outra coisa.

Não sabem o que faço pela humanidade. Eu era seu deus, mesmo que não queiram ver. Ao me matar, estarão condenando a si mesmos...

As últimas palavras do Senhor Soberano. Naquele momento, ela pensara que ele estava se referindo ao Império Final ao falar em "pela humanidade". Mas já não tinha tanta certeza. Havia... medo nos olhos dele quando dissera isso, não orgulho.

— Saze? — perguntou ela. — O que eram as Profundezas? A coisa que o Herói do diário de viagens supostamente tinha que derrotar?

— Gostaria de saber, senhora — respondeu Sazed.

— Mas elas não chegaram, não é?

— Aparentemente, não — explicou Sazed. — As lendas concordam que, se as Profundezas não tivessem sido detidas, o mundo teria sido destruído. Embora talvez essas histórias sejam exageradas. Talvez o perigo das "Profundezas" fosse apenas o próprio Senhor Soberano... talvez a luta do Herói fosse simplesmente de consciência. Escolher entre dominar o mundo ou deixá-lo livre.

Aquilo não parecia certo para Vin. Havia mais. Ela se lembrava do medo nos olhos do Senhor Soberano. Do terror.

Ele disse "faço", não "fiz". "O que faço *pela humanidade." Isso significa que ainda estava fazendo, o que quer que fosse.*

Estarão condenando a si mesmos...

Ela estremeceu no ar do anoitecer. O sol estava se pondo, tornando ainda mais fácil ver a iluminada Fortaleza Venture — escolha de Elend para quartel-general, no momento, embora pudesse se mudar para Kredik Shaw. Ele ainda não decidira.

— Deveria ir até ele, senhora — comentou Sazed. — Ele precisa ver que está bem.

Vin não respondeu imediatamente. Encarou a cidade, observando a fortaleza brilhante no céu que escurecia.

— Você esteve lá, Sazed? — ela perguntou. — Escutou o discurso dele?

— Sim, senhora — ele respondeu. — Assim que descobrimos que não havia atium naquele tesouro, Lorde Venture insistiu que devíamos buscar ajuda para você. Eu estava inclinado a concordar com ele: nenhum de nós era guerreiro, e eu ainda estava sem meus estoques feruquêmicos.

Nenhum atium, Vin pensou. *Depois de tudo isso, não encontramos nem uma lasca. O que o Senhor Soberano fez com tudo aquilo? Ou... alguém chegou primeiro?*

— Quando mestre Elend e eu encontramos o exército — Sazed prosseguiu —, os rebeldes estavam massacrando os soldados do palácio. Alguns deles tentavam se render, mas nossos soldados não deixavam. Era uma... cena perturbadora, senhora. Mestre Elend... não gostou do que viu. Quando parou diante de um skaa, pensei que iam simplesmente matá-lo também.

Sazed se deteve, inclinando ligeiramente a cabeça.

— Mas... as coisas que ele disse, senhora... os sonhos dele de um novo governo, o jeito como condenou o banho de sangue e o caos... Bem, senhora, temo que não poderei repetir. Gostaria de ter estado com minhas mentes de metal para poder memorizar as palavras exatas.

Ele suspirou, balançando a cabeça.

— De qualquer forma, acredito que mestre Brisa foi essencial para ajudar a acalmar o tumulto. Uma vez que um grupo começou a ouvir mestre Elend, os outros também o fizeram, e daí por diante... bem, é uma coisa boa que um nobre acabe sendo rei, creio. Mestre Elend dá certa legitimidade à nossa tomada de poder, e creio que teremos mais apoio por parte da nobreza e dos mercadores com ele no comando.

Vin sorriu.

— Kell estaria zangado conosco, sabe? Ele fez todo o trabalho e, no final, nós colocamos um nobre no trono.

Sazed negou com a cabeça.

— Ah, mas há algo mais importante a considerar, creio. Não colocamos apenas um nobre no trono... colocamos um *homem bom* no trono.

— Um homem bom... — Vin repetiu. — Sim. Conheço alguns desses, agora.

VIN SE AJOELHOU ENTRE AS brumas, no alto da Fortaleza Venture. Sua perna imobilizada dificultava os movimentos à noite, mas a maior parte do esforço que fazia era alomântico. Só tinha que ter certeza de que suas aterrissagens fossem particularmente suaves.

A noite chegara, e as brumas a cercavam. Protegendo-a, escondendo-a, dando a ela seu poder...

Elend Venture estava sentado em uma escrivaninha lá embaixo, sob a claraboia que ainda não fora consertada depois que Vin arremessara um corpo por ela. Não a notara lá em cima. Quem notaria? Quem veria uma Nascida da Bruma em seu elemento? Ela era, de certo modo, como uma das imagens de sombras criadas pelo Décimo Primeiro Metal. Incorpórea. Algo que *poderia* ter sido.

Poderia ter sido...

Os acontecimentos do dia eram muito difíceis de entender; Vin não tentara encontrar sentido em suas emoções, que estavam uma completa bagunça. Não fora até Elend ainda. Não fora capaz.

Olhou para ele, sentado sob a luz de uma lanterna, lendo e anotando em seu caderninho. Suas reuniões mais cedo aparentemente haviam sido boas — todo mundo parecia disposto a aceitá-lo como rei. Marsh sussurrava que havia política por trás do apoio, no entanto. A nobreza via Elend como uma marionete que poderia controlar, e facções já estavam aparecendo entre a liderança skaa.

Mesmo assim, Elend finalmente tinha a oportunidade de esboçar o código de leis com o qual tanto sonhara. Podia tentar criar a nação perfeita, tentar aplicar as teorias filosóficas que estudara por tanto tempo. Haveria percalços, e Vin suspeitava que ele teria que acabar se contentando com algo muito mais realista do que seu sonho idealista. Isso não importava, na verdade. Ele seria um bom rei.

É claro, se comparado com o Senhor Soberano, até um monte de fuligem seria um bom rei...

Queria ir até Elend, entrar no aposento aquecido, mas... algo a detinha. Passara por muitas reviravoltas em sua sorte, muitas tensões emocionais — tanto alomânticas quanto normais. Não tinha mais certeza do que queria; não sabia ao certo se era Vin ou Valette, ou qual delas desejava ser.

Sentia frio nas brumas, na escuridão silenciosa. As brumas lhe davam poder, a protegiam, a escondiam... mesmo quando, na realidade, não queria nenhuma das três coisas.

Não posso fazer isso. Aquela pessoa que esteve com ele, aquela não sou eu. Aquela era uma ilusão, um sonho. Sou a criança que cresceu nas sombras, a garota que deveria estar sozinha. Não mereço isso.

Não o mereço.

Estava acabado. Como ela previra, tudo estava mudando. Na verdade, nunca tinha sido uma nobre muito boa. Era hora de voltar a ser aquilo no que era boa. Uma coisa das sombras, não de festas ou bailes.

Virou-se para ir embora, ignorando as lágrimas, frustrada consigo mesma. Ela o deixou, com os ombros caídos, enquanto mancava pelo telhado metálico e desaparecia nas brumas.

Mas então...

Ele morreu jurando que você havia morrido de fome há anos.

Com todo aquele caos, quase se esquecera das palavras do Inquisidor sobre Reen. Agora a lembrança a deteve. As brumas passavam por ela, enrolando-se, incentivando-a.

Reen não a abandonara. Fora capturado pelos Inquisidores que procuravam por Vin, a filha ilegítima do inimigo deles. Eles o torturaram.

E ele morreu protegendo-a.

Reen não me traiu. Sempre jurou que faria isso, mas, no fim, não fez. Estava longe de ser um irmão perfeito, mas a amara de qualquer forma.

Um sussurro no fundo de sua mente falou com a voz de Reen. *Volte.*

Antes que pudesse se convencer do contrário, mancou o mais rápido que pôde de volta para a claraboia quebrada e jogou uma moeda no chão lá embaixo.

Elend se virou, curioso, olhando para a moeda, inclinando a cabeça. Vin se deixou cair um segundo mais tarde, *empurrando-se* para deter a queda, aterrissando apenas na perna boa.

— Elend Venture — ela disse, levantando-se. — Há algo que quero lhe dizer há algum tempo. — Pestanejou para afastar as lágrimas. — Você lê demais. Especialmente na presença de damas.

Ele sorriu, empurrando a cadeira para trás e abraçando-a com força. Vin fechou os olhos, simplesmente sentindo o calor de seu abraço.

E percebeu que era tudo o que sempre quisera de verdade.

ARS ARCANUM

Encontre extensas anotações do autor sobre cada um dos capítulos deste livro, juntamente com algumas cenas excluídas e informações detalhadas sobre o mundo do Império Final em brandonsanderson.com (em inglês).

TABELA DE METAIS ALOMÂNTICOS

METAL	EFEITO	TÍTULO BRUMOSO
Ferro	Puxa metais próximos	Atraidor
Aço	**Empurra metais próximos**	**Lançamoedas**
Estanho	Amplia sentidos	Olho de Estanho
Peltre	**Amplia habilidades físicas**	**Braço de Peltre, Brutamontes**
Zinco	Tumultua emoções	Tumultuador
Latão	**Abranda emoções**	**Abrandador**
Cobre	Esconde Alomancia	Esfumaçador
Bronze	**Revela Alomancia**	**Buscador**

(Nota: Metais externos estão em itálico. Metais que empurram estão em negrito.)

ÍNDICE ALFABÉTICO ALOMÂNTICO

ABRANDADOR: Brumoso que pode queimar latão.

AÇO (METAL DE *EMPURRÃO* FÍSICO EXTERNO): Uma pessoa queimando aço pode ver linhas azuis translúcidas apontando para fontes próximas de metal. O tamanho e o brilho da linha dependem do tamanho e da proximidade da fonte de metal. Todos os tipos de metais são mostrados, não apenas aço. O alomântico pode *empurrar* mentalmente uma dessas linhas e mandar a fonte de metal para longe de si. Um Brumoso que pode queimar aço é conhecido como Lançamoedas.

ATRAIDOR: Brumoso que pode queimar ferro.

BRAÇO DE PELTRE: Brumoso que pode queimar peltre.

BRONZE (METAL DE *EMPURRÃO* MENTAL INTERNO): Uma pessoa queimando bronze pode sentir quando as pessoas próximas estão usando Alomancia. Alomânticos queimando metais nas redondezas emitirão "pulsos alomânticos" — algo como batidas de tambor, audíveis apenas para uma pessoa queimando bronze. Um Brumoso que queima bronze é conhecido como Buscador.

BRUTAMONTES: Brumoso que pode queimar peltre.

BUSCADOR: Brumoso que pode queimar bronze.

COBRE (METAL DE *PUXÃO* MENTAL INTERNO: Uma pessoa queimando cobre cria uma nuvem invisível, que protege quem estiver dentro dela dos sentidos de um Buscador. Enquanto está dentro desta "nuvem de cobre", um alomântico pode queimar qualquer metal que desejar, sem se preocupar que alguém queimando bronze venha a sentir seus pulsos alomânticos. Como efeito colateral, uma pessoa queimando cobre é imune a qualquer forma de Alomancia emocional (*abrandar* ou *tumultuar*). Um Brumoso que queima cobre é conhecido como Esfumaçador.

ESFUMAÇADOR: Brumoso que pode queimar cobre.

ESTANHO (METAL DE *PUXÃO* FÍSICO INTERNO: Uma pessoa queimando estanho consegue amplificar seus sentidos. Pode ver mais longe, sentir melhor os odores, e seu tato e audição se tornam mais apurados. Isso lhe permite penetrar nas brumas, permitindo que enxergue à noite muito melhor do que seria possível, mesmo com os sentidos amplificados. Um Brumoso que queima estranho é conhecido como Olho de Estanho.

FERRO (METAL DE *PUXÃO* FÍSICO EXTERNO): Uma pessoa queimando ferro pode ver linhas azuis translúcidas apontando para fontes próximas de metal. O tamanho e o brilho da linha dependem do tamanho e da proximidade da fonte de metal. Todos os tipos de metais são mostrados, não apenas fontes de ferro. O alomântico pode *puxar* mentalmente uma dessas linhas para trazer a fonte de metal em sua direção. Um Brumoso que queima ferro é conhecido como Atraidor.

LANÇAMOEDAS: Brumoso que pode queimar aço.

LATÃO (METAL DE *EMPURRÃO* MENTAL EXTERNO): Uma pessoa queimando latão pode *aplacar* as emoções de outras pessoas, persuadindo-as e tornando determinadas emoções menos fortes. Um alomântico cuidadoso pode abrandar todas as emoções, deixando, basicamente, que a pessoa sinta apenas o que ele deseja. Latão, no entanto, não permite que o alomântico leia mentes ou mesmo as emoções. Um Brumoso que queima latão é conhecido como Abrandador.

OLHO DE ESTANHO: Brumoso que pode queimar estanho.

PELTRE (METAL DE *EMPURRÃO* FÍSICO INTERNO: Uma pessoa queimando peltre amplifica os atributos físicos de seu corpo. Ela se torna mais forte, mais durável e mais habilidosa. O peltre também aumenta o senso de equilíbrio do corpo e a habilidade de se recuperar de ferimentos. Um Brumoso que pode queimar peltre é conhecido como Braço de Peltre ou Brutamontes.

TUMULTUADOR: Brumoso que pode queimar zinco.

ZINCO (METAL DE *PUXÃO* MENTAL EXTERNO): Uma pessoa queimando zinco pode *tumultuar* as emoções de outras pessoas, inflamando-as e tornando determinadas emoções mais poderosas. Não permite ler mentes ou mesmo emoções. Um Brumoso que queima zinco é conhecido como Tumultuador.

DIREÇÃO EDITORIAL
Daniele Cajueiro

EDITORA RESPONSÁVEL
Mariana Rolier

PRODUÇÃO EDITORIAL
Adriana Torres
Júlia Ribeiro
Laiane Flores
Mariana Lucena

REVISÃO DE TRADUÇÃO
Emanoelle Veloso

REVISÃO
André Marinho
Juliana Borel
Manoela Alves
Perla Serafim

CONSULTORIA
Raphael Castilho

DIAGRAMAÇÃO E ADAPTAÇÃO DE
PROJETO GRÁFICO DE MIOLO
Larissa Fernandez
Leticia Fernandez

Este livro foi impresso pela Coan, em 2025, para a Trama.
O papel de miolo é Ivory 65g/m² e o de capa é cartão 250g/m².